"此著作为国家社科基金项目《产业化进程中文艺创作的美学规制研究》（项目编号为11BZW016）"最终成果和此著作获得长沙理工大学优秀学术出版资助！

产业化进程中
文艺创作的美学规制研究

黄柏青◎著

人民日报学术文库

人民日报
出版社

图书在版编目（CIP）数据

产业化进程中文艺创作的美学规制研究／黄柏青著
. —北京：人民日报出版社，2017.8
ISBN 978－7－5115－4930－3

Ⅰ.①产… Ⅱ.①黄… Ⅲ.①文艺创作—研究 Ⅳ.
①I04

中国版本图书馆 CIP 数据核字（2017）第 220753 号

书　　名：产业化进程中文艺创作的美学规制研究
著　　者：黄柏青

出 版 人：董　伟
责任编辑：孙　祺
封面设计：中联学林

出版发行：人民日报出版社

社　　址：北京金台西路 2 号
邮政编码：100733
发行热线：（010）65369509　65369846　6536528　65369512
邮购热线：（010）65369530　65363527
编辑热线：（010）65363531
网　　址：www. peopledailypress. com
经　　销：新华书店
印　　刷：三河市华东印刷有限公司

开　　本：710mm×1000mm　1/16
字　　数：468 千字
印　　张：26
印　　次：2018 年 1 月第 1 版　　2018 年 1 月第 1 次印刷

书　　号：ISBN 978－7－5115－4930－3
定　　价：78.00 元

内容摘要

长期以来,我国学术界对文艺创作的研究局限于传统的精英文艺创作层面,对产业化语境下的文艺创作关注较少。西方社会自20世纪早期,文艺创作即进入市场化,继而进入商品化,最终进入产业化的轨道,并在世界文化产业(文艺产业是其重要的组成部分)发展中抢得先机。自20世纪90年代文艺体制改革以来,我国文艺创作逐渐步入市场化、商品化和产业化的发展轨道。随着我国文化产业的发展,产业化语境下的文艺创作和生产成为重要力量(文化事业部分和个人娱乐部分创作除外),推动着我国文艺产业的发展和繁荣。而从"美学规制"这一维度能够较好地把握产业化语境下的文艺创作与生产实践活动,获得文艺生产现象背后的运作规律、运行规则。

1. 产业化语境下文艺创制的美学规制问题。

"美学规制"指人们在审美创造和审美欣赏过程中形成的审美标准及美学规约,是时代审美观念和审美趣味的外化形式,是生命个体的审美情趣和社会整体审美理想相互影响、相互生发的美学选择和运行机制。美学规制是一种区别于外在政策法规规制和内在道德伦理规制的一种非正式的审美规制,其本质乃是审美的公共性标准通过审美的个体性趣味对作品进行的美学规训和影响。基于文艺基本门类美学规制的基本特征等方面的研究,产业化语境下文艺创作和生产美学规制的共通性特征为:以消费者的审美趣味为创作核心的价值追求,强调文艺产品的休闲娱乐功能的价值取向,突出审美愉悦当下性的身体美学,依靠技术化、标准化的审美创制,追求利润最大化的审美功利主义。当然,具体到不同的文学艺术门类,不同的国家和地区,文艺创作中美学规制的侧重点各有差异。但在本质上,美学规制的背后都渗透着商业利润的精心计算和效益最大化的经济意图,蕴含着国家、民族的文化诉求、价值取向、精神选择等政治意蕴。这些观点,有助于推动我国文艺产业的健康发展,并能为文化产业发展提供有益的智力参考和合理的路径选择。

2. 产业化语境下我国文学创作的美学规制问题。

在传统的文学研究视野中,文学的产业属性是文学保持纯洁的文学性和审美价值的天敌。然而,近二十年来,文学与市场、文学与产业的关系日渐密切,随着文化产业概念的提出与文化产业实践兴起,文学产业也在实践层面上取得了极大的成绩。

产业化语境下接受群体的下沉使得文学写作在内容方面更为草根化、群众化、大众化,在写作语言方面更为通俗化、狂欢化,在叙事方式方面更为类型化,在写作速度方面更为快速化,在整体上更加重视读者的意见与审美诉求。速度是产业机制下文学写作区别于传统的、纯文学式的写作的最为显著的特点。因为只有保持一定的、必要的速度,才能得到观众的注意,才能不被市场遗忘。与快速写作相适应,文学产业机制中文学写作的叙事方式呈现出规则化、套路化、模式化的特征。"家族"(粉丝)化的作者群与"家族"式叙事是文学产业机制下的文学叙事套路化、模式化的外在表现,其背后隐藏着对读者选择习惯的心理学研判和搭便车的经济学考量,这既是读者和作者共同认可的游戏规则,也是文学产业经营者的营销规则。套路化、模式化叙事的核心是文学产业写作中的规则意识与规则制度,为人诟病的套路化、模式化叙事实质上是文学产业生存与发展所必需的规则化叙事。文学产业机制下的文学写作言语选择的通俗化,不仅是表层的读者整体文化素质所要求的,而且为写作的产业机制所规制。言语的通俗化并不意味着内容庸俗化,相反,把它置入由巴赫金所阐明的民间狂欢传统时,言语的狂欢意味着能指的自由游戏与创生能力,在能指的自由创生中,文学产业写作为人们提供了超越、消解"性"与"死"的紧张感、色情意味和恐惧感,创造出生存的另一重境域——欢乐与趣味,营造出瑰丽的梦境。

产业化语境下的文学创作的美学规制主要体现在四个方面:一是文学写作中经典意识中的通俗叙事;二是类型写作中的个性追求风貌;三是趋中心化的游戏性结构;四是新与奇的审美价值追求。文学产业创作的激烈竞争强化了作者的典范意识,只有通俗叙事中做到经典才能占据文学写作产业链的顶端。类型化写作是文学产业化的必然选择,但在类型的质的规定性中,有着个性探索的空间。产业化文学写作中游戏价值的趋中心化改变了文学审美中"乐"与"教"的传统结构形态,使"乐"成为文学创作的时代特征,也使游戏性自身收获了越来越丰富的价值形态。在产业化的语境中,文学的审美价值追求与类型发生了新的变革:审美需要、愉悦的源泉与审美价值载体的结构变化同步发生,二者的同步变化以一种强力的方式塑造着当代文学产业写作的价值诉求——新与奇。

3. 产业化语境下我国电影创制的美学规制问题。

产业化意味着电影创制不再是政治意识的宣传品,也不是自娱自乐的纯艺术作品,而是必须考虑生产成本、必须取得效益、必须满足市场需要的商品。产业化语境下我国电影创制的美学规制主要体现在四个方面:一是审美趣味的大众化创制核心;二是类型化的审美表现范式;三是时尚化的审美表现内容;四是娱乐化的审美价值追求。

审美趣味大众化创制核心意味着必须以广大观众的审美趣味为核心进行电影的创作与生产。而满足大众当下的审美快感体验,表现最普遍群体的生命经验乃消费时代电影创制满足大众趣味的南山捷径。类型化生产则显示了每一种电影类型创制都有其质规定性,而相较西方电影创制,我国电影创制有其独特的美学规制。电影要吸引观众的眼球,最好的方法就是表现当今社会普遍情绪的时尚性的内容,这也就决定了在价值导向上追求满足观众身体快乐、情感宣泄的娱乐功能。

产业化语境下我国电影创制的美学规制本身也具有内在的逻辑性,随着时代和社会的发展呈现出电影题材的多元化、电影叙事的综合化、人物塑造的复杂化、审美表现的杂糅化、主题旨意的普世化等演变特色。而范例性的商业大片和抗日影视剧的分析表明:一方面产业化语境下我国电影创制的美学规制是我国社会、文化、经济等多种因素的综合选择的结果,另一方面也显示了产业化进程中我国影视创制的美学精神取向从满足导演个人性情和心志开始向满足大众趣味的公共性话语发展的重心转移。

4. 产业化语境下我国电视剧创制的美学规制问题。

电视剧是最容易观赏,也是观赏人数最多的艺术类型。产业化语境下我国电视剧创制的美学规制与产业化语境下我国电影创制的美学规制虽然在具体层面上有较大的差异,但是以下几个方面却呈现出高度的一致性:一是以大众的审美趣味为创作核心;二是以类型化的方式进行审美创制;三是以时尚性、观赏性为基本内容;四是以娱乐化为价值追求。这四个审美标准的深层本质都是围绕影视票房做文章,以影视产品的生产利润收益、资本增值的最大化为终极目标。无论什么样的电视剧类型,我国电视剧创制倾向于围绕家庭的伦理关系做文章,在呈现家庭关系的起伏跌宕情节中展示亲情、爱情和友情的可贵与美好。而这种可贵与美好表现在与观众没有距离隔阂同样平凡普通的主人公——小人物身上就显得特别亲近,尤其是运用最能打动人心的伦理叙事,兼之搞笑和奇观,则使得电视剧更具有吸引力。

产业化语境下我国电视剧创制的美学规制在四个方面有特别明显的发展

变化:一是题材选择从表现革命英雄的历史题材居多到呈现平凡生活的现实题材为主的演变;二是情节安排由遵循客观事实的自然因果为主向凭空想象的人为传奇为主的演进;三是人物塑造从伟人的平民化向市民的多元化演进;四是场景塑造从背景上的人物铺垫场景向独立式的多维场景演进;五是叙事方式从单一的叙事模式到多元的叙事交叉融合演进;六是价值追求从生活之真的本质反映到当下视听快感的功能满足演进。

最具中国特色的武侠电视剧和情感电视剧的美学选择、逻辑演进集中地反映了产业化语境下我国电视剧创制美学规制的特点和演变规律。这也是在全球化电视剧激烈竞争背景下的明智选择,除了全球化电视剧生产的激烈竞争,中国观众本身审美心理、现代科技的发展,消费社会的到来,以及电视剧本身的限制也是我国电视剧选择这种特征的美学规制进行创作,以及选择这种演变规律的根本原因。

5. 产业化语境下我国动漫创制的美学规制问题。

动漫产业是朝阳产业,也是我国政府确定的战略性新兴产业,更是文化产业和文艺产业的重要组成部分。动漫是动画和漫画的总称。产业化语境下的我国动画创作的美学规制存在低龄化审美欣赏的创作取向,成人化思维的叙事倾向,功利化色彩浓厚的价值追求,以及民族化审美表现的基本特点。这些特点非常鲜明地反映了我国动画产业一方面快速发展,另一方面又具有创作和生产不成熟,虽大而不强的尴尬现状。产业化语境下我国漫画创作的美学规制表现为:题材选择呈现丰富性的新局面,表现的内容方面呈现出百花齐放的新景象,创作的主题也发生了革命性的变革——从主要以讽刺、批判和幽默为主线转变到表现娱乐性为根本的轨道上来。这些变化体现在叙事方式上就是故事性,即有较为完整的故事情节,有栩栩如生的人物形象塑造,有多方的矛盾冲突,完全有别于产业化之前的漫画。产业化语境下的新漫画,表现形式和具体类型都进入了"五彩缤纷"的世界,呈现出"百花齐放、百家争鸣"协同发展、万象更新的繁荣景观。

6. 产业化语境下我国艺术创作的美学规制问题。

产业化语境下我国艺术创作和生产的方式发生了根本性的变革,一方面,传统的个体性艺术创作的美学规制依然有效;另一方面,集体性、合作性、功能性成为产业化语境下艺术创作的主要方式和机制导向。从市场的意义上讲,产业化语境下发展最为迅猛的艺术门类是设计艺术。设计艺术的功能主导性的创作取向,实用性、技术性、艺术性和经济性有机融合,都是为了解决"宜人性"的根本问题。这些特征在产业化进程中促进了技术标准化。技术标准化可以使工艺水平更加稳定,可以更好地保证产品的质量,可以提高产品的安全性、可靠性,可以让产品更加具有通用性,提高创作和生产的效率,并能够节省资源与能源、更好地保护生态环境,从而使生产企业获得巨大的社会效益和经济效益。无论是图像时代的包装设计的审美取向,还是我国城市建设中景观设计的美学选择,或者是产业化语境下美术创作美学规制的新变,都从一个侧面反映了产业化进程中艺术创作美学规制随着时代的发展而变化的现象,及美学规制选择机制背后深层意识:商业利润的精心计算和经济效益追求。

7. 产业化语境下发达国家文艺创制的美学规制问题。

发达资本主义国家的文艺很早就已经进入市场化运作,进行产业化创作和生产,并已取得丰硕的成果。它们在全球化文艺产业激烈的竞争中已经抢得发展的先机。总结发达资本主义国家文艺产业化过程中美学规制的方式与规则,可以为我国文艺产业化发展提供智力支撑和经验借鉴。美国的电影创作和生产,日本的动漫创作和生产,韩国的电视剧创作与生产,英国的文学创作与生产等是产业化语境下具有广泛的代表性和典型性的文艺范例。

美国的影视艺术成就非凡,在全世界的影响堪称第一。美国的影视艺术是在市场化语境下产生并逐步发展,并快速步入产业化这一轨道,美国电影创作和生产要综合地考虑世界影视市场的变化,主要包括目标消费者的情感诉求、审美风尚的流变,以及最广大社会民众的时尚追求、公共情绪、价值导向等情况。其挑选体制和机制决定了影视创作者和生产者主观的个人的兴趣爱好乃至偏见可以完全被排除在外,取而代之的是市场的需求、消费者的审美期待和价值追求,以及整个社会的情绪诉求、审美风尚等。这也是保证美国电影畅销全球的规制砝码。

产业化语境下的日本动漫艺术创作、韩国电视剧创作、英国的文学创作在本质上也和美国电影创作一样,其美学规制的出发点主要针对目标消费群体的审美趣味和价值追求,受众的审美趣味是文艺创作和生产的美学规制核心。其他方面的美学规制围绕着这一基本点而展开。发达国家的文艺创作和生产中令人警惕的是,大都有意识或无意识地渗透着国家和民族的价值取向、审美趣味、文化选择等关涉国家、民族文化安全的诉求。

目 录
CONTENTS

Aesthetic Regulation of Literary and Artistic Creation in the Process of Industrialization

绪　论

第一节　课题的研究背景及意义

在 20 世纪 80 年代以前,我国公众生活中占主导地位,处于核心位置的是严肃文艺。20 世纪 80 年代中后期,我国实施全面的改革开放政策,商品经济迅速发展,影响深远。这种影响必然也渗透进人们的精神领域、文化领域。所以,人们就会看到原本属于严肃文艺的文化生活领地内,商业文化、消费文化、大众文艺肆意地横冲直撞,开疆辟土,并逐渐成为主流。尤其是,20 世纪 90 年代中后期以来,我国文艺从先前的零散的市场化,开始向高度的市场化、商品化过度,乃至于进入到产业化进程。这种进程导致中国的文艺市场产生巨大的变革,这种变革将商品的意识、将产业的观念带入到文艺领域中,通过新的生产方式、新的消费方式、新的流通方式、新的文艺市场,深刻地改变着文艺创作的方式,改变着文艺家和文艺消费者对文艺的态度,甚至改变了中国文艺的基本格局。

产业化语境下的中国文学艺术领域的种种变化,在研究者的文章中有着生动的表述:

"文学的产业化的确已经发生在我国。20 世纪 90 年代后,文坛上引爆了无数个消费热点,诸如:王朔热、《渴望》热、汪国真热、《废都》热、陕军东征、长篇小说热、《文化苦旅》热、闲适散文热、小女人散文热、私人化写作、美女文学、另类文学、青春写作热等。""20 世纪 90 年代初,'新写实'刚一出现,就有'新状态''新体验''新历史''新市民'等'新'字号产品,取而代之。"①

---

① 袁勇麟,李薇:《文学艺术产业——趋势与前瞻》,四川大学出版社 2007 年版,第 47 页。

"音像艺术处于产业化最活跃的前沿,在这里,新技术、新产品、新式样层出不穷;录音、录像;磁带、光盘;组合音响、家庭影院;更有数字化浪潮迎面扑来,CD、VCD之后,DVD、DVD-ROM、CD-RW。它们受到群众的欢迎,群众可以在多种场合,通过多种途径,借助电视、录像机、影碟机、电脑多媒体等,进入多姿多彩的音像艺术世界。音像艺术产业呈现强劲的发展势头"①

"中国艺术品市场2011年全年的拍卖总成交额突破了1000亿元人民币大关,艺术品市场的总成交额接近4000亿元人民币。我国艺术品市场潜在的需求具有6万亿人民币规模。截止到2011年6月,全国已经有19家文交所挂牌成立,另有9家正在筹备之中。"②

"今天的审美活动已经超出所谓纯艺术/文学的范围、渗透到大众的日常生活中,艺术活动的场所也已经远远逸出与大众的日常生活严重隔离的高雅艺术场馆,深入到大众的日常生活空间,如城市广场、购物中心、超级市场、街心花园等与其他社会活动没有严格界限的社会空间与生活场所。在这些场所中,文化活动、审美活动、商业活动、社交活动之间不存在严格的界限。艺术与商业、艺术与经济、审美和产业、精神和物质等之间的界限正在缩小乃至消失。"③而艺术产业化的典型表征就是艺术泛化和审美泛化。

"2004年以来,我国的文化产业发展进入了快速发展时期。2008年我国文化产业的增加值达到了7600亿元,比2004年的3440亿元整整翻了一番多。而从2004年起,我国文化产业每年的增长速度都在15%以上,远远超过了我国年度GDP的增长速度,也大大超过了第三产业的发展速度。我国的文化产业已经踏上了快车道,正处于爆发性增长的前夜。"④

这些研究者的成果生动说明了我国的文艺产业正处于蓬勃发展日新月异的最好阶段。

"美学规制"指人们在文艺创作与欣赏中有意识或无意识形成的审美标准和美学规约。文化产业大潮兴起之后,文艺产品的交换价值日渐突显,文艺的生产机制发生了深刻变化,除部分国家保护的文化事业的文艺生产外,大部分

---

① 袁勇麟,李薇:《文学艺术产业——趋势与前瞻》,四川大学出版社2007年版,第196-197页。

② 西沐:《中国艺术品份额化交易的理论与实践研究》,中国书店2011年版,前言,第1-2页,第235页。

③ 陶东风:《日常生活的审美化与文艺学的学科反思》,《现代传播—中国传媒大学学报》,2005年第1期,第21-26页。

④ 林丕:《关于我国文化产业、文化消费的几个问题》,《新视野》,2009年第5期,第20-21页。

文艺的生产遵守市场经济运营的法则,以获取利润的最大化为旨归。在这种大背景下,产业化进程中文艺创作的美学规制也发生了巨大的变化。

对产业化进程中文艺创作的美学规制进行系统全面的研究,我们认为有重要的意义。从理论层面看,有助于系统总结产业化进程中文艺创作美学规制的基本性、规律性问题,深化对于产业化进程中文艺创作美学规制问题的认识,梳理其历史发展轨迹与精神总体轮廓,把握其演变规律,形成产业化进程中文艺创作美学规制的动态视野与总体构架。从现实层面看,能为产业化进程中我国的文艺创作提供必要的理论指导,能为全球文艺产业化激烈竞争格局中我国文艺创制提供正确的美学策略,从而为我国文艺产业摆脱被动落后的局面,实现跨越式大发展提供有益的智力支持。

第二节　文艺产业化的历史选择

"产业化"是经济学的一个概念,是指某种产业在市场经济条件下,以行业需求为导向,以实现效益为目标,依靠专业服务和质量管理,形成的系列化和品牌化的经营方式和组织形式。① "产业化"的概念是从"产业"的概念发展而来的。产业化是一种社会化大生产的高级运作方式,是市场经济发展到一定阶段的必然产物。产业化的生产方式不仅区别于手工作坊式封闭的自然经济的生产方式,也区别于僵化的计划经济体制下的生产方式。"产业化的生产方式最主要体现为企业产业化,即生产的组织化、规模化、资本化、商品化。"文艺生产的产业化意味着文艺生产也要以企业的方式来组织经营和有效生产,并以一种适合现代化的生产方式来进行,产业化意味着资本已经进入到文艺生产之中,并且资本的逻辑控制或者说支配着文艺的生产。联合国教科文组织界定"文化产业"就是"按照工业标准生产、再生产、储存以及分配文化产品和服务的一系列文化活动,结合创造、生产与商品化等方式。"②20 世纪下半叶,由于科技力量的进步,推动了社会化大生产的极大发展,导致消费社会的产生。西方发达资本主义国家大约在 20 世纪 60 年代起开始步入消费社会,我国部分城市在世纪

① 袁勇麟,李薇:《文学艺术产业:趋势与前瞻》,四川大学出版社 2007 年版,第 39 页。《产业化旋流中的艺术生产》[D]. 复旦大学,2004 年。

② 林拓、李惠斌、薛晓源:《世界文化产业发展前沿报告 2003 - 2004》,社会科学文献出版社 2004 年版,序一,第 6 页。另见李振宇:《文化产业时代的文学生产与消费》,《当代文坛》,2007 - 07 - 15。

之交也进入到消费社会。在消费社会中，人类的消费不仅是物质资料的消费，而且更看重精神资料的消费，世界从此进入到一个全新的时代——审美消费时代。并且，社会化大生产使得资本逻辑介入到文艺创作和生产之中，加紧了文艺的渗透与把控，加速了文艺产业化的深度进入和全面铺开。

1. 发达资本主义国家文艺产业化的进程

发达资本主义国家的文学艺术产业化可以追溯到二战以前，在20世纪20年代以来，以欧洲、美国为代表的资本主义国家在文学出版、电影、部分娱乐业的基础上，构建了文化艺术产业的基本框架和大致方向。"在美国，20世纪30年代，其电影产业已经与钢铁产业、汽车工业等产业平起平坐，成为国民经济产业发展的重要支撑。"①第二次世界大战以后，随着美国、欧洲、日本、韩国等发达资本主义国家率先完成现代化的进程，其文化艺术产业的发展更是提上了发展的日程。20世纪60年代以后，文化艺术与经济的融合日益密切。各个发达资本主义国家都紧紧地抓住了历史机遇，并通过制定促进文化产业发展的政策与措施，促进了本国文化产业的大发展。

作为当今时代头号发达资本主义国家的美国，其文化产业一直引领着世界文化产业的发展。根据已有的研究成果，美国文化产业可以被划分为四个逐渐递进的阶段：萌芽阶段（1920年 – 1950年），初步发展阶段（1950年 – 冷战结束），快速发展阶段（冷战结束 – 1990年）和集群化发展阶段（20世纪初至今）。②

萌芽发展阶段（1920年 – 1950年）。在此阶段中，美国人及时地赶上了技术革命的新浪潮，并将电报技术、无线电技术、电视技术等科技的重大科技成果转化为生产力，融入传媒产业当中，极大地促进了传媒业的转型升级。美国的KDKA电台成功运作，成为传媒业中文化产业发展的领头羊。"五大影视巨头"也得到了前所未有的发展，他们发行的电影作品占整个当时美国电影市场的90%以上，成为在全球影视市场具有相当影响力的国际托拉斯。当然，这种发展一方面是由于企业根据市场规律抢抓机遇，积极生产的结果，另一方面也得益于美国政府出台的一系列取消对文化产业的政府管制，强调其自由发展的法律政策。

初步发展阶段（1950年 – 冷战结束）。美国抓住了信息技术和通讯技术革命等新的历史机遇，将此技术融入生产生活当中，快速发展了奠定其文化产业

---

① 林拓主编：《世界文化产业发展前沿报告》，社会科学文献出版社2006年版，第332页。

② 同上。

发展基础的传媒产业。美国当时的电视数量人均拥有量是全世界最多的。文化产业巨无霸迪士尼公司生产的《米老鼠与唐老鸭》等卡通片，就是将现代科技很好地融入了动画片创作和生产，从而具有非凡的艺术影响力，也横扫全球卡通片市场。在这个阶段中，美国还推出了相应的法令法规来促进文艺产业的发展，比如《人文艺术法令》(1965 年)。

　　快速发展阶段(冷战结束 – 1990 年)。在这个阶段，美国成为世界上唯一的超级大国和世界强国。也是在这个阶段，美国文化产业快速发展并放眼全球，开始在海外市场开疆拓土，实现全球化生产和营销的战略与策略，并取得了丰硕的成果。美国的文化企业通过兼并、收购等产业运作方式，形成了实力非凡的企业集团，并积极谋求海外市场。美国国家政府也适时推出了一系列的法规法律来推动美国文艺企业的兼并扩张，如《电子通讯法令》(1996 年)，使之成为世界文化产业强国。①

　　产业集群化发展阶段(21 世纪初至今)，这一时期也是全球化文化产业兼并重组，朝着集群化、集约化方向发展的阶段。此时，美国文化产业"集群化"的特点已经形成，其文化生产呈现集约化、巨型化。美国的文化企业在全球化激烈的竞争中抢得先机，主导了世界文化企业的并购浪潮。在这一阶段，美国文化产业从业人口超过了总人口量的 20%；美国的文化产业所占国内生产总值的30%，成为最主要的支柱性产业。②

　　作为发达资本主义老牌国家，其文化产业在世界文化产业发展中占有重要地位。英国是最早在政府层面提出创意产业优先发展这一理念，并制定了一系列的国家政策来扶持本国创意产业的发展，以重铸往日辉煌，提升英国新的形象，实现英国新的跨越。早在 20 世纪 80 年代铁娘子撒切尔夫人执政期间，英国就探索性地提出了实用经济与商业结合来刺激城市发展，并用"创意产业"来提升传统产业升级的发展策略。这一战略及其政策导向在后续的英国政府中都得以延续，"创意产业"已经作为促进英国产业升级换代，推动英国产业转型升级发展的稳固的国家战略。1997 年，时任英国首相的布莱尔非常重视文化创意产业的发展，不遗余力地大力倡导文化产业，着力将英国文化产业打造成"世界创意中心"。2000 年英国文化产业产值占其国民生产总值 GDP 的 7.9%。目前，英国文化产业直接从业人员已多达 150 多万人，间接从业人员约 45 万人，

---

① 孟东方:《美国文化产业的发展经验及启示》,《企业文明》,2012 – 03 – 15。
② 赵冬菊:《国内外文化创意产业发展现状及趋向》,《企业文明》,2011 – 11 – 15。

吸纳的就业人数占英国就业人口总数的 8% 以上。①

在英国的文化创意产业中,作为国家支柱性产业的英国旅游产业,其收入的 27% 直接来自艺术。文学产业、表演艺术产业和音乐艺术产业等同样占有举足轻重的地位。英国的文学成就闻名遐迩,举世公认。历史上,以莎士比亚为代表的经典文学家可谓光耀千古、响彻寰宇;当今时,以罗琳为代表的当代文学家也是声名远扬,家喻户晓。在文化产业背景下,英国的文学产业也获得了快速发展,取得了辉煌的成就。以罗琳为代表的当代的英国文学家,以出色的成绩奠定了英国文学产业在世界文学产业中的重要地位。据相关研究统计数据,仅罗琳创作的《哈利·波特》系列文学作品就被翻译成 62 种语言,目前统计到的总销量为 5.4 亿本,仅次于《圣经》。②

英国的音乐艺术也是其文化创意产业的支柱产业之一,在世界音乐产业中仅次于美国占据亚军地位。根据研究报告统计,2012 年英国音乐产业总增加值为 35 亿英镑(折合人民币约 350 亿元),英国音乐出口总额达 14 亿英镑,占总增加值的 40%。③ 另外,英国的表演艺术产业也发展良好,独具规模,其结构呈现出多样化的鲜明特点,形成了以大型商业公司为主要表演主体,以主要城市为表演场所和小型团体为表演补充,以小城镇为主要表演场所的和谐共存的良好局面。这也极大地促进了英国相关艺术产业的发展。

法国是世界文化产业的重镇。法国人也以浪漫而著称于世。一提到法国,法国的巴黎,印入人心就是"浪漫"二字。法国的浪漫文化孕育了法国的文学艺术。法国的艺术博物馆世界闻名,法国的时装、葡萄酒等也是世界闻名。并且法国首都巴黎是世界上著名的艺术之都。法国的艺术家也是世界闻名,影响深远。法国文化产业多聚集于其特色鲜明的文艺产业、图书出版产业、博物馆产业、旅游产业等范围。法国也是世界上图书出版、销售和出口的最重要的国家之一。据研究统计,法国的图书出版销售及其版权贸易量世界排名第一,占到了整个世界图书出版销售及其版权贸易总量的 14.7%。当然,究其原因,法国文化产业的发展得益于法国文化企业自身的努力和政府对文艺产业的重视。④

法国的博物馆产业、艺术产业、影视艺术产业、旅游产业也是法国文化产业

① 赵冬菊:《国内外文化创意产业发展现状及趋向》,《企业文明》2011 - 11 - 15。
② 《哈利·波特全球销量突破 5 亿册》,[EB/OL] http://tieba.baidu.com/p/890764957
③ 《英国音乐产业总增加值达 35 亿英镑》,[EB/OL] http://epaper.ccdy.cn/html/2013 - 12/31/content_114873.htm
④ 王海东:《法国的文化政策及其对中国的历史启示》,《上海财经大学学报》(哲社版),2011 年第 5 期,第 10—17 页。

的重要组成部分。据统计,法国有法文日报类报纸 136 种,总发行量超过 90 亿份。法国每年举办的艺术节有 600 多个,全国共有 800 多个博物馆,每年博物馆承办的展览超过 2000 个,吸引了全世界大批艺术朝圣者前往旅游考察。以旅游产业为例,法国每年的旅游产业总收入超过 350 亿欧元,仅有 6000 多万人口的法国每年接待超过 8000 万人次以上外国游客。每年来法国旅游的外国游客人数超过法国人口的总数。①

其他发达资本主义国家,如加拿大、澳大利亚等,也将文化产业作为国家的战略性、支柱性产业来定位,这里面最为典型的就是北欧四国。北欧四国中,丹麦、瑞典文化产业发展最好。据研究统计,瑞典文化产业占其 GDP 总量的 20%以上,全国大约有 10% 的人口从事文化创意产业工作,而在首都斯德哥尔摩的文化产业工作人员占全国文化产业人口的三分之一。②

亚洲的发达国家中,日本、韩国是世界文化产业强国。日本的文化创意产业已经成为其第二大产业,尤其是动漫产业发展非凡,成为世界最大的动漫生产和出口国家。当然,日本政府制定的一系列发展战略和政策措施是日本文化产业发展的基础。比如,2010 年 6 月,日本政府出台的促进日本文化产业在海外发展腾飞的《新增长战略》。韩国的文化产业占其总 GDP 的 15% 以上,在其国民经济中占有核心地位。作为资源非常有限的发达国家,早在 20 世纪 90 年代,就提出了“文化立国”和“资源有限,创意无限”的国家发展战略,并通过一系列政策、法规、措施,有力地推动了文化产业的发展。韩国的电视剧、网络游戏等文化产业享誉世界。③

总体上,世界发达资本主义国家的文艺产业发展有以下几个突出的特点:

1. 公司化运营,批量化生产,规模化经营。产业化的一个突出特点就是公司化运营,批量化生产,规模化经营。在产业化过程中,文艺产业规模化生产和经营不断扩大,出现了一系列大型的文化产业托拉斯。比如,影视产业中的福克斯电影公司,动画娱乐产业的迪士尼公司,音像制品和传媒产业的时代华纳等都是跨国性的大型集团公司。这些文艺产业托拉斯企业基本上控制了大部分的世界文艺产业,也从基本上决定了世界文艺产业的发展方向和选择路径。

2. 资本运作在整个产业化过程中占据主导地位。资本在文化产业发展过程中,处于绝对的领导地位。资本代表着产业化时代文艺创作的力量,决定着

---

①　袁勇麟,李薇:《文学艺术产业:趋势与前瞻》,四川大学出版社 2007 年版,第 39 页。

②　《瑞典文化创意产业发展概况》,[EB/OL] http://www.027art.com/art/gwsjxw/106862.html

③　鲍玉珩,洪俊浩:《美国文化产业现状与发展》,《电影评介》,2007 – 8 – 23,第 4 – 5 页。

文艺创作的发展方向,也决定着文艺产业的推进力度,产业规模,产业市场。据统计,美国的电视和广播产业也是由几家核心公司控制,正是因为资金雄厚,他们制作的电视节目占据了美国市场的垄断地位。并且随着产业化的发展,在全球化过程中,垄断了世界市场。比如,当今世界 95% 的国际文化艺术市场被时代华纳、迪士尼、贝塔斯曼等全球 50 家最大的媒体娱乐公司所占据。

3. 文艺产业在国民经济中占据重要地位,成为国民经济的战略性、支柱性产业。文化产业在当今时代已经成为国家的支柱性产业。文化产业的发展带动作为重要组成部分的文艺产业的腾飞,随着科技的进步,社会的发展,经济、文化、艺术一体化的趋势愈加明显,文化艺术经济化,经济文化艺术化。文化艺术已经成为国民经济发展的重要动力。在发达资本主义国家,文化艺术产业不仅是国家文化的基本形态之一,也越来越成为国家强大的经济实体,创造客观的社会效应和经济效益。发达资本主义国家的文化产业在国民经济中占据着重要的份额,已经成为这些国家的支柱性产业之一。比如,美国的文化产业占整个国民经济的四分之一,文化产业出口早就超越传统的钢铁、汽车等产业。文化创意产业已成为日本的第二大产业,其增加值已占 GDP 的 18.3% 。英国文化产业也占整个产业总量的 10% 以上,并且发展势头良好。

4. 文艺产业与其他产业相互融合,相互渗透,共同发展。随着时代发展,文化产业的推进,文艺产业日益与其他产业相互融合,相互影响。文艺产业越来越渗透到人们的日常生产与生活之中,表现在美学领域非常明显的就是审美日常生活化;同时,人们的日常生活和生产也越来越与文艺产业相结合,表现在美学领域里也就是日常生活审美化。这种相互融合,相互渗透、相互影响、共同发展,具体体现在文化艺术产业参与到其他的产业的生产之中,也体现在其他的企业以参股、控股、投资等等方式渗透到文艺产业之中。比如,英国文学产业的哈利·波特乐园、美国影视产业的迪士尼乐园,日本的动漫产业、韩国的游戏产业、德国和北欧的设计产业都带动了其国民经济的快速发展,也带动了文艺产业链的延伸,带动文艺衍生产品的开发利用。又如,韩国的三星集团、现代集团都积极挺进文化产业领域,日本的汽车产业集团也开始控股文化传媒公司,实行产业的融合发展。

2. 我国文艺产业化的历史进程

我国的文艺产业在 20 世纪 30 年代的上海已经具有了一定的产业规模。1949 年中华人民共和国成立之后,文艺隶属于国家事业单位,其产业化实践发展较晚。文艺的产业化真正起步是伴随着改革开放发展而来。按照现今理论界的研究成果,分为起步阶段(1992 年前)、扩展阶段(1992 - 2002 年)、全面发展阶段(2003年至今)共三个阶段。

起步阶段(1992年前)。中国共产党十一届三中全会以后,国家日益开放,在物质生产日益发展的背景下,人们的精神文化生活开始得到尊重。这一客观要求促进了文化娱乐产业的发展。广州和上海(1983年)在全国首先进行了录像的生产与经营,带动了全国音像产业的发展,此后,营业性音乐茶座、歌舞厅、卡拉OK、游乐场、体育场馆的演出等迅速风行大江南北。所有这些都冲撞着我国既有的计划文化体制和文化观念,迈开了我国文艺产业化前进的步伐。

扩展阶段(1992-2002年)。1992年10月,党的十四大提出了充分发挥市场在资源配置中的基础性作用,建设有中国特色的社会主义市场经济。这也标志着我国文化艺术产业发展的理论基础得以确立,我国的文化艺术产业迈入了全面扩展阶段。1993年中国嘉德国际拍卖公司的成立标志着我国艺术品市场的真正启动。同年,中国艺术博览会在广州开幕,此后每年都有艺术博览会举办。同时,一大批私人画廊和民间博物馆等也应运而生,这些都标志着文艺产业化的春天已经到来。

1997年党的十五大明确提出了发展文化产业的任务和要求。十六大报告明确提出要文化产业作为战略性新兴产业加以发展,这些国家战略及其相关政策为我国文化艺术产业的发展提供了强大动力。2003年,我国文化艺术及其相关产业所创造的增加值3577亿元,占国家整个GDP的3.1%。

全面发展阶段(2003年至今)。党的十七大在政府工作报告中明确提出将文化产业作为战略性新兴产业来加以发展,政府制定了相关发展战略和法律法规文件,全面支持文化产业的发展。根据相关的研究统计,截至2014年我国文化产业创造的经济价值已经远远地超过1000亿元,占整个国家GDP份额3.5%以上,文化产业的直接就业人数达到1250万人。文化产业已经成为国民经济建设中的重要一员。[①]

当然,在肯定我国文化产业快速发展的同时,也应该清醒地看到我国文化产业发展还存在诸多的问题。主要有以下几点:

一是文化企业普遍规模较小,资金薄弱,结构单一,普遍存在文化经营和管理人才缺乏的问题。现今上市公司中纯粹文化企业少之又少,所占百分比甚少。同样的,即使是上市公司,所占市值也比较小。文艺产业要发展还有很多问题要解决,尤其是资本如何有效进入和营运。"金融是现代企业运行的血液",文艺产业要发展壮大,必须要有金融的优先支持。所以怎么建立现代企业

---

① 袁勇麟,李薇:《文学艺术产业:趋势与前瞻》,四川大学出版社2007年版,第39页。

制度,强化文艺人才队伍的建设和管理,建立文艺企业资本投入平台,使得我国文艺产业进行发展快车道,是今后着重要解决的问题。

二是文化企业普遍存在资源分散,文化产品精神内涵和艺术质量有待提高的问题。今天我们文化企业所创作的文化产品还是很有距离感,缺乏基本的精神内涵、人文情怀。在全球化文艺产业激烈竞争的环境中,"内容为王"才是真正的王道,我国文艺产业要发展,必须提高文艺产品的质量,创作出具有中国气派、中国精神、中国风格的文艺产品;同时,强化文艺商品的推广和营销。

三是文化企业普遍存在创新能力不足,产业升级、形成品牌、价值延伸等基本问题。目前真正具有创新能力的企业还不多,影响力相对较小。比如,作为文艺产业中重要一员的动漫产业,我国在世界动漫产业中的影响力还十分微弱,在调查的影响青少年的十大动漫品牌中,我国动漫品牌中除了喜洋洋灰太狼有影响力之外,其余的都是日本欧美的动漫品牌。我国文化企业要发展壮大,必须要依靠文艺生产的创新,必须进行文艺产业的创新推动,并形成品牌,同时延伸文艺产品的价值链。

第三节　国内外相关的研究综述

国内学术界基于文艺产业化形成和发展的历史复杂性,以及产业化与文艺生产关系问题域的驳杂性,已有的研究成果总体上已形成了这样几种学术观点。

一是"市场策略"论。这种观点积极倡导从产业经济学角度对文艺产业发展的意义和可能实现的途径进行分析,这种观点策略性地选择了产业经营、品牌营销和有效管理作为自己的言说重点。

目前为止,针对产业化语境下,文艺创作从市场策略方面研究分析的论文,可谓硕果累累,见解独到的论文也为数不少。当然已有的研究成果主要着眼于影视产业、动漫产业这两个类别来进行研究。论者主要着眼于文艺产业发展之于当代中国经济发展而立论,积极倡导从产业经济学角度对文艺产业发展的意义和可能实现的途径进行研究。这种观点策略性地选择了产业经营、品牌营销和有效管理作为自己的言说重点。研究视角主要从投资角度、经济学角度等几个方面,研究者采用新方法,从各种新的角度、新的视野对文艺创作的市场策略方面进行了新的解读。

影视产业包括电影、电视剧和动画片,影视产业作为一种文化产业的重要一员,其创作和生产不仅要遵循艺术规律,更要遵循市场规律。这方面其主要的研究者有秦喜杰、王冀中、谭玲、王广振、张笑、魏婷、丁培卫等。

在《基于经济学视角的中国影视产业思考》一文中,秦喜杰首先从经济学的角度对我国影视产业的发展问题做了较为深入的分析与思考。他指出改革开放 30 多年来,我国的影视产业生产飞速发展,取得了不菲成绩的同时,与世界影视产业发达国家,如美国、日本、韩国等相比还存在巨大的差距。他认为我国影视产业的市场化产业化程度还有提升的空间,认为应努力提高其经济效益,使其能保持再生产能力和扩大再生产规模。并认为发展中国影视产业发展的关键在于加大政府政策的扶持力度,与时俱进的改变政府管理方式,降低观看影视产品的机会成本,并针对中国广大消费者的实际经济能力,我国影视生产提高产业集中度,应该降低电影票价,这样能够使得更多的消费者可以消费。同时,我国影视生产还应该大力开发利用影视产品的衍生产品,并增加知识产权保护方面保护力度,狠狠打击盗版,并适时引入风险投资机制,从更广阔的层面引导我国影视生产的发展。并指出我国的影视产业存在着巨大的发展机遇。[①]

同时,秦喜杰从投资角度对我国的电影产业规模做出了详细地分析,指出了现在我国电影生产与产业化相悖的一些问题,比如,依靠政府资金的人不管投资风险大还在大拍没有消费者市场的电影。提出了要我国的电影投资需要按照风险投资来运作。最后,提出了发展我国电影产业的 6 项对策。这种观点在他后来的研究中得到了细化,提出从影视投资分类、影视投资风险和不确定性决策进行界定和分析,提出六种利用影视投资组合降低投资风险的方法。这种定量研究思维对目前的影视投资理论和实践都具有重要的启发作用。[②]

在动漫产业方面的研究基于动漫产业的现状。中国动漫产业的发展相对来讲起步较晚,发展迅速,当然动漫产业发展过程中还存在诸多问题。很多论者对于动漫产业都给出了自己的分析和研究。相关论者主要是谭玲、殷俊、王广振、张笑、魏婷、丁培卫等。

谭玲、殷俊的《动漫产业》是国内研究动漫产业的第一本专著,他们以理性态度,科学的精神来剖析我国动漫产业,尤其对动漫产业的发展要素、动漫产业

---

① 秦喜杰:《基于经济学视角的中国影视产业思考》,《企业天地》,2010 年第 8 期,第 5 – 9 页。

② 秦喜杰:《影视投资分类、组合及风险控制研究》,《经济经纬》,2006 年第 5 期,第 152 – 154 页。

的诸多环节、动漫产业的发展环境等做出详细的分析与阐释,并在此基础上,提出了适应中国国情的动漫产业发展模式。这些研究具有一定的原创性、开拓性和前瞻性。其主要的创新在于:从理论上将全球动漫产业的格局划分为"三个世界",界定我国动漫产业目前还处于第三世界阶段。并认为发展动漫文化是发展动漫产业的基础,只有动漫文化得到政府、社会的真正尊重和普遍认同,动漫产业的发展才有希望。所以,要使我国动漫产业真正成为国民经济重要的经济增长点,就要为其正名,使之从目前亚文化、边缘文化的地位跃升为社会主流文化之一。本著作还集中探讨了动漫产业与中国传统文化、民族文化结合的可能性、必要性,并提出了将其实践的解决方法和路径选择。①

丁培卫的《中国民族动漫产业的价值链构建及品牌塑造》着重在我国民族动漫品牌塑造方面进行了深入的研究。丁培卫认为民族动漫产业的可持续发展离不开遵循产业价值规律的完整链条,我国动漫产业的核心竞争力也来自于文化品牌。我国动漫创作和生产不仅要继承优秀的传统文化精神,更要站在我国文化资源价值品牌塑造和推广的高度来重新认识动漫产业。他认为我国有丰富的传统文化资源,这些都给我们的文艺创新和艺术创作提供了源源不断的素材。通过创作和生产一批体现民族精神和时代特征的民族动漫精品,才能真正树立起中国动漫品牌的世界形象,同时更能增强中国传统文化特有的吸引力、感召力和凝聚力。②

而王广振从动漫产业链模式方面,通过对美日韩三国动漫大国动漫产业链模式的比较分析,找出它们之间动漫产业链模式的优势所在。该文提出了对我国动漫产业发展的五条建议:一是注重动漫产业链原创的生产,打造品牌产品;二是完善产业链的开发利用,加快衍生产品开发;三是重视原创动漫创作,注意动漫品牌的建设,制定鼓励文艺产业企业发展的政策法规;四是在动漫产业投资上,应实现投资方式和投资主体的多元化;五是动漫产业链需要发展的关键是能否得到大众认可。从而希望对我国的动漫产业发展有所启示。③

此外,其他研究从动漫产业竞争力角度出发来分析我国动漫产业发展的路径,如张笑、魏婷通过利用波特钻石模型,分析中国动漫产业的国际竞争力现状,认为机遇与挑战并存。认为只有在团结政府、企业和行业协会力量的同时

---

① 秦喜杰:《影视投资分类、组合及风险控制研究》,《经济经纬》,2006 年第 5 期,第 152 – 154 页。

② 谭玲,殷俊:《动漫产业》,四川人民出版社 2006 年版。

③ 丁培卫:《中国民族动漫产业的价值链构建及品牌塑造》,《山东社会科学》,2009 年第 2 期,第 47 – 51 页。

积极争取国际合作,才能真正提高中国动漫产业国际竞争力。殷俊、娄小庆等人的文章还提出了提高我国动漫产业国际竞争力的应对策略和可资参考的实践途径。①

陈晓菡,解学芳指出要政府对动漫企业的管理不能一味采取帮扶政策,还要加强政府对动漫生产的管理:既不能干预过多,又要张弛有度;更不能少了对版权的保护,做好版权保护也是在保护该产业持久发展。她提出了我国动漫产业发展遇到的六个主要瓶颈,并且针对这些瓶颈提出了自己的解决对策。②

王冀中总结了我国动漫创作和动漫产业发展的现状,指出了我国动漫创作和生产现实困境的客观原因有四点:动漫创作内容的缺乏,动漫品牌没有确立,盲目开发衍生品市场,动漫产业链尚未形成。他认为造成动漫产业现象困境最根本的原因是动漫产业链没有形成。动漫产业应该注重动漫衍生产品的开发利用,作者对造成动漫现实困境的原因作了客观的分析,但针对该客观原因并未给出具体的的对策分析。③

在文艺创作的知识产权方面,秦喜杰的《基于经济学视角的中国影视产业思考》在我国影视产业进一步思考的第四点中,提到政府应该提供相关政策法规的扶持影视创作与生产,并要制定严格保护知识产权的法律法规,狠打盗版,加大对违法者的惩罚力度,净化影视产业发展环境。提高编剧人员在整个产业链中利益分配份额,限制演员的报酬,并通过政府政策和资金扶持,如通过设立各类基金来促进我国影视企业发展。④

王冀中的《影响我国动漫产业发展的原因分析》中,对影响动漫产业发展的原因进行深入的分析,认为其原因比较复杂,其中第五点阐述了盗版的问题。指出制约我国动漫产业发展的重要原因之一是屡禁不止的盗版问题。我国的文化商品市场长期以来受到猖獗严重盗版市场的困扰,游戏、影碟、图书、软件、

---

① 王广振:《中国演艺产业发展反思与演艺产业链的构建》,《东岳论丛》,2013 年第 4 期,第 5 - 12 页。

② 张笑,魏婷:《中国动漫产业国际竞争力分析》,《国际经贸探索》,2009 年第 3 期,第 29 - 34 页;殷俊,娄小庆:《中国动漫产业国际竞争力的 SWOT 分析及其对策》,福州大学学报(哲社版)2009 年第 3 期,第 48 - 51 页;詹小琦:《中国动漫产业分析——基于钻石模式》,辽宁工程技术大学学报(哲社版),2013 年第 9 期,第 479 - 484 页。

③ 陈晓菡,解学芳:《论我国动漫产业发展的六大瓶颈与发展趋向》,《中共宁波市委党校学报》,2012 年第 4 期,第 76 - 82 页。

④ 王冀中:《影响我国动漫产业发展的原因分析》,《理论与探索》,2009 第 2 期,第 107 - 108;王冀中:《中国动漫产业发展现状分析》,山西大学学报(哲社版),2009 年第 3 期,第 123 - 126 页;王冀中:《试论动漫衍生产品的开发》,《中国出版》,2009 年第 6 期,第 22 - 25 页。

品牌形象等都受到盗版的侵害。①

在文艺创作的资金方面,秦喜杰的《基于经济学视角的中国影视产业思考》认为应降低观影的机会成本,降低电影票价。作者认为播放影视产品可利用多种媒体平台(媒体、网络、手机等)来降低消费影视产品的机会成本。此外,可以通过差异化的竞争方式来与国外影视产品进行竞争。当然,最为重要的还是内容为王,只有创作和生产出优秀影视产品,才能使得我国影视产业实现质的飞跃。对于我国电影的票价问题,认为可以通过市场的竞争和调节(如大片和优秀影片的数量、增加影院和银幕),可能会让电影票价回到一个合理水平,以培养稳定的消费者。②

张笑、魏婷在《中国动漫产业国际竞争力分析》中阐述到动漫产业需要有庞大的资金持续不断地支撑,属于资金密集型产业。他们指出我国动漫产业的投资渠道相对不畅,风险投资相对缺乏,这些问题严重制约了我国动漫产业的发展。③

综上所述,目前为止针对文艺创作市场策略论的深入研究还相对较少,大部分只是阐述文艺创作中的某一类(如电影产业、动漫产业),而不是从整个文艺创作来讲,因此不够完善。对认清文艺创作发展存在的深层次问题也并未做过多的阐释,尤其是针对产业化语境下我国文艺创作市场策略所存在问题应该采取的有效的有力的应对措施,还没有多少比较系统深入的研究。大部分著作均涉及四点:文艺创作的原创力;文艺产业化的集中度;文艺创作的知识产权;资金方面。其他方面讲的不是很多。也只是表面,并未落实。但是近几年来我国政府在各个方面都给予我国动漫产业以重点扶持。我们深信,随着我国文艺产业化的不断发展,我国文艺产业将会迎来真正的春天。

二是"文化策略"论。这种研究视角主要着眼于中国文艺产业的危机症候、边缘化趋势以及对于经济发展和文化安全的负面影响而立论,这种研究视角的理论成果针对中国文艺及其产业的公共性危机表达了精英知识分子形而上的道义立场与救赎情结。我们归纳已有的研究成果,从文化策略论角度来阐述的主要有以下内容。

---

① 秦喜杰:《基于经济学视角的中国影视产业思考》,《企业天地》,2010 年第 8 期,第 5 - 9 页。

② 王冀中:《影响我国动漫产业发展的原因分析》,《理论与探索》,2009 第 2 期,第 107 - 108 页。

③ 秦喜杰:《基于经济学视角的中国影视产业思考》,《企业天地》,2010 年第 8 期,第 5 - 9 页。

1. 我国文化产业化、文艺产业化发展现状的总结。

袁勇麟和李薇《文学艺术产业》较早和较全面地归纳和总结出了现如今文化产业化这样一个发展的地位性:"文化产业发展已经成为社会经济发展的一个重要环节,它为整个社会的经济建设发展提供了软性的支撑力量,以其独特的生长方式渗透到社会的各个角落,繁衍出一派蓬勃兴盛的景象。文学艺术产业作为文化产业的重要组成部分,必然要做出自己的应有的贡献。"①

随着文化产业的发展春天来临,文学艺术也沐浴着春风细雨的滋润,从中得到了新的发展机遇,文学艺术迈入产业化的轨道,并得到前所未有的迅猛发展。正是在这样的背景下,文学艺术的创作也发生了翻天覆地的变化,不再是以前单一的以创作者——艺术家的思想为中心的创作,创作的成果也不再是为少数人服务和拥有,而是在慢慢地趋向于广大的普通消费者,创作更注重当代消费市场的需求,更加关注与消费者的消费需求和消费心理。在这种语境下所创作出来的作品要受到消费大众的喜爱,符合消费大众的审美需求,最终得到消费者的认可,所以,文学艺术创作的审美标准也必然随之发生着变化。在产业化语境下,可以说艺术家所创作的作品不再是独一无二的唯一"这一个",而是标准化大生产的结果,是按照现代工业化大生产进行的标准化创作、流水线作业,分工合作的结果。

2. 动漫产业化中文艺创作的文化策略分析。

动漫产业作为文艺产业中的一个重要部分,自身蕴含着巨大的文化力量,是一个国家文化发展软实力的象征。民族动漫的优势发展不仅是对本民族传统文化精神内涵的继承,更是要与世界创新意识的结合。但是从现有的动漫市场来分析,中国动漫产业并没有落实到这一点,并没有充分的挖掘出我们中国传统特色和深厚历史文化的潜能,也没有充分体现民族的创新意识,具有中国气派、体现中国精神的动漫作品相对较少,更多的是仿照他国的动漫形式,从而渐渐地在失去自身的价值,也失去了消费者的青睐。

《新时期中国民族动漫产业核心竞争力研究》(丁培卫)着重于研究了我国传统历史文化资源潜力在动漫产业中的挖掘和应用,指出要将中华民族深厚的历史文化与新兴的动漫产业相结合,相融入,创造出属于我们本民族特色独一无二的动漫作品,向世界展示出我们中华民族特有的历史文化的力量,激发我

---

① 张笑,魏婷:《中国动漫产业国际竞争力分析》,《国际经贸探索》,2009 年第 3 期,第 29－34 页。

国动漫产业的活力,挖掘动漫产业的潜在民族力量。①

丁培卫提出了现阶段提升民族动漫产业实力的途径四个建议:"将中国传统文化和民族精神融入动漫作品;保护动漫产业知识产权,延伸动漫产业链条;充分发挥动漫游戏产业基地的示范带动作用;着力提升动漫产业人才的原创能力和综合素养。"并且丁培卫在《中国民族动漫产业的价值链构建及品牌塑造》一文中也表述出:"要想提升动漫产业的核心竞争就要注重塑造文化品牌,创造具有中国特色的动漫品牌,品牌的塑造应具有深厚中国历史文化底蕴,准确表达中国特色的文化精神。当然,要发展好动漫产业除了品牌的塑造还要有创新意识并且要符合市场大众的需求。"②

从丁培卫的相关研究和探讨中可以看出,要想发展好民族动漫产业,将动漫产业和本民族优秀的传统文化相结合,充分挖掘出优秀的文化资源的内在潜力是一条切实可行的路径。在充分利用民族优秀文化传统的同时,还要注重树立好我们本民族的动漫品牌,经营好品牌文化,并努力结合创新意识,开拓创新,关注市场大众的需求。只有做好这几点,才能创作出优秀而又独特属于我们本民族独一无二不可替代的动漫作品,发展我国动漫产业。

刘轶在研究《动漫产业的发展与国家文化软实力提升》时也同样提到:动漫产业的发展与文化软实力的提升有着密切的联系,动漫品牌从文艺创作方面看是艺术品牌,从经济角度看是商业品牌,从文化角度讲是民族文化象征。动漫产业的发展能够推动民族文化打开国门,走向世界,使我们民族文化品牌在世界范围内形成,从而提升了我们民族文化的世界地位,提高我国文化软实力有着积极的作用。③

刘轶和丁培卫在如何发展好我们本民族的动漫产业上拥有着相似的观点,就是推动动漫产业的发展时,要结合本民族的优秀文化,形成强大的本土文化品牌力量。可见,要想发展好动漫产业,民族的优秀文化对其的深远影响。

李秋香曾在《传统文化创造性采借与中国动漫业创新性发展》一文中做过这样的总结:"动漫业简况以及动漫业发展中的问题,我国动漫业发展本来有着良好的基础,但80年代后发展开始落后于其他国家,国产动漫中缺乏魅力和创新性不够吸引人;以及动漫创作者对中国传统特色文化的陌生化,导致现在的

---

① 袁勇麟,李薇:《文学艺术产业》,四川大学出版社2007年版,第1-2页。
② 丁培卫:《新时期中国民族动漫产业核心竞争力研究》,《社会科学辑刊》,2010年第4期,第259-262页。
③ 丁培卫:《中国民族动漫产业的价值链构建及品牌塑造》,《山东社会科学》,2010年第2期,第47-51页。

创作者缺乏对中国传统特色文化的理性认识和应用,没能够把中国传统特色文化应用到动漫产业设计中去。在借鉴和应用传统文化资源中,题材内容不新颖、创新和创意缺乏是我们国产动漫致命的弱点。在形式上,要把传统特色文化中的特色元素、特有符号应用到动漫创作之中,另外我国民族文化鲜明的地域特性更为动漫创作增加了独特个性的创作领域。无论是形式还是内容上,都应该把中国文化的特色应用到动漫的创作中去。我们的动漫产业应该是我们民族特色文化的缩影,而不是为了市场的需求而慌乱了创作中美的规制。"①

从以上学术界知识精英中的研究文献中我们可以看出,对于文艺产业化的发展,其中对于动漫产业化的研究颇为偏多,这些研究成果大多分析了当前动漫产业的发展现状和发展趋势,以及发展中的危急症候,指出当代我国动漫产业的发展没有利用好我国丰富而又特色的传统文化,创新性设计实力不足,以及他国动漫产业对我国动漫创作的影响,对于我国文化形象的品牌的建立,他们的文化策略大多在强调要利用好我们本民族的优秀历史文化,抓住我国的特色文化,结合时代需求进行对动漫产业的创新,打开我国特色动漫产业的市场,树立我们民族特色文化品牌,抛开对他国动漫创作的模仿,使我国动漫产业独立、特色而快速发展并走向世界。

3. 电影产业中文艺创作的文化策略分析。

电影产业同样是文化产业的一个重要分支,在当今世界的文化产业格局中电影产业也扮演着十分重要的地位。大力发展电影产业,对于弘扬社会主义核心价值观,发展我国优秀传统文化,满足人民群众日益增长的精神文化需求,促进文化和经济的协调发展,增强国家文化软实力,提升我国文化的国际竞争力具有十分重要的意义。改革开放以来,电影产业不断深化改革、不断创新,所创作出的产品日趋丰富,但是所创作的产品存在着一个严重的问题:效仿其他国家很严重,并没有充分利用我国的特色文化,没有显现出我们中华民族的特色文化的优势和特点。

王一川、尹鸿、郭必恒、刘轶、王翌、徐钢、张阿利、许波、高红雨、徐春玲、李勇、张娟、杨柠等人在关于中国电影文化软实力的问题研究时,认为中国电影业的迅速发展基于中国五千年优秀的文化,"主要体现在三个方面:(1)改革开放以后发展中国文化的观念发生了转变;(2)文化产品在国际传播中的地位日益提升;(3)全球化给中国文化产业的发展带来了机遇与挑战。"中国电影产业的

---

① 刘轶:《动漫产业的发展与国家文化软实力提升》,《西南民族大学学报》(哲社版),2010第5期,第223－228页。

发展为我国文化软实力的建设做出了积极的贡献,但是,中国电影在文化软实力构建方面也产生了一些不良状况,大致归纳为以下三个方面:1. 民族性、主旋律等意识形态因素导致影片的国际传播效果欠佳;2. 文化价值取向的不明确在一定程度上扭曲了中国文化和国家形象的塑造;3. 我国电影产业在国际市场上的推广机制还不够完善。①

从以上学者对于中国电影的发展现状和缺陷以及针对缺陷所提出的解决方案的系列研究成果中,我们可以看出,要想发展好中国的电影产业,就要充分利用好中国特色的民族文化,努力将传统与现代相结合,推出具有中国特色的电影产业,是增强中国的文化软实力,让世界了解中国特色的民族文化重要的建设途径。

彭凯、王战、杨婷、李一敏、潘成敏等在研究中提出借鉴好莱坞大片的营销策略,尤其是借鉴其文化营销强化电影的策略加强国产电影营销的建议中写到:"要从创新融资和制作方式、注重国产电影品牌、注重后电影市场的开发以及利用以市场为中心的整合营销方案四个方面来打开我们中国的电影市场。"②从他们所提出的如何发展中国电影产业的建议中可以看到充分利用本国特色的民族文化,创造中国特色的电影产业,对于发展我国文化产业有着重要的意义。③

---

① 李秋香:《传统文化创造性采借与中国动漫业创新性发展》,《社会科学论坛》,2009 年第 2 期,第 150 - 153 页。

② 这方面的研究成果主要有:王一川,郭必恒,张洪忠,唐建英:《中国大陆电影现状及其软实力提升策略》,《天津社会科学》2009 年第 4 期,第 110 - 114,119 页;王一川:《国家硬形象、软形象及其交融态——兼谈中国电影的影像政治修辞》,《当代电影》,2009 年第 4 期,第 14 - 17 页;王一川:《理解中国国家文化软实力》,2009 年第 10 期,第 60 - 63 页;尹鸿:《中国电影与国家软形象》,《当代电影》,2009 年第 4 期,第 17 - 20 页;《走得出去才能站得起来——全球化背景下的中国电影软实力》,《当代电影》,2008 年第 2 期,第 10 - 14 页;刘轶:《政治意图、文化软实力与文化产业》,《江淮论坛》,2009 年第 5 期,第 105 - 109 页;刘轶:《文化产业与文化软实力的发展机遇》,《毛泽东邓小平理论研究》,2009 年第 7 期,第 76 - 77 页;徐刚:《华语商业"大片"与"文化软实力"问题》,《天府新论》,2011 年第 2 期,第 106 - 110 页;徐春玲:《电影文化软实力的提升与国家形象传播》,《新闻界》,2012 年第 1 期,第 54 - 56 页;杨柠:《中国电影的文化软实力构造》,复旦大学硕士研究生论文,2010 年 5 月,等等。

③ 这方面的研究成果主要有:彭凯:《当代美国独立电影的营销机制及对中国低成本电影的启示》,《电影艺术》2012 年第 3 期,第 103 - 109 页;王战:《好莱坞电影的营销和推广策略研究》,《湖南大众传媒职业技术学院学报》2012 年第 5 期;潘成敏:《何去何从:从好莱坞电影的营销策略引发对中国电影营销的思考》,《科技信息》,2010 年第 23 期;杰森·斯奎尔:《美国自制电影的营销与发行》,《电影艺术》,2012 年第 2 期,第 109 - 116 页;李一敏:《浅谈好莱坞大片营销对中国电影营销的启示》,电影文化,2014 年第 20 期,第 017 - 018 页,等等。

电影产业的发展和动漫产业的发展途径的研究可以说是相同的,要想发展好电影产业,就要充分利用好本民族特色的民族文化,传统与现代创新结合,树立本国电影文化品牌,走向世界,向世界传播我们本民族的优秀文化形象。

4. 网络文学产业中文学创作审美的文化策略分析。

随着科学技术的发展,互联网技术的传播和应用,网络文学正悄然无声的进入人们的文学视界,随着图像时代到来,"读屏"正在慢慢地取代"读书",这不仅仅只是阅读方式的转变,其阅读的内容也随着时代的发展而改变,阅读内容已不再像以前我国传统的文学艺术中,用诗意的审美来表达文章的内容了,文学艺术的审美方式、审美内容、审美理想等在网络文艺时代已经发生了巨大的改变。

在欧阳友权、禹建湘、陈宁来、罗怀、罗孟冬、韩啸、王哲平、柯秀经、姜英等研究者的研究成果中,他们指出随着网络文学产业化的到来,网络文学的审美方式发生了巨大的改变,在网络文学时代作家的追求目标已经不再是用诗意来表达文章的审美,而是随着社会的发展,物质世界的改变,精神世界的改变,文学的消费性指向由边沿移向中心。"网络大规模复制技术的运用,世俗的感官愉悦,平面化的消费性审美更多在网络这个空间里泛滥,世俗的表达慢慢取代了终极价值审美追问。"文学审美开始走出象牙塔,逐渐融入平凡,无论是内容还是形式都有别于传统的创作方式。①

在王哲平、涂苏琴的《网络文学的审美特征》一文中,他们也曾指出作为一种新型的文学样式,网络文学"完全打破了有史以来纸介质印刷文学独占文坛的垄断格局,而且以其迥异于纸介质印刷文学的创作方式、存在方式、传播方式、接受方式及价值取向",呈现出自由言说的快乐审美、虚拟世界的临场审美和读写交互的动态审美等审美特征,进而向传统文学发起了挑战。②

网络文学的审美变化,使得我们传统的文学审美表达被人们慢慢所遗忘,文学创作纯粹是为了迎合大众的审美需求,获取经济利益而进行,长此以往,将

① 这方面的研究成果主要有:欧阳友权:《网络文学:挑战传统与更新观念》,《湘潭大学社会科学学报》(哲社版)2001 年第 3 期,第 47 – 51 页;王哲平,涂苏琴:《网络文学的审美特征》,《南昌大学学报》(哲社版),2006 年第 2 期,第 112 – 114 页;柯秀经:《网络文学的审美特质》,《华中师范大学学报》(哲社版),2003 年第 5 期,第 80 – 82,106 页;陈宁来:《网络文学审美的特殊性及其审美缺陷》,《学术交流》2007 年第 2 期,第 180 – 182 页;禹建湘:《产业化背景下的文学网站景观》,《中南大学学报》(哲社版)2012 年第 126 – 130 页;韩啸:《论网络文学的审美嬗变与价值重构》,文艺研究,2010 年 11 月第 6 期,第 237 页。

② 王哲平,涂苏琴:《网络文学的审美特征》,《南昌大学学报》(哲社版),2006 年第 2 期,第 112 – 114 页。

导致我们传统的文化传承产生新的问题,我们中华五千年的优秀文化不应该随着时代的变迁、随着科学技术的发展而被世人所遗忘,我们应该在追随时代发展的脚步的同时传承我们民族的优秀文化,而不是抛弃和遗忘。

从以上综述中分析,我们可以看出,无论是动漫产业、电影产业还是网络文学,国内的文学专家们都关注到了同样一个问题:文艺产业的发展随着科学技术的发展,时代的变迁,传统的审美意识会不断地被更新取代,文艺产业语境下的文艺的创作不再沿用传统的审美意识,而是出于经济利益的需求,寻求经济效益的最大化,所以常常迎合市场的需求而创作,不再追求产业化之前的"独一无二",而是趋向于大众化审美趣味的发展。所以,产业化语境下的文艺创作和生产必须大力发扬和弘扬我们本国优秀的特色文化,挖掘民族文化的潜能,树立好我们本民族特色文化的品牌,并通过文艺产品这种方式使得我国优秀传统文化走出国门,向世界宣传我们的民族文化的美好。只有将传统文化融于现代创意来发展文化产业才能更好地推动中国特色社会主义建设事业的发展。在全球化激烈竞争的世界里,我们要打开我国特色文化的大门,发挥特色文化的软实力,创造出具有中国气派、中国风格、中国精神的,具有我国特色的独一无二的民族文艺产业。

三是"技术策略"论。这种观点根据文艺的传播、文艺生产方式特点等研究我国文学艺术生产,提出增强我国文艺原创、文艺传播能力的必要性和可能性途径;这些研究者从理论上对电子媒介和市场语境下的艺术生产及其美学价值旨归、艺术产业化的合法性等进行了较充分论证。

现代经济快速发展,科学技术取得了日新月异的进步,成为支撑文化产业发展的重要动力。现代科技技术既带动物质生产的发展,也带动着文学艺术生产的发展。文学艺术生产在科技日益发达的背景下也依赖于一定的生产技术联动发展。文学艺术产业化即是以现代科技力量为支撑,以创意为前提的。从某种意义上说,现代技术形成了以规模经济为前提条件的文艺产业,并带动了我国文艺产业的壮大和腾飞。

在这个网络技术高速发展的时代,大量的艺术作品的生产、制造、传播与消费,都是通过网络进行的,电子媒介具有最先进最快速最宽广的市场发展前景。因此在当代社会,电子媒介以其独有的经济运作方式,成为艺术产业化最主要的技术因素,对艺术的产业化发展产生深远的影响。已有的研究成果主要集中在以下几个方面。

1. 电子媒介语境下的文艺生产技术策略的哲学研究。

袁勇麟和李薇在《文学艺术产业——趋势与前瞻》一书中,通过多角度多侧面的剖析与探究,对我国文艺产业的发展现状、社会地位、发展趋势等方面进行了具体分析。袁勇麟表明,新技术是文化和艺术在产业化进程中需要共同面对的挑战,文化和艺术并肩作战,如同手足兄弟,在精神需求与新技术的共同指引下摩拳擦掌,寻求自己的一席之地。他也指出,虽然文艺产业化发展已经既成事实,但对其忧虑意识并未消散。因此,他从文化艺术的本质与特性出发,从根本上证明文艺产业化的合法性、正当性以及文艺产业化与经济效益和社会效益的关系,使得文艺产业化得以正名。[①]

研究学者陈定家认为,科学技术与文化艺术联系到一起,是现代传媒不断发展的必然结果。科学技术影响着传媒的演进和发展,并且逐步影响到文学艺术的命运和发展方向。因此,我们可以认为,文学艺术的发展和历史正是传播媒介的进化史。他在《“超文本”的兴起与网络时代的文学》一文中深入探讨网络对文学的影响,认为“超文本”与媒体的结合,促进了文学的图像化、声像化,影像使人们对于文字的理性思考遭到了剥夺。并指出:“网络时代正在悄然地改写关于文学与审美的思维方式和价值标准。”他还在《“审美泡沫”:文化消费意识与广告》一文中提到,广告是一个时代消费和审美的象征,广告的价值观念和行为模式的诉求表现了同一文化的亲和力,极易唤起消费者的文化认同,从而促进购买行为。商品的生产和消费成为艺术的生产和消费,使得物质产品和精神产品都变成了消费品,艺术也成了消费品。[②]

2. 文艺产业化中技术的发展与创新研究。

为实现我国文艺产业化的蓬勃发展,我们需要加强文艺生产中技术的研究与开发,从创作到生产到传播,提升艺术产品的技术含量。我们要重视产业技术先进设备和创新制作方式的引进,通过引进、消化、吸收和创新,熟练掌握世界先进的产业技术,在不断提高文艺产业的技术水平和技术含量的基础之上,通过寻找技术关键性问题的突破点,加以改变和创新,从而有效推进我国文艺产业的发展。

贾秀清在《数字媒体热点透视》一文中指出,经过历史和现实一次又一次的证明,技术问题的解决,可以带来经济发展和文化发展的繁荣。技术的解决和创新是关键点,也是一个民族与国家的核心竞争力和重要发展方向。贾秀清以

① 袁勇麟,李薇:《文学艺术产业:趋势与前瞻》,四川大学出版社 2007 年版,第 156 – 158 页。

② 陈定家:《现代传媒对文学艺术的影响》[J]. 甘肃社会科学,2000 年(6),第 1 页;陈定家:《“超文本”的兴起与网络时代的文学》[J]. 中国社会科学,2007 年,第 3 期,第 161 – 175 页;陈定家:《“审美泡沫”:文化消费意识与广告》[J]. 北京化工大学学报,2002 年,第 3 期,第 38 – 43 页;陈定家:《市场与网络语境中的文学经典问题》[J]. 文学评论,2008 年第 2 期,第 42 – 46 页。

苹果公司的产品为例,以其企业成功的过程为脉络,讲述了技术的创新与文艺产业的关系。在技术创新方面,苹果手机以其独特的三轴陀螺仪搭载方式,使机身能够感应到来自三个维度方向的变化,对用户动作的感应能力大大增强,对于有重力感应设置的游戏,用户能够进行更加完美的体验和操作,更加接近于真实感受。另外,贾秀清在文中也分析了电影《阿凡达》。这部 150 分钟的电影共有 1600 多个特效镜头。其动画渲染所需的硬盘存储空间需要由 500 块 2TB 的硬盘来搭建,这需要极大的技术支持。[1]

陈定家在《电子传媒与文艺传播》一文中阐述了电子传媒的力量及影响,他认为电子传媒是多媒体与文学艺术等多种学科完美结合的技术。指出电子传媒对文艺创作和传播产生的巨大的影响,电子书刊的制作涉及各方人士,促进多行业间的紧密结合与协作,并思考了网络使艺术生产者和消费者直接交流所引发的益处及弊端。[2]

由此看来,技术到了文化家、艺术家手中之后,与他们的理念碰撞出新的火花。传媒技术的创新是文艺产业的动力,而文艺产业则是引导传媒技术广泛应用并产生效应的重要社会化体系,两者和谐而统一。创新的技术,完善的文艺产业体系,能够催生出良性的技术效应和丰硕的文艺产业成果。然而,技术与文艺产业的统一方式是纷繁多样的,电影、电视、网络以及现代新媒体作品,都是两者统一的创新体现。

3. 文艺创作和生产与新媒体的关系研究。

关于产业化语境下新媒体与文艺创作和生产已有的研究成果主要集中在两个方面。

第一,关于发挥新媒体在文艺产业中的作用方面的研究。

刘倩含指出,新媒体是传播媒介的传播途径不断更新的重要载体,同时是促进文艺产业升级换代的重要手段。以往文学艺术传播主要依靠传统的四大媒介进行,新媒体兴起以后,文艺传播渠道增加,传播速度加快,传播范围拓展,为文艺产业的发展带来了巨大的空间与前景。[3]

贾秀清在《新媒体时代的动画新发展》一文中阐述了新媒体时代对动画的

---

① 贾秀清:《数字媒体热点透视》,《中国传媒大学学报》,2011 年第 7 期,第 4 页。
② 陈定家:《"审美泡沫":文化消费意识与广告》,《北京化工大学学报》,2002 年第 3 期,第 38 - 43 页。
③ 刘倩含:《我国文化产业发展现状及对策研究》,辽宁大学,2013 年,第 50 - 51 页;刘倩:《文化产业集群发展探析》,《重庆科技学院学报》(哲社版),2011 年第 22 期,第 139 - 140,147 页。

冲击,它催生了动画的多样化,并详细展开生产模式、创作形式、传播方式的多样化的讨论。①

第二,新媒体与文艺创作和生产创新途径研究。

从本质来看,富于创新精神的文艺产业与拥有无限前景的科学技术之间,一定有着天然的亲和力。

研究学者黄永林指出,产业化语境下的文艺是现代技术和文化传媒高度结合的产物,现代新媒体技术是提升文艺产业,尤其是文艺创作和生产创新的主要手段和途径。②

现代科技与文化产业的融合创新途径主要有两个方面。第一个方面,是文化产品生产方式的创新。在强大的技术手段支持下,最大限度发挥了其美好的创意,使虚无的幻想转化为丰富的现实,催生出更多创意与想象,生产出更多富有创意的文化表达方式。新媒体在这个方面有着优势。第二个方面,是文化产品传播手段的创新。现代科学技术对于文化艺术产品的传播具有革命性的作用。现代科技使得文艺产业的传播表现出空间广泛化、时间迅速化、方式现代化等特征。特别是网络、新媒体技术等科学技术的诞生,使文艺产业传播途径更大更宽,周期更短,传播效率更高。

科学技术竞争力是文艺产业核心竞争力的必要条件,而新媒体的到来,加快了文化与科技结合的进度,提升了文化与技术融合的高度,对于促进我国文艺产业的创新,提高我国文艺产业的综合竞争力,有着积极而深远的意义。

4. 关于文艺产业化的技术悖论思考的研究。

随着科学技术的快速发展,新媒体及其他创新生产方式的引入,科技逐渐占领了主动地位,操纵着当代文化艺术的生产和消费。显然,这样的新结构的产生是文化艺术产业在现代语境中所经历的事实,同时也让我们看到技术日益完善所带来的美学危机。

研究学者张冬梅在《产业化旋流中的艺术生产》一文中,深刻思考了技术与文化艺术之间的问题,她指出,技术在打破艺术生产发展中的障碍的同时,其自身也在飞速发展、壮大。而且通过分析,我们又不难发现,技术已从单方面的操作层面悄无声息地渗透和蔓延至艺术生产的理念层面,并且呈现出一种驾驭艺

① 贾秀清,阮婷:《新媒体时代的动画新发展》,《南方电视学刊》,2011 年第 10 期,第 72 - 74 页。

② 黄永林:《文化产业发展核心要素关系研究》,《社会主义研究》,2011 年第 10 期,第 2 - 3 页。

术形态和审美取向的趋势,这一趋势的发展应引起人们对科技发展与文化艺术生产关系的反思。①

相关研究学者孟繁华认为,在现代科技发展的语境中,网络的兴起与飞速发展已成为无可厚非的事实。网络作为传播媒介,拥有广阔的公共论域和较宽泛的话语空间,但是与此同时,其独特的意识形态形成了霸权的地位。生产企业完全支持艺术家对新技术效果的折服,技术带来的美好效果与可能性前景吸引着生产者和消费者,同时也给企业带来了丰厚的利润,其中不可避免地产生了美学交换经济利益的内在形式。相对于物质生产而言,技术在审美性创造的艺术生产中更明显地体现出其作为一种悖论性的存在。②

针对这一问题,袁勇麟在《文化与艺术产业》一书中指出,随着电子信息时代的到来,新媒体、新传播方式的介入,文学和艺术发生了很大的改变,关于文学的终结之声随之而起。因此,文学难免面对"失语"的窘境。文学在其言说方式上,如果不与现代媒体语言相靠拢、相顺从,那么文学的生存将越来越困难。不过,袁勇麟也并未因此盲目附和文学的终结论,而是逆向思考,并认为在现代传媒语境下,文学与传媒的格局已发生显著而重大的变化。他认为研究媒介的冲击力,对文学艺术产业进行事实分析时,不能单方面止于文学与新媒介结合后产生的新类型,更应全面思考新媒介对于文学的深层本质的冲击,以及其如何影响和改变文艺产业的生产。如此分析,才能真正从根源出发,深入地挖掘复杂的文艺产业化现状。③

总之,科学技术正在推动与完善文化艺术产业的发展,文化艺术产业也以其最适宜的方式接受着高新技术的引进。在现代电子媒介语境下,多媒体技术的推广,使得非必要的劳动被电脑取代,影视制品中庞大的外景费用有了很大程度的减少,并且以电脑特技取代了现实中高难动作与画面带来的破坏与高昂费用。科学技术在实现人们的文化艺术创意的进程上提供了便利,促进文艺产业高效、快捷的发展。

文艺产业的发展形态应该结合经济发展与现代科技,体现出文艺产业与当代生活相适应的发展状态,具有多元性、大众性和时代性;同时,体现出人文价值与长期的战略眼光。概括地说,文艺产业对当下生产方式的表现属于一种现

---

① 张冬梅:《产业化旋流中的艺术生产》,复旦大学出版社 2004 年版,第 93 - 94 页。
② 孟繁华:《传媒时代文化领导权的重建》,《辽宁大学学报》,2004 年第 1 期,第 7 页;孟繁华:《市场经济条件下的大众文化及生产》,《海南广播电视大学学报》,2003 年第 3 期,第 25 - 30 页。
③ 袁勇麟,李薇:《文学艺术产业:趋势与前瞻》,四川大学出版社 2007 年版,第 69 - 95 页。

实言说,而只有真正涵盖历史、现实、未来的艺术表现才能体现对于人类全面发展的长远功效。

国外学术界对文艺生产问题的探索以法兰克福学派对文化工业的批判为肇始,他们对艺术生产的商品原则、标准化生产模式、意识形态功能等进行了深入的揭示,对文艺的工业化生产方式持否定态度;而本雅明则从产业化使艺术品从宗教仪式的古老传统中、从少数人的垄断性欣赏中解放出来,最终使美由殿堂走向民众这一角度对此加以肯定。英国"伯明翰"学派以及杰姆逊为代表的西方后现代理论家对"文化产业"及其文艺生产等问题进行了重新考量,在批判文化工业带来严重后果的同时,指出当今的美学生产已经与商品生产普遍结合起来,并强调了大众在接受"文化产业"文艺产品的主动权。国外学术界对产业化语境下中国文艺创作的美学规制的研究目前还阙如。但是,他们自身文艺产业化语境下的创作和生产给我们留下了重要的启示和诸多思考。

从总体上看,已有的研究成果主要集中产业化与文艺的关系的探讨,而对产业化进程中文艺创作美学规制的研究还相对零散,有待进一步学理化、系统化。本课题就是希望在吸收学术界已有研究成果的基础上来系统地探讨产业化进程中文艺创作的美学规制问题,建构文艺产业发展中文艺创作美学规制的动态视野与总体构架。

第四节　研究内容、方法及技术路线

产业化文艺的形态,几乎涉及文艺的所有类型和式样。但是因为精力所限,所掌握的资料所限,我们主要选取文学、电影、电视剧、动漫、艺术(主要涉及绘画、包装设计、景观设计等)为范例进行研究,力图找到一条可供参考的规律性道路。对于其他的诸如舞蹈、音乐、表演等艺术产业因为资料、时间、精力等原因,故不在我们的分析研究之列。

我们研究的技术路线是:以"史"为纲梳理产业进程中文艺创作美学规制的历史变迁是本课题的基本思路。在此宏观构架下,具体以媒介阶段变化为标志,揭示不同阶段、不同语境中的产业化进程中文艺创作美学规制的整体形态和发展轨迹,以产业化经典作品(以影视、文学、动漫为主)为范例,以媒介阶段为节点,详细论述产业化进程中文艺创作美学规制变迁的具体过程与微观形态。主要研究以下五个方面的内容。

(1)产业化进程中纸质媒介文艺创作的美学规制问题。这部分主要讨论纸质媒体文艺产业化进程中文艺创作美学规制问题,进一步揭示在文艺产业兴起阶段精英启蒙主义精神在文艺创作美学规制中所占据的核心地位。这一部分着重以产业化语境下的文学创作为重点,进行纵深的探讨。

(2)产业化进程中电影媒介文艺创作的美学规制问题。这一部分着重论述电影媒介的兴起、发展、变化所带来的文艺产业进程中文艺创作美学规制的变化和发展,反映其文艺创作中美学精神取向从满足个人性情开始向满足大众公共性话语发展的重心转移。这一部分主要以经典的电影作品的创作为范例进行分析。

(3)产业化进程中电视媒介文艺创作的美学规制问题。20世纪中期随着电视媒体广泛进入公众生活领域,文艺产业得到了前所未有的发展,在此语境中,文艺产业作为市场经济关系的意识形态观念表现了美学趣味的大转变。这个阶段,文艺创作的美学规制主要表现在对精英启蒙主义的去魅,对大众趣味的满足和迎合。这一部分主要以经典的电视剧创作为范例进行分析。

(4)产业化进程中新兴媒介文艺创作的美学规制问题。20世纪晚期至现在,一方面传统媒体得到了空前的发展和繁荣,另一方面,网络、手机、移动电视等新媒体也层出不穷,发展壮大。文艺消费取代文艺生产成为了文艺产业发展的基本。一方面图像叙事、欲望快感取代理性思考与精神审美而成为大众审美和文艺创作的主要标准;另一方面,消费群体主体意识的觉醒,审美趣味的多元化导致了文艺产业进程中其创作的小众化、分众化、个性化美学规制取向。这一部分主要以动漫艺术创作和新媒体艺术创作为重点进行讨论。

(5)产业化进程中艺术创作和生产的美学规制问题。产业化语境下艺术创作方式发生了根本性的变革,一方面,传统的个体性创作的美学规制依然有效;另一方面,集体性、合作性、功能性成为艺术创作的主要方式和机制导向。这一部分主要以产业化语境下发展最为迅猛的设计艺术为范例进行分析和总结,以图像时代的包装设计,我国城市建设中的景观设计,以及典型的美术创作的美学规制在产业化语境下的演变发展为范例,对产业化语境下文艺生产方式的变革进行了专题化的讨论。

(6)产业化进程中发达资本主义国家文艺创作的美学规制问题。发达资本主义国家的文艺创作在很早时期就已经进入市场化运作,进而进行产业化创作,并已经取得丰富的成果。在文艺产业激烈的竞争中已经抢得发展的先机,所以,总结和借鉴发达资本主义国家文艺产业化过程中其创作的美学规制,有非常重要的意义,为我国文艺产业化发展提供智力支撑和经验借鉴。这一部分主要以产业化语境下美国的电影创作,日本的动漫创作,韩国的电视剧创作,英国的文学创作为重点,进行美学规制的讨论。

（7）产业化语境下文艺创作的美学规制问题。基于文艺基本门类美学规制的基本特征等方面的研究,讨论产业化语境下文艺创作和生产基本规律,美学规制的共通性特征,及其美学规制的背后意识形态。

为了让课题得到更好的研究和阐释,采用的主要研究方法有以下几种。

（1）历史研究法:梳理文艺产业化进程中文艺创作美学规制变迁的历史发展脉络与线索,进行产业化进程中文艺创作美学规制的断代史研究,总体把握它的演变过程、演变规律、演变阶段与主要特点;进一步探讨政治、社会、经济、心理与哲学思想等的变迁对于产业化发展中文艺创作美学规制的复杂影响,并揭示美学规制对文艺创作的深层次影响。

（2）比较研究法:探讨中西方文艺产业化进程中文艺创作美学规制的共同点和差异性,总结西方文艺产业化进程中文艺创作美学规制的成功经验和历史教训,探讨其对我国产业化进程中文艺创作的作用和影响。

（3）文化研究法:探讨不同语境下产业化进程中文艺创作美学规制问题之间相互影响、相互建构、相互渗透等复杂的话语霸权关系,揭示产业化进程中文艺创作美学规制变迁的复杂内涵与微观机制。

（4）实证分析法:采用实证分析为主、规范分析为辅的研究方法,确保结论的科学和严谨。以数据、图表、文献等资料为基础,以典型的文艺作品为范例,进行产业化语境下文艺创作的美学规制研究,以期探讨一些有建设性价值的问题,同时也得到有建设性意义的结论。

第一章

产业化语境下文艺创作的美学规制

文化创意产业是朝阳产业,也是我国确定的战略性新兴产业。文艺产业是文化创意产业的核心部分,文艺产业只有放在文化创意产业的大背景来思考,才能更好地把握其整体风貌。我们在这一章将首先探索文化产业价值链及文艺组织网络的构成,揭示文艺产业在文化创意产业中所处的核心地位。进而总结产业化语境下文艺创作与生产的基本特点;然后再分析阐释"美学规制"的核心内涵与外延,把握其质的规定性;同时阐述产业化进程中文艺创制美学规制的总体特征,并思考产业化语境下文艺创制美学规制选择背后的深层原因,力图为我国产业化文艺创作提供基本的智力支持和路径参考。

第一节　文化产业价值链及其组织网络构成

一、文化产业内涵与外延

"文化产业"一词在学界第一次由阿多诺和霍克海默在其著作《启蒙辩证法》(1947 年)中提出。自 20 世纪 90 年代以来,文化产业所具有的一些特有的政治与经济属性也日益被学者所发现。首先,与其他商品相区别的是,大部分文化产品具有高固定成本投入的特点,而其再生产与复制则具有边际成本低甚至是零成本的特点。第二个特征是需求的不确定性。文化产品是一种精神性、文化性、娱乐性、心理性的产品,需要量随着人们生活水平的提高会不断增加,但是其具体的需求取向则很难定位,具有很高的不确定性。这一特征一方面使得文化产业具有很高的风险,另一方面又使得市场营销投入在整个投入环节具有很高的比重。第三,与传统的手工艺产业中所体现的劳动关系不同,文化产业的关系背景是在知识产权保护下的合同关系。第四,"创意"成为文化与技术相结合的纽带,所以文化产业在很多国家,很多场合也被称之为"文化创意产业"或者"创意产业"。第五,文化产业发展的核心驱动力是人力资本和创新。与标准化工业产业不同,文化产业更加需要"非标准化"的创意和生产人员。大多数文化产品更具一种"文本性"产品特征。"文本性"特征,使得文化产品本身应具有丰富的内涵,使得不同的人得出不同的"文本解释",从而获得不同的精神和心理等方面的认同、满足、愉悦,并从中获得学习启迪。最后,文化产业实际上涉及一种重要相对也更隐性的权力,即话语权。① 围绕着一些基本的思想价值观、生活娱乐方式、政治合法性等问题产生的话语权在全球化背景下变得越来越开放和多元,也变得越来越复杂。也正是在这一背景下,文化产业构成了一种软实力并具有一定的政治属性。

在许多发达国家,随着其工业地位的不断下降,文化产业还被赋予两重使命。一是作为其经济发展和增加就业的新方向。1990 年澳大利亚首先通过文化政策,提出"创意国家"以来,"创意"作为一种产业日益受到世界各国的重视。英国则将文化、创意和产业结合起来,统称为一种新型产业。例如,1997 —2001 年,英国创意产业产值年增长率达到 8%,是同期英国总体经济增长 2.6% 的 3 倍多;1997—2006 年,创意人群从 156.9 万人上升至 190.6 万人,平均年增长 2%;2007 年进一步增至 197.8 万人,增长率达 4%。② 1997 年英国工党在大选中使用"文化产业"作为自己的竞选支点之一。在其大选获胜之后,又首次用"创意产业"替代"文化产业"。美国、新加坡则将这一概念进一步拓展,称为产权产业。

图 1 显示了文艺产业和文化创意产业的关系。从总体上讲,学术界将文化产业划分为三个层次:核心创意产业、外围创意产业和边缘产业。核心层主要包括文艺产业、媒体产业、展示产业(包括会展、广告、休闲与体验)。而且媒体产业和展示产业其实大多涉及文艺产业或者是与文艺产业有重叠和交集的地方。从产业演进的过程看,媒介技术的不断发展与汇集不仅推动了媒体产业和媒体文化的产生,并加快了文艺商业化和产业化进程。印刷技术的产生推动了文学产品的复制、传播与商业化进程,声音复制技术的产业推动了影视、演唱等表演艺术的复制、传播与商业化进程。进入 20 世纪,复制与传播技术进一步集

① Nicholas Garuham. From Cultural to Creative Industries: an Analysis of the Implications of the 'Creative Industries' Approach to Arts and Media Policy Making in the United Kindom [J]. International Journal of Cultural Policy. 2005(1):17.

② 熊澄宇:《英国创意产业发展的启示》,《求是》,2012 年第 7 期,第 57 页。

成,文艺产品不仅可以制成信号来传播,而且连文艺工作者制作文艺产品本身也可以用信号予以传播。进入 21 世纪以后,电信网、互联网、广播电视网、电网四网合一,进一步推动了信息传播速度、改变了信息传播的方式与渠道,并将文艺产业化和商业化带入到一个全新发展的时代。工业化、信息化和全球化推动的经济繁荣既滋生了人们更高层次的精神需求,也推动了文艺创造者的生产动力。而现代金融体系的发展则推动了大量的资本进入文艺产业。尽管一部分人担心文艺商业化会导致文艺过度大众化甚至庸俗化,但是文艺产业化和商业化的现实已经是一个不争的事实,问题在于如何文艺商业化与产业化,以及在产业化进程中如何与文艺家创作保持个性之间进行平衡的问题。文艺产业化既是美化生活的需要,也是日常生活审美化的关键环节。由于文艺创作要强调主体的独立性,而文艺产业化在一定程度上会约束主体的独立性,因此在资本控制与创作主体的独立性之间存在一定程度的张力。这就要求在产业化过程中无论是文艺创作者还是文艺产业开发和经营者都需要在两者之间进行平衡,既要利用及资本的力量,用好商业化的力量,又要保持文艺创作者及其作品保持必要的"个性"。

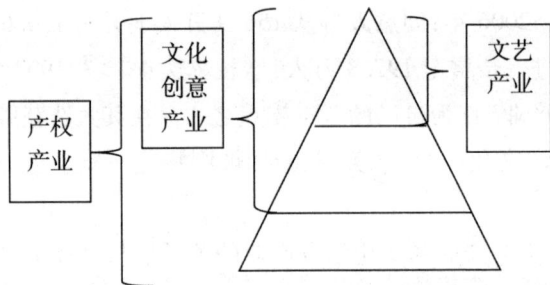

图1:文艺产业与文化创意产业关系图

资料来源:自制

　　文艺产业化实际上带来一个全新的经济时代,即审美经济时代。凌继尧等学者认为,审美经济得以产生的一个重要前提是,经济审美化。① 所谓审美经济化不仅是指产品、服务中的艺术因素和审美因素得到提高和加强,而且还包括体验、展示、创意等商品化。所谓体验商品化是指通过为了让体验主体获得求新、求异、求奇、求美、求知等方面的心理与精神层面的满足而通过主题、活动形

---

① 凌继尧,季欣:《审美经济学的研究对象和方法》,《东南大学学报》,2008 年第 3 期,第 40 – 43 页。

象的营造等体验生产或服务实现价值增值,从而实现体验自身成为一种商品或产业的过程。通过产品设计实现科技与技术的融合、产品设计的个性化设计以及消费者参与、通过互动式营销体验等方式可以实现体验商品化。在审美经济时代,将活动体验嵌入相关产业价值链则是最为主要的体验商品化途径。所谓展示商品化,是指营造展示空间、举办展示活动、提供展示服务等实现价值增值,从而实现展示自身成为一种商品或产业的过程。创意商品化是指借助创意主体的创造力、技能、天分通过创意思想、创意流程、创意营销与管理以及知识产权的开发等创造性活动引起生产、流程、消费等经济环节的价值增值,从而实现创意自身成为一种商品或产品的过程。体验、展示和创意商品化分别推动体验产业、会展产业和创意产业的产生以及由它们推动的产业融合。由此也进一步塑造了审美经济的时代特征。从需求层面上看,审美经济时代强化了对体验效应的追求。所谓体验效应,按照卡尼曼的观点,它是反映快乐和幸福的效用。[①] 从供给的过程看,产品或服务的供给不仅依赖于科技与艺术有效结合,而且强化了供给过程对展示、创意的依赖。

二、文化创意产业价值链及特征

文化创意产业围绕文艺原创、再创意与文化产品再开发创意→投入→生产→销售→最终消费者购买等环节构成其基本产业链。具体说来,这一产业链包括如下环节:(1)创意生成。创意源于策划者、设计者、文学艺术家等原创性价值。这种原创性价值是整个价值链的源头,也是控制整个价值链的关键环节。因此,在这一环节的赢利模式上,特别强调以内容为王的赢利模式。在这一环节中文学与艺术创意最为关键,由此可以衍生出更多的文化产品创意,最后借助资本的力量形成产业化创作与生产。换句话说,文艺作品是文化产品开发的基础之一,优质的文艺作品能够为文化产品开发提供丰富的养料。为此,首先需要一个宽松的环境,其次需要大批的文艺创作者和文艺工作人员投入文艺创作与生产过程之中,第三需要有完善的产权保护文艺创作者的成果,第四既要发掘传统文化,也要鼓励网络文艺等新文艺形态,第五需要发挥政府监管、文艺批判和市场机制的合力,营造良好的文艺生产生态,第六需要推动对文艺产品的再创作,推动文艺衍生产品的开发和使用。(2)投入。在创意与文化产品的开发和制作之间往往需要强大投资与融资作为保证。由于文化产品的创意取

---

① Mill T, Govil J. Global Hollywood [M]. British Film Institute: University of California Press, 2001.

决于创意人的灵感,而对于这种创意能否被消费者所接受也具有不确定性,因此无论是文化创意还是文化创意产品市场都具有不确定性。这就需要文化产业需要特殊的投资与融资机制作保证产业投入。(3)文化创意产品的开发与制作。在这一环节除了要将抽象、无形的创意转化为有形的文化产品的过程,还需要通过开发具体的载体将这种创意理念付诸实际,因此在这一过程中实际上存在一个再创新的过程,并由此产生文化衍生品。文化创意产品最终以光盘、出版物、视频、软件、服装、玩具、工艺品等具体产品形式出现,也可能以文化节、大型活动、创意城市等整体成果形式出现。完整的文化产品不仅包括单个的文化产品本身,而且还包括围绕产品衍生出来的产品衍生链。例如,《哈利·波特》《变形金刚》《阿凡达》等文艺产品产生的游戏、卡通、玩具、主题公园、服装等衍生品的价值甚至要高于电影票房收入。又如,一个像世博会这样的大型活动的核心产品是策划与组织等服务产品,但是其衍生品包括物流、主题旅游、特许经营产品、纪念品、电视活动等。(4)文化创意产品一旦被创造,需要通过多种传播与销售渠道传递给消费者。文化产品中的创意离不开传统媒体与新媒体的传播;离开了传播,创意这种无形价值就不可能到达消费者那里并形成共鸣。除了离不开传播,文化产品也离不开有效的销售渠道,并形成品牌。文化产品与其他产品一样,具有功能价值和符号价值。功能价值是消费者愿意为商品物理属性支付的价格部分,符号价值是人们消费商品物理属性时愿意为商品的文化属性、象征意义、感受体验等方面的差异多支付的价格部分。对于文化产品来说,功能价值往往也是人们的一种文化需求,因此实质上也是基于思想观念的基础之上的,因此文化产品特别需要很强的品牌认知度,而在打造文化产业价值链时必须重视品牌形象的策划、宣传与推广。在这一环节的赢利上则强调渠道制胜与品牌制胜的赢利模式。(5)消费是文化产业链的最终环节,对整个产业链具有反馈与互动作用。对于消费者来说,文化产品交易消费活动包括购前活动(包括确定需求、搜集信息、备选评估和确定购买)、购买活动(购买体验、付费、收取货物)、使用过程(产品使用、咨询求助、学习、心理感知)和购后过程(售后服务、处置、使用获益)。由于文化产品消费与人们的心理体验与认知等密切相关,因此,文化产业价值链中消费者价值链非常重要,文化企业需要以消费者为导向,将消费者服务放在能影响消费者价值感知的重要价值活动上。为此,文化企业需要以消费者的个性需求为出发点(其中消费者的个性需求包涵着消费者的审美需求),通过二次文化衍生品的生产和销售,通过策划文化产品的体验、赛事活动等进一步拓展消费者的价值认同,变消费经济为展示经济与体验经济。从这个角度看,文化企业需要建立一种基于消费者价值创新的赢利模式。

文化产业价值链具有如下特征:(1)文化产业链的形成既是一种自组织过程,也是一种他组织过程。作为一种创意产业,文化产业需要足够的自由空间。在这一空间中,策划者、设计者、文学艺术家能够自由的进行创作,并自发形成创意。创意一旦形成,需要依赖于市场的自组织力量,通过价格机制反映市场需求,并实现资源在文化产业的有效配置。但是,由于文化产品具有再生产与复制边际成本低的特点,因此,文化产业又需要通过政府这种他组织力量进行产权保护。并且,由于文化创意产业自身具有高风险的特点,因此需要依赖于他组织与自组织合力来形成一种有效的投融资机制。更为重要的是,由于文化产品所具有复杂的政治与经济属性,所以需要依赖一个复杂的自组织与他组织系统来实现这种复杂的属性。(2)文化产品的链式效应与关联效应强。新媒体与信息技术的不断发展,不断拓展了文化产品载体与传播形式,并且不同载体与形式之间相互作用,使得文化产品价值的效用发挥具有很强的链式效应与关联效应。例如,同一个文化创意,既可以通过文字形式,也可以通过视听形式,还可以通过表演、设计、活动体验等方式体现出来,既可能和网络、手机等新媒体合作予以宣传推广,又可以通过与报纸、杂志、电视等传统媒体合作予以宣传推广,抑或是两者兼而用之。(3)文化消费链的路径依赖与自我强化功能。某种文化创意价值一旦得到产权保护与消费者认同,由此进行的再开发对消费者来说具有一种路径依赖效应,而消费者在文化产品的消费过程中不断获得教育、娱乐、体验等价值则具有自我强化的功能。(4)文化产品生产具有较强的规模经济效应。文化产业以知识和文化为基础,而对知识和文化的需求在知识化、信息化和全球化时代具有很强的消费基础,因此文化创意产品一旦被开发出来,只要具有很强的认同基础,就容易扩张,并形成规模经济效应。

三、文化创意产业组织网络的基本构成

文化创意产业组织网络的节点是组织,即那些拥有一定文化产业资产及其设施的公共或私人组织。包括企业、大学与科研机构、艺术村、设计园区、政府与非营利组织、中介组织、金融机构等。其中,企业和非营利性组织是文化产业生产、传播与销售的最为主要的主体。大学与科研机构不仅是创意及创意人才的产生的源泉,而且自身也可能通过分包获得一部分研发业务而参与其中。政府通过产业政策、产权保护等为其提供基础性支持。对于具有很强公共性的产品,政府还要有一定的投入。拍卖行、画廊、纪行人等中介人成为网络中的重要

联结点。金融机构为整个行业提供资金支持。在实际的网络形成中,关键中间人(或行动者)扮演重要角色。上述组织可能基于产业价值或生态链形成一定的网络关系,并通过产品和信息流管理整个组织网络。联结这些组织的关系既包括基于交易的契约关系,也包括基于信任的网络关系,还可能包括基于权力的依赖关系。

整个组织网络沿着价值链、生态链和地理(政治)空间形成非常复杂的网络形态,主要包括如下六大类型①:(1)类型1(价值链、产权);(2)类型2(价值链、契约);(3)类型3(价值链、地理空间);(4)类型4(产业生态、产权);(5)类型5(产业生态、契约);(6)类型6(产业生态、地理空间)。显然通过产权和契约形成的关系最为紧密,而通过产业生态和地理空间形成的关系最为松散。因此,类型1的关系最为紧密,而类型6的关系最为松散。

如图2所示,围绕文艺原创、再创意与文化产品再开发创意→投入→生产→销售→最终消费者购买这一基本产业链过程,不同类型的组织不断涉入其中,形成一个复杂的组织网络。在网络构成中,关键中间人具有重要作用,它们是促使不同的组织围绕某一个或多个价值链环节或整个价值链治理而形成网络关系的重要行动者。能够发挥这种角色,既需要关键中间人有相关意愿,还往往需要关键中间人自身具有一定的专业、权威、声誉等资源优势。因此,关键中间人自身很可能构成组织网络中的一个重要节点。网络连接既可能是建立在命令式的基础之上,也可能是建立在交易基础之上,还可能是建立在基于信任基础之上的。以创意文化产品产生前后为界,我们可以将由此形成的组织网络分为两个部分。即基于文化创意产品的组合、展示、传播与销售活动形成的组织网络(我们称之为一级)和基于文化创意产品创意、投入与生产形成的组织网络(我们称之为二级)。

---

① 张洁:《创意产业网络的结构特征及其演进机制研究》,《商业经济与管理》,2012(3):43-51.

```
┌─────────────────────────────────────────────────────────┐
│  政府：产业政策、税收、贷款、法律与监管                    │
├─────────────────────────────────────────────────────────┤
│  主要活动：文艺原创→再创意与产品文化 再开发创意→投入与生产→宣传推广与销售 │
│           →购买与消费                                     │
└─────────────────────────────────────────────────────────┘
```

图中为圆形节点组成的组织网络：投入、创意、生产、传播与销售、最终的消费者

产业价值链：创意 → 投入 → 生产 → 销售 → 最终消费者购买

行业协会与其他供应商

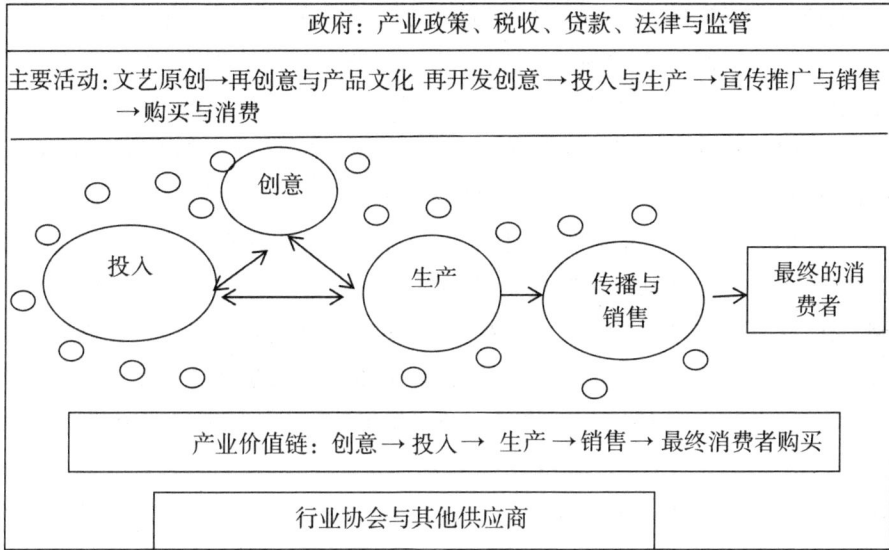

图2：基于产业价值链的文化创意产业组织网络

资料来源：自制。

在一级网络中，拥有资源优势的广播公司、电台、出版社、展会等都可能会构成某类文化活动的关键网络节点。在推动这一组织网络的"网络化"过程中，有三个变化趋势值得特别注意。一是制播分离（或者说文化创意产品的生产与传播的分离）。由于不断收缩节目直接生产战线，不断地扩大节目的合作领域，所以这些组织实际上越来越减少了其微观的管理功能，不断地扩大其节目策划、战略与审查等宏观功能。为了适应组织功能的这种变化，组织结构的扁平化成为一种新的趋势。但是，这并不意味着，这些组织的网络形态是松散型的，相反围绕契约、产权，沿着地理空间形成了许多规模化的大企业集团，如英国的BBC，美国的CNN、苹果、迪士尼等世界垄断性大企业。它们在相应产业价值链中具有主导性地位，并使得产业链中的其他企业处于一种依赖与从属地位之中。与此同时，组织间的关系处理成为这些组织的另一个核心功能。这种关系包括：（1）同行的竞争关系，由此需要更多地关注组织战略；（2）和其他平等组织间的委托代理关系，由此需要更多地彼此间的权责约束与组织声誉的培育等管理；（3）与其他平等组织之间的组织合作关系。这种合作既可能是基于各自技术与知识优势基础之上的，也可能是建立在各自在市场区域或资金等优势基础之上的。由此，可能产生一种由双方共同控股的子公司，也可能产生一种基于项目合作、研发的网络组织。（4）与行业协会组织间的关系，由此产生参与行

业内规则制定与执行的关系。(5)与政府之间的关系。二是,展会(包括节庆)组织的发展。事实上,展会组织自身作为一种特殊的网络形态,不仅在文化产业的组织网络关系中发挥作用,它还在其他产业的组织网络中发挥同样的作用。展会组织不仅具有促进展品展示与销售的功能,而且还具有信息交流、行业内议程确立等功能。同时,展会组织自身是由政府、专业展会公司和非政府组织一起形成一种在特定时间内、特定地点围绕某一主题形成的相关展品展示的网络组织。无论是政府主导还是市场主导的展会组织都会在推动组织间的"网络化"关系中发挥作用。此外,文化产业的节庆化及其与旅游活动的嫁接也是现代文化创意发展战略中的一个重要构成部分。在全球化的背景下,一级组织网络受到国际传播销售网络的影响,能否在激烈的国际竞争中占据一席之地,对于本国整个文化产业的发展具有重要地位。不具有相关竞争优势的国家,将面临其上游产业利润被压缩的命运。因此,特别需要这类组织网络节点的跨地区化发展。三是,文艺与金融的融合形成文艺产品金融交易中心。交易中心是以文艺品交易为中心,在一个区域内形成的包括艺术品(含设计)仓储服务、评估、鉴定、艺术品保险、艺术金融等服务与产品供给在内的产业链。

一级网络需要一个围绕文化产品投入、创意与生产组织间的三角关系而构成的二级组织网络的支持。在这一网络中,某一两个制作人、投资及其组织都有可能成为关键中间人或关键网络节点。其中,能否形成有效创作主体与投资融资机制非常重要。从创作主体上看,作为文化创意之源的文艺创作主体非常重要。一部分文艺创作强调个体创作,一部分文艺创作强调集体合作,尤其是产业化语境下的文艺创作尤其强调集体的合作、协作。传统的文艺生产机制是以官方体制和传统媒介为基础,而新的文艺生产机制是以官方与市场共存以及新媒体为基础。从组织网络完善的角度看,需要在尊重文艺创作独立性的基础上,通过作家村、画家村、作家工作室、画家工作室、创作室、设计工作室等形态推动创作组织化、市场化和集聚化,需要在文艺创作组织之间、文艺创作组织与行业组织之间、文艺创作组织与市场组织之间形成网络组织,需要创新媒体与文艺相融合的组织形态。从投资融资机制角度看,在欧美等文化创意发达国家其投融资渠道除了传统的纯市场渠道外,还包括:(1)以国家财政资金为基础的投资基金。例如,2006年欧盟批准成立了法兰德斯地区文化产业发展的投资基金,该基金以直接注入或提供借贷业务等形式投资文化创意企业。(2)通过发行文化彩票等方式募集社会资金投资文化创意产业。1994年英国发行了第一期国家彩票用于资助文化艺术、体育等。① （3）文化产业融资担保基金。这是政府为文化产业融资进行担保而设立的专项资金。尽管在这一级网络中，也存在一些紧密型的产业网络形态，但是松散型网络结构在此有更多的发展空间。首先，与其他产业存在大企业主导的情况不同，文化产业中的中小型企业发挥着更为突出的作用。例如，2009 年英国创意产业中规模在 1—10 人的企业占 94%，规模在 11—49 人的企业占 4%，规模在 200 人以上的只占 1%。② 尽管中小企业在资本与市场上不占优势，但是它们往往在某一定特定的知识与创新领域拥有优势，并具有很强的灵活性，具有很强的市场灵敏性。而大型企业也可以充分利用其资本和市场优势通过和这些中小企业通过组织间的方式获得相应利润。这样一来，大型企业不一定非要通过纵向一体化处理与其他企业的竞争冲突，还可以通过外包、产权合作等形成更为网络化的关系将产业化发展得更好。此外，英国学者 KEN 等人通过研究还发现了文化产业制作中的一种特殊网络形式，即潜在组织。他们比较了它和其他网络形式之间的区别，如表 1 所示。在他们看来，这种潜在组织的存在给整个产业的创意提供了一种风险保障。事实是，新的产品本身就具有风险，但是潜在组织在人际关系上的持续性以及在资源分配、知识上的共享和发展等方面的合作信任历史有助于产生高质量和富有创新的产品，从而更有可能避免产品制作与市场方面的风险。其次，与其他产业不同的是，文化产业更具有产业融合与共生的特性。因此，在这一级网络中，基于产业和地理形成的类型 4、类型 5 和类型 6 的网络结构关系较为明显。由此，对产业集聚的要求也就更强烈。例如，在泰国的班塔外村集群了该国许多传统工艺，包括木刻、银饰、手纺棉等。这里也是泰国 OTOP（一村一品）项目的示范点。各种各样的手工艺品制作比赛在这里举行，因此也吸收了不少游客。我们国家在运作模式上也逐渐形成了如下四种模式，即企业自发集聚模式、政府政策引导模式、政府规划建设模式和官产学研结合模式。

表 1：其他网络形式与潜在组织的区别

特征	其他网络形式	潜在组织
关系	由市场交易不断	持续
资源基础	委托双方基于项目基础上提供	同类成员中不断地分配与再分配

---

① 邓智团：《新经济条件下产业网络化发展及其启示》，《上海经济研究》，2008 年第 12 期，第 63－69 页。

② 李华成：《欧美文化产业投融资制度及其对我国的启示》，《科技进步与对策》，2012 年第 4 期，第 108 页。

特征	其他网络形式	潜在组织
知识基础	项目期间个人的、短暂的	由特定成员和共享和发展
供应差异	通过功能和数字的灵活性来保证成本效益	共同合作的信任记录作为质量保证

资料来源:Ken starkey,Christopher Barnatt,Sue Tempest. Beyond Networks and Hierarchies: Latent organization in the UK Televesion Industry. Organization Science. 2000. No. 3. 301.

如图 2 所示,文化创意产品通过传播与销售渠道为消费者所消费。为了改变消费者被动消费的局面,文化创意产业还可以通过参与、互动等方式让消费者参与产品制作、策划、评价等环节,从而改变两者之间的关系。从组织网络的角度说,消费者自身可以通过使用其选择权、购买权形成压力,这种压力通过产业价值链反向传递,进而促进网络中的组织治理变革。政府在整个文化产业组织的发展中扮演了一个重要的角色。除了通过产业政策推动外,政府的作用还包括:首先,政府的税收、贷款的调整对整个行业的资金链条有重要影响。其次,政府对信息的公共性的管理策略会影响其中的组织结构与治理方式。第三,政府需要为整个行业提供基本产权保障和法律规范。例如,在西方国家,知识产权越来越受到严格的保护,对文化产品的复制进行了严格的限制。政府的干预限度和方式极其重要,它们会对整个行业产生积极或负面的影响。因此,在正式采取干预以前,需要政府组织一个委员会进行评估,为决策提供依据。此外,联合国教科文组织还提供了一种促进文化产业发展的政策框架。主要包括如下几个方面:(1)激励年轻人的创新意识与精神,以保证创意才智的长期供给;(2)强化文化、教育和培训间的联系;(3)在各级教育中保证才能的发现与培养;(4)需要为创意文化产业的中小企业人员的管理和市场技术提供资助;(5)确保公众意识到知识产权对促进创新中的长远作用。

四、结语

综上所述,文艺产业是文化产业(文化创意产业)的核心部分之一,文化产业所具有的经济属性与隐性的意识形态是其产业价值链具有其固有的特征。围绕文艺原创、再创意及文化产品的再开发创意→投入→生产→销售→最终消费者购买这一基本产业链过程,需要形成一种集科层、市场和网络组织类型及生产机制与一体的复杂型网络。这一网络围绕文化产业链、生态和政治与地理空间的展开会有更为具体的网络形态,并形成多级网络构成。这种复杂的组织网络恰恰符合了文化产业在知识化、信息化及全球化背景下的复杂特征,并有助于完成其在经济增长、增加就业和提高城市与国家软实力等方面的使命。而在这复杂的网络组织中,"创意"是最基础、最核心、最关键的部分,没有"创意",产业链其他的部分无法进行。从这种意义上说,文艺创作在整个文艺产业和文化产业中处于一个关键和核心地位。要发展我国文化产业,首先必须重视文艺产业,必须重视包括文艺创作在内的"创意"。中国是一个传统文化大国,但并不是一个文化产业大国,更不是文化产业强国。尤其在当今我国传统产业发展乏力,自然环境面临很大挑战的背景下,大力发展文艺产业,尤其重视产业化语境下的文艺创作与生产将极大地促进我国文化产业发展,并实现我国产业的转型升级与换代。

第二节　产业化语境下文艺创作的基本特点

上面我们阐释了文化产业或者文化创意产业的网络组织关系,并通过这一网络组织更加清晰地把握文艺产业的基本构成及其组织网络结构。我们发现文艺产业在整个文化创意产业中占据重要的地位。在具体层面来分析,产业化语境下的文艺创作与生产明显区别于产业化以前文艺的创作与生产,具有自身显著的特点。

1. 逐利性。

从生产机制方面来讲,产业化以前文艺的创作,更多的是艺术家的个体行为,或者是政府命令之下的群体行为。最为关键的是这种个体行为虽然是自发的行为,政府行政命令下的文艺创作虽然是强制行为,但是二者的共同之处就是都没有在有意识的商业利益的驱使下进行创作。而产业化语境下的文艺创作乃是市场经济下的商业行为,文艺的创作与生产乃是资本操作下的利益链条。资本在产业化语境下文艺生产中起着关键性的作用。

从生产动机来讲,产业化以前的文艺创作属于"创作动机",它只是文艺创作者生命个体的自发行为或者是被迫行为,他创作的文艺作品,更多的是抒发个人情感,表达个体心志,有的可能受中国传统文化的影响,想要"立言"。但是一般来讲,根本没有思考如何去赢取利益,更没有算计如何取得经济效益与社会效益的双丰收。所以有的作品创作之后,没有想到要发表,只是亲朋好友的唱和。更有一些作品难得知音,打算"藏之名山,传之后世"。在产业化之前,文艺的生产一般是个别性的、分散性的,其创作的根本目的不是为了获取利润,而是为了表达自我内心的情感,表现自我对世界的看法,其创作也完全是艺术家随性而为。即使有艺术家买卖自己的作品,也是属于偶然性的行为,并不会成为创作的主流价值选择。故我国古代的文艺创作历来强调:"诗言情"、"诗言志"和"文以载道",诗书画等其他的艺术创作实践也都是"言情写志"的结果:"诗者,志之所之也。在心为志,发言为诗,情动于中而形于言,言之不足,故嗟叹之,嗟叹之不足,故咏歌之,咏歌之不足,不知手之舞之足之蹈之也。"(《毛诗－大序》)"诗者,吟咏性情也。"(宋严沧浪《诗话》)。这种创作观念强调环境对人的影响,强调"气候"对人的心情的影响,文艺创作是人的心志自然抒发的结果,是人的性情自然流露的结果。

产业化以后,文艺创作与生产从生产动机上来讲,其主要的目的在于赢取利润,以利于继续扩大再生产。作为生产动机环节上其中一个因素创作动机,虽然不排除有创作者自身有言情达志的目的,但是最主要、最根本的目的还是要获取利益,创造利润,这也是文艺扩大再生产得以进行的坚实保证。产业化之前文艺追求的独创性、艺术性已经退居到次要的地位,逐利性成为首要的价值选择。因为产业化的文艺创作与生产,其生产主体从本质上来讲是企业,企业生产的根本目的是为了扩大再生产,以获取更多的利润。因为没有了利润,企业的生产将无法进行。因为追求利润,所以商业资本在文艺创作与生产中起到了一个关键性的作用。资本几乎涉及产业化语境下的文艺创作与生产的全过程,包括文艺的创造、制作、营销、传播、品牌的推广等,资本都在其中起着关键性的作用。资本推动着整个生产的进程,促进文艺产业的健康运行和发展。没有资本的力量,整个文艺生产就不可能进行。正因为这样,产业化的文学艺术的创作与生产,就要比产业化之前的个体的文艺创作复杂得多,相对也严格得多,管控也非常多。

2. 合作性。

从创作成员上讲,传统的艺术创作主要是作家或艺术家的个人行为,文艺创作主要是指作家或者艺术家个体爆发的惊人的创造力,也是康德所言的天才式的创造重要组成部分。虽然有征求别人意见的情况,但是个人的力量占据主导地位。产业化以前,传统的艺术家进行创作时一般都是独立思考、独立创作,有时需要集体创作也是共同商议,再合作创作,并且合作创作的机会并不是很多,因为不存在稳定的长期的合作创作的体制和机制。即使有,也只是偶然性因素使然。

而产业化语境下的创作者处于一个团队作战的语境,任何一个人都不可能单打独斗,而是处于分工协作的链条当中。每个人都负责一个方面的任务,有专门负责策划的人,有专门负责实施的人,有专门负责营销的人。创作团队也是一样的,有创意、有初创,有修改完善的专门人员等。产业化语境下的文艺创作与生产的生产者是多人合作的生产集体,其生产成果是其集体共同劳动的成果,并非一人所为。在产业化语境下的文艺创作与生产必须通过集体合作、团队分工、共同协作才能完成,任何人都不可能一个人承担所有的工作任务。因为产业化语境下的文艺创作和生产,其生产方式是一个协作性的综合链条,这个链条的主体是企业,这个协作链条各个参与方之所以能走到一起,是因为他们按照特定的结构方式来运行,依照特定的活动方式去规约,并因为一个共同的目标而分工合成为一个共同体。"这个开放性的、动态的人类共同体,其组织形式与一般产业一样,主要表现为:生产(艺术家/作家/导演等创作群体)—销售(出版商/销售商/广告商等传播群体)—消费(观众/接受者/再创造者等消费群体),"在这多维度的综合性生产链中,不同的主体因为一个共同的目标承担整个生产链中的某一部分工作,并通过各自的生产,将一般似乎看不见、摸不着的文艺价值转换成可以计算的、可以估值的商业价值,并以这种可计算、可估值的商业价值的显性实践完成了文艺价值的隐性实现。在这个文艺价值—工业运作的综合性产业链中,市场规律在其中起着基础性的作用。①

故产业化语境中的文艺创作与生产,更多地强调集体性的分工合作。强调分工协作,因为分工是为了将这一环节的工作熟练到最佳程度,提高工作效率,因为协作是可以将彼此的工作整合,从而成为一个整体,可以得到最好的成果,可以获得最大的利润。总之,每一个人,每一个环节都有自己的工作目标和工作任务。每个环节是产业化语境下生产流水线上的一个不可或缺的工作,环环相扣,紧密结合,最终才使得生产得以进行。任何一个环节出了问题都会影响到整个工作的开展,文艺再生产难以为继,文艺的扩大再生产更是一句空话。

企业是这个产业化复合性链条中的主体。"如果只有作家、艺术家,当然可以创造出小说、创作出艺术品,也可以有一个散漫的消费群,但如果没有文化企业,将难以形成稳定的文化市场和文化产业。"②因为只有企业,才能够将分工的各方聚合在一起,协调彼此,并通过立体化的运作方式,将产业链打造成一个稳定的文化市场和可延展的文化产业。在这一链条中,文艺生产各个链条中的作家、艺术家等虽然很重要,但依然只是资本链条上的"产业工人",只是推动文艺

---

① 李薇:《试论文学的产业化选择》,《河北科技大学学报》(社会科学版),2009 年第 3 期,第 65 - 69 页。
② 同上。

再生产的重要因素和基础保障之一。从严格意义上讲,作为创作人员的作家或者艺术家就变成了工业生产线上的一线工人,任何一个创作者都可以被替代。因为纯粹的艺术家不能满足大规模生产的需求、不能满足艺术品市场的需求,故创作人员与创作队伍必然有所扩展,有所改变。只要具备了艺术技艺的学徒、手工艺者、工人、农民都可能成为创作者。相应地,艺术家必须从独立创作的方式变为集中式、流水线式的作业,跟工厂生产车间的工人本质上没有根本的区别。因此,产业化语境下的文艺生产其艺术创作人员也从纯粹的艺术家或艺术工作者扩展到工人、手工艺者,乃至农民、学徒。以"中国油画第一村"深圳大芬村为例。大芬村以前是深圳龙岗布吉一个普通客家人聚居的村落,后来,一位香港画商带来了十几位画工,还招募学生,租用了一间民房,开始与外商签订订单进行油画加工、收购、出口的产业。近年来,大芬村的油画产业化发展越来越好,产业化道路逐步形成规模。大芬村每个画商/画廊的周围都聚集了一批专门为其创作的有经验的画师或者毫无美术基础的画工。这些绘画工作者本质上也只是重复机械生产的程序上的一线工人,因为他们从事的工作是机械的重复性的工作,根据销售商的订单从事绘画工作,而且绘画是以流水线的集中式的方式进行,没有绘画功底的青年学生,甚至有兴趣的农民工也可以经过短暂的培训即可从事绘画产业中其中某一个局部的制作工作,这与工厂工人通过上岗前的培训即可走上工作岗位本质上没有区别。其他地方艺术产业化的生产方式有其相似的一面。

3. 技术性。

技术性指产业化语境下的艺术生产依赖于现代科技,现代科技的发展促进了艺术的发展与繁荣。产业化以前的文艺创作,主要依赖文艺创作者本身的力量进行创作,没有想到要借助现代科技的力量,也不可能借助现代科技的力量来从事艺术创作。产业化语境下的文艺生产却必须依靠现代科技的力量来进行创作和生产,从某种意义上讲,没有现代科技力量的介入,就不会有文艺创作和生产的产业化到来。比如,文学生产应该是相对纯粹的领域,一般人理解或许不需要什么科技力量。但是产业化语境下的文学创作与生产,却骨子里与现代科技紧密相连,比如,创作前的定位,可以通过大型数据的计算与深度分析,来筛选大众对什么感兴趣,及时捕捉大众的审美趣味;具体的创作过程中,可以运用计算机、互联网搜集素材;创作以后的出版,更是与科技相连,包括书籍的设计与包装;营销过程中,大众传媒与新媒体的整合,更突显科技的力量。其他的艺术创作,如传统的美术工艺品,在产业化语境下,设计样稿出来之后,就可以通过设计模具,然后借助科技的力量,快速、准确地加以完成。其余的比如,现在流行的大型歌舞表演,都得借助现代科技的力量。张艺谋导演的大型实景山水背景歌舞表演《桂林印象》《西湖印象》等,灯光、氛围、器械等都是在现代科技的力量支撑下才可以完成,从某种意义上说,没有现代科技就没有这类作品。本雅明认为产业化语境下艺术生产的科技性具体表现在两个方面:"第一,以现代科学技术为基础的艺术生产技术,发展了艺术生产力,促进了艺术的进步;第二,现代艺术生产技术的变革对艺术生产和艺术接受都具有十分重要的影响,通过机械复制,解放了艺术生产力,促进了艺术生产的普及,但也可能消磨艺术本身的独特性。"①本雅明深刻地分析了艺术生产的复杂过程,透视了技术性在艺术生产中的基础性作用,代表着一种深刻的文化观察,这种理论为我们把握产业化语境下的文艺生产奠定了坚实的基础。

4. 媒介化。

指当今时代处于媒介聚合的时代,任何文艺的生产都受到媒介的影响,媒介成为产业化文艺生产的一个重要背景。文艺作品的传播也由产业化以前的单向度一维性传播向产业化以后的多媒介多维度互动的传播发展。麦克卢汉指出当今时代是信息主宰世界的时代,也是图像传播的时代,现代科技的发展促使媒介迅速发展,媒介已经成为主导社会的一支重要的力量。这种力量环绕着我们的生活生产,使得每一个人都难以逃脱。并且,媒介的力量还随着科技的发展渗透到人们的话语生产当中,整个文学艺术的创作也转入了追求特征性图像时代漩涡之中。②他言简意赅地指出了大众传媒、新兴媒体在信息时代如何影响着人类的话语生产,左右着人们的精神生产,地球已经变成一个村庄。

当代信息社会,媒介的力量已经广泛渗透到整个社会各个方面,也自然左右着社会经济、物质生产、文化生产的发展。"'媒介即是讯息',因为对人的组合与行动的尺度和形态,媒介正是发挥着塑造和控制的作用。"③产业化语境下的文艺创作和生产,文艺生产企业通过媒介(大众传媒和新兴媒介)获得文化消费信息,并掌控着整个文艺创作和生产链。表面上看,文艺生产企业有着极大的自主权,它们可以自由地选择文艺作品表现的题材和内容,文艺作品表现的方式,文艺作品表达的主题等关键性的内容;本质上看,却是因为媒介的塑造和控制,文艺生产企业已经没有选择的余地,文艺创作要表现什么内容,表达什么

---

① 胡经之,张首映:《西方二十世纪文论选(第4卷)》,中国社会科学出版社1989年版,第259页。

② [加]麦克卢汉:《理解媒介》,何道宽译,商务印书馆2000年版,第34页。

③ 同上。

主题,选择什么表现方法等,都已经被决定了。因为媒介的发号施令和推波助澜,早已经左右着消费者的审美需求和消费欲望,文艺消费者想消费什么样的文艺产品,想要以什么样的方式去消费,都是被媒介综合操控的结果。并且,在媒介肆虐横行的时代,"产业化之前那种自足自发性的文艺生产将越来越让位于产业化之后的有目的、有意识的文艺生产操控。文艺的消费方式、消费产品被文艺生产者合谋着媒介所控制、所规训"。① 比如,在这个既是信息泛滥、信息爆炸的图像时代,又是产品过剩、商品竞争的消费时代而言,大众媒介操控的结果,就是使得文艺的生产朝着感性化方向发展,迈入想象性、替代性的虚幻化囹途,而这种感性化、想象性的创作追求必然导致文艺意象的深度消解,导致文艺生产的及时性、浅层化、图像性结局。所以,这种语境下的文艺创作必然导致电影、电视剧、动漫等以影像塑造为特征的文艺生产的兴盛和传统的强调逻辑性的深度性的文学失落。这种语境下的文艺生产使得文学作品本身也实施了图像性的转向,文学作品的走红也是因为被改编为电影、电视剧这类影像文艺产品走红之后才赢得消费者的青睐。当然,文学的图像性转向也催生了影视文学、卡通文学、摄影文学等图文结合的新文学类型产生。文学作品的"文学性"与"图像时代"的"视像性"密切联系起来了,成为文学的"当代性"的一个突出的特点。②

5. 目标性。

就创作的内容而言,产业化以前的文艺创作与艺术家本人的生活经验、生命体验等非常贴近,强调表达艺术家本人的生活体验、审美经验,尤其是生命个体自己的情感体验、价值理想。所以,文艺创作的内容就强调地方性、个体性、差异性。例如,鲁迅先生的文学创作多是与故乡绍兴、与自己的成长经历有关的生活,因为体会到强烈的人情冷暖,而在自己的小说中揭示民族的劣根性。沈从文的创作也与自己的家乡息息相关,所表现的都是凤凰边城发生的故事。产业化语境下的文艺生产更强调接受大众审美趣味、审美感受,所以尽可能地谈论大众都感兴趣的话题,呈现大众都期待的生活情趣。

产业化语境下的文艺生产,有其明确的目标消费群体。其创作和生产的内容,也与这一目标消费群体的审美趣味相符合,其价值选择也必然与这一群体

---

① 黄柏青:《产业化语境下我国影视生产的美学变化及其深层意蕴》,《湖南大学学报》(社会科学版),2014 年第 3 期,第 79 – 83 页。

② 张玉能,张弓:《大众媒介与话语生产和文学生产》,《文学评论》,2007 年第 5 期,第 181 – 185 页。

的价值取向相一致。比如,文学生产应该是相对纯粹的领域。但是产业化语境下的文学创作与生产,牵扯到出版社、出版商、营销商、广告商等产业链上各方的利益,所以选择什么样的主题进行创作,选择什么内容进行创作,用什么样的叙事方式,叙事语言等就有了特殊的要求。比如,郭敬明团队创作的青春文学系列作品,其消费群体明确指向青少年女性消费者,尤其集中在初中生女生这一范围。所以,在《小时代》里面,主人公都是美貌的少男少女,向往纯洁的感情,洁净的心灵,萌动着青春的气息,文字带着诗情画意的美感。而杨红樱创作的《淘气包马小跳》系列明确指向小学三四五年级阶段的小学生。这里面受到消费者欢迎的主人公是有点淘气,又非常可爱的马小跳之类的小男孩、小女孩。文字都是调皮、活泼、可爱的类型,洋溢着孩童的稚气。

在当下大众文化崛起的时代,在消费社会普及的社会中,追求休闲的、轻松的、娱乐的通俗文化成为时尚。在这样的背景下,文艺创作与生产改变产业化之前那种强调文学艺术家的生活体验、生命经验,强调追求精神升华的创作,而是主要面向大众的审美心理需求,通过抒写大众共同性的内容,达到人类共通性审美趣味的满足。比如,当下中国美术创作中通常地通过祈福性的内容,表现对美好生活的向往和追求,体现欢快、喜庆的格调。文艺创作者的艺术表现、创作目标与接受群体的审美理想、接受心理实现了双重的满足。① 譬如,大芬村的油画有很多作品不一定是艺术大作,但是顾客并不在乎某一幅作品绘画水平的高低、艺术价值的高低,而是在乎这幅画是不是自己喜欢的题材,自己中意的色彩,能否买得起的问题,所以虽然大部分作品都比较廉价,甚至业内称之为"行画",但正是那些吉祥喜庆的题材、赏心悦目的色彩吸引了顾客的眼球。一些油画不仅仅只是一种艺术品,更多的已经变成了一种装饰品,其实这就是他们最大的特色。因此,产业化语境下的绘画艺术创作在表现内容与题材方面有所侧重,与以往艺术家主要表达自己个性与精神追求有较大改变。

再从文学艺术创作和生产的结果来看,产业化以前创作之前不考虑接受者,创作与生产之后就更不讲求被接受,也不考虑营销,更谈不上被消费。此时的文艺生产乃自娱自乐的结果,即使得到广大的认同,也非有意识的行为,很多作者创作出作品之后还"藏之名山,传与后世"。产业化以后,文艺创作和生产强调结果的可接受性、大众性、消费性。文艺生产只有被消费者所认同了,所消费了,才可以说得以完成。而且,接受的人越多,产生的效益越大,才被认为生

---

① 崔国强:《后现代语境对中国当代绘画之影响》,《美术大观》,2008 年第 5 期,第 14 - 15 页。

产完成得更好,所以在文艺创作者创作作品同时,其余的文艺生产链中的生产者也同步进行文艺作品的生产,如创作之前的战略谋划、创作之中的广告打造,作品出来之后的营销实践,后续产品的开发利用,等等。所从事的工作虽然千差万别,但都是围绕目标消费群体或者说潜在的目标消费群体进行。

6. 互文性。

指产业化语境下我国文艺创作的互文性体现在两个方面:一是文艺创作的多文本性创作重叠,多种文本创作的前后呼应;所以,在产业化语境下,文艺创作的作品不再是产业化之前的以单一的文本形式出现,而是以多文体互文性生产一直延续。文学、影视、动漫、网游、设计等往往互为脚本,相互创作和生产。这种创作,是一种层叠化的创作;这种生产,是一种延续性的生产,往往是先以某一类型的文艺打响名气,树立品牌,再在这一基础上,衍生出其他类型的同一品牌的文艺产品。这种"互文性"生产最早且最为有名最为生动的事例,应该是迪士尼动画"互文性"生产。迪士尼利用其创作的动画品牌的影响力,在其基础上,出版了迪士尼系列动画图书,生产了迪士尼动画系列衍生产品,还建造了迪士尼乐园,成功打造了一个庞大的商业帝国。再比如,英国著名文学家罗琳创作了《哈利·波特》系列作品,在《哈利·波特》第一部之后,出版社与生产商就后面的延续性产品进行了规划设计,并创作和生产了同名电影,电视剧,系列衍生产品,包括《哈利·波特》影视乐园,其触角延伸到社会生活的各个方面。我国动画知名品牌《蓝猫淘气三千问》兴盛的时候,全国蓝猫连锁专卖店有三千多家,蓝猫衍生产品有六千多种,涉及图书、文具、产品、服装等领域。《喜洋洋灰太狼》也是延续性开发得较成功的动画,目前衍生产品有图书、文具、服装、生活用品等各种类型的产品上千种。

二是文艺创作创作者与消费者的互动与影响,创作者不再局限在产业化之前的纯粹的创作者,文艺产品的消费者也参与到创作过程之中,消费者的意见影响到文艺创作的未来走向。最为典型的文艺生产的事例就是美国、日本、韩国的动漫和电视剧创作和生产。他们的电视剧是按照一周一集的时间段来排列,电视剧出来之后,电视剧接受者的意见可以左右电视剧创作后面的内容构成,情节设置,乃至于电视剧的生和死。当今时代,网络文学的创作与生产也非常典型地体现了创作者和消费者的互文性。

7. 类型化。

产业化语境下的文艺创作和生产必然导致类型化的创作和生产出现。所谓类型化创作和生产,就是在文艺的主题安排、情节设置、叙事表达、价值追求等文艺的基本内容和创作方式等方面有着本质的相同或者相似性特点的创作理念和创作方式。与传统的纯粹的强调创作者个性、独特性的文艺性的作品创作相区别的,这种类型化的文艺作品的创作和生产在文艺的主题、人物、叙事、场景、视觉图谱、艺术技巧等方面均按照一种固定的模式进行生产。所以,从样式到题材,从主题到内容,从手法到格调等均形成比较固定的一套程式,并借助工业化生产方式中流水生产线的方式成批量地将各种类型作品加以创作和生产,并推向观众。例如,以产业化语境下的文学创作为例,罗琳创作的《哈利·波特》系列文学作品,虽然在具体的内容上、具体的细节上、具体的场景上会有差异性,但是在《哈利·波特》整个系列的文学作品中,其主题设定、人物塑造、场景刻画、叙事范式、语言风格等基本的内容上都具有相似性。我国儿童文学创作者的《皮皮鲁鲁西西》系列作品,杨红樱创作的《淘气包马小跳》等系列作品,郭敬明团队创作的《小时代》等青春文学系列,都是类型化创作与生产的典型代表。其他文艺创作与生产也存在相似的特点,比如,美国电影创作与生产中的系列化作品,如《007》系列、《蝙蝠侠》系列、《侏罗纪公园》系列、《暮光之城》系列、《变形金刚》系列、《生化危机》系列,等等;日本动漫创作和生产中的系列化作品,如《名侦探柯南》《火影忍者》《海贼王》,等等;我国美术创作中的深圳大芬村临摹世界名画的油画作品,河南民权等地农民创作的老虎美术作品,我国工艺美术产品的创作与生产中的有名的天津泥人张系列作品、杨柳青年画系列作品,湖南当代长沙红瓷系列作品、醴陵釉下彩陶瓷系列作品,贵州毕节地区的竹艺产品,等等,都是以类型化的方式进行。"因为类型化的文艺产品可以借鉴先前文艺产品的成功经验,有效地规避创新所带来的商业风险,有效规避文艺市场激烈竞争中的不利因素,从而获得成功。"①

"类型化"的文艺创作在生产文艺作品的同时,还在无意识或有意识地生产着相同类型的接受者,借助传媒的力量,它们还承担起孵化、建构、稳定稳固文艺类型消费者的光荣使命。他们在创作和生产同一类型的文艺作品时,也影响、规训着统一类型文艺产品接受者的审美趣味、审美认同,起着培育、建构同一类型文艺产品消费者的审美趣味、审美认同的作用。这样,文艺企业生产的这一类型文艺产品能够被及时地消费,从而保证这一类型的文艺产品达到必要的消费数量,达到预期的消费规模,从而获得必要的商业利润和资本增值。

类型化的文艺生产遵循一个相对封闭的规制系统,在这个系统中,各个类型文艺创作与生产所涉及思想观念、价值选择、叙事结构、表现手段等基本的审

---

① 彭文祥:《论影视剧的"类型"观念与"类型化"生产机制》,《现代传播》,2007 年第 5 期,第 86-89 页。

美要素都有着相对固定的创作模式、生产方式。从表面上看,类型化的文艺创作与生产中各个单独的文艺作品似乎个性鲜明,特点突出,风格各异,但是从本质上看,却又呈现出鲜明的"标准化"和"伪个性化"症候。"标准化"即按照现代工业化大生产流水线作业的方式,运用统一的创作标准进行不同的文艺产品生产。因为标准相同,所以文艺生产中的内容、题材、情节、人物、叙事等基本要素呈现为相同或者相似的一面,其表现的形式也基本相同或者相似;"伪个性化"指这种产业化语境下生产的文艺产品表面上看来都是特色鲜明,都是马克思所言说的独特的"这一个",但是本质上却表现出惊人的相似:主题相似,内容相似,情节相似,表现形式相似,期待视野相似,呈现出高度的"同质化"趋势。总之,就是文艺创作和生产的审美趣味大致相似,观众的审美期待大致相同。"类型程式既作为美学的约束也作为含义的源泉而运作。"作为美学规制的类型程式一旦引入文艺创作和生产之中,由这些程式引发的审美期待就会自然而然的起到引导和规制的作用。因为这些类型程式中的基本元素,基本规则将会在文艺作品的创作和生产中作为一种参数,植入到文艺创作的方方面面之中,比如人物描写、场景铺排、戏剧冲突以及叙事进程等领域,观众也早已被这些参数建构和培养起固定的审美心理结构,期待这些参数能够在作品中呈现,若是在文艺作品中打破这种规制,则观众的审美期待将会受到较大的挫折,最终可能导致观众丧失对这种文艺作品的接受兴趣。比如,中国的文艺观众在接受爱情文艺作品时都期待着大团圆的结局。同时,更为有意思的是,"类型程式变成了先在含义的美学框架。一部影片可以省力而有效地把这个框架建立起来。要赋予一部'西部片'的含义,影片只需用一个孤独骑手策马跑过广袤草原的长镜头作为开场就行了。"[1]"'类型化'创作与生产本质上是一种以规制观众为中心,以规训社会心理为中介,以惯例化制作方式和创新性发展为借口,以实现价值共享的艺术生产方式为根本的利益性追逐。"这种方式也是产业化语境下的文艺创作和生产最为常用的方式。

总之,产业化语境下文艺创作与生产表现区别于产业化之前文艺创作的鲜明特点。文艺企业在其中通过特殊的方式将产业化语境中文艺创作的各个要素有机的集合在一起,形成一股重要力量,左右着文艺创作与生产的发展方向和前进道路。

---

[1]　彭吉象:《影视美学》,北京大学出版社 2002 年版,第 39 页。

第三节 "规制"的界定与"美学规制"的阐释

一

"规制"一词来源于英文的"Regulation"或"Regulatory Constraint",是日本学者精心打造的译名。"规制"一词一般被学术界理解为"有规定的管理"或者"有法规的制约"。"规制"一词为经济学领域所率先使用,后来衍生到管理学、政治学、法学、伦理学、哲学、社会学等领域。①

我国学术界对"规制"理论的阐发和研究有一定的发展。我国学术界普遍认为"规制"可从广义和狭义两个层面去理解。广义上,"规制"包含了一切公权组织对私权个人或小团体的激励和约束,有政治上的规制、法律上的规制、道德上的规制等形式。如米尼克指出:"规制是针对私人行为的公共行政政策,它是从公共利益出发而制订的规则";杰尔洪和皮尔斯认为:"政府的产业规制仅仅是对众多私人经济力量的法律控制形式中的一种"。狭义上,我们认为"规制"主要指有明确法规的制约,以明确的法律法规条文对生命个体或公共群体进行激励和约束。如政府政策规制、法律条文规制,行业协会规制等。我国法学、政治学、经济学领域较早对此词加以使用,其后在其他领域慢慢铺开。哲学领域中伦理学使用该词的较多,也较为频繁。②

从内容上看"规制"可以分为正式的"规制"和非正式的"规制"两大种;从形式上看也可分为有形的"规制"和无形的"规制"两大类。正式的规制主要指人们有意识创造的一系列政策法规和契约,包括界定人们在分工中的责任的规则、界定每一个人可以干什么和不可以干什么的规则以及关于违反后的惩罚的规则,这种规制以政府规制为主要代表。一般而言,正式规制又可以分为直接规制和间接规制。通过司法程序去实施的规制是间接规制,通过行政部门去实施的规制是直接规制。非正式的规制主要指人们在长期交往中无意识形成的,包括对正式规制的扩展和细化,社会公认的行为规范和内部实施规则等。非正式规制的一项主要内容是伦理道德。非正式规制主要依靠社会舆论、风俗习惯、道德约束、良心谴责和来自社会的不规则的"自发性强制"约束等来保证执行。埃尔斯特认为,非正式的规制是指人们对他人的行为产生某种预期的精神

① [日]植草益:《公共规制经济学》,朱绍文翻译,中国发展出版社1992年版,第304页。
② 战颖:《中国金融市场的利益冲突与伦理规制》,人民出版社2005年版,第211-238页。

状态,这种预期不是基于正式规制(如成文法律、法规等),但是却会导致对个人的某一类行为或某种选择产生一定的影响,进行有效限制。皮拉特则强调,社会的非正式规制体现了社会成员的偏好、趣味,但能成为社会非正式规制的并不是某个人或某些人的偏好、趣味,并且认为非正式的规制其产生必定有着深刻的文化语境和历史原因影响,由于存在着传统根性和历史积淀,非正式规制其变迁是一个艰难的、长期的过程。非正式规制不是靠一种外在权威而是一种非个人的社会机制,它通过"隐藏的手",从个人追求的无政府状态中自然地产生秩序,对作为主体的人的行为和选择产生有效影响。

有形的"规制",即以一种清晰可见、容于界定的法规,一般以文字的形式加以表述,以国家权力机关或者权力部门加以颁布,具有强制约束力的文件。如明文颁布的法律法规、规章制度等。而无形的"规制"指以一种相对模糊的内涵,没有清晰边界、无须通过政府权力机关界定、强制执行,而是通过公共性的约定,或者不成文的通行性的规定和公众不约而同生发的规约。如行业潜在规制、道德规制、美学规制等。

二

我们认为"美学规制"指人们在审美创造和审美欣赏过程中有意识或无意识形成的审美标准及其美学规约,它是审美观念和审美趣味的外化形式,是生命个体的审美情趣和社会整体审美理想相互影响、相互生发的美学选择和运行机制。美学规制是一种区别于外在性政策法规规制和内在性道德伦理规制的一种非正式的社会规制,其本质乃是审美的公共性标准对审美的个体性趣味产生的影响和进行的美学规训。

美学规制,其区别于政策性法规规制的一面就在于它的内在性。政策性法规规制是依靠政府的行政公权力等外在权力机制和体制等对某一种行为、某种选择等进行约束和发挥影响,是一种明显的依靠外力强制力支配产生作用、发挥影响,促进行为规范的一种运行机制。美学规制一般来说不可能依靠政府的行政公权力等外在权力机制来对人们的审美观念、审美趣味发挥作用、产生有效影响;而是依靠内在性力量、品格等对人的审美观念、审美标准、审美趣味、美学选择产生潜在的影响,最终发挥作用。如果说,政策性法规规制是规制中那只看"得见的手",那么美学规制则是影响人们进行审美选择的那只"看不见的手"。

而面对同样依靠内在性的品格和力量对人的行为加以影响的伦理规制,美学规制与它相较又有何区别呢? 一般认为伦理规制则主要侧重于理念上的善的作用,其根本还依赖于主体的有意识行为,伦理规制通常来讲是可以解释,能够解释,并可以通约的,比如,中国传统社会的伦理规制"孝悌"。善事父母者为"孝",敬顺兄长者为"悌"。"孝悌"是小农经济社会中的人伦之理。在小农经济条件下,家庭是最基本的社会生产组织和生活单位。父亲是一家之长,兄长是家庭的骨干力量,这在客观上奠定了父兄在家庭中的领导权威,善事父兄其本质就是确保家庭繁荣与和谐的必要条件。所以父兄年老之后,得到应有的尊敬和照顾也是情理之中的事情。①

而美学规制主要是依赖于生命主体——人的无意识行为对人的审美产生影响,发挥作用。这种影响没有任何的外力压迫,也没有任何的外在公权力约束,同时也没有可解释性的正当理由。比如,在我们的日常审美经验中,一朵玫瑰花是美的,所以我们就说"玫瑰是美的"。同时,我们常常形容一个女人美,就说"美人如花",反过来也说"花如美人"。通常来讲,这种"美"的认同一般没有外在压力,也没有任何的公共权力的约束,并不需要承担任何风险。同时这种美感发自内心,也没有正当的可解释性,并无绝对的正当的理由证明这种花是美的。花的"美"似乎是客观的,但一旦我们要找花之美"美"在何处,找遍了花外在的瓣、蕊、叶、根、色、味,内在的组织、分子、细胞……也无法找到花之中美的原因出来,也就是说这种"美"并不建立在审美对象的物质属性上。也正因为从一个人、一个物、一件事上找不出实实在在的美的分子,因此,当一人说美,另一人却说不美时,从理论上讲你不能说他错,只能说他的审美观与你不同。正因为如此,为美学命名的西方,aesthetics(美学)之词义原本不是客观的美之学,而是主观的感受学。正因为如此,一个人说一朵花美,另一个人却可以说不美,而说美的人不能在理论的严格性上证明说不美的人错了。所以说,审美没有正当的可解释性,并无绝对的正当的理由,由此形成的美学规制也没有绝对的正当理由。这一点美学规制与伦理规制有很大的差异。并且,进一步讲,美学规制还存在不可通约性,比如,对老年人适合的美学规制就不一定适用于青少年,对中国人适合的审美标准就不一定为印度人和西方人所肯定所认同。

另外,最为关键的是,伦理规制往往内在性与外在性相统一,内在性最后往往转化为外在性,并最后成为社会规制,依靠外在的社会强制力等来保障其规制的执行和实施。

"伦理规制是伦理理念和精神的外化形式,是伦理规范及其特定的社会运行保障机制的统一。它与一定社会的制度、体制有着内在的关联性;动摇了根

---

① 战颖:《中国金融市场的利益冲突与伦理规制》,人民出版社2005年版,第234页。

本的社会伦理规制,常常就意味着动摇了社会制度本身。政治、法律性社会规制只有与其在相当程度上契合时,才能产生实际效力。在这个意义上说,伦理规制比一般的法律条文更具有约束力。"①

而美学规制则不具备如此强大的约束力,其强制性往往大打折扣,边界也较为模糊,如中国古代社会的小脚之美对中国古代女性的约束,虽然最终小脚之美发展成女性审美的一个理想——三寸金莲,对中国古代女性的审美形成规制,但是并不排除每一个生命个体的差异性,有些下层女性就没有裹脚,有些女性即使裹脚也不一定非得裹成三寸金莲。另外,也不排除各个时代对小脚之美理解的差异性,它虽然与社会制度、体制等有着一定的联系,在某种程度上还可以说是深层意识形态的表现,但其改变并不意味着动摇了社会制度本身,南唐李后主之前就不存在小脚之美。

伦理规制作为人伦之理的外化形式,一方面体现为伦理原则和伦理规范,另一方面体现为外在于主体的保障伦理原则规范在社会中充分实施的社会机制。外在的社会伦理机制,是社会的管理集团从自身和社会的整体利益出发确定的为确保伦理规则实施的他律手段。社会伦理机制具体包括教育机制、评价机制、舆论机制、奖惩机制和社会管理层的选择机制,某些社会伦理机制还有法律做后盾。由于社会伦理机制的作用,社会伦理才能很好地在社会中实行,社会伦理原则规范也才能转化为人们的内在伦理行为机制。内在伦理行为机制是指外在于伦理规则和伦理行为机制的主体化,是主体道德意志、道德目的、道德动机的集合,亦即自律,它集中体现为主体自身的伦理道德修养。外在伦理行为机制与内在伦理行为机制相互作用,相互影响。②

美学规制作为人们情感制约、趣味选择的规训,作为人们审美观念的主体性选择约束机制,相对来说并没有固定的精神内涵和外化形式,即不具备"通约性"。某一种精神内涵和外化形式放在这一主体上具有美感,但在另一个审美主体上,有的可能产生美感,有的可能就不会产生美感,甚至还会产生丑感。比如,著名的东施效颦故事就说明了这个道理。当她从乡间走过的时候,乡里人无不睁大眼睛注视。美丽的女子西施因为人本身长得美,所以西施因为心口疼犯病时而手捂胸口,双眉皱起,流露出一种娇媚柔弱的女性美,这种在西施身上呈现出来的而使外人感到美感的这种形式,其形式并不具备一般的通约性。东施不懂得这个道理,匆匆忙忙把它运用到自己身上,结果成了一个千古笑话。

① 战颖:《中国金融市场的利益冲突与伦理规制》,人民出版社 2005 年版,第 232－233 页。
② 同上,第 233 页。

更进一步，我们认为美学规制的形成机制与伦理规制的形成机制有着巨大的差异。

伦理规制，是社会规制的一个组成部分。所谓的社会规制，就是社会管理主体以其所拥有的社会资源（包括物质的和精神的资源）对社会成员实施影响力、支配力的制度性手段。伦理规制就是指具有社会强制力的伦理规矩，是依靠社会伦理机制的力量，支配社会成员履行伦理道德义务或受到伦理道德惩罚的一种约束。它是社会规制的一个组成部分或者说是一种表现形式。它主要依靠社会舆论、风俗习惯、道德约束、良心谴责等自发性的强制来实施影响，并往往通过家庭伦理的控制、行业规范的遵从、团体纪律的约束、社会舆论的压力、政治经济法律方面的奖惩等方式来发挥它对社会成员的约束作用。[1]

而美学规制则不存在这种直接的约束机制、奖惩机制和体制，它主要依靠生命主体自身内在的力量、内在的动力来实施。当然，别人的审美观点，外在的公共舆论也会成为左右审美主体美学选择的重要力量。但是美学规制主要依靠松散的机制，依靠公众的舆论力量，最终还是依靠审美主体内在的认同力量来实施。

另外，伦理规制"往往以文化传统、公众利益、社会普遍意志、社会生活惯例以及人伦之理或人际交往的必然性为基础，它本身就具有无形而持久的外在约束力"。[2]

而美学规制一般没有固定的模式，有的美学规制以文化传统、社会生活惯例等为基础，具有持久的外在约束力；有的美学规制则随着时代的变化而变化，其持久性往往受到怀疑。一旦一种新的审美形式一出现，只要得到审美主体的认可，原有的美学规制可能即刻失效，新的美学规制随即宣告诞生，对人们的审美观念产生影响。

三

正是因为美学规制的纷繁复杂性，对美学规制的特性的概括也存在相当的困难。我们这里对美学规制的种种表现加以分析、概括和综合，得出美学规制的以下几个特点。

非强制性：美学规制主要不是依靠外在的行政公权力来实施，而是依赖于生命主体——人的无意识行为对人的审美观念产生影响，发挥作用。比如，当

---

① 战颖：《中国金融市场的利益冲突与伦理规制》，人民出版社2005年版，第234页。

② 同上，第232页。

今社会普遍认同的对人的身材以苗条为美的审美观念。当这种以苗条为美的审美观念建构之后,大家都不由自主、主动地追逐这种美的形式,并用这种形式对自己的身体加以规制。这种对自己身体的美学规制是不掺杂任何外在的行政权力意志,而是以生命个体的自我意识为动力的。我国审美历史上的"唐肥宋瘦"观念也是这种审美标准对人的审美观念的规制反应。而宗白华先生所提出的中国历史上所存在的两种不同的审美观念:"错彩镂金"的美和"芙蓉出水"的美。"鲍照比较谢灵运的诗和颜延之的诗,谓谢诗如'初发芙蓉,自然可爱',颜诗则是'铺锦列绣,亦雕满眼'。……这两种美感或美的理想,表现在诗歌、绘画、工艺美术等各个方面。楚国的图案、楚辞、汉赋、六朝骈文、颜延之诗、明清的瓷器,一直存在到今天的刺绣和京剧的舞台服装,这是一种美,'错彩镂金、雕缋满眼'的美。汉代的铜器、陶器,王羲之的书法,顾恺之的画,陶潜的诗,宋代的白瓷,这又是一种美,'初发芙蓉,自然可爱'的美"。宗白华先生认为魏晋六朝起,中国人的审美观念走到了一个新的方面,表现出一种新的理想,那就是认为"初发芙蓉"比"错彩镂金"是一种更高的美的境界。这两种审美理想都对中国历史产生了重要的影响,并一直贯穿下来。① 也就是说这两种审美标准对中国人的审美观念产生了重要影响,对中国人的美感生产形成了一种不由自主的规制。

当然,随着时代的发展,美学规制生成机制也在发生悄然的变化。美学规制的非强制性特点在有一些地方也不同程度地发生了变化。比如,很多国家就利用环境政策、法规和法律来对环境、景观、户外公共设施、自然资源等进行规制。这其中美学规制就是其中的重要内容之一。早在 1872 年美国国会的一项专门法案——建立黄石国家公园法案。1916 年美国依法在内政部设立国家公园管理局(National Park Service),专门负责全国的国家公园事务。1935 年通过的历史遗迹法案规定将国家文化资源和自然资源统一交由国家公园管理局管理(The Humanities Review Committee of the National Park System Advisory Board, 1994)。这其实就是对环境、景观等在内的文化资源和自然资源进行的公共管理和美学规制。现在,美国国家公园系统包括国家公园、国家遗迹、国家历史公园、国家保护区、休闲娱乐区等区域的所有土地、水面(NPS Management Policies:Introduction,1999)。截至 1995 年,美国国家公园系统面积为 32 万平方公里,占全国面积 3.45%,其中,国家公园面积为 19 万平方公里,占全国面积的 2.05%。产生于美国的上述国家公园的思想作为一种理念已经为全世界 100

---

① 宗白华:《美学散步》,上海人民出版社 1981 年版,第 29 – 30 页。

多个国家所普遍接受,并在 1200 多个国家公园和保护地中贯彻实施。1972 年 10-11 月,联合国教科文组织在巴黎举行的第 17 届会议上通过了著名的《保护世界文化和自然遗产公约》。我们国家在 1985 年,国务院发布了《风景名胜区管理暂行条例》,这是一份关于国家风景名胜的法律文件。这一文件里面有相当的内容即是对风景名胜的美学规制。《条例》的出台推动了我国国家风景名胜区的建设,目前,我们拥有令世人称羡并引以为自豪的风景名胜 512 处(其中,国家风景名胜 119 处),占地 9.6 万平方公里,约为全国面积的 1%。①

这一变化,一方面反映了随着环境的恶化,社会的发展,政府、社会规制对作为生命个体的干预越来越剧烈,个人趣味的选择性相对减少;另一方面也反映了现代性社会的矛盾,现代化进程中人的主体性面临的矛盾:一是主体性选择似乎越发自由;另一方面主体性所受到的限制也越发加大,主体性丧失越发加剧。现代社会是一个联系非常紧密的社会,任何社会、任何个人都很难独立于社会生产和发展,所以其主体性选择常常受到社会制约,其审美趣味、审美理想其实也受到社会有意识或者无意识生成的美学规制这一"看不见的手"隐性制约。比如,时下流行的城市经营理念,其中就不乏利用政府的行政公权力将某些审美标准转化为可操作的行政性法规,通过这些法规对人们的审美观念、审美趣味、审美创造等加以规制,从而生成一种官方认可的审美形式。比如,欧洲的瑞士等国家、澳大利亚、新西兰等国家都建立规范户外景观的环境法规,使得人们不得随意破坏一个地方的传统风貌、景观风貌、建筑风貌;中国时下盛行的通过对城市的亮化、美化进行文明城市的评选,比如,统一一个区域的建筑色彩、建筑式样,统一街道的广告牌匾制作风格,等等,都是利用行政性的强制力对人们的审美观念、审美趣味加以规制。

文化性。冯天瑜先生指出:"世界各主要文明民族在其漫长的历史生活中,分别锻造出自己的民族精神,印度人发达的超验玄想,希伯来人执着的宗教情怀,希腊人的重智求真,中国人的实用理性及求善倾向,都在人类精神之林中一展英姿。而各民族的精神特色,均通过文化元典得到体现。从一定意义言之,元典精神就是民族精神的文本显示,是民族精神在雅文化层面的表证"②。不同文化对人的审美观念也产生了重要的影响,生成了不同的美学观念和审美理想。因此,不同文化语境中的美学规制也存在着巨大的差异,对不同文化语境

---

① 中国社会科学院环境与发展研究中心课题组:《国家风景名胜资源上市的国家利益权衡》。http://iate. cass. cn/iateweb_old/hjzx//tooo13. htm

② 冯天瑜:《中华元典精神》,上海人民出版社 1994 年版,第 154 页。

中的审美主体产生了重要的影响。比如,中国语境、印度语境、西方语境、伊斯兰文化语境中对自然的美学规制就完全不一样。中国文化语境中对自然之美的尊重和呵护,西方文化语境中对自然的征服和改造,印度文化语境中对自然的神秘和幻化,伊斯兰文化语境中对自然的爱戴和遵从,都呈现了不同的文化语境对同一对象进行美学规制的差异性。

当然,随着全球化的到来,世界各地方文化的相互交流、相互影响、相互融合,不同文化语境中的美学规制也有逐渐融合,甚至逐渐统一的一面,比如,随着工业化大生产的发展,生态环境的日益破坏,世界各种文化不约而同地走到了一起,都提出要对自然环境加以珍视,对自然之美开始有着相似或者一致的认同,即应该以一种生态美学的眼光来对待自然。还比如,随着科学技术的进步,电影世界中以美国电影中所提倡的奇观美学、暴力美学受到了全球影视受众的普遍欢迎和普遍接受,一时间各个国家的电影都受到影响,走着相同的美学道路。当然,即使是同样的暴力美学,每个不同语境的区域、国家其选择可能有着很大的具体路径的不同,比如,美国电影的暴力美学展示的未来科技的力量角逐,而中国电影的暴力美学走的是与其传统文化相结合的功夫路径。

时空限定性。时空限定性即强调人们的审美观念、审美理想适用于一定的时间、空间范围的审美主体,具有一定的时间和空间的约束性。不同的时代,其审美观可能有变化,不同的空间其审美观可能也有差异,与此相适应,其美学规制会随着时间的变化而变化,随着空间的变化而变化。如,我国历史上的"环肥燕瘦"观念也是这种审美标准对人体美的审美观念随着时间的变化发展而在美学规制上呈现变化的生动写照。"燕"指的是汉代美人赵飞燕,相传她可以在宫女托起的一个水晶盘中跳舞,可见她身体的轻盈,这也是当时以瘦为美的写照;而"环"指的是三千宠爱在一身的杨贵妃(杨玉环),她"肌态丰艳",得到了皇帝的宠幸。宋代郭若虚说:"唐开元、天宝之间,承平日久,世尚轻肥。"(郭若虚《图画见闻志》卷五),从唐代张萱、周昉的仕女画可以看到"以肥为美"的标准对人们审美观念的规制。张萱的《虢国夫人游春图》,此画表现杨贵妃的姐姐虢国夫人、韩国夫人、秦国夫人等一行七人踏春游览的情景。画中的人物无一例外都表现出一种丰颊肥体的美感。周昉的《簪花仕女图》、《贵妃出浴图》等,画中的宫廷妇女和杨贵妃都表现为一种丰颊肥体的美感。北宋董逌说:"昔韩公言,曲眉丰颊,便知唐人所尚以肥为美。昉于此,知时所好而图之矣。"(董逌:《广川画跋》卷六,《书伯时藏周昉画》)欧洲文艺复兴时代,人们也普遍存在以丰腴富态为美的观念,鲁斯本画的美惠三女神就是当时人们这种美的观念的见证。另外,时空限定性还表现在同一审美主体其审美观念可能随着时间的变化而变化,随着所处空间、场域的变化,因而其美学规制也往往相应的发生变化。比如,时尚的出现,往往说明某种美学观念和审美情趣得到大众的认可,这种美学规制对审美主体产生无形而深刻的影响,使得大众随着时尚的变化而变化自己的审美标准。还有就是时尚往往具有显著空间场域性的特点,在中国流行的审美观念在西方国家不一定就流行;与之相反,西方流行的审美标准在他国就不一定能被接受。

时空限定性更为根本之处在于,对于体现本民族特点的审美标准往往能穿越时间隧道而代代流传,当然这种流传因为结合着时代特点而显得更为隐性,也更为根本。这一点也是保证每个民族审美趣味和审美理想得以延续的根本,也是每个民族特性鲜明的体现,更是世界呈现审美多样性的根本保证。

阶层性。即在同一社会中往往因为社会阶层的差异原因,会导致具体的美学规制有时候具有阶层的差异性。法国著名社会学家布尔迪厄在其代表作《区分:鉴赏判断的社会批判》中就认为人们在日常消费中的文化实践,从饮食、服饰、身体直至音乐、绘画、文学等的鉴赏趣味,都表现和证明了行动者(agent)在社会中所处的位置和等级。在《区分》中,布尔迪厄以大量的实例说明了阶层趣味差异导致美学观念上的选择不同:以饮食趣味为例,"饮食趣味依赖于每一阶级关于身体的观念以及这些食物对于身体的影响,这就是对身体的力量、健康和美的影响。在评价这些影响的时候,某一阶级看来是重要的因素,对另一阶级来说可能是无足轻重的。不同的阶级以完全不同的方式来评价其重要性。工人阶级更关注男性身体的力量而不是它的外形,因而倾向于那些既便宜又富于营养的食品,而专业人士则偏爱那些可口的、有益健康的、清淡的、不会令人发胖的食品。趣味,一种阶级文化转化为自然,或显现在自然之中,帮助构造了阶级的身体。"[1]布尔迪厄通过符号空间和社会空间的结构性关系来阐发其意义,指出在鉴赏趣味中,之所以流行着诸如高雅与低俗、精致与粗劣、独特与平庸、新奇与陈腐等各种类型的等级区分,是因为"背后支撑着它们的是整个社会秩序"。社会阶层本身的身份差异使得审美标准的差异客观性存在,并且,这种审美标准对它们各自的美学选择产生实质性的作用。

复杂性。即作为同一审美主体或者同一类型的审美主体,其审美观念、审美标准的取舍可能伴随着多样性和矛盾性统一的特点。这种复杂性主要表现在几个方面:一是同一审美主体其审美趣味本身的变化性,往往随着时间维度

---

① 丹尼尔·米勒:《物的领域、意识形态与利益集团》,罗岗,王中忱:《消费文化读本》,中国社会科学出版社2003年版,第45页。

的变化而变化,也会随着空间维度的变化而变化,并且随着自己本身的改变,比如学习经历、生活环境、工作环境、社会氛围、文化环境等的变化而相应地产生变化。二是作为同一类型的审美主体,其本身可能因为共同的理想、共同的价值选择而形成相同的审美趣味,但也会随着后来社会环境的变化而渐行渐远。三是即使是不同阶层,不同身份,不同环境的审美主体,可能会因为先天的禀赋,或者后天的教育,可能也会具有相同的审美趣味。或者,只是在某一个方面具有相同的审美趣味,在其他的方面又会有较大的差异。所以,这种审美共同体的出现需要有很多的因素叠加在一起。并且,这种审美共同体可能会随自身的情绪变化而改变。另外,即使是同一审美主体,同一阶层,作为生产者和消费者其倡导的美学观念也有着不一致的地方,他们在作为生产者其美学规制与作为消费者其审美选择的标准可能有着巨大的差异,甚至是矛盾和冲突共存。也就是说美学规制在同一主体身上呈现出非常复杂的一面。丹尼尔·米勒在自己的著作中分析了英国中产阶级对房屋的审美标准是有着巨大的差异的。当中产阶级作为消费者身份出现时,城郊的独立或者半独立的木结构平房是受到他们热烈的欢迎,因为这种住宅构成着现代中产阶级私人住宅的基本样式。这种住宅的基本样式构成了英国中产阶级作为消费者的美学规制。而当他们作为生产者的身份出现时,他们却在市政房屋建设中大力推荐和提倡现代派风格的建筑。丹尼尔·米勒认为他们作为消费者,建构、维系的是个人主义传统的意象;同时作为生产者,他们恰恰建构的是与个人主义相对立的意象,如变化、共同性和现代性。① 这里我们认为正是因为英国中产阶级作为消费者和生产者的身份差异,从而导致了他们在房屋住宅的美学选择规制上的矛盾性和复杂性。

四

美学规制产生的社会和历史原因是多方面的,学术界一般认为主要有三个方面:一是生物法则,二是文化规则,三是个人策略(创造)。② "法则定义为超越文化的限制,而规则是超越个人的但在文化之内的限制,策略是在风格的规则确立起来的各种可能性中做出的合成选择"。③ 这三者关系之中,有一种非常

① 丹尼尔·米勒:《物的领域、意识形态与利益集团》,罗岗,王中忱《消费文化读本》,中国社会科学出版社2003年版,第71页。
② 史蒂文·不拉萨:《景观美学》,北京大学出版社2008年版,第85页。
③ 同上。

复杂的相互作用,一方面"生物法则制约着文化规则,文化规则又制约着个人选择,另一方面,文化的变革源于个人的革新,人类基因的修改也源于文化实践的更新"。① 生物法则指基于人类共同的遗传基因基础上的审美行为类型,正是因为有生物法则,所以不同的群体,不同的文化影响下成长的人们才能有审美的共通性,才能"美人之美",并且达到"美美与共";文化规则是指审美标准和审美价值本质上是为了保持群体自身的稳定性和保卫自身同一性的群体意志的反映,正因为有文化规则,所以每一个民族、每一个文化语境中的人们才能有自身的美学趣味和审美特点,才能"各美其美"。

个人策略就是康德所言,是天才为审美立法。"中国文化三寸金莲的纤足之美的建构史,恰如康德所言,是天才为审美立法"的结果。(少数精英分子因为处在一个特殊的位置,在个人审美经验过程中把某一对象指认为美,或以其天才创造出一种美,然后影响到阶级、时代、文化的大多数人,形成阶级、时代、文化的审美共感。这个过程比较复杂,另文详谈)"如果说,三寸金莲的纤脚之美是一种完全由审美天才所创的社会美,以及由之而形成的美感结构,那么,由自然物而来美的建构,则是人对自然物的某些自然属性进行的美学加工而建构起来的"。②

美、美感、审美场都是被建构的结果。"在客观事物里并没有美的实体因子,美是被建构起来的,在主体结构里并没有美感的实体因子,美感是被建构起来的,在文化场域中本没有自然性的审美场,审美场是被建构起来的。"这种建构其实质就是美和美感的客观化和符号化的过程。"客观化是指,在感觉上和在理论上,美都被认为是这一客体固有的性质;符号化是指,在实际上这个被认为是客体固有性质的美,已经在主体心灵中确立起来,固定下来,这一对象对来他来说,已经是美的对象。"也就是说,这种客观化和符号化一旦被建构,那么就会对生命个体的审美观念建议规制:"一旦对象作为美被客观化了符号化了,不管主体面对它时,产生美感还是不产生美感,都会认为对象是美的"。③

同样的,"一个民族、文化、时代的美也是这样产生出来的"。"一般来说,一个阶级或一个时代或一个文化中大多数人面对某一对象时,都反复地产生了美感,从而都把这一对象客观化和符号化了,这一对象就成为这一阶级或时代或文化的共同的审美对象,同时这一阶级或时代或文化的人也建立起了对这一对

① 史蒂文·不拉萨:《景观美学》,北京大学出版社 2008 年版,第 88 页。
② 张法:《美学的建构和解构》,《晋阳学刊》,2011 年第 6 期,第 57－62 页。
③ 同上。

象的美感心理定式。一旦这一对象成为整个阶级或整个时代或整个文化的审美对象(即被客观化和符号化了)之后,这个阶级或时代或文化中的个别人乃至少数人从这一已经公共化的美的对象中感受不到美,他们还是要承认,这一对象是美的"①。也就是说,"一种阶级、时代、文化的美和美感的建立",就会对这一阶级、时代、文化语境中的主体产生强制性的作用,对它们的审美观念、审美趣味、审美理想加以规制。

更进一步,民族、文化、时代中的美一旦符号化完成,被美感符号化的客体被认为是美,这种美就有一种公共的定义性和一种公认的客观性。"这种公共定义性和公认客观性的力量,既能够使人通过符号认知而产生美感经验,也能够使人在通过符号认知,虽然没有美感出现,仍认定它为美,从而与整个民族、文化、时代的知识体系相认同。"②这种符号性和客观性就会对人们的审美观念、审美标准、审美趣味、审美理想等产生实质性的"规制",使得人们都会认为它是美的,从而不由自主地被感化、被规训。在它符号化被解构之前,这种符号化的美会有一种惊人的力量,一直会对这一民族、文化、时代中的审美主体产生作用和影响,规制着人们的美学趣味选择。这种美学规制被中国美学史和西方美学史一再证明。当然,在整个社会感化、规训的过程中,有多重力量、多重因素在综合作用,但是必须指出的是,文艺作品及其由此而来的文学艺术教育(包括政府和学校的文艺教育,媒介的教育,以及社区、社团和家庭、文艺演出场馆等场所的文学艺术教育与熏陶)在其中起到一个关键性的作用。正是文艺作品的深入人心,文艺作品"润物细无声"对生命主体的深层建构等特征,使得其在整个美学规制的实施过程中显得尤其重要。而当今时代文艺产业化进程中,文艺作品和媒介的合谋,使得其对人的主体性的建构,对生命主体的深层影响,对其审美趣味的影响达到一个史无前例的高度。

第四节　产业化语境下文艺创制的美学规制

文化创意产业是朝阳产业,也是我国确定的战略性新兴产业。文艺产业是文化创意产业的核心部分,文艺产业只有放在文化创意产业的大背景来思考,

---

① 张法:《美学的建构和解构》,《晋阳学刊》,2011 年第 6 期,第 57－62 页。
② 同上。

才能更好地把握其整体风貌。正因为文艺产业是文化产业的一部分，所以从某种意义上说，文艺创作从一开始就不是完全自由的发挥，而是原生性具备着"戴着镣铐的舞蹈"的本质属性。这表明一方面有作者自身的发挥因素，另一方面又有着看不见的手——文艺本身质的规定性的制约。产业化语境下的文艺生产，因其独特的价值取向和生产路径，除了拥有产业化之前文艺创作的制约因素之外，还有着因产业化与生俱来的诸如资本运作、市场选择、商品规律等更多的约束和限制。所以，与产业化之前的文艺生产在审美标准上就有不同的美学要求，也因为受到产业化诸多因素的制约，其美学规制有着更不一样的要求。

一

产业化语境下的美学规制首先体现为对消费者审美趣味的规制。审美趣味规制即以消费者的审美趣味为创作的核心。即以消费者为中心的审美趣味成为产业化语境下文艺生产的审美标准。产业化之前的文艺创作以作者为中心的审美追求，强调审美的崇高性。因为产业化之前的文艺创作，对文艺的娱乐功能重视不够，但非常强调文艺的伦理功能，强调文艺的伦理教化功能，注重文艺对人的心灵的塑造，强调文艺对人的精神的改造力量。这种对文艺的伦理教化功能强调的极致就是我国"文革"时期的八个样板戏的创作。产业化之前的文艺生产在美学选择上，是以文艺创作者的审美趣味、审美理想为根本标准的，从某种意义上讲，也是以主导和控制文艺创作者的主流意识形态的审美标准为最终出发点的。在这一个基本的要求满足之后，一般不会主动去思考消费者的审美需求。

更进一步，在产业化之前，文艺的创作非常注重生命个体的情感表达和情趣个性。

这一点从我国古代文艺创作所强调的"诗言志"和"诗言情"可以体现出来。"诗者，志之所之也。在心为志，发言为诗，情动于中而形于言，言之不足，故嗟叹之，嗟叹之不足，故咏歌之，咏歌之不足，不知手之舞之足之蹈之也。"（《毛诗-大序》）虽然，孔子也强调"诗可以群"，但是"诗可以群"的前提依然是"诗言志或者诗言情"。追求创作者的个性化必然导致独创性的创造要求。虽然，因为这种生命个体的情感因其人生际遇本质的相通性而具有共通性，最后能打动人心，但是最终的指向却是令读者（接受者）限定在一个狭小的圈子。

产业化之后，文艺处于激烈的商业竞争当中，要在全球化文艺竞争中立于不败之地，首先必须使自己的文艺作品让最广大文艺消费者易于接受，乐于欣赏。因为产业化语境下的文艺创作与生产只有极尽所能想尽办法让更多的接受者接受作品,才能使得文艺产品赢得更多的收入和利润。这也就注定了产业化之后的文艺创作和生产要考虑到大部分消费者的审美习惯、审美趣味、审美理想、价值选择等标准,以广大大众的审美趣味的平均数作为创作和生产的标准。所以,这个背景下,文艺的创作和生产的美学规制的原则是按照文艺消费者的审美习惯、审美趣味、情感追求来进行创作和生产,文艺作品创作之后,再想方设法进行广泛地宣传、积极推广营销。故,其美学选择的标准就是可计量的,可预测的,可人为创造的。也只有在这样一个基础上,目标消费群体的审美趣味的细分才有可能进入到创作者的眼中,才会被仔细地掂量。

在产业化语境下,消费者的审美趣味中,强调生命群体的情感需求和情趣共鸣是文艺创作与生产美学规制的新要求,也是广大文艺产品消费者的新期待,更是产业化生产和运作的新制约。产业化以后,我们的文艺创作不是说不表达生命个体的情感表达、审美需求,而是以一个更广阔的视野,站在更高远的层面,以一个更多维的视角去发掘生命个体在当下的社会境遇中生命体验更多的相同点,去发现生命群体在不同的人生道路上情感经历更多的相似点,去把握不同生活际遇中生活经验更多的共鸣点,从而寻找到打动大多人,为大多数文艺消费者所接受的情感诉求点和心灵共鸣点,从而最后为文艺产品完成完整的生产链条而进行创作和生产。这方面尤其突出的是电影、电视剧、动漫、歌舞演唱等资金投入非常巨大的文艺类型。比如,罗琳创作的《哈利·波特》系列文学作品,之所以能够打动世界各地千千万万读者,其根本原因在于找准了社会大众的审美趣味共同点,找到了打动广大观众内心的情感诉求点。这个审美趣味既能够满足西方读者,也能够激发东方读者的热情;既能够激发青少年的想象力,又能满足成年人的梦幻感。

二

产业化语境下的文艺创制最为关键之一是对文艺价值的改变。从产业化之前的强调文艺价值的伦理教化功能到产业化之后的强调文艺作品的休闲娱乐性功能。

产业化之前的文艺创作强调文艺作品的严肃或真实特性的伦理教化功能,强调对人的心灵的教化功能。故,孔子讲"兴于诗,立于礼,成于乐",所以中国古代社会非常重视文艺创作,曹丕甚至将文艺创作提到了"经国之大业,不朽之盛事"的前所未有高度。西方历来也强调文艺的教化功能,古希腊的柏拉图认为诗歌具有魔力,能够浸润人的心灵,非常重视文艺的社会功能,要求文艺具有"不仅能引起快感,而且对于国家和人生都有效用"的美学要求,文艺不仅要培育"正义"的人格，而且要在"正义"城邦的建设中起到正能量作用，所以"应该强迫诗人们在他们的诗里只描绘美的形象"。柏拉图正是从文艺的政治功效角度出发要将那些不能"真正给人以教育、使人得益"的"诗歌"、"诗人"逐出理想国："除掉歌颂神和赞美好人的诗歌以外，不准一切诗歌闯入国境"；亚里士多德在继承柏拉图的文艺"效用说"的同时，还认为文艺兼具认识功能和审美功能。他指出文艺能够净化人的心灵，陶冶人的情操，提升人的审美。

产业化之后，文艺创作与生产有意识地淡化了文艺的教化功能，重视文艺的休闲娱乐功能。教化功能从以前文艺创作的核心地位退缩到边缘；此时以前处于边缘地位的文艺的休闲娱乐性功能转而处于中心位置，核心位置。

强调休闲娱乐功能，就是强调文艺产品最终就是为了给人来取乐的，是为了放松神经，放飞心灵的，是生命主体在紧张的工作之余要找来慰藉心灵，寻找寄托的产品。娱乐性功能就是要求文艺创作能够极大地、直观地刺激目标消费群体的审美兴趣，满足目标消费群体的内在要求——在看似轻松愉悦、陶醉享受的生命体验中释放自我的情绪，甚至发泄内在的欲望，在休闲娱乐中满足一种"身体快感"的情感体验，完成生命体验过程中的"快乐美学"。因为产业化语境下的文艺创作和生产首先要面对的是激烈的市场竞争环境。要在激烈的市场竞争中抢得先机，立于不败之地，就必须要争取到更多的文艺消费者，并且也只有拥有尽可能多的消费者，才能保证文艺创作和生产取得更多的利润，争取最大的效益。当今时代是全球化竞争的消费时代，也是移动通信无所不在的数字时代，更是信息爆炸信息过剩的信息时代，还是各种图像漫天飞洒的图像时代。在这个时代中生产生活的大众，生活节奏明显加快，工作压力逐步加大，人们处于激烈的职场竞争当中，奔忙在琐碎的生活应付之下，工作机械而程式，生活单调而乏味。故此，迫切需要一种文艺产品，来打破日常生活经验，去放松工作绷紧神经、来放飞美好梦想，以调剂沉闷无趣的生活，滋润枯燥冷漠的心灵。而"娱乐性"就恰好具备了这种特质。"遵循享乐主义，追逐眼前快感，培养自我表现的方式，发展自恋和自私的人格类型，这一切都是消费文化所强调的内容。"①从本质上看，追求感性愉悦、追求生命自由是人类存在的基础，而感性愉悦、生命自由则往往与娱乐息息相关。也因为这样，娱乐性就成为产业化语境下的文艺创作和生产审美取向的重要美学规制。

---

①　费瑟斯通：《消费文化与后现代主义》，刘精明译，译林出版社 2000 年版，第 165 页。

三

产业化语境下的文艺创制对审美主体的心理建构与产业化之前的文艺创作对审美主体的审美心理建构有很大的改变。产业化之前更多的是强调人的内在品质的塑造和提升，突出人的心灵的影响，而产业化语境下文艺创制更多的突出对审美主体当下性影响，更多地突出文艺产品审美愉悦的当下性对审美主体的吸引力。

产业化之前的文艺创作的审美心理规制更多地指向心理的宁静、深邃的思考、心灵的提升，关注人的精神层面和人的心灵层面，追求人性的提升和人性的超越。强调超功利化和精神升华，所以，推崇意味悠长的文学、玄远神思的书法、意境高妙的绘画等个性独特、创新性强的文艺作品。沉重的形而追思，精致典雅的美学趣味，这些都是掌握着话语霸权的少数精英思想者和艺术家的专利。

产业化语境下的文艺创作则更多地强调审美愉悦的当下性。"娱乐化"的价值核心要通过突出文艺商品对消费群体审美接受心理的当下快感，强调视听效果的可愉悦性，强调文艺对人的神经的强烈刺激，达到强烈的当下视听震撼。"快乐美感"的当下性，崇尚享乐主义。从某种意义上要求人们中断思考的神经，只是被动的接受，使得人们审美过程中处于一种无须思考的境地，只需要充当看或者听的角色。"一切必须是当下的满足，精神生活已变成了飘忽而过的快感。随笔式的文章已成为合适的文学形式，报纸取代书籍，花样翻新的读物取代了伴随生命历程的著作。人们草草地阅读，追求简短的东西，但不是那种能引起反思的东西，而是那种快速告诉人们消息而又立刻被遗忘的东西。人们不再能真正地阅读，并与他所读的著作结成精神的同盟。"①

形而下的快乐美学成为整个时代的美学主调，身体快感的当下享受就成为多数人的趣味追求。追求当下性的快感美学必然导致享乐主义盛行，必然导致文艺创作和生产的短暂性、平面化、时尚化。因为这些成为欲望释放和快感追逐的代名词。

因为在激烈的商业竞争中，在海量信息的狂轰滥炸中，人的神经都已经麻木。在繁重的劳动后，人们渴望的是解除精神的疲倦，放松绷紧的神经，此时对要付出很多精力去思考的东西，大众一般都不会感兴趣。所以，产业化语境下的文艺创作和生产就紧紧抓住文艺消费者的这种消费心理，进行定向化的创作和生产。比如，当下的产品设计叙事总是以身体欲望的书写为中心。因为随着

---

① ［德］雅斯贝尔斯：《现时代的人》，周晓亮等译，社会科学文献出版社1992年版。

消费社会的到来,生命个体的主体意识逐渐觉醒,在这样的背景下,人们更看重生命个体本身的情感享受和心理感知。在激烈的工作职场竞争当中,生命个体竞争的压力迫使芸芸众生疲于奔命,故对生命个体自身的情感尊重和生命享受,对生命个体自身的事业成功和心灵归宿,就更能成为大众共同的追求和期盼。故此,消费社会的广告、商业品牌等都以消费者的成功和幸福为最终诉求,其目的就是为了唤起人们的情感认同,最终达到消费认同。这种消费欲望的叙事策略在商业社会、消费社会中无处不在。在这种语境下,文艺作品要推销出去,就必须抓住消费者的眼球,让消费者产生消费的欲望。正因为这样,产业化以来,文艺作品的创作和生产呈现追逐以躯体写作,快感写作、猎奇写作等写作的风尚;在影视创作与生产中,暴力场景,嗜血景观和情色场景,乃至于吻镜、裸镜、床镜等特写镜头频频推出,成为征服观众的"撒手锏";在绘画中,也存在所谓的身体美学的性感取向和唯美追求;而摄影艺术,近年来人物写真、裸体写真、唯美写真等引起人们当下审美快感的摄影艺术成为消费时尚;在动漫艺术、游戏设计中,美色场景、暴力场景、甚至于血腥场景频频出现,成为屡屡争议话题;在服装设计,尤其是女性服装设计艺术中,性感取向、身体暴露等成为必然的美学要求,诸如此类,这些以刺激、性感、年轻、裸露作为产业化文艺创作美学要旨的审美取向,其目的就是要让你享受到当下的身体快感,并以此实现文艺创作和生产的根本目的。

四

产业化之前文艺创作过程强调创作主体的个体性经验感受和表达,强调精雕细刻,一般不存在技术性的因素。而产业化语境下的文艺创制更多地介入现代科技的力量,审美创制过程的技术化影响深远。

"技术化"指文艺生产过程中对当代科学技术的应用和运用。这一特性揭示出产业化语境下的文艺生产对当代科学技术的依赖性和依赖程度,并表明现代科技的力量已经渗透到文艺生产的各个方面,成为一个产业化语境下文艺生产必须具备的条件。文艺既依靠科技来生产,也依靠科技来推广、传播。同时,在这一语境下的消费者也被科技所改造所控制,也离不开科技,必须依靠科技的力量来进行生产和生活,消费者的文艺产品的消费也自然而然地带有科技的色彩。这一特点尤其体现在影视、动漫、设计等需要数字媒体技术等现代科技为支撑的文艺产品的生产过程中。技术因其在产业化文艺生产的进程中所起到的作用而越来越受到人们的重视,技术美学也突出和强化了审美的当下性,所以产业化以前以强调个体审美经验的手工美学让位于产业化以后强调群体审美感受的技术美学。

"审美创造的技术化带来审美判断的计量化,清晰度、照度、色彩的饱和度、快门速度、影调明暗的对比度、光圈指数、焦距、景深等一连串概念都是量化的指标。图像时代视觉审美的发展史,是视觉机器的进化史,更是各种技术指标不断提升、不断细化、无限追求画面高清晰度、色彩饱和度、感光高灵敏度、影调多层次性以及长焦距、大景深的历史。"①只有技术性才能支撑当下性快感的建立。让观众看清楚他们想要看到的景观。视觉和听觉最能够当下打动人,造成震惊感。

比如,现代计算机技术的发展,移动通信技术和网络技术的快速发展,电脑、手机等高科技工具的普及,导致了网络文学、电子文学、多媒体文学、网络艺术、数字媒体艺术、数字动漫等新型文艺样式的崛起。这些文艺样式,不再是像传统的纸质文学或者绘画那样依靠纸和笔等工具创作,而是运用电脑、手机、手绘板、多媒体软件等现代工具,借助计算机技术、数字技术、网络技术等现代科技力量,实现了文艺创作的跨越发展。这些新型的文艺类型既受到创作者的文艺修养的限制,还受制于时代科技水平的限制。没有这些现代科技的发展,就不可能有这些新型的艺术类型。新型文艺的受制性正是源于它创作和生产的技术性特点。② 其余的艺术创作和艺术生产,其技术性表现的美学要求更为明显。电影创作与生产、电视剧创作与生产可谓与技术与生俱来,没有现代科技的发展就没有电影电视的产生,所以从严格意义上说,没有现代科技的出现,就没有电影和电视剧等艺术门类的出现。并且随着现代科技的发展,技术对艺术的介入越来越深入,影响越来越深远。在当下社会和未来世界,即使是看似与现代科技完全无关的传统的文艺样式,科技的力量也逐渐渗透到它们的创作和传播当中,改变着它们的存在形态和传播样态。这一点在非物质文化遗产的传承与保护上体现得非常明显。敦煌莫高窟艺术数字化传播、故宫经典艺术数字化保护、天津"泥人张"、杨柳青年画等文艺产业的发展与壮大也从某个角度上证明了传统艺术形态的发展也必将与现代科技结合才能走得更快更远。

五

产业化之前文艺创作最终的关切点指向生命主体,既包括生命个体的塑

---

① 高字民:《从影像到拟像——图像时代视觉审美范式研究》,人民出版社 2008 年版,第 34 页,第 32 - 40 页。
② 钱旭初:《大众文化时代的文学样式——网络文学论》,《江苏社会科学》,2002 - 11 - 25。

造,更包括生命群体的规制。而产业化之后的文艺创制其最终的关切点在于功利性——资本利润的计算,产品的增值。

产业化之前的文艺创作的意蕴规制最终指向的是人,是对人的规制,即通过文艺作品熏陶,对人成为什么样的人进行有意识地或无意识地建构。我国传统的文艺创作非常强调写作的最终目的就是为了宣扬主流意识形态所弘扬的仁义道德和伦理纲常,为统治阶级的政治教化服务。从春秋孔子的诗的"兴观群怨",到战国荀子"文以明道",到唐代韩愈的"文以贯道"再到宋代周敦颐的"文以载道",中国文艺史上这种观念一以贯之。这也反映了精英阶层对自己身处精神高位的自信,对普罗大众的俯瞰,对社会的既定秩序的肯定和维护。这种文艺强调审美的距离感,距离为美。正如康德所认为的:审美是一种"自由的游戏",其愉悦性无关现实的利害,"我们每个人都必须承认,关于美的判断只要混杂有丝毫的利害在内,就会是很有偏心的而不是纯粹的鉴赏判断了"。① 文艺审美在产业化之前一直就被认为是与功利目的毫无关联的事情,这种观念深入人心。

而产业化语境下的文艺创作和生产,其深层意蕴强调审美的功利性,即产业化文艺创作和生产所带来的成本效益和商业利润。"大众文化具有一种赤裸裸的商品性,它也不打算掩盖自己和资本的关系,通过能够大批量生产的文化产品的消费,它不但想多赚钱,还要像其他商品生产一样,以实现利润最大化为根本目标"②这样,文艺和经济的界限被彻底打破,文艺渗透到一切经济领域,成为经济生产的一部分;经济也融入文艺生产当中,甚至支配着文艺的生产走向。这也使得文艺审美产生巨大的转变,由先前的对"距离"的强调到产业化之后对"距离"的消弭的审美转换。③ 产业化语境下,文艺创作和生产把深层的隐性的目的性的商业利润欲望,转化为表层的显性的无意识的形象塑造,通过实现文艺生产的全面循环来实现资本的全面增值。文艺本来作为人类反抗现实世界物化的力量,不仅没有成为外物压力的解放力量,反而无意识中成为一种新的物化人类的形式——形象的物化。"形象,在一切物之后,成为一种新的物;旧

---

① 康德:《判断力批判》,邓晓芒译,人民出版社 2002 年版,第 39 页。
② 陈继会,谢晓霞:《传媒时代的文学生产——生产与消费视野中的新都市小说》,《郑州大学学报》(哲学社会科学版),2009 年第 6 期,第 113 – 116 页。
③ 高字民:《从影像到拟像——图像时代视觉审美范式研究》,人民出版社 2008 年版,第 34 页,第 32 – 40 页。

式的商品拜物教,转化为新的拜物教:形象崇拜。"①

结语

总之,产业化语境下文艺创作和生产其美学规制与产业化之前的文艺创作的美学规制相比较已经发生了很大变化,这种变化给文艺创作和生产带来巨大的影响,也将对人们的物质生产、精神生活、审美取向等产生深远的影响,既改变着文艺创作的方向,也建构着文艺消费者的心理,既有着极大的解放性,将文艺由少数人的圭臬变成多数人的福利,推动着社会向前发展,同时也应该警惕这种解放性更具有可操纵性,可控制性,也会变成统治阶级操纵社会,控制舆论的工具。当然,这种美学规制的变化和发展也必将对产业化语境下我国文艺创制的生产产生巨大的影响。总结产业化语境下文艺创制的这种美学规制的特点,发掘产业化语境下文艺创制美学规制发展变化的规律,尤其是对作为后发国家的我国文艺产业的发展有着积极的意义。

第五节　产业化语境文艺创作美学规制思考

产业化语境下文艺生产的美学规制从本质上讲是"挑战"与"应战"的结果。"挑战"是来自他者的文艺商品,在全球化的激烈竞争中,文艺生产发达国家的文艺商品蜂拥而至,抢占了文艺消费市场的高地,抢夺了文艺后发国家很大一部分文艺消费者;"应战"就是面对文艺产品倾销的竞争,文艺生产后发国家要根据时代的发展需要来创作和生产适合于消费者需求,适应时代发展的文艺产品,就是要生产出能够与国外文艺商品具有同等核心竞争力的文艺商品,并且在这种竞争中建立起以消费者需求为导向,符合市场经济运行规律,符合产业化发展的文艺生产机制。

挑战和应战的理论来自汤因比,这位英国历史学家汤因比在其著名《历史研究》提出一个跨时代的历史学理论:文明起源于"挑战与应战",文明的产生是对一种特别困难的环境进行成功的应战的结果。② 产业化语境下的文艺创作和

---

① 肖鹰:《泛审美意识与伪审美精神——审美时代的文化悖论》,《哲学研究》,1995 年第 7 期,第 44 - 51 页。

② 黄柏青:《产业化语境下我国影视生产的美学变化及其深层意蕴》,《湖南大学学报》(哲社版),2014 年第 3 期,第 79 - 83 页。

生产也可以运用这个这个理论加以解释。"挑战"即来自全球化时代文艺生产发达国家文艺产品的同台竞争,"应战"就是面对发达国家文艺产品的倾销,文艺生产后发国家要根据时代的发展和时代的需求来创作和生产出有竞争力的文艺产品。产业化语境下的文艺创作和生产,之所以要以这种美学规制的方式去进行文艺生产和艺术创作,首先是来自文艺现实挑战。20 世纪末以来,全球化浪潮以排山倒海之势,铺天盖地,席卷全球。经济的全球化带动了文化的全球化。西方发达资本主义国家的文艺产品也滚涌而来,大有席卷文艺生产后发国家之势。这一点,可以从美国电影占了全球百分之四十多的电影市场,美国的电视基本上覆盖和控制了很多发展中国家的电视市场:"据统计显示,世界上百分之七十五左右的电视节目被美国的传媒集团所控制,这些传媒巨头制作的节目占据发展中国家的电视发行总时段长达 30 万个小时。"从我国影视生产的一个统计数据也可以佐证:随着我国文化领域对外的开放,我国的影视创作和生产遭受到以美国为代表的影视创作和生产发达国家影视产品的巨大冲击,"到 2001 年国产电影票房收入萎缩到 8 亿元,人均看电影仅为 0.5 人/次,不足美国的 1/10,年票房收入不足美国的 1/30。"①

其实不仅电影产业受到西方发达资本主义国家电影的冲击,其它文艺领域同样遭遇这种情形,比如动漫领域,文学领域,绘画领域、设计领域等等。"据调查,我国有影响的前十个动漫品牌,十个中有八个是国外品牌。""现在的学生阅读的是罗琳的《哈利·波特》,唱的是等英文歌曲,看的是美国大片,日本动漫,或是韩国的电视剧,用的手机是苹果或者三星,穿的是康威或者阿迪达斯衣服、耐克的鞋子,背的是康威的包,吃的是麦当劳或肯德基,喝的是可口可乐或百事可乐……"②这种状况已经严重地影响到我国的文艺产业的发展,也严重地影响到我国的文化安全。再往前推论,作为最大发展中国家的中国,其文艺领域是这种状况,更遑论其它的发展中国家了。在全球化产业激烈竞争的语境中,我国的文艺生产企业要生存、要发展,我国文艺产品要与西方发达资本主义国家的文艺产品同台竞争,就必须适应时代的发展,根据社会形势的发展和变化,做出相应的变化。我国文艺生产的产业化道路是文艺全球化竞争的必然结果。同样的,文艺后发国家的文艺产业化道路也是文艺全球化竞争的必然道路。

其次,进行应战,就是要建立以消费者需求为导向的文艺生产机制。在激

---

① 黄柏青:《产业化语境下我国影视生产的美学变化及其深层意蕴》,《湖南大学学报》(哲社版),2014 年第 3 期,第 79～83 页。

② 陈奇佳:《网络时代的文学生产》,《江苏社会科学》,2009 年第 4 期,第 142～147 页。

烈的文艺竞争当中,文艺产品能否胜出,能否吸引消费者,最为关键的还是文艺产品是否能够满足乃至于引导消费者的需求,满足乃至于建构消费者的审美趣味。从本质上讲,产业化语境下文艺创作的美学规制本质上是以消费者的审美趣为中心的规制。也是消费者进行社会交往、身份建构、自我发现和自我确认的方式。这种以消费者的审美趣味和价值选择为中心的美学规制既然是可以建构的,确证这消费者的身份地位,阶层关系,理想价值等等;反过来说,也就是必然是可以解构的。在这个层面上,产业化语境下文艺创作和生产的企业则必然要有自由自觉的意识做出自己的战略谋划,实施方案,具体计划,落地法规,等等。

当今时代是消费时代,处于图像社会,消费社会语境下的文艺生产及其强调文艺产品图像的价值。在全球化的语境下,在文艺产业化语境下,我国作为文艺产业后发国家,要在全球化文艺产业化竞争中占有一席之地,就必须做出自己的回应,必须依靠创作出更多的出色的文艺作品来提供给消费者选择。这也要求我国文艺产业从创作到生产到销售等等方面的体制和机制必须适应产业化语境下的文艺创作和生产的时代要求。

再次,以这种美学规制进行文艺生产是因为媒介时代的到来,媒介在整个文艺生产活动中起着重要的作用。当今是信息化时代、图像时代。信息化时代、图像时代的文艺接受者在潜移默化中早已被规训成对图像审美有着优先权,怀着强烈兴趣的审美心理结构的消费群体。所以,这一时代的文艺生产也必须从这个基点出发,否则将会一败涂地。更为吊诡的是,图像时代的文艺生产一方面必须进行如此进行生产的同时,另一方面又无意识地强化这一趋势,并对消费者进行着悄无声息地建构,完成了文艺生产的消费者的再生产,正如马克思所言:"生产不仅生产着产品,也生产着消费"。产业化语境下的文艺生产不仅生产着文艺商品,还生产着消费此类文艺商品的消费者。至此,产业化语境下的文艺生产及其美学规制得到了进一步的强化,这种审美的力量是惊人的,审美认同促使审美共同体得以形成。当然,"审美认同并不意味着一个群体中的每一个成员都认可属于该群体的审美标准。"而是因为这个群体中的人们与特定的艺术作品、艺术类型联系在一起,并且形成了一种心理的暗示。这种暗示哪怕是这一群体中的人们没有接触到某个类型的文艺作品,但是依然乐于认同。""审美认同的发展不是一件个体趣味的事情,而是一种社会的建构。"①

---

① 威廉姆 G·罗伊:《审美认同、种族与美国民间音乐》,《柳州师专学报》,2011 年第 3 期,第 1−6 页。

产业化语境下的文艺生产,也正是这种审美认同作用机制运行的结果。产业化语境下的文艺生产在生产文艺产品的同时,在无意识中生产者消费者,并建构着这一群体社会,使得这一群体形成共同的审美情趣,享有共通的审美范式,消费相同或者相似的文艺产品。

第四,以这种美学规制进行文艺创作和生产暗含着产业化的精心计算和利润诉求,更为隐蔽是隐藏着文化观念和思想价值的竞争。在产业化语境下,美,已经变成了一种制造利润的极好途径;文艺创作和生产,也成为了商业计算和利益诉求的极佳代言。"如今,美,已经不再是中国古人所认为的用来呈现世界也呈现自身的那种事情了。审美被看做是一个为了创造出一个可看性的世界而处心积虑的事情"①在产业化语境下,文艺创作,这项以前乃从容优雅自然流露的个体性艺术实践活动,变成了一味忙碌程序化流水线作业的企业生产活动。既然是企业活动,成本核算,获取利益,当然是首先要考虑的问题,否则无法进行扩大再生产活动。"美国的影视生产出口,已经跃居为前三的出口大户。其外表美轮美奂的形象包装和视听设计内含着一整套系列化的完善的运作机制和生产理念,比如,明星制、院线制、类型片模式、高科技运用就是他们屡试不爽的成功法宝"。"美国电影从整体上讲已经形成了一个完整的经济与艺术相互结合的整体;从制片到发行到放映这样一个网状实体保证了经济效益;从编剧到导演到表演以及所有的制作人员,在一定的严格要求下,相互密切合作保证了工艺和艺术质量"。②"美国电影注重高科技,其目的是使得观众能够获得在其它艺术中得不到的感官刺激;不仅仅局限于'赏心悦目'而且要达到更高程度的'感官娱乐',而最终的结果是保证电影生产商大赚其钱。"③产业化语境下其它的文艺创作和生产与美国电影创作和生产在获取商业利润上具有相同的性质。当然,在资本利润和经济效益的本后还深藏着文化理念和思想价值的交锋与竞争。

第五,这种美学规制下的文艺创作和生产这是一种表面上看去个性鲜明,实质上却是标准化创作和生产的"伪个性"。类型化的文艺生产遵循一个相对封闭的规制系统,在这个系统中,各个类型文艺创作与生产所涉及到思想观念、价值选择、叙事结构、表现手段等基本的审美要素都有着相对固定的创作模式、

---

① 李鸿翔:《视觉文化研究——当代视觉文化与中国传统审美文化》,东方出版中心,2005 年版,第 206 页。

② 鲍玉珩:《当代好莱坞——艺术、金钱与梦》,四川人民出版社,2003 年版,第 18 页,第 10 页。

③ 同上。

生产方式。从表面上看,类型化的文艺创作与生产中各个单独的文艺作品似乎个性鲜明,特点突出,风格各异,但是从本质上看,却又呈现出惊人的相似性:主题相似,内容相似,情节相似,表现形式相似、期待视野相似。总之,就是文艺生产生产的审美趣味大致相似,观众的审美期待大致相同。'类型化'创作与生产本质上是一种以规制观众为中心,以规训社会心理为中介,以惯例化制作方式和创新性发展为借口,以实现价值共享的艺术生产方式为根本的利益性追逐。"①其深层意识形态中隐藏着对消费者文化观念、价值选择、趣味判断的建构,也意味着对消费者的生产与控制。

第六,产业化语境下的文艺创作和生产,因为激烈竞争的原因,因为成本核算,利润回收,保险的做法通常会延续以前某种成功的美学策略。从某种程度上说,这种做法一方面会得到较好的回报,另一方面也会导致文艺生态失衡和审美样态的单一性,最终导致全球文艺的多样性的丧失。这种危机绝不是空穴来风,因为文化的多样性是文艺创新的根本源泉。但是全球化时代,商业逻辑的运行必然选择他们习惯性的认为能够成功的作品进行生产,而这种策略最好的、最保险的办法就是沿袭以前成功的文艺作品。这样必然会导致文化多样性与单一性的逻辑性的悖论。所以,联合国教科文组织正是看到了这一问题的严重性,基于捍卫文化的多样性而颁布了《世界文化多样性宣言》,想以此号召人们必须认识到文化多样性的捍卫是与人的尊严结合在一起,是人们获得必要的自由和基本的人权的保障,尊重少数民族文化,尊重少数民族的权益就是尊重自己的文化,尊重自己的权益。因为世界文化的多样性是人类文明朝着健康方向发展的基本动力,也是人类进行文化革新的基本保障,更是人类进行文艺创作、文艺创新的基本源泉。"同则不继,和而不同"。对人类而言,对文化多样性的维护就如同生物多样性对维护整个生物世界的平衡那样必不可少。"从这个意义上讲,文化多样性是人类社会的共同遗产,对文化多样的保护是一件利在当代,功在千秋的宏伟事业。所以对文化多样性的坚守也是产业化语境下文艺创作和生产必须思考的严肃问题。②

总之,在产业化进程中,文艺创作和生产面临一个信息爆炸、科技发达、图像泛滥、消费至上、资本为王的时代环境,这种时代环境下的文艺创作和生产一

---

① 黄柏青:《灾难影片的美学选择、逻辑演进、形成原因及其深层意蕴》,《学海》,2014 年第 1 期,第 158 - 164 页。

② 傅守祥:《消费时代的文化生态失衡与审美维护》,《探索与争鸣》,2012 年第 2 期,第 73 - 76 页。

方面追求着身体解放的欢乐颂歌，一方面又陷入到"娱乐至死"后的精神空幻。这个语境下文艺创作和生产的美学规制抉择，从本质上反映了传统的主流政治道德的失效，精英阶层的理性权威的失宠，以及对大众文化回归民众，关注当下生活的肯定，这既是对传统的"诗意栖居"的审美范式的反叛，又是对当下的生活美学"快适伦理"的皈依。这也表明传统的主流意识一贯所弘扬的高雅文化的至高地位逐渐衰落，传统经典的文艺创作方式和美学规制理念不再适用于新兴的大众文化。这种境况是产业化进程中文艺创作和生产所要付出的必然代价。在这个时代环境中的文艺创作和生产的美学规制内蕴着必然的矛盾，并演化为审美正义和文艺伦理的冲突：文艺创作以消费者审美趣味为中心意味大众文化崛起的民主高歌一路昂首挺进的同时，却也导致因为迁就多数人的趣味而压抑或者说抹杀了少数人的选择。尤其是文化工业、文艺产业追逐利益的最大化效果更是将人伦关系、人间真情等演变为消费的商品，解构了人类生存追寻的终极意义，社会存在的深度意义："文化工业在某种意义上颠覆了人与人之间的关系，将传统社会视为珍宝的人类情感、秩序伦常等演化为可消费的、可替代和交易的商品游戏。尤其是热衷于将关乎人类发展之基础的男女的关系和情感交流演变为纯粹的视觉性的可供消费的身体快感、娱乐狂欢。文化工业生产的文艺商品误导了人们的价值观念，背离正常的社会伦理建构，导致及时行乐、享受当下等等的错误价值观念盛行。人们内心世界所追求的幸福美好被文艺作品中演绎的所谓的前卫、解放、反叛等种种行为和视觉景观所解构，人们内心世界并没有因为文艺消费而充实，而丰盈，反而因为消费了文艺商品愈发虚幻，愈发空无，生命的意义变得可有可无，"生命不可承受之轻"，人类的终极追求更是变得虚无缥缈"①。在文艺创作和生产的产业化语境下，美国教授尼尔·波兹曼的告诫显得尤其重要："如果一个民族分心于繁杂琐事，如果文化生活被重新定义为娱乐的周而复始，如果严肃的公众对话变成了幼稚的婴儿语言，总而言之，如果人民蜕化为被动的受众，而一切公共事务形同杂耍，那么这个民族就会发现自己危在旦夕，文化灭亡的命运就在劫难逃。"②

---

① 傅守祥：《泛审美时代的快感体验——从经典艺术到大众文化的审美趣味转向》，《现代传播》，2004 年第 3 期，第 58－62 页。
② ［美］尼尔·波茨曼：《娱乐至死》，章艳译，广西师范大学出版社 2009 年版，第 202 页。

第六节 新媒体写作与文艺研究范式的转型

现代社会是一个科学和技术、哲学和思维不断变化、推陈出新,甚至急剧变革的时代,也是媒介受到现代科技的影响变化剧烈的时代。"超文本、互联网、电子媒体、人机交互、人工智能、赛伯空间"等等诸如此类的媒体概念不断出现,意味着媒体与伴随科技的进步而与时俱进,日新月异。新媒体在改变世界、改变社会,也改变我们的生命个体的同时,也必然对与我们生活紧密相连的文学艺术产生影响。文学艺术与新媒体的结合会生成一种什么样的文艺? 这种文艺样态有什么样的艺术新质? 它们的美学规制有哪些? 它们的在场对当代文学艺术的格局会发生什么作用,以及对文艺创作的未来走向产生什么样的影响?

一

新媒体是指随着现代科技的发展,在计算机技术、现代通讯技术、数字信息技术等综合支撑下,结合传统媒介而生成的一种新的媒体形态,如数字报纸、数字广播、数字杂志、移动通讯(如手机)、移动电视、互联网、桌面视窗、数字电视、数字电影、触摸媒体等。相对于传统意义上的四大传媒(报纸、杂志、广播、电视),新媒体因其新的技术、新的内涵、新的形式、新的理念等特点被形象地称为"第五媒体"。新媒体在传播方式、传播门槛、传播速度、传播理念、传播载体、传播成本等方面都与传统媒体有着巨大的变化。①

具体来讲,"新传媒"是建立在现代通讯技术、数字技术和网络技术等现代科技基础之上,结合传统媒介,或者完全是新的媒介而生成的一种媒体形式。新媒体的"新"最根本体现在技术上——计算机技术、数字信息等技术上,可以说是技术本体至上,没有现代技术就没有所谓的新媒体;同时还体现在形式上——这是以前没有出现过的形式。比如,各种传统传媒借助于新技术而以一种形式出现。当然这中间,有些媒体是完全崭新的,比如互联网、移动通讯——手机等;而有些是在旧媒体的基础上引进新技术后,新旧结合的媒体形式,比如电子报纸、电子期刊。当然,更为重要的,可能还是这种媒介所包含的新内涵、新思想,以及对接受者产生的新变化、新影响。

---

① 黄柏青:《新媒体语境下湖南动漫设计艺术教育发展战略》,《艺术与设计》,2010 年第 4 期,第 23 – 29 页。

所以，从广义上讲，"新媒体"应该包括所有建立在新技术基础之上的，影响当代生命个体和社会集体的生存质量和幸福内涵的媒介形式。从哲学的层面来讲，它预示着人们对时间与空间、物质与意识、主体与客体、真实与虚假、存在与虚空等传统哲学意义上二者关系的重新考量和审视。"它所蕴涵的时间与空间观念从本体上解构了以往对存在的理解和解释，打破了关于主体客体的原有认识，重新组合了存在、真实、虚拟。"①因此在本体意义上讲，"新媒体"是新技术本体论的标志性产物。

总之，"新媒体"作为一种开放性，建立在新技术基础之上的一种新型媒介，至少包含如下含义："新型的文本体验（由超文本、电子游戏和电影特效而产生的"惊诧的体验"）、对现实与世界新的呈现方式（虚拟现实中的"沉浸感"和交互性）、主体（在线用户、"新媒体"的受众）与新技术之间的新型关系、传统媒体与新媒体之间新的传承与互动以及人类对自身和世界的新的感受所获得的新的启示等。这些新的媒体体验方式为我们概括了这种新媒体的新特点，即它的数字化、交互性、超链接（Hyperlink，多层次的文本链接）、分布式结构（dispersal）、虚拟现实（Virtual Reality，简称 VR）与赛伯空间（Cyberspace）化的生存模式。"②结合到这里，我们所要追问的主要是新媒体的这些特质跟传统的文学艺术相结合，会生成什么样的新的文学形态？又会对传统文艺产生什么样的影响？

罗伊·阿斯科特（Roy Ascott），一位睿智的新媒体艺术的哲学家曾经说过："新媒体艺术最鲜明的特质为连接性与互动性，其表现形式很多，但它们的共同点只有一个，那就是用户经由和作品之间的互动、参与改变了作品的影像、造型、甚至意义。新媒体艺术与国际互联网的结合，使它具有了超大容量、超越时空、双向传播、高度共享、平等对话等特征"。③也就是说，新媒体艺术既可能具有传统艺术所具有的性质特点和价值诉求，也具有传统艺术所不具备的、借助于新媒介而生成的新特点、新价值、新内涵、新形式。从某种意义上讲，新媒体对传统文艺将会是一场历史性的革命。它将带来文学艺术深刻的变化，将引起文学艺术全面的革新，也将彻底改变我们对文艺的看法。

---

① 刘自力：《新媒体带来的美学思考》，《文史哲》，2004 年第 5 期，第 13 页。

② 同上。

③ 吴旭敏：《网络与新媒体艺术》，《武汉理工大学学报》（信息与管理工程版），2005 年第 1 期，第 13 页。

二

在谷歌上输入 internet art 找到约 1,280,000,000 条结果,输入 net art 找到约 44,300,000 条结果,输入 internet literature 找到约 9,190,000 条结果,输入 net literature 找到约 9,300,000 条结果。在中文搜索引擎百度中输入 internet art 找到相关结果约 3,160,000 个,输入 net art 找到相关结果约 5,170,000 个,输入 internet literature 找到相关结果约 1,920,000 个,输入 net literature 找到相关结果约 2,130,000 个。在谷歌上输入"网络艺术"找到约 188,000,000 条结果,输入"网络文学"找到约 8,250,000 条结果,在百度上输入"网络艺术"找到相关结果约 11,700,000 个,输入"网络文学"找到约 21,800,000 个结果。从这个结果可以判断网络文艺的数量是极其庞大而惊人的,而网络文艺只是新媒体写作的一个组成部分。据此,我们完全有理由称新媒体写作为海量了。

根据目前新媒体的发展现状,以及目前新媒体与文学结合来划分,目前的新媒体写作主要可以概括为以下几种类型。

(一)网络文学

网络文学是目前新媒体写作中最主要的类型,也是包容性最大的一种。网络文学最早兴起于大学的 BBS(Bulletin Board System),BBS 主要是提供信息发布、交流的平台,后来痞子蔡首先在 BBS 论坛上用中文发布虚拟情感故事,开创了网络文学的先河。但是因为 BBS 本身乃信息交流这一性质决定了当今主流的网络文学最终离他而远去。

网络的商业化模式决定了网络文学最终选择文学网站而在网络海量信息中独树一帜,发展壮大。网络文学网站本身所提供的信息分众化、小众化、专题化性质与网络文学不谋而合成为网络文学最主要的阵地。目前中文的文学网站主要有起点中文网、红袖添香、潇湘书院、小说阅读网、榕树下、快眼看书、幻剑书盟、晋江文学、烟雨红尘等。网络文学在发展过程中形成了适应作者和读者要求的有意识的文学细分,将网络文学归纳、分类为玄幻·奇幻、武侠·仙侠、都市·言情、历史·军事、游戏·竞技、科幻·灵异、女生·男生等小类型,对网络文学的发展起到了规范和引导的重要意义。

(二)博客文学

博客文学是网络文学又一种主要的形式。随着互联网技术的发展,博客的零编辑、零技术、零成本、零形式、零时差、零壁垒使得网络写作进入"全民时代"。"博客文学的兴起标志着以某种网络写作主体为中心的写作形态的出现,成为网络文学中最具个人性的写作形式。博客网站对表现手段的技术开放,使得对网络技术进行多方位呈现和创造的多媒体形态开始成为网络文学的写作常态"①任何人只要感兴趣,只要对计算机和网络有基础的知识,就可以从事博客文学的写作,博客为新媒体写作提供了一个无障碍平台,为任何有写作欲望和发表要求的作者提供了驰骋疆场,可以说博客为网络文学的发展和繁荣奠定了坚实的群众基础。现在博客成为新媒体写作的流行方式,乃至于很多印刷媒介的著名作家也融入到博客时代,比如金庸、余秋雨、余华、刘墉、冯骥才、刘亚洲、王朔、张贤亮等人,就将很多的作品上传至博客,而他们的博客也成为普通民众普遍关注的对象。

(三)电子杂志文学

电子杂志是新媒体写作的重要组成部分。从电子杂志分类条目可以看出,财经、时尚、汽车、数码、体育、游戏、娱乐、名人等是电子杂志的主要部分,文学类电子杂志只是其中较小的一个部分。电子杂志中的文学因为受到电子杂志本身主题、编辑审稿、版面等的限制,因而少了网络文学和博客文学的"天马行空"式的自由,多了纸质文学"戴着镣铐跳舞"的意味,从某种意义上说不再是网络个人写手个人兴之所至的随性涂鸦,而是受到了某种共同写作趣味的遴选。"②因而从某种意义上是传统纸质文学在电子媒介中的呈现。当然,因为电子杂志媒介本身富有表现性的特点,(电子杂志最新吸引眼球的,是绚丽的影音效果,通过 flash 等软件把声音、图像、动画、视频等手段融为一体,读者阅读电子杂志其中一个重要的因素也是其形式的可读性,有人甚至说,做好了一本电子杂志就是一部小电影)。所以,电子杂志文学更多体现了多媒体整合的发展趋势。

(四)移动通讯文学

移动通讯文学主要是基于现代移动通讯技术而由移动通讯服务商提供的一种文学形式。这种文学形式可能是传统的文学通过移动通讯服务商提供给文学接受者,也可能是基于新的移动技术而专门创作的一种文学形式。以前因为受到移动通讯技术的限制,这种文学主要集中于文字类的短信,有学者称之为短信文学。但是近年来随着现代通讯技术的迅速发展,移动通讯已经突破了信息传载容量的限制,大容量的图像也能迅速传递。我们完全可以相信,随着技术的进步,不久的将来,这种文学类型将会得到更加迅猛的发展。

现今阶段,移动通讯文学主要板块是短信文学,又称为手机短信或手机文学。基于移动通讯技术的一种通讯服务,手机短信分为文字短信息——SMS

---

① 曾军:《有限的包容及其问题》,《文艺争鸣》(上半月刊),2011 年第 2 期,第 23 - 29 页。
② 同上。

（Short Message Service）和多媒体短信息——MMS（Media Message Service）两类。MMS 短信息是通过添加多媒体功能来专门编辑和实时传送包括图像、声音、动画在内的各种文本信息，我们一般称之为"彩信"。彩信的出现意味着手机短信从单一的文字信息传递衍变为集普通话语音通信、多媒体信息传输（移动数据业务）和处理 WAP（手机上网）等各服务于一身的新型个人数字服务终端和电子书阅读器终端。目前，各种类型的网站都有手机短信专题，榕树下网站还有专门的手机小说板块。

短信文学主要有微型诗歌、迷你小说、极短散文、顺口溜和搞笑段子等，分为单一式和连载式两种类型。连载式则根据表达的需要包含若干个段子，以四五千字内的连缀小说或系列散文为主，至于多媒体作品则在这些段子的基础上加以字数的扩充并辅以动态的声色像画。总之，段子化的精致内敛是短信文学基本的文本规定，它是一种高超的整体浓缩技巧，这种"寸铁杀人"的审美范式显然迥异于以"长"为能的计算机网络文学，也与传统文学中短小精辟的作品有着实质性差别，它是基于手机通讯技术的文学新发明和新创造，是经由"量身定制"而形成的自成一体的特殊文学类型。① 当然，随着技术的进步，以后移动通讯文学的主要形式可能会由我们现在所称的"彩信"所占据。

从目前的新媒体写作的总体状况来衡量，新媒体写作最主要的代表是网络文学和网络艺术（因网络艺术的范围较广，也较复杂，故在此存而不论）。在西方，活跃于 20 世纪 80 年代中叶的国际电子咖啡屋（The Electronic Café International）、90 年代初的电子诗社（Telepotics）等群体是网络文学的前导。其后，以《报童》（Newsies。迪士尼电影，1992）热为契机，英语网络文学开始大量以 Web 主页形态出现（1995 - ）。以业余作者为主力的汉语网络文学在海内外互动中崛起，也是 1991 年以来令人瞩目的现象。早先这类作品多数栖身于电子刊物、USENET 或 BBS。万维网上最早的汉语诗歌网站大概是 1995 年由留学生创办的"橄榄树"。次年，文学网站在台湾地区出现。1997 年网易公司提供免费个人主页空间以后，主页形态的网络文学开始在大陆流传。② 1998 年台湾成功大学水利所博士生痞子蔡将自己根据好友的故事写成的《第一次亲密接触》在成功大学 BBS 论坛上连载 34 回，计时两个多月，被学术界普遍认为是中文网络文学开山之作。经过多年的发展，网络文学已经由以前的涓涓细流变成了汪洋

---

① 曾军：《有限的包容及其问题》，《文艺争鸣》（上半月刊），2011 年第 2 期，第 23 - 29 页。

② 黄鸣奋：《从网络文学到网际艺术：世纪之交的走向》，《江苏社会科学》，2005 年第 1 期，第 196 - 198 页。

大海。

据网络文学研究专家欧阳有权先生统计："全世界范围内的中文文学网站已有超过 4000 家,而国内的汉语原创文学网站也已超过 500 家。一个文学网站一天收录的各类原创作品可达数百乃至数千篇。如目前最大的中文网络原创文学网站'起点中文网',就存有原创作品 22 万部,总字数超过 120 亿,日新增 3000 余万字。它的网页日浏览量(PV)已高达 2.2 亿次。'幻剑书盟'网站拥有驻站原创写手 1 万多名,收藏原创之作 2 万多部,有 400 部原创小说的周点击率在万次以上,其中有 49 部的点击率在 10 万次以上,日访问量保持在 2000 万左右,注册会员 200 万人。'榕树下'原创网站 1997 年建站以来,日浏览量达到 500 万,拥有 50 万个独立 IP 地址,收录作品 350 多万篇。如果所有的文学网站、门户网站的文学频道、文学社区,再加上一些个人文学主页和博客中属于文学的那部分累积起来,恐怕只有巨型计算机才算得出网络文学作品的总量了。"①我们在此要特意指出,这还只是不完全统计到的中文网络文学的总量。而根据世界计算机协会发布的新闻可知,互联网上流通的信息 90% 以上是英文发表的,由此可见网络文艺的海量了。

并且,随着时代的发展,科技的进步,新媒体与文学艺术的融合越来越密切,新媒体文艺也逐渐走向了跨界融合的新时代。在这种跨界融合的新媒体文学或者新媒体艺术中,文学中有艺术,艺术中有文学。比如,微信文学中,有文学的成分,也有摄影作品的成分,也会有绘画作品的成分,甚至同时还有音乐、影视、游戏的成分,充分体现了媒介的交叉融合带来的文学艺术的大融合和大变革。

三

"媒介是人类器官的延伸",媒介改变的不仅仅是形式,更重要的还有内容。其对个人和社会的影响,将导致新的尺度产生。网络媒体的"行云流水"有别于传统纸质媒体的特性,新媒体写作的"洋洋洒洒"、"不拘一格"等个性在网络文学发展中得到了验证。新媒体打破了传统媒体出版和发表的壁垒,营造了一个不同年龄、不同性别、不同文化诉求互相融合和交流的创作平台,使每个写作者的激情和能量得到尽情释放和发挥。据统计,中国已拥有 4.5 亿网民,其中约有 2 亿网民会经常性浏览艺术和文学网站,"时评人韩浩月给出了一组更令人震撼的数字——仅盛大文学旗下七家文学网站的注册作者就有 113 万人。在

---

① 欧阳友权:《谭志会:寻找网络文学的发展规律》,《文艺报》,2008 - 11 - 18(003)。

起点中文网,靠网络写作每月能赚到千元以上的有近万人"。"从事各种形式网络写作的人有千万以上,排除重复注册等因素,经常写作的签约作者大概有100万,其中1万—2万人从中能获得经济收益,3000—5000人从事专职写作。"①网络写作的规模之庞大似乎预示着全民写作的时代即将到来。可以肯定地说,在新媒体阅读日渐成为世界潮流的今天,借助新媒体传播和阅读的文艺作品,必然推动中国的新媒体写作的迅猛发展。借助于新媒体媒介的革命性和多样性特点,新媒体写作自发展之初就呈现出区别于传统写作的新特点、新内涵、新形式,我们粗略地总结为以下几点。

一是写作的自由性。这种自由性体现为任何人都可以进行写作,任何内容都可以写作,并且任何形式都可以运用,写完以后都可以借助新媒体得以"发表"。我们认为这是新媒体写作最根本的特点。我们将这种写作的"自由性"概括为3个特点。

第一,自由性体现为写作的低门槛性。任何人只要懂得了解新媒体的基本知识,具备新媒体写作的基本要求,都可以加入到写作队伍、写作行列之中来从事写作,写作在这个语境中更多的不是一种专业化的职业,而是一种个人的兴趣爱好,创作仅仅是因为兴趣和激情。比如,博客号称是一种"零进入壁垒"的网上个人出版方式,所谓"零进入壁垒"主要是指它满足了"四零"条件,即零编辑、零技术、零成本、零形式,也就是说,博客在使用上几乎不需要任何技能,不需要注册域名,不需要租用服务器空间,不需要许多软件工具,不需要网页制作知识,其"傻瓜化"的文本数字平台,操作起来非常简单方便。②

第二,自由性体现为写作内容"天马行空"。写作内容不会受到任何限制,不会有任何的条件要求,完全按照写作主体个人的兴趣、爱好、性情等自由抒发。大多数新媒体写作(尤其是后来兴起的博客文学)都是作者不吐不快的率性之作,是作者的内在情感和真实心灵的最直接的流露,是一种完全在非功利心态下的创作。这样的作品是真实的,真诚的,真挚的,是彻底心灵化的,毫无拘束,是直率,坦诚,无所顾忌的文学,是完全没有主题限制,完全任由主体发挥,创作内容极其自由的文学,是真正可以达到"精骛八极,心游万仞"的文学。

第三,自由性体现为新媒体写作彻底自由,没有任何的形式规制。因为是

---

① 马季:《网络文学:与传统逐渐融合,生产消费机制成型——2009年中国网络文学述略》,《文艺争鸣》,2010年第1期,第128-138页。

② 欧阳文风:《博客的兴起与文学创作方式的转型》,《福建论坛》(人文社会科学版),2009年第10期,第114-116页。

最真诚、最真挚,面向作者心灵,随性随情,非功利化的创作,所以采取的表达方式和写作形式就没有任何的约束,没有任何限制,往往是选择自己最拿手的表达方式和写作形式。在这一点上新媒体写作真正称得上是"八仙过海,各显神通",五花八门,无奇不有。擅长古典诗歌的,写诗抒情;熟悉当代歌曲的,作曲达意;掌握小说技巧的,撰文立心;精通理论话语的,论文析理;懂得多媒体软件的,"锦上添花";什么也不精通的,干脆来个直白内心……这里可以有"阳春白雪",更允许有"下里巴人",每一个新媒体创作者都可以创造属于自己的写作天地和表达特点。

二是发表的快捷性。这体现为写作完成之后即可自由发表,自由随性,几乎没有任何门槛。这种发表基本上不受时间、空间的限制,更没有传统文学发表路径中要受到各种权力话语的制约那样受到各种层面权力话语的审查约束。只要有新媒体,只要写作者自己愿意就可以发表,就可以进入流通环节,供接受者接受。当然,这种发表既可以借助新媒体发布出来,供广大的文学接受者阅读、交流;也可以发表在自己的博客之中,用密码加以锁定,只提供给自己亲密的朋友阅读欣赏。并且,新媒体写作发表之后,传播速度非常快。比如,"微博通过基于关注、被关注、转发和评论的传播机制,形成虚拟社会的关系和信息传播网络。微博信息可以在第一时间被关系网络内的其他成员所看到,并通过转发渗透到其他关系网络中,最终跨过虚拟社会与现实社会之间的分界线,进入国内外传统媒体和现实人际网络中。"①并且发表之后,政府权力机关对发表的干预比较困难。"即使是关闭服务器或者删除源文章,借助与其他社交网络媒体、传统主流网络媒体(如论坛)、个人信息阅读器(如 RSS、Email、QQ)等之间的开放性接口,用户仍然可以阅读到发表的内容"。②

三是写作的互动性。传统文学一旦创作完成,文本的结构也就固定下来。读者的欣赏和解读虽然可以对此"再创造",但这种再创造是在文本之外的,读者不可能改变原来的文本结构。网络文学的"文本"与此截然不同。在网上,第一文本的诞生并不意味着它的定格,他人完全可以不受第一文本的限制,进行加工和再创作。在这个过程中,也就没有了单纯的"作者"和"读者"。只要你参与到这个过程中,你既是读者,也同时可以成为作者。创作者和受众之间似乎失去了界限。与网络文学的这种交互性特征相比较,传统文学再怎么具有开放性,也远不能及。"交互性是网络写作的一个基本特点。在网络写作中,读者

---

① 刘渊:《微博的技术特征及其现实挑战》,《光明日报》,2011,09,07,14 版。
② 同上。

已经不再是隐含的读者,而是与作者共同构成了一个创作的互动体系,直接进入到文本的写作与修改中"。"博客写作的随写随评,随评随改,呈现出一种鲜明的智慧共享、集思广益式的'集体创作'的特色。博客创作的这一特点,在相当大程度上导致了读者对写作产生了某种干预性,一方面,使得博客作者已经不复是某一个固定的主体,而是一种主体间性,所谓主体间性就是个性间的共在,孤立的个体主体变为主体间的共在、对话、交往和'视界融合',变为交互主体性。"①

四是写作的多媒体性。数字科技将改变我们的学习方式、工作方式、娱乐方式、生活方式。新媒体写作正是以数字科技为依托而得以形成和发展的,它的文本载体就是数字化符号。这种符号经过机读处理转化成可供辨识的文字、图像、声音等。并且,随着计算机科学的迅猛发展,负载网络作品的人—机界面,已经从"键盘—屏幕"体制发展到超文本的"视窗"体制。这就不仅给单一的文字作品增设了多媒体的视听美感效果,还能借助图形界面或标识语言,将丰富的文本系统资源以层次或网络方式包装起来,造成"文本中的文本"或"文本间的文本"。新媒体提供一种令传统的文学写作突破单纯的语言和文字的可能,新媒体写作是将文字、声音、图像结合起来,在同一个页面内把文字、声音、图像结合在一起的跨文体、跨体裁的写作。"在未来的新媒体写作中,如何利用新媒体技术表征艺术审美,以新媒体特性彰显文学本性,用技术手段为人类打造诗意栖居的精神家园,让新媒体写作赢得一个文学性的向度,应该成为未来新媒体写作发展的新拐点。"②

四

新媒体写作对传统文艺写作的这种更新与重构,挑战与超越,也构成了当代中国文艺学的研究新的挑战,为文艺学研究提出了新的要求和新的课题。比如,对网络文学研究普遍存在的一种观点——即网络文学质量的良莠不齐。大部分研究者虽然承认网络文学以"平民姿态"开启了一个"新民间文学"时代,但却又提出网络文学的质量问题:"网络文学作品数量庞大,但许多作品艺术质量不高却是不争的事实。发表作品门槛的降低和作者艺术素养的良莠不齐,使得'灌水'之作甚多。有'网络'而无'文学',或则'过剩的文学'与'稀缺的文

① 欧阳友权:《网络文学:盛宴背后的审美伦理问题》,《探索与争鸣》,2009 年第 8 期,第 114－116 页。

② 同上,第 21－23 页。

学性'形成的鲜明反差,已经成为网络文学作品的最大诟病和严重制约网络文学发展的瓶颈",①"这些作品的生存依靠点击率,使得娱乐性、消费性较强的作品成为网络文学作品的主流。而缺乏对人类的终极关怀,思想性不够,缺少力度和分量使网络文学作品为人诟病。"②

有研究者认为应该将韦勒克《文学理论》中,文学与非文学的主要区别在于,篇章结构的独特表现,对语言媒介的领悟和采用,不求实用的目的,以及突出的虚构性、创造性、想象性等传统文学的本质特性融入到网络文学的基因之中,以此来提高网络文学的总体质量和精神内涵,从而使得网络文学真正成为文学。③

我们认为这些观点具有一定的合理性,但依然是站在传统精英的立场,以传统文学评价标准来裁剪新媒体写作、来把握新媒体文学,故带有一定的局限性。对新媒体写作评价必须站在新媒体写作的当代语境来衡长量短。我们认为新媒体写作打破了传统写作的权力话语和生成机制,体现了一种新思想、新要求、新境界。新媒体写作本身更多体现为一种个人兴趣、一种思维方式、一种生活方式。所以,新媒体写作本身并不能以传统写作中的质量高低、价值优劣、思想高下、形式美劣等标准来判断和取舍,因为新媒体写作完全抛弃了传统写作的评价标准,本身就不追求所谓的思想深度、写作力度、质量尺度等。新媒体写作的评价应该站在一个更高的历史高度来审视,应该放在一个更高的哲学高度来把握,应该以一种全新的思维方式来认识。

并且,随着新媒体写作与文艺产业化相互融合,紧密结合在一起,就使得本来就有些复杂的问题更加多元化和复杂化。产业化语境下新媒体写作的文艺交叉融合的特性更加明显,文学中有艺术,艺术中有文学。比如,上面提到的微信文学,文艺的交叉融合使得文学中可以有音乐、有绘画、有摄影、有影视,等等。而这也要求我们的文艺学与美学的研究必须以一种新的范式来适应新的历史时代、适应新的文学艺术的研究对象,以应对这种挑战,应该说,这也是时代赋予我们的责任。

---

① 欧阳友权:《网络文学:盛宴背后的审美伦理问题》,《探索与争鸣》,2009 年第 8 期,第 21 - 23 页。
② 同上。
③ 金振邦:《网络文学:新世纪文学的裂变》,《东北师大学报》(哲学社会科学版),2001 年第 1 期,第 70 - 76 页。

第二章

产业化语境下文学写作的美学规制

文化产业为文化发展带来了新的机制和方法,也带来了新的挑战。对文学而言,也同样如此。在传统的文学研究视野中,文学的产业属性是文学保持纯洁的文学性和审美价值的天敌,因而,虽然近二十年来,文学与市场、文学与产业的关系日渐密切,随着文化产业概念的提出与文化产业实践兴起,文学产业在实践层面上取得了极大的成绩,但文学研究界对此种现象的文学意义及价值的认识仍处于较为陌生和焦虑的状态之中。根据我们的观察,自从文学的产业化进程开始之后,文学的欣赏与创作就已呈现出与传统文学创作和欣赏不同的风貌。文学产业机制是文学进入市场后形成的包含文学写作、销售、消费等环节在内的新的文学存在形态。在新的存在形态中,产业性或曰商业性,已不仅仅是文学作品之后的市场营销问题,而是已经成为融入中国当前的文学写作之中的要素。在这个要素的影响下,文学创作(或是写作)在新的文化演化背景下面临着新变化和新挑战。这种变化和挑战让文学写作呈现出什么样的新景观、带来了什么样的特质、引导了什么样的美学流变趋势、蕴含着什么样的深层意义,是我们准备探讨的话题。

第一节　产业化机制下文学写作的整体景观

有学者在研究 21 世纪第一个 10 年长篇小说的变迁时指出,其呈现"经典化写作"向"市场化写作"的"历史蜕变"。① 这个观察也适应于描述中国文学写作的整体变化。产业文学产业机制下文学写作的整体性景观,从内在角度看,

---

① 管晓莉:《"经典化写作"向"市场化写作"的"历史蜕变"——2000 - 2010:长篇小说的"新 10 年调适"》,《吉林大学文学院》,2013 年,中文摘要,第 1 页。

是商业性或者说产业性进入到、整合到文学的各个层面,与文学性之间形成结构性的紧张而又复杂的关系,并进而为文学写作带来困惑与挑战。从现象看,是文学按照商业逻辑的运行法则走向市场,文学作品由带有神圣色彩的意识形态的上层建筑下降为追求利润的、凡俗的商品。由文学理论家和作家群体所认定的文学性或审美性价值不再是文学作品的主导甚至唯一价值,市场和受众的反应以及由此而产生的利润成为文学作品存在的首要因素。在景观的意义上,我们可以从存在方式、媒介和类型三个方面对现时代的文学写作进行较为细致的描述。

（一）文学与其他文化、艺术形式的边界日渐模糊,并逐步演化为文化产业链的一个环节

以产业为辨识标准,文学在产业时代的存在方式发生了巨大的变化。

在前产业时代,或者说在文学、艺术的产业属性未被自觉认识的时代,理论家认为“各种艺术(造型艺术、文学和音乐)都有自己独特的进化历程,有自己不同的发展速度与包含各种因素的不同的内在结构……我们必须把人类文化活动的总和看作包含许多自我进化系列的完整体系,其中每一个系列都有它自己的一套标准,这套标准不必一定与相邻系列的标准相同。艺术史家包括文学史家与音乐史家的任务从广义上讲,就是以各种艺术的独特性质为基础为每种艺术发展出一套描述性的术语来。”①这种判断以艺术的独特性作为艺术独立存在的价值基础,并以其为界画艺术类别的依据。从理论角度看,M. N. 艾布拉姆斯的艺术四要素框架完美地整合了过去的艺术理论,有效地阐释了前产业时代文学的存在方式,代表着前产业时代文学理论的深度和广度。相较于19世纪的“只明显地倾向于一个要素”②的理论而言,四要素框架更加开放,更加富有包容性,然而,如果我们把四要素按照艾布拉姆斯自己的三角图式排列,就会发现,它仍是一个以作品为中心的、闭合的、强化艺术独立性的理论。从创作角度看,作家倾向于直接从世界中汲取养分,如鲁迅先生“杂取种种人,合成一个”的创作经验广为传播。在这种语境中,文学的独特性、独立性及文学与世界的直接关联既是文学理论家与作家着力维护的核心价值,又是评判文学价值的基本标准。

---

① ［美］勒内·韦勒克,［美］奥斯汀·沃伦:《文学理论》(修订版),江苏教育出版社2005年版,第152页。

② ［美］M. N. 艾布拉姆斯:《镜与灯——浪漫主义文论及批评传统》,北京大学出版社1989年版,第6页。

但文学进入产业时代后,经典文学理论精心建构的以文学价值为核心的理论的阐释力日渐消解,无论是以文学作品自身的存在独立价值,还是依赖作者、世界获取价值的阐释方式在新的现实中都越来越缺乏力量,影视艺术中的"叫好"与"叫座"的矛盾现象在文学中也屡见不鲜。20世纪90年代初,贾平凹的《废都》所引发的一系列事件,昭示着市场反应与理论判断冲突在中国文学界的萌发。此后,文学作品在产业机制中收取到的利益与文学理论家的价值判断之间常常呈现出巨大的落差,理论家与生产者、受众之间的价值取向冲突导致文学批评在面对当前文学现象时常常呈现出"失语"与"无语"的症状。传统的文学理论阐释力下降是当代文学存在方式变化的显著标志,它不仅意味着经典文学理论已不能恰如其分地描画产业时代的文学存在方式,同时也意味着文学已经脱出了传统的运行轨道。

在前文学产业语境中,文学与美术、音乐之间的"各种各样的、复杂的"①关系固然被意识到了,但从文化产业和文学整体的视角看,韦勒克所描述的以灵感、主题、素材为关联点的联系经常处于潜在的、模糊的状态之中,松散而缺乏明晰性。与过去的、具有明晰界限的存在状态相比,当前的文学与其他艺术、文化形式的边界日渐模糊。这种模糊并不是说我们已经无法使用传统术语来描述我们见到的艺术现象或把文学从艺术、文化形式中辨认出来,而是说,由于文学价值或文学性不再是唯一的"权力"中心,文学写作的向心力被弱化,离心与弥散的倾向被强化,文学的写作、作品的流变与传播内在地蕴含着其他的艺术、文化形式。与过去的建立在明晰界限之上的各种艺术的泾渭分明的存在方式相比,当前的文学与其他的文化、艺术形式之间的跨界操作已成为文学生存的常态,拥有大量受众的作品会很快转化为游戏、电影、电视等多种艺术形式,与此相应,相当多作家具有多重的身份,如编剧、导演、赛车手、时尚代言人等。

把现时代的文学写作放在文化产业的链条上,考察文学与其他文化形式、艺术类别的关系时,文学研究者和文学产业的从业者常常持有的论点是文学相对于其他文化产业形式的基础性。如:张锐锋认为,文学在文化产业中是"被忽视的最重要的基础单元之一","现代文化产业的一部分很重要的资源来自文学"②,并以影视业、图书出版业、娱乐业、旅游业、会展业、广告业等产业形态作为文学后继环节,以此验证文化产业中文学的基础性地位。显然,这是从文学

① [美]勒内·韦勒克,[美]奥斯汀·沃伦:《文学理论》(修订版),江苏教育出版社2005年版,第140页。

② 张锐锋:《文学在文化产业链中的基础地位》,《山西日报》,2004-06-22。

的跨业态传播与异变为视角的论述,在这种视角中,文学必然处于基础性位置。这种看法具有相当高的认同度。2009 年,《文化产业振兴规划》通过后,《文艺报》记者对中国知名的作家和出版人进行了采访,在采访中,张抗抗认为,"从世界范围来说,随着现代生活出现的程式化倾向,原创作品呈现减少的趋势。文学处于文化产业链的高端地位,一部具有创新因素的文学作品可以衍生出很多优秀的影视、戏剧和漫画作品。国家呼吁加快发展文化创意、影视制作、出版发行等重点文化产业,这对作家的原创能力提出了更高的要求。作家应当努力使作品成为文化产业链上取之不尽的'原材料'";中国作协党组成员、中国作家出版集团管委会主任何建明则说"文学创作和文学出版是文化产业的重要组成部分,具有文化产业的'母体'地位,因为一切文化产业离不开作家的原创作品,而一个民族的文化水平、文化素质以及文化产业能够真正形成多大的规模和多大的市场效应,作家们的文学产品常常在其中发挥非常重要的作用。文学作品的优劣与繁荣与否,直接关联着我国文化产业振兴的命运"。[1] 2014 年,腾讯旗下的创世中文网刊登《网络文学:游戏、影视成完整产业链》,文章指出:"网络文学作品每年给阅读网站和移动运营商带来的直接收益就接近 20 亿元,而以网络小说为核心的衍生的出版物、游戏、漫画、影视剧、广告等相关产业的收入高达上百亿元。"[2]这些观点以文学的功能为出发点,混杂着作家和批评者的愿望,文学及相关产业的产值数据,具有相当高的合理性。

但问题并不如此简单,我们还必须看到文化产业的其他环节对文学写作或者说创作的"基础性"功能。当代小说中,游戏、竞技、体育、历史、穿越、玄幻等类型小说,并不遵循传统理论的要求直接从社会生活中凝练意象,而是直接从游戏、影视、漫画等的世界架构、形象设定与情节构造方法中汲取养分,以游戏、影视、漫画等的受众为小说写作的读者基础,就此种现象而言,文化产业的其他环节成了文学创作的"资源""母体"。从文学写作的这个角度透视,当代文学产业中的文学写作本身已经嵌入了足够丰富的游戏、影视、漫画等质的要素,被改编为这些文化形式是非常自然的事情。

因而,从文学写作角度看,文学已不再限制于直接地从文学与世界的关系中汲取营养,而是在与其他文化艺术形式共同构成的文化整体中与世界、与生

---

① 颜慧,武翩翩,曾祥书:《让文学在振兴文化产业中发挥更大作用》,《文艺报》,2009 – 07 – 25。

② 创世中文网:《网络文学:游戏、影视成完整产业链》,http://chuangshi.qq.com/read/news/20140107134.html

活发生联系。文学写作日益作为文化产业链条的一个环节,既从文化产业的其他形式中汲取养分,又为文化产业的其他环节提供创意与内容支持。从整个产业链的角度看,文学发挥着把其他文化形式中的以各种形式存在的要素以文学的方式整合起来并使之进入下一个循环过程的作用。在这个循环过程中,文学的最大优势是阅读成本和制作成本低于其他任何的文化形式,因而,文学可以在整个产业链条中扮演试错场的角色,从而使文化产业以较小的成本筛选出具有优秀的文化传播力的作品。

(二)小说一枝独秀,其他文学体裁独立、分化、边缘化趋势明显

依照通常的文学体裁划分方式,文学可以划分为诗歌、散文、小说、戏剧四类。在文学产业视角的观照下,诗歌、散文、戏剧在当代中国文学产业占据的市场份额明显偏低,文学的写作呈现出小说一枝独秀的局面。

在纸媒市场,根据管晓莉的统计,2000 – 2010 年,仅大陆作者的以纸媒方式正式出版的汉语版本长篇小说就有 17363 部①,年均 1700 余部,其文字数量远远高于同时期的其他文学体裁的创作。当当网的图书类别中文艺板块分为"小说、文学、传记、青春文学、动漫/幽默、艺术、摄影、偶像明星"8 个类别,其中"小说""文学""青春文学"3 个类别销售文学类图书,从文学理论的角度看,"小说"和"青春文学"都应归属于"文学",这种分类是极为不当的,因而,合理的解释就是在市场中"小说"与"青春文学"的数量在商业管理中已经膨胀到了必须视之为独立种类的程度。"小说"类下陈列各式小说自不待言,"青春文学"中除"娱乐/偶像""影视写真""韩国青春文学"中有部分非小说作品,其他均为小说作品。筛除这三类图书中的非当前的文学写作,小说毫无疑义地在数量上居多数地位。

在网络媒体市场,以当前有影响力的文学网站为例,"起点中文网""纵横中文网""创世中文网"的原创作品均为小说,诗歌、散文、戏剧均无作品;以诗歌为主题的"中诗网""中国网络诗歌""诗词在线"等网站均以诗歌为主要内容,并收录散文与戏剧作品,但这些网站并无小说网站的"免费 + 付费"的阅读模式,其线上作品均为免费,没有进入文学的产业生态中去。因而,在文学产业视角下,即便以极为宽松的标准判断,网媒文学市场中小说仍居绝对的优势地位。

如果以文学图书排行榜、作家富豪榜和作家实力榜为数据观测点,文学写作领域中小说和散文几乎占据了全部的份额,其中小说具有较大的优势。

---

① 管晓莉:《"经典化写作"向"市场化写作"的"历史蜕变"——2000 – 2010:长篇小说的"新10 年调适"》,《吉林大学文学院》,2013 年,附录一,第 115 页。

　　综合上述观察视角,在当前中国的文学市场上,小说是占据绝对优势地位的文学体裁。甚至以诺贝尔文学奖的获奖作家与作品为样本数据,在世界范围内来考察,情况也没有什么变化。

　　小说的一枝独秀意味着其他文学体裁的衰落吗? 在现实生活和一般的意见中,似乎确实是这样。但我们仔细考察当前文学写作的流变与分化时可以发现,情况比我们想象的要复杂。

　　首先,是戏剧文学的独立。时至今日,在接受、观赏戏剧时,很少有受众意识到他是在欣赏文学,相反,大多数情况下,受众使之为一种独立于文学之外的艺术形式。从高等教育机制看,戏剧在文学专业中大概只存在于文学史的角落之中,戏剧专业也极少在文学院系中设置。2011 年 3 月,在国务院学位委员会和教育部修订的《学位授予和人才培养学科目录(2011)》中,戏剧与影视学成为新设的第 13 个学科门类——艺术学名下的一级学科。① 这些事实表明,无论从欣赏还是从专业设置来看,戏剧都已经从文学中独立出来了。因而,我们在文学市场上几乎找不到戏剧文学的踪影,便成为顺理成章之事。

　　其次,是诗与歌的分化。当前,诗的写作几乎完全演化成了案头文学,与歌唱、舞蹈几乎绝缘,三者之间的分化已经到了歌唱与舞蹈均成为独立的艺术形式的程度——音乐与舞蹈也是艺术学的五大一级学科之一。在文学的源起阶段,诗乐舞三者不分的混沌状态似乎是诗的黄金存在状态,现代人所惊诧的古典诗歌的质朴与淳厚便得益于这种状态。诗与歌唱的分化意味着诗的某一具体形式的衰落和另一形式的兴盛,已是为中国文学史上唐诗－宋词－元曲的嬗变所验证了的事实,因而,在当前的文化形态中,当代诗与歌唱的分化既意味着旧的诗的形式的衰落,也意味着与音乐和歌唱结合的作为文化产业一部分的新的诗歌形式的出现。当然,关于后者,我们在理论上还没有做好充分的准备,甚至对其尚未有较明确的一致的认识,故而,在各种论文或者论坛中感慨诗的衰落者有之,愤慨于诗的贫困者有之,窃喜于诗的地下写作者有之……把当代歌曲拒之于文学的学科与课程之外更是当前文学学术的不言自明的规则。

　　再次,是散文的边缘化。在四大题材中,相对于小说与戏剧,散文篇制小、叙事性弱;相对于诗,散文与音乐和歌唱之间几无关系,极难凭借音乐成为大众文艺传播的宠儿;在这种境遇中,散文极难在产业语境中分化或独立为新的艺术形式。在当前的写作中,散文与小说、戏剧、诗歌比较劣势在文化产业的语境中被进一步清晰化,向表现优异的兄弟体裁学习,成为散文的一种近乎于本能

---

① 　苏丽萍:《艺术学成为第 13 个学科门类》,《光明日报》,2011－10－15(004)。

的策略抉择,如"新近散文中发展起来的'纵剖面'结构和全景叙事,可谓应运而生、正当其时。不过,这些在小说和戏剧创作中已经运用得花样百出、考究之至的技法,在散文创作中,着实还是崭新和陌生的。2013 年,不少长篇散文仍然显露出在大篇幅内驾驭叙事的艰难和局促。在现代小说的长篇叙事中早被抛弃的那种零碎支离、生硬拼接、缺乏有机关联的'缀段'式结构,在部分长篇散文的新作里仍被援引为拉长篇幅、组装段落的法宝"①,这种借鉴与仿制无疑为散文的写作带来了一些新变化,然而,就体裁自身的发展而言,散文在这种压力下的依附式的新变无疑是一种主动边缘化,这也是散文在当前时代的实际生存形态。

综合来看,在文学产业语境下,小说的一枝独秀已成为文学领域的常态;戏剧、诗歌表现出独立、分化与独立交互等复杂态势,对文学而言,这意味着文学疆域的缩小,但就艺术整体而言,这意味着艺术种类的丰富与新的艺术形式的成熟;散文的边缘化给散文的生存带来了巨大的压力,同时也为散文探索自己的生存之道带来了巨大的动力,"远近内外种种有意无意的挤压带来的不仅是威胁,还有转机。古老的散文,在文体分蘖、递变和兴替的漫长潮流中历经沧桑。它已不再年轻,但它还可以抓住时机,奋力生长。"②

(三)纸媒写作仍居价值高地,网络写作风行

近十年来文学的最大变化,是网络媒体中风起云涌的文学写作浪潮。

与充满活力的网络文学相比,纸媒写作未免相形见绌。如,构成纸媒文学写作重要板块的文学期刊的没落几乎是中国文学界的心头之痛,2012 年 7 月,曾经在 20 世纪 90 年代引领文学风骚数年的《大家》被云南省新闻出版局责令停刊整顿,原因是"1998 年,《大家》杂志社走上自负盈亏、自主经营的道路,从此也走向了低谷。截至 2005 年,《大家》杂志社为了维护这个品牌,已经亏损了近 2000 万元。2005 年后杂志社平均每年'赤字'就有 70 万到 80 万元。为了付稿酬、印刷和人力等运营成本,无奈之下,出版《大家》理论版,成了'补足'成本的手段"③。亏损并不是《大家》杂志一家的遭遇,《北京文学》前主编章德宁在采访中说,"从 20 世纪 90 年代开始,一些纯文学刊物为了维持下去,采取了各种办法,解决刊物自身的造血功能。但是,很多尝试都不成功。比如拉广告,企

---

① 李林荣:《2013 年散文:散文观念变异与创作领域中的问题》,《文艺报》,2014 - 01 - 31 (002)。

② 同上。

③ 何畏:《纯文学期刊将何去何从》,《中国财经报》,2012 - 07 - 12(006)。

业在文学刊物投广告,效果和作用并不明显。能够拉到的广告,实际上完全凭的是个人关系,而不是一个市场行为。因此,仅仅靠自身就能独立生存的,大概也就《收获》《当代》《十月》等少数几家(即便是《收获》,也获得了上海作协和上海市政府的支持,比如上海市委宣传部就设立专项资金,每年投200万元给《收获》和《上海文学》增加稿费)。"①纯文学期刊的生存困境令人扼腕叹息,各路专家对如何维持纯文学期刊的生存各出高招,但少有人去关注为什么会出现纯文学期刊集体生存困难这一话题。"北师大文学院和网易、南方日报搞了一个评刊活动,现在还在做。北师大文学院教授张柠说,北师大文学院的师生要阅读全国60多种纯文学刊物,结果发现,有些省市的刊物有很强的地方主义,只重视本地区作者的作品,很多刊物的质量很差,学生们读得痛苦不堪。"②"读得痛苦不堪",对于一贯以文学性为价值的纯文学而言,这是多么具有讽刺意味的一种阅读体验。但富有意味的是,为纯文学期刊生存而忧虑的学者几乎都把机构资助和国家、政府政策或直接支持视为纯文学期刊理当获取的生存保障。这种观点表明,纸媒文学中的纯文学期刊仍旧是文学的最佳价值载体之一。

与纯文学期刊相比,图书市场的表现相对乐观,我们可以用中国作家富豪榜为样本来透视。2006年,中国作家富豪榜发布第一届榜单,此后,该榜单以每年一届的速度发布。从榜单看,排名前十的作家每人的版税收入大概超过了同时期的中国纯文学期刊的总利润。更能显示中国当代文学产业变动趋势的现象是,每一届都有网络文学作家因作品以纸媒方式出版而上榜,且逐年增多。网络文学也因这些作品和作家而在公众和文学批评的视野中证明了自己的价值。

2012年,该榜推出子榜单中国网络作家富豪榜。尽管该年数据为2008 - 2012年5年的数据之和,但网络作家富豪榜首名的版税收入超过作家富豪榜首名,仍是令人印象深刻的事情。2013年是网络文学写作全面展示自己力量的第一年,该年不但"网络作家首登作家富豪榜首","幻想文学作家、著名网络作家江南力压诺贝尔文学奖得主莫言,成为作家'首富'",而且网络作家富豪榜也在"吸金"上秀出了自己的肌肉,该榜首名唐家三少年度版税收入2650万,高于当年的作家榜首名江南100万,高于第二名莫言250万。综合两个榜单,从文学产业的市场表现看,2013年网络文学写作首次全面超越纸媒文学。

综合文学写作现状,就价值而论,由于纸媒写作经历了编辑出版的筛选、审

---

①　张弘:《纯文学期刊陷生存困境》,《深圳商报》,2012 - 07 - 03(C01)。

②　同上。

阅、加工以及多年来积淀的经典作品与理论阐述在写作者、理论家、受众的心目中被认同为文学的价值高地,最直观地展示纸媒写作价值高地的文学事件莫过于各种国际及国内的文学大奖评选。2012 年,曾经的上榜作家莫言获得诺贝尔文学奖进一步强化了纸媒写作在文学产业中价值高地的印象;由于网络媒体的"发表"门槛低、传播便捷等特点,导致网络文学作品在人们的意识中形成了数量大、价值取向复杂、文学性差等刻板印象,也使得人们习惯性地以泥沙俱下、鱼龙混杂描绘其价值;纸媒写作与网络写作之间存在着一道价值鸿沟。虽然,网络文学写作以极快的速度构造出一个巨大的文学生产与消费市场,但纸媒写作仍在实际地占有文学的价值高地,在相当多的情况下,网络文学需要以纸媒为载体来证明自己的价值,如文学网站的"大神"级作家的作品以纸媒方式出版已成为提升作品文学价值的一种直观手段,而国内文学大奖及各级作家协会有限度地对网络文学作品和网络文学作家开放,即表明了文学界对网络文学的价值认可与接纳,又表明网络文学仍需借助纸媒文学的价值高地证明自己的价值。就市场表现而言,网络文学写作是文学产业中增速最快、最具活力的部分,甚至仅以市场或者说接受为评判标准的话,说其为中国文学产业的主要板块也不为过。

第二节　产业化机制下文学写作的基本特点

在纸媒时代,图书、期刊与报纸等媒介与文学写作的关系多在传播载体的意义上被理解,文学写作与媒介之间究竟存在何种关系并不为人们所关注。虽然金庸曾经用武侠小说连载的方法撑起了《明报》在香港报业市场的天地,在当代华语文学史上颇具传奇色彩,但文学写作与媒介之间的内在关系的明朗化仍需等到文学产业浪潮的到来。从产业角度看,媒介意味着接受群体、接受方式与接受习惯的变化,接受群体、接受方式、接受习惯的变化则制约着文学价值的实现方式与实现程度,并在需求决定生产的意义上引发文学写作的变化。概言之,接受群体下沉使得文学写作在内容方面更为草根化、群众化、大众化,在写作语言方面更为通俗化、狂欢化,在叙事方式方面更为类型化,在写作速度方面更为快速化,在整体上更加重视读者的意见与诉求。

（一）读者与文学写作的同步互动

在传统的文学理论的论述中,读者对作品的参与基本上发生在写完成之后。因而,从写作角度考察,读者是悬设的、抽象的、想象的角色,实质上是作者以自己的阅读经验与阅读期待为蓝本创造出来的虚拟形象,除个别作家会直面读者让读者参与写作,如中国文学史上,流传至今并广为人知的白居易与曹雪芹的写作,对于大多数作家来说,读者这个因素在写作中的作用很小,以至于有作家干脆宣称为自己写作。总起来看,在过去的文学写作中,读者反应总是滞后于文学写作,换言之,读者与作品的互动是异步的、低效率的。

在文学的产业化写作中,编辑扮演了纸媒写作中"完美"而"苛刻"的读者角色,一部作品从编辑初步筛选到最终印刷出版,要经过三至五道大的工序,具体的编校遍数一般不少于三遍,在这个过程中,编辑就必须就作品的主题、结构、形式、语言等各个方面向作者提出具体细致的意见,甚至,在征得作者允许的情况下,编辑还可以直接改动作品的局部语言或情节,对作品的切磋、琢磨大部分发生在编辑与作者的互动之中。因而,在理论上,编辑作为读者的代表与文学写作保持同步互动,同步互动的质量、效率毫无疑问要高于传统文学写作中的异步互动。

得益于新技术的力量,网络文学写作中读者在文学写作中与作者的同步互动与纸媒写作中有非常大的差别。在互动的广度上,纸媒写作中,读者与作者的同步互动是代表式的,编辑作为读者中的权威,代表普通读者参与写作中的互动,参与互动的人数较少,互动也主要集中在作品的后期琢磨上。在网络文学写作中,读者与作者的同步互动是直接的、广泛的、自由的,参与互动的人数量远大于纸媒写作,互动的范围也大大拓展。由于对文学写作的参与从纸媒写作中的以作品为单位变为以章为单位,读者对写作的参与、互动程度更高、更丰富、更细腻。在网络文学网站上,我们经常看到,普通读者在作品的世界架构、情节设定、人物设置、龙套人物扮演等方面把自己的反应、看法、愿望直接传递给作者,作者或吸纳、接受,或拒绝、反驳,与读者之间形成层次丰富、种类复杂的交流与互动。"如果粉丝们不喜欢作者处理一个人物的方式,或者反对故事情节的发展趋势,这些读者群会采取各种各样的方式来'反抗'作者,而这种反抗与纸本印刷媒体时代的反抗不同,因为他们的反抗不仅更加直接,而且完全是开放的、所有人都可以看见的。比如说,在网站里对某一部作品的批评已与作品本身融合在一起,读者的意见以文字的形式附加于作品。所以网络文学的读者对写手的影响力是非常大的。"在网络文学写作的互动中,互动的范围也不像纸媒写作一样主要限制在内容方面,而是拓展到了写作驱动力方面。最常见到的方式是,作者在章节的末尾或开单张拉推荐票、月票等能直观显示作品人气的数据,并以数据量作为当日或次日增加更新量和更新速度的依据。读者数量化的、指标式的反应和评点成为作者写作的动力因素之一,决定作品的长短、文字的质量、创作的速度。事实上,许多扑街的作品,往往是各项与读者反应相关的数据过于惨淡,对作者创作信心形成致命打击造成的。文学网站近来推出的打赏系统,更是把原先的荣誉带来的间接经济收益,改为直接的金钱投入,使得读者的肯定行为成为激发作者创作欲望、直接增加作者收入的文学运作机制。作者与读者的互动还表现在读者对作品的情节走向、人物性格、事件设置等具体内容的评价与建议往往会激发作者的写作灵感,读者对作品的深度参与使作品在情感的意义上成为读者与作者共同建构的、寄托着大家的梦想与激情的温暖的虚拟社区。

在过去的文学中,尽管出现了《红楼梦》这样极具当前文学创作特点的作品,但大多数作品并不是采用这种方式创作,读者出现于写作行为之后,读者对作品的反馈会影响到作者的下一次写作,但对当次的写作行为没有什么实际的影响。与过去的文学写作大不相同,在当前的文学产业的写作中,无论是纸媒写作,还是网络写作,读者反应都镶嵌于写作过程之中,成为写作的制度性的结构要素。尤其在网络文学写作中,读者反应已经被纳入到制度性的点击、评价、催更、打赏等粉丝行为之中,并成为文学写作的实时的活跃力量发挥作用。在文学写作中,文学的产业化把读者由想象的、抽象的、完美的形象转化为真实的、具体的、复杂的(不完美)的现实存在,并成为文学写作的建构性力量和结构性要素。可以预见,在未来的文学产业中,读者将会以更加丰富的形态和更加富有活力的形象为文学写作带来更多深层次的变化,文学也将因读者与作者的同步互动而获得永久的生命力。

(二)快速写作

速度是产业机制下文学写作区别于传统的、纯文学式的写作的最为显著的特点。这里所谓的速度以发表速度为表征,当然,其背后是写作速度。

传统写作理论非常强调修改的重要性,无数有关文学写作的趣闻轶事里都在传送作者执着修改的故事,"两句三年得,一吟双泪流"固然有着修改中的苦涩,但也未必没有欣慰的自赏。好文章是改出来的观点,把这种精雕细刻式写作的效果说到了极致。但自文学与产业相结合之后,情况发生了变化,如果文学写作仍专注于修改与雕琢而无视速度,那么文学家的结果多半是不甚美妙的。当年的巴尔扎克若不疯狂写作,还债和吃饭大概会成为大问题。更为中国文学界熟悉的范例是,曹雪芹以精雕细刻的方式反对当时的颇具产业性的文学

"野史""风月笔墨""才子佳人"等"通共熟套之旧稿"①,立意高绝,故而,是著未能完璧与作者"穷愁潦倒"②的生活境况常常令后人扼腕叹息。以文学的产业式写作的视角看,这些遗憾的产生与过于缓慢的写作(更新)速度——"披阅十载,增删五次,纂成目录,分出章回"③之间存在正相关。在文学产业中,作者作为文学家的生存与读者的接受之间在质的方面构成正相关关系,文学家必须以一定的速度写作、出版才能把自己的能力转换为继续生存下去的资本,才能以文学家的身份(或者说职业)在社会中继续存在下去。在生存——文学的生存与文学家的生存——的驱使之下,修改的重要性被速度的重要性替代。

观察世界文学史,或者是1949年以来的中国文学写作的历史,我们会发现,文学产业机制之下文学作品的出现速度和单个作家的平均写作速度在量上都大大高于前产业时代。以新中国成立以来的长篇小说为例,我国共出版长篇小说320部;20世纪80年代,约为2000部,平均每年约200部;20世纪90年代,即便是最少的年份,也在300部以上;到了21世纪的这十几年,以纸媒方式出版的小说,呈现出惊人的加速度趋势,"2000年435部,2001年745部,2002年889部,2003年941部,2004年1070部,2005年1511部,2006年1931部,2007年1762部,2008年为2292部,2009年的长篇小说达2500多部,2010年更高,达到3200多部"。④ 在单个作家写作速度方面,20世纪80年代以后的作家中不乏每年推出一部长篇小说的作家。在这种氛围下,没有作家愿意长时间不出现在市场上,那意味着被市场和读者遗忘,也意味着作者的文学家身份的死亡。

在文学产业机制中的写作,写作的具体速度在整体上与媒介、产业化组织形式在量的意义上构成正相关关系。到目前为止,文学产业写作中,媒介主要有两种形式,一是纸媒,一是网络;以作者与读者联系的直接性和即时性为标准,我们可以发现媒介技术的进步带来了文学产业组织形式的革新,通过虚拟技术,纸媒时代读者与作者交流时的间接性(编辑代表制度和以理论构造应然读者两种方式)和异步性被网络时代的直接性与即时(同步)性替代,纸媒时代

---

① [韩]崔宰溶:《中国网络文学研究的困境与突破——网络文学的土著理论与网络性》,北京大学中国语言文学系,2011,第35 – 36页。

② 曹雪芹,高鹗:《红楼梦》,《中国艺术研究院红楼梦研究所校注》,第2版,人民文学出版社1996年版,第5 – 6页。

③ 曹雪芹,高鹗:《红楼梦》,《中国艺术研究院红楼梦研究所校注》,第2版,人民文学出版社1996年版,前言,第3页。

④ 曹雪芹,高鹗:《红楼梦》,《中国艺术研究院红楼梦研究所校注》,第2版,人民文学出版社1996年版,第7页。

由于物质因素制约而形成的对市场容量的天然限定,被网络时代数字存储与展示的几近于无限的市场新形式取代,纸媒时代读者更换作品的时间、空间、体力方面的困难被网络的虚拟空间抹平,这一切改变都意味着产业的生产与消费速度的增加。文学媒介形式的变迁引发文学产业组织形式的变迁,而产业组织形式的变迁又改变了文学写作的速度。因而,一般而言,在产业机制下的文学写作中,网络写作的速度要快于纸媒写作的速度。甚至,在网络写作中,写作速度也被作为价值评判标准之一,比如,对作者人品的评价指标主要是:更新频率(其实质是写作速度)。

"截至 2010 年一季度,盛大旗下作者近 110 万名,网站每天上传字数近6000 万字,获得近 550 亿字的原创文学版权"①。若以纸媒文学中长篇小说平均 50 万字计算,2010 年时,仅盛大文学每天的小说产量就有 120 部,所拥有原创版权的字数相当于 110000 部纸媒长篇小说,此时距盛大文学有限公司正式成立只有不到两年时间,距其经营网络文学也只有不足六年的时间。从 2010 年到现在,网络文学写作的规模更加庞大,参与网络文学写作的专业网站更多,每天产生的文学作品字数虽然尚无准确数据,但大于 2010 年时的数据是可以预见的。当然,这种估算方法并不准确,尤其是在网络文学长篇小说动辄百万字、数百万字的情况下,但它却可以给我们一个较为直观的印象,文学产业进入网络机制后,其整体写作速度远超纸媒写作。不仅整体如此,就作家个体而言也是如此。蝉联 2012、2013 年网络作家富豪榜首名的唐家三少,自 2004 年到2012 年的八年间,"一共创作了 13 部作品,累计 2690 万字,持续网络更新 105个月未曾断更……累计出版简体中文版 124 本、繁体中文版 436 本,韩文版 11本"②。对纸媒写作的作家而言,这是一个不可能达到的速度,即便我们以纸媒文学写作中速度最快的巴尔扎克为比较对象,或以通俗文学中在报纸上连载作品的武侠小说家为比较对象,唐家三少的速度也是可以引以为傲的。但在纸媒时代,巴尔扎克式的速度是不可复制的,而网络写作时代,"许多写手为了吸引读者要做到每日更新一次甚至二三次,如辽宁籍写手月关在创作《回到明朝当王爷》一书时,连续保持每天更新 12000 字的速度;而长居北京的写手唐家三少则以每天 10000 字左右的速度全年无休地更新"③,"'签约写手'这种模式,造

①　管晓莉:《"经典化写作"向"市场化写作"的"历史蜕变"——2000 – 2010:长篇小说的"新10 年调适》,吉林大学文学院 2013 年版,第 41 – 42 页。

②　贺子岳,邹燕:《盛大文学发展研究》,《编辑之友》,2010 年第 11 期,第 75 – 77,89 页。

③　《有一种点金的速度叫网速》,《华西都市报》,2012 – 11 – 26(006)。

就了一批年产量上百万字乃至数百万字的'网络舒马赫'……不少文学网站还围绕着'更新字数'创设了一系列奖金激励模式。例如,某网站最近颁行'全勤奖'方案,规定该网站签约作家一个月内每天完成5000字合格更新,月奖金500元;一个月内每天完成1万字合格更新,月奖金1000元"[1]。事实上,这种以速度为指标的奖励方案,在各大文学网站虽然细节有区别,比如创世中文网以"基于经验和调查分析,大部分作家很难长期保持1万字高强度更新的同时保证质量,这与全勤稳定、优质的出发点是相悖的,对作者品牌也存在负面影响"[2]为依据取消每天1万字的全勤档次,但已成为一项基本写作制度。基于作者的创作激情和网络文学网站生存压力,网络文学写作中,速度已经成为一个崭新的内构于文学产业机制之中的价值因素。

综合文学产业机制下的不同媒介的写作,速度是文学产业机制下写作的内在要求,也是产业文学区别于前产业文学的一个基本特征。

(三)规则化叙事

与快速写作相适应,文学产业机制中的文学写作的叙事方式呈现出规则化、套路化、模式化的特征。纯文学最害怕的叙事方式是套路化与模式化,这是由纯文学的生存规则所决定的。纯文学以文学性为核心价值,以开拓、发现新的文学领域、精神、境界为历史责任和存在尺度。在这种价值观念的主导下,任何先在的文学的"影响"都会成为笼罩在文学作家心头的巨大"焦虑",纯文学作家必须殚精竭虑地抵抗、消解旧的、套路化的、模式化的叙事方式,创造、发明新的、个人化的叙事。这是对人类想象力的巨大挑战。事实上,这种以焦虑为心理驱动力的叙事方式创新对读者的阅读也形成了巨大挑战,以至于许多文学史上的经典之作如果不是由于专业修习的压力,可能就会永久消失在人们的阅读视野之外。从文学产业的角度看,纯文学是难以市场化和产业化的文学类型。

套路化、模式化是产业机制中文学叙事的表层的、可感的特征,阅读产业化机制下文学作品,最粗浅的印象便是千篇一面、千文一腔,稍微深入一些,便会发现先在的较为经典的作品从语言、故事情节、人物形象,甚至作者的笔名、作品的名字,都会成为后来者的效法对象。在纸媒时代,当金庸的小说风靡大江

---

① 秦宇慧:《原创类文学网站的转型策略思考——以起点中文网为例》,《传媒》,2011年第4期,第45-46页。
② 曾繁亭:《签约写手:暧昧的身形与尴尬的身份》,《学习与探索》,2010年第2期,第181-183页。

南北时,市场上便出现了全庸等足以让粗心读者"误读"的作者。在网络时代,诸如此类的事例更是不胜枚举,以唐家三少为例,在起点中文网上,笔名中带有"三少"二字的有东方三少、张镔三少、马氏三少、东三少、步三少、凌家三少等,带有"唐家"二字的有唐家盐、唐家阿飞、唐家小花、唐家小二、唐家小妞、唐家小童、唐家大小姐、唐家泡菜等。可以说,每一位成功的作家背后都隐藏着一个庞大的以"家族类似"为命名方法的作者"家族"。不仅如此,每一部成功的作品背后也有着大量的以"家族类似"为显在特征的作品"家族",比如,金庸作品在当前的武侠小说中仍旧具有模版的意义,以"射雕"为关键词、以书名为限定条件搜索,可以获得大量带有"射雕"字样的作品,截至 2014 年 11 月 3 日,在起点中文网得到 207 部作品,在 17k 小说网得到 26 部作品,在纵横中文网得到 20 部作品,在创世中文网得到 11 部作品。不仅金庸作品如此,其他的新锐"大神"们的成功作品也往往会引领一段风潮,甚至会直接在文学产业写作中开创出一个新的模块,并影响某一类别作品的走势,比如,月关的《回到明朝当王爷》、三戒大师的《官居一品》对架空历史小说的影响,唐家三少系列作品对玄幻小说的影响,天下霸唱的《鬼吹灯》对灵异类文学的影响,等等。面对文学产业写作中的这种套路化、模式化的叙事景观,仅仅从传统文学理论的独创性要求出发进行批评不仅于事无补,反而会引发文学产业中的经营者、写作者、阅读者对于传统文学理论"失语"或"无能"的印象,仅仅停留于对套路化、模式化的感受之中的悲天悯人的感概既不能改变作者的写作手法也不能改变读者的阅读习惯,更不能从文学产业发展的角度理解套路化、模式化叙事的产生根由与生长趋势,因而,我们必须以客观的方式去追问,为什么文学产业越活跃、越壮大,文学叙事的套路化、模式化就越清晰、越明显。崔宰溶对此问题的看法具有启发意义,他认为可以用游戏的既定规则来理解当前中国网络文学的叙事方式,"我们不妨做一个比喻:象棋这个游戏具有很严格的、已定的游戏规则。棋子的安排,走棋的方式都必须遵守这个规则。对门外汉来说,每次象棋对弈看上去都很相似,几乎千篇一律……但我们绝不能说象棋是一个千篇一律的游戏。简言之,一个活动拥有已定的规则是一回事,而至于它是不是千篇一律的问题,又是另一回事。某一活动中存在必须遵守的规则的事实并不意味着它便是陈腐的、成规的、没有创意性的。规则确实限制游戏的很多方面,但它不是已死的俗套,而是一种'形式'……网络文学也同样拥有已定的游戏规则,但每一次的文学实践会具有独特性。对于熟知其内在规则的人来说,众多网络文学作品之间存在的微不足道的差异也会有意义……在这个意义上,我们可以说网络文学的千篇一律不表示文学力量的缺乏,它反而是读者和作者之间的博弈和妥协的产物"①。这个看法符合文学产业写作与阅读的实际情况,作者在规则化中展示自己的才情与技艺,读者在规则化叙事中收获阅读的畅快与趣味,二者相得益彰。

套路化、模式化叙事更为宏观的、更为有力的表现方式是它们在当代中国网络文学产业中的制度化、规范化。在当前中国网络小说写作中,套路化、模式化的叙事已经成熟到了所有的套路与模式都已经获得了自己的专属名称,如:玄幻、奇幻、武侠、仙侠、历史、军事、科幻、灵异等。更重要的是,这些套路化、模式化的叙事正在以极快的速度分化、细化、成长,以至于产业经营者需要及时地调整分类以方便读者的阅读选择和作者的写作,如起点中文网的子网站起点女生网在 2014 年 10 月 30 日对网站中文学的分类做出大调整,调整后,女生网的类别变为 8 大类 40 小类,如现代言情下便有 5 个小类,分别是契约婚姻、豪门总裁、都市情缘、婚后生活、娱乐明星②。因而,套路化、模式化的叙事在现代的中国文学产业写作中已不再仅仅是作者的有意或无意的行为,而是被文学产业机制认可、维护、推动的制度性的写作规则。这种规则不仅表现为文学分类的分化与细化,而且形成了明确的文本以供初涉写作者参考,与传统文学理论创作论的大而化之的言说不同,这些文本细致地把文学写作中所遇到的问题、解决问题的办法与步骤详尽地罗列出来,为文学产业中的写作提供了基本的规则,如"起点中文网"在作者投稿栏目下有子栏目"我要写文",其下的"常见问题"栏目便详细地给出《网络原创文学写作指南》《网络商业写作新手指南之选题》《新手指南之大纲设定》《网络写作新手指南之角色塑造》《申请条件及作品要求》等规则性文章。③ 这些细致的写作规则与文学产业经营者的类别营销规则组合在一起,形成极富生产效率的文学产业写作的宏观的、制度化的规则。

"家族"化的作者群与"家族"式叙事是文学产业机制下的文学叙事套路化、模式化的外在表现,其背后是对读者选择习惯的心理学研判和搭便车的经济学考量,是读者和作者共同认可的游戏规则,也是文学产业经营者的营销规则。套路化、模式化叙事的核心是文学产业写作中的规则意识与规则制度,为人诟病的套路化、模式化叙事实质上是文学产业生存与发展所必需的规则化

---

① 创世中文网:《常见问题解答》,http://pages. book. qq. com/pages/chengzhangtixi/question. html

② [韩]崔宰溶:《中国网络文学研究的困境与突破——网络文学的土著理论与网络性》,北京大学中国语言文学系,2011 年版,第 42 – 43 页。

③ 重要公告:10 月 30 日上午 9:00 ~ 13:00 网站分类调整维护[EB/OL]. http://www. qdmm. com/News/ShowNews. aspx? newsid = 1058660

叙事。

如果说纯文学以个性化的、非模式化的写作为旗帜的话，那么，产业性的文学无疑就是以套路化、模式化写作为基础构造出清晰而庞大的文学产业谱系，规则化叙事是文学产业机制中文学写作的主引擎。

（四）言语狂欢

文学是语言的艺术。在这个意义上，文学写作就是言语使用技艺的发掘、创造与锤炼。从言语使用角度看，文学产业机制下的写作呈现出通俗化与狂欢化的特点。

通俗与狂欢并不为产业机制下文学写作所独有，在纯文学写作中也存在这些因素。但从整体来看，由于文学产业的受众群体与目标人群并不以文学阅读为教育、认知的机会，而是以其为娱乐、放松的方式，所以在产业机制下的文学写作中，通俗与狂欢普遍地存在于作品之中，构成了文学产业的整体特点。

言语通俗是减少文章阅读障碍、保持文章阅读的畅快感的最主要的手段。无论是网络文学还是纸媒文学，在市场上取得不俗表现的作品，尽管在语言特色上表现出温婉、柔和、恬淡、刚健、激情、热血、幽默、痞气等不同风格，但在言语选择上却都呈现出通俗的特点。比如，在文学期刊市场哀鸿一片的环境下，《故事会》《读者》等以通俗为特点的期刊却取得了令人瞠目结舌的营销业绩，成为期刊界的奇迹。四大名著在文学、文化产业语境中的传播所借助的主要力量便是通俗化的改编，当然，对四大名著的通俗化改变并不局限于言语，但言语无疑是其中最重要的一环，对比原作人物对白与影视改编或现代文改编作品的人物对白，我们可以轻松地发现这一点。起点中文网编辑的话从读者接受的角度说明通俗的必要性与重要性，"他们（即读者）要的，只是一个顺滑的故事，一些可以满足他们一点小小幻想的角色，甚至是脸谱化角色也行。基本上直白的没有修饰的文字他们就能满足了。找遍世界，你也找不到如此容易满足，要求如此简单的读者了。"①"直白的没有修饰的文字他们就能满足了"，这是网络文学受众的基本要求，也是对文学产业对文学写作最重要的规制——言语通俗的最通俗的解释。

文学产业机制下文学写作言语的通俗不仅能完美地实现其无障碍传播的目的，而且能够使作者以更快的速度、把更多的精力投入到文学产业的本质职能——虚构故事上去。虚构，即构造非现实的世界。它不是从文学源于现实又

---

① 起点中文网"作者投稿"栏目子栏目"我要写文"下的"常见问题"，［EB/OL］http://www-ploy. qidian. com/contribute/authorloginbk. aspx

高于现实的意义上截出一个高于现实的非现实世界,以便对人生、社会进行深度认知和批判,并以高度的教益价值确立自身存在的意义。事实上,"从现代产业化的角度观察,与虚构性小说相比,已经垄断学术体系话语权的严肃小说大多并不适合小说产业化的要求"①。当前文学批评中对文学产业机制下的文学作品脱离现实的抱怨与批评没有注意到,普通读者、疲劳于日常生活的读者在放松、休闲、娱乐的时候需要遗忘、脱离日常生活以获得一种情感上的短暂的满足与愉悦。因而,要求这些作品具备传统文学理论所要求的高度与深度与削足适履、刻舟求剑并无二致,难免言不及义。虚构,从语言学角度观察,指作品中的言语在整体上呈现出能指与现实所指的疏离,甚至能指通过对作品世界的建构为自身构造出仅存在于作品之中的想象性的所指。夏烈在"类型文学的现状与前景"研讨会上说:"无论是写实的作品还是幻想的作品,类型文学的作者们都有意识地构架出一套作品主题、题材所需的知识体系,比如宫廷典章制度,比如中医中药,比如宇宙学物理学,比如盗墓史考古技术,比如职场规则,比如金融期货,比如人情世故,等等。"②这里的"知识体系"就是言语在作品中为自身虚构出的所指,当然,作品架构出来的,或者说言语在能指游戏中为自己架构出来的所指,并不仅仅限制于夏烈所指出的这些,它的范围要远远大于"知识体系"的限定,从宇宙、世界、历史、社会组织与制度、文化、风物、物种、器具、技术、人种……无不在言语为自己构造出的所指范围内。在文学产业机制下的写作中,言语的能指从现实的能指与所指的牢固关系中解放出来,成为自由的、灵动的、飞舞的符号,能指在想象力的驱使下构造形象、价值、意义,成为言语生产能力的源泉。在现实生活的言语与纯文学的言语中,这种现象作为古典神话、巫术思维的遗留偶有发生,但既不必然(因其不合逻辑),也非必然(因其不合实际)。因而,与以所指为意义核心的普通言语表达相比较,文学产业写作中的言语呈现出狂欢的特质。

　　巴赫金从拉伯雷小说言语行为中大量出现的脏话、极度夸张的数字、怪诞形象(在当前的中国文学产业写作中,这些现象乃是常态)中发明了狂欢这一为现代文学理论所熟知的术语。在巴赫金的阐释与建构中,狂欢意味着"正面肯定物质—肉体的存在本性"③,在言语的狂欢里,"世界因此而肉体化;吃喝拉

---

①　《网络商业写作新手指南之大纲设定》,[EB/OL] http://forum. qidian. com/
ThreadDetail. aspx? threadid = 90000025
②　樊柯:《小说产业化的动力及其影响》,《中州学刊》,2013 年第 7 期,第 163 – 167 页。
③　刘莉娜:《类型文学:不只是娱乐和消费》,《上海采风》,2013 年第 9 期,第 18 – 21 页。

撒、生老病死全在时间的双重性之中丧失了色情意味和恐惧感"①。文学产业机制下产生的作品,如玄幻小说、架空小说、穿越小说、青春小说等,通过言语的狂欢,表现出对物质丰盈、富饶的创造与占有,构建出或大尺度的,或永恒化的宇宙与世界,以各自独有的方式实现克服、消解、超越"性"与"死"两大基本畅销元素,②现实人生中所引发的哀伤与恐惧。当代中国文学产业写作中言语的狂欢特质不仅表现于对物质的肯定和对"性"与"死"的色情意味与恐惧感的消解与超越,而且表现出对言语狂欢的至高意蕴的认同与践履,即"揭示生存的另一重境域"③。所谓"生存的另一重境域"指与欧洲基督教化的、严肃的、沉闷的世界观相区别的非宗教化的、欢笑的、怪诞的宇宙观念。在当前的文学产业语境下中,它意味着写作的非现实化和趣味化,意味着对欢乐情绪的绝对化的追求,意味着对于基于人内心深处的成功和快乐的本能追求的梦境的营造。文学产业机制下的写作中,怪诞的形象与非常规的行为比比皆是,虽然作者们在作品中也需要困难甚至磨难、需要种种幽怨哀具等负面情绪,但在整体上,这一切都是为主人公最终的成功设置能量蓄积、缓冲环节,为了延长阅读者的快乐,是一种为了快乐的"延宕"。因而,当前文学产业写作中的非现实化如果站在传统的、严肃的文学理念之中是无法理解的,只有把其置入民间的、虚构的、狂欢的文学传统之中方可认同并感受其悲欢交集的欢乐。

文学产业机制下的文学写作言语选择的通俗化,不仅是表层的读者整体文化素质所要求的,而且为写作的产业机制所规制。言语的通俗化并不意味着庸俗,相反,把它置入由巴赫金所阐明的狂欢传统时,我们发现,言语的狂欢意味着能指的自由游戏与创生能力,在能指的自由创生中,文学产业写作为人们提供了超越、消解"性"与"死"的紧张感、色情意味和恐惧感,创造出生存的另一重境域——欢乐与趣味,营造出瑰丽的梦境。

(五)草根的梦

文学产业机制下的文学写作在内容上的非现实化、言语上的狂欢化是其主题选择的自然延伸。"白日梦"是文学产业机制下生产出的作品的主题带给读者的最直观的感受。无论以何种风格的语言写作,主人公总能够从各种艰难险阻中脱困而出,攀登上作品世界的最高峰,获得人生的成功。在现实中,即便不

---

① 周军伟:《在独白与虚无之间:巴赫金的生存美学》,《陕西师范大学文学院》,2004 年,第 32 页。

② 同上。

③ 樊柯:《小说产业化的动力及其影响》,《中州学刊》,2013 年第 7 期,第 163 – 167 页。

能说这些现象不可能发生,也得实事求是地把它们划到小概率事件的范畴中去,文学产业机制下生产的作品中,这些现象简直是必备的"神器"。读者泰然自若、习以为常地阅读、欣赏,热烈地追捧中意的作品和作者,作者殚精竭虑于如何使所有的事件在一种顺畅的言语之中拥有看起来合理的或合乎作品设定规则的原因和结果,在读者与作者的共谋中,一件件"伟大的"历险梦幻般地从无到有、组合成主人公的生命与人格。

这种"白日梦"式的文本常常遭受当前评论者的批评,如,有论者直言不讳地指出:"以'中国作家富豪榜'为例,像蔡骏、沧月、李西闽、江南、桐华等上榜作家,他们不但敢于涉足盗墓恐怖、历史宫闱、穿越幻情、颓废边缘、黑道江湖这样一些明显带有猎奇色彩的领域,而且还赢得了网络受众的普遍喝彩。"[1]显然,这里出现了两方面的问题,一是涉足带有猎奇色彩的领域,而是居然赢得了网络受众的普遍喝彩。前者是基于传统的、严肃的、纯文学的立场的价值判断,后者是对在价值判断中处于边缘甚至负面的作品居然赢得普遍喝彩的不满、不解。在传统文学理论中,二者的组合不合逻辑,也不应该发生。因而,真正的问题是,二者之间的组合究竟遵循着什么样的逻辑?

文学产业主要受众群体年龄处于 18 – 39 岁之间。[2] 在现代生活的流水线上,这个年龄区间的人们普遍地生活在席勒所言的断片之中,尚未达到"不惑"的生活境界,距离社会价值标准所界定的幸福还有相当长的路要走,不满足是他们的普遍的性格,当然,这也是当代社会发展与进步所需的心理驱动力。然而,问题在于,当不满足成为一种社会心理常态时,现实生活将不可能以愿望实现的方式满足个体的需求,这会对个体产生强大压力,形成焦虑、郁闷、无聊等种种负面情绪。此时,唯有艺术与文学能够作为现实替代品,使人在幻境中获得暂时的愿望满足和情绪宣泄。因而,相较于严肃文学的清醒与现实批判精神,这样的文学文本更容易受到受众的欢迎与追捧。这样的作家,"声誉不那么高,却拥有最广泛、最热忱的男女读者。这些作家的作品中一个重要的特点不能不打动我们:每一部作品都有一个作为兴趣中心的主角,作家试图运用一切可能的手段来赢得我们对这主角的同情,他似乎还把这主角置于一个特殊的神的保护之下。如果在我的故事的某一章末尾,我让主角失去知觉,而且严重受

---

① 周军伟:《在独白与虚无之间:巴赫金的生存美学》,《陕西师范大学文学院》,2004 年,第 30 页。

② 彭松乔:《品牌榜单里的中国文学问题——以"中国作家富豪榜"为例》,《江汉大学学报:人文科学版》,2012 年第 6 期,第 28 – 33 页。

伤,血流不止,我可以肯定在下一章开始时他得到了仔细的护理,正在渐渐复原。如果在第一卷结束时他所乘的船在海上的暴风雨中沉没,我可以肯定,在第二卷开始时会读到他奇迹般地遇救;没有这一遇救情节,故事就无法再讲下去。我带着一种安全感,跟随主角经历他那可怕的冒险;这种安全感,就像现实生活中一个英雄跳进水里去救一个快淹死的人,或在敌人的炮火下为了进行一次猛袭而挺身出来时的感觉一样。这是一种真正的英雄气概,这种英雄气概由一个出色的作家用一句无与伦比的话表达了出来:'我不会出事情的!'然而在我看来,通过这种启示性的特性或不会受伤害的性质,我们立即可以认出'自我陛下',他是每一场白日梦和每一篇故事的主角。"[1]所以,文学产业机制下的文学写作,遵循的是潜意识欲望的满足逻辑,是现实生活的困境、不满足、不如意与人类的深层心理机制合谋的结果。这也是民间文学、快餐文学、不入流的文学在文学领域中始终顽强地存在着的土壤与逻辑。我们可以批评它的简单、粗俗、重复、幻觉式的快感,但却无法阻止它的存在。

当代中国文学产业文本中的白日梦不但拥有所有的白日梦文本的特点,而且还有着时代的风格与特征。

中国古代的黄粱一梦式的仙、幻文学在精神的高度宣示、强调、强化人们意识中对现实的否定和人的生存价值的否定,严肃如《红楼梦》也难以逃脱这样的意识的笼罩。在当前的白日梦文本中,物质现实和人的生存价值获得了极高程度的肯定。一般来说,这种肯定是极度夸张的,主人公"不会出事的"自不待言,其生命的长度也绝非现实生活的几十年,动辄以万年为单位的生命长度,达至永恒、超脱轮回的生命质量也屡见不鲜,物质世界被极大丰富为一个奇幻的世界,而主人公的使命之一就是引导、拥有这个世界。与黄粱一梦相比,当前的白日梦文本在精神气质与价值取向上都完全地现代化了,它深刻地拥抱这现代世界的质的规定性——物质生产极大丰富、人的生命质量的极大提高。

在弗洛伊德看来,白日梦"很自然地分成两大类,或者是野心的欲望,或者要想出人头地,或者是性欲的愿望。在年轻的女人身上,性欲的愿望占极大优势,几乎排除其他一切愿望,因为她们的野心一般都被性欲的倾向所压倒。在年轻的男人身上,利己的和野心的愿望十分明显地与性欲的愿望并行时,是很

---

① 蒋金玲:《网络文学阅读研究》,《中南大学文学院》,2010 年,第 21 页。这里的统计数据是根据网络文学阅读的调查做出的,基于我们前面的分析,中国当代文学产业以小说为主要体裁,其中网络小说市场又呈现出日渐扩大的趋势,结合我们在生活中对文学阅读的观察,我们认为以 18 – 39 岁年龄段为文学产业的主要受众群体是合适的。

惹人注意的。但是我们并不打算强调这两种倾向之间的对立,我们要强调的是这一事实:它们常常结合在一起"①。在当前中国文学产业文本的白日梦中,权利与性自然是极其重要的因素,但是人类的道德品质与认知欲望也是其结构性因素,甚至,在相当多的文本中,还有对人类命运、社会发展方式、中西文化的交流与碰撞这些传统的严肃文学思考的课题。以民族的复兴与崛起为目标的文本,更是直接超越了个体的白日梦层面,直接沉浸到了集体无意识之中。因而,与弗洛伊德所揭示的单纯以性为核心的个体的白日梦不同,当代中国文学产业文本中的白日梦又带有中国文化的特点——民族意识、集体意识、道德意识。

当代中国文学白日梦文本中的主人公,大都遵循着这样的身份设定,孤儿或离家追求梦想的少年。他们以朋友为创业、奋斗、战斗的核心伙伴,父母、家族在主人公的履历中没有什么作用,相反,父母和家族的力量一般而言是主人公的对手、作品中的反派的标准配置。这里既显示出主人公的草根属性,显示出主人公孤独与独立的生存状态,又显示出草根式主人公与啃老族、靠老族之间的对立。这是快速城市化过程中,主动的或被动的草根一族学习、工作、生活的一种集体无意识的展演,一场盛大的梦想秀童话剧。

因此,当代中国文学产业文本所书写的悲欢离合、是非成败、情爱欢愉、无双霸业、星空探索、精神超越、历史改写都不过是当代中国的草根们的极富时代精神与中国文化特色的白日梦而已。

第三节 产业化机制下文学写作的美学新变

文学产业机制下文学文本的审美风尚与纯文学写作的审美趣味区别甚大,传统文学写作中,无论是"文以载道""诗言志"还是"抒性灵","雅"是其共同的审美标签,而产业机制下的文学写作,则可被人一言以蔽之曰:俗。确实,通俗是当前中国文学产业写作最明确、最直观的审美形态。面对这一整体风貌,简单地鞭笞或者无视,都不能真正地发现问题和解决问题,因而,从深入理解当前文学产业写作的角度,我们需要从美学角度透视其面目。

我们从审美意识、审美风貌、审美结构、审美价值四个方面来分析当产业机制进入文学写作后的美学流变。

---

① 弗洛伊德:《创作家与白日梦》,朱立元、李钧:《二十世纪西方文论选:上卷》,林骧华译,高等教育出版社 2002 年版,第 318 - 319 页。

（一）审美意识：经典意识中的通俗叙事

在历史意识、载道意识、人民意识等文学批评基本意识的支配下，经典意识成为文学理论家评论文学作品时本能般的标准。面对同时代的文学作品，文学评论家往往有着超乎常人的历史忧虑——我们这个时代，能够为后世留下什么样的文学作品？"生年不满百，常怀千岁忧"（汉·无名氏《古诗十九首》），对经典的渴求是人类超越意识在文学上的投射与外化，也是文学存在的动力与价值基础之一。基于此，文学批评者对当前的文学总有一种高程度的经典期待。

"文艺工作者决不能只顾眼前利益，沉醉于生产随看随丢的快餐式的文艺作品，甚至制作遭人唾弃的文艺垃圾，而要目光宏大、志存高远，创作出不仅在当代产生影响，而且能够传之久远的精品力作。也就是说，我们的文艺创作不仅要参与当代人的精神文化建构，而且要为子孙后代的精神文化承续和发展做出积极贡献；不仅要注重文艺作品是否在当下畅销，更要追求文艺作品能否持久常销，直至成为代表民族的文艺经典。"①从文学伦理到艺术水准，从当下满足到青史留名，从利益驱动到精神超越，从写作速度到对象范围，文学批评者对文学产业写作中的非经典现象进行了方方面面、各式各样的批评，但文学产业写作中的通俗叙事意识不但没有随着批评的到来而消失，反而越来越兴盛。"扫帚不到，灰尘照例不会自己跑掉。"②但当文学批评以经典意识为扫帚，以文学产业写作中的通俗叙事为灰尘，反复打扫，却无甚效果时，我们就不得不反思，这种批评方式是不是在方向和方法上有问题，或者说，以经典意识清洁文学产业写作的批评是不是在根本上忽视了通俗叙事与经典生成、经典意识之间的内在关联。

我们需要从经典生成与经典意识两个方面来审视这个问题。

经典如何生成？简言之，经典是文学史沉淀与筛选的结果。查考文学史，我们可以发现，当文学家把传播视为文学作品的要务时，当文学家以文学为自己的社会职业，面向市场，依靠文学作品吃饭时，文学写作的通俗化是他们的必然选择，但这并不影响经典的产生。宋词如此，元曲如此，话本如此，戏曲如此，小说亦如此。不但中国如此，西方也如此。莎士比亚作品在当前的西方文学史叙述中被视为经典，但在当时，却有不少文学批评者和剧作家欲驱离其到文学殿堂之外而后快，在这个过程中，通俗叙事是其罪状之一。以历史的眼光看，相

---

① 钱念孙：《文艺创作要有经典意识》，《人民日报》，2009 - 07 - 10(20)。

② 毛泽东：《抗日战争胜利后的时局和我们的方针》，《毛泽东选集》(第4卷，第2版)，人民出版社1991年版，第1131页。

当多的文学经典在当时是通俗之作,并非经典,只有经过时间的沉淀、历史的筛选、实践的检验,经典作品才能在文学的大舞台上闪耀出光彩。与此现象相映成趣的是,以鲜明的经典意识为指导,以极高的经典热情创作的作品,绝大多数已经变成了历史的过去式,并没有如愿成为百世流传的经典。太过强烈的经典意识主导下的文学写作反而容易变为马克思、恩格斯曾经批评过的"席勒式"写作,难以产生经典。

何谓经典意识? 概略而言,在当代的文学语境中,经典意识包括两层含义:其一,指文学基于高度的人文关怀与政治意识,自觉地代言时代精神,对广大人民的教化、引导意识;其二,指本时代文学相对于后文学的典范意识。

文学的教化意识,指文学承载人间正道的自觉性,文学对人民的关怀与对民族的热爱,是中国文学自古至今的一大主流,是文学在中国文化、艺术史上抒写出的浓墨重彩的画卷。现代中国文学在民族存亡之际发出的时代最强音,是中国人民同呼吸、共命运的纽带与见证,是中国文学宝贵的历史财富与精神灯塔。人间正道、人文关怀、时代精神与政治意识,是文学欲发挥其教化功能必须正视并投入精力去探索的领域。在这个领域,直接的定义行为往往会出现疏漏、僵化、过度等问题,加上文学只能使用形象来塑造,不能用抽象的概念与道理来说话,因而,定义后的抽象而明确的概念,对于文学写作反而是一道天然的障碍,极易破坏文学写作的生动性与鲜活性,使文学丧失艺术性。故而,经典意识中的教化意识与效应自然有充足的理由成为文学写作的第一法则,但要落实到具体的写作,我们还必须考虑其与文学写作之间的具体关系。由文学经典的生成看,经典滞后于普遍的文学写作,是文学写作的结果。因此,把经典意识中的教化意识作为文学写作的目的是合适的,但把其作为文学写作的起点则是不恰当的;把人间正道与德行贯彻于文学写作之中是适宜的,但把其作为文学写作的语言直接使用或图解之则是不合适的。目的不是起点,也不能成为起点。把目的作为起点会缩小文学的表现范围,降低文学的吸引力与传播力,因而,在发展文学产业、满足广大人民日益增长的文化需要的背景下,需要为文学写作经典意识的教化意识找到一个合适的起点,既要保障文学写作的教化方向与目的,又要使文学拥有广阔的领域。法律是人民意志的体现,是人间正道的具体化,是实践社会主义事业的基石与保障;政策是阶段性的政治意识的鲜明体现;因而,在法律与政策许可的范围内进行文学写作,是文学写作通向经典的战略性的、方向性的保障,也是文学实现其教化意识的合适的、现实的起点。从目前的文学产业写作的宏观现实看,以法律为前提、以相关政策为导向也正是中国文学产业写作的实践路径。从宏观看,中国文学写作的通俗叙事正是在以法律与政策为现实起点的教化意识的范围内存在,并不能以个别作品逸出其外而无视文学写作的这一制度性成就。

文学的典范意识,指文学写作在风格、语言、形象塑造、技法、结构等方面追求足以成为其他文学写作者效法、模仿典范的自觉性。从文学的典范意识出发,多数批评者诟病的当前文学写作中的重复、模仿、模式化等问题可以分成两个方面来看。其一,自然是低水平的重复;其二,这表明在低水平的重复之上,有一个可供模仿、效仿的对象,而这个被模仿、效仿的对象,在文学写作的角度可被称为现时代的文学典范。追溯文学产业写作的历史,我们可以发现,在文学市场中已经出现了一批被效仿的典范之作,其中既包括中外文学史上经过历史筛选的经典,也有在当前的文学接受中被广泛认可的时代新作,如新派武侠的典范之作——金庸系列,言情小说的典范之作——琼瑶系列,更为文学史家和当代批评家措手不及的是网络文学写作兴起之后,网络典范作品的出现速度与广度远超此前的文学写作,玄幻、闲暇、竞技、都市、历史、官场……每一种类型之中都存在着多部"大神"级的作品,这些作品不仅自身的点击率与后续的产业开发深度惊人,而且成为众多小写手效仿的典范,或模仿,或戏仿,或解构,撑起了类型化写作的片片天空。与被时间筛选后的文学史相比,当前文学写作中的典范之作不是太少,而是太多。以历史的眼光看,他们为能传诸后世的经典之作的筛选提供了庞大的基数,倒也不是一件坏事。从审美意识的角度看,文学产业写作中的激烈竞争大大强化了写作者的典范意识,因为只有典范之作才能占据文学产业写作生态链的顶端。因而,当前文学写作中的通俗叙事竞争中,典范意识是其前进与进化的动力。

因此,从文学写作的实际来看,在文学产业写作的通俗叙事与经典意识之间既不存在难以逾越的鸿沟,也不存在非此即彼的矛盾,更不存在简单的同一关系,在历史的长河中,他们是沙里金、水中盐,是地基与高楼的关系。简单地以经典意识批评与贬低当前的文学写作,或简单地以经典意识去要求每一部作品都成为经典,既不可行,也不可能。由于当代的制度化、市场化文学写作与过去的个人化文学写作之间的质的差别尚未被明晰解释,批评者往往看不到当前文学通俗叙事之上的经典意识。只有明确意识到,当代文学产业写作中发生的审美意识的制度性新变,我们才能以更广阔的视野、更开放的心态理解文学产业写作,才能明确意识到:文学产业写作中的通俗叙事恰恰是经典意识中的通俗叙事。

(二)审美风貌:类型写作中的个性追求

在纯文学写作中,作品和作者的个性被视为区分审美风貌的特征与标准,并在文学的审美评价中拥有极高的权重。从表象看,文学产业写作呈现出与传统写作截然不同的面貌,这便是类型化。

2004 年,葛红兵判断:"近年,中国当代小说创作出现了许多新的趋向,有的甚至发展成了中国当代文坛主潮,左右了中国当代文学的走向,在这些趋势中,我们认为'类型化'是其中最重要的趋势之一。"①经过十多年的发展,明晰的类型化作品已经占据文学市场四分之三以上的份额,类型文学写作已成为文学写作中最值得关注的现象。类型意味着重复,重复在传统文学理论与美学中意味着无价值,这大概是许多研究者抨击类型文学的内在逻辑。如果仅仅是蜻蜓点水一般地翻阅一些作品,得出重复的结论无可厚非。从类型文学在市场上的迅猛发展来看,无价值的东西能够占领市场,是一件异常令人诧异的事情。因此,在文学事实与文学评论情感的矛盾中,一定存在着对类型文学审美风貌的误解。幸而,随着近十年来类型写作市场份额的增加,人们对类型文学了解的逐渐加深,对类型文学和类型写作的无意义的简单批评与贬低的言辞日渐减少。2012 年,白烨在"2012 浙江类型文学·小说高峰论坛"上说:多年做《中国文情报告》,越来越深刻地感受到类型文学的强势崛起。在大量地阅读了一些作品之后,改变了过去对类型文学的印象,类型文学中不乏好的作家与作品,他们的作品有经典元素。② 2013 年 3 月,由浙江省作协、文艺报社、中共杭州市委宣传部和杭州师范大学共同主办的,历经双月榜推荐、评审诸环节,历时两年零 3 个月的首届"西湖·类型文学双年奖"在杭州举行颁奖仪式。③

文学写作类型化的研究,对类型写作与文学生产制度、文学接受习惯与读者审美期待等方面的关系,类型写作与网络文学、文学产业、现代生活等方面的关系,已有了较为深入的探索。当前文学写作的类型化,在写作界与评论界已成为共识。

按照崔宰溶的研究,类型文学写作是规则之内的游戏,虽然游戏规则相同,但游戏本身却不是千篇一律的。④ 这种看法是符合实际的,同时,从读者接受角

---

① 葛红兵:《近年中国小说创作的类型化趋势及相关问题》,《小说评论》,2004 年第 4 期,第 39 - 41 页。

② 文波:《类型小说写作引起集中关注》,《南方文坛》,2013 年第 5 期,第 143 - 144 页。

③ 李墨波:《首届"西湖·类型文学双年奖"在杭州颁发》,http://www.chinawriter.com.cn/bk/2013 - 04 - 01/68982.html

④ [韩]崔宰溶:《中国网络文学研究的困境与突破——网络文学的土著理论与网络性》,《北京大学中国语言文学系》,2011 年,第 42 - 43 页。

度看,"读者也是有鉴赏力的,并不会只是沉浸在俗套的故事中"①,类型文学如果走千人一面的路子,无疑是自绝于市场,"对于网络小说而言,如果一味固守类型化的限制,局限于传统类型的细枝末节,读者在阅读时的新奇感会不断削弱。这种'审美疲劳'驱使读者重新寻求新的兴趣点。那么,单纯的类型化只会导致读者的流失"②。因而,文学写作的类型化、类型写作绝不能只是类型而已。追求个性不仅是文学的本然要求和写作者的本能行为,而且也是市场和读者的需求,不能因为个性追求以类型写作为基础就否定其存在与价值。

由于题材、叙事套路、人物设置、世界架构等类型的质的规定性的限制,语言风格、主角性格、叙事风格等方面便成为类型写作中的个性探索、追求与展示的空间。

文学是语言的艺术。语言是阅读时最易关注到的文学构成要素,语言风格是阅读时最先体验到的审美感受。读者在对一部作品进行试阅读时,作品情节尚未完全展开、人物形象塑造远未完成,若语言无特点、无风格,则追看与购买该作品的可能性接近于零。语言的风格与特点是作品与作者在文学市场淘汰中存活下去的关键,也是从浩如烟海的作品中脱颖而出的首要因素。文学产业写作中的成功作品,无不在语言上有着自己的鲜明风格,或华丽,或质朴;或典雅,或通俗;或金戈铁马,或温婉可人;或热血,或冷酷;或严肃,或诙谐;或简洁,或繁复;或高扬,或低沉;更高明一些的,华丽与质朴并存,典雅中透出通俗,诙谐中饱含严肃,刚柔相济,阴阳相合,可谓是百花齐放,万艳争春。如《甄嬛传》的风行便与"甄嬛体"风格关系密切。与传统文学写作中语言方面字斟句酌式的个性追求不同,由于速度这个传统文学写作中无关紧要的因素在文学产业机制中成为关键因素,文学产业写作在语言上的个性追求并不表现为字句的精确,用语言使用方式上的特点来统领全局、形成风格。如《明朝那些事儿》,千百年来,历史叙事语言在整体上使用典雅文言,当年明月则一反前人习惯,使用通俗白话重述明朝三百余年波澜壮阔的历史,形成诙谐中有严肃、痞气中蕴庄重的语言风格,让人耳目一新。一时间风行天下,甚至成为其后架空类作品的范型。

代入感对读者"入乎其内"的阅读状态的描述,与传统文学理论中"入乎其

---

① 周志雄:《网络小说的类型化问题研究》,《南京社会科学》,2014 年第 3 期,第 129 – 135 页。

② 袁劲:《网络小说的反类型化及其问题反思》,《广东广播电视大学学报》,2013 年第 5 期,第 84 – 91 页。

内"不同的是,代入感并不是要沉浸于作品的世界之中,而是在阅读时把自己想象为作品中的人物,随着作品人物的成功而获得喜悦的阅读方法。阅读时,甚少有人把自己带入"路人甲"的角色,多是把自己带入主角。① 因此,主角性格设计与塑造便成为写作个性展示必争的舞台。相比于完美的英雄,有缺点的英雄为主角性格设计、塑造留出了足够的空间,也使主角在性格上更加凡俗化。纵观类型文学写作同一作者笔下主角多拥有一种特质,并成为该作者的招牌,把不同的作者区分开来,如唐家三少笔下主角的善良与勇敢;常书欣笔下主角诙谐中透出苦涩、狡诈中蕴藏善良;胡蝶蓝笔下主角的单纯、执着。同一作者对笔下人物性格的个性化坚持,使得不同作者笔下主角形象多姿多彩,甚少相同,在整体上丰富了文学的人物舞台。

叙事节奏、叙事视角、叙事声音等的不同组合形成不同作者独具特色的叙事风格。不同的叙事风格表现出不同作者在叙事方面的不同个性追求。叙事视角与叙事声音的变化较少,因而叙事风格便主要由叙事节奏表现出来。叙事的快慢、疏密形成了叙事节奏。虽然不成熟的读者总要求作者节奏推进越快越好,甚至不惜以月票、打赏等催促或者逼迫,但作者绝不能因此而打乱自己的叙事节奏。叙事节奏太快则易烂尾,太慢则易"太监"。节奏关涉到叙事的成败。优秀的、成功作品的叙事节奏,或紧锣密鼓,或疏朗有致;或一日千里,或度日如年;或使人手不释卷,或使人绵然若存,不一而足,但总体而言,总是能够恰到好处地吊住读者的胃口,使读者下意识地跟着作者的叙事节奏走,体验作者独特的节奏感带来的审美愉悦。

类型意味着文学写作在题材选择、世界架构、叙事套路、人物设置等方面的质的规定性,这些规定性是类型文学作为类型文学的立身之本,也是此种类型区别于彼种类型的特征所在。质的规定性能保证当类型文学出现在市场时,读者可以轻松地从众多的作品中找到自己兴趣所在的作品,但阅读与否,进行深度阅读还是浅度阅读,是否追看,则取决于作品的个性化程度。换言之,类型文学的活力与发展依赖于作者与作品的个性。无类型便无文学产业写作,但类型必须借助于个性才能深耕细作、快速发展;无个性便无明星、无"大神",但个性必须以类型为基础才能定位自身、找到出发点。类型写作中的个性追求,是当前文学产业写作的审美风貌。

(三)审美结构:趋中心化的游戏性

在传统的美学与文学的理论中,无论是模仿说、寓教于乐、形式主义,还是

---

① 各大文学网站分设男频、女频便与这种阅读心理与方法有关。

诗言志、文以载道、缘情说;无论是为艺术而艺术,还是为人生而艺术;文学的游戏性都处于边缘或被遮蔽状态。尽管现代美学和文学中的起源研究已经充分意识到了游戏在文学与审美的起源中的重要性,尽管以更开放的眼光,把俗文学纳入文学史的研究已经证明了文学游戏在文学发展中的作用,但游戏性在当前的美学与文学的理论与批评中依旧没有什么地位。理论对游戏性的忽略,并不意味着在当前的文学写作中游戏性不存在。它表明当代文学与美学理论既无力理解雅文学与俗文学、纯文学写作与文学产业写作的对峙、共存与相互影响,又无力阐释俗文学、文学产业写作在审美性质上与雅文学、纯文学写作的根本区别。由于理论的无力,批评者面对以文学产业和文化艺术产业为现实存在方式的俗文学、俗艺术时,多会以文学产业作品意义承载度弱、娱乐感强为切入点,并多以单向的批评或抨击为方法,甚少富有建设性的、契合文学写作实际的观点。这种批评模式损害了文学写作与文学批评之间应有的良性循环,迫使文学产业写作与文学批评表现为互不关联的两个独立的领域。一方面,这使文学批评丧失自身存在价值的风险大大增加;另一方面,也使文学产业写作的真正价值与发展方向始终处于暧昧不明的状态。当前文学产业写作的娱乐功能已为大众广泛地意识到,并成为吸引大众的主要因素。研究者对此现象也多有揭示与批评,此不赘言。在文学中,娱乐功能显然不是基于深度、意义或是历史与社会认知等因素而产生,而是依赖于文笔的游戏与游戏性。当娱乐功能在文学的产业化接受中跃升为主导因素时,游戏性便从边缘与被遮蔽状态向中心游动。

游戏性的趋中心化可以从表与里两个层面加以描述。

在表层,我们看到:第一,在现代电子游戏兴起后,《三国演义》、金庸武侠等题材的电子游戏不断推陈出新、长盛不衰。与传统通俗文学中的游戏性相比,电子游戏有着极富时代特色的新的表现形式,游戏的媒介由言语(笔墨)更换为图像,游戏空间由想象的、纯粹的虚拟空间更换为视—听—手结合的数字虚拟空间,游戏参与由个体的想象式参与更换为群体的角色扮演。从游戏变革的角度看,相对于对传统的文学阅读想象式的游戏,电子游戏几乎是一种全新的游戏方式。也正因如此,电子游戏虽然曾经让相当多的教育者和文学批评者把审慎的目光投到它身上,为它忧虑不已,并在相当长的时间里不遗余力地抨击电子游戏及其更新形态——网络游戏,但却甚少有专家们论述电子(网络)游戏与文学写作的关系。在近20年里,新生的事物表现出了强大的生命力,文学与游戏新形态的携手与融合越来越深刻地影响着文学产业写作。电子游戏环境中成长起来的新一代人非常自然地要求在文学阅读中娱乐,并对文学作品向游戏迁移有着一种远超前代人的兴趣,如此一来,文学与游戏之间的文本互转便成为现代文学产业写作的一个引人瞩目的现象。成功的文学作品会迅速变身为游戏,成功的游戏框架之下会产生无数多的文学作品。第二,在现代文化产业中,影视对文学的改编越来越遵循游戏性而不是真实性。《大话西游》的传播是一个标志性的文学事件,在此之前,文学的影视改编基本遵循真实性原则,即影视应当尊重并尽可能重现文学著作的一切。20 世纪 80 年代拍摄的《西游记》因"破烂流丢一口钟"而补拍镜头,是真实性高于游戏性的典型例证。2010 年首播的由李少红导演的《红楼梦》,在拍摄过程中充分尊重红学家的意见,亦步亦趋于《红楼梦》原著,甚至原著中以上帝视角出现的叙事话语在电视剧中还要以画外音的方式呈现出来,但首播之后,在电视台节目单中难觅踪影。之后,人们依旧高度认可 87 版《红楼梦》,并冠之以"不可超越"的美誉。2014 年《西游记之大闹天宫》电影,如果不是刻意使用"西游记""大闹天宫"的字眼,并在作品中沿袭孙悟空的经典形象,只根据故事的结构与走向看的话,观众很难找到导演在什么地方尊重了原著,但其过 10 亿人民币的票房则提醒研究者,这是一部成功的电影。在这两个案例中我们看到,在 21 世纪的文化产业链条中,在由文学而来的文化、艺术产品中,游戏性的重要性明显要高于真实性。第三,文学写作本身也充分意识到了游戏性的重要,并在作品中凸显这个要素。2006 年,《武林外传》热播,在这部新创的作品中,我们看到旧的经典武侠作品中的侠义精神尽管仍旧存在,但作品的主题并不是行侠仗义走江湖,而是在同福客栈中的系列游戏式的热闹喜剧,言辞取代了行动,赤裸裸的游戏性取代了对真实性的追求,不但事件的真实性被游戏化,作品中人物的情感也被充分地游戏化了,当然武侠作品中的"武"也被充分游戏化了,葵花点穴手中自然有着《葵花宝典》的影子,但更多的却是戏谑、仿象与游戏。不仅在被充分影视化作品中游戏性居于中心位置,在近几年风行的各种类型小说中,游戏性也是文学价值的主要构成因素。无论这些作品在题材类型上有多大差异,作者的情感倾注类型与方式有多少不同,语言的风格与技巧有多大差别,游戏性在他们作品中的趋中心性却是普遍存在的。因而,文学产业写作中,惯常出现于作品首页的"本故事纯属虚构"便不仅仅用来标识文学产业在法律上的严谨,更是对文学产业写作游戏性的直接说明。

在里层,文学产业写作中日益中心化的游戏性又表现出时代的新质:第一,当前文学产业写作中的游戏性不再单纯地表现为一种古典美学意义上的笔墨游戏或游戏精神,而是以准实体的方式蕴藏在作品中,可随时转换为现实环境中的电子(网络)游戏,并使文学产业写作沿着一条新的道路前进。从游戏性的来源看,纯文学、雅文学以及传统通俗文学中的游戏性源于哲学思考,如《红楼梦》中的"好了歌"及其传达出的强烈的游戏世界的精神;当前文学产业写作中的游戏性则源于现代的游戏文化与游戏产业。从游戏性在作品布局中的作用看,纯文学、雅文学中的游戏性表现为意象的构建与意境的创造,而且由于意象与意境与意义的深度契合,其游戏性往往在对意象与意境的涵泳之中被消解、转换为文学的才气与风格;当前文学写作中游戏性则笼罩着作品的全局,传统文学写作中的意象与意境在文学产业写作中不是不存在了,而是以局部的、碎片的方式存在于作品中,并服从游戏性的安排。从游戏性的写作功能看,文学产业写作中的游戏性在作品中表现为对图像感的追求与塑造,视觉成为主导文学图景的主要感官,由于视觉对动态的敏感性,当前作品明显表现出对动作与速度的偏爱,在这种情况下,文学产业写作便不得不在事件发生密度与延长作品世界的时间长度两个方面加以选择,以便让作品能够拥有相对完整的结构。从游戏性的情感特质看,游戏在天性上追求欢乐,文学产业写作由此与悲剧绝缘,其中虽不乏悲剧的场景与苦难的时间,不乏阅之落泪的文字,但大团圆是其不得不选择的结局,因而,当前的文学产业作品在整体上呈现出喜剧的特点。第二,游戏性在文学产业写作中落实为作品的结构性要素。文学产业写作中的游戏性的现实来源使其在目的层面获得了增强与趋中心化的动力,并在现实的电子(网络)游戏中获得了模仿对象,因此,作品中世界的构造、人物的预设、情节的设计都体现出网络游戏的特点与风格。相当多的作品在正文开始之前会非常正经地介绍作品中世界的等级、文化,人物的属性与等级划分,主人公的身份设定,等等。这些在传统写作中不可能出现的现象告诉我们,一方面,游戏性已经成为文学产业写作的基础与中心;另一方面,电子(网络)游戏已经成为文学产业写作的母本之一。第三,传统文学作品与文化其他方面的关联依靠思想、情感、境界,游戏性在其中作用甚微,在文化产业中,文学与其他环节的关联主要依赖游戏性,游戏性是文学与文化产业链的其他环节对接的价值与结构基础。首先,游戏性是文化产业存在的价值前提。席勒在《美育书简》中把游戏冲动作为治疗、弥合现代的断片式生存带给人的心理创伤的观念,在现代社会以文学产业写作的方式在文学中成为现实。当前的受众购买文化产品的目的越来越倾向于疏解、宣泄生活中形成的心理压力,在这种语境中,在传统美学理论中被视为无甚价值的游戏的价值越来越高,并成为文化产业的各个方面的普遍价值。其次,游戏性已经成为文学与文化产业链的其他环节的结构基础。贺岁片、商业片、室内剧、选秀节目、真人秀节目、相亲节目,各种纯娱乐节目,究其实质都是一场大众的游戏与狂欢,更不用说拥有巨大市场能量的电子(网络)游戏,游戏性已经内嵌于文化产业的各个环节,文化产业的各个方面都在以游戏的方式勾画自身。在这种氛围中,文学如果要在文化产业中谋求一席之地,不被文化产业的快车抛下,就只能以游戏性为自己的结构基础,以便与文化产业链条的其他环节融合,方便作品从游戏、影视中汲取营养,被开发成新的游戏、改编成新的影视,形成完整的产业链条。

综合表层与里层,趋中心化的游戏性从价值构成、作品结构、作品体裁等方面制约、规训着文学产业写作,改变了文学审美中"乐"与"教"的传统结构,使"乐"成为文学的时代特征,使游戏性自身收获了越来越丰富的价值形态,也使文学的审美价值追求与类型发生了新的变革。

(四)审美价值:"新"与"奇"的现代诉求

"审美活动本质上是一种价值活动"[①],"由审美价值的价值载体的特征、与主体审美需要的关系以及主体所获得的精神愉快的复杂多样性,形成了不同的审美价值类型"[②],"随着时代的前进与审美活动的展开,审美价值类型在现代已经有了新的扩展,出现了许多新的审美价值类型"[③]。在纯文学与雅文学的阅读行为中,审美价值凝结为意象、意境、阴柔、阳刚、韵味、质朴、优美、崇高、悲剧、荒诞等不同文化范式下的范畴,判断文学作品是否值得阅读、是否具有审美价值,具有何种审美价值,主要依据这些范畴。在文学产业机制中,文学阅读有着新的审美价值诉求,这并不是说上述范畴不再起作用了,而是说人们在阅读时判断某一作品是否值得阅读的首要标准不再是上述这些范畴了。当前文学阅读中,读者判断文学作品价值的首要标准是新与奇,即在审美价值上具有新与奇特征的作品会被追看,而不具备这种特征的作品则很难进入阅读过程。

新,指在读者的视野内当前阅读的作品所带来的与过去体验不同的审美价值。批评者常常抱怨并鄙视的"为求新而求新"非常清晰地从反面确证了作为时代的新的审美价值类型已经成为制约作者写作的潜意识。新在阅读体验中意味着陌生感,在写作中意味着陌生化,二者构成一条完整的写作—接受链条。

为了在艺术中恢复对生活的体验,使生活中的事物如其所是地成为人们所体验之事物而不是所认知之事物,什克洛夫斯基创造出陌生化概念,并把它作为艺术的手法。在作家方面,陌生化意味着变"自动化体验为陌生化体验",[④]

---

① 王旭晓:《美学原理》,东方出版中心,2012 年,第 116 页。

② 同上,第 119 页。

③ 同上,第 120 页。

④ 冯毓云:《艺术即陌生化——论俄国形式主义陌生化的审美价值》,《北方论丛》,2004 年第 1 期,第 21 – 26 页。

在读者方面,陌生化意味着阅读体验中"由陌生化到自动化的过程"①以及对新的陌生化的渴求。综合这两个方面,艺术可以理解为"陌生化与自动化相互矛盾、消解、位移的张力"②的结果,理解为以求新为驱动力和价值导向的在陌生化与自动化之间获得滚动平衡的发展过程。

在文学产业中,从写作角度考察,陌生化已经极难在什克洛夫斯基创造该概念时的原初意义上使用,即它主要不是为了摆脱或超越日常生活中的自动化认知,而主要是为了摆脱、超越此前文学产业写作所造成的自动化叙事与自动化阅读,它意味着文学写作者在前人的影响下积极去寻求新的故事话语、新的故事编织手法、新的叙事语气、新的故事人物性格等求新冲动与探索。过去的文学写作并不是大众的竞争场,较高的、制度化的准入门槛使得文学写作竞争在烈度和速度两方面都保持在较低的水平线上,影响焦虑下的求新相对来讲并不是生死攸关的问题。当前的文学产业写作几乎取消了准入门槛,这使得竞争在烈度和速度的水平线急剧上升,在影响焦虑下求解脱、在自动化中求陌生化、在类型中求个性、在规则写作中求新变,一言以蔽之,新便成为文学写作是否能够存在的基础标准。如果把视野拉长到 10 年的时间区间,我们就会发现,文学产业写作中类型出现的速度与被淘汰的速度非常惊人,尤其是大类型下的亚类型。这意味着,在一般的文学理论的意义上,陌生化"超越了艺术手法的界阈,而被提升到艺术总原则的高度"③,在当前的文学产业写作中,陌生化已经成为现实的指导原则。在陌生化的基础上,新作为一种时代的审美价值被凸显出来。

从阅读角度考察,在文学产业中,陌生化与自动化之间的矛盾关系并不如过去的理论当中揭示的那么明显,二者之间在绝大多数情况下是共生关系。绝对自动化的作品与绝对陌生化的作品在文学市场上都会被淘汰,读者往往会因为在系列作品的近期作品中看不到新意而抛弃作者,也会因为某一作品太过新异而放弃阅读。只有建立在自动化基础上的陌生化才会给读者带来可以接受的陌生感,才会让读者持续阅读。因而,文学产业写作中的新,从艺术原则角度来讲,是一种绝对价值,即必须有;但在写作与营销层面上,是一种相对价值,即作者与营销者必须有量的考校、有渐进式的心态方可使其成为现实。

---

① 冯毓云:《艺术即陌生化——论俄国形式主义陌生化的审美价值》,《北方论丛》,2004 年第 1 期,第 21 - 26 页。

② 同上。

③ 同上。

　　奇,指在读者阅读视野内作品呈现出的对日常生活的庸常性的脱离与超越。因而,奇意味着作品必须构建出一个存在于在日常生活、实践与文化空间之外的奇异世界。不同的研究者使用不同的带有"奇"字的术语描述当前的文学写作,如传奇、奇幻等。认识到当代文学产业写作普遍的奇异色彩,对研究者而言并非难事——各大文学网站的作品分类已经把它作为标签贴到了脑门上。按照张文东的看法,20 世纪 90 年代以来,"'市场化'彻底改变了作家及其作品的存在方式"①,随后,他从言情小说、网络小说及其影视镜像三个方面对文学产业中文学作品的"传奇"性进行了详细的研究②。这表明,在当前的文学写作中,奇已经成为我们这个时代文学阅读体验中普遍存在的审美体验。我们认为,当前的文学产业写作中,奇与新类似,不仅是时代的文学现象,而且是时代文学中的审美价值追求与标准,在读者的阅读体验中也扮演着价值判断门槛的角色。事实上,不仅在文学中,在更加广泛的审美领域,奇作为一种新的审美价值类型广泛地存在着。③

　　具体说,关于奇的审美价值可以从写作内容和写作手法两个方面来进行。从内容角度看,文学产业写作中的奇包含奇人、奇行、奇言、奇意、奇情、奇思、奇事、奇景、奇物、奇时间、奇空间,等等,涵盖了文学内容的方方面面,从性质上说,他们都是作者的想象力幻化出来的文学生灵。从手法角度看,内容偏向写实的文本需要使用迥异于日常言语体验的方式来书写文本,如诺贝尔文学奖获得者莫言的魔幻叙事手法,内容偏向类型化的、套路化的需要异于其他作者的言语方式来叙事,如文学产业写作中作者叙事语气的激烈竞争。无论是平中见奇,还是奇中见平,异于常人、异于其他写作者的奇是当前文学写作叙事手法的制高点。虽然出奇的手法各有不同,带给作者的奇异感受各不相同,但对奇的价值追求是一致的。综合这两个方面,奇作为审美价值,在文学写作中表现为叙述、构造奇异的世界和奇异的叙述、构造文本世界两个方面。

　　根据王旭晓先生的研究,新的审美价值诉求的形成与审美价值载体的特征,主体的审美需要、审美愉快性质的变化密切相关。当前文学写作中游戏性的趋中心化,是审美价值载体结构的变化。关于主体的审美需要与精神愉快性质的变化,专家的观察与读者的阅读体验是一致的,"传统的文学阅读更注重作品的意义领悟和道义承载,期待发掘阅读对象隽永的寓意,因那种阅读不仅仅

---

① 　张文东:《传奇叙事与中国当代小说》,《东北师范大学》,2013 年,第 213 页。
② 　同上,第 232 - 321 页。
③ 　王旭晓:《自然审美基础》,中南大学出版社 2008 年版,第 105 - 112 页。

是'阅读',更是阅读中潜移默化的深度体察和阅读后的反思颖悟及心灵净化,文学的'载道经国'和'为民请命'已经约定了阅读者所秉持的社会责任及艺术使命。网络文学阅读则不是这样,人们用'冲浪'来比喻上网的姿态和感受是十分形象的,因为网民在这里需要的是娱乐和松弛,是自由和狂欢,是公共空间的自我放逐,甚至是一种猎奇心理的满足"①。在文学产业写作中,审美需要、精神愉快性质与审美价值载体的结构变化同步发生,游戏性与娱乐、松弛、猎奇构成了审美主体与客体之间在价值维度上的映射关系。二者的同步变化以一种强力的方式塑造着文学产业写作的价值诉求——新与奇。

作为新的审美价值类型,新与奇,源于文学写作中趋中心化的游戏性,具体来说,它们源于游戏中作为主体的人的精神、情感的真实性高于现实的物质世界的真实性这样一种真实观。在游戏里,情感的诉求与精神的创造性是主宰,情感决定着游戏世界天空的风雨、阴晴,精神创造着游戏世界里的景观、人物、事件。新鲜与奇异是精神与情感在游戏世界中投射、外化自身的手段与结果,正如黑格尔在《美学》中揭示的那样,这种投射与外化乃至欣赏,为主体带来了深度的审美愉悦。

与传统阅读中所认同与凝结出的范畴的普遍性不同,这里的新与奇有着鲜明的时代特点:它们首先是基于阅读者个体经验与感受的审美价值,其次才是具有群体的普遍认同与文学史意义的审美价值。这也是文学产业的外部观察者感觉其重复、俗套而内部阅读者乐在其中的原因之一。

第四节　产业化机制下文学写作的深层思考

作为一种新的写作形态,文学产业写作在价值、政治意识、动力机制等方面给文学理论与批评带来了问题与挑战,认识并探索这些问题对当前中国文学的生态圈建构、实践文学的教化功能、推进文学写作平衡具有重要意义。

1. 摆给文学批评的一个问题:文学产业写作有无存在价值?

在传统的文学批评中,对文学价值的判断主要取决于两个要素:教化价值和文学史价值。前者主要衡量文学作品对于读者在政治、道德、人生观等方面的影响方向及影响力;后者预估文学作品可否传至后世,成为文学史书写的组

---

① 欧阳友权,蒋金玲:《媒介发展与文学阅读的演变》,《河北学刊》,2009 年第 6 期,第 105 –
109 页。

成部分。在前一方面,由于文学产业机制下的写作主要通过自觉地遵循法律和相关规定实现其方向的正确性,但不主动追求作品在道德上的完美,倾向于书写优缺点的人物,故常常被评价为引领作用小、教化价值低。在后一方面,由于文学产业机制下的写作类型化特征显著,对个性的追求与探索在类型化的领域内进行,故常常被以个性和唯一性为内在标准的文学史价值视为无价值的或低价值的。因而,我们常常看到,文学产业机制下的作品往往被人喻为快餐文学,意指其生产速度快、娱乐性强、审美价值低。言下之意便是这种文学形态没有价值。为什么会有这种判断?"近年来,文艺批评领域流行一种风尚,那就是以西方文艺理论为标准,度量中国文艺作品,阐释中国文艺实践,裁剪中国文艺审美。一些理论家、批评家总以为只有当代西方的文艺理论先进、高明,中国的文艺作品只有合乎西方标准,才是佳作,否则,无论大众如何欢迎,都是次品。"①这是其中的一个原因。我们认为,从中国现代文学批评的产生与历史看,文学批评与理论对文学实践的观察与理解不够是另一个原因。文学批评与理论不是把已经存在的文学实践作为一个复杂的系统来理解,而是把文学实践作为应当满足某种先在的文学理念的存在物,高高在上的简单化的理念与实际发展着的复杂的文学现象遭遇之后,便产生了我们看到的对文学价值的这种简单判断。

　　人类的各项文化实践之间构成了一个复杂的系统,文学也同样如此。观察与理解当前的文学实践,离不开现代科学的参照系,尤其是生物学的生态观。

　　从生态文明视角看,生物圈是一个复杂的系统。在这个复杂的系统中,生物种类的多样性及其矛盾统一是生物圈存在、发展、平衡的重要前提。单丝不成线,独木不成林。文学种类的多样性及多种多样的文学之间的矛盾统一是文学存在的形态,也是文学圈存在、发展的前提。文学史上的经典作品可以视为是文学生态系统的历史遗迹但不可以视为文学生态系统的历史存在本身。以"历史遗迹"为标杆的文学批评建立了一个极高标准,却忽视了最低标准;建立了一个雅文学的传统,却忽视了俗文学的传统。在当前中国的学院批评中,对俗文学、民间文学的研究依旧处于极为弱小的地位,俗文学、民间文学的研究、译介成果仍旧会被不假思索地误用,比如巴赫金的狂欢理论是基于对欧洲俗文学、民间文学的解读建构出来的,被译为中文、进入中国文学理论话语中后,却几乎没有人在俗文学和民间文学的意义上使用,反而有不少学者要把它转化为雅文学话语,这无疑损害了狂欢理论的生命力,也在不知不觉中丧失了一次正

---

① 张江:《习近平文艺座谈会讲话:尊重民族审美重塑批评精神》,http://politics. peo-ple. com. cn/n/2014/1020/c70731 - 25866653. html

确理解种类繁多、矛盾统一的文学生态圈的机会。

在文学产业机制已经成为当前文学写作的现实制度后,在文学产业写作用作家富豪榜说明了自己在经济生活中的地位之后,无论是站在文学史的传承角度讨论,还是站在文学性的角度说话,都无法解释文学产业写作的风靡之势;再用没有价值来评价文学产业写作,难免遭遇酸葡萄的讽喻。尽管如此,问题依然存在。在经济生活上的成功虽然已经表明其确实是有价值的存在,但其在文学领域的存在价值究竟是什么仍旧暗昧不明。文学批评理论生态与文学的现实生态之间的疏离使我们很难清晰地勾画文学产业写作的价值。

当前的文学产业写作,从发端看,众多学者已经明确指出其脱胎于中国互联网刚刚兴起时的免费的、抒发情志式的文学书写,民间书写的气质在文学产业写作的开端已经深深植入其中。文学产业写作在遭遇资本后,迅速与传统的俗文学及部分俗文学经典相结合,与当前文化产业中的游戏、电影、漫画等艺术形态相结合,以类型化的方式快速生产,建立了庞大的市场空间,满足了民众娱乐式阅读的心理需求。娱乐性、游戏性既是其相对于雅文学、纯文学展示出的显著特征,也是其存在的理由与价值所在,更是实施文学"寓教于乐"教化功能的现实基础。但目前我们对这一价值的理解仍旧肤浅,很多时候言不及义。因而,从理论上理解、阐释、说明这个价值,是学术研究的需要——文学需要深入透彻地理解这种新的文学现象;也是文学产业发展的需要——黑暗中的摸索固然可以继续前行而且为摸索平添几分激情,终究不是康庄大道。

2. 摆给文学写作政治意识的一个问题:如何为最广大的群众写作?

以娱乐性、游戏性为价值特征的文学产业写作并不因此就在文学写作政治意识上是天然不合格的。以产业链为考察对象,从受众的层面与数量看,文学产业写作拥有最广泛的群众读者;从文学产业写作作者来源看,他们大都不是专业的作家,甚至大多不是文学专业出身,他们就是群众的一部分;从文学产业写作的流程看,读者一改过去文学写作中仅作为接受者存在的写作制度,变身为文学写作的积极的、鲜活的参与者;因而,文学产业写作与群众的关系是一种建立在实践基础上的极为密切的关系。"文艺不能在市场经济大潮中迷失方向,不能在为什么人的问题上发生偏差,否则文艺就没有生命力。"①文学产业写作的强大的生命力来源于其与群众的密切关系。

---

① 《习近平在文艺工作座谈会上的讲话》,[EB/OL] http://baike. baidu. com/view/15173826. htm#2

　　在为群众写作的大前提下,如何为群众写作,是文学产业写作摆给文学政治意识的一个问题。毫无疑问,文学产业写作的通俗风格、通俗文字、通俗手法使其在接受方面与群众毫无隔阂,但通俗始终存在着滑向低俗的危险。因而,文学产业写作要始终牢记"低俗不是通俗,欲望不代表希望,单纯感官娱乐不等于精神快乐",要"自觉坚守艺术理想,不断提高学养、涵养、修养,加强思想积累、知识储备、文化修养、艺术训练,认真严肃地考虑作品的社会效果,讲品位,重艺德,为历史存正气,为世人弘美德"①。如何为广大群众写作,为人民写作,不是一个抽象的命令,而是文学存在和发展的根基与方向。在文学产业写作中,为人民写作,为广大群众写作,不仅意味着要满足人民群众的各种各样的、各个层面的审美、文化需求,还意味着要在人民群众现有的审美、文化需要的基础上做出适度的引导,"把爱国主义作为文艺创作的主旋律,引导人民树立和坚持正确的历史观、民族观、国家观、文化观,增强做中国人的骨气和底气"②。换言之,文学产业写作必须在游戏性、娱乐性之中贯彻政治性,要真正地做到"寓教于乐"而不是"有乐无教"。

　　对于传统的作家式的文学写作而言,文学产业写作摆出的问题也有重要价值。与文学产业写作的接地气、草根化不同,作家式写作容易过分重视文学经典的影响,过度重视文学教化价值,始终存在着"变成无根的浮萍、无病的呻吟、无魂的躯壳",脱离群众的活生生的文学、审美需求的风险。因而,传统的作家式写作不但需要在"乐"上,在文学的叙事技巧与叙事风格上,在文学写作流程变革上下工夫,还要"自觉与人民同呼吸、共命运、心连心,欢乐着人民的欢乐,忧患着人民的忧患,做人民的孺子牛",要牢记"文艺创作方法有一百条、一千条,但最根本、最关键、最牢靠的办法是扎根人民、扎根生活"③。传统的作家式创作,只有把艺术性与人民性结合起来,真正做到"寓教于乐"而不是"有教无乐",才能扎根于人民,获得群众诚挚的认同与欢迎。

　　3. 摆给文学理论的一个问题:文学的经济利益是不是可以和文学性一样成为文学写作的动力?

　　"20世纪90年代中后期以来,中国社会的市场化转型及消费主义文化的盛行,对当代文艺生态产生了深远的影响。一部分作家、艺术家轻易被消费主义

---

①　《习近平在文艺工作座谈会上的讲话》,[EB/OL].http://baike.baidu.com/view/15173826.htm#2

②　同上。

③　同上。

所俘获,走向了商业化创作。他们不断地被大众传媒转化为文化热点,参与到消费意识形态的运作过程中,并从中获得可观的经济效益。近几年作家对影视的拥抱、类型化文艺的流行、艺术家的代际标榜等都在不同程度上反映出当代文艺的商业化走向。尽管这种商业化走向可能带来一时的热闹,却放弃了文艺的精神理想和社会担当。"①这段论述极其深刻地表达了文学批评者对消费、经济、商业的深度忧虑,并对商业化(或曰产业化)的文学现象的走势给出"一时热闹"的评价。从文学的教化价值来看,这种忧虑几乎是中国文学理论与生俱来的一种情感基因。然而,如果从现代文学的世界范围内的发生与成长来看,这种对商业、经济利益驱动的忧虑未能切中文学写作与文学史发展的历史事实。

在中国,大约以宋为界,文学与经济利益诉求之间的关系呈现出不同的面貌。宋代以前,文学的创作者主要是官员群体(包含准官员),尤其是官员中不得志的那一部分。在这种态势下,由于经济利益诉求在政治工作中已经得到实现和满足,因此,文学写作者既不需要也不可能向文学索取经济利益。宋代以后,社会的城市化程度更高,社会分工更加丰富,文教更加发达,其结果是读书人的数量大大增加,但官员群体的总需求量有限,文学写作者中非官员的数量逐渐增多。这部分文学写作者与传播者可以视为在社会分工中获得文学写作与传播工作的生产者,他们需要依靠文学写作养家糊口,这种情形下,文学写作者的经济利益诉求便是必然而正当的。在西方现代,"资产阶级抹去了一切向来受人尊崇和令人敬畏的职业的神圣光环。它把医生、律师、教士、诗人和学者变成了它出钱招雇的雇佣劳动者。"②综合中西方不同时期文学写作与经济利益之间的不同关系,我们看到,生产的社会化与劳动分工的细化是文学是否与经济利益结合的社会与经济基础,只要文学写作是诸多社会分工中的一分子,文学写作与经济利益之间便必然产生牢固而密切的关联。即,经济利益一定会成为文学写作者的诉求之一,成为文学的驱动力之一。

许多人担心,文学的经济利益诉求与文学经典诉求之间的矛盾,会对文学经典的写作产生负面影响。我们说,这种看法只看到了二者矛盾的一面,没有看到经济利益诉求导致的竞争有益于文学写作的一面,没有看到"没有竞争就没有生产力"③。鉴古可以知今,查看文学史上一些经典的形成过程,有助于回

---

① 徐志伟:《重建文艺创作的经典意识》,《人民日报》,2014 - 04 - 01(014)。

② 马克思,恩格斯:《共产党宣言》(第 3 版),人民出版社 1997 年版,第 30 页。

③ 习近平在文艺座谈会上讲了什么?［EB/OL］. http：//ent. qq. com/a/20141016/023161. htm

答这一问题。鲁迅先生在创作《阿Q正传》时,自我调侃说这是一篇"速朽文章"①。从后来广为人知的"如果《晨报副镌》的编辑孙伏园不出那趟差,也许《阿Q正传》会写得更长"②看,《阿Q正传》确乎应当是一篇速朽的文章。但后来的结果我们都知道,《阿Q正传》变成了现代中国文学的经典之作。

因而,把文学性作为文学写作主要的,甚至唯一的驱动力的看法显然是偏颇的。"一部好的作品,应该是把社会效益放在首位,同时也应该是社会效益和经济效益相统一的作品。文艺不能当市场的奴隶,不要沾满了铜臭气。优秀的文艺作品,最好是既能在思想上、艺术上取得成功,又能在市场上受到欢迎。"③不当市场的奴隶,不沾满铜臭气,并不是忽视市场,忽视经济的诉求,相反,"在市场上受到欢迎"是优秀文艺作品内在的价值诉求之一。因而,讨论文学动力时,真正应当忧心和思虑的事情是:如何在理论层面上,理清经济利益诉求与文学性之间的关系;如何在实践层面上,不再随意地用一种诉求排斥另一种诉求,建立更为良性的文学产业机制,使文学写作的经济利益诉求与文学性价值诉求之间形成宏观的平衡,推动文学健康、持续发展。

---

① 鲁迅:《阿Q正传》,鲁迅全集:第1卷,人民文学出版社2005年版,第512页。
② 徐百柯:《孙伏园与〈阿Q正传〉》,http://www.china.com.cn/culture/2010 - 04/18/content_19846669. htm
③ 《习近平在文艺工作座谈会上的讲话》,[EB/OL]. http://baike.baidu.com/view/15173826. htm#2

第三章

产业化语境下电影创制的美学规制

从某种意义上讲,电影是最为产业化的艺术门类之一,也是最适合产业化的艺术门类之一。正因为如此,电影在西方国家一直就被称之为"电影工业"。产业化语境下电影创作和生产,有其特殊的规律性,其美学规制也具有非常鲜明的特色。总结产业化语境下电影创作的美学规制对产业化进程中文艺创作的美学规制研究有着示范性的作用。所以,总结产业化语境下我国电影创作和生产美学规制的特点,梳理其演变发展规律特点,对于把握产业化语境下我国文艺创作及其走向有着极其重要的意义。

第一节　产业化语境下我国电影生产的整体景观

我国电影在 20 世纪 90 年代末以前是按照国家计划经济的体制来进行创作和生产的。在这种体制下进行创作和生产主要考虑的是如何传递国家意志,而非考虑电影的票房销售、电影的生产利润等问题。因为,在这种体制下电影创作和生产的成本是完全由国家财政行政划拨,不需要考虑生产成本,不需要考虑引入风险投资,也不用担心电影销售的结果,也根本不用考虑电影作品衍生产品的问题。当然,当时的我国电影观众对国产电影还是有着非凡的热情。据统计,1978 年全国电影观众达 231.4 亿人/次,1979 年更是达到了 293 亿人/次,同时也创下了全国观众人均观看电影 28 次的空前纪录。① 当然这种人山人海、万人空巷的观影现象的产生,并非真正的文化繁荣,也并非真正市场自由选择的结果,而是当时电影创作和生产的国家垄断性所致。因为,消费者除了这

---

① 饶曙光:《观众本体与中国商业电影之三十年流变》,《电影艺术》,2008 年第 3 期,第 5－13 页。

种电影产品外,也没有别的影视产品可以选择。

20 世纪 90 年代末期,随着我国电影改革的起步和深入,到 21 世纪初期,我国电影生产企业逐步完成了改制转型,我国电影开始面向市场化,逐步走向商业化,迈入产业化发展的轨道。当然,面对以好莱坞为代表的国外电影激烈的竞争格局,我国电影创作和生产有过痛苦的困难经历,但是最终我们选择了电影创作和生产的商业化、市场化、产业化道路。总体上,我国电影创作和生产实现产业化以来,电影创作和生产总体上呈现逐年发展的态势,在电影生产数量规模和创作质量上都有较大提升,电影生产市场呈现出逐渐繁荣的局面。总结我国电影产业化以来的电影生产,总体上呈现出以下几个特点。

一是创作和生产的电影数量有大幅度的攀升。

自 2000 年以来,每年创作和生产的国产电影都有大幅度的攀升,而且电影创作和生产的质量逐年提升。以故事片为例,从 2000 年我国内地故事片生产不足 100 部,到 2005 年达到 212 部,2010 年则变成了 456 部,等到了 2012 年,这个数据已经变成了 745 部,增长幅度之巨大,令人惊叹。据统计,2012 年,内地电影生产除故事片外,还生产了动画电影 33 部、纪录影片 15 部、科教影片 74 部、特种电影 26 部,各类影片总量达 893 部。产量与世界上其他最大的两个电影生产国——印度、美国大体相当。同时,以互联网和移动互联网为播出终端的各种网络电影、手机电影、微电影数量更是数以千计。[①] 2013 年,中国电影生产更是取得了实质性的突破,全年生产故事影片 638 部,生产科教、纪录、动画和特种影片等共 186 部。“2014 年,我国共生产故事影片 618 部,全国电影总票房达 296.39 亿元,较 2013 年同比增长 36.15%。其中,国产片票房为 161.55亿元,占总票房的 54.51%,赢得了我国电影市场的主体地位。2014 年票房过亿元的影片共计 66 部,国产影片 36 部,占总数的 54.54%。”[②]并且,创作上多点开花,手法多样,类型多元:有火热的爱情片,比如《同桌的你》《匆匆那年》等;有搞笑的喜剧片《心花路放》《分手大师》;有惊险的动作片,如《智取威虎山》《澳门风云》;有传统的武侠片,如《白发魔女》;有充满想象的科幻片,如《冰封:重生之门》;有激烈的战争片,如《太平轮》等。总体上来讲,我国已经进入电影创作和生产前三甲,迈入了电影创作和生产的大国行列。从 2000 年时的我国电影跌入低谷,观影人数至历史最低点,到后来我国电影创作和生产逐步攀升,

---

① 尹鸿,尹一伊:《2012 年中国电影产业备忘》,《电影艺术》,2013 年第 2 期,第 5 – 19 页。

② 《2014 年中国电影艺术发展报告》,[EB/OL] http://www.cflac.org.cn/xw/bwyc/201506/t20150605_297544.htm

观影人数逐步回暖,尤其是国产电影得到广大观众的热捧,也可以反映出我国电影创作和生产的数量上有较大的提升,电影的质量开始向好的方向发展,并逐步迈入良性轨道。

二是我国电影消费稳步增长,电影市场逐渐繁荣。

这从三个数据可以说明。一是内地电影票房收入有大幅度的提升。从2002年至2012年,10年之间我国内地电影年度票房增加了18.5倍,平均年增长率达33.90%,远高于全球不到8%的平均增长率。其中,2012年中国内地电影市场票房收入达到170多亿元,中国内地市场超过日本成为全球第二大电影市场。2013年全国电影产业的统计数据显示其总收入达到276.8亿元,同比增长18%。其中票房达217.69亿元,同比增长27.51%,我国电影票房收入进入200亿量级的发展阶段;同时,2013年非票房收入45亿元,海外票房收入达到14.1亿,比2012年度略有上涨。总体上我国电影票房收入呈现持续高速增长,非票房收入明显增加的特点。二是观影人数增长迅速,总量惊人。在观影人次这一指标上,根据enBOtracker日票房数据显示,2012年我国城市影院观影人次达到近4.7亿,同比增长27%,涨幅与2011年基本持平。① 2013年,国内观影人次达到6.12亿,较2012年的4.6亿人次净增1.5亿人次们,相较2012年同比增长32%。从2009至2013年五年的趋势来看,观影人次增幅自2010年达到的高峰期之后,呈现缓慢下降趋势。但是2014年以来国内观影人数有较大的上升。"2014年则达到了8.3亿,同比增长36%。2014年中国电影票房达到296亿,其在过去2年中的复合增长率达到32%,远高于全球6%的水平。"②从某种意义上讲,看电影已经成为一种休闲的生活习惯,并且逐渐成为我国城镇居民,尤其是年轻人的生活方式。总体上,内地观众总人次在印度、北美市场之后居全球第三位。从某种意义上说,观影人数体现着电影消费的整体状况和基本格局。

三是电影银幕总数量增幅很大,并且覆盖面广。

银幕数量可以说明电影产业硬件建设的状况。据统计,到2012年,我国内地总银幕数已达13118块。过去10年银幕总数增加了7.1倍。其中,2K数字银幕超过1.2万块,主流院线影院基本全面实现了数字化放映。县级城市数字

---

① 《用实现产业化来推动中国电影在21世纪的发展》,[EB/OL] http://www.cnave.com/news/viewnews.php.news_id=3534&year=2003

② 《2014—2015中国电影行业大数据解读》,[EB/OL] http://bg.qianzhan.com/report/detail/361/150206-e0c3cb29.html

影院银幕数量超过 3000 块,普及率达到 35% 以上。2013 年中国电影院发展持续高速增长,全国院线范围内新建影院 970 家,总影院数达 4583 家。新增银幕为 5077 块,平均每日新增 13.9 块银幕,总银幕数达到 18195 块。新增座位 48 万个。2013 年影院共放映场次 2880 万场,较 2012 年多出 821 万场。影院增长率较 2012 年下降 4.1%,为 27.3%;银幕数增长率同比下降 13%。"2014 年底,中国银幕总量 23600,虽然与发达国家相比人均银幕数仍有较大差距,但到 2015 年底总量有望接近 30000 块。"①尤其是二三线城市,乃至市县小城市银幕数量有所增加,观影人数有较大的增加。这些数据表明我国电影消费半径明显扩大,电影消费由以前主要集中在城市地区向广大的城镇地区扩散,消费人员由城市人口向城市和农村人口扩展;同时也表明了我国观众对电影消费质量的提升。电影银幕数量的增加从某种意义上表明了我国电影产业进一步发展,电影市场逐步扩大,走向繁荣。

四是在电影生产上,重视四大作用,即"大导演、大明星、大制作、大场面"的作用。

大导演指我国电影创作和生产迈入产业化之后,基本上是有名的电影导演占据行业内大部分作品;大明星指电影创作和生产中一般都会启用知名的电影明星来主演;大制作是指电影后期制作和数字化制作一般都喜欢运用最为先进的现代科技来进行生产和制作;大场面指当代我国电影创作和生产也与时俱进运用现代科技制作出适合当代高科技屏幕和高科技音响设备的电影场景,以突出视觉和听觉效果。据统计,我国电影创作和生产产业化以来,电影大片百分之八十以上是由大导演来领衔完成的。20 世纪 90 年代张艺谋、陈凯歌、冯小刚三大导演几乎一统江湖。2000 年以来,情况有所改观,但每年的电影亮点几乎都是这几个大导演所主导,他们生产的电影基本上主宰了我国的电影市场,并且,票房收入过亿元的也是大导演执导的居多,张艺谋、冯小刚等知名导演更是成为其所在电影公司创收的保证。他们执导的电影作品影响巨大,票房收入几乎占据着我国大陆整个电影市场的半壁江山。这种情况一直到 21 世纪第一个 10 年后才有所改变。大明星也是电影创作和生产不可或缺的支柱,具有超强人气。大明星都拥有数量众多的超级粉丝,是电影吸引观众的有力保证。并且大明星与大导演基本上二者互动,大导演成就大明星,大明星促进大导演。比如,张艺谋的电影成就了巩俐、章子怡、董洁、周冬雨等谋女郎,冯小刚的电影成就

---

① 《2014—2015 中国电影行业大数据解读》[EB/OL] http://bg. qianzhan. com/report/detail/361/150206 - e0c3cb29. html

了葛优、范冰冰、李冰冰、黄晓明、王宝强等电影明星。反过来这些明星也吸引着无数的观众,给予大导演执导的电影以巨大的支持。大场面以现代高科技作为基础,以全景式的独特视角,恢宏的气势,惊人的细节,冲击人的视听效果、震撼人心的电影场景为创作和生产要旨。大制作主要是运用计算机技术、数字化电脑特技,掌握了现代化科技手段的制作团队进行专业化制作,将现代科技融入电影创作和生产中,使得电影中的人物、场景、场面等更加融合、逼真、恢宏,使得电影更加具有视听震撼效果。这些都是产业化语境下数字化时代给电影生产带来的新的变化。消费时代电影产业竞争异常激烈,大场面大制作已经成为电影吸引观众眼球,赚足人气的主要创作和生产手段之一。大导演具有巨大号召力,大明星具有超强人气,大制作运用现代科技力量,具有超强制作水平,大场面具有强烈视觉冲击力。这些都是消费时代、图像时代电影生产得到足够票房来源的有力保证。[1]

五是系列化生产,成为国产电影品牌塑造的主要途径。

系列化主要指电影的创作和生产在前面电影作品成功的基础上,再沿用以前的电影创作模式和生产思路,借用以前成功的电影品牌进行电影的创作和生产。系列化是世界电影创作和生产通行的惯例和有效做法,也是我国电影创作和生产品牌塑造的不二法门之一,是国产电影立足世界,得到消费者认同的重要基础。系列化生产一方面能够延续电影的品牌效应,保证电影成功,获得不菲的票房;另一方面又强化了电影人气指数,获得稳定的观众支持,有效地建构了观众、培育了观众。我国电影生产的系列化主要是通过三种方式来实现:一是通过电影导演来延续。比如,张艺谋的奇观电影系列,如《英雄》《满城尽带黄金甲》《山楂树之恋》;冯小刚的贺岁片系列,《甲方乙方》《手机》《不见不散》《私人订制》;徐峥的搞笑片系列,《人在囧途》《人再囧途之泰囧》《港囧》;二是通过知名电影演员来延续,如王宝强主演的《天下无贼》《人在囧途》《人再囧途之泰囧》《道士下山》《激战》,等等;三是通过电影名称来延续,这个也是最为经典和最为有效的方法,比如,《叶问》系列、《太极》系列等。在2012年票房过亿的21部国产影片中,《人再囧途之泰囧》《画皮Ⅱ》《听风者》《喜羊羊与灰太狼4》《太极1》《太极2》《叶问》等6部影片都是系列片或准系列片。这些系列化电影产品的出现,表明了中国电影创作和生产已经找到了一种有效的创作和生产方式,也从某种意义上证明了中国电影创作和生产形成了品牌意识。

---

[1]　尹鸿,尹一伊:《2012年中国电影产业备忘》,《电影艺术》,2013年第2期,第5-19页。

六是产业链延伸与开发,处于起步初始阶段。

中国电影产业链的延伸,主要停留在利用拍摄场地,打造旅游公园旅游产业方面。比如,这些年各地蓬勃兴起的各种各样的影视城建设,其目的就是要打造集影视拍摄、文化旅游、休闲娱乐为一体的影视创作和生产产业发展链。将以前仅仅局限于电影本身的创作延伸到电影以外的生产,与广大电影爱好者和欣赏者的旅游、休闲、娱乐生活紧密地结合起来。这方面成功的案例有很多,比如海口观澜湖华谊冯小刚电影公社。这个基地集电影拍摄、制作、旅游、休闲娱乐为一体,吸引了来自四面八方的人群。河北横店影视城已经在产业链的延伸和开发上迈出了积极的一步,这些都是电影企业价值链条的自觉延伸。在其他层面,中国电影产业链目前还处于摸索阶段,比如衍生产品基本上还处于无序开发阶段。

目前,中国电影生产还处于逐步发展的阶段,发展过程中还面临一些问题,优秀企业的品牌资源还有待建立;新兴的电影企业还处于探索开拓阶段,对市场的规划能力和控制能力还比较弱。对电影的营销手段相对落后,利用最新的多媒体、新媒体如微博、微信等宣传力度不够,另外,如利用"互联网+"和众筹模式进行新的电影投资模式和新兴的营销方式,已经有试水,并且反响不错。在世界电影产业化大潮中,中国电影产业体系的整体竞争力还有待提高。随着国内观众逐渐成熟,中国电影创作和生产中所形成的题材同质化选择、手法表现的一成不变、技术上相对落后,叙事上的频繁硬伤等缺陷将大幅度地消解观众的热情,挫伤电影观众的消费积极性。中国电影产业要在激烈的市场竞争中立于不败之地,创造骄人佳绩还有很长的路要走。当然,总体上看,中国电影创作和生产已经走上了产业化发展征程。一方面我们的产业化道路已经迈入,建设发展早已开始,产业化体系和产业化制度建设有一定的成绩;另一方面,电影产业化链条相对处于现代化的初级阶段,建设任务繁重,建设道路任重而道远。当然,中国电影创作者和生产者并没有放弃努力,他们在面对好莱坞等国际电影创作和生产大鳄大兵压境的境况下,没有惊慌失措,而是奋起反击,用产业化发展的武器开始放手一搏。从近年来我国电影创作和生产取得的阶段性成果来看,尤其是2015年《捉妖记》电影票房取得超过24亿元的惊人成绩,让我们看到了新的希望,我们相信国产电影的胜利就在不远的将来。

第二节　产业化语境下我国电影创制的美学规制

产业化意味着电影创作和生产必须要按照市场运行的通行体制和规则去进行运作,也表明我国的电影创作和生产的前提是必须考虑成本核算,必须取得经济效益,且做到效益最大化,必须寻找消费者审美趣味,满足消费者的审美需求。不然,电影企业就将破产倒闭,电影再生产将无法进行。我国电影以前那种按照计划体制从事创作和生产的模式必须抛弃。

回到产业化语境下的我国电影创作与生产的原点,首先就是要有吸引广大观众的好电影。什么是好电影,标准可能有很多,但是一个铁的定律就是创作和生产的电影作品必须满足广大消费者的审美趣味,对观众有足够的吸引力,使得观众愿意掏腰包消费。从而最终保证电影的票房收入,保证电影的利润诉求,保证电影投资的资本增值。产业化语境下的电影创作和生产的这些要求,必然导致电影创作有新的美学标准和美学规制。分析、概括产业化以来我国电影创作与生产的历史发展,其美学规制呈现为以下几个显著的特点。

1. 审美趣味大众化。

审美趣味大众化是指电影的创作要以最广大的电影观赏者的审美趣味为核心去进行电影的创作,而非产业化之前的电影创作者是按照自己的审美趣味或者以导演的审美趣味为中心去进行电影创作和生产。比如,著名的《地雷战》《地道战》是按照主流意识形态的趣味进行创作和生产的;而20世纪80年代著名导演谢晋导演的电影《天云山传奇》《芙蓉镇》《高山下的花环》《老人与狗》等,深受广大观众的喜爱。当然,什么是大众的审美趣味,换句话说什么是大众感兴趣的审美标准,这是一个值得反复思考和仔细考量的话题。从产业化进程中我国电影的创作来看,我们认为大众化审美趣味的标准有两个基本点。

首先是当下性的审美体验——强调审美当下的生理快感的群体满足,而非追求深层的精神愉悦和灵魂净化。产业化语境下我国电影创作一般不像传统文学作品那样刻意追求意境的悠远和耐人寻味,而是关注审美接受者审美当下过程的身体的生理快感,精神减压和欲望释放,注重消费过程中的不加思考,省心省脑。产业化语境下电影创作的美学规制区别于传统经典文艺作品所注重审美的超越、关注精神的提升,追求境界的平和等生命深层的形而上的境界修养,转而追求所谓的当下性审美愉悦——身体愉悦、心灵减压、欲望宣泄、情绪释放等生命浅层的形而下的情感快乐。比如,张艺谋导演的动作电影,《十面埋伏》是为了满足观众的视觉欲望;《满城尽带黄金甲》是为满足普通大众的身体愉悦;《山楂树之恋》则是满足普通大众对于纯真爱情欲望的宣泄;《一个也不能少》则是对责任的向往和追随。徐峥主演的《心花怒放》《人再囧途之泰囧》、导演许诚毅《捉妖记》等幽默搞笑片则是满足观众心灵减压,情绪释放的需求。

其次是基本性的审美内容——表现最普遍群体的生命经验。与传统文艺强调的表现创作者的个体生命情怀和情感经验的独特性不同,产业化语境下的我国电影创作选择一条世界电影创作和生产相同的道路,即强调表现最广大电影接受者和消费者最普遍的生命经验。因为只有这样,才能引起广大消费者的情感共鸣,才能得到更广大消费者的心理认同。所以,关乎人性的探索,关注最基本的生命经验,如性幻想、破坏感、宏伟愿、共鸣感、窥视欲等,也成为我国电影创作的经常性的首选内容。因为创作者们发现只要遵循了这一美学规制,电影就会有基本的票房保障,就会获得较好的市场前景。在产业化语境下我国电影创作必须要探究人性的本质是什么,追问情感的共同特点是什么,广大观众最感兴趣的消费热点在哪里。只有找到消费者的情感倾向、心理动向,才能找到消费者消费需求,才能为广大观众搭建一个慰藉心灵,寄托梦想,宣泄情感,快乐当下的虚拟空间。比如,具有中国特色的武侠电影只是编织了一个个虚幻的故事,替人们实现潜意识里"路见不平、拔刀相助"的"惩恶扬善"梦想,宣泄了现实生活中的种种不平;而冯小刚导演的系列贺岁片电影则通过一个个的幽默逗趣的故事,为人们获得"个体生命得到快乐"的情绪宣泄和满足。

2. 审美表现类型化。产业化以来我国电影创作的审美表现也形成了类似西方电影创作审美表现的原则,即按照电影类型来组织创作和生产。产业化以来,我国电影创作与生产诞生出了武打、言情、历史、玄幻、生活、灾难等各种类型的商业大片,赢得了较好的政治效益和经济效益。每一种电影类型都有一套固定的程序,表演的方法,叙事技巧,表达主题,等等。这些与西方电影有其共同性的一面,但是一些基本的美学规制有其"中国"的独特性。总结起来有以下几点。

一是同样注重表现观赏性,中西方电影创作在突出"视觉性"上有着一致性,即在大众文化的审美趣味中,当下性的审美体验落实到电影创作上就是如何呈现观众所需要的身体快感。所以在电影创作中所谓的"观赏性"更多的体现在演员的身体和电影场景上。因为电影故事中的人物形象要依靠扮演主角的明星形象去展示,而场景是展示人物的主要背景。从某种意义上讲,电影演员的形象就代表着主角形象。

在面对展示具有视觉性效果的身体时,西方电影更直接奔放,我国电影相对含蓄内敛。比如,在西方电影比比皆是的裸体展示,在我国电影中相对较少,即使有,也比较含蓄内敛。另外,西方电影在展示女性身体时,既有突出女性特征的一面,也有兼容中性化、男性化的倾向,比如《生化危机》《霹雳娇娃》《骇客帝国》等电影中的女主人公,虽然也突出女性的性格特征,比如,女性身体的 S 形曲线,傲人的乳房,性感的嘴唇,以及突出的臀部等代表"性"特征的部位,但是在呈现女性性感特征的同时也呈现以前用于塑造男性的勇敢、作为、担当等品质特点;相对来说,我国电影创作呈现女性身体,还是展示女性的柔美、纤巧、娇媚等女性本身属性的一面,较少将其男性化的倾向,即主要呈现女性身体本身形象的可看性。比如,在张艺谋的武侠电影《十面埋伏》中,李连杰主演的《方世玉》中,香港著名导演李安《卧虎藏龙》中,甄子丹主演的《锦衣卫》中,等等,即使刚烈的女性表现出来还是满有柔情的一面。

二是同样是曲折新奇的叙事,西方电影更倾向于复线叙事,喜好将故事置于复杂的发展逻辑中,各种矛盾互相交织,最终抽丝剥茧,得到自圆。比如《沉默的羔羊》《骇客帝国》《2012》《阿凡达》《盗墓空间》等;我国电影则更倾向于单线叙事,故事情节随着时间的推移自然发展,这也比较符合中国人的审美习惯。比如,《泰囧》《集结号》《私人订制》等;在故事的结局处理上,西方故事更倾向于留下悬念,比如《生化武器》《钢铁侠》《终结者》《007》等电影作品;而中国电影更倾向于大团圆的结局;比如《唐山大地震》《集结号》《捉妖记》等电影作品。

三是呈现普遍的人性时,西方电影更多倾向于呈现人类的无意识,比爱欲、占有欲、破坏欲、窥视欲等,所以在西方的电影常常会出现"性爱"的镜头,血腥暴力的场面。因为在西方文化语境中"性爱""血腥""暴力"等被认为是人性与生俱来应有的一面,所以在电影中加以呈现显得自然而然。比如,《本能》《泰坦尼克号》《阿凡达》等电影中对性爱的展示,《生化危机》系列、《蝙蝠侠》系列、《钢铁侠》系列等电影中对暴力美学的展示;而中国电影倾向于表现伦理的关系,宝贵爱情、珍贵亲情、难得友情等。比如《唐山大地震》中对亲情的守护,《山楂树之恋》中对爱情的追求。

四是同样是拒绝深度,西方电影倾向在表现深度、思考深度中拒绝深度,而中国电影则较少思考深度。比如,对爱情的歌颂中,西方电影《泰坦尼克号》表现爱情的珍贵,则借助对世俗爱情观念的反思;对战争的诅咒,则呈现为战争的残酷无情,比如《珍珠港》表现的战争残酷性,《拯救大兵瑞恩》表现战争对生命的摧残。我国电影《我的父亲母亲》表现爱情的珍贵,在同情之中表现对现实的妥协。

3. 审美内容时尚化。历史故事里的传奇,宫廷生活的奢华,武林世界的功夫,言情叙说中的柔情,奇幻世界的神妙,这些电影内容既不是要表现现实,呈现真实的生活图景,也不是要再现历史,呈现历史的真实面貌,揭示历史的发展规律;仅仅展现时代最时尚、最走红的景观,只是提供消费和娱乐,表现一种当代人们心理寻找消遣的情绪,一种打发时光的寄托,一种发泄的渠道。比如,美轮美奂的都市风光,姹紫嫣红的城市夜色,灯光闪烁的五彩灯光,富丽堂皇的室内景象,高档时髦的貂皮大衣,高贵冷艳的美女主角,帅气英俊的邻家男孩,美丽缠绵的爱情故事,美艳四射的身体景观,等等。这些电影创作中经常反复出现的时尚化内容,不断地刺激着大众的消费神经。当然,电影创作的审美内容所呈现的时尚性并不是一成不变的对象,这种时尚化是与时代紧密地结合在一起,也与大众的审美趣味结合在一起。因为"时尚"这一概念本身就意味着变化,随着时间的流逝而流逝。所以不同时代有着不同的时尚性。并且,随着空间的转移,时尚也可能有差异。在西方社会流行的时尚到了中国就不一定是时尚,在发达国家流行的时尚到发展中国家就不一定是时尚。当然,一般来说,发达国家和地区的时尚会影响到发展中国家时尚的走向;即使是同一社会,处于社会高位的阶层所崇尚的时尚会影响到社会下层的时尚选择。并且,电影中的时尚内容往往不是现实社会中真实流行的时尚,而是电影创作者们加工制作出来的想象的图景,是一种类象。"通过被复制的人物类象,仿真的蒙太奇剪辑和声光电色的快速转换的强刺激来达到观众认同的效果。"①相比较西方电影,我国电影的时尚化更倾向于将现实生活中的时尚电影化。究其本质,电影创作者只是借某一题材或者某一顶帽子,来言说当今时代的情感故事。所以,根本不用考虑这些东西在当时存在不存在,合理不合理。不需要经过逻辑推理,反正只要观众看着舒服,感觉刺激,觉得快乐有直接的硬性联结就行。其他类型的电影,如张艺谋的视觉狂欢系列电影,冯小刚的贺岁片系列电影,郭敬明的《小时代》系列电影,赵薇的《致我们终将逝去的青春》,徐峥主演的幽默电影《心花路放》等都是如此。

4. 价值追求娱乐化。

产业化语境下我国电影的创作在价值导向方面本能地追求娱乐化。因为只有娱乐化才符合当今时代大众的消费心理,才符合电影消费者的消费口味。因为大众化的审美趣味本质上是为了追求身体快乐,身心放松,所以在产业化进程中我国电影创作充分地捕捉到这一点,有意识地推动享乐性的审美诉求成

---

① 傅守祥:《泛审美时代的快感体验——从经典艺术到大众文化的审美趣味转向》,《现代传播》,2004 年第 3 期,第 58 – 62 页。

为电影消费焦点。当今时代,现代科技的发展造就了大众文化的崛起。当代计算机技术和电脑特效合成技术等现代科技将影像的虚拟之真取代了现实之真,淘汰了生活之真。现代科技的发展促进了社会的发展,物质生产的极大繁荣造就了休闲主义与时尚美学的流行。现代社会生活节奏的加快,使得人们时刻绷紧了神经,人们迫切需要在工作之余切断利害,放松身体,松弛神经。这一诉求使得享乐主义哲学盛行。这种既不需深度思考,也不求精神提升,只是指向生命个体的身体快感,强调人们当下的情绪释放和快感体验的审美追求。在这种语境下,我国电影创作和生产不再如传统的经典艺术创作那样指涉思想深度、教化引导,而是适应时代发展的要求,紧紧抓住观众的审美趣味,导向一种单纯的消费快感。从更为深度的层次分析,这种消费快感致力于制造一种身体的幻象,寻求一种情绪代言。因为"人的身体既是欲望对象也是情绪宣泄的代言者,既是社会关系的集合体也是存在的世俗形象。"人们或许会迅速忘记电影的故事情节、对话台词,会忘记电影的叙事技巧、美学风格,会忘记电影的很多东西,但是作为身体形象的代言者明星却常常为人们所津津乐道,难以忘怀。黄晓明的英俊、葛优的幽默、王宝强的质朴、黄渤的搞笑、范冰冰的性感、舒淇的妩媚、赵薇的调皮、蒋雯丽的高雅、梅婷的美丽……电影中的明星已成为隐喻消费者某种梦想、某种心理的"能指"和"象征"。另外,产业化进程中我国电影创作的美学规制还"特别突出明星身体幻象中的'性感'特征,因为'性感'是人类一般欲求的对象,也是身体特征的表现。当代大众往往把性感作为身体幻象的内容,而性感明星也充斥着各种媒体的空间;作为身体喜剧快活展演的聚焦点,性成为文化市场上最大的商品和所有消费者难舍的梦,它既是生命欲求的内核,又是文化产业的卖点。"①

这种娱乐化的价值追求从某种意义上说"具有一定程度的前卫性和有益性:它以看似平等的商品买卖原则代替居高临下的空洞说教、以追逐工作后的轻松自如参与消费者的闲暇生活、以压抑意识的释放原则舒缓社会的规制紧张、以自然淘汰的选择机制推动着我国电影创作的创新和发展,"②更因其具有最广泛的受众而影响巨大和深远。因此说,产业化语境下的电影艺术创作在当代社会有其不可替代的价值功能和作用。但是,与传统精英、个体的艺术相比,又因市场特性和商品原则决定了其必然的平面化、只注重眼前效益,只注重满

---

① 傅守祥:《泛审美时代的快感体验——从经典艺术到大众文化的审美趣味转向》,《现代传播》,2004 年第 3 期,第 58 – 62 页。

② 同上。

足消费者的审美快感,所以追求当下即得的瞬间快感或本能满足成为我国产业化以来电影创作美学规制的主流。受产业化资本逻辑,以及市场化的利润逻辑的制约,我国电影艺术创作的美学规制"存在着为获取最大的经济效益而追求程式化、模式化和批量化的创作和生产的驱动力,但是当消费市场日趋完善、消费心理日趋成熟后,也存在着受自然淘汰法则牵制的、为最大限度吸引消费者的兴趣而讲究电影的创新,为寻求独异的竞争性而进行电影创新创作的驱动力。这说明产业化语境中的电影创作,除了受市场经济的显在制约之外,在适当的时机也受到审美规律和大众趣味的潜在制约。"①娱乐性以当下性的享乐的平面模式代替了产业化之前的思考的深度模式,在解放了观众身心束缚的同时,也留下了精神追求匮乏的隐患。如何平衡这二者之间的关系是产业化语境下我国电影创作和生产美学规制要思考的重要问题。

第三节　产业化语境下我国电影创制的逻辑演变

产业化以来,我国电影创作肯定不是铁板一块,而是经过了阶段性的发展,有着内在的变化发展规律。梳理、总结产业化以来我国电影创作美学规制的逻辑演变(这里主要指电影,行文中有时候也涵盖电视剧,因为在我国影视创作和生产中,二者具有很多的相似性和共同点),我们觉得有几个显著的特点。

一是审美内容由同质化向多元化发展。

审美内容的同质化体现在我国电影创作和生产中影视题材扎堆化,并且这种特色呈现出影视题材变化上热浪滚滚、轮动发展的特点和趋势。即产业化以来,我国影视生产的影视题材,尤其是一个时期内影视生产的题材大致相同,主要集中在少数几个相同或者相似的领域内。独特的题材形成独特的片种,也形成了独特的影视热潮。武侠片是中国影视产业化最早起步时的选择,也是商业上一开始成功的题材,所以对武侠的开掘一直是我国影视产业所热衷的。从20世纪80年代初的《少林寺》开始,中国就兴起了武侠电影的热潮,并且这种热潮一直伴随着电影产业的发展持续走红。20世纪90年代末至21世纪初中国电影产业化浪潮以来,国内的知名导演都借助武侠片占领国内市场,并以此作为扩大海外市场砝码。如,李安以《卧虎藏龙》"笑傲江湖",张艺谋凭《英雄》《十

---

① 傅守祥:《泛审美时代的快感体验——从经典艺术到大众文化的审美趣味转向》,《现代传播》,2004年第3期,第58-62页。

面埋伏》"独步天下",陈凯歌想以《无极》"一统江湖"。其余的,如李仁港、袁和平、麦兆辉、庄文强、陈木胜、陈可辛、苏照彬、陈勋奇等都以武侠电影横空出世……这些电影形成了中国独有的"武侠世界",创造了一波又一波的武侠热。除了武侠热之外,还有宫廷戏热(这主要体现在电视剧领域),比如仅 2011 年度国内卫视就出现了高达数十部的宫廷剧,湖南卫视播出由殷桃、刘晓庆、斯琴高娃主演的《武则天秘史》,浙江卫视播出冯绍峰、安以轩主演的《后宫》,江苏卫视推出的李小璐、明道、张庭主演的《美人天下》。2012 年随着孙俪主演的《后宫甄嬛传》的热播,使得近两年来宫廷剧题材的电视剧呈"井喷"状态。其余的,还有谍战热、爱情肥皂剧热、抗日剧热、贺岁片热……这期间的具体影视作品举不胜举,总体上可以改用一句诗歌来形容:"影视代有才人出,各领风骚数几月"。

当然,随着电影产业化发展的深入,中国影视产业不再局限于仅有的一些题材,开始深入到各种题材的探索,比如影视剧中,既有代表着主旋律的《开国大典》《太行山上》等这种表现伟人形象的电影,也有《天下无贼》《心花路放》等表现平凡生活的电影,更有代表着大众趣味的《金婚》《蜗居》等表现小人物情感的热播影视剧。片种上来讲,更是"忽如一夜春风来,千树万树梨花开",既有英雄史诗式的正剧片,也有路见不平拔刀相助的武侠片;既有剪不断理还乱的言情剧,也有风声鹤唳的恐怖片;既有喜剧,也有悲剧……总之,各种各样的片种都在同时竞争。从某种意义上标志着我国的影视生产对题材的开拓出现了多元化的格局,这种格局的出现对我国的影视产业发展具有非常重要的意义。

二是影视叙事的线性化向综合化发展。

产业化以来,我国影视叙事非常明显地呈现出线性化向综合化发展的倾向。叙事的线性化主要表现为单一的线性叙事或者是善恶对立的二元叙事模式占据着影视生产的主流,所谓的综合化指多种叙事方式的综合运用,既有传统的线性化叙事,也有前卫的非线性叙事。在产业化之前,非线性化的复调式的叙事比较少见,但是产业化发展过程中电影艺术要创新,要吸引消费者,自然而然也运用上了非线性叙事。

线性叙事体现在情节安排上则表现为正义与非正义的矛盾冲突和斗争,体现的是善恶对立的二元叙事模式。以我国最具民族特色的武侠影视剧为例。我国的武侠影视剧大多采用的是正义与非正义的冲突和斗争,并且呈现为好人受到坏人打击,遭受磨难,被迫应战,不断修炼自己,最后坏人得到惩戒的模式化叙事。比如,袁和平的《苏乞儿》就是采用这一模式来安排情节结构,推动剧情发展的。苏乞儿代表着好人,妹夫代表着恶人。苏乞儿被迫应战,结果不敌,落入黄河,后来被救,苦练内功,最后战胜邪恶力量。我国的宫廷影视剧,基本上也采取善良——邪恶的力量对比和冲突,最后善良战胜邪恶取得胜利的叙事模式。比如,著名的宫廷影视剧《还珠格格》就是采用这一叙事模式,最后以小燕子代表的"善"的一方战胜皇后代表的"恶"的一方。2012年热播并产生较大影响的宫廷影视剧《后宫甄嬛传》,甄嬛代表着"善"的一方,皇后代表着"恶"的一方。首先甄嬛受到打击,遭到诬陷,遭受磨难,被迫应战,依靠自己的智慧和修炼,最后化解了种种困难,终于修成正果,皇后得到惩处,遭到了应有的报应。在我国生产较多的抗日影视剧中,剧情更是简单化为善恶二元对立,最后以日本帝国主义军阀的失败为结束。有学者总结:"善恶对立的二元叙事模式,善与恶的斗争,是一条贯穿整个故事的主线。而且恶势力最终都会被善的力量征服,叙事一般符合中国观众传统的观赏心理和对于是非善恶的传统道德判断。"①

随着时代发展,产业化的不断成熟,我国的影视叙事已经从以前的单一线性叙事走向复调式的非线性叙事,逻辑的发展和变化呈现多维性特点。比如,"在新一代武侠片中,故事里的对立面已经不能简单的用善与恶的概念去做划定,叙事线索也已跳脱出了一般传统武侠片中好人受难—外出学艺—惩戒坏人—为正义请命或仗剑去国的模式化处理"②,体现了从线性走向非线性发展。并且随着时代的发展和进步,影视产业的成熟,这种复调式的叙事模式会得到越来越多的运用。比如,以电影《风声》为代表的非线性情节吸引着无数的观众,不到影片最后看不出谁是敌人,谁是战友,非线性的逻辑发展对新时代的观众,尤其是年轻观众有着巨大的吸引力,显现出强有力的发展前景。

三是人物形象从简单化向复杂化发展。

产业化以来,我国的影视生产在人物形象塑造上有很大的进步,开始摒弃了产业化以前,尤其是主旋律电影中玻璃人形象——即将电影中的人物简单地区分为好人、坏人,而且好人什么都好,坏人一切皆坏的做法,逐渐将电影中的人物还原为一个丰富的、立体的人,人物塑造朝着人物的复杂性和多样性方向发展。比如在我国当代的商业大片中,人物形象呈现出多维性复杂化人物的特点。即使是反面人物,也有其充满温情、饱含人性的一面。电影《捉妖记》非常恰当地表现了妖也有好妖,人也有坏人,不能一概而论。其实在电影中"妖"从

---

① 金丹元,马婷:《新世纪中国武侠电影的审美流变及其焦虑性诉求》,《艺术百家》,2012年第1期,第61-67页。

② 同上。

某种意义上也是"人";"人"在某种意义上也是"妖",都有复杂性的一面。在电影《天下无贼》当中,我们看到刘德华扮演的"贼",受到人性的感化,变成了保护"傻根",与另一帮"贼"决斗牺牲的"好人"。但是,总体上,我们的影视生产在人物形象上依然处于简单化的阶段。人物的丰富性,复杂性还有待进一步深入发掘,人物心灵的复杂世界还没有得到较好的塑造。即使是产生较大影响的电影人物塑造,比如《捉妖记》《风声》等中的男主人公,虽然有其丰富性的一面,但是人物形象在整个情节发展过程中,一直没有很大的变化,没有较为深刻地揭示出人物怎样随着环境和社会的变迁而发生改变。人物形象的简单化若是细分,可以从人物的语言、人物的行为、人物的性格、人物的情感等方面去进一步分析。产业化语境下我国的影视作品其人物形象更多地集中在用一种脸谱化的方式来呈现。比如,我国影视产业的两大主要类型武侠剧和言情剧,其人物形象都停留在好人和坏人表象化的程度。金庸武侠小说改编的武侠剧,琼瑶言情小说改编的言情剧,其人物都是脸谱化铸造的模子。比如,宋丹丹主演的《家有儿女》情景喜剧,父亲、母亲、女儿、儿子永远都是用一种固有的性格特征来表现。比如,王宝强所扮演的"傻"系列:《天下无贼》《一个人的武林》《人在囧途》《人再囧途之泰囧》,傻得可笑、傻得可爱、傻得让人感动,暗含了商业社会物欲横流,道德滑坡,人们对美好品德的向往和追求。但是,这种人物是有意识的塑造出来,背离了生活的本质,人物形象没有随着社会、环境的变化而发展和变化,人物的性格和思想永远处于停滞状态,导致人物的生动性表达不够,人物的丰富性没有得到深刻的揭示,复杂性没有得到应有的挖掘。以更为长远的发展眼光来看,我国影视生产这种简单化人物形象的处理会影响到我国影视产业发展,阻碍我国影视产业走向广阔的世界。

四是审美表现上由单一化向杂糅化发展。

产业化刚刚起步的时候,我国的电影创作与生产在审美表现上还处于以单一化表现为主的模式,比如,当时大多数电影的创作还处于文学电影的阶段,对电影的表现所用的镜头语言还是按照文学表现的模式来组织。但是随着时代的发展,产业化的进步,我国的电影生产已经学会使用多种方式杂糅来加以表现的喜人现象。所谓的杂糅化,是在电影审美表现处理中杂交糅合几种当代社会大众所喜爱的表现风格,以此来博得大众的喜爱,得到消费者认同,从而谋取应有的利益。总结产业化语境下我国的电影创作,其审美表现的"杂糅"主要有三个方向。

一是搞笑化。搞笑化的美学表达就是走轻松幽默的路线,以调侃、戏谑的手法,直接触及事物的本质,消解原有的经典、崇高和庄严。《三枪拍案惊奇》

《煎饼侠》《捉妖记》等电影的走红，就说明了这个问题。在这些作品里，你能看到以前本该严肃的面孔不见了，代之以搞笑的台词、搞笑的形象、搞笑的情节、搞笑的动作、搞笑的逻辑，甚至搞笑的场景。徐峥导演的《人再囧途之泰囧》更是电影将搞笑进行到底并获得市场追捧的一部经典之作（12.67 亿元获得当年票房冠军，占据当年我国电影票房的十分之一）。该剧以搞笑、戏谑的手法讲述徐朗（徐峥饰）和王宝（王宝强饰）在泰国相逢，遇到囧事一箩筐。王宝的形象本身就充满了搞笑味：头顶金黄蘑菇头、泰式 T 恤和休闲裤、人字拖、刺猬包，一身潮爆装扮。成功男人徐朗对王宝充满鄙视，总想躲避他，但却总是不期而遇，怎么也甩不掉。最后二人在磨难中结下了深厚的友谊。搞笑化的一个主要途径就是运用语言进行搞笑。这种剧情夸张、超乎逻辑、与历史、与现实相去甚远的电影，将产业化语境下电影创作常用的手法：拼贴、戏仿与搞笑发挥到了极致，收视率和票房率也因此拔得头筹。许诚毅导演的《捉妖记》更是将搞笑化发展到极致，男人怀孕等剧情和人妖的搞笑表现使得观众笑声不断，票房也创历史地超过了 24 亿。

二是偶像化。"偶像化"主要指利用明星的偶像效应来有效组织影视生产。主要通过突出偶像人物的外在形象和内在气质的可视觉，如偶像人物的外在容貌、可人身材、耍酷发型、迷人服装、夸张动作、夸张语言等特征，来吸引消费者的眼球，获得影视消费者的认同。在影视创作和生产中，影视生产者往往借助媒介的力量，通过对偶像全方位的彰显其特色的商业包装，来制造出迷人的"神话"，以不断地吸引消费者的眼球。包括电影剧本创作者和电影导演本身也开始偶像化。比如，张艺谋、冯小刚成为我国主要实力派导演之一，以至于张艺谋电影中女主人公都有一个专有名词——"谋女郎"。担任张艺谋电影的女主人公的电影演员从最初的巩俐到后来的章子怡、周冬雨等，都大红大紫。产业化以来，我国的电影创作，为了能最大程度地吸引观众，电影主要角色都启用所谓的实力派偶像。偶像派演员的加盟让电影票房有了完美的保障。在这个偶像化过程中可以看到，以郭敬明为代表的新生代电影导演走得更远，郭敬明 2012 年导演的，由杨幂、郭采洁、郭碧婷等领衔主演的《小时代》，虽然剧情没有吸引人的独特之处，电影主题也无什么深度可言，但是因为所有人物全部由偶像派演员担任，迷倒了一大片青少年观众，短短两天票房过亿元，总票房竟然达到了4.8 亿元。就连《开国大典》《建国伟业》等主流大片也通过启用当红影视明星，获得了空前的成功。

三是奇观化。奇观化是影视艺术发展到一定阶段的产物，尤其是影视特技和计算机技术空前发达的基础上影视美学的最佳选择。奇观化突出影视创作的视听觉美学效果,将视听美学当作影视生产的法宝,将视听奇观当作吸引观众的砝码。周宪先生删繁为简将奇观化概括为四种主要的类型:动作奇观、身体奇观、速度奇观、场景奇观等。① 每一种奇观都有自身的特色,都有一套基本的表现法则,都会产生特定的效果。但是我们总结起来,无论何种奇观,其审美的关键与核心是奇观本身的视听效果,奇观本身的夸张性和刺激性成为影视要表现的主要目标,其重要性远超出了情节的需要和人物性格塑造的需要。当然,无论奇观如何千变万化,最为主要的是奇观本身要具有独特性、观赏性、趣味性、戏剧性等,其根本目的是要使观众获得视听快感,产生审美愉悦,最终能够吸引观众的眼球。产业化语境下的我国电影创作自然也遵循这一规制的要求,并获得极大成功。比如,张艺谋导演的电影都是奇观化比较突出,也是非常有特色的电影,比如,《英雄》《十面埋伏》《满城尽带黄金甲》等,尤其是《英雄》开启了我国电影创作奇观化的新时代。2015 年票房冠军《捉妖记》更是将想象发挥到极致,将妖与人结合在一起,在国产电影奇观化方面迈出了重大的步伐,通过人妖打斗等系列奇观和超奇特的情节安排吸引了广大的消费者,并取得了超过 24 亿元的票房收入。

五是主题旨意由突出主流意识向核心价值转移。

产业化以来,我国电影创作在主题旨意方面选取上,有较大的变化。一个突出的特点就是由产业化刚开始时依然沿袭产业化前所倡导的突出主流意识思路,强调电影主题的深度,强调教化作用,到后来逐渐回归电影本身,向突出电影娱乐功能迈进。产业化前,我国电影创作经历过突出国家意识形态阶段——即电影主要做国家意志的宣传品,20 世纪 50 年代的电影作品《地雷战》《地道战》等是这一阶段的典型代表;改革开放之初,电影的创作有所松缓,但还是强调电影要表达主流意识形态,比如第一部武侠电影《少林寺》,当时万人空巷,红遍祖国的大江南北。但是《少林寺》中的人物善恶分明,结局也是善有善报,恶有恶报。最后正义力量战胜邪恶势力,赢得了斗争的最后胜利。产业化之后,电影创作已经有非常大的变化,国家主流意识形态已经不再作为,也不可能作为电影创作的硬性指标。这个时候,主流意识形态在电影创作中已经由产业化之前的中心位置演变为产业化以后的边缘化处境。这一点由张艺谋导演电影的发展也可以见出,2002 年张艺谋导演的电影《英雄》横空出世,开启了我国商业化电影大片时代。《英雄》本身有很多可圈可点之处,值得奔走在产业化道路上我国电影工作者好好思考,好好总结。但是《英雄》在奇观化的震撼后

---

① 周宪:《论奇观电影与视觉文化》,《文艺研究》,2005 年第 3 期,第 18 – 26 页。

面,还是留下了一个深度的尾巴——想要表达主题的深度性。这个深度由残剑的话语,无名与秦始皇的对话表现出来:"天下"二字面前,个人的仇恨恩怨已经微不足道也。但是,张艺谋后来的电影发生了根本性的变化,尤其是《三枪拍案惊奇》,不做思想性、深度性的要求,完全娱乐化,世俗化,去深度,只是游戏和娱乐。所以,看完了之后,精英阶层反应不好,有的人写了批判文章,认为《三枪拍案惊奇》缺乏底蕴。① 但是普通老百姓反应非常好,认为非常好看,电影挺乐的,看得挺开心的。② 另外票房收入也反映了普通大众的选择,《三枪拍案惊奇》票房为年度季军。冯小刚导演的崛起,意味着产业化语境下我国电影创作在主题旨意方面的重大变革。纵观冯小刚的贺岁片《甲方乙方》(1998)、《不见不散》(1999)、《没完没了》(2000)、《一声叹息》(2001)、《大腕》(2002)、《手机》(2003),到后来的《非诚勿扰》(Ⅰ)、《非诚勿扰》(Ⅱ),几乎是清一色的娱乐搞笑,不需要什么深刻的主题。本来"贺岁片"这个名字就具有年末大家乐一乐的意味,深刻的思考,深邃的主题与这个时期的氛围也不适合,尤其是中国人,忙乎了一年了,稍有空闲,也不想将自己整得挺严肃的。所以,"大众快乐"成为当代社会最为普及、最为一致的价值取向。"贺岁片"最初的起源应是我国梨园行当的拜年传统。每逢岁末年初,戏班子便会在各地赶几场以答谢戏迷,此时的人们都进入了休整期,寻求的是精神的愉悦和放松,于是,内容轻松、手法诙谐、以娱乐为终极目的的"贺岁片"便应运而生。③ 冯小刚自己解释贺岁片时也说:"贺岁片不一定非得是喜剧,得吸引观众,拍得好看。要么非常好笑,要么催人泪下,要么深入剖析人生,如果拍得不好,贴什么标签也没有用。"清楚知道电影艺术的本质是文化工业,文化工业就是要从现实出发,以广大观众的需求为出发点。所以,冯小刚曾经毫不避讳地说过:"在我看来,我是满足大众的低级趣味。其实现在时代变了,你获了奖一点价值也没有。我是从利益出发。我觉得那个利益更大,所以我就奔那儿去了。"④

到后来的新生代导演,比如、徐峥、郭敬明、赵薇、许诚毅等,他们比较好地适应了时代的发展,比如徐峥导演的《人再囧途之泰囧》,凭借适应时代的幽默

① 王一川:《双轮革命者的叙事新憾——以电影〈三枪拍案惊奇〉和〈山楂树之恋〉为例》,《求是》,2011 年第 1 期,第 98 - 102 页。

② 《影片〈三枪拍案惊奇〉带来的审美惊叹》[EB/OL]http://doc. qkzz. net/article/84fbb62a - aa45 - 406b - 8524 - 87ae521239fe. htm,另见《〈三枪拍案惊奇〉争鸣之三:票房好是硬道理》,http://news. xinmin. cn/rollnews/2009/12/16/3095665. html

③ 王晓丽,刘波:《冯小刚与贺岁片的发展解读》,[EB/OL]http://wenku. baidu. cn

④ 赵薇:《致青春访谈》http://www. s1979. com/yule/yulebagua/201301/3073978730. shtml

搞笑轻松快乐路线,仅仅小成本的投入,却收获超理想的票房;郭敬明的《小时代》,就是打造一部青春偶像剧给粉丝们看脸解渴;赵薇导演处女作《致我们终将逝去的青春》票房高达 7.26 亿,她表示就是想拍一部关于我们情感的电影让观众回忆;许诚毅导演的《捉妖记》票房收入更是破了历史记录,超过了 24 亿,其最主要的原因是创作团队紧紧地把握住了时代的脉搏,捕捉到了时代审美风尚,紧紧抓住了广大观众的审美趣味。导演许诚毅谈到拍《捉妖记》主要是想拍一部好玩的电影;侯光明先生所谈到的或许是当代中国成功电影创作普遍遵循的规律:《捉妖记》对于观众来说是一部诚意之作,对整个电影产业来说是至强之作,其成功离不开艺术性、技术性、商业性、市场性的有效结合。《捉妖记》与我们的主流价值观念相呼应,并且通过细腻的情节打动人心,清华大学新闻与传媒学院院长尹鸿表示:《捉妖记》可贵在于传达了新的年轻一代的价值观。①应该说新一代导演的电影都取得了较好的票房,不能不说时代变了,电影的主题旨意也必须跟随变化。

第四节 产业化语境下我国电影创制的深层思考

我国电影创作的审美取向为什么会出现如此变化? 最为主要的是受电影产业化的影响所致,我国的影视生产从开始不太适应市场规律到最后主动适应市场要求,主动遵循市场发展规律的结果。影视产业化以来,左右影视创作和生产的美学规制有几个重要的因素。

一是生产方式的变化。20 世纪 90 年代以来,随着我国市场经济的发展,市场经济秩序建立和逐步完善,人们的思想观念、价值选择、行为准则都相应地发生了深刻变化。一系列与市场经济体系和商品秩序相适应的思想观念、价值选择深入社会生活的各个方面,并逐渐成为一种主导的意识形态,影响着人们的行为方式和生活方式。当市场经济、商品价值的原则介入到文化生产之中,尤其是商业原则成为文化生产的主要动力,必然导致我国影视生产的审美范式发生根本性的变革:影视生产必须以实现资本增值和利润最大化为首要任务。资本增值的需要也必然导致其与影视艺术结成利益共同体。资本进入影视生产导致的结果就是经济效益制约着影视艺术的走向——以市场需求为导向成为

---

① 《"捉妖记":国产大片新标杆与新世代》,[EB/OL] http://www.cssn.cn/wh/dy/dyzx/201508/t20150813_2117700.shtml

我国影视生产的主流。在这种背景下,影视生产的审美取向必然以取悦大众为风向标。大众影视消费的主要群体,大众的价值选择和审美趣味是影视生产首先要考虑的对象。

二是消费群体的变化。当代社会城市化进程的加快,消费人口的迅速增加,消费群体的快速增长,消费水平的普遍提高,才会有大众文化的流行。而影视生产也只有与大众文化结合在一起,才能得到社会大众的欢迎和青睐。20世纪90年代以来中国城市化的加速发展,对我国的影视生产有重要的意义:城市拥有更多的劳动力,也就产生更多的消费人口。消费人口的增加自然会导致影视消费人口增加,影视消费群体的增加必然导致以影视艺术为代表的现代都市文化的扩张,影视生产也就拥有了更为广阔的发展空间和发展前景,并且影视艺术生产必然需要考虑这种消费群体的消费欲望、审美趣味等。当然,随着社会的发展,闲暇时间的增多,城镇人口也进入城市消费之列。

三是影视消费方式的变化。20世纪90年代以来,随着现代科技的发展,数字化时代的到来,以电子传媒为主导的媒介技术在社会生产生活中占据着非同一般的核心地位。传统纸质传媒依然在现代社会中占据着有利地位,而新媒体则崭露头角,在媒介竞争中将取得越来越大的份额。总之,媒介广泛而深入地渗透到社会经济文化发展的各个层面,并在现代市场经济运行中成为一支重要的关键力量。在当代社会中,影视生产制造者通过大众传媒和新兴媒介获得文化消费信息,而影视生产者的整体状况及其作品也必须通过媒介才能为公众所获得。正是因为媒介,才导致影视生产者选择去生产什么,表现什么;反过来,也正是因为媒介的发号施令、推波助澜,影响广大影视消费者蜂拥而至去消费某种类型的影视作品。在某种意义上说,媒介决定着影视生产什么和观众消费审美。正如麦克卢汉所言:"'媒介即是讯息',因为对人的组合与行动的尺度和形态,媒介正是发挥着塑造和控制的作用。"①并且,在传媒时代,先前自足自发性的影视生产将越来越让位于有目的、有意识的影视生产操控。影视的消费方式被影视生产者所规训,观众想看什么电影从某种意义上说都是被操控的结果。比如,随着视觉文化的崛起,影视生产的奇观化、影视观赏的奇观趣味就是被操控的结果。

总之,产业化语境下,不论物质的生产,还是精神的生产都受到市场经济、商业逻辑的支配。我国影视的生产方式也必然要遵循市场化、商业化的市场经济逻辑规律的支配。城市化发展、社会进程的加快,为商品生产提供了更大的

---

① [加]麦克卢汉:《理解媒介》,何道宽译,商务印书馆2000年版,第34页。

消费空间,媒介的崛起为文化生产、符号生产的商品化变革和消费方式的转化起到了助推器的作用,这一切都导致20世纪90年代以来我国社会文化语境发生了翻天覆地的变化。在这种文化语境中,影视的生产与消费、影视的社会功能等也随之都发生了深刻变化。这一切构成了我国影视创作和生产美学规制转变的基础性因素。

更为深层的是,产业化以来我国的影视生产美学变化和发展,更多的是选择了国际上通行的产业化生产模式——类型化的生产模式导致的结果。国际上通行的看法是,影视生产的类型化是影视生产商业化运作、产业化运行的必然结果,类型影视的出现是影视商品化的风向标。从某种意义上讲,一个电影市场的有机形成,必定是类型电影的出现、形成、发展与成熟。并且,类型化的影视生产有其必然的社会和历史原因。

类型化的影视产生首先基于观众本身的类型化。我们知道观众要获得审美愉悦,获取审美快感,首先是要有满足其审美个性的影视产品。由于每个生命个体在本质上是一个独特的生命个体,所以在理论上也就要求有满足其审美个性的影视作品;又由于生命个体的审美个性、审美情趣的多样性,这也客观的要求影视生产为满足消费者需求必须走多样化的途径。这既是当代社会大众自觉意识和个体生命意识觉醒之后,所产生的审美需求多彩性、丰富性的必然要求;也是影视生产作为审美形态的艺术生产保持个性特点,永葆艺术生命的本质要求。"因为,艺术的生命之树首先在于其鲜明生动的个性化和独创性。影视艺术作为一种审美形态艺术形式,只有具备鲜明独特的个性特征,才能获得真正的美学价值。"①"显出特征的艺术才是唯一真实的艺术。只要它是从内在的、专注的、注重个性的、独立的感情出发来对周围事物起作用,对不相干的东西毫不关心,甚至意识不到,那么,不管它是出于粗犷的野蛮人之手也好,还是出于有修养的敏感的人之手也好,都是完整的,有生命的。"②

当然,因为生命的群体是由无数的生命个体所组成,无数的生命个体的审美个性最终相应地也会组成生命群体的群体性。人们在实际的生产生活中生命个体自然而然就会分化成各种类型,正所谓"物以类聚,人以群分"。这期间,每个生命个体的出生背景、所受教育、成长经历、所处环境、文化传统、审美趣味、消费习惯、经济状况、政治信仰等都左右着影视消费群体的细化,分流。不同的影视消费群体就会产生不同影视消费需求,而遵循商业化、市场化生产的

---

① 林吕建:《影视文化审美品味之我见》,《文学评论》,2005年第9期,第195-198页。
② 同上。

影视生产,有着良好的嗅觉敏感,自然会针对不同的消费群体的审美需求生产出各自对应的影视剧。

但这并不意味着观众真正意义上的自由,观众并非想所有的"欲望"都能满足,因为影视剧创作和生产的背后有产业——"这只无形的大手"在牢牢地操控着影视的创作和生产,甚至于操控着观众想看电影、看什么样的电影的"想法"。一方面,影视不仅是一门艺术,更是一项产业。它既有编剧、导演、演员等艺术人才的发挥和创造,还要受到制片人的财力支持、生产团队的营销策略、院线放映的调度和时间安排等各种非艺术性的因素的制约,在影视生产所涉及的所有因素的共同作用下,才能完成影视的生产完整周期。任何单方面的力量都无法左右影视生产的走向,尤其是对于影视生产方来说,从创作上来讲,涉及影视创作的编剧、导演、演员等长期的配合、磨合才能有更好的影视作品出现;从管理上来讲,只有管理人员的相互配合、支持、协调才能保证影视生产的完成。另一方面,从影视产品这个角度来讲,只有得到了广大消费者的普遍认可、普遍接受,并形成了较为固定的风格特色的影视剧才能称之为类型影视剧。反过来,一种成熟的类型影视剧,它本身就有强大的号召力、影响力和生命力,不仅左右着以后的影视的生产,也建构着影视接受者的消费。"类型化的影视作品可以借鉴先前影视产品的成功经验,有效地规避创新所带来的商业风险,有效规避影视市场激烈竞争中的不利因素,从而获得成功。"[1]类型化的影视生产还建构着这一类型的接受,承担起培养消费者的任务,建构影视接受者审美趣味、培养影视消费者的审美习惯。从而使得生产出来的影视产品能够及时被消费者认同,从而保证必要的影视收视率、票房,获得必要的商业利润和资本增值。这也是以好莱坞为代表的产业化电影进行类型化的创作生产,并扩展成一种全球性的影视生产模式的深层原因。

尤其需要指出的是,类型化的影视生产,各个类型影视的价值观念、审美取向、人物形象、叙事结构、影像构图等要素都构成一个相对封闭的规则系统。这种类型化的产业生产模式在生产所谓的鲜明个性化的同时,其本质又表现出鲜明的标准化和伪个性化特点,所谓的标准化就是其主题表现、题材选择、情节安排、场景设定、人物塑造、叙事风格等方面也呈现为同质化的选择。即类型电影电视在同一种类型中对题材的选择、内容的安排、人物的塑造、场景的设计,乃至人物语言、叙事风格等方面都有其固定的模式、固定的套路;所谓的"伪个性化"是指这种表现出来的个性化本质上却是非个性化的,这种个性化是伪装的,

---

① 鲍桑葵:《美学史》,商务印书馆1985年版。

即什么样的题材、什么样的表现方式、什么样的结局、什么样的人物设置、什么样的人物关系、什么样的主题会早已决定,什么样的套路会引起最广大观众的最大兴趣,早有定论。不同的只是演员的面孔有不同,人物服装不同,人物性格刻画有差异,场景表现有不同,但故事的基本走向大致相同,故事的结局大致相同,故事的主题大致一样,观众的影视期待也大致相同:影视剧在没有出乎观众预期图景的曲折进程中,印证了观众原来就有或期望拥有的审美意趣和心理认同。

英国著名历史学家汤因比在《历史研究》中指出,文明起源于"挑战与应战",文明的产生是对一种特别困难的环境进行成功应战的结果。产业化语境下我国影视生产的这种美学选择也是我国影视产业和影视工作者或主动或被动应战的结果。这种美学上的变化也反映了我国影视生产的深层意识形态的变化:逐步弱化现实的争论和对意识形态的过分纠结,以现行的躲避影视生产审查制度;另一方面用爱情、暴力、悬疑、性感等时尚元素吸引观众,以场面的宏大震撼、故事的引人入胜,情感的曲折感人,影视主角的气质风度等建构观众。表面"美妙动听、美轮美奂"的包裹下掩藏着精明的商业算计和资本的增值逻辑。产业化语境下的影视生产对于观众的意义就在于其最后都成了"社会的黏合剂":即影视艺术作为大众宣泄与慰藉的工具,正是这种宣泄与慰藉保证了人们思想的整齐划一,使人们甘心依附于固有的社会秩序。正是在这个意义上,我们说作为闲暇消费的影视剧在调和大众对社会的不满的同时,也使自己与社会握手言和了;在净化民众心理的同时,又将大众整合进现行的社会规制当中。

第五节 我国商业大片的美学规制及其价值选择

21世纪以来,在全球化的语境中,我国的电影产业在与国外大片同台较量与竞争中,一扫以往的颓势,得到了前所未有的发展,取得前所未有的佳绩。自《卧虎藏龙》(2001年)以来,几乎每年都有霞光万丈的商业大片横空出世,蔚为大观。《英雄》(2002年)、《十面埋伏》(2003年)、《天下无贼》(2004年)、《无极》(2005年)、《满城尽带黄金甲》、《夜宴》、《东京审判》(2006年)、《集结号》(2007年)、《赤壁》、《非诚勿扰》(2008年)、《南京!南京!》、《三枪拍案惊奇》(2009年)、《唐山大地震》、《让子弹飞》、《赵氏孤儿》、《杜拉拉升职记》(2010年)、《龙门飞侠》、《金陵十三钗》(2011年)、《画皮》、《人再囧途之泰囧》(2012

年)、《致我们终将逝去的青春》、《西游降魔篇》(2013 年)、《爸爸去哪儿》、《分手大师》(2014 年)等大片,为中国电影再造了美学奇观。这些中国式商业大片以其逐渐成熟的类型叙事、精良制作、明星效益、奇观影像等美学取向,建构了具有品牌效应的全球化中国电影符号形式,并在激烈竞争的电影市场中取得了优秀的票房收入。这也从某种意义上证明了我国电影正在"用本土的、中国式大片来和世界电影同步,同时建立自己民族电影的优势"。① 这些国产电影大片创作的成功,为市场化、商业化、产业化背景下中国电影的创作提供诸多有益。我国学术界对产业化语境下我国电影的创作有过诸多的分析和研究。② 在这里,我们感觉有必要探讨、分析、总结产业化以来我国商业大片电影创作的美学规制,探索其内在的逻辑演变规律,揭示其蕴含的深层次的意识形态意蕴,因为这将对全球化时代我国电影的创作与生产起到积极的意义。

一、我国商业大片电影创作的美学规制

我国商业大片是在产业化语境下进行的电影创作和生产,其美学规制有其独特之处,总结起来主要有以下几点。

一是题材选择的多元化倾向。

21 世纪以来,我国商业电影大片的题材有多元化的倾向,既有历史节点重

---

① 张宏森,王陈:《2003—2007 的中国大银幕——张宏森谈十六大以来中国电影产业的发展》,《大众电影》,2007 年第 20 期,第 4 - 6 页。

② 这一阶段的研究成果比较多,主要有:王一川,《新世纪中国电影类型化的动因、特征及问题》,《当代电影》2011 年第 9 期,第 9 - 11 页;王一川,《中国大陆类型片的本土特征——以冯小刚贺岁片为个案》,《天津社会科学》第 7 期,第 81 - 87 页;王一川,《中国电影的后情感时代——〈英雄〉启示录》,《当代电影》,2003 年第 2 期,第 16 - 18 页;王一川,《当前中国现实主义范式及其三重景观——以新世纪以来电影为例》,《社会科学》,2012 年第 12 期,第 165 - 173 页;尹鸿:《从重制作向重创作的美学转向——2012 中国电影创作》,《当代电影》,2013 年第 3 期,第 4 - 12 页;尹鸿:《冯小刚电影与电影商业美学》,《当代电影》,2006 年第 6 期,第 50 - 55 页;尹鸿:《近期中国内地电影市场的"黑马"现象》,《当代电影》,2013 年第 7 期,第 9 - 13 页;尹鸿:《走得出去才能站得起来——全球化背景下的中国电影软实力》,《当代电影》,2008 年第 2 期,第 10 - 14 页;另外重要的论文:鲍玉珩,《一种叙事的三种表述:黑色幽默或其他——国产电影编剧的困境:模仿,再模仿,到创造》,《电影评介》,2010 年第 10 期;唐科,《商业化与新世俗神话——新时期中国电影商业化状况分析》,《当代电影》1998 年第 2 期;马宁,《新主流电影:对国产电影的一个建议》,《当代电影》1999 年第 4 期;邓光辉,《论 90 年代中国电影意义的生产》,《当代电影》,2001 年第 1 期;黄式宪,《与好莱坞博弈:中国电影产业结构重组的新格局 - 兼论 2004 年新主流电影的"三强"的品牌效应》,《当代电影》,2005 年第 2 期。其他还有很多的研究者的成果在此不一一列举。

大意义的大题材,如《唐山大地震》《南京!南京!》等;也有源自日常生活、身边故事的小题材,如《天下无贼》《致我们终将逝去的青春》等;有虚构的想象的非现实题材,如《无极》《英雄》《画皮》等;也有现实的真实题材《爸爸去哪儿》等;有反映古代的历史题材,如《赤壁》等;也有反映当下的生活题材,如《人再囧途之泰囧》等。这些题材有一个总特点,就是能够与时代的发展,与时代和社会的兴趣点紧密结合起来,激发人的兴趣,激发人的观影热情。比如,《英雄》《十面埋伏》则是21世纪初,世界开始转型到视觉时代,电影美学由以前的戏剧美学转型到奇观美学,奇观在电影创作和欣赏中起到至为关键的作用,他们捕捉到的机会,使得电影给人以无限的震撼力,冲击力。比如,张艺谋导演的《天下无贼》则是在商品社会后,整个社会都很快的物质化,人人都精心设防,精于算计,人与人之间已经失去了基本的信任,人人脸上带着伪善的面具,这个时候的傻根怀揣着打工赚来的6万元回家,还相信天下无贼,这个事件与人物形象的出现,就有了格外醒目的社会意义;《集结号》则是在小人物生命个体觉醒的大背景下,对人性的呼唤,对小人物个体生命价值的尊重的期待与呼唤,碰触到了时代的脉搏,受到广大观众的喜爱,连长谷子地执拗寻求“集结号”吹响与否的意义,不仅仅是对46个战士生命意义的追寻,更重要的是对普通战士、普通人物本身的尊重。《爸爸去哪儿》则是在快节奏的现代生活背景下,对亲情尤其是父爱的呼唤这样的大背景下创作与生产出来的一部亲情剧,看似平淡的日常生活,现今时代已经很难做到,人们为了生活到处奔忙,没有时间,也没有心情停下来与亲人好好享受日常时光。此剧选取影视明星们与他们的孩子的日常生活为题材,满足了大众对影视明星本身的崇拜感,又满足了大众对影视明星及其孩子日常生活的关注欲,以及对亲情的渴望等,所以此剧以一种聚焦明星与子女的日常生活这一特别的方式来呈现,受到了广大观众极大地欢迎。

二是形象塑造的平民化倾向。

21世纪以来的中国电影创作中,人物形象大都倾向于塑造能够体现中华民族为正面形象的人物形象。这一时期的正面人物形象,没有以往主旋律电影中英雄人物或者领袖人物的“高、大、全”和“伟、光、正”,而是选取一些普通的小人物作为正面人物的典型,这些小人物是区别以往的英雄主义人物或领袖人物类型的平凡人物,在这些不知名的小人物身上倾注感情,表现其血肉鲜活的个性形象,追求真善美情怀,蕴含着英雄主义情愫和人文主义情怀,这个审美取向既贴近了当今主流意识形态要求,也符合广大观众的审美情趣与时代价值观念。观众可以通过感受这些既普通又不平凡的小人物的爱憎、冷暖、苦乐,在他们的身上找到自己的影子,在观看时得到心灵的慰藉与共鸣。但这些人物形象又与生活中的普通人并不完全等同,他们有着更为特殊的生活经历,观众既熟悉又陌生,所以能更关注影片中人物命运的起伏并能投入剧情中去。无论是《唐山大地震》《集结号》,还是《金陵十三钗》《南京!南京!》等作品,所塑造的都是大历史背景下的平民形象,这既贴近观众也贴合生活的本质,在他们不平凡的经历下感受生活的奇异体验。例如,《唐山大地震》中的母亲李元妮,就是传统的中国女性形象,她勤劳坚强、爱家人胜过自己,但李元妮经历了普通人难以经历的磨难,她在绝望中选择了儿子而失去了女儿,并用一生的光阴固守着真情,含辛茹苦将残疾儿子抚养成人。这种独特的命运变化吸引着观众的注意力,迫不及待的想知道接下来的故事。而方登在地震之前是父母眼中的乖孩子,关爱弟弟的好姐姐,与生活中普通的孩子无异。但在地震后的生活却是未婚先孕、单亲妈妈、远嫁海外等世人看来格格不入的行为。以普通人物前后不一的生活经历引起观众的好奇,观众也随着剧情的起伏体验了方登的由爱到恨的特殊人生,因此,作品的人物塑造既体现了平民化倾向,又有了"观众缘"。

电影《集结号》也是选取了谷子地、赵二斗、王金存、孙桂琴等数个人物形象,并以谷子地为代表来塑造平凡的人物群像。谷子地是连长,作战经验丰富但文化水平不高,为人倔强、认真。战争时指挥全连抗击数倍于自己的敌人,顽强坚决;集结号没有吹响就绝不撤退,最后自己抱着炸药包与敌人同归于尽,后来死里逃生,一直要探寻"号子究竟有没有吹响"的真相!

指导员王金存形象尤其饱满,他本来是一名师范学生,但是战争剥夺了他读书写字教书育人的机会,也剥夺了他与妻子孙桂琴白头偕老、侍奉双亲的机会,他别无选择地成为一名战士。他与谷子地结缘于他害怕战争想当逃兵,但是谷子地看到的是他有文化的优点,争取上级将他任命为连队副指导员。残酷的战争锻炼了王金存,最终克服自己的缺点,成长为一名英勇杀敌的勇士,战死沙场。影片以个人的视角表现战争的残酷与英雄本色,突破了以往的战争题材电影作品中以"高大全"形象表现英雄的概念化创作观念,用情谊与承诺将牺牲的无名英雄描绘得有血有肉。影片中谷子地没有听到集结号就绝不撤退,表现了军人对命令的服从与坚守。对王金存这样起初犹豫、动摇但最终同样视死如归的人物刻画,不仅同样呈现了既普通又不平凡的英雄主义的价值特征,而且符合一般人性的表现,这些都让人物格外感人。

作为《集结号》唯一的女性形象孙桂琴,她性格坚强,又善良体贴,对王金存的爱情坚贞不渝,希望过平静朴素的生活。战争来了,她勇敢地激励丈夫上前线,一个人在家里照顾婆婆,等待丈夫归来。后来得知王金存英勇牺牲,她执着地要寻找丈夫的遗体。在与谷子地寻找历史遗骨,寻求战争真相的过程中,遇到赵二斗,在谷子地撮合下与其结婚。后来在谷子地找原部队和生活上给予了很大帮助,凸显了一个有情有义的女人形象。观众随着孙桂琴这个女性形象,体验了普通人物非同寻常的命运体验。这种普通人物对爱情的坚守、对家庭的责任、对同志的帮助等优良品质能唤起观众心中的共鸣。观众通过影片情感的起伏找到了自我情感释放的空间,人们对角色的强烈期盼,正是对自身未来的美好期许。

诸如此类的,无不是抒写既普通又平凡的人物,他们表现出来的生活之"真"、人性之"善"、心灵之"美"。让广大观众产生强烈的共鸣,也正是这些既普通又不平凡的人物身上所蕴含的"真""善""美",唤醒了人们对美好情怀的向往与追求,拷问着当代人们的社会责任感、信念价值,体现了更深层的民族价值观念和主流价值内涵。

三是叙事策略上的大众化追求。

近年来的商业大片强化了在叙事策略上明显区别于以往传统主旋律电影的思路,不以宏大的叙事结构歌颂领袖人物,简单宣扬政治理想,直接弘扬主流意识,而是聚焦于普通生命个体,通过普通但却不平凡小人物或凸显重大的历史事件中人的关怀,或在普通平凡的故事的讲述中人与人之间的温情,用大众乐于接受平等视角来讲述故事,故事的结尾往往以大团圆的情节结束,这样的安排也符合中国人的审美习惯和接受心理。因为圆满的结局叙述更迎合大众化的需要,人们在忙碌一年后有许多坎坷与不满,通过电影中的情节能够得到象征性的宣泄,获得虚拟的满足。善良的观众希望看到主人公历经磨难后能够获得一个圆满的结果。

比如冯小刚导演的《唐山大地震》,起初是想拍摄一部叙事结构宏大的作品,但冯小刚没有着力讲述解放军如何不顾危险解救灾民的宏伟故事,却是回归了中国家庭伦理剧的传统——以母亲的磨难与家庭的亲情打动观众,将平民百姓的创伤作为故事的中心,以骨肉亲情、母女冲突的"小故事"来直击观众的情感命门,通过灾难中一个普通家庭的悲欢离合来呈现唐山大地震"国殇"巨痛。23秒的地震带来的是32年一家人内心的伤痕,贴近大众内心的是电影创作者对骨肉亲情的呵护,对家庭与情感重视。影片从开头地震造成的亲人之"痛"到结尾母女抱头痛哭释怀的人情之"暖",符合我国观众对人世间的骨肉亲情向往与家人阖家团圆的心理追求。

在电影《中国合伙人》中,陈可辛导演通过符合大众叙事思路的友情、爱情及商业故事,将新梦想学校的创始人成东青的下海故事牵出了那一代人所面临的残酷现实以及对梦想的渴望,展现改革开放三十年来翻天覆地的变化与成就。无论是演员的服装道具或是拍摄的背景环境都随着三十年的变化——跟进,来展现这三十年间经济腾飞后中国商业人思想的巨变。影片中的原型是世人耳熟能详的培训学校新东方,这对于观众而言是极具吸引力的,再加上故事中适度的幽默和激烈的情感冲突,使叙事更加富有魅力。

电影《一九四二》是讲述 1942 年发生在河南的大旱灾、大饥荒的故事,但没有宏大的叙事,而是通过一个地主范殿元和佃农逃荒的悲剧命运来呈现。大灾之年,战争逼近,精明、成熟的地主范殿元带着家人,与佃农赶着载满粮食的马车,随着逃荒的人流逃亡陕西,但是,却没有能躲过灾难!"三个月后,到了潼关,车没了,马没了,车上的人也没了。"这么一个精明之人,善良之辈的普通人物,也在大旱灾面前无能为力,也遭受妻离子散,家破人亡的境遇,这让与同样是普通大众的观众感叹唏嘘。

四是影像打造上的奇观化效果。

21 世纪以来的我国商业电影创作,紧跟时代步伐,紧贴视觉时代的脚跟,在影像上制造一种奇观景观,给观众带来的"奇观化"效应,为观众制造一种逃离现实的"梦境",在强有力的声画体验中感受他人的人生。商业大片"奇观化"的美学表现手法,其实是将好莱坞大片式的视听效果融入作品里,使观众获得感官的愉悦性。我国商业电影大片创作者和生产者们倾心于打造大片影像的奇观化:以大场面的特效场景、超震撼的听觉享受,精心设计的奇观场景,完善声音和画面的剪辑质量来制造视听盛宴。即总体上通过"动作奇观、速度奇观、身体奇观、场面奇观"等奇观美学模式,创造出惊人震撼的美学效果,通过这些影像奇观,来吸引视觉时代观众的眼球,达到强烈的视听效果和震撼、惊怵奇观美感。

比如,2012 年上映的《一九四二》影片开场烹饪食物的各种画面、大全景的如长龙般蜿蜒曲折的逃荒队伍,日军轰炸时混乱的血腥暴力场景,表现南京城歌舞升平氛围的舞会、酒宴等场景。这些都以制造奇观化来突出强烈的对比效果。在听觉的表现方面,为了重现轰炸场面、机枪扫射和飞机飞过头顶的直观感受,营造迎面而来的真实效果,影片全部采用了杜比全景声混音,使观众仿佛身临其境就在灾难现场,对观众造成强烈的震撼效果。

《集结号》有 80% 的投资都使用在了拍摄与制作特效上,震撼而激烈的交火与战争爆破的特效都给观众带来好莱坞战争电影般的真实视听感受。而在《唐山大地震》中以三分钟重现 23 秒天崩地裂、房屋垮塌的灾难特效,大量长镜头与震撼的视听效果将唐山大地震的历史灾难重现于世人眼前。当然,在这些作品中也并没有刻意地单独打造"奇观化"效果,而是将其与剧情和主题进行了很好的结合,将震撼的视听体验为故事情节服务。

在《英雄》中张艺谋展现了奇观化的惊人效果。周宪先生对《英雄》里的奇观化曾经有过精妙的描述:武打的场面就是奇观的呈现,大漠狼烟的雅丹地貌直逼眼球,如画的山水风景尽显眼前;颇具文化特色的秦宫气势恢宏,文化雅韵的藏书阁幽静自然。武打动作更是以其造型变化万千而瞩目。将想象力发挥到极致的是电影中所呈现的意念中的武打奇观。比如,残剑与无名的水面较量。身体从空中垂直直插水面,利剑在水中划出阵阵涟漪;或手掌撑住水面并支撑身体;一两个人在水平面上追逐穿行,似乎在奔跑又好像在飞翔。"两人或是垂直旋转,或是水上打旋子,颇有龙腾虎跃的气象。"视觉上的细节刻画,更让观众看清楚了平时不可能用肉眼能够看清楚的对象:平时温柔的水滴竟然变成了伤人的利器,水滴就如同利箭一样。"这些武打动作更是颠覆了传统武功戏的真实性时空和动作限制,完全超越了人的身体极限和自然法则而无所不能。"复杂镜头的处理即呈现了主观意念武打奇观,又夹杂着客观武艺的功夫奇观,总之,从不同角度来极尽中国功夫之视觉魅力。①

五是主题彰显上的人文化。

21世纪以来我国商业电影大片的创作与生产,以大众美学和中国主流价值观的融合为旨归,唱响了人文的主题曲,人文关怀和人文精神在商业大片中显露无遗。通过电影作品人物的塑造、情节的设置、细节处理等,于无声处表达了对生命个体的尊重,对个体心灵的关怀,对个体情感的呵护,在大事件上凸显小人物身上不平凡的英雄主义精神,在小事件上突出小人物的情感升华、强化小人物身上的道德追求,赞美人间至爱的纯洁无瑕,人性至善的人格完美来突出电影传达的普世价值追求。这些价值追求达到对主流意识形态的贴近与契合的目的之外,也流露出厚重的人文主义关怀气息,尤其是对小人物的关注、关怀、关爱让普通大众感动。

在人文关怀的表现上,21世纪以来的作品中无论是《英雄》《天下无贼》《云水谣》《集结号》《唐山大地震》,还是《南京!南京!》《一九四二》等,这些作品的主人公一般都是以普通的小人物的视角来呈现对象,通过小人物的命运变化来呈现对生命的关爱、尊重与呵护!注重普通生命个体的感情生发与延展,肯定小人物朴素的追求、朴素的情怀。这种视角本身就体现了我国商业电影的人文关怀。全球化语境中视觉时代的电影技术语汇正是通过呈现本身来言说故事,突出主题。通过突出让想要呈现的对象和内容,让着意要呈现的对象呈现

---

① 周宪:《论奇观电影与视觉文化》,《文艺研究》,2005年第3期,第18-26页。

得更为清楚,也让观赏方看得更清楚;同时把欲以遮蔽的对象和内容加以遮蔽,通过有意识地组织起内容最终呈现和遮蔽来达到自己表达的主题。

首先,人文关怀表现在对普通人物的选择与塑造上。产业化以来,我国商业大片多选择普通人物而不是以往的领袖人物或者重要人物来作为主角。通过对他们的至善心灵加以塑造,对他们的至真情感加以表现,对他们的朴素追求加以肯定,对他们的简单快乐和单纯幸福加以弘扬,这本身就是人文主义最好的体现。例如,《云水谣》的陈秋水,《集结号》的谷子地,《唐山大地震》中的李元妮,《天下无贼》中的傻根,《南京! 南京!》中的舞女小江,这些人物的至真之情的流露,表现了导演对普通人的关注。

其次,通过命运与情感的冲突来表现对某一群体的人文关怀。《集结号》表现了谷子地对誓言的坚守以及对战友们的真挚情感,是当代军人价值的呈现。影片通过对谷子地这一人物命运与情感特征的刻画,展现了导演对革命军人的关注与关怀。影片《唐山大地震》以 1976 年在唐山发生的 7.8 级大地震为背景,其焦点不在于以特技重现灾难场面,而"聚焦"于每个家庭成员心中的"余震",关注灾难下人物命运与情感的冲突,构建了一部心灵史诗。

再次,把时代变迁与人物奋斗相结合,揭示人物的成功背后的人文情怀。《中国合伙人》讲述的是成东青、王阳、孟晓俊三个毕业的大学生共同创办新梦想培训学校,并获得成功的励志故事,表现了导演对改革开放 30 年中下海创业的年轻人的关注,被媒体誉为第一部反映中国现代商业题材的作品。影片淋漓尽致地展现了这些商海之中的时代弄潮儿是如何突破艰难并成为新时代中的佼佼者,这些作品都表现了对特殊群体的人文关怀。

在道德品格的表现方面,商业电影大片主要赞美了具有传统与普遍意义的"仁爱"、"善良"、"正义"、"真诚"等道德品格。例如,影片《唐山大地震》中李元妮夫妇对亲子至爱的勇敢与坚守,对收养方登的解放军夫妇既善良又富有爱心的弘扬;《天下无贼》中对"傻根"所怀有的人间至善的赞扬,对王博、王丽夫妇人性善良的肯定;《英雄》中对仇恨的化解,对秦王的理解;影片《金陵十三钗》中对玉墨与姐妹的深厚友谊的赞许,对陈乔治对神父养育的知恩图报的感动;《一九四二》中,对人间正义的弘扬,对战乱中饱受疾苦的百姓深切同情;《钱学森》中对钱学森强烈的爱国主义情怀和对科学的炙热追寻的表现。可以说,这些影片中人物所表现的优秀的道德品格也正是感动观众的关键所在。

二、商业大片创作审美取向与影片成功的多重启示

我国的电影商业大片在市场化、产业化、全球化的大背景中,积极进取,从容应对,取得了不俗的成绩,总结其在审美选择中的经验教训,对我国商业电影以后的创作与生产有着重要的理论意义和实践价值。

(一)商业电影创作的审美取向必须与大众的审美趣味紧密结合。

21世纪以来,世界逐渐进入全球化时代,也进入到消费社会的时代,也进入到信息社会,进入到视觉时代。这几个时代都叠加在一起,构成了这个多维度的社会。全球化意味着整个资源与商品在全球范围内流通与竞争,消费社会意味着这个社会是商品过剩,商品要在这个过剩时代脱颖而出,就必须要有针对性;信息社会意味着这个时候的社会,不再像以前那样信息短缺,相反,处于信息大爆炸中,整个社会充斥着各种各样的信息,信息明显过剩;视觉时代意味着整个社会、整个世界的变化发展中,图像已经开始取代文字,成为社会的中心。同时,在这个多维度重叠的世界中生活的人们,既有选择多元性的自由与兴奋,又有面对海量信息选择无所适从的压迫和无奈。在这种背景下的大众,脚步匆匆,机械化的工作状态,程式化的生活节奏。处在这一背景下的我国商业电影的创作与生产也面临着种种的抉择,如何找到观众的兴趣点,找到与大众审美趣味一致的电影审美取向是格外重要的关键所在。

这种结合,一个方面是回归电影本身,主动追求电影的娱乐性功能;另一个方面,还要引导观众,追求电影的深度——思想性。在当代大众文化的影响下,电影的娱乐性功能正在逐渐吞噬电影的思想性,影片的"复制化""拼贴化"现象十分显著,很多商业电影如同一场闹剧,思想内涵极度贫乏,电影的严肃性更无从谈起。而新世纪以来的电影商业大片以历史或人物题材为主,并加入了故事的情节化与影片的明星化,在保证题材内容的严肃性的同时注重与娱乐元素的平衡。

首先,商业大片追求选材的多样性与故事情节的丰富性。新世纪以来的商业大片大多选材为多样,既有选择历史或时代人物为主要题材,如《孔子》《钱学森》和《中国合伙人》等,也有选取的是灾难、战争、历史等严肃性话题,如《唐山大地震》《辛亥革命》《十月围城》《金陵十三钗》等,还有选择生活题材的,如《手机》《叶问》等。可以说应有尽有,无所不包。而在剧本选择上大多使用原著小说的改编,比如冯小刚的三部历史题材作品《集结号》《唐山大地震》《一九四二》分别是由小说《官司》《余震》《温故一九四二》改编的,小说本身就具备了较高的思想艺术价值,保证了故事内容的严肃性。但是这些作品并不是完全按照小说的思路进行改编的,而是对原著进行加工,特别注意改变原著中比较平淡的情节,增加新的人物,使故事内容更曲折动人并更有利于电影表现。例如,《集结号》的原著小说《官司》其实只有团长和老谷两个主要人物,故事线索也较单薄,缺少生动细节的表现。而在电影中,塑造了更多的人物形象,增加了如王金存、赵二斗、孙桂琴等重要人物,并更突出了战争的激烈场面、矛盾的多重冲突与生活的诸多细节,增加了影片的表现力和娱乐性。电影《唐山大地震》在剧情带给人们悲痛与怜悯的同时,也以好莱坞的灾难和情节剧结构带来了感官的快感与享受。

其次,商业大片追求影片风格的完整性和娱乐性的统一。例如,近年来的商业大片在演员的选择上更多地集合了各路明星来亮化人物形象的塑造,在《一九四二》中有张国立、徐帆、李雪健、张涵予等,甚至邀请了两位奥斯卡影帝亚德里安·布劳迪和蒂姆·罗宾斯来加盟助阵,用名气和实力兼备的娱乐明星的演出抓取观众们眼球。在非常火爆的娱乐题材的商业影片《捉妖记》中,集中了吴君如、曾志伟、汤唯、姚晨等具有影响力的大牌明星,使影片更富有魅力和娱乐元素。

(二)类型化创作与生产是实现高票房与好口碑相统一的捷径。

21世纪以来,我国的电影已经迈入了产业化的阶段,电影产业以市场的规律来运作,使电影产业受到公共权力、商业资本以及大众文化的不断渗透,电影界也有了一个共识——成功的作品就应该得到经济利益与良好口碑的"双赢"。越来越多的商业大片,甚至包括主流大片都实现了高票房与好口碑的统一:2007年的《集结号》以2.6亿元的票房创造了当年电影票房的奇迹。影片以真实的故事打动人心,并成为"主旋律"作品的成功典范。2010年的《唐山大地震》创造了6.5亿票房,并实现了三天破亿的票房纪录。影片颠覆以往灾难片形式大于内容的表现形式,以情感与诚意打动观众,"震动"内心,被学界认为是兼具艺术性、思想性和时代感的示范之作。而陆川导演的作品《南京!南京!》以南京大屠杀为历史背景,最终取得了1.6亿的票房成绩,同样以此为背景的《金陵十三钗》取得了6.1亿的票房纪录,成为2011年度华语电影的票房冠军。2015年热播的《捉妖记》更是以超过24亿元的票房打破了中国电影不敌西方电影的神话。这些电影作品在取得高票房的同时,也保证了艺术性与思想性的统一。

(三)产业化运作是新时期我国商业大片创作的成功基石。

产业化运作是保证电影取得良好经济效益和社会效益的基础,也是被世界电影创作与生产已经证明了的法宝。产业化运作有一套基本的套路,一是花费重金搜寻好剧本,剧本往往请高手团队精心打磨;目前我国电影产业一个重要的问题就是好剧本缺乏。张艺谋导演曾说:"我们总说增加了多少银幕,文化产业、电影产业如何飞速发展,但我要告诉你的是,剧本荒依然非常严重!市场发展这么快,需求量这么大,好剧本却根本跟不上,粗制滥造和快速类型化、复制化,都导致了市场畸形,引发观众流失。"可见好剧本稀缺,已经威胁到中国电影产业的发展。有了产业化的运作,相对来说,剧本,尤其是好的剧本就有了基本的保障。①

二是重金聘请知名导演,聘请大牌明星加盟电影生产。因为知名导演和大牌明星本身的知名度就是一张名片,能够获得较好的票房保证。另外知名导演对电影创制有成功的经验,能够运用自如将电影跟时代风尚和社会氛围结合在一起,制造观影热点,比如,华谊兄弟有限责任公司聘请知名导演冯小刚担任公司的总导演,签约葛优、黄晓明、范冰冰、李冰冰等大牌明星;事实也证明,冯小刚以及这些电影明星为华谊兄弟创作和生产的电影带来源源不断的收视保证。

三是使用专业电影制作团队,加大电影制作的力度。很多电影为了视觉冲击力,往往聘请美国好莱坞电影专业制作公司进行后期制作。比如《唐山大地震》中的地震特效,房屋倒塌,地动山摇,令人震惊;《捉妖记》中妖的变化万千,激烈打斗等,都是选择世界知名的专业动画特效制作公司打造的结果。这也说明科技的力量在产业化电影发展中会成为越来越重要的力量。

四是与媒体合谋,利用媒体加大宣传,扩大影响,营销造势。比如,利用海选演员的机会大造声势,扩大电影的知名度,使得电影还未投产,就广为人知。这一点张艺谋导演的电影最为成功。电影拍摄完成放映之前,又利用首映式、明星促销等手段笼络影迷,稳定和扩大客源。还有,大幅度、高频度的新闻轰炸使得观众不得不面对,首映后的网络评论和灌水等做法也是电影促销的常见手段。在当今信息爆炸的图像时代,媒介左右着观众的趣味。

五是在电影创作与生产中适时植入广告,减少电影生产成本。这是产业化语境下经常使用的策略。比如,冯小刚导演电影就是以充满了植入式广告(product placement)著称,从《大腕》中对娃哈哈、可口可乐等的植入,《手机》中对中国移动通讯、摩托罗拉的植入,《非诚勿扰》更是将植入式广告推到了高峰,从地产到日常用具,从小型的烟酒到大型的汽车,从商业网站到支付信用卡,从航空公司到旅游目的地,从移动通讯到手机品牌,几乎无孔不入。据说《非诚勿

---

① 于帆:《国产影视剧本"缺"在哪?》,《中国文化报》,2012-03-05。

扰》的一半投资由广告主提供。①

总之,新世纪以来的商业大片以一种积极向上的精神力量将电影的思想导向和商业诉求完美结合,在躬身践行中昭示了中国电影发展的新路向——以商业平台打造上乘的电影大片,在获得高票房的同时,也能让观众体味到影片的思想和文化价值。这无疑是商业大片的成功带给中国电影导演的重要启示。

第六节　我国抗日影视剧的美学流变及价值选择

从1949年始到改革开放,再从改革开放到今天,抗战影视剧在我国作为一种极富生命力的特殊影视剧种一直活跃在银幕、银屏之上。这种类型的影视剧之所以活跃异常,既跟我国抗日历史有关,也跟我国民族情感有关,还跟我国影视剧的审查制度有关。当然,仔细检索,我们就会发现在社会发展的每个不同周期中,抗战影视剧的审美风貌有着巨大的差异。这种审美风貌的变化有着多种原因,抗战剧的美学选择和价值追求变化无疑也从侧面体现着公众意识形态的选择,乃至于国家整体的价值观走向。

一

从1949年起到20世纪80年代之间的中国大陆生产的抗战电影,无论是黑白片还是彩色片,从影片的主题要求、情节安排、场景设定、人物塑造、语言表达、叙事风格等方面,都呈现出非常统一的格调。

在主题方面,这一时期的抗日影视剧主要体现两个方面:一是歌颂中国共产党的英雄事迹,宣扬我党抗战的丰功伟绩,体现我党的优良传统:以民族、国家、人民利益为重,千方百计为人民谋利益,为国家谋前途,为民族谋解放。二是鞭挞日本帝国主义的残酷暴行,揭露国民党反动派助纣为虐的丑恶嘴脸,揭示日本帝国主义非正义战争必然失败的历史命运。

情节和内容的安排主要为树立我党和我军英雄人物的光辉形象以及我国各族人民英勇抗敌的光辉形象服务。在情节设定上,主要采取基本的模式:日本敌军侵略中国某地,遭到以中国共产党领导的中国军民一致抵抗,日本敌军实行残酷的扫荡和"三光"政策,敌人力量过于强大,我党我军我国各族人民被

---

① 朱国栋:《品牌植入式广告在中国产业化的五个障碍》,[EB/OL] http://www.dianliang.com/brand/chuanbo/look/200907/152782.html

迫转移到地下抗日阶段,日军暂时处于上风。但日本的暴行,日本的战争失去道义,激起人民更多的仇恨,最后在军民团结一心抗战下,日本彻底失败。影视剧的内容主要讲述以下几点:一是英雄人物不畏强暴、英勇抗敌故事。代表剧:《三进三城》《冲破黎明前的黑暗》《地道战》《地雷战》;二是普通民众机智勇敢抗敌故事。代表剧:《小兵张嘎》《鸡毛信》《沙家浜》《苦菜花》;三是整个中国万众一心、众志成城抗敌故事。代表剧:《平原游击队》《敌后游击队》。所有这些故事都必然伴随着日军残酷杀戮中国人民必定失败的命运故事。

在细节的处理方面力求突出我军、我国人民的机智勇敢和聪明才智,着力表现日军的残酷和愚蠢。所以往往采用画外音的方式,表达上更为直接,显得有些直白。我们看《地雷战》中的一段经典描述:

"不好! 地道口被狡猾的敌人发现了,他们不敢贸然进去,竟用几台抽水机轮番地往地里灌水,毒气也在鼓风机的煽动下,直扑地道!""别担心,他们有他们的打法,咱们有咱们的招数,几经改造的地道,既能防水,也可防毒"。你听,解说员那富有磁性的声音:"水是珍贵的,应当让他流回原处,烟是有毒的,不能放进一丝一缕。"鬼子已经没了招,咱们要开始动手了! 整个高家庄,村里村外,到外都成了埋葬日本帝国主义的汪洋大海,房上房下,火炕上,灶台下,到处都是复仇的枪口和子弹,冀中的平原上,到处是抗是武装,烧杀抢掠、作恶多端的小日本,在抗日战斗的滚滚洪流下,变成一群无头苍蝇!

这段描述要表现的是我党领导的军民团结一致,斗志昂扬,充满革命乐观主义精神,而日军则被游击队调动得东奔西跑,疲于应付,精疲力竭,最后在人们战争的海洋中被消灭掉。

在人物形象的塑造方面有非常鲜明的时代脸谱化特色。对我军英雄人物角色,要突出其机智、勇敢、大无畏精神。所以其人物形象往往高大、精神,呈现出阳刚之美。其人物语言往往干练、朴实,表现出精干、大气的风貌。代表人物:敌后武工队队长李向阳。对我国普通百姓人物,则突出其朴实、大义凛然、大无畏精神。其语言往往质朴无华,表现老百姓的勇敢和实在。代表人物:小兵张嘎等。

而在这一时期中,对于反面角色的处理也是脸谱化,带有故意的、明显的丑化和戏剧化倾向。影片中,日本侵略者的角色定位倾向于残忍、愚蠢、猥琐,而人物形象上则多见小胡子、圆框眼镜、秃头、肥头大脸等有明显贬低或嘲弄性质的模式化脸谱,行为上愚笨,像无头苍蝇,语无伦次,表现日本帝国主义色厉内荏的本质。在这个时期中,可以在观众心中留下深刻印象的反面角色非常多,但大多是基于行为和动作记忆,真正能被记住的名字并不多。

场景刻画方面,早期的抗日影视剧场景主要是人物活动的地点空间。场景刻画主要为内容服务,还没有达到强烈的独立程度。加上黑白电影不适合场景的刻画,当时的电影主要还处于文学叙事电影的阶段,强调的是文学性,故场景刻画相对较为单薄,场景在电影中处于从属地位,主要为刻画人物形象和推动情节发展而服务。

在情感表达的方面,主要是突出国家情、民族情,强调阶级情感、集体情感,不谈甚至有意识回避个人感情。强调宏大叙事,个人在影视中力量有限,往往遮蔽于国家民族主题之下。比如《地道战》《地雷战》《平原游击队》这些经典抗战影视剧没有爱情表达。

80年代之前的抗战题材多属于大银幕作品,受到国家体制宣传策略的影响,在美学上突出党风党政和优秀的光荣传统,所以影视剧往往呈现出机械的戏剧化和模式化倾向。这一整体风格铸造了一大批正面的银幕经典角色。《地道战》《地雷战》《平原游击队》《铁道游击队》等一大批带有鲜明精神导向作用和时代印记的影片深深地影响了几代人。这种美学表现形式选择的背后是无产阶级革命的崇高性的政治观念深刻地影响着人们、用看得见、感知得到的审美形态隐藏着看不见、摸不着的政治意识形态,用审美表现学的"崇高",替换了政治伦理学的"应当",最后达到审美欣赏学的"自愿"。通过这一同质化的影视产品以达到无意识中对生命个体进行内在思想与外在审美的双重导引与强制规训,从而最终建立起合乎主流意识形态认同的审美秩序和审美政治。应该着重指出的是:借助艺术以统一思想、规范社会、教化人心是统治者惯用的手段和方法。通过借助同质化的革命现实主义形式与想象化的革命浪漫主义精神,抗日影视剧就成为建构集体记忆、建立个人认同、确立理想信仰的重要形式之一。

二

20世纪70年代末以来,中国进入了如火如荼的改革开放。在经济领域开放的同时,思想、教育、文化等领域也纷纷变革。随着电视机在内地的普及,公众的文艺文化生活也进一步的开阔起来。同时港台乃至欧美影视剧的各种渠道输入,公众对于文艺生活的思考也有了很大的改变。整个80年代,随着港台和进口影片的出现,大银幕更多的倾向于喜剧、枪战、动作类的商业影片,而内容上也更加的多元化,爱情、谍战、武侠故事片风靡一时。相比之下抗战题材的影视剧在审美选择上呈现出多样性融合,有着鲜明的时代特点和个性特点,体现了意识形态开放与包容。

这一时期的抗战影视剧在主题上,不再只局限于国家大义,民族命运,对爱情、亲情、友情的歌颂也在其中占据着主要的地位,有的影视剧只是借助抗战的题材,唱响的却是一曲关于爱情、亲情、友情的赞歌。抗日影视剧主题选择的多元色彩,从某种意义上体现出人们思想的解放和生命个体主体性的觉醒。这一时期抗战影视剧的代表作品有:《八女投江》《关东大侠》《女子别动队》《关东女侠》《水鸟行动》《一个与八个》《破袭战》《晚钟》《红高粱》等。

在故事情节安排上,受到港台影视武侠文化和爱情风靡的影响,这一时期的抗战影视剧基本上也是围绕武侠和爱情做文章,并朝着奇侠化和悲情化两个方向发展。比如,《关东大侠》和《关东女侠》从题目本身就可以看出有奇侠化的方向,都利用当时流行的"侠"安排剧情,并将武功与爱情结合起来。《关东女侠》为了让故事吸引人,情节上除了奇侠化外,还打起了悲情牌,围绕女主人公离奇的爱情做文章,剧情安排波澜起伏,出人意料,特别是故事结尾,在男女主人公双双走向死亡的过程中,造就悲情的哀歌。

在人物形象塑造方面,这一时期的抗战影视剧作品中正面角色的塑造更加的丰富饱满,不再局限于民族大义的政治色彩精神气质,也有爱情、友情、亲情等人间烟火味的情感内涵和情感冲突。其人物语言也非常符合人物的性格特点。比如,《关东大侠》中的关云天,不仅有着民族大义的一身正气,也有爱恋情人二兰子的侠骨柔情;而《关东女侠》中的女侠,其形象也表现得非常细腻和丰满,体现了人物本身的内在逻辑和情感的复杂性。这一时期的抗战影视剧非常重视个人的情感体验的体现,甚至宏大的阶级情感都是通过细腻的人物情感来加以表现。在五六十年代强调的宏大叙事在这一时期已逐渐淡化、渐行渐远。

在细节处理上,这一时期的细节处理更细腻,表达更为自然,不显生硬,与主题也更为贴近。比如《红高粱》中的"颠轿"情节:

青杀口、高粱地、烈日下的黄土地、火红的轿子、飞扬的尘土、轿夫队伍在欢快的唢呐和锣鼓声中入画。随着轿夫(姜文饰演)的一句"不吱声? 颠! 颠不出她的话就颠出她的尿!"壮汉轿夫们在粗野的号子歌声中开始动作亢奋的"摇滚式"颠轿,前摇后晃地让新娘子不能安生,轿中,一身嫁衣的新娘子(巩俐饰演)神色有些迷惑。姜文和轿夫们酣然大笑,随着号子的逐渐高亢,颠轿的动作也越加奔放,轿中,巩俐神色开始慌张,双手捉住轿子,咬牙就是不吭声。姜文的画外音"还是不说话,再给我颠!"随后鼓点更加激烈,轿子就像狂风大浪中的颠簸的一叶小舟,轿中,新娘子默默将脚下的剪刀捡起放入怀中,剧烈的颠簸中,她终于忍不住开始啜泣。轿外,轿夫仍在狂舞颠轿,姜文听到轿中传来的哭泣声,不忍,一摆手,"走",颠轿戛然而止,在新娘子的啜泣声中,安静的轿夫队伍走过了青杀口。

通过这场看似癫狂的视觉效果浓烈、动感效果明显的"颠轿"场景描写,既为下文情节的发展奠定基础,又着力表现了对原始生命意志、生命激情的赞颂与褒扬。

20 世纪 80 年代,港台武侠和爱情剧在大陆风靡一时,万人空巷,《上海滩》《霍元甲》《黄飞鸿》等成为街头巷尾、田间地头的热议对象,《上海滩》中周润发、赵雅芝扮演的男女主人公的爱情悲剧更是牵动亿万观众的心灵。究其深层原因首先在于其契合了大陆观众的基本情感逻辑:关注生命个体内在的情感需求与审美喜好,关注个体的生存状况与价值理想,关注个体在新的时代社会所遭遇的内心焦虑与情感迷失,并极力表现生命个体的生命之美、生活之美、人性之美。

其次,流行于 50 至 70 年代的影视剧从某种意义上代表着过往传统,过往传统意味着守旧落后,而港台流行影视剧因其优越的地理位置与宽松的政治氛围而较早步入现代,现代意味着进步,这对于急于摆脱守旧落后、融入现代化进程的普通大众而言,自然成为首选的精神食粮。在此意义上,认同港台流行影视就意味着认同大陆文化的现代性取向。

围绕着武侠、爱情做文章的抗日影视剧表面上看似偶然,实则必然。尤其是"爱情"在"文革"期间被认为代表着资产阶级情调生活的"毒草"而受到全民的批判,而现在则代表着思想的解放、时代的发展与社会的变迁的"鲜花"在影视中重新得到认同。

总之,80 年代抗日影视剧淡化 50 至 70 年代抗日影视剧所表现出来的意识形态规训与形而上的教化功能,转而关注个体内在的情感需求与审美喜好,关注个体的生存状况与价值理想,关注个体在新的时代社会所遭遇的内心焦虑与情感迷失,并极力表现生命个体的生命之美、生活之美、人性之美。这表明这一时期的抗日影视剧也执着于思想与个性的启蒙而非公共交流与社会变革的态度,成为人们思想解放、生命觉醒,乃至身体解放的不二选择。

三

20 世纪 90 年代,随着改革开放的深入和我国电影企业的转型改制,影视剧的商业化、市场化运作逐渐成为影视生产的主流。一大批影视明星通过与影视公司签约的形式融入了影视文化工业的生产体系中,文化工业的生产体系为影视明星成长和发展,也为影视艺术的蓬勃发展提供了制度基础和市场保障,而市场的多元化需求也必然带来多种类型影视剧种流行和多样影视风格的出现。表现在这一时期的抗战影视剧中,《黄河绝恋》《红樱桃》《地狱究竟有几层》《云南故事》《南京 1937》《犬王》等颇具现代视角和商业气质的故事影片也你方唱罢我登场,各领风骚两三年。这个时期抗战影视剧整体的美学趣味开始围绕票房做文章,所以,场面的宏大震撼、故事的引人入胜,情感的曲折感人,影视主角的气质风度等成为影视表现主要的追求目标。

受到改革开放带来的外来价值观的影响,国人传统的价值观和意识形态发生了巨大的变化,观众不再依赖于英雄人物的心理催眠,所以这一时期的抗战影视剧在主题的表达上转而通过生命个体的情感选择和人物的个人命运来曲折地反思战争的残酷,拷问生命的意义,进而发掘人性的复杂。比如《红樱桃》中通过"楚楚"这一主人公的人生悲剧来反映战争带给人们的伤害;《地狱究竟有几层》通过主人公日本记者"秋山和美"的悲剧人生来展示日本军国主义的残忍,思索人生命运的选择,拷问生命的意义;《黄河绝恋》通过艰难曲折的护送过程中美国飞行员欧文的眼睛反映中国人民在残暴的侵略者面前所表现出不屈不挠的民族精神,歌颂在战斗中建立的生死与共的美好感情。

这一时期抗战影视剧情节和内容的安排,与80年代奇侠化、悲情化不同,重新回到现实主义和浪漫主义结合的道路。通过战争所带给人们悲欢离合、曲折动人来表现人世间美好情感的可贵、纯洁和唯美,歌颂人性的善良与美好,鞭挞人性的自私和丑恶。比如《黄河绝恋》表现男女主人公在黄河边上相识、相助、相爱,最后因敌人的追逼被迫跳入黄河,女卫生员把生命的希望让给了她所爱的异国飞行员和代表着祖国未来的小孩,自沉入水,在这汹涌澎湃的壶口瀑布演绎了一曲雄浑壮烈的恋歌。剧中由美国飞行员欧文、宁静扮演的安洁演绎的悲壮动人的爱情,因为战争而演绎得荡气回肠,感人至深。

场景的刻画,着重借用电影语言来突出视觉的吸引力,听觉的震撼力,强调场景本身的审美感召力。所以场景或宏大而绚丽,或细腻而生动,成为表达主题,塑造人物、制造氛围的主要手段。

在人物形象的塑造上,偶像化成为这一时期影视剧的不二选择,抗战影视剧同样也是如此。剧中男主人公往往高大、帅气、阳光,女主人公往往美丽、可爱、动人,具有非常强的吸引力和感染力。这是票房飙升的主要保证之一。比如,《黄河绝恋》中的安洁(宁静扮演)美丽动人、爱憎分明,给人心灵以美好的涤荡,给人视觉以美的享受。这种影视演员的选择意味着观众影视审美观念的变革:身体美学在影视艺术中占据着越来越重要的地位,也表明观众对生命本身的关注远远大于高深的正义宣扬。

细节处理上,也非常强调不着痕迹的塑造人物形象,表现思想主题。比如《黄河绝恋》中安洁伸开双手在黄河边享受阳光细节,更能呈现生命的美好与可贵。还有安洁为保卫美国飞行员和小孩,割断绳子,放弃自己的生命。这些细节都很好地将人物的美好和战争残酷结合在一起,当美好的人物和事物遭到毁灭,对战争的无声的控诉就更为强烈!

总之,这一时期的抗日影视剧因为市场化、商业化的运作,较好地适应了消费的民主化、大众化时代潮流;也正是因为市场化、商业化的运作,导致了抗日影视剧消解了以前所具有的社会政治与文化意识形态,使得这时候的影视消费成为生命个体消费的私人事务。影视消费主要是用来进行情感宣泄,身份认同也要建立在情感宣泄的基础上。当然,20 世纪 90 年代我国还处于一个过渡时期,所以这一时期的影视艺术更多还呈现为一种主流意识形态与消费意识形态的交集纠缠状态。一方面,我们听到了商业化前进的号角,看到了市场化运作的景观;另一方面,我们依然能够触摸到主流意识形态的脉搏,看到政治美学的依稀背影。

四

2000 年以后,随着国家经济高速发展,更多的商业资本经由市场进入到影视产业,同时影视技术的发展也给影视生产带来质的飞跃。脱离了国家主导的原始生产环境后,中国影视的生产更具商业化,也更具产业化,显现出多元发展的格局。产业化给影视生产带来了巨大的动力同时也将中国影视带入了一个审美趣味多元和合、众声喧哗的境地。表现在这一时期抗日影视剧生产上,则既有多元人性化考量的戏剧化杰作,如《鬼子来了》;也有弘扬主旋律,歌颂领袖气质风度,巩固民众爱国热情的献礼片,如《太行山上》;还有突出历史真实感的"伪纪录"片,如《南京! 南京!》;但更多的是作为纯粹放松绷紧的神经,打发时间的消费娱乐片,如《抗日奇侠》《举起手来》等。这几种类型既有这一时代共同的美学特点,又呈现出独特的美学选择,也暗含着各自的价值选择。这种共同性和差异性更多地体现了影视生产产业化语境下的"标准化"和"伪个性化"实质,有着特殊的意识形态诉求。

《鬼子来了》以更多元的人性化角度和更丰富的戏剧化处理方式,使得中国抗日影视剧在政治立场上和文人情怀上的惯性被彻底打破。与其说这部电影是在言说抗日战争,不如说是借抗日演说更深层面的文化。在这部电影当中,姜文以一个独特的视角表达了中华民族众多小人物的悲凉,以及对民族文化性格的反思。姜文选取了一个普通的农民马大三作为主人公,选择了一个小山村作为故事发展的主要背景,选择了一个简单得不能再简单的事件作为情节展开的推手,并自然而然地发展到最后悲剧的结局。这一悲剧故事在这个电影中一点也不曲折,却一步一步地印证着秉性温顺贤良,但也愚昧麻木的中国农民的悲剧结局。

作为弘扬主旋律，歌颂领袖气质风度，巩固民众爱国热情的献礼片是主流意识形态在新的历史时期建构价值观念和思想认同的主要手段。比如《太行山上》，以抗日战争为宏阔背景，讲述八路军总司令朱德率领八路军三个主力师东渡黄河，挺进中原，赶赴抗日前线，最终建立太行山根据地的光辉历程。这部电影着重选择了平型关大捷、阳明堡战役、黄土岭战役等几个关键战役，以表现我党我军领导的抗日武装力量坚持抗日民族统一战线，以民族利益和民族大义为重，击毙了有日本名将之花的阿部规秀中将等日本侵略者，彻底粉碎了日本侵略者的黄粱美梦，成功地塑造了朱德等老一辈革命家的光辉形像。

为了提高电影吸引力，本片运用了大量的运动镜头以表现战争的激烈场面，以及时局的不安和动荡，更使用了大量的数码科技来呈现出千军万马的浩大气势和泥石流滚涌而下的宏大场面，并运用肩扛摄影机拍摄来增强战火纷飞的真实感。为了打造出一流的视觉盛宴，突出更有质感的战争场面，突出电影视觉的可观赏性和愉悦性，这部影片拍摄过程中共动用了60余吨炸药，出动直升机50余次；为了在细节处理上也紧跟时代步伐，更强调影视细节的真实感与震撼感方面的处理，在后期制作过程中运用了当时来讲堪称数量最多的数字特技，场面非常震撼。

在众多的美学选择中，还有以高群书、陆川等导演的着重于突出历史真实感的"伪纪录"片的方式走进观众视野的抗战题材影视作品。这种抗日影视剧以一种新的美学形式给观众带来关于战争的新视野、新体验、新思考。代表性的经典影片是《南京！南京！》。

《南京！南京！》在主题上，强调在那段幽暗的黑色岁月里，中国人有过不屈不挠的抗争！在暴行面前，它的抵抗，它的自我救赎，它的力量是很强大的。他们挣扎过，可能软弱过，但在死亡的这座城市中间，他们最终都用自己的方式活出了尊严。

叙事上它开启了一个新的视角，以日本兵角川的视角来告诉人们——南京，是一座抵抗之城。不论是军官陆剑雄、归国女教师姜淑云，还是舞女小江、拉贝秘书唐先生，都在用自己的方式做着抵抗，用他们的血肉之躯在这座死亡之城用一种独特的方式奋战着。

表达方式上影片用独特的历史视角及极具张力的黑白叙事影像，讲述了一段属于南京大屠杀和中国人自己的抗争。黑白纪录片这一形式更具有历史感，也往往更具真实感，用这种形式去记录南京大屠杀，更能表现震撼感、生发历史感。黑白形式的笔触是冷静的，态度是严肃的，反思是深刻的。它告诉我们战争的残酷，人民的苦难，敌人的暴虐，胜利的艰难。

五

21世纪以来，我们的社会逐渐进入到消费时代和娱乐时代。影视作为主要的消遣娱乐形式之一，也呈现出鲜明的消费特色和娱乐特色。反映在抗日影视剧中就是主题偏离抗日，其实质对影视生产企业来说是资本增值，对观众来说是追求娱乐，追求消遣，放松日常工作中的紧张神经，消除日常生活中的生存压力。也正是在这种主题追求下，抗战题材影片完全抛开了历史政治元素，彻底摆脱了意识形态的束缚，开始了追求视觉刺激的娱乐化浪潮。

总结这一类型的抗日影视剧的美学表现，主要有三个方向：一是娱乐化。娱乐化最为显著的表现形式就是用武侠片的形式来处理抗日战争。在这些作品里，抗日英雄仿佛李寻欢附体，飞刀冲进敌军炮火，秒杀数百人。这些剧情夸张、超乎逻辑、与历史相去甚远，收视却常常拔得头筹。二是时尚化。时尚化通常是借助偶像化来完成，偶像派演员的加盟让抗日剧与青春偶像剧完美嫁接。三是脸谱化。脸谱化是给人物贴上标签。在这些抗日剧里，抗日英雄都是神勇无比，或功夫高强，或枪法惊人，而日本军人总是很猥琐，常常衣冠不整，留着小胡子，一脸邪恶，见到女人就流口水喊着"花姑娘"，见到好人就喊"八格牙路"；而在八路军、民兵等抗日英雄面前，他们不到五秒钟便抱头鼠窜，大呼"饶命"。

总之，这一时期的抗战影视剧美学狂欢，尤其是追求营造枪战、武打动作、血腥观赏等视觉奇观形成的新的美学表现范式，造成了各种雷人的情节成为一种时尚："八路军战士"徒手将敌人撕成了两半，"鬼子"血肉横飞，英雄凛然一笑。"八路军女战士"被一群日军侮辱后，腾空跃起，数箭连发，几十名"鬼子兵"接连毙命。还有绣花针、铁砂掌、鹰爪功、化骨绵掌、太极神功轮番出现，取敌人首级如探囊取物。电视剧《孤岛飞鹰》中，抗日小分队用上了当代才有的越野摩托车，手持美式冲锋枪，人人带着摩托帽，身穿黑色皮大氅。

为了营造观赏效果和给予观众更强的心理冲击，有些电视剧还会将女子受到性侵害的场景大肆渲染，还有的将这种满足普通人阴暗心理的性欲观赏与暴力美学结合起来构成视觉和心理冲击力的段落。

这一类型抗战影视剧的"脸谱化""时尚化""娱乐化"掩盖的是产业化运作背后的票房的意识形态：一方面可以弱化史实争论和对意识形态的过分纠结，躲避影视的审查制度；另一方面用爱情、暴力、悬疑、性感等时尚元素吸引观众。表面的"民族大义"的包裹下掩藏着精明的商业算计和资本逻辑。但是血腥的八年抗战、英雄之悲壮、胜利之艰难、人性的复杂等这些影视应有之义却在这种快乐消遣当中被巧妙地遮蔽了。

　　产业化运作的影视生产体系为影视艺术的蓬勃发展提供了制度基础和市场保障,而市场的多元化需求也必然带来多样的影视风格的出现。当然,这也暗藏着巨大的危机:作为大众接受群体最为便捷的艺术形式的影视(尤其是抗日影视)在成功摆脱主流意识形态控制后,复又被卷入市场意识形态的牢笼,并坠入到全球消费文化缔造的审美幻象中,在此幻象中,消费主体极易安享于一种虚假的审美共同体当中,而忘却人之感性现实的生命根基。

　　一方面,影视艺术天然的大众性、市场性及其表现自我价值、释放生命冲动、舒缓情感压力的艺术目的,正与90年代初期中国传统社会向现代社会的转型相表里。有学者指出,"当以宗教信仰、血缘关系为依托建立的社会准则在以个体为本位的现代社会中碎裂,个体的道德规范、审美趣味、行为标准不再与一个更加深厚的文化传统或者精神信仰相关时,个体只能以世俗生活本身为依托,到感性自身中去寻找存在的理由和自我满足,因此表现生命冲动成为艺术和审美的核心。"①而影视艺术受众的广泛性、流通的当下性决定了对其消费更多地带有符号或象征化的意义:受众通过选择与其心理需要或审美喜好相适应的影视类型,并在这种影视类型的消费中寻求情感的归属或身份的认同,以此实现自我消费的定位。

　　另一方面,影视艺术市场化、产业化产生了"标准化"和"伪个性化"的特征,并通过刺激人们的"被动消费",直接起到"社会的黏合剂"的作用。② 早期西方马克思主义大众文化批判理论的重要代表阿多诺指出,"与音乐标准化的必然关联的是伪个性化。伪个性化意味着在标准化的基础上赋予文化的大众生产以自由选择和开放的市场光环。可以说,流行歌曲的标准化就是使消费者受到他们所听歌曲的控制;就伪个性化而言,它控制消费者的手法是让他们忘记自己所听的歌曲早已被听过或已被'事先消化'。"③这一理论同样适合于影视消费。众所周知,市场不仅生产着影视生产者,也生产着影视消费者。影视艺术的"标准化"与"伪个性化"将所有的情感纳入统一的消费模式中,将人的感受力与创造力不加区分地塞进平面化的生活方式中、时尚化的消费行为中、肤浅化的审美趣味中,在看似差异实则相同的影视艺术形式中直接钝化主体的感受力与反思批判力,使人的主体性淹没在均质化的商业意识形态中,而主体性作为现代文化的内核,是现代性

---

① 陈炎:《中国当代审美文化》,河南人民出版社2008年版,第203页。
② Theodor W. Adorno, "On Popular Music," in John Storey ed., Cultural Theory and Popular Culture: A Reader, Prentice Hall, 1998, p. 198 - 206; p. 203; p. 205 - 206; p. 206.
③ 同上.

启蒙的标志。所以,当影视艺术利用其标准化和伪个性化特征,钝化听众的感觉,软化听众的反思批判力,消解人的本质的丰富性与个体的差异性时,最终所导致的是整个文化的感官化、平面化、单一化与人的异化。

大众之所以甘愿听从影视艺术的召唤,阿多诺对流行音乐的看法可以作为这一现象的解释:"在当今的社会里,大众由于艺术作品物质化潜入生活,他们被同样模式的产品所操控。音乐娱乐产品的消费者本身就是目标,或者说他们是真正的同一种机械过程的产物,而这一过程决定流行音乐的生产。他们的空闲时间只不过是为了延续其工作能力,休息只是途径而不是目的。生产过程的威力延续看上去是'自由'的时间段里。人们之所以需要标准化的伪个性化商品,是因为他们的闲暇既是对劳动的一种逃避,同时又是由那种心理态度铸造而成的,即他们平凡乏味的世界使他们完全习惯了的那种态度。对大众来说,流行音乐就是上班族的休息日。所以今天我们有理由说在流行音乐的生产和消费之间有一种预先设定的协调。无论如何,人们渴望得到他们所要得到的东西。"[1]所以,通过影视艺术并不能使大众摆脱消费社会的审美怪圈:"流行音乐的刺激所遇到的问题是,人们无法将自己的精力花在千篇一律的歌曲上,这意味着他们又变得厌烦无聊起来。这是一个使逃避无法兑现的怪圈。而无法逃避又使得人们对流行音乐普遍采取了一种漫不经心的态度。人们认可流行音乐之日往往也是它不费吹灰之力就能引起轰动之时。人们对这一时刻的突然关注使得它立刻烟消云散,结果听众便被放逐到漫不经心与精神涣散的王国里去了。"[2]这在影视艺术当中尤其明显。

结果是,无论是何种风格的影视艺术,影视对于观众的意义就在于其最后都成了"社会的黏合剂":构成影视的语言被一些看似客观的过程转变成了他们认同自己的语言,即一种可以承载他们惯例性希望的载体和工具。影视对他们来说就是这样一种载体,这样一种工具。影视艺术的自主性被一种单纯的社会心理功能所取代。如今,我国抗日影视剧也成了一种大型的社会黏合剂。抗日影视剧作为大众宣泄与慰藉的工具,保证了人们思想的整齐划一,使人们甘心依附于固有的社会秩序。正是在这个意义上,我们说作为特殊题材的抗日影视剧在调和大众对社会的不满的同时,也使自己与社会握手言和了;在净化民众心理的同时,又将大众整合进现行的社会规制当中。

---

① Theodor W. Adorno,"On Popular Music,"in John Storey ed. ,Cultural Theory and Popular Culture:A Reader,Prentice Hall,1998,p. 198 – 206;p. 203;p. 205 – 206;p. 206.

② 同上。

第四章

产业化语境下电视剧创制的美学规制

中国是世界上拥有电视机数量最多的国家,也是电视剧观众数量最多的国家,全国电视有线网在 2005 年就达到 240 多万公里,连通 1.26 亿户收视家庭,电视人口综合覆盖已达到 95.81%。[①] 在全世界 30 亿电视观众中,中国占 12.4 亿。中国已成为颇具影响的电视大国。电视剧在人们的日常生活,尤其是闲暇生活中占据了非常重要的地位。所以,总结产业化语境下我国电视剧创作的美学规制具有重要的理论意义和实践意义。

第一节　产业化进程中我国电视剧生产的整体景观

20 世纪 90 年代随着我国企业转制改革,电视剧生产企业也按照建立现代企业制度的要求逐渐完成企业的改制转型。市场化、产业化以来,我国电视剧创作与生产得到了前所未有的发展,纵观我国国内电视剧的创作与生产的整体状况,有以下几个明显的特点。

一是电视剧数量巨大,集数超长。国内生产的电视剧数量总量惊人,生产数量世界第一。据统计,从 2003 年起突破了万集大关,我国电视剧生产的数量每年以超过一千集的速度递增。在 2009 年获得发行许可的国产剧有 12910 集之多,2011 年有 1.5 万集之多,2012 年共生产了电视剧 17703 集,2013 年生产电视剧 441 部共 15783 集,电视动画片 199132 分钟。国内电视剧呈现为集数超长,一般都长达 40 多集,最长的居然有 120 集。而同一时期,美国电视剧年产只有 4000 集左右,还不到我国的四分之一。从市场承载量来看,据有关人士推算,国内电视台黄金档播出的电视剧数量一年不过 8000 集左右,按照这个速度

---

① 朱虹文:《中国电视业目前的规模及主要成就》,《电视研究》,2006 年第 5 期。

现有的电视台24小时连续不停地播放,还要两年时间才能消耗完所产数量。也正因为电视剧数量太多,电视剧整体上处于播一半,弃一半的状况,很多电视剧还没有被播映就胎死腹中。这种状况也造成资源的极大浪费。

二是电视剧创作和生产成本逐渐提升,电视剧生产方式多样化。随着社会的发展,电影产业竞争激烈,电视剧生产成本也逐渐上升。据统计,20世纪90年代,每部电视剧均投入500多万元。而到21世纪初期,每部电视剧均投入超过3000万元,电视剧生产投入超过亿元的比比皆是。比如,2010年,新《三国》投入达到1.5亿元,《西游记》投入达到1.3亿元,《红楼梦》的投资达到1.8亿元。而且这种发展趋势甚至有增无减。这也表明产业化以来我国电视创作和生产的成本剧增。同时,电视剧的生产方式朝着多样化方向发展。目前主要有专业的创作和制作企业与电视台自己成立创作制作部门进行电视剧的创作和生产。据2005年的研究数据统计,目前全国共有各类广播电视节目制作经营机构1944家、制作公司1200余家。全国各类制作机构注册资金总计接近150亿元人民币、固定资产接近80亿元人民币。这些电视制作企业承担了相当的电视剧创作和制作任务。[①] 同时,各个电视台通过各种方式,如自制、定制、预购、合作等,积极介入电视剧的创作和生产。尤其是一些有实力的电视台,如湖南、浙江、上海等实力派电视台,大多主张自己进行电视剧的创作、拍摄和生产。随着互联网、移动通讯技术的进步和发展,电视剧的销售渠道猛增,大型的互联网企业也介入到电视剧的创作和生产当中来,并且取得了相应的播放平台,也获得了较好的经济效益和社会效益,比如腾讯、爱奇艺等互联网企业。随着电视剧销售渠道、播放平台的增加,电视剧创作和生产的方式更将多元化发展。

三是电视剧类型复杂,电视剧质量良莠不齐。

产业化以来,我国电视剧类型众多。从题材和内容的角度,再结合生产的实际和类型的定义,研究者认为可以把中国大陆电视剧类型划分为历史剧、武侠剧、爱情剧、农村剧、公安剧、家庭剧、军旅剧、记录剧、戏曲剧、重大革命历史题材剧等十大类型。[②] 并且这十种类型相互之间有交集,有混合,交融发展。比如,历史剧中有爱情剧的影子,有武侠剧的因素;武侠剧中也有历史剧的影子,有爱情剧的因素;而爱情剧中,融合的类型就更多,几乎可以渗透到一切其他类型之中。电视剧的类型复杂源于现实社会的复杂,源于外面世界的复杂。当前

---

① 《中国电视剧创作与生产现状》,[EB/OL]http://www.xici.net/
② 张智华:《改革开放30年来中国电视剧类型的发展与变化》,《中国电视》,2008年第12期,第32-35页。

我国电视剧创作有多重类型杂糅发展的态势：既有两种类型的杂糅，也有三种类型的混搭，还有多种类型的叠加。比如，言情剧与伦理剧杂糅，如《我们结婚吧》《父母爱情》《金婚》《爱的多米诺》《乡村爱情》等；青春偶像剧与言情剧混杂，如《长大》《青春烈火》《青春正能量之我是女神》等；军旅剧与言情剧混合，如《亮剑》《激情燃烧的岁月》《铁血独立营》等；历史剧与伦理剧混搭，如《雍正王朝》《神探狄仁杰》《康熙大帝》《汉武大帝》等；言情剧、家庭剧、战争剧等的叠加，如《高粱红了》《闯关东》《黎明前的抉择》等。

我国电视剧的质量，随着市场经济的发展，尤其是产业化以来，整体上呈现出优胜劣汰的良好局面。在市场化初期，电视剧的质量则参差不齐，良莠掺杂。好的电视剧既能有好的口碑，又能有好的反响，能做到经济效益与社会效益同步发展，如《士兵突击》《闯关东》《金婚》《潜伏》等。但是目前我国的电视剧创作与生产真正形成品牌效应的王牌作品还相对较少，有的电视剧只有好的经济效益，其社会效益相对低下，反响复杂，如反映宫廷争斗的《后宫甄嬛传》等。当然，还有的电视剧则在市场漩涡里迷失了方向，以低级趣味和庸俗倾向为导向，结果创作和生产出来的电视剧只能受到市场的抵触，经济效益与社会效益都相对质量低下。这些情况也反映了我国电视剧创作与生产还有待于进一步规范，进一步提升品质。

四是电视剧生产的明星效益，目标消费。在审美倾向上体现为主打情感，注重视觉效果。电视剧生产依赖明星效益，注重目标消费群体的审美趣味。影视剧明星一直是广大消费者的心灵偶像，是电视剧消费的票房保证，所以，电视剧要保证票房收入，一定要有号召力的明星加盟。像黄晓明、赵薇、范冰冰、葛优、刘晓庆、蒋雯丽、张国立、陶虹、殷桃、刘涛、孙丽、周迅、李幼斌等明星一直受到广大消费者的推崇。通过研究数据分析，电视剧主要的消费群体是中年妇女，占整个消费人群的48.6%。[①]

所以，我国的电视剧创作与生产以符合妇女审美趣味居多的爱情肥皂剧为最主要的电视剧类型，自20世纪90年代的《渴望》热播以后，情感剧一直是电视剧创作与生产中最强有力的卖点。琼瑶的情感系列剧曾一度占领了大陆电视荧屏。后来的《还珠格格》系列红遍中国的大江南北，更为重要的是以宫廷为背景来描写这种人间的亲情、爱情、友情。即使是谍战剧、枪战剧、抗日剧、武侠剧等，为保证有效的收视率，也往往在其中加入很强的情感戏分。在新世纪以来，随着韩剧在我国的走红，加上韩国当红明星都是清一色的俊男靓女，我国电

---

① 董琦琦：《国产电视剧与受众关系研究》，《东南传播》，2010年第4期，第102－105页。

视剧生产一度都热衷于启用韩国的当红影视明星作为主演之一。

五是系列化生产，品牌化延续。产业化以来我国电视剧的系列化创作和生产主要通过以下几种方式进行，一是关键人物系列，如黄飞鸿系列剧，猪八戒系列剧、还珠格格系列剧；二是情景系列剧，如《家有儿女》、《一家老少往前冲》、《乡村爱情》系列等；三是关系系列剧，如"清王朝系列剧"、唐太宗系列剧、《康熙微服私访记》系列、《神探狄仁杰》系列，宫廷剧系列等。通过系列化生产，一是保证电视剧收视率，培养观众的忠诚度；二是节省生产成本，减少资本风险；三是有利于形成品牌，扩大衍生产品。《清王朝系列剧》，黄飞鸿系列剧，猪八戒系列剧，《还珠格格》系列，等等。其中，赵本山导演的《乡村爱情》系列剧，目前已经创作了8部，时间跨越近十个年头，总集数达到了近400集，堪称产业化以来中国电视剧创作和生产的"第一神剧"。系列化是文艺产业化重要途径，也是文艺品牌化的重要策略。系列化生产一方面是为了控制投资风险，产生较好的经济效益；另一方面也是培养观众的忠诚度，满足电视剧消费者的审美期待和审美趣味。系列化创作和生产也一直是世界文艺创作和生产成功的典范方式。从迪士尼的动画片《米老鼠与唐老鸭》系列到现代影视中的《生活大爆炸》系列、《摩登家庭》系列、《哈利·波特》系列以及我国的《家有儿女》系列，儿童动画系列片《蓝猫淘气三千问》系列、《喜羊羊与灰太狼》系列，这些系列电视剧都伴随着许多观众的人生成长，带给他们不可估量的快乐体验和情感记忆。电视剧系列化创作和生产本身，不仅满足了电视剧消费者的审美需求，也符合文化产业的经济规律。

产业化以来我国电视剧创作和生产的品牌化主要指在以前电视剧创作和生产的成功产品的基础上沿用以前的创作思路、创作模式等创作出新的电视剧。这种电视剧创作和生产具有相当的影响力和号召力，以致观众养成了非看不可的冲动。品牌化主要通过几个途径加以实现：一是编剧的品牌化。主要指电视剧编剧创作的作品形成了较好的口碑，为广大观众所接受。比如，当年编剧琼瑶创作的一系列言情剧《情深深雨蒙蒙》《青青河边草》《又见一帘幽梦》《花非花雾非雾》《还珠格格》《云水间》；海岩创作的一系列电视剧《永不瞑目》《玉观音》《便衣警察》《拿什么拯救你，我的爱人》《五星饭店》等；二是电视剧导演的品牌化。指电视剧导演拍摄的作品获得了较好的口碑，为观众所认可。比如，赵宝刚导演的电视剧《老有所依》《婚姻保卫战》《我的青春谁做主》《奋斗》；三是指电视剧演员的品牌化。指电视剧演员形成了较好的风格，被广大的观众所热捧。比如，王宝强以质朴的风格被广大观众所认同后，他主演的很多电视剧《士兵突击》《我的兄弟叫顺溜》《我的父亲是板凳》《我们这一拨人》等都有很好的收视率;演员李幼斌以刚强男人的风格被认可,他主演的《亮剑》《闯关东》《旗袍》《中国地》《老严有女不愁嫁》等都有很好的收视率。四是题材内容的品牌化。主要指某一电视剧创作成功以后,形成了较好的口碑,接下来以其相同内容和题材创作和生产的电视剧也会得到观众的认可。比如《还珠格格》前后拍了三部,《乡村爱情》已经拍了八部,《家有儿女》也拍了三部,《猪八戒》系列电视剧共有三部。并且,当这四种品牌化叠加在一起时产生的品牌化效益更为强烈,也更为持久。有些电视台为了确保收视率甚至开设了赵宝刚剧场。①

当然,国产电视剧存在几种主要的问题:

一是翻拍经典。翻拍经典既是电视剧创作为了保证收视率的策略,也是电视剧创作缺乏创新性的典型表现。根据国家广电总局统计数据,2010 年热播的电视剧中,翻拍经典的电视剧占了 50%。② 从这一数据可知我国电视剧翻拍的程度,并且这一趋势目前还有进一步加深的可能。翻拍经典虽然能够博得眼球,却在演员、演员的演技、剧情上都冒着较大的风险,要得到新老观众的认可有一定的难度。

二是同质化创作和生产,跟风模仿明显。同质化主要表现在众多电视剧创作上模仿成功的电视剧,以大致相同的题材,基本相似剧情,相似的人物形象塑造等方式来谋求电视剧成功。尤其在题材同质化方面,表现相同的题材扎堆。比如前几年拍"辫子戏","古装戏",近几年则集中玩起了"谍战剧","抗日剧"。这些都从某种程度上反映了我国电视剧生产急功近利,轻视创新的弊病。

国内电视剧创作的跟风模仿始于家庭伦理剧,后来从都市爱情剧到青春偶像剧,从国共谍战剧到抗日英雄剧,宫廷争斗剧达到巅峰。《誓言无声》激活了观众基于猎奇心理的收视热情,刺激了谍战剧的再生产。除了它的续集《誓言永恒》,还有《英雄无名》《国家机密》《暗算》《潜伏》《黎明之前》《永不消逝的电波》《旗袍》《落地请开手机》等蜂拥面世。③ 宫斗剧也出现这类情况:《美人无泪》《美人心计》《宫心计》《宫锁心玉》《步步惊心》《后宫甄嬛传》《武则天秘史》等层出不穷;抗日剧创作与生产更是形成了扎堆的现象。

三是娱乐化、商品化成为主要追求。产业化以来我国的电视剧创作与生产为了赢得大众的青睐,为了赢得必要的收视率,导致了娱乐化、商品化的片面追求。虽然娱乐化、商品化有利于电视剧创作的平民化风格形成,但是也导致了

---

① 曾庆瑞:《创作灵感消失在何处?》,《中国艺术报》,2011 – 08 – 10。
② 同上。
③ 同上。

我国电视剧创作将真实情感娱乐化的不良倾向,导致将内在精神商品化的不良倾向,导致真实内容虚拟化、边缘化的倾向。这种倾向若是长期发展,将会对社会造成不良的影响。如我国历史剧的创作越来越明显地变成迎合市场的娱乐化写作,随意编造历史,改写历史,借历史剧之名写娱乐剧之实,比如,近年来我国创作与生产各种讴歌古代帝王、皇后嫔妃等的电视剧,以美化帝王形象为能事,歌舞升平。以描写嫔妃争斗争宠为主要内容宫斗剧,极其夸张嫔妃之间的钩心斗角,完全背属于典型的消费主义撰写;还比如许多热播抗日神剧,完全编造历史,瞎编胡诌抗日历史,属于典型的消费历史写作,信仰丧失,严重背离了历史事实。这种电视剧创作与生产的美学弊病任其发展下去,最终将阻碍中国电视剧创作和生产事业的发展。

第二节 产业化语境下我国电视剧创制的美学规制

20 世纪 90 年代以来,我国电视剧生产企业开始改制,开始逐步迈向市场,到世纪之交,我国电视剧生产已经基本完成了市场化转型,并逐步进入到产业化时代。市场化、商品化、产业化以来,电视剧的性质本身发生了根本性的改变,由以前"作品"变成了"产品",进而成为"商品"。作品意味着作者中心,商品意味着消费中心,二者的逻辑前提完全不同,当然电视剧创作与生产的结果也就不一样,产生的影响也有很大的差异性。在市场化、商业化、产业化这一新的语境下,我国电视剧创作与生产面对着新的语境、新的形势、新的要求,也呈现出新的风貌、新的特点,其美学规制也有着区别于以往的新要求、新特点。总结产业化进程中我国电视剧创作与生产的美学规制特征,对我国电视剧创作和生产不仅具有积极的现实价值,还具有重大的理论意义。

总的来讲,产业化语境下我国电视剧创作的美学规制带有鲜明的消费特色,打上了消费主义的烙印。具体分而论之,产业化以来我国电视剧创作与生产的美学规制,我们认为主要有以下几个鲜明的特点。

1. 审美趣味规制:以消费者趣味为中心。产业化语境下电视剧的创作与生产围绕着消费者的审美需求进行,消费者的审美需求、审美趣味成为电视剧创作的中心或核心。这是一个重要的转变。在产业化之前,我国的电视剧创作与生产或听从于行政命令,或遵从于作者中心,广大的影视接受者相对来讲处于一个相对被动和被支配的地位。这个时期电视剧的创作与生产主要由国家主流意识形态所决定或所认同的审美趣味来统领、控制与支配,消费者的审美趣味,明显没有纳入到电视剧创作与生产中来。所以,这个时期的电视剧有一种"宣传品"的味道。比如,军旅题材的《高山下的花环》《凯旋在子夜》,家庭伦理剧《渴望》,室内剧《编辑部的故事》,表现海外生活的电视剧《北京人在纽约》等,或是描写我党我军英雄形象,歌颂我们从胜利走向胜利,或者是积极进取,不畏困难;或是中规中矩,歌颂真善美,鞭挞假丑恶。以军旅题材的电视剧创作为范例,产业化以前的军旅题材电视剧创作一般都以宏大的叙事作为主要叙事方式,颂扬我党我军的伟大正确光荣的主题为出发点,表现我党我军领袖或者战士的光辉形象为核心,比如《重返沂蒙》《戈壁滩来的士兵》等。市场化、商业化以来,尤其是电视剧创作与生产的产业化以来,电视剧的创作与生产的审美取向自觉地发生了转移。面对众多的电视剧创作与生产的竞争对手(其中包括其他国家电视剧产品的竞争),面对收回投资成本,赢取利润的巨大压力,面对电视剧消费者自由的选择,我国的电视剧创作与生产也自觉地走上了以消费者的审美需求为中心,以消费者的审美趣味为标准的创作取向。市场化、商品化、产业化以后,同样是军旅题材的电视剧,此时更多的选择回归战士们的生活,回归到普通的战士喜怒哀乐,情感与追求,塑造出有血有肉的军人形象这个大众趣味上来。而市场化、产业化以来,我国军旅题材的电视剧创作与生产较好地把握了大众审美趣味,以张扬英雄主义和阳刚之气为中心,塑造了一大批新时代的有血有肉、有情有爱、敢于挑战困难,勇于担当责任的职业军人形象。比如收视率非常高的有《突出重围》《女子特警队》《士兵突击》《DA 师》《亮剑》等。电视剧《突出重围》紧紧抓住了在新的历史条件下"如何打赢高技术条件下的现代战争和未来战争"这一广大群众非常关心的主题,并巧妙地通过我军某部三次大规模的军事演练为故事,塑造了科技强军、质量建设的革命队伍一定必胜的感人事迹;而电视剧《DA 师》则通过我军某部组建一支数字化部队的过程,对我军的信息化、数字化建设进行了前瞻性思考,并提出了大经济和大国防的新观念来与时俱进;《士兵突击》更是在当下呼唤执着、坚韧、拼搏、勤恳等优良品质的社会氛围下塑造出一部呼应时代主题的优秀军旅剧,以表现"不抛弃、不放弃"精神的农村普通士兵成为一个出色的侦察兵许三多等一批现代军人形象赢得广泛的社会反响。这些当代军旅题材的电视剧都对当代军事题材在诸多层面上做深入的思考,以整个社会的普遍审美需求为中心而最终赢得了广大消费者的青睐。比如《亮剑》虽然有英雄主义的倾向,但是主人公李云龙等人物形象都是有血有肉,有情有爱,优缺点共存,食人间烟火的典型人物。军旅题材的电视剧甚至发展出了军旅情景喜剧电视剧,如《炊事班的故事》,电视剧的内容主要呈现为部队普通官兵的日常生活,并且整个格调轻松诙谐,幽默自然,又五光十色、绚丽多彩,改变了以往一提部队就是严肃、紧张、战斗的代名词。这种创作取向也更符合大众的审美趣味和消费品位,自然也得到了广大的消费者的认同,收视率创造了很高的记录。军旅题材电视剧创作是如此,其他类型的电视剧更是如此。

总之,产业化以来我国创作的电视剧在一定程度上成为广大观众的"世俗神话",满足着现代人消解充满焦虑、消弭恐慌的心理需求,弥补现代人心灵孤独的情感空白,创造一个现实生活中无法实现的消费神话:神圣纯洁的爱情,曲折动人的历史,虚幻炫目的武侠,幽默生动的生活,等等。

2. 题材选择规制:以类型化方式来统领。我国的电视剧表现的内容范围非常广,但是一个非常明显的特点就是题材选择类型化统领。即电视剧类型决定了其题材选择的范围和方向,有什么样电视剧类型,就会选择什么样的题材,呈现什么样的景观,甚至决定什么样的叙事方式,什么样的风格特征。家庭伦理剧就集中选择表现亲密家庭关系的故事题材,青春爱情剧就选择表现甜蜜爱情、情感纠葛的内容题材,历史剧就选择表现历史人物、关键抉择的传奇题材,武侠剧就选择表现江湖世界武林争斗、爱恨情仇的题材,军事剧就选择表现英雄人物、激烈战斗的故事题材,谍战剧就选择表现敌我双方明刀暗箭、见招拆招的惊险题材,情景喜剧则选择大家容易逗笑的题材,等等,总体上内容涉及面很广,但都与类型有关。当然,拨开纷繁复杂的外表,化繁为简,可以说总体上又有一个共同点,即表现家庭生活的温馨、幸福的内容,注重人与人之间情感沟通,注意人伦关系的处理的故事,不论什么样的电视剧类型,都会涉及,只是比重有所不同。比如,革命历史剧题材的《激情燃烧的岁月》,也将讲述革命故事的军旅传奇剧转化为家庭、爱情、婚姻等关系的伦理剧;武侠题材的《天龙八部》,也是在展现神奇的武侠功夫同时,也从头至尾贯穿着家庭、亲情、友情、爱情等关系的重要性,具有丰富的家庭伦理剧成分。

也正因为如此,电视剧类型中的家庭伦理剧占据了我国电视剧的最主要部分,成为最受消费者欢迎的剧种之一。家庭伦理剧的核心就是家庭,爱情、婚姻、亲情关系是家庭伦理剧的主要内容。而围绕家庭,亲情展开的是情感问题,涉及婚姻关系、长幼关系、亲戚关系等一系列因血缘亲情生发的人与人之间的问题、矛盾和冲突的题材。家庭伦理电视剧主要是围绕着普通大众、芸芸众生的日常生活题材来讲故事。相对来讲,比较少牵涉国家大事,而是以鸡毛蒜皮的小事来做文章。即使涉及社会问题,也是与家庭有关的问题,比如婚外恋婚外情、婚姻的七年之痒、婆媳关系问题、长辈与晚辈的关系问题、家庭教育问题、幸福问题等,看似小问题,但是都与社会紧密相连。近年来热播的电视剧《媳妇的美好时代》，引发了人们对当代中国都市家庭中的夫妻关系、婆媳关系、姑嫂关系等涉及亲情、家庭各种伦理关系的再审视、再思考。这部电视剧呈现现代都市中我国家庭成员之间的矛盾冲突，尤其是围绕着婚恋关系，展现了年轻人与年轻人、年轻人与老年人，老年人与老年人之间的矛盾冲突，这些矛盾冲突都是因亲情而起，最终也因亲情而终，源于人与人之间的家庭环境、教育程度、知识背景、生活习惯、思想观念等差异。2009 年热播全国，引发国人共鸣的电视剧《蜗居》，更是从我国当下现实出发，将住房紧张、高房价、找工作难、婚外恋、就医难等一系列社会焦点问题汇聚在日常家庭生活当中，展现了当代中国都市中家庭因生活必需品的无法满足而带来的矛盾和冲突，揭示了都市中绝大多数年家庭，尤其是年轻人生活的艰辛和生存困局，拷问人生的追求，生活的本质。

中国社会是建立在血缘亲情之上的家庭社会，家的放大就是社会，社会的缩小就是家庭。中国非常重视家庭的关系，亲情的传递，家庭建设往往被看作社会治理的起点，家庭是社会的细胞，也是各种关系的核心。儒家文化所建构的人生理想"修身、齐家、治国、平天下"，家庭关系就放在一个非常基础、非常重要的位置，没有家庭，也就没有国家。重视家庭、重视亲情血缘关系早就渗透到社会的每个细胞当中。"家庭关系始终是中国最重要的社会关系，社会竞争的日益激烈促使民众更倾向于从家庭中寻找心理安慰。中国家庭关系的复杂性，也使得家庭伦理剧有很多材料。"[1]

无论是居庙堂之高的政府官员，还是处江湖之远的平民百姓，无论是处于社会中坚的精英分子，还是处于社会底层的劳苦大众。只要是有生命体温的人，都离不开家庭，都是在家庭环境中生活、成长。我国传统文化中对家庭的重视，对亲情的珍惜，更使得家的温情、人的亲情成为中国社会普遍的社会心理结构。从这种意义上讲，产业化语境下我国电视剧创作只要紧紧抓住了这种社会心理，就能够激发观众的兴趣，从而产生广泛的社会效应。从近年来热播的电视剧当中，如《老大的幸福》思考什么样的生活才是人生真正的幸福生活；《媳妇的美好时代》聚焦什么样的婆媳关系才是理想的婆媳关系；《婚姻保卫战》更是反观女性崛起之后男人在婚姻家庭中的地位；《金婚》用 50 年诠释爱情、婚姻、家庭、人生的真正幸福是什么，等等。诸如此类的电视剧，都对现实人生产生了追问，与活生生的现实生活形成了潜在的有趣的对照，形成一种心理上的互文效果，为广大的观众所认可。"电视剧是现实生活的一种映照，它以想象的方式

---

① 孙宜君，马晶晶：《近十年中国家庭伦理剧的审美取向》，《中国电视》，2011 年第 2 期，第 21 – 24 页。

来打量现实社会。当人们观赏着荧屏上一幕幕散发着生活热气的故事时,也调动了自己的切身经验和人生体验来体会故事的意义。"①家庭题材的电视剧,往往贴近生活,将人们身边的"真实故事"作为电视剧的题材加以表现。也正是因为跟人们生活贴近,故而更容易产生情感上的交流与共鸣,也更容易产生亲近感,从而将观众牢牢吸引。

其他的电视剧种,虽然表达的重点有不同,思想内容有差异,但是也与人们的情感世界、家庭关系紧密相连,比如,我国的历史题材的电视剧《武媚娘传奇》,虽然是表现历史传奇,但是相当部分内容依然表现家庭关系,亲情骨肉之情;宫廷电视剧《后宫甄嬛传》,虽然表现的是宫廷,但还是围绕家庭关系或者放大的家庭关系来表现;我国比较独特的武侠电视剧《射雕英雄传》,除了炫目的武打,独特的功夫,曲折的情节外,骨子里还是要表现人与人之间的情感诉求和伦理关系。

3. 情节结构规制,以传奇化来设置情节。中国电视剧的情节不是按照"典型环境典型人物发展的必然性",而是注重传奇化来表达:即用现实生活中基本不可能的逻辑来构思情节结构,或者按照艺术的真实说也不可能出现的结果来设置情节,而是注重从一种主观的想象性的可能来安排情节发展与走向,情节的设置主要是为表达创作者主题观念服务。正是基于这样的情节设置思路,所以产业化以来我国电视剧的情节设置有几个特征是必用的和常用的。一是运用巧合,即利用偶然性来达到想要表达的必然的结果。比如,《双面胶》《婆婆来了》《媳妇的幸福生活》等一系列的伦理剧中婆媳关系都属于对立矛盾,总处于战火纷飞;而在《后宫甄嬛传》《武则天秘史》《宫锁心玉》等宫廷戏中,姐妹们总是相互争斗,总会跟阿哥们纠缠在一起。虽说无巧不成书,但是处处是巧合难免让人心生疑惑,比如电视剧《良心无悔》中,主人公吴天河和妻子张玉枝收养的孩子吴思恩居然是前妻杨海妹遗弃的婴儿,而随着剧情发展,茧丝被层层剥开,吴思恩亲生父亲居然是吴天河生意场上最大的对手,这种异想天开的情节让人难以置信。② 二是违背常理,无限夸张,人为创造奇迹。比如,被诸多权威媒体批评的抗日神剧出现的手撕鬼子,手榴弹炸飞机,女战士被侮辱后数箭连发,连毙侮辱自己的几十名日本鬼子,其他的还有各种中国神功取敌人首级如探囊取物,等等。这些剧情格外夸张、逻辑超乎想象、与历史的真相相去甚远的抗战神剧,格外受到观众的热捧,收视率常常拔得头筹。三是简单遵循因果报

---

① 《房奴情绪成就了蜗居》,http://ent.sina.com.cn/r/m/2009-11-25/10052784213.shtml
② 《良心无悔》情节乱炖巧合多引观众热议,http://ent.qq.com/a/20090504/000320.htm

应逻辑。这种情节逻辑安排在我国的电视剧当中经常出现,最为典型的就是家庭伦理剧。在家庭伦理剧中,经常演绎的情节就是经济条件一般的穷苦家庭往往充满了人间真情,家里人相互关心,相互支撑,亲情常在,其乐融融,代表"善"的一方;而家庭条件好的富贵家庭则人际关系复杂,互相算计,勾心斗角,吝啬刻薄,利欲熏心,代表"恶"的典型,最后善有善报,恶有恶报,善良的人勇渡难关,幸福结局,恶毒的人则必遭报应,家破人亡。比如,《婆家娘家》电视剧中,家庭困难、条件不好的娘家人与人之间充满着关爱、相互之间支持帮助,浓浓的亲情、爱情、友情使得华芸母女克服困难、勇渡难关,最终迎来幸福美好生活;而家庭富有的婆家人则呈现对立的一面,人与人之间关系淡漠,没有爱心,互相算计,争名夺利,但是"机关算尽反误了卿卿性命",最后弄得家里鸡鸣狗跳,家破人亡。四是,满足大众心理需求,运用大团圆的结局,即结尾往往不顾客观事实,也要给观众一个心理的安慰。总之,这种低层次的传奇式的情节安排与情节发展往往在电视剧的情节安排中一而再,再而三的上演,并且得到广大观众的一致欢迎。

相对于韩剧对日常生活的理想化写实,中国剧作习惯于对生活升华,人物言语从主题思想中产生,而不是从环境事件中产生;行为不可以常理度之,动作及动作的视觉效果更是严重脱离日常生活的可能性。总结即是:日常生活中不可能的情、行为、事件在电视剧中都是常态化,比如,历史剧中的清宫系列,一方面是极度的阴谋论,另一方面是极度的爱民。在情节上,低端的巧合比比皆是。电视剧和一些叙事艺术,从功能上看总是在塑梦。写实与虚幻,只是手法不同,程度不同。韩国电视剧在塑梦时重视细节的真实性与生活性,即便在整体上受众知道这是一段虚构,仍旧会把受众拖入一个拟真的语境之中,这就是国内研究者常说的日常性、生活性、小写实等术语背后的东西。由于总体美学规制与教育中对日常性的摒弃,中国的电视剧对日常性的感受力已经无限趋向于消失。从事审美创造人士的艺术性和思想性,都已经被充分地宏大化了,用老百姓的话来说,他们不会说人话,用官方术语说,他们不会接地气。非电视剧系列节目中,比如《舌尖上的中国》的流行与日常性的稀缺关系极大。从中国叙事艺术(戏剧、小说)被经典化的作品(现代中国文学研究体系构建出的中国古典文学史上的经典作品)看,传奇性是其最为典型的特点,以四大名著为例即可看出(其中《红楼梦》是小写实的典型,但在其小写实中,也喜欢使用传奇性,而且效果不错,给人印象很深刻;其他三部所述,奇人奇事而已)。若是从这方面上讲,传奇性可以说是受中国传统文学的影响。

4. 人物塑造规制,以平凡的普通人为主角。产业化语境下我国电视剧的人物塑造最鲜明的特点就是平凡化,即将人物塑造成与观众自己一样的普通人物。在产业化以前,我国电视剧人物塑造往往喜欢拔高,喜欢神化主人公,往往将人物塑造成远离普通观众的"高大全"形象。产业化以后,电视剧人物塑造开始走下神坛,以平凡的内容来赋予人物内涵,他们就像日常生活中一般小人物一样,有血有肉,有情有爱,有欢笑有泪水。现实生活中的芸芸众生都是在平凡的生活中过平凡日子,每天要面对柴米油盐酱醋茶,也会被数不胜数的生活琐事所纠缠,被工作烦恼、家庭琐事、情感生活等所困扰。我国电视剧人物平凡化主要表现在三个方面,人物的心理平凡化,人物的行为平凡化,人物的语言平凡化。产业化以来,无论是抗日剧、武侠剧、谍战剧,还是伦理剧,主要人物都是以塑造与老百姓接近的小人物为主,小人物的喜怒哀乐、情感变化、人伦交往等成为表达的中心。通过小人物的日常生活来呈现艺术的真实,表达作者的思想情感,也通过小人物来拉近电视剧与观众的距离。这一点在我国电视剧的主要类型家庭伦理剧中尤其明显。《金婚》的编剧王宛平说:"我写的就是实实在在小老百姓的生活。"①男主人公佟志就像观众自己的大哥或是邻居一样,生活在婆媳关系、夫妻纷争之中,生活很不容易,职称也是慢慢地熬出来的,家庭条件也是逐渐好起来的。条件好了,但是儿子又出车祸去世了。家庭总是不断地有欢乐,也有悲伤,生活总是不容易,一波未平一波又起。男主人公佟志的心理也很平凡,非常简单,就是想把工作和家庭搞好,遇到自己喜欢的女性也有一点暗自高兴,得到女性的示爱也很快乐,不过最终也是"有贼心没有贼胆",文丽则是典型的家庭妇女,其心理非常简单,就是想把家庭弄得更幸福,生活得更幸福,她把全部的心血放在家庭上,但是性子急,刀子嘴豆腐心。残酷的现实,日复一日机械的家庭生活把一个很具有生活情趣的文艺女青年一点一滴地演变成了有些"功利俗气"的家庭主妇。抗日剧《我的兄弟叫顺溜》,"顺溜"出身卑微,农民家庭,因为父亲是猎户,从小耳濡目染造就了他天生的射击才华,成为颇得连长陈大雷喜欢的新四军神枪手。同时,他具有农村老百姓身上所拥有的淳朴、仁义、感恩。所以,他的语言也就非常朴实、实在,比如,顺溜讲写字:"这打仗挺容易的,只要给我一杆枪,整个战场都归我了。可这写字真的太难了,我爹一辈子没写过一个字。"既有羡慕,又有敬佩,还有对比,非常符合农民战士的口吻。讲到对鬼子投降的不理解,想着自己的仇恨未报。顺溜自然而然地说出这样的话:"鬼子杀了我们那么多人,现在打败了,枪一扔不打了,回家?他们凭什么不打,鬼子都可以回家,可我的家呢?我姐呢?你们的战争结束了,我的战争没

---

① 《〈金婚〉编剧王宛平:我写的都和重庆有关》,《重庆商报》,2007 年 10 月 24 日。

结束。"

而连长"陈大雷"则既幽默风趣,又头脑灵活;脾气中也有飞扬跋扈,暴跳如雷。主演陈大雷的演员张国强自己也说:看到剧本陈大雷这个角色之后,自己非常喜欢,因为剧本刻画了一个有血有肉,敢于愤怒,也敢于欢笑,贴近生活实际的真实英雄,这个英雄没有以往战争题材中的高大全式的脸谱化模式,而是充满着激情,充满智慧,还有一些坏脾气的具有人情味的新人。反映主流意识形态,并受到市场热捧的《闯关东》也是这样。男主人公朱开山颇具传奇色彩,他不畏艰难,远走他乡,闯关东寻求的致富和解放之路,最后靠吃苦、拼劲、仁义礼智信等打拼成一位富商。女主人公文他娘,一个母亲,就像身边所有的母亲一样,勤劳、善良、坚韧、包容,"一家之主"的真实身份给予她刚毅、果敢而且充满智慧的人格。她操持家务,抚养孩子,在自己男人外出期间,她不离不弃,拉扯大孩子,抚养孝顺双亲,成就家业。朱传文,朱家的老大,特点是淳朴、忠厚、老实、小心眼,典型的庄户人。其懦弱、虚荣的一面是不可饶恕的,几乎酿成大错……"正是这些普普通通的人,普普通通的家庭,普普通通的生活经历,成就了中国家庭伦理剧最朴实、生动的人物塑造和最真挚的情感表达,其人物形象也被立体化呈现得血肉丰满、活灵活现。"①

5. 叙事策略规制,以多样化的叙事表达来结构。中国的电视剧的叙事以吸引广大消费者为能事,所以,凡是觉得能够用上,能够对消费者起作用的叙事策略都一股脑的用上。这里面,既有传统的宏大叙事,也有现代的搞笑叙事,还有想吸引眼球,营造视觉冲击力的奇观叙事。当然,纵观中国的电视剧,运用最多,也最为打动人心的是伦理叙事。

搞笑叙事,主要注重笑点的营造与表现,使得观众得到欢笑和眼泪,紧张情绪得以放松,主要是以幽默来吸引观众。

以幽默为主的情景喜剧,笑声是最好的卖点,每隔几分钟就会有一次笑声,使得观众发笑,放松神经,比如《我爱我家》等。赵本山导演的爱情电视剧《乡村爱情》也是搞笑叙事的典型。其运用对话和肢体语言营造幽默气氛令人印象深刻。这种搞笑叙事在观众中产生很大影响的家庭伦理剧也得到了较好的运用,近年来热播的家庭伦理剧,譬如《媳妇的美好时代》《大宅门》《裸婚时代》《蜗居》《婚姻保卫战》《继父》《老大的幸福》《闪婚》《咱们结婚吧》,等等,也在伦理叙事的同时,将搞笑叙事结合起来,其幽默诙谐的叙事,使得观众暂时忘记了现

---

① 孙宜君,马晶晶:《近十年中国家庭伦理剧的审美取向》,《中国电视》,2011 年第 2 期,第 21 – 24 页。

实生活中的烦恼,也有利于缓解工作与生活中的压力,故称为近年来我国电视剧叙事策略的一个典型手法。这种手法也在向来以严肃认真著称的抗日剧中得以运用,并有泛滥之势。比如,在我国有些抗日剧中,日本军人总是弱智、猥琐,衣冠不整,留着蹩脚的小胡子,满脸邪恶,见到女人就想要强奸,碰到八路军战士和民兵队伍就不堪一击,乖乖投降。这种低俗的搞笑叙事从某种程度上将严肃、神圣、艰苦卓绝的抗日战争给妖魔化了、娱乐化了,抗日的艰难性、神圣性也给消解了。"娱乐化叙事策略则进一步导致那些令人啼笑皆非的,甚至完全置战争基本法则与常识于不顾的传奇故事的泛滥,读者与观众不经意间已经在捧腹大笑中解构并消费了那场可歌可泣的、正义悲壮的、残酷流血的战争历史。"①产业化以来,很多抗日电视剧都热衷于采取娱乐化的搞笑叙事,这种叙事策略,遮蔽了中国军民的艰苦卓绝,伟大牺牲的正面抗战真实悲壮面貌,反而虚假的、儿戏的、民间想象的抗战历史得以张扬。侵华日军这种智商低下、形象丑陋、毫无战斗经验与作战能力,被中国军民完全掌控、明显耍弄,完全颠覆了正面历史对抗日战争的叙事,其结局是非常可笑,也非常有害的。

奇观叙事主要是营造视觉性的镜像以博得观众的喜爱,以"奇"吸人,以"观"迷人。表现在电视剧创作中,"身体奇观"成为电视剧创作的热点。最近情感电视剧中,男主人公都是"高富帅"的"小鲜肉",而女主人公则都是清一色"白富美"的"小花朵"。"颜值"的高低成为电视剧创作人物规制的重要的标准。而以前作为背景的场景现在也成为重要的看点。我国电视剧创作的奇观叙事在图像时代的电视剧创作中得到了加强,运用计算机特效技术和合成技术来创造具有视觉冲击力的奇观景象成为电视剧的吸引观众的重要手段。当然,奇观叙事最突出表现在我国的武侠电视剧中。无论是《方世玉》系列、翻拍金庸武侠小说系列的电视剧《射雕英雄传》《天龙八部》等,都是极尽所能来展示武功的高强奇特,打斗的酣畅淋漓。比如,《天龙八部》中四方英雄齐聚少林寺打斗的场景:乔峰降龙十八掌的凌厉,段誉六脉神剑的神奇,星宿老怪掌法的毒辣,虚竹天山功夫的美妙,少林扫地僧武功的博大精深……奇观叙事追寻当下的视觉满足与心理寄托,以视觉性为追求的奇观美学,着重奇观场面的渲染与制造,以满足观众的视觉快感。

这种奇观叙事在其他的电视剧类型中也被灵活运用,尤其是战争题材的电视剧将暴力、杀戮等场景以美学的方式加以展现,成为近年来吸引观众的主要手法之一。比如,革命历史题材的电视剧《亮剑》就适应时代要求,"将着力展示

_____

① 傅逸尘:《娱乐化表象的背后》,《中国艺术报》,2013-07-26。

战争暴力作为面向大众文化消费的主要叙事策略",《亮剑》的创作者将表现的重点放在了呈现战争暴力的厮杀、火力、血腥等视觉效果上,以及不怕牺牲的激烈战斗景观。"暴力是现代性的内在规定性之一,革命本身就是一种现代的暴力形式,依照民族主义或阶级解放的话语逻辑,暴力可以获得其合法性";"暴力的过程、暴力中的躯体、杀戮和嗜血的快感已成为独立的审美过程与对象"。①有意思的是,主要创作人员在创作《亮剑》的过程中达成了:"只有亮出战争残酷的一面,才能让更多的人意识到战争对于世界的破坏力究竟有多大"的共识。②这也意味着只有最大程度地展现战争的残酷性,才能够最大程度地吸引观众的眼球。

当然,我国电视剧更多的是伦理化叙事。伦理叙事按照生活的本来面目呈现大众的日常生活和精神风貌,通过平凡的生活冲突来构筑情节发展,运用传统伦理的标准来评价日常生活是是非非,晓之以理,动之以情,以情吸人,以理动人。这种叙事方式最典型地体现在我国的家庭伦理电视剧上。产业化以来伦理叙事更是借用寻常百姓家中常见的各种琐碎的家庭矛盾与传统伦理道德的冲突来叙写矛盾冲突,推动情节发展。尽管我国家庭伦理电视剧故事不同,特色各异,但在电视剧的伦理叙事这一点上却有着惊人的相似性:"这些电视剧的基本内容和结构大致可以归结为如下关键词:家庭,苦难(灾难),亲情(爱情),善良,奉献,幸福,圆满。家庭是叙事的背景和架构,而家庭又是每个人人生的起点和终点,家庭的感受是人人共同拥有的,因此,家庭叙事就成为大众叙事、普遍叙事。"③伦理叙事主要眼着于"情",即以社会基本细胞的家庭为基点,以家庭成员之间的亲情、爱情以及友情为核心,通过亲情、爱情、友情之间的联系、生发、冲突,有意无意地推进情节发展,叙写故事。比如,《婚姻保卫战》中李梅和兰心、杨丹三个大学同学最终奋斗成为职场的成功女性,而他们的丈夫被迫进行婚姻保卫的故事,阐述了关于理想的夫妻关系、纯净的人类情感、健康快乐的人生真正内涵。当然,热爱生活、勇于追求的职场女性最终实现了家庭与事业"鱼和熊掌兼得"的双丰收。高圆圆、黄海波主演的《咱们结婚吧》,范伟、孙宁等主演的《老大的幸福》,海清、张嘉译等主演的《蜗居》,姜武、颜丙燕等主

---

① 蒋万知:《论 90 年代以来中国电视剧的消费特质》,湖南师范大学硕士论文,2008 – 05 – 01。

② 张红军:《从教化到迎合:中国革命历史题材电视剧的商业化叙事策略》,《现代传播》(中国传媒大学学报),2009 年第 3 期,第 68 – 70 页。

③ 吴圣刚:《当代家庭伦理剧的叙事经验与审美空间》,《信阳师范学院学报》,2008 年第 1 期,第 135 页。

演的《伙伴夫妻》,马苏、黄海波等主演的《我的美丽人生》等近年来热播的电视剧,也是通过伦理化的叙事,表达了人们所关心的婚姻、亲情、友情、爱情的认真思考,以及转型时期社会所存在的种种伦理悖论、道德冲突、情感问题。总之,我国的家庭伦理电视剧通过呈现普通大众看似琐碎的、零散的、不变的日常生活景观,揭示普通老百姓在瞬息万变的复杂的难以把握的现实生活中所源于的生活理念、情感纠葛、道德观念、文化背景、教育程度等各方面的差异导致的生存困境和矛盾冲突,来彰显平凡大众身上人所蕴含的人文关怀、人文精神、人性光辉,也表达了创作者对我国传统文化中优良传统的热爱与坚守。

正因为伦理叙事的贴近百姓、贴近生活的优点,其他类型的电视剧也常常运用伦理叙事来组织故事,甚者巧妙地转化了原题应有的叙事模式。比如,战争题材的电视剧《激情燃烧的岁月》等就非常明显具有这个特点。《激情燃烧的岁月》本来是叙写"英雄传奇类"革命历史题材,表现战争残酷的电视剧,但是电视剧创作者非常巧妙地将本来应该是残酷的战争暴力美学演绎成为革命英雄的情感故事和家庭日常生活伦理故事。"在这样的故事中,革命、战争只是主人公一个特殊的人生阶段而已,革命历史的特殊性已经被琐屑的生活所消融,从而在实质上使一个革命历史题材小说转变成了一个以人生和家庭伦理为题材的生活剧。在电视剧中石光荣的革命经历和战斗激情被日常化、情感化的家庭伦理叙事所代替。"① 伦理叙事即使是在以视野宏阔、气势磅礴而闻名的历史史诗类的电视剧中,如《长征》《八路军》等描绘战争题材、突出革命领袖的革命历史题材电视剧,也不忘运用伦理叙事来塑造伟大人物的人性关怀和人伦情怀。比如,《长征》中,编剧运用一些与传统手法完全不同的细节来塑造伟大领袖毛泽东的作为人而非神的形象,这一形象更多的具有了父亲的爱心,丈夫的柔情,朋友的关心,一般人的同情。比如,"编剧有意识地虚构了他背驮儿子嬉戏的细节,还有一个细节就是即便在身患疟疾、虚弱得靠拄拐行走时,毛泽东仍然背着儿子举步维艰地攀走石阶。"②

此外,我国电视剧的大团圆结尾也具有伦理叙事的意味。虽然"善恶有报、有情人终成眷属"等大团圆的美好结局有些老套,但契合了广大百姓的心理诉求,满足了中国观众对爱情甜蜜、家庭幸福的美好期盼,抒发了观众对未来生活的美好憧憬。这是符合中国国情的一种传统叙事策略。我国武侠电视剧,革命

---

① 张红军:《从教化到迎合:中国革命历史题材电视剧的商业化叙事策略》,《现代传播》(中国传媒大学学报),2009 年第 3 期,第 68 - 70 页。

② 同上。

历史题材的电视剧等,也多采用大团圆的结局来给观众一个美好的心理安慰和对未来美好期盼。

6. 审美价值规制:以功利化为终极标准。即电视剧的创作与生产不再着眼于教化意义,而主要着眼于娱乐功能,着眼于电视剧的资本利润与经济效益。产业化之前,我国的电视剧创作由政府投入资金,创作的电视剧作品也主要为主流意识形态服务。所以电视剧的创作主要着眼于政治教化作用,根本不用考虑电视剧资金投入与产出问题。因为计划经济体制下,文艺产品还没有商品的概念,也没有文艺商品的竞争。一切都是按照计划生产,也是按照计划消费。产业化以来,我国电视剧的"观好娱乐"功能被放置到一个突出的位置,而对于教化功能则相对远离。以前那种单一的强调教化功能的电视剧其实是以社会的政治功利为主要标准,赋予文艺崇高的使命和显赫的地位。产业化以后,这一传统被完全地消解。电视剧只是人们工作之余的审美娱乐活动,只是人们放松心情,宣泄情感,满足欲望的替代性商品。这背后的意识形态所演绎的就是消费逻辑,利润获取成为深层逻辑。"现实生活中缺乏真挚的爱情,故电视剧提供心灵的慰藉"。产业化语境下我国电视剧创作在一定程度上已经成为观众的"世俗神话",满足着生活在快节奏的现代社会环境中,内心充满着挣扎、焦虑,以及对未知的恐慌,渴望人世间默默温情等都市情感欲望:温馨美好的亲情、甜蜜浪漫的爱情,坚贞不变的友情,武侠的无敌神功,军人的阳刚气质,谍战的神秘战栗,历史的神秘好奇,等等。比如,当现实生活中的女性在经济上获得更多的独立,对情感的需求更倾向于关心、爱护、细腻、忠贞等品质时,我国电视剧创作就出现了《何以笙箫默》等表现"暖男"类型的电视剧。

产业化语境下,电视剧是受众最为广泛的艺术形式,也是日常生活中普通大众最重要的精神消费商品。一般普通老百姓看电视剧,不仅仅是为了获得艺术的品味,更多的是关注电视剧所带来的心理满足与消费快感。"电视剧作为中国人最重要的一种休闲方式和精神享受,在新的时期就开始担负此种重任:构建现代人的梦想和神话,把现实生活中不能满足的欲望和不能释放的焦虑——投射在各种类型的电视剧中,以此来达到精神的平衡。"[1]电视剧若是能够满足大众的消费心理,满足大众的欲望和梦想,能够把现实生活中的焦虑与不安得到淋漓尽致的宣泄,则必然得到观众的喜爱。若是电视剧创作者再怎么认真创作、再怎么投入激情,但是其作品若没有得到消费者的认可,则必然是失败的

---

① 蒋万知:《论90年代以来中国电视剧的消费特质》,湖南师范大学硕士论文,2008 - 05 - 01。

电视剧。从这种意义上说,电视剧创作必须紧紧抓住整个社会的审美风尚,大众的心理需求,把握整体社会的价值选择。所以,普通大众对物质的欲望,在电视剧创作者那里就变成了富豪的一掷千金潇洒,普通百姓对真挚爱情的渴望,在电视剧中则转化成了经典的男女主人公至死不渝的浪漫桥段;芸芸众生在现实生活中屡受挫折,倍感人间公平稀缺,正义少见,这种心理则生发了武侠电视剧中爱好打抱不平、伸张正义的大侠;老百姓现实中对孤独、冷漠的恐惧,则转化成为电视剧中的温暖亲情,患难友情……在产业化语境下,电视剧的创作成为对资本利润的无限发掘,对电视剧扩大再生产孜孜以求的永恒动力! 所以,在产业化语境下,电视剧创作的第一要务就是在审美取向上想方设法满足广大观众的心理需求、迎合广大观众的审美趣味,并在故事叙说中暗含广大观众的价值追求。

当然,在审美娱乐的同时,我国的电视剧,尤其是家庭伦理剧所体现的中华传统文化的重视呵护亲情、追求家庭幸福、讲究仁义礼孝等人文精神也是广大观众必然的价值追求,因而在电视剧创作中,在满足审美娱乐的同时,最大限度地将平民意识、人文关怀等人文精神糅合在一起,就成为电视剧创作者们的必然选择。"无论是在东方还是在西方,作为一种大众传播媒介,电影、电视剧的内容必须是与当时的主流文化相吻合的,与大众的社会情绪同步。从这种意义上讲,影视艺术不仅是传播的媒介,还是参与生产、制造大众话语的一种文化机器,尤其在我们目前所处的这种体制与文化的转型时期,它们更是义无反顾地将自己纳入到这个巨大的'历史文本'之中。"①当然,我们也应该清醒地看到,产业化语境下我国电视剧创作所存在的问题,如何既面对现实,又着眼未来,是以后我国电视剧创作与生产必须要深入思考的问题。尤其是如何做到既叫好又叫座更是电视剧创作者们要破解的难题。

第三节 产业化语境下我国电视剧创制的逻辑演变

随着社会的发展,时间的推进,产业化语境下我国电视剧创制从内容到形式有着很大的变化发展,其美学规制也有着内在的演变规律。总结起来,有以下几点。

一是题材选择规制变化:从表现革命英雄的历史题材居多到呈现平凡生活

---

① 许那玲:《世纪中国家庭伦理剧的文化构造》,暨南大学硕士论文,2009 – 10 – 25。

的现实题材为主演变。

产业化之初,我们的电视剧创作还处于国家意志和主流意识形态的延续阶段,这时候的一般题材上还是围绕着能够表现主流意识形态的事件做文章,而最能够表现主流意识形态和国家意志的电视剧题材是革命历史题材。《长征》《激情燃烧的岁月》《开国领袖毛泽东》《周恩来在重庆》《解放》《建国大业》《潘汉年》《十送红军》《解放大西南》等歌颂英雄人物,体现主流意识形态的电视剧在创作中屡屡出现。

当然,这个时候也开始出现了呈现平凡人物的现实生活题材。这个初创时期的平凡生活也要呈现出不一样的状态。所以,公安题材、改革题材在这个时候特别红火。改革题材因为适应时代要求,跟时代贴近,反映时代生活,与人们的身心非常紧密,虽然不是表现伟大人物的伟大形象,但是这里面有伟人意志在其中起着重要的作用,或者是伟人气质在小人物身上呈现出来。比如,公安题材中的公安人物,就非同一般的处于关键岗位,对于推进一个地方的长治久安有着重要的作用。所以,《针眼儿警官》《西部警察》《刑警本色》《英雄无悔》等都得到了观众的欢迎。改革题材更是能够通过普通人物的命运变迁反映改革的正确选择和无限荣光,尤其是改革涉及的反贪污腐败等体现了时代的呼唤。所以,《大雪无痕》《苍天在上》《绝对权力》等改革题材的电视剧受到观众热捧。

随着社会的发展,尤其是产业化进程的深入,这种主流意识逐渐让位于大众审美趣味。武侠剧和情感剧成为突破题材限制,寻求创作超越的首选对象。一个是武侠世界,武侠江湖是主观臆造,主体想象的结果,与现实世界权力霸权,主流意识相距较远;二是我国本来就有源远流长的江湖侠义文化传统。武侠小说自小说兴起之日就绵延不断,有一大批的观众尤其是男性观众的拥趸。所以,以金庸同名武侠小说的电视剧《射雕英雄传》《神雕侠侣》《天龙八部》《笑傲江湖》《书剑恩仇录》《倚天屠龙记》,还有梁羽生的同名小说的武侠电视剧《七剑下天山》《白发魔女传》《萍踪侠影》等,古龙的同名小说的武侠电视剧《楚留香》《绝代双骄》《天涯明月刀》等。这些电视剧都红极一时,并经久不息。我国电视剧创作武侠题材因为所受现实约束少,想象丰富,加之符合中国侠义文化传统,故一直都非常红火。

情感电视剧则专注个人世界,与生命个体情感选择、幸福观念息息相关。与社会的重大事件、重大政治、重大问题没有直接的关联,而是与普通百姓的日常生活、情感世界紧密相连。所以,《渴望》因为首次关注小人物的情感世界,关注普通人的日常生活受到了前所未有的关注,取得了极大的成功,万人空巷的盛况至今无人能及。后来者沿着《渴望》开辟的道路奋勇前行,取得了电视剧创作和生产的不俗成绩。

到后来家庭伦理题材、军旅题材、谍战题材、历史题材、革命题材、抗日题材、宫斗题材,还有只关搞笑和幽默的情景喜剧,等等都进入到我国电视剧的创作之中,并呈现出百舸争流、千帆竞发之势。尤其是个人情感的爱情剧和家庭情感的伦理剧特别走红。关于婚姻爱情的电视剧每年都是最吸引观众眼球,最被大众热议的电视剧,比如《中国式离婚》《蜗居》《媳妇的美好时代》等。有意味的是,其他的题材这个时候都倾向于选择小事件、小细节来表现人物、传递感情。即使是以前非常正统的军旅题材的电视剧都通过叙事巧妙地转化为伦理剧这一事实,或者有很重的伦理剧成分,说明了题材选择的演变最终的规律是按照大众的审美趣味来规制的。比如《幸福像花儿一样》《历史天空》《我在天堂等你》《利剑》《沧海》《风影》,等等。

并且,在具体的材料选择和安排上,产业化之初,革命历史题材的电视剧还往往倾向于在重要事情,重大问题等这些关节点上表现人物的光辉形象,但是随着产业化的深入,即使是革命历史题材的电视剧创作,也是通过选择伟人的小事情,小细节等材料来呈现伟人的伟大光荣正确;要么是小人物,但是却是不平凡的整个家庭中、整个人生来讲处于重要的节点,重要的"小"事情(对整个社会来讲可能是可有可无,但对整个家庭来讲,对具体个人来说却相当重要)来表现人物的性格和命运。比如,《长征》表现伟大领袖毛泽东的伟人深情,选用一个小细节,毛泽东听到贺子珍受伤后,策马奔向贺子珍方向的场景。还有毛泽东过大渡河铁索桥时抚摸铁索久久难以抑制的波涛情感,等等。而其他的《渴望》,虽然选择的小人物,也是小事件,但是传递的却是一种英雄主义的情怀。这种题材的使用方式在后来的电视剧中还是一而再再而三的被采用。比如《闯关东》《亮剑》《士兵突击》《雍正王朝》《汉武大帝》《我的兄弟叫顺溜》等一系列以宣扬崇高主题,表达英雄主义精神的电视剧。

但是,在更多的电视剧中,题材不再具有历史的冲突性,不再具有矛盾激烈的冲突当中。完全是日常生活的平凡小事,就是如同电视剧观众身边的生活小事一样。比如《贫嘴张大民的幸福生活》《老大的幸福》《蜗居》《咱爸咱妈》《媳妇的美好时代》等,都是一些常人身边的鸡毛蒜皮的小事件。这些小事只关乎柴米油盐酱醋茶,与崇高精神无关,与理想信念无关。比如,在《贫嘴张大民的幸福生活》中主人公张大民,整体都是在为一些与观众非常近似的日常生活琐事而到处奔波,在日常的生活矛盾冲突中体味着"幸福"生活。《蜗居》中的主人公郭海萍、苏淳、郭海藻、小贝更是为了"房子"这一生活必需品而忙得焦头烂额,人生道路上过得跌跌撞撞。应该说《蜗居》非常及时地捕捉到时代的情绪,通过小事件反映了社会生活,引起了广泛的共鸣。

应该指出的是,正是我国电视剧创作中选择的这些小题材、"小事件",却彰显了我国电视剧创作的题材大变化。这种"小题材"在当今我国的电视剧创作者和生产者眼中看来不是"小",而是关系到生命主体的内在生活质量、生命个体的精神状态、情感选择、家庭幸福等好坏评价的"大事件"。我国电视剧创作题材的这种"小题材"选择的美学规制从本质上反映了中国电视剧创作的根本性改变,这种变化也意味着人物塑造、主题规约、环境场景等方面电视剧创作和生产美学规制的新变必然随之改变。

二是情节安排规制变化:由遵循客观事实的自然因果为主向凭空想象的人为传奇为主演进。

产业化之初,受到现实主义创作方法或者浪漫主义创作方法的影响,彼时的故事情节设定或者按照现实主义的因果逻辑演进,遵循客观现实本来的逻辑发展来安排故事情节的前后因果;或者按照电视剧创作者的主观想象,沿着情感逻辑应该具有的路径,遵循主体主观的情感逻辑发展路径来设定情节。这两者虽然在表面有所差异,但是在本质上却有着惊人的一致性,即遵循艺术之真,强调生活本来之真。比如《渴望》,就是采取现实主义的手法,将几个年轻人的情感故事按照岁月的流变,社会的发展加以呈现,较好地反映了时代生活的社会心理。这一点尤其体现在革命历史题材的电视剧创作中。比如,《长征》《八路军》《保卫延安》《十送红军》等。

然而,随着产业化电视剧创作的推进,故事情节的安排规制有了很大的变化,这种变化体现为情节设置上开始转向凭空想象性的人为传奇为主。这种人为的传奇与先前现实主义或者浪漫主义最为本质的区别在于不计较艺术之真的本质问题,只追求突显受众当下趣味快感的满足。这种人为传奇主要体现为利用巧合,视觉优先,遵循简单因果律,大团圆的结局等。比如,《中国式离婚》《蜗居》《咱们结婚吧》《神雕侠侣》,等等。巧合的利用在现实主义和浪漫主义手法中也会运用,但是却符合生活的逻辑。现在的巧合完全为了巧合而巧合,属于异想天开的事情。比如,我们的伦理剧中婆媳关系永远处于对立状态,战火纷飞,而儿子(丈夫)则夹缝之中,两面都难以讨好。《婆婆来了》《双面胶》《媳妇的幸福生活》《回家的诱惑》等都是典型范例。还比如,我们的宫斗电视剧中,宫廷之中总是处处机关,步步设防,看似闲庭信步,实则钩心斗角,步步惊心,让人产生一种无尽的幻觉。在这个方面,《后宫甄嬛传》《宫锁心玉》《武媚娘传奇》等都是典型范例。当然最典型的还是武侠电视剧以及所谓的抗日神剧。我国的武侠电视剧因为本身的特点,特别适合将巧合、夸张,视觉优先,遵循简单因果律,大团圆的结局糅合在一起,真是"海阔天空任我行"。比如,抗日题材电视剧中,为了满足想象的狂欢、迎合媚俗的趣味,竟然出现了绝世神功,上演手撕鬼子的雷人桥段。在《永不磨灭的番号》中出现了我军营长孙成海向上投掷一枚手榴弹将鬼子的飞机轰炸下来的奇幻情节。正是因为这些雷人的桥段,太过随意的情节设置导致这些电视剧被网友们称之为抗日神剧。

而在我国的武侠电视剧中,因为本身就是想象性叙事成分居多,所以在情节设置上更是显出了想象性人文传奇的特色。比如,武侠电视剧中出现的各种神功,其功力之大,足以解决现代武器或者现代科学都难以解决的难题。而以金庸的同名武侠小说为原本的电视剧《神雕侠侣》,剧情安排属于典型的想象性"人为传奇"。小龙女的古墓派基本上生活于古墓之中。古墓之中又是机关重重。想象力惊人。后来小龙女与杨过相爱,才走出了古墓。然而却又因种种误解,在湖底生活了八年,而且还治好了病痛。依靠的食物却是蜂蜜。最终因为爱的力量,杨过与小龙女结成百年之好,过上了自由自在的生活。武侠电视剧中的种种神奇之处让观众大开眼界,大饱眼福。其实,这完全与艺术之真、与生活本真无关,只是电视剧创作者们满足当下视听消费欲望的最好明证。

三是人物塑造规制变化:从伟人的平民化到市民的多元化演进。

产业化后,对英雄人物的塑造开始走向平民化方向,伟人也是人,也食人间烟火,也有血有肉有感情。所以对伟大人物的塑造,虽然离不开大的事件,但是强调大事件也要从细处着手,从小细节、小事件中发掘英雄人物的内涵品质。一些表现老一辈无产阶级革命家的电视剧都沿用这一手法。当然这一手法还延续到表现崇高等主题的电视剧当中。《闯关东》《亮剑》《士兵突击》《雍正王朝》《汉武大帝》等一系列以宣扬崇高主题的电视剧中,朱开山、李云龙等,他们虽然变成了普通的人物,但是身上却具有非同一般的品质,这种品质就是英雄主义所应该具有的品质,遇到危险能够排除万难,遇到困难能够坚韧不拔,遇事沉着冷静,吃苦在前,享受在后,乐于奉献,属于典型的担当精神,奉献精神。这种精神品质以前的电视剧中是伟人所具有,但是随着时代的变化,转移到了普通人物身上。着重从平凡人物身上发掘出不平凡的品质来塑造人物形象。

但是,更多电视剧塑造的人物却是平凡的小人物,即一般普通老百姓。这种人物形象自然以"本来面目"出现。这种人物没有丰功伟绩,也没有惊天动地的壮举,有的只是每天接触的日常生活中的平凡小事。这种人物都是生活在社会基层或者说社会底层,还处于为物质生活的满足而四处奔波的小人物。他们没有宏伟远大的理想,从来就没有期望大富大贵,只是希望能够过上小老百姓所期待的平凡安稳的日子。这种平凡人物就如同隔壁邻居的大哥大妈一样,让人看得亲近、觉得自然,接地气。比如,《贫嘴张大民的幸福生活》《蜗居》《婆家娘家》《老大的幸福》《乡村爱情》等。

当然,随着时代的发展,新时代的电视剧还出现了从现实中的人物向想象中的人物演进的趋势。这种演变主要表现在我国电视剧创作中人物塑造美学规制三个方面:平民人物的英雄化、平民人物的幼稚化、平民人物的视觉化。

平民英雄化是指平凡人物被塑造成具有英雄主义精神的人物。即这些电视剧人物,虽然是平凡人物,但是却具有非凡的智慧,非常的品质,非常的形象,一句话就是具有英雄主义精神的人物。比如,《闯关东》中的朱开山,虽然是一个普通的人物,却具有超常的智慧,惊人的毅力,有足够的勇气,既有原则性、又有灵活性,克服了人生道路上的种种困难,最终成为一代富商,为了祖国的利益,带领全家跟日本人斗争到底。《亮剑》中的李云龙,更是具有传奇色彩,他勇敢、顽强,既有霸气,又有幽默,有个性,还有血性,富有侠义精神,敢爱敢恨,小事情不计较,大是大非面前敢于担当。这种平凡人物身上所体现出来的英雄主义,更因为时代缺乏这种精神,所以受到观众的喜爱。

平民的视觉化是指电视剧中的人物虽然是小人物,但是却在外在形象以及内在品质上具有可看性。随着图像时代的到来,人物本身也成为观赏性的对象,审美的对象。所以这个时候的演员明星更多的是追求本身尤其是外在形象的可观赏性。至于内在的气质符不符合反而退居到次要的位置。突然之间,电视剧的明星都变靓了。最为明显的就是电视剧中以前的现实男人演变为典型的"高富帅",电视剧中的平凡女人演变为典型的"白富美"。这类电视剧中男主人公既长得一表人才,还很能干,都是公司的骨干,独当一面,钞票大把大把地赚取,不费吹灰之力。而且还极具爱心,感情忠贞不贰,彬彬有礼,除了叫好以外几乎没有缺点。比如,近年热播的爱情剧《因为爱情有奇迹》《妻子的谎言》《幸福最晴天》《胜女的代价》,等等,这种人物的塑造一方面是受众的需求呼唤,另一方面是受到韩国电视剧创作人物塑造的影响所致。女主人公也是要打个平手,一般都具有美丽动人的外表,时髦风尚的打扮,不俗的谈吐,内在的精神追求。比如,《妻子的秘密》《阳光天使》《爱上狮子座》《我的美女老板》,等等。当然,就连对立面的男对手,也是长得帅气高大,不同的只是心狠手辣,玩弄感情的高手。女的也是变态狂人,折磨狂人。这种人物其实在以前的琼瑶的情感剧中曾经一度出现,只不过换了模样,换了场景,改了名头,换了行装罢了。近年来流行的将男主角称呼为"小鲜肉",将女主角称呼为"小花朵",以及对演员的评价以"颜值的高低"为标准等也证实了图像时代身体成为审美景观的大众文化趋势。

平民人物幼稚化。最为典型的就是《还珠格格》，人物都是婴幼童状态，"简单而幼稚"，有个性，没有共性，有特殊，没有一般，与现实生活中的人物没有任何关系，只是纯粹的娱乐搞笑而塑造的人物形象。这种人物形象在我国武侠影视剧中一再上演。而到后来的情感电视剧中"暖男"形象，其实也是幼稚化的翻版。比如爱情剧《何以笙箫默》《最美的时光》，男主人公都是典型的"暖男"。他们不仅细致、体贴、耐心而且阳光灿烂，感情专一、呵护家人。"暖男"形象的出现也代表着新时期女性观众对新时代男性的期待与呼唤。

四是场景塑造规制变化：从背景上的人物铺垫场景向独立式的多维场景演进。

产业化之初，场景的塑造是为人物塑造服务，为衬托主题思想而服务。场景没有独立的位置，不具备被看的性质；或者在创作者的潜意识里不具备被看的性质。所以，从《北京人在纽约》中，我们看到的场景虽然很有现代气息，但却是为主人公服务的场景。这个在当今的电视剧创作中还继续存在。

然而，到了《北京人在纽约》《还珠格格》《雍正王朝》，景观已经具有了一定的可看性，虽然景观还是为主人公服务，但是已经开始旁逸斜出了。纽约当时就是一个遥远的梦，一个灯火辉煌，经济发达，遍地黄金的地方，所以，我们的电视剧中出现了曼哈顿的繁华场景，一幢幢的高楼大厦横空出现。还有灯火辉煌、装饰豪华的酒店，美丽的异国风情景观，等等。在《还珠格格》《雍正王朝》《汉武大帝》等系列的宫廷剧中，一方面我们发现其中充满了复杂的宫斗，另一方面还见识了皇宫的浩大，皇室的繁华奢靡，皇家的气派等平时难以见到或者根本不可能见到的景观。这种景观在后来的表现豪门恩怨的电视剧中也一再上演。豪门的奢华、豪门的华彩，豪门的装饰，关于豪门的景观得以充分展示。比如，《京华烟云》《金粉世家》《砖石豪门》《流金岁月》，等等。

这种状况到了21世纪的第十年，已经产生了质的变化。我们看到电视剧中的景观，是可看的景观，已经独立出来，变成了电视剧中的一部分，一个不可或缺的部分，被创作者们精心打造的部分。这个部分有时候还可能使得剧情暂时中断。这一变化一方面与图像时代到来有着密切的关联，电视剧必须紧跟时代的步伐，才不至于落伍；另一方面，与现代科技的发展促使电视设备的更新换代也有很大关系，与家庭影院的逐渐兴起有关，随着大屏幕高清电视机的普及，电视剧创作中观赏性的"景观"追求已经成为电视剧创作中不可或缺的选择规制。

五是叙事规制变化：从单一的叙事模式到多元的交叉叙事融合演进。

叙事模式上产业化以来有很大的进步，产业化之初，叙事模式基本单一，现实主义是其基本的选择。比如万人空巷、影响深远的《渴望》，就是运用现实主义手法，按照时间的先后顺序自然地呈现那个社会动荡、是非颠倒的年代，讲述了刘慧芳、王沪生、王铁成、徐月娟等人的情感故事，并且揭示人们对美好生活的渴望，对人间真情、真爱的呼唤。这种叙事模式因为与人物的成长、与事件的发展、与时间的推移相对一致，备受观众的喜爱。所以，在产业化进程中的电视剧创作中一而再再而三的被采用。比如影响甚大的历史剧《雍正王朝》《汉武大帝》《隋唐英雄》等；情感剧《匆匆那年》《因为爱情有奇迹》；抗日剧《我的兄弟叫顺溜》《亮剑》《红高粱》；生活伦理剧《闯关东》《北平无战事》等；武侠剧《天龙八部》《神雕侠侣》《射雕英雄传》等，都得到了较好的运用，也产生了非常好的效果。

随着产业化进程的加快，我国电视剧创作在叙事模式上有很大的进步，除了现实主义叙事模式之外，还有许多的叙事模式得以运用。目前已经形成了多元叙事交叉融合的基本格局。既有现实主义的宏大叙事，比如《闯关东》《恰同学少年》《隋唐英雄》《乱世书香》等，也有吸引眼球的奇观叙事，比如《神雕侠侣》《笑傲江湖》《天涯明月刀》《新白发魔女》《古代传奇》等；还有幽默夸张的搞笑叙事，比如《我爱我家》《爱情公寓》《约会专家》《好大一个家》《家有喜妇》等；更有以情动人的伦理叙事，比如《蜗居》《金婚》《京华烟云》《父母爱情》等。并且，这些叙事有着互相结合，互相融合的趋势。比如，《蜗居》《金婚》《十送红军》《长征》《京华烟云》等。在这些众多的叙事模式中，我国电视剧中最常使用的叙事方式是伦理叙事：这种电视剧创作"以家庭、社会的人际伦理关系为叙事中心，并且都自觉地运用传统的道德逻辑，突出了利他与利己、爱与恨、义与利、团体认同与个人叛逆之间的矛盾，张扬克己、爱人、谦让、服从的伦理观念。"①

六是价值追求的规制演变：从生活之真的本质反映到当下视听快感的功能满足演进。

产业化之前，我国电视剧创作的价值追求主要是为宣传国家意识形态服务，电视剧在某种意义上只是带有艺术性的宣传品而已。这种价值定位也对我国的电视剧创作产生了深远影响。随着改革开放的深入，电视剧创作步入市场化、商品化、产业化进程。我国的电视剧创作在价值追求的美学规制上也发生了根本性的改变。产业化之初，电视剧创作的价值追求是追求生活之真，反映

---

① 陈伟：《论中国电视剧的美学转型及其应对策略》，东北师范大学硕士论文，2006 年。

生活的本质,较多的强调电视剧应该给观众以教化的作用。所以,这个时期在电视剧类型上也以单一的历史正剧居多。比如,当时电视剧作品更多的是歌颂革命领袖和革命英雄的类型,比如《新星》《延安颂》《和平年代》等。1990 年随着《渴望》开启了情感电视剧的新领域,电视剧的价值风向标为之一变,由以前主要关注革命伟人和革命英雄的英雄史诗和英雄品质、伟大人格转为关注个体生命的个人趣味,情感需求,幸福快乐。《渴望》讲述几个年轻人的情感故事,传递的价值理念却是追求人世间的真善美,向往美好的爱情,真挚的亲情,纯洁的友情。这其中虽然还有教化的身影在里面,但是已经相对模糊。而《编辑部的故事》则开启了电视剧创作调侃、幽默、戏谑的先河。"80 年代是中国电视剧从舆论宣传工具向大众传媒形式转化的开始,""自觉或者不自觉地意识到电视剧是一种可以寄托现实梦想和宣泄心理欲望的娱乐叙事形式"①

随着产业化创作的深入,电视剧创作的价值追求的美学规制呈现出多元化的转向。其中尤其满足大众趣味的以形而下的身体享受和情感欢娱为核心的审美趣味成为主要追逐的对象。表现在我国情感剧创作中,爱情、婚姻等这些在传统的电视剧中非常神圣的精神财富,这些在产业化之初电视剧创作中(比如《渴望》)还非常珍贵,虽然在后来的有些电视剧创作中也得到了继承和发展,但是慢慢地演化为了消遣的对象,变成了消费的对象,只是满足观众当下的身体享受和情感宣泄的消费对象,即只是"逗乐而已"。观众虽然感觉这些类型的电视剧的人物、事件、场景等都跟现实生活中的真人、真事、真景等没有什么区别,观众也不会在乎这些电视剧整个故事情节和内在逻辑是否经得起叙事学的逻辑推敲,也不会在乎创作者对爱情、亲情变成视觉大餐、消费对象有无批判立场,观众只要能够看到自己熟悉的大腕明星或者面容英俊的"小鲜肉"或者靓丽的"小花朵"在剧中演绎着曲折动人的爱情故事,能够安慰寂寞孤独的心灵,享受当下的审美愉悦和身体快感,这一切就已经足够了。并不在乎其是不是人生的教科书,对自己的人生产生多大的影响。②

在产业化语境下,我国电视剧创作纯粹是为了满足观众的当下审美娱乐,产生当下的审美快感,除了遵循以上所言说的美学规制外,还有一种常用的方式就是使用当下产生爆笑的语言。这种语言往往与日常生活的语言有本质的区别,超出了正常的表达方式,具有非常一般的冲击力,使得观众情不自禁地爆发欢笑。比如 2009 年热播的电视剧《蜗居》中,"女人活到我这个岁数,早该明

---

① 尹鸿:《意义、生产、消费:电视剧的历史与现实》。

② 《消费文本的美学特征——以电视剧〈中国式离婚为例〉》,《中国电视》,第 13 - 17 页。

白了男人都是一个样。年轻时候需要垫脚石，中年时就需要强心针，到老了就要扶着拐棍。我活该自己做了垫脚石"。① 垫脚石、强心针、拐杖，本来都是日常生活中的一般对象，用在男人身上则极具讽刺意味。还比如，"人情债，我肉偿了！从现在开始我就步入职业二奶的道路了！"②人情债按照正常的逻辑，应该是以人心对人心，以人情对人情，但是逻辑突然一转，"肉偿了"，让人产生巨大的心理反差，而且这种反差让人印象深刻，难以忘怀。再比如，"世上就是你我这样自以为孺子牛的女人多了，男人才疯狂，我把他收拾体面了，他出去风光，别的女人看见他，又有风度又有温度，马上就有热度，哪想得到背后有个女人操劳过度"③。以"孺子牛"喻奉献精神的女性，并且产生反讽的结果"出去风光，有风度、有温度，别的女人产生热度"，并且将原因追究到心甘情愿做"孺子牛"的女性自己的操劳过度。这种能够产生爆笑与冲击力的语言，往往取材于网络的台词，形成了电视剧创作中的"恶搞"的现象，其目的就在于满足观众当下身体愉悦和情感宣泄，本质上是为了吸引眼球，换取电视剧的商业利润和经济效益，对电视剧艺术水准的提升，对广大观众精神内涵的提升却少有建树。

历史剧本来是最能够反映主流意识形态，表达时代精神，强调教化作用的电视剧类型，但是在我国的历史剧创作中却出现了消费历史、消费名人的趋势，将娱乐看成第一要义，戏说历史，游戏史实，将历史事实搞笑化、碎片化、闹剧化，甚至为了搞笑不惜颠倒黑白。④ 直接一点的胡编乱造，比如，抗日神剧《抗日奇侠》《箭在弦上》《一起打鬼子》等，奇异的情节、雷人的桥段、虐人的场面、搞笑的语言，将中国人民八年艰苦卓绝的抗日历史写成了日本鬼子任由宰割、我国军民轻松制胜的戏谑剧、搞笑剧；隐晦一点的，比如，《橘子红了》《大宅门》等号称为抒写历史洪流的"历史正剧"中，人们期待的历史性大事没有出现，反而尽情呈现视觉性的精美的服饰，强调所谓绅士的优雅做派，将豪门的奇特人际关系演绎得淋漓尽致，把豪门的恩恩怨怨讲述成动人的传奇故事。这些电视剧创作以审美的历史代替真实的历史，以美学的奇观替换历史的真实。历史在电视剧中完全变成了消费的对象，历史在电视剧创作中其实只是一个噱头，借历史之名，追求身体快感和娱乐消费罢了。⑤

总之，我国电视剧创作价值追求的美学规制已经从产业化之前的超功利化

---

① 孙玲：《大众文化对我国电视剧精神建构的影响研究》，辽宁大学硕士论文，2012－05－01。
② 同上。
③ 同上。
④ 张乐林：《历史题材电视剧：掏空信仰，消费历史》，《光明日报》，2011－1－11。
⑤ 同①。

和精神升华(净化)的传统模式转向产业化之后满足人们日常的欲望释放和快感追逐转移。这种价值追求的转移导致了我国电视剧创作以短暂性、平面化和时尚化的审美特征代替了产业化之前的韵味悠长、意境幽远和个性独特审美要求;整个时代的美学主调,从产业化之前的推崇崇高庄严的悲剧艺术转向产业化之后的嗜好滑稽幽默的喜剧艺术,从追求沉重的形而上追思和精致典雅美学趣味的少数精英思想者和艺术家的审美趣味演变成追求轻飘的形而下享受和身体感官的情绪宣泄和情感欢娱的多数大众的审美标准。"毋庸置疑,以'欢乐'/'快乐'为诱饵的大众文化正试图放弃精英文化对观念和思想的执着追求,而只是注重制造一种以肉身快乐为核心的文化幻象。"①而产业化进程中,代表着大众文化的典型艺术范式的电视剧创作以"身体本位的欢乐寄托与视觉文化的经验重构"为核心的美学规制则典型地呈现了"大众文化的新型审美理念和想象方式。"②当然,产业化进程中,我国电视剧创作长此以往以追求娱乐性价值追求为核心的美学规制是否最终导致大众文化在本雅明所担心的"审美物化"中彻底丧失文化自省的可能性,从而步入"精神自由"歧途,这正是所有的电视剧创作者和电视剧管理者所需要认真思考的问题。

第四节 武侠影视剧的美学选择、逻辑演进及其思考

中国电影电视自诞生以来,武侠电影(包括后来的电视剧)就成为我国影视消费最主要的类型之一。这种热情绵延近百年,虽历经挫折,但经久不息。我国学术界也对武侠影视剧进行了多维度的解读,既有武侠影视剧发展历史的梳理,也有武侠影视剧视觉表现的探讨,还有武侠影视剧叙事方式的总结。③ 这些讨论让我们对武侠影视剧的了解更为全面,更为深入。我们在此将着重探讨武侠影视剧的美学选择及其逻辑演进,并提出一些相关思考。

---

① 傅守祥:《消费时代大众文化的审美伦理与哲学省思》,《伦理学研究》,2007 年第 3 期,第 20 – 25 页。

② 同上。

③ 研究武侠的著作有贾磊磊:《中国武侠电影史》《武舞神话:中国武侠电影及其文化精神》,陈墨:《刀光剑影蒙太奇——中国武侠电影论》,中国电影出版社,1996 年版。论文有金丹元:《新世纪中国武侠电影的审美流变及其焦虑性诉求》,崔倩倩:《产业化背景下武侠电影中的女性形象》,张明顺:《回归后香港武侠电影的类型流变》等 63 篇。

一

中国武侠影视剧概略地讲就是以表现中国功夫及其侠义精神为主的影视剧。中国武侠影视剧从历史角度讲是先有武侠电影,后有武侠电视剧,二者虽然媒介不同,但其实质相通,故为了方便,我们概称为武侠影视剧。有学者定义武侠电影即"有武有侠的电影,即以中国的武术功夫及其独有的打斗形式,及体现中国独有的侠义精神和侠客形象,所构成的类型基础电影"。① 我们认为贾磊磊的表述"中国武侠电影是一种以武侠文学为原型,融舞蹈化的中国武术技击表演与戏剧化、模式化的叙事情节为一体的类型影片,在广义上,它包括了武打/功夫/侠义在内的一系列以武术技击为外部表演特征及以侠义精神为内在主旨的动作影片"②比较完整。既有外在表现形式的归纳,又有内在精神的总结,较好地呈现了中国武侠电影应该具有的内容和意义。

陈默将中国的武侠电影分为传奇时代、武打时代、娱乐－影像时代、国际化时代四个主要的发展阶段。传奇时代为中国武侠电影的第一阶段,时间跨度从20世纪20年代到50年代。20世纪20年代是中国武侠电影的萌芽与成型期,主要生产基地在上海。这时期的中国武侠电影还处在传奇电影的影子里,或者说只是传奇电影中的一部分故事情节内容。

武打时代是中国武侠电影的第二个黄金阶段,时间跨度主要为20世纪60—70年代,生产基地转移到了中国香港和中国台湾地区,主要的生产者为邵氏公司等。这一时期中国武侠电影开始发展,并逐渐走向成熟,有名的导演有张彻、胡金铨等,武侠电影的风格也是流派纷呈。

娱乐——新影像时代的武侠电影其时间跨度为20世纪80—90年代,其生产基地主要集中在香港与大陆。这个时期香港创新了功夫喜剧的新的武侠形式,而大陆则对武侠影视的类型进行了新的尝试。其主要特征是追求武侠电影风格样式的变革和发展。

国际化时代的时间跨度为21世纪以来,其生产基地仍集中在大陆和香港,生产的形式有很大的变化,主要表现为多方合作的模式更加明确,发展也更为迅猛。随着影视生产的全球化脚步渐近,中国武侠影视的生产业呈现出明显的国际化倾向。

电视兴起之后,武侠剧成为最受欢迎的电视剧类型之一,在中国电视荧屏

① 陈墨:《刀光剑影蒙太奇———中国武侠电影论》,中国电影出版社1996年版,第10页。
② 贾磊磊:《武舞神话:中国武侠电影及其文化精神》,南京师范大学博士论文,2006年,第4－5页。

上长盛不衰,从金庸先生的武侠小说一而再、再而三地被改编重拍就能印证。

武侠影视剧的分类可以有多种方式,从武侠影视剧所处时间段来分,可以分为古装武侠影视剧与现代武侠影视剧;以表现形式来划分,可以分为文学武侠影视剧与奇观武侠影视剧;以武侠影视剧的内容构成来划分,可以分为纯粹武侠影视剧和杂糅武侠影视剧。贾磊磊提出了中国武侠电影以神怪传奇、人物传记、古装刀剑、功夫技击、谐趣喜剧、魔幻神话为主的六种主要类型。[1] 我们认为这种划分有一定的道理,但是整体的逻辑关系还有待进一步清理,比如当代武侠影视剧也有人物传记类型,也有古装刀剑类型、也有功夫技击类型、诙谐喜剧类型等,并且人物传记类型中的武侠剧也可能就包含了古装刀剑、类型功夫技击类型、谐趣喜剧类型、魔幻神话类型等众多因素在里面,因为人物传记是从影视剧的表现内容来划分的,而古装刀剑、功夫技击又是从武侠影视剧的主要表现形式来划分的,二者之间在逻辑关系上不存在非此即彼的同一关系。还有古装刀剑也包含着功夫技击,谐趣喜剧中也有古装刀剑,如周星驰的《唐伯虎点秋香》,所以这种划分方式值得进一步推敲商榷。当然,因为武侠剧本身的相对复杂性,无论采取哪种分类方式,都存在一定的局限性。

二

金丹元先生认为"武侠片是中国人的原创,它不仅弘扬了中国文化中所蕴含着的'侠文化',更将中国的武术技艺透过影像形式艺术化、审美化地呈现出来,并借此在全世界得以广泛传播。"[2]中国武侠影视剧自其诞生之日起,就受到了广大观众的热捧,在中国影坛荧屏上的长盛不衰,这必然有其内在的要求,更为重要的是这种内在的要求通过独特的美学选择、美学追求来得以实现。正是这种美学选择使得广大观众能够在众多的影视消费选择中肯定武侠影视剧,形成了民族审美认同,从而使得其不断发展、长盛不衰。总结中国武侠影视剧的美学追求,有以下几个主要的特点。

1. 审美理想的崇高感。

审美理想的崇高感就是武侠影视剧内容要表现中国特有的侠义精神和仁义境界:行侠仗义、锄强扶弱、除暴安良,追求正义与和平,哪怕牺牲自我也在所不惜,"为国为民,侠之大者"。中国的武侠影视剧,无论其采用什么题材,选取

---

① 陈墨:《刀光剑影蒙太奇———中国武侠电影论》,中国电影出版社1996年版,第10页。

② 金丹元:《新世纪中国武侠电影的审美流变及其焦虑性诉求》,《艺术百家》,2012年第1期,第61 – 67页。

什么表现手法,选择什么叙事方式,最后,其主旨都要回归到审美理想的崇高感来。中国武侠影视剧历来都强调行侠仗义、除暴安良,弘扬"善有善报、恶有恶报",最终善良彰显善果,正义战胜邪恶的审美主旨。炫丽的武打背后渗透着美好的精神追求:有对弱者的救助、对强权的抗争,如《独臂刀》;有对挚爱的亲情呵护,如《方世玉》;有对无私友情的歌颂,如《射雕英雄传》杨铁心和郭啸天;有对美好爱情的赞美,如《神雕侠侣》小龙女与杨过,为追求爱情,不惜隐居,不惜远离江湖,哪怕众人蔑视也决不妥协;有对路见不平、拔刀相助的侠义精神的倡导,如《锦衣卫》;有对公平社会、美好生活的向往,如《叶问》;更有对和平社会、世界和谐的追求,如《天龙八部》,大侠萧峰不惜自己牺牲来维护两国的和平相处,如《大刀王五》中的王五,号称"京师大侠",以民族前途为己任,视国家命运为己出,开镖局,走江湖,设擂台,招义士,救戊戌变法之首领,挽中华灭亡之危局,不惜牺牲自我,成就中华。

审美理想的崇高感与武侠影视剧的本质相关联。"侠文化"是武侠影视剧产生和发展的深层历史文化渊源。韩非子的《五蠹》说"儒以文乱法,侠以武犯禁"。其实,纵观整个中国历史,知识分子和真正的侠义之士都是鲁迅先生所说"埋头苦干的人,拼命硬干的人,舍生取义的人和为民请命的人",都是中国社会发展前进和中华民族绵延不绝的社会脊梁。他们都强调"正心、诚意、修身、齐家、治国、平天下",都轻君主,重小民,认家国,尊先贤,扬忠孝,敬英雄,崇仁义,讲气节,美人格。司马迁是中国历史上现今查到的最早肯定"侠"精神的人:"今游侠,其行虽不轨于正义,然其言必信,其行必果,其诺必成,不爱其躯,赴士之厄困。既已存亡生死矣,而不矜其能,羞伐其德,盖亦有足多者焉"。① 从文化观念上看,"侠"秉承替天行道传统文化理念,怀抱路见不平拔刀相助的精神,热衷一诺千金、士为知己者死的入世观念,在行动上则践行独来独往、浪迹天涯、天马行空,甚至放荡不羁、我行我素的出世精神。从表面上看,武侠影视似乎着意显现侠义之士的自由天性,自我追求;从本质上看,武侠影视其实内蕴着儒家的深层理念和价值追求。

总之,中国的武侠影视被赋予了浓重的英雄主义色彩,既有儒家的传统思想,又有道家的内在精神,还俱佛家的慈悲圆融,但无论其侧重点落脚于哪里,最终都指向"崇高"——弘扬侠义精神和仁义境界,让人肃然起敬,由衷赞佩。"武"的根本目的在于救人危难、制止暴力,而非滥用暴力,滥杀无辜;"武"的根本是"止戈为武",建构安定祥和的社会环境。所以,"金盆洗手"或"回归田园"

---

① 司马迁:《史记·游侠列传》,岳麓书社 1988 年版,第 896 页。

等浪漫桥段常常出现在中国武侠电影的结局。进入新世纪以后,中国的武侠电影创作和生产在更高层面、更高境界上将侠义精神和仁义境界结合在一起,呈现出绚丽多姿、万象更新的繁荣景象。

2. 审美对象上的虚拟化。

审美对象的虚幻化主要指审美对象一般非现实存在之物,而是影视生产者想象或杜撰之物。审美对象的虚拟化主要体现为:故事环境的虚拟化、武侠场景的虚拟化、武功招式的虚拟化三个方面。故事环境的虚拟化指武侠影视剧的故事环境——即所谓的江湖世界是现实社会中不存在的虚拟世界,每一个武侠影视剧都有自己的江湖世界,每个江湖世界都不同,相互之间基本上没有关联、没有交集。比如,根据金庸先生武侠小说和梁羽生先生的武侠小说改编而生产的武侠影视剧,其江湖设计就完全不同。《天龙八部》是天龙八部的江湖世界;《七剑下天山》是七剑下天山的江湖世界。即使是根据同一武侠小说作者改编的武侠影视剧,其江湖世界也不相同。比如根据金庸先生的武侠小说改编的影视剧,每部武侠影视剧的江湖世界都不相同。"飞雪连天射白鹿,笑书神侠倚碧鸳"。《飞狐外传》不同于《天龙八部》《侠客行》又不同于《笑傲江湖》,即使是有关联的《飞狐外传》与《雪山飞狐》《射雕英雄传》与《神雕侠侣》其江湖世界也有很大不同。江湖在本质上就是一个虚构的世界,是一个影视生产者创造出来解决武林纷争,实现审美理想的虚拟世界。

武侠场景的虚拟化指武侠影视剧的场景也往往是影视生产者想象出来的、虚构出来的,现实中往往不存在,或者即使是现实中存在的场景,也不是武侠活动或者栖居的场景,只是借用拍摄的场景,有的往往将多处的美景集合到一个地方加以整合。如由金庸的武侠小说改编的武侠剧,绝情谷、光明顶、古墓、桃花岛、灵鹫宫、摩天崖等武侠场景都是凭空想象出来的,现实中不可能存在。绝情谷,"曲折小溪,隐秘的房屋,幽深的树木,质朴的石头,与世无争的居民,茹素如珍的饮食,……无一不是说这里是一个世外桃源"。桃花岛,则是东海中一缥缈的海岛,环境优美,四季繁花似锦,桃花到处盛开的世外桃源。著名的《射雕英雄传》黄药师的活动天地就选择了浙江一处4A级风景名胜旅游区来拍摄,后来的《天龙八部》也选择此地拍摄。①

浙江旅游等网站在推销介绍桃花岛风景区时也着力突出金庸武侠小说中的桃花岛特点,为热爱金庸武侠小说,痴迷武侠风采的消费者准备的一处旅游

---

① 《1994年4月6日至8日,金庸先生携夫人林乐怡女士抵达舟山普陀访问时说》,[EB/OL]http://baike.baidu.cn

景区。因为桃花岛本来没有武侠剧中的场景,只是为了旅游的需要,由"宁波华东物资城市场建设开发有限公司投资兴建。"后来《射雕英雄传》和《天龙八部》都选择此地拍摄电视剧。而此岛也主打集影视拍摄、旅游、休闲、娱乐为一体的著名风景点。①

武功招式的虚拟化指武侠影视剧中的武功招式常常由作者(或导演)主观想象所创,而非由现实武术套路构成。即使早期的武侠电影其武功招式按照中国传统的武术招式构成,但"硬桥硬马"在具体的展示时有较大的变化。但更多的武功招式是按照创作者的需要来虚构,如《射雕英雄传》中郭靖的降龙十八掌,完全按照《周易》中的卦象来命名;而打狗棒法,看其名称就知道现实生活中、现实武术套路中没有这种招式。再如《神雕侠侣》中绝情谷的武功:内功为基本内功,加上特殊内功:焚心决、绝情心法、铁掌心法、天雷神功。轻功:基本轻功,加上特殊轻功:绝情身法、登萍渡水。掌法:基本掌法,加上特殊掌法:绝情掌、穿心掌、孤鸿掌法、铁掌掌法。拳法:基本拳法,加上特殊拳法:破空拳法、铁线拳法。刀法:基本刀法,加上特殊刀法:天绝刀法、落云刀法、破光刀法、阴阳刀法。所有这些神功,都是作者想象的虚拟之物,主要为表现内容服务的形式。

再看杨过所创"黯然销魂掌",一共十七招,它们的名字分别是"心惊肉跳、杞人忧天、无中生有、拖泥带水、徘徊空谷、力不从心、行尸走肉、庸人自扰、倒行逆施、废寝忘食、孤行只影、饮恨吞声、六神不安、穷途末路、面无人色、想入非非、呆若木鸡",其名称都是把一些成语用来命名的武功招式,这些武功招式是无中生有的虚拟之物,绝非现实中的武术技击套路名称。总之,武侠影视剧之所以为武侠影视剧,或者说区别于其他类型的影视剧,就在于它的虚拟性,在于它的想象力,正因为它的虚拟性,其重点就是要表现外在于现实世界的江湖世界,呈现现实世界并不存在的江湖纷纭、江湖争斗的狂欢图景。所以能提供给作者最大的想象驰骋,相应地也更能提供给影视消费者最大的想象狂欢,以此慰藉日常生活中平淡、枯燥、寂寞的心灵,所以有武侠影视剧是"成年人的心灵鸡汤"之说。

3. 审美表现上的奇观化。

武侠影视剧之所以为武侠影视剧,其最为主要的是审美表现的奇观化。武侠影视剧其审美表现的奇观化主要体现为武打奇观、服饰奇观、语言奇观、行为奇观、场景奇观等。武侠影视之所以成为武侠影视,最为主要的是其主要内容

---

① 舟山普陀岛旅游介绍,[EB/OL]http://baike.baidu.cn

由"武打"构成。武侠剧往往以"打"为主,剧中的人物也是不问缘由,常常见面就打,真有不打不成武侠剧的说法。所以在审美表现上最重要的内容就是"武打"。审美表现上的奇观化首先体现在武打奇观。武侠影视剧中的"武打",异于现实生活中的擒拿格斗,它是要把"武打"用最吸引人的方式,最好看的方式表现出来。至于什么是最吸引影视消费者的方式,什么是最好看的方式,可谓"仁者见仁智者见智"。早期的武侠影视剧武打以中国传统的武术套路,"硬马硬桥"的方式来展示"功夫",后来的武侠剧借助于科技手段和蒙太奇手法来展示"功夫",新世纪武侠剧借助计算机技术来展示"功夫",虽然展示的方式方法不一,但我们认为都是对不同时代对"功夫奇观"的理解。学术界总结中国武侠影视剧中的"武打"动作造型源于中国传统武术,而中国传统武术中"武舞不分家"的理论更为武侠影视剧的武打造型提供了更好的支撑。也正因为这样的理念,我国武侠影视剧中的武打动作呈现出程式化和风格化的特点。"正是那些经典化的武打动作设计支撑起了中国武侠动作电影视觉奇观,并且把中国武侠动作电影潜在的文学内容'转化'成了一种真正的电影内容。作为一种'标志性'的影像叙事成规,武侠动作电影的经典场景不仅完成了对中国武侠电影的形态建构,而且还把中国武侠动作电影的暴力表现形式,从单纯的动作表演转化为舞蹈化、仪式化、回合化的美学表现体系,进而确立了中国武侠动作电影在世界电影中不可替代的历史性地位。"①,张纪中的内地版《天龙八部》为了吸引观众,为了好看,将双方武功对打"武舞化"。比如,虚竹所继承逍遥派的武功和丁春秋星宿派的武功在激烈对打的时候完全像舞蹈表演动作,潇洒自如、姿态优美,视觉效果非常突出,引得观众暗暗称奇,甚至拍案叫绝。

除了武打奇观外,武侠影视剧还有服饰奇观、语言奇观、行为奇观、场景奇观等。其中,服饰奇观、语言奇观、行为奇观都是为塑造人物形象而服务的,也是为吸引影视消费者而服务的。比如,改编自金庸武侠小说《天龙八部》的武侠剧,其中的四大恶人,每个人都有自己独特的形象、独特的服饰、独特的语言、独特的行为,使用独特的武器、当然也有自己的独门武功。总之,也是以奇观的方式展现。

"四大恶人"之首段延庆,面目全毁,双腿残废,说话用腹语,为人凶残,武功高强,疯狂报复以前的残害他的人,往往赶尽杀绝,固有"恶贯满盈"的绰号,武功为腹语术、一阳指、段家剑法等。

---

① 贾磊磊:《武舞神话:中国武侠电影及其文化精神》,南京师范大学博士论文,2006 年,第 4 页,第 5 页。

老二叶二娘,原为妙龄少女,与少林寺玄慈相好并替他生下一子(虚竹),而后被(萧远山)抢去,因思子成狂,沦为邪道。喜欢夺人男婴,终日抱婴玩耍,但在日落之后就将婴儿杀死后吊在树上,情况极惨。故得"无恶不作"的绰号。所使用的兵刃是柄长方形的薄刀,轻功不错,似以轻功克制南海鳄神,以内功克制云中鹤,居于四大恶人第二的位置。

老三南海鳄神,本名岳老三,南海派掌门,好杀人,本是做尽恶事,而自从拜段誉为师后,日益改变,性格直爽,做事往往不经大脑,极重承诺,是四大恶人中最可爱的一个。武功了得,擅长"咔嚓一声拧断人的脖子",所使兵刃是鳄嘴剪和鳄尾鞭。

老四云中鹤,好色之徒,号称"色中饿鬼",轻功天下第一,极喜霸人妻女,夺人财物。其口头禅是"妙极,妙极! 我早就想杀其夫而占其妻,谋其财而居其谷",所使武器是一对铁爪钢杖。

由此,进一步分析,我们认为武侠影视剧的"武打奇观"要能够吸引观众,最为关键的还在"武打"、"奇观"这两个词上做文章。"武打"即"武"和"打"的结合。"武"即暴力,"打"即暴力诉诸的形式,矛盾冲突的双方以"武力"这种直接冲突形式来展现。"奇"即奇怪、奇异、奇特、奇绝、奇妙等,完全不合于常规。即"性质上与别的景观不一样,可见的概率性较低,空间上存在的机会较少,时间上不具备恒常性等特征。一般不能见到,难得有机会见到,很少见到的对象"。[①]因为景观从本质上说就是为了被人看——"图像性"范式。时间性的叙事在奇观化的武侠影视创作中凝固为空间性的表达。表现在影视剧中就是将原本很难以看见,或者很难看清楚的武打动作以展示的方式加以呈现,使得人们看得见,看得更加清楚。尤其在当代信息爆炸、图像时代,人们的审美惯性已经超出了正常的、一般的、经常可见的、可预测的审美经验,而往往习惯追求一种前所未有体验过的,出乎意料的、超出原来的审美惯性,溢出审美主体应有的身心体验和情感逻辑的审美愉悦。[②] 这种奇观的形式带给人们一种前所未有的审美快感。

周宪先生认为,在奇观影视创作中,视听奇观的快乐原则代替了蒙太奇剪辑的理性原则,奇观景象的凸显变革了叙事电影的线性结构。奇观电影的蒙太奇手法可以打断传统电影叙事连贯性和一致性的逻辑关系,以视听奇观来组织

---

① 黄柏青:《灾难影片的美学选择、逻辑演进及其深层意蕴》,《学海》,2014 年第 1 期,第 158 – 164 页。

② 同上。

叙事,驾驭叙事。①

这种奇观叙事就是突出丹尼尔·贝尔所认为的电影影像的逼真性。这种符号学的奇观景象是按照影视创作者的主观意图去有意识地选择形象,有意识地变化视角角度,并通过控制镜头的长度和景象构图来达到"共鸣性"效果,从而按照新奇、轰动、同步、冲击来组织镜头原则和景观审美原则,其目的乃是使得广大观众"不断有刺激,有迷向,然而也有幻觉时刻过后的空虚,一个人被包围起来,扔来扔去,获得心理上的一种高潮。"②

总之,"奇观化是影视艺术发展到一定阶段的产物,尤其是影视特技和计算机特效技术和模拟技术空前发达的基础上影视美学的最佳选择。奇观化崛起的背后既有影视语言本身张力原因,也有现代社会科技高度发达、生活节奏加快、人们审美心理变化等社会的因素。"③当然,这种奇观化更为主要的是主体化的奇观——导演想着力表现的"奇观"。这种带给人们巨大的惊叹号的奇观场面,是通过计算机数字技术创造出的奇观景象:绝对刺激、异常宏伟、炫目动人、令人震惊。其目的就是制造出让广大观众难忘的武侠奇观,创造出身临其境的视听盛宴,达到惊悚战栗的审美接受心理,最终实现"名利双收"。

4. 审美感知的震惊感。

审美表达的奇观化,是鲍德里亚所说的"拟像"的奇观,符号的奇观。这种奇观景象非自然生成,而是经过影视创作和生产者主观加工,改造,制作出来的符号奇观,这种由导演的主观意识特意选择了、编辑后呈现的"奇观",其目的就是催生震惊、恐惧、惊怵、悲伤、愉悦等审美心理的产生,当然其最主要的就是制造审美感知过程中的"震惊感"。计算机数字模拟技术和特效技术产生并完善后,这种"奇观"得到了进一步的发展,震惊感的审美心理也更为强化,刺激。这些景观超出正常对象的尺度,逾越了审美主体的视听界限,具有比现实生活中真实的景观还更"真实"的超真实奇观,给予广大观众巨大的精神刺激和审美愉悦。从审美心理层面来说,这种审美愉悦呈现为"震惊感"。"震"就是震动、震荡、震颤、震响等。具体表现为物体本身的剧烈颤动或人的心理惊恐或情绪过分激动。"惊"就是惊奇、惊诧、惊叹。从哲学层面来说,"震惊"就是迅速上的剧烈变化或力量上的剧烈地变化、或形式上的剧烈改变,从而引起心理上的剧

---

① 周宪:《论奇观电影与视觉文化》,《文艺研究》,2005 年第 1 期,第 25 页。

② 孟宪励:《全新的奇观——后现代主义与当代电影》,中国社会出版社 1994 年版,第 157 页。

③ 黄柏青:《灾难影片的美学选择、逻辑演进及其深层意蕴》,《学海》,2014 年第 1 期,第 158 – 164 页。

烈变化。"震惊感"体现为面对一种新的审美对象,这一审美对象,非常刺激、非常震撼、非常特别,完全超出正常的心理预期,超出正常的审美想象,超出正常的情感逻辑,超出正常的心理接受范式,所以随着形式上的剧烈变化,巨大视听冲击力的景象突兀逼人,人们的思维也暂时中断,神经凝滞,停留在画面的冲击力中,"深度、灵韵"等这些时间性、现代性的审美体验让位于"平面、表层"等这些空间性、后现代性的审美体验。因为"这些景象奇异、奇特、奇怪、奇幻,具有不可替代的独特性,他们稀有、罕见、出人意料,善于变幻,迥异于寻常,具有非同寻常的视觉性。"这些"审美对象超出了审美主体平常的、一般的经验范围,具备了另外一种或几种特质,并且这种特质出人意料,不按照审美主体原来的审美经验惯性,不依循审美主体应有的生命体验,不遵循生命主体常有的情感逻辑,远超出审美主体的习惯性的审美期待,从而产生特有的审美愉悦。"①

震惊感意味着数字化时代人们的审美体验、审美趣味、审美期待已经发生了巨大的变化。"人们已经不能满足于一般的、经常可见的、可预测的审美经验,而追求一种出乎意料的、超出原来的审美惯性,溢出审美主体情感逻辑的审美愉悦。这种审美期待意味着处于图像时代、数字化时代的受众其触觉延伸、视觉延展,现代社会时间性的压缩、空间性的扩张所导致的人们审美趣味的改变。"②现代科技的快速发展,现代社会快速变化,尤其是现代交通的发展令人震惊,使得空间距离不再隔离;而现代通讯技术更是将地球变为一个村庄,人们足不出户即可感知世界变化,时间空间压缩在一起。与之相伴随的是人们必须适应这种快节奏的生活方式,精神常常处于高度紧张之中,所以人们渴望休闲、渴望放松、渴望隔断日常工作状态。从某种意义上可以肯定,惊怵感的审美快感生成表明了我国武侠影视剧的创作能够与时俱进,依仗着创造超越观众视听尺度的景观实现新时代的跨越,呈现出适应社会发展的新风貌、新特色。

5. 审美功能的娱乐性。

武侠影视剧审美功能的娱乐性,体现在两个方面:一方面影视创作和生产者的针对性就是提供娱乐性产品来满足消费者的需求;另一方面,影视消费者的观影目的也是追求当下的审美快感、身体刺激和娱乐功能,而非追求人的精神提升,自由与审美的超越,武侠影视剧创作"就是找乐子"的定位更表现了"娱

---

① 黄柏青:《奇的自然美》,见王旭晓主编《自然审美》,中南大学出版社 2008 年版,第 37 页。

② [澳]理查德·麦特白:《好莱坞电影——1891 年以来的美国电影工业发展史》,吴菁等译,华夏出版社 2005 年版,第 29 页。

乐性"这一点。"娱乐"二字意味着没有精神负担,没有功利目的,更没有刻板的规定性程序,本质上体现的是追求"愉悦性"和"游戏性"。"娱乐"中的人没有必须要完成某项工作义务,更不用担心因为没有做好工作而承担责任。"娱乐"从根本上使得人们从紧张、刻板的日常工作中解放出来,悬置工作中的等级性、规定性、秩序性等强制性要求,最终回归生命的本质,享受自由的愉悦。从更为本质的层面思考,追求身体的感性愉悦、追求生命的解放自由是生命个体作为生命存在的最原始、最根本的冲动:"在最基本的层面上,任何能刺激、鼓励或者激发一种快乐消遣的东西都能被称为娱乐……虽然生命中充满了束缚、纪律、责任、琐事和大量不愉快的事情,但是娱乐与它们相反,它总是人们喜欢和想做的事情。这就是要求消费产品与服务的基础……娱乐——作为动因——正是通过它的结果体现出来的:一种满足和快乐的心理状态"。①

从接受者角度讲,"娱乐性追求"也意味着信息时代、图像时代、消费时代的审美接受者、影视观赏者的观影态度发生了巨大变化:"人们在此语境下只追求审美当下的感性愉悦、只追求当下的审美消遣,放弃西方文化长期以来所倡导的理性追求,崇高追求,放弃深度模式,自动摒弃了理性世界的思考和彼岸世界的崇高,自动摒弃了深度的历史感、深邃感、崇高感。"②"从古希腊时期亚里士多德的所倡导的'理性之人',到现代哲学所倡导的'符号之人',到后现代哲学所倡导的'娱乐之人',意味着世界文化由精英文化主导的深度模式过渡到大众文化认同的表层模式"。③ 我国武侠影视剧创作者和生产者有意识无意识地捕捉到这一变化,从而赢得了广大消费者的青睐。

三

随着时代的发展,我国武侠影视剧创作的美学取向本身也有一个发展演变的渐进变化规律。梳理其逻辑演进过程,有助于我们更全面地把握武侠影视剧的发展变化规律。我们通过分析总结,认为有以下几个较为显著的变化。

一是叙事模式选择由二元对立向多元耦合演进。在我国武侠片开始发展阶段的 20 世纪三四十年代,其叙事相对简单,服务于传奇故事,主要呈现为二元对立:善与恶、正义与邪恶、好人与坏人的模式。在这种叙事模式里,善与恶、

---

① 黄柏青:《灾难影片的美学选择、逻辑演进及其深层意蕴》,《学海》,2014 年第 1 期,第 158 - 164 页。

② 陈默:《中国武侠电影:概述与提示》,《当代电影》2006 年第 3 期,第 102 - 106 页。

③ 同上。

黑与白、正与邪、好人与坏人、正义与邪恶等传统划分价值的标准构成武侠影视的两极。"好人"是"善"的力量的代表,他们善良、正直、坚持正义,除暴安良、锄强扶弱,恪守礼义,是传统道德的化身。"坏人"则是"恶"的力量的代表,他们邪恶无比,或是阴谋篡位、图谋不轨;或是嗜血成性、滥杀无辜;或是好色无比、淫人妻女;或是陷害忠良,出卖国家,总之,表现出毫无人性的妖魔化。对立双方处于激烈的斗争当中,"善"的一方开始往往受到恶的一方的压制,最终外出拜师学艺、刻苦学习,最终"善"的力量战胜"恶"的力量,正义战胜邪恶,铲除邪恶,呈现大团圆的美好结局。

这种叙事模式一直影响到20世纪80年代大陆拍摄的首部影响巨大,红遍中国的武侠片《少林寺》。而随着时代的发展,尤其是观众对这种二元对立的叙事模式过度熟悉而产生的审美疲劳,迫使武侠影视剧生产者必须开辟新的路径,以适应新的消费需求,所以二元对立的叙事模式逐渐被打破。

20世纪60年代著名武侠导演张彻、胡金铨导演的武侠电影逐渐打破了二元对立的模式,朝着多元耦合的方向发展。比如《新龙门客栈》,多条线索交错发展,矛盾对立不断转换。《独臂刀》更是多元叙事的典范之作。张彻将武侠故事中融合了主人公的身世故事,展示了武学绝技,交织着师门恩怨,充斥着武林争斗,变幻着江湖险恶,纠葛着美好爱情,寄托着归隐田园之梦,众多的因素、多条发展线索,有条不紊地在110分钟里面天衣无缝地递进发展,滴水不漏得让人拍案叫绝。

新世纪武侠影视剧则采用多元耦合的方式来叙述故事。正与邪、黑与白、好人与坏人、正义与非正义等这些传统对立的两极被淡化处理,而是强调二者之间的融合,强调视听觉的冲击效果。《卧虎藏龙》里,李慕白、俞秀莲、玉娇龙、罗小虎并非代表着正与邪、黑与白、好人与坏人、正义与非正义等对立的双方,李慕白甚至还寄予爱心希望于玉蛟龙。电影中虽然也善、恶的对立,但这不是着墨的重点。在《英雄》里,刺客成为帝王的真正知己,"刺秦"最终演化为"护秦"。《十面埋伏》对立关系则完全模糊化,官府与飞刀门互派卧底,传统的正邪之别被颠覆,尤其是人物的价值选择被彻底颠覆,善恶定位让人难以甄别。

总之,我国传统武侠影视简单的"二元对立"叙事模式在新世纪后被完全突破。"百花齐放""多元发展""交叉融合"成为新世纪我国武侠影视创作叙事的必然选择。中国武侠影视剧创作中叙事模式的发展和变化,紧扣时代要求,紧紧抓住了影视消费者的审美需求,使得其成为持续吸人眼球的影视消费类型。这些变化不仅为我国武侠影视剧的创作和生产奠定了坚实基础,也为中国影视剧产业的发展开辟了广阔空间。

二是人物形象处理从简单化向复杂化发展。

早期的武侠影视剧人物形象塑造相对简单化。在武侠电影的第一个高潮时期，其代表人物往往"善者至善，恶者极恶"。正义一方或是勇猛无敌的英雄，或是侠义超长的高人，或是救人水火的侠士，总之表现为"至善至美"，是侠义精神、仁义道德的化身。邪恶的一方或是嗜血成性的坏蛋，或是杀人如麻的凶手，或是霸妻夺女的淫贼，总之呈现为"穷凶极恶"，是反面人物的代表。与此相对应，正面人物形象表现为阳刚之气，形象大气、阳光美观，最为典型的即国字脸、身材高大，衣着规范、语音洪亮，语言直爽正义。反面人物形象则表现猥琐，形象低劣，瘦骨嶙峋，衣着精怪，语言阴阳怪气。这种人物形象有些远离生活现实，不食人间烟火。随着时代发展，武侠影视剧的人物形象讲究相对丰满，人物处理越来越复杂，越来越有血有肉，有情有感，有优点也有缺点，而不是以前的英雄就是"高大全"集大成者，坏蛋就是"假丑恶"集大成者。比如香港著名武侠导演徐克先生，就倡导武侠英雄也是人的理念：虽然他比普通人在某些方面要全面一些，但武侠英雄也与芸芸众生的普通大众一样应该是有血有肉，有情有感，有优点有缺点。再勇猛刚强的人物也有男儿泪流满面的时候；在仁义至极，也有"冲冠一怒为红颜"的莽撞之时。总之，这种人物创作的方法是假定人既是社会的人，也是自然的人，还是多元的人，是一个活生生的人，观众身边就能见到、感知得到的活生生的人。徐克导演的《黄飞鸿》系列武侠电视剧中，由李连杰扮演的黄飞鸿，呈现了生活在沉重的历史天空下的民族英雄的真实心绪，塑造了黄飞鸿这样一位侠之大者其实也是一个有血有肉，有情有爱，有坚定信念却也会漂浮动摇的"真实"人物。

这种方法与传统武侠影视中高大全的"英雄"全然不一。观众明显感知到《笑傲江湖》中令狐冲与胡金铨电影里的高僧和侠女的巨大差异，同是英雄侠客，令狐冲"嬉笑怒骂、洒脱不羁"，观众可以平视；而胡金铨武侠剧中的侠女与高僧，则老成持重，足以令人仰视。到了《东方不败》中，东方不败、任我行、令狐冲等人物性格的复杂化处理得更为完美。《东方不败》中"东方不败"这一人物性格的复杂性是我国武侠影视剧中美学造诣的一座高峰。到新世纪以后，《英雄》《十面埋伏》《无极》等武侠巨片中，已经淡化了人物的正邪、好坏之分，着重表现的是爱恨情仇中双方对立冲突的武打奇观，人物的塑造退却到服务于武打奇观的位置，人物形象的处理有倒退之嫌。到了李安的《卧虎藏龙》、王家卫的《东邪西毒》，已经将人物的复杂性提升到一个新的高度，新的境界。

三是审美表现从单一化向复杂性演进。

　　最初的武侠电影作为叙事电影一开始所走的路径就是要娱乐观众,追求情节的离奇动人,武侠名目下追求的是一个个传奇人物和故事。因为此时武侠电影表现的重点乃是"传奇"。由于当时对电影美学理解的局限,加上当时电影拍摄条件的局限,电影仍然局限在"文学电影"的模式中。"武打"只是解决问题的手段,而非目的,故对"武侠"的展示也完全不同。虽然此时"侠客"英雄,也有"武打"动作,但是主要服务于人物塑造,服务于人物之间的关系,电影的核心在"传奇"。故此时的武侠电影属于"文学电影",称为武侠电影的"传奇时代"。

　　20 世纪二三十年代,据不完全统计,在 1929 年至 1931 年间上海的 50 多家影片公司,就拍摄了 250 多部武侠怪片。比如,《火烧红莲寺》(1928 拍摄,1938 年上映)。我国武侠片精品《大侠甘凤池》及后来的《武松血溅鸳鸯楼》《宋江》《翠屏山石秀杀嫂》《侠女十三妹》系列等影片,都不着重表现"武功打斗",不着意渲染"侠义精神",而将笔墨集中在故事传奇上,集中在人物塑造上,集中在人物关系的处理上,强调故事本身的曲折复杂和引人入胜。后来,慢慢开始武功打斗的场面多一些,视觉效果强一些,开始强调武侠世界的审美愉悦,强调它的愉悦功能。① "传统武侠电影中,有精彩的打斗片段,也有精致的画面构图,但电影中最主要的还是故事的表达。电影以传奇浪漫的故事,精心设置的悬念,出乎意料的巧合,生死存亡之际的'最后一分钟营救'等情节魅力吸引了观众。"②

　　20 世纪 60 年代中期以后,我国武侠电影创作开始走向成熟,武侠电影的审美表现开始转移到武侠动作本身。代表性的武侠导演有张彻、胡金铨等人。这个时候武侠影视剧更为主要的是以武术套路的形式来体现武侠电影的独特之处。这个武术套路主要根据中国传统武术套路来表现,即所谓的中国传统的硬马硬桥功夫。招式是一招一式,符合武术指导、武术教育的套路要求,武打符合现实语境。剧情则曲折变化与武术套路的紧密结合,是吸引观众的主要因素。如,张彻的影片更注重表现中华武术的气势。张彻采用分镜头来表现武打场面,打破了早先武侠片一贯用单镜头来拍摄武打场面的手法,让武侠电影与中国传统真实武术及其所蕴涵的文化精神紧密相连。这个时期的武侠片故事情节甚至服务于武术表演,或者说只是为了表现中国传统武术而服务。如张彻早期的武侠片《广东十虎和后五虎》中,广东十虎及其弟子们保护反清义士的故事情节主要是用来表现五光十色的武林门派的武功特点:或刚猛无比,或阴险毒

---

① 赵宏义:《新世纪武侠电影的美学转向》,《电影文学》,2007 年第 21 期,第 24 - 25 页。
② 同上。

辣,或以柔克刚,或刚柔相济,等等。"整部影片更像是一部关于武术的教科书。"①1982 年影响深远的武侠片《少林寺》,其武打动作和武打桥段都是按照中国传统武术套路来设计的,电影演员都是来自武术竞技领域的翘楚,如主角李连杰是全国武打竞赛冠军。当然,随着时代的发展,《少林寺》加大了武打奇观的内容,并很好地融入了"以暴制暴"的文化内涵,还将美好的男女爱情故事镶嵌在这个武侠片当中,而这些无疑为观众提供了无限的加分空间,加上国内首次放映武侠片的环境,使得这部武侠片成为一个奇迹。

到 20 世纪 90 年代以后,中国武侠影视开始依靠科技的力量来开创武侠审美表现的新天地,新境界。最早是香港影视导演在电影残酷的竞争中,找到利用科技力量来完善、提高武侠影像的新方向。90 年代初,以徐克、程小东等为代表的新武侠影视开始粉墨登场。新武侠影视继承发扬了 20 世纪七八十年代武侠影视的长处,在艺术上达到了新的高度的同时,在制作上也更趋完美。徐克的《蜀山传》《东方不败》《倩女幽魂》和"黄飞鸿"系列武侠电影,将曲折变化的情节、眼花缭乱的动作、深厚内涵的情感完美地结合在一起,创造了新武侠影视的高度。高科技手段与影像技艺改革相结合造就了武侠影视的新天地,打造了武侠影视审美表现的新境界:徐克导演的《笑傲江湖》《东方不败》《风云再起》《新龙门客栈》《黄飞鸿》《狮王争霸》等一系列影片,元彬导演的《黄飞鸿之王者之风》、元奎导演的《功夫皇帝方世玉》、袁和平导演的《太极张三丰》、陈嘉上导演的《武状元苏乞儿》、林岭东导演的《新火烧红莲寺》、黄泰来导演的《刀·剑·笑》等形成了新武侠的影视冲击波,让中外影视观众感知到新武侠影视的魅力。

从 90 年代后期到新世纪,随着计算机模拟技术和特效技术的广泛应用,武侠电影更多地走向了"技术霸权"。华丽的技术,炫目的视听效果成为武侠电影追求的第一要义。中国的武侠影视剧都不约而同、步调一致地走上了"技术的运用极大地压倒了内容"的路数。新世纪后,武侠影视剧的审美表现上由"时间性叙事"向"空间性奇观"演进。这种演进的技术基础是数字特效技术和计算机模拟技术进入影视剧所创作奠定的。因为有了这个技术基础,我国武侠影视剧才能够创造展示"武打奇观"的绚丽景象,"武打奇观"也才能够作为对象重点被加以突出。2000 年以后,武侠影视由于计算机数字模拟技术和特效技术地介入,无所不能、炫目至极的武术幻象代替了以前那种固定的硬马硬桥程式和武

---

① 金丹元:《新世纪中国武侠电影的审美流变及其焦虑性诉求》,《艺术百家》,2012 年第 1 期,第 61 - 67 页。

术套路。《天地英雄》《英雄》《十面埋伏》《七剑》《无极》《墨攻》等大量运用了数字特效技术和计算机模拟技术,构筑了绚烂之极的视听盛宴。"新世纪武侠电影则注重影像造型,更多挖掘电影的视听元素,充分调动色彩和道具的作用,选取极度唯美的场景,运用数字化特技设计的武打场面,表现了视觉中心的美学倾向。"①金丹元先生认为新时期,"武侠电影呈现出的影像奇观化、游戏化和娱乐化的趋向,必然会促使武侠电影的审美体验宽泛化。"②这种看法无疑是非常有见地的。

四是影视类型上由单一的武侠剧向混合的武侠剧演进。

中国的武侠影视剧总体上呈现了由以前的纯粹文学武侠影视剧向混合的武侠影视剧的发展的趋势。武侠影视剧开始走的是文学故事加上武术套路的打斗这一模式,比如在大陆引起很大反响的《少林寺》。文学故事式的武侠影视剧要求剧情曲折复杂,以剧情来吸引观众,并且运用精彩的对白来丰富剧的内容,增加武侠的内涵和趣味性。后来香港导演张彻、李小龙就是沿用这一套路,并获得了巨大的成功。

到新世纪,随着大众文化的兴起,娱乐文化的普及,中国影视工业市场化、产业化的改革和发展,以及影视产业竞争的全球化时代到来。中国武侠影视在高科技手段的运用,巨资邀请大牌明星加盟,跨区域跨国家优化配置资本,合理利用人才资源等方面做出了巨大努力,推进了武侠影视剧国内市场的开发,推动了海外市场的开拓。中国武侠影视随着时代的发展,武侠类型由以前的相对单一的类型发展成为混合型的武侠类型。刘家良的"真功实打",保持了张彻、李小龙电影的一种传统;楚原的剧情曲折、对白精彩的形式发扬了传统武侠电影长处;麦嘉、袁和平、成龙等则融合其他类型的影视发展出一种谐趣功夫。这三个方向缠绕交织、协调发展出三种武侠类型:奇观武侠、谐趣武侠和人文武侠,并且与其他类型的影视剧有交叉融合之势。奇观武侠影视有张艺谋的《英雄》和《十面埋伏》,何平的《天地英雄》等;谐趣武侠影视有周星驰的《功夫》、徐克的《七剑》和成龙的《神话》等;人文武侠影视有谭家明《名剑》、王家卫《东邪西毒》和李安《卧虎藏龙》等。这三种流向,各有千秋,使武侠影视呈现出万紫千红的繁荣局面。王家卫《东邪西毒》和李安《卧虎藏龙》等为代表的人文武侠影视大片,达到了前所未有的人文深度和艺术境界,代表着中国武侠影视屹立于

---

① 金丹元:《新世纪中国武侠电影的审美流变及其焦虑性诉求》,《艺术百家》,2012 年第 1 期,第 61 - 67 页。

② 同上。

世界影视之林的正确发展方向。

新世纪中国武侠影视剧的另一个新的走向是与其他类型的影视剧的交叉融合,即其他的影视剧夹杂着武侠影视剧的内容,武侠剧也糅合着其他类型影视剧的内容,渗透着其他类型的影视剧的精神。这种交叉耦合的方式开拓了武侠影视剧的新路径,使得中国的武侠影视道路越走越宽。比如改编的《隋唐英雄传》,虽然是历史情感剧,但其中有关战争、争斗的场面都武打的成分。而热播的抗日影视剧中,都有武侠影子、武打的内容;而最新央视翻拍的《天龙八部》等武侠影视剧,都将历史文化看作为决定影视剧成功与失败的关键因素之一。

四

金丹元先生认为武侠影视剧在中国风行,经久不息,"其深层次原因无疑与中华民族追求自强不息、不屈不挠的精神和崇尚'武德和侠义'的英雄心理情感寄托有关,因此当武侠片以一种浓缩的侠义精神,并以较为夸张的'武舞'的形式来展示中华民族独特的审美情趣时,也就较易满足中国观众希望能体现民族文化的消费需求。影片中紧张刺激的打斗缓解了日常生活中的压力,使生活中某种被压抑的情绪得以宣泄和缓解。同时,随着快意恩仇,男女间的情爱,正义力量的一次次被肯定,又有意无意地激发了人潜在的崇高感和荣誉感,武侠电影也就因此而得以不断发展,长盛不衰。"[①]我们认为这种见解有非凡的意义。结合学术界的看法,我们认真思考加以总结,认为中国武侠影视剧的形成动因主要有以下几种。

首先是全球影视产业激烈竞争,中国影视产业主动应战的结果。

中国电影产业诞生之日就面临激烈的竞争。当时欧美国家的电影占据着中国的电影市场,中国电影要冲出包围,就必须有区别于别人的独特内容,引人的故事情节,特异的言说方式,全新的表现形式。所以中国电影一开始就到中国传统中去寻找,去发现有利于吸引观众的因子。结果,他们找到了传奇故事,并用粗糙的特技去表现传奇中的轻功、放飞剑等超人神功,这种现在看来非常原始、非常粗糙,甚至有些幼稚的动作奇观给当时的国人一种耳目一新的感觉,受到近乎自卑的国人的热烈欢迎。当时的中国电影事业处于夹缝中生存,外有外国电影的入侵,内有帝国主义的占领,国贫业弱。要面对这两大挑战,选择什

---

① 焦素娥,雷利鸣:《影像奇观中的民族精神——试论中国武侠电影的创作视角及文化特色》,《南都学坛》,2002 年第 5 期,第 47－51 页。

么样的电影形式就非常重要,选择武侠电影来进行电影伟业基于理性选择和无奈之举。因为武侠剧是最适合于当时社会语境下中国人的影片消费的心理和审美需求的类型。"早期的武侠电影虽然缺乏文化、美学、艺术、哲学的承载能力,缺乏创新意识和强大的艺术表现力,甚至还宣扬了封建伦理道德、封建君臣观念,充斥着大量的迷信内容,没有对民族文化做出正确的阐释,而且也没有凸显真正的民族精神,但在国衰民弱的历史背景下,它借助于善恶有报的传奇故事、行侠仗义的侠客行为、超越现实的神功异数,表达了人们对黑暗现实的不满以及企图改变现实的理想和愿望。"[1]

二是中国观众的审美心理所致。

中国社会自秦统一中国就长时间处于集权专制的封建社会中。在这个社会中,体制机制僵化,阶层固化,法制丧失,权力就是一切。上层社会对下层社会处于绝对的制约和支配地位,权力机器变成权力阶层谋取自身利益和集团利益的工具。下层百姓生命个体的生存权利难以通过正常的途径得以维护,其基本的发展权利近乎丧失。所以面对强权统治、集权压榨,暴力威胁,反过来"暴力"也成为普通百姓维护自身利益、保护自我权利的最信赖工具,除了渴望"清官"维护公平正义之外,"以暴制暴"就成为维护公平,呵护正义,践行公理的最好方式。在先秦诸子中,墨子因兼爱而非攻而勇为,"路见不平,拔刀相助",创造了一种天下大侠的雄风。侠的普遍信条就是"士知己者死",因知己而蔑视一切制度律法和社会规范,侠之所以为人所敬重,一在情深,二在气豪。墨子的兼爱、忘己、勇为,把为知己者死的一人一事的具体情怀提升到"路见不平拔刀相助"的普天下平衡策略和最佳选择。[2] 老百姓于最困顿之处往往寄希望于痴人说梦的妄想和幻想:拥有超人般的功夫侠客来匡扶正义、救弱扶贫,主持公理、维护正义。所以中国有很长远的武侠文学和武侠文化渊源。武侠片恰恰在这个方面满足了中国观众的心理需求。尤其是中国近现代史,中国人民一直处于半封建半殖民地的境地,中国一直以东亚病夫的形象出现,中国人一方面急于摆脱这样一种形象,另一方面也满足了阿Q式心理。所以这种心态从电影的审美选择上无意识地反映出来。新中国建立以后,中国的法制建设虽然有很大的发展,但是依然存在不少问题。改革开放以来,随着市场经济的发展,尤其是进入商品社会以后,残酷的竞争使得很多人采取不正当的竞争手段,然而管理者

---

① 张法:《中国美学史》,上海人民出版社 2000 年版,第 88 页。

② 余纪:《数字化电影的宠儿———灾难片的美学及相关问题》,《北京电影学院学报》2001 年第 2 期,第 32 页。

一时半会又难以监管,法治社会还有待完善。所以人们也会自然而然延续传统,无意识当中寄希望于打抱不平、锄强扶弱侠客来伸张正义,寄希望于传统文化中的侠义精神来慰藉内心。所有这些从某种程度上为武侠片的盛行奠定了基础。从这种意义上讲武侠乃是"成人的童话"。这种童话从本质上讲是对现实的替代性想象和幻想。这种想象和幻想挑战着人的身体与精神能力的边界,最大程度张扬人性中追求自由的天性,幻想着现实生活中发生概率极小的经历,内蕴着对已有的人类文明秩序的蔑视与不屑。

三是现代科技发展。

现代科技的发展,尤其是计算机模拟技术和数字特效技术的发展为武侠影视剧的流行奠定了技术基础。计算机模拟技术和数字特效技术的发展,使得影视剧创作者和生产者能创造出更为逼真、更为奇特的"武打奇观",并且这种"武打奇观"足以"以假乱真",甚至"以假代真"。"影像之真"取代了"现实之真"后,"拟像之真"又代替了"影像之真"。并且,"拟像之真"在电视剧创作高技术背景下占据越来越重要的地位,乃至于在未来的电视剧创作中电视剧演员和明星都可以用模拟技术代替。

在计算机数码模拟技术和特效技术诞生以前,我国电影表现武侠奇观显得有些困难,也比较笨拙。一般的手法是使用"搭景"或建造"模型"等,然后再用摄影技巧来加以表现。这种表现方法虽然竭尽了导演的智慧,最大程度地发挥了摄影师的水平,但是效果依然不尽人意。尤其是宏大的场景,想象的奇观等根本没有办法实现。故以前的武侠电影往往采取着重表现故事情节的曲折性,武打相对遵循武术套路,镜头也多用客观镜头。但是,自从计算机模拟技术和数字特效技术等现代科技引入我国武侠影视创作和生产以来,技术表现瓶颈得以革命性地突破,各种武打奇观可以得以较好地表现。并且,随着现代科技的发展,随着计算机模拟技术和数字特效技术的进步,影视导演发挥自己主观能动性的想象空间会越来越大。拟像之真在电影创作和生产中越来越重要,有些景象完全出乎人的意料,想象力非常丰富,真正进入到电影是一种想象力的竞争的时代。所以,在我国的武侠影视剧中,观众既可以看到现实武术表演中确实存在的技术搏击、武术动作的"影像之真",也可以看到"纯属虚构、子虚乌有""拟像之真"的武打奇观。

四是消费社会的到来。

随着全球化时代的到来,消费社会的到来,图像时代和景观社会的到来,影视剧的竞争程度更加激烈,影视剧的创作和生产此时遵循的策略就是着眼于全世界的影视消费者,而不再局限于一地一隅。

在这种语境下,作为后发的中国影视产业要跻身世界影视产业之林,屹立于世界东方,必须选择一个较好的角度,寻求一个最佳的方式,既能内蕴中国传统文化,又能迎合当下观众,符合世界影视发展潮流。武侠,恰好成为了中国影视走向世界的最佳选择。武侠影视剧那种多元混合的美学选择满足了不同层次、不同口味、不同水平影视观众的要求。尤其是武侠奇观、武侠谐趣、人文武侠的混合交融,既依靠创造视听奇观,营造审美惊怵感来吸引观众;又可生产谐趣幽默,产生轻松搞笑,引起高水平的观影消费群体的深思。"这些特点非常适合当代快节奏的社会生活语境下人们观影只是为了纯粹的娱乐和消遣,为了放松日常生活中绷紧的神经,调节自己的生活节奏,放飞自己心灵等审美心理需求。"①在影视创作和生产日益激烈竞争的全球化影视创作和生产格局中,要吸引观众的眼球,实现较好的盈利目的,实现资本增值,武侠影视剧是中国影视产业的最好选择之一。

五

武侠影视剧的美学选择,都是随着时代的发展而发展,随时代的变化而变化。这一个又一个武侠世界,其实也是一个又一个的精神世界的反映。这种武侠世界既是影视生产者的利润追逐世界,也是影视消费者的心理满足审美世界,更是社会文化深层影响的精神世界。"武侠影视剧"最能够吸引观众的乃是"武侠"二字:"一是它的表现形式,二是它的深层意蕴"。做进一步深入解读,"武"是暴力的一种形式,以一种区别于西方影视来表现人性深处隐藏着的破坏性、侵略性和毁灭性等原始冲动的暴力形式;而"侠"则是暴力实施的对象或者说制止暴力的对象。所以有学者界定武侠电影为有武有侠的电影。如果说"武"是影视生产者对人性的"恶"本能——生命的摧残、社会的毁灭、秩序的破坏等生物性原始欲望、原始冲动的呈现,"侠"则是对人性的"善"本能——人文的关怀、公平的呵护、正义的呼唤等社会性美好理想、美好追求的张扬。可以说,武侠影视剧从"善恶"相反相成结合处诠释了"暴力美学"的妙处。不同的武侠影视剧期间有具体的变化,但这种表现武侠世界的"暴力美学"本质上是相同的,统一的。从心理学理论来分析,"恶"是人的天性之一。从某种意义上说,"恶"更能受到人们的关注。武侠影视剧之所以要表现的人性之"恶"来自以下

---

① 黄柏青:《灾难影片的美学选择、逻辑演进及其深层意蕴》,《学海》,2014 年第 1 期,第 158 - 164 页。

几个方面。①

首先,是集体无意识的积淀。人们对力量的崇拜,源于人类远古时代的深层心理积淀。在远古时代,"物竞天择、适者生存",力量是保证人类繁衍与生存的关键要素。只有强大的力量才能获得生存所需的食物,只有强大的力量才能获得异性的交配机会,实现种的繁衍生息。在远古社会,没有力量,没有强健的身体,没有迅疾的速度、迅猛的动作,就必定被时代淘汰。这也必然奠定了对力量的崇拜。其实,一直到现在,强大的力量、强健的身体依然是人们崇尚的对象、美的标准,依然是获得异性青睐的主要因素之一。也正因为这样,人们始终对力量、对动作、对速度等有一种原始的激情,有一种无意识的冲动,有一种深深的震撼,甚至有一种不舍地眷恋。

其次,对死亡的恐惧。对力量的崇尚往往与死亡、恐惧缠绕在一起。因为,人的力量,往往是通过战胜竞争对手呈现或者说是展示出来。而与竞争对手的力量对比从某种意义上说,必然伴随着恐惧与死亡。恐惧是对力量的惧怕,对自我即将失败的胆怯,对死亡的惧怕更是人与生俱来的天性!尤其是力量以打斗的形式,赤裸裸血腥地展示。一方面有战胜者的胜利快感,另一方面有失败者的恐惧心理,还有对死亡本能的直接触及。通过这一过程,都深深地吸引着观众,使得观众实现了内心情绪的宣泄和人生理想的超越。

再次,对好奇的渴求。血腥场面和景象满足了人们对"好奇"的观赏需求。"好奇是人的天性",这一兴趣和观赏需求也显然与人类的原始意象相联系。这也是人类在艺术活动中表现和超越死亡恐惧的重要过程和手段。随着社会的发展,社会文明程度的提高,和谐社会的建立,人们很难见到血腥的场面、残酷的景象。这对现代人来说是一种奇观,充满着无限的诱惑力。弗洛伊德的研究认为人类对"好奇"的渴求与人性中的破坏本能相关联。"自上古以来,人们就渴望看到各种能让他们间接地对纵火焚烧、残暴无度、痛苦万分和难以言传的肉欲享受等有所体验的场景,看到各种能使毛骨悚然但又高兴万分的、可供观众暗中分享其滋味的场景。"②

在现代社会,"娱乐"作为人们休闲的主要方式,除了放松紧张、调节精神、愉悦心灵等功能之外,还具有一种修补社会现实和规训大众的作用。影视是大

---

① 郝建:《"暴力美学"的形式感营造及其心理机制和社会认识》,《二十一世纪》网络版第三十七期,2005年4月30日。

② [德]齐格弗里德·克拉考尔:《电影的本性——物质现实的还原》,邵牧君译,中国电影出版社1993年版,第71-72页。

众娱乐文化的中坚力量,自然而然地也具有娱乐的所有功能,而武侠影视作为主要的影视类型也承担着同样的作用。尤其是时尚化的电影院提供了一种审美场域,给黑暗之中观看电影的观众创造了共同体验审美愉悦的最佳境遇,从这种意义上讲,电影院里供奉的不仅是"心灵的沙发椅",销售的也不仅是"视觉的冰激凌"。而是体验一种重要"文化仪式":即通过电影,将自己所认同所肯定的价值内容和意识形态以一种无意识的方式传递给芸芸大众,不露痕迹地完成对大众心理的"规训"和对社会现实的"修补"。从这种意义上讲,我们认为中国武侠影视并非大众意义上认同的那种只让人们沉迷其中、让人忘却现实的"白日侠客梦",有着更为深刻的思想内容、价值取向和意识形态:"不断挑战人的身体与精神能力的边界、最大程度张扬人性中追求自由的天性,对既有人类文明秩序的极度蔑视与不屑,以及现实生活中发生概率极小的人生经历畅快淋漓的快感体验。"①

当然,作为当今武侠影视剧生产大国和输出大国的我国影视产业,面对激烈竞争的世界影视产业,选择武侠影视这种特殊的形式和类型,更为深刻的意识形态可能是"以之吸引观众,促进影视产品的消费,掩盖的乃是商业逻辑的精心计算和商业资本的增值砝码"。"在仿真秩序中,不再有对自然秩序的怀念,自然成为控制的对象,再生产本身成为由市场规律控制的主导性社会原则。波德里亚视工业秩序受'商品的价值规律'即等价交换所控制,而不再受'自然价值规律'所控制"。②

第五节 情感电视剧的美学选择、逻辑演进及其思考

"情感剧"是指电视剧艺术创作者创作的以表现生命个体或群体的情感生活为主要内容的电视剧。因为生命个体的情感生活中最具魅力,最具戏剧性,而情感生活中对人影响甚大的乃是人的爱情和婚姻,故大多数情感剧表现生命个体的恋爱故事和婚姻经历。电视剧主要面向的受众是都市人群,所以我国的情感剧大都以都市人的情感为主体,以都市生活背景下人们的情感生活的发生、发展和变迁为线索,表现人们情感的迷茫、甜蜜、痛苦、欢乐等情感经历,展

---

① 黄柏青:《我国抗日影视剧的美学流变及其价值选择》,《河南社会科学》,2014 年第 1 期,第 103 – 108 页。

② 同上。

现人们的精神追求和价值选择。也因情感电视剧对于人们日常生活的高度观照,对人们的情感心理的细腻揭示,最终也得到电视剧消费者的肯定和认同,这也是情感电视剧屡创佳绩的重要原因。

中国传媒大学刘烨原教授认为,"都市情感剧是指家庭伦理剧的一个重要组成部分,主要是讲述有关家庭成员之间情感变化的剧目类型,都是情感剧尤其热衷于探讨女性婚后在家庭和事业中的定位取向,探讨夫妻情感变化的原因,因而自成类别,自成体系。"①

我国电视剧生产产业化以来,言情电视剧已经成为我国电视剧消费最主要的类型之一。我国学术界也对言情电视视剧进行了多维度的解读,既有言情电视剧发展历史的梳理,也有言情电视剧视觉表现的探讨,还有言情电视剧叙事方式的总结,这些讨论让我们对言情电视剧的了解更为深入,更为全面。但平心而论,目前的讨论多集中在单个的电视剧的评论和分析上,宏观的、整体的研讨的分析还比较少。本文拟从言情电视剧的美学选择及其逻辑演进这一角度做一思考。

一、我国情感电视剧的审美特点

"按照美的要求去创作,可以说是一切艺术都要遵循的原则,电视剧是面向大众的艺术,具有大众艺术共有的审美追求。按照美的原则进行创造,把最高的生活美和艺术美提供给观众的视觉与听觉是本质的要求,因而,电视剧是按照美的原则创造的艺术"。② 中国情感电视视剧自其诞生之日起,就受到了广大观众的热捧,在中国电视荧屏上的长盛不衰,这期间必然有其内在的要求,即基于文化基因之上的情感需求,更为重要的是这种内在的要求通过独特的美学追求来得以实现。正是这种美学追求使得广大观众能够在众多的影视消费选择中认同我国的情感电视剧,从而使得其不断发展、长盛不衰。总结中国情感电视剧的美学追求,我们认为总体上有以下几个明显的特点。

1. 审美理想的平民化。

审美理想的平民化就是情感电视剧要表现中国普通大众、芸芸众生平凡而朴实的爱情甜蜜,家庭幸福,社会和谐的人生理想与家国情怀。这种理想着眼于生命个体内心感受和情感需求,关注小人物的生存状况和幸福愉悦,讲求小家庭的快乐和谐与价值追求。与此相对应,这种情感剧不追求集体利益的宏大

① 刘烨原:《电视剧鉴赏》,高等教育出版社 2005 年版,第 269 页。
② 刘烨原:《电视剧艺术论》,北京大学出版社 2005 年版,第 44 页。

叙事,不强调国家发展的思想高度,不宣扬民族命运的价值追求。也正因为其定位于审美理想的平民化,中国的情感电视剧才会受到大众的普遍欢迎。并且,中国情感电视剧某种意义上成为我国大众情感培养的主要教材,情感宣泄的理想场所。比如,《渴望》就是通过宋大成和刘慧芳的平凡而质朴的感情故事来表达对美好爱情的追求、对家庭幸福的渴望。比如,《幸福像花儿一样》通过年轻人的恋爱故事表达对幸福生活的理解,对美好的精神追求;《媳妇的美好时代》则通过诊室护士毛豆豆和摄影师余味的爱情故事来表达小人物对大家庭和谐的向往与追求;《蜗居》则通过小人物的住房来反映小人物的生存状况和情感诉求。

这种审美理想的定位之所以赢得了广大观众的喜爱,"究其深层原因首先在于其契合了民众的基本情感逻辑:关注生命个体内在的情感需求与审美喜好,关注生命个体的生存状况与价值理想,关注生命个体在新的时代社会所遭遇的内心焦虑与情感迷失,并极力表现生命个体的生命之美、生活之美、人性之美。"①而这种情感逻辑和情感结构与中国文化的家国同构、血缘基因有极大的关联。儒家文化强调基于血缘关系的人伦关系,强调"仁者爱人","亲亲而仁民,仁民而万物"。"仁者爱人",这种爱是有等差的爱,是建立在血缘基础之上的由亲及疏,由内及外的爱的扩散。爱的起点是亲子之爱,所以,"孝"成为仁的出发点。人来源于父母之爱,并被父母所扶养成人,故"孝"为理所当然。在这个基础上,出去为朝廷服务,施之于国;出去在社会上办事,施之于友。"仁者之爱,由家中的孝,外延于国、于天下、于社会各个方面"。家庭是社会的基本因子,家庭的稳定和谐是社会稳定和谐的基础。从家庭之爱出发,把家庭搞好,其他的就有了基础,就有了建设的动力。因为有爱的基础,所以一切都会得到一种和谐的结果。也正是这种文化基因,使得中国的情感剧非常重视芸芸众生的情感理想。② 当然,这种审美理想的定位从某种意义上也影响着我国情感电视剧的题材内容、情节安排、人物选择、叙事风格等的选择和走向。

2. 题材内容的生活化。

题材内容的生活化主要体现为:故事环境的日常化、故事人物的熟悉化,故事内容的生活化。故事环境的日常化,指情感电视剧的故事环境就发生在我们的身边,这种环境受众每天都在体验着,实践着。如《新结婚时代》,女主人公顾

---

① 黄柏青:《我国抗日影视剧的美学流变及其价值选择》,《河南社会科学》2014 年第 1 期,第
    103 - 108 页。
② 张法:《中国美学史》,上海人民出版社 2000 年版,第 54 - 56 页。

小西和简佳、男主人公何建国、顾小航等,以及他们的家人生活的环境就是当下社会的所处环境,在这个环境中有家庭矛盾,有工作矛盾,有夫妻矛盾,有爱情的找寻,有父母之爱,有姐弟情深,有朋友之宜,有同事之情,所有这一切都构成了他们的生活环境。即使是偶有虚拟的场景,也似乎是现实中应该存在和应该具有的。如《星星高照猪八戒》,主人公猪八戒活动的场景虽然具有虚拟性,但是却分明就像现实中的人物所处的场景,很具有真实性。故事人物熟悉化,指故事中的主人公似乎就是我们隔壁的邻居,甚至就是我们自己,非常熟悉,一点也不陌生。如《金婚》中的男女主人公,一个是工厂的高级工程师,一个是小学教员,其他的人员也非常普通,就是我们大家自己,非常贴近生活。故事内容的生活化指故事的内容就像我们自身的日常生活,点点滴滴不仅非常熟悉,而且将其中的情感内容得到生动的呈现。如《蜗居》就以现实中让人纠结,牵动千千万万中国百姓的住房为题材。展现当前都市人群在住房这一基本生存压力面前的普遍困惑。住房的压力,变形为工作的压力;住房的问题不仅仅牵扯到金钱问题,更交织着爱情、婚姻中的情感选择问题,《蜗居》很好地呼应了当代中国都市白领情感上的苦闷焦灼普遍情绪,并将"婚外情""贪污腐败""买房难""就业难"等社会热点渗透到情节发展之中,对人性做了较好地诠释。

情感电视剧之所以为情感电视剧,就在于它的生活化,在于它的普遍性,在于它的亲和力。正因为它的生活化,其重点就是要表现现实世界的情感世界,呈现现实世界的感情纠葛,世事纷纭、人物交往的"真实"图景,所以能提供给影视消费者情感慰藉和心灵寄托。

3. 情节结构的夸张化。

"夸张"是创作者运用自己的想象力,将对象的特征加以主观化,远远超出了客观现实的基础,超出一般人所能感知的正常范围,要么超限度地放大,或者超限度地缩小,以至于完全改变了对象本来的基本形象的一种修辞手法。情节结构的夸张化是指情节设置超出了一般人的想象,不是像日常生活那样相对单纯,简单,而是将很多人物的事件叠加在一起,将很多现实事件集中在一起,来延续故事,展开想象,表现主题,从而使得故事情节更为曲折,更为惊心,矛盾更加突出,集中。情节的夸张化主要体现在巧合性、集中性、曲折性、连续性等特性情节的设置上。巧合性就是利用生活中的偶然事件来组合故事情节,推动情节发展。巴尔扎克认为:"偶然性是世界上最伟大的小说家,若想文思不竭,只要研究偶然性就行。"①人们经常说现实世界比小说更精彩,也说明现实世界偶

---

① 巴尔扎克:《人间喜剧》前言。

然性的确对人生命运、人生际遇、人的情感等产生重要的影响。艺术的精彩之处就在于对个别的特殊现象——偶然性现象的把握和描述,通过对偶然性的描绘,揭示必然性的规律;通过对个别现象展示,把我普遍性的人性规律和生活实质。所以,古人说"无巧不成书"。"巧合",在影视剧创作上既能更集中展示生活现象,又能更深刻地反映生活本质,还能以其戏剧性的惊异,增加影视剧的欣赏趣味。比如,《媳妇的美好时代》就巧妙地运用了巧合,毛豆豆前后六次经不同人介绍的对象不可思议地竟都是摄影师余味。这个巧合让毛豆豆深深了解了余味,余味的善良、对工作的认真负责以及对美好生活的不断追求,深深打动了毛豆豆,毛豆豆答应了余味的求婚。婚后余味的妹妹余好不断挑刺、肇事,但都因为毛豆豆的宽容顺利过去。另一方面毛豆豆为促使两个婆婆的融洽而不懈努力。毛豆豆的两个婆婆也在一群年轻人的鼓励下,尽释前嫌。最终毛豆豆的努力得到了回报,整个大家庭充满和谐,所有人关系融洽。

集中性就是指将生活中的事件、问题、矛盾等集中在一起,从而更为集中地呈现生活的内容,反映生活的本质。如《蜗居》就以紧紧抓住现实中让人纠结,牵动千千万万中国百姓的住房难这一关乎家庭和谐与幸福的核心问题,同时将腐败问题、婚外情婚外恋问题、小三问题、就业难问题等集中在一起,来反映这个复杂的社会,表达自己的思想情感。也正因为这个电视剧切中了时代主题,集中了时代矛盾,所以一上映就吸引住了广大观众的眼球,赚足了受众的眼泪,赢得了观众的喜爱。还如《金婚》将家庭问题、个人情感问题、婚外恋问题、青年人的教育问题等与社会发展紧密结合起来,用一个家庭的变迁来呈现社会的发展变迁,将一个家庭遇到的问题来反映社会问题,收到了较好的效果。总之,爱情甜蜜、家庭幸福、社会和谐,不管最初如何,过程怎样,但是在结局时一定是大团圆的格局。

曲折性是指故事情节设置得一波三折,进行得很不顺利,很复杂,真可谓"山重水复疑无路,柳暗花明又一村"。曲折性既使得故事情节牵动人心,也更能将事件揭示得更为彻底。比如,《乡村爱情》中,男女主人公一直都在谈恋爱,从第一部谈到第七部,并且第七部结尾的时候还没有结果。《新结婚时代》毛绒绒通过帮助不爱学习的小虎爱上学习,克服了余快的前妻华婷露的阻碍,赢得了余快儿子小虎的喜爱,通过帮助挑剔的小姑找到情感真爱,帮助不食人间烟火的弟弟找到摄影的成功之路,通过精心照顾婆婆,满足婆婆的精神需求,最后赢得一家老小的接受。创作者通过余快和毛绒绒的感情波折,揭示了爱的复杂,唱出了爱的赞歌。

连续性是指故事情节的连贯与继续,通过很多事件来表现人物思想和故事内容,从而达到表现主题的作用。情感电视剧一般都是电视连续剧,短的也有十几集,长的更是达到了几十集,甚至上百集。通过连续剧的方式,一是将情节安排得曲曲折折,更吸引人;二是能将事件更全面地呈现,将本质更彻底地加以揭示。并且,反响很好的电视剧还用另外的版本来接着续写,如《金婚》出来之后又有《金婚2》,《还珠格格》出来之后又接着出来了《还珠格格2》《还珠格格3》系列剧。它们既有关联性,又有很大的区别性。这些都是沿袭国外的电视连戏剧的手法。

4. 审美表现的细节化。

中国情感电视剧审美表现注重细节化,即通过小事件、小事情来表现人物的情感和人物的心灵世界。抓住生活中的细微而又具体的富有特色的细枝末节,加以生动细致的描绘,从而表现出人物的真善美和假丑恶。细节,指人物、景物、事件等表现对象,这既是电视的需要,也是电视的特长。因为现实生活本身就是由一个个细节连缀而成。电视剧创作者们能够发掘到生活中的细节之美,就能够抓住观众的眼球,因为生活中最触动人心灵的常常是一个小小的细节,一个拥抱,一个微笑,一次泪水,一个举动⋯⋯所以,俄国著名美学家车尔尼雪夫斯基曾经说过,凡是能够显示生活活着,使得我们能够想起生活的就是美的,所以"美是生活","生活中不是缺少美,而是缺少发现美的眼睛。"①

"细节"涉及构成的内容,表现的方式,情节的安排、表现的目的等。构成的内容具有特殊性,表现的方式具有奇特性,表现的目的具有潜在性。审美表现的细节化主要通过对人的情感、对人的生活采取以突出"细节"为根本的表现方式来加以表现。即对人们生活中小事件、小事情、小动作、小情绪、小语言等内容题材采取"特写"的表现方式加以表现。"特"即特别,特殊,特定;"写"即写实、写照、呈现。合在一起就是特别要呈现出来的特定对象性景观。特别,是因为跟一般不同,要突出的时间性特别长,足以让人看见、听见,空间要大,足以让人感知;特殊,是因为要呈现的对象是特定的景观,而不是别一般性的景观。这种特定的"景观"性质上与别的景观不一样,可见的概率性较低,空间上存在的机会较少,时间上不具备恒常性等特征。一般不能见到,难得有机会见到,很少见到的对象。在细节性的展现中,从而最终达到一种情感的表达。情感电视剧就是要通过这种细节化的形式来呈现爱情、亲情、友情的珍贵、不易,给人们一种一再重复心理安慰和审美快感。

---

① 范庆锋:《感悟细节——第一任总编辑冯玉钦印象》,《时代青年》,2014 – 06 – 21。

5. 叙事方式的传统化。

即用现实主义和浪漫主义这两种常见的手法来组织内容。现实主义是要突出情感电视剧的"真",浪漫主义是要凸显情感电视剧的"善"。"真"沿用相似性原则,通过突出电视剧与人们生活的联系程度,密切关系来吸引观众;"善"遵循伦理性原则,通过彰显电视剧与人们情感的联系程度,密切关系来导引社会。二者最后都通向"美",即以一种最感性的方式加以表现。这种叙事方式是我国电视剧创作最主要的方式,也是最受欢迎的方式。比如,《金婚》用现实主义手法将夫妻五十年的情感发展、家庭发展一一道来,巨细呈出,将一个宏阔的社会发展变迁通过一个小家庭身上表现出来,从而以小见大。《蜗居》也是按照现实主义的原则将年轻人在当下买房难的社会背景下的艰难处境加以呈现。最近流行的"暖男"系列的电视剧都是按照这一模式细细地诉说着情感故事。之所以采用叙事方式的传统化模式,有两个最主要的原因,一是电视剧本身适合这一模式,电视剧在这一点上与电影则完全相悖。电视剧在家庭环境中被观赏,一边看电视的同时,可能还同时进行着其他的事情,不可能像电影那样在封闭的环境中集中精力观看,若是叙事方式太复杂,则对观众来说失之于兴趣。而相对简单的叙事能够保证观众即使某一段没有看到也能够继续进行观看。二是看电视的观众一般都是家庭妇女居多,这些人群本身就喜好多动脑筋,看电视只是为了打发时间,寻找情感寄托,宣泄情绪,寻找当下快乐。所以受众本身也决定了电视剧创作的叙事方式。

6. 人物塑造的扁平化。

扁平人物是由著名的文艺理论家爱摩福斯特提出来的,他将文学作品塑造的人物形象划分为两种:"扁平人物"和"浑圆人物"。"扁平人物""是围绕着单一的观念或素质塑造的",他们的基本特征性格没有发展和变化,始终处于一种状态,没有也不会因为外界环境变化而变化。"无论什么时候上场都很容易被人认出来""常作为不变的形象继续活在读者心中,他们经历各种环境,这赋予他们一种回想起来令人愉快的素质,使得他们在书本腐烂后也能保存下来";而"浑圆人物"的性格特征则随着环境的变化发展而变化发展,呈现出人性本身与现实环境勾连的复杂性。"浑圆人物"因为"周围有着无可限量的生活——在一部作品版面范围内的生活","那些人物能全面地发挥作用,即使作者的故事情节对他们提出了更大的要求,他们仍然可以胜任"。① 所以在文艺作品中浑圆人物被塑造得相对复杂,随着环境的变化而变化,赋予了多种审美特质,有着"扁平人物"难以企及的深度,因而备受文学评论家的推崇。"相对于复杂多为、难以把握的'圆形人物'而言,'扁平人物'是与大批量、高速度、一次性快餐式生产——消费类型最相适应的人物类型"②。"扁平人物"的特点适合电视的特性,情感电视剧大多数人物都是扁平化的人物。《渴望》中的刘慧芳就是典型的扁平人物代表:善良贤惠、任劳任怨,集中国传统美德于一身。

当然这种现实主义或者浪漫主义的图景,都是由导演的主观意识特意选择编辑后呈现的"图景"。这种现实主义和浪漫主义都要凸显导演的意识形态,体现导演的审美趣味和价值选择。

二、我国情感电视剧的逻辑演进

情感电视剧因其与受众的日常生活的相邻性而受到观众的注意,更因其与人们的情感需求相呼应而受到广大电视剧消费者的追捧。产业化语境下我国情感电视剧的逻辑演进有以下几个较为显著的特点。

一是题材由单一性向多维性演进。20 世纪 80 年代,情感剧在中国大陆以琼瑶的爱情剧为起点,开启了情感电视剧的大幕。琼瑶的爱情剧以一种不食人间烟火的味道让久未接触情感的大陆观众沐浴到了感情的甘霖,品尝到爱情的甜蜜。80 年代后,我国改革开放正稳步推进,意识形态领域还有待进一步放松,我国影视产业化也还刚刚起步,此时的情感电视剧题材多集中在家庭伦理领域,爱情的内容在情感剧中也得到了升温,改变了过去只讲革命感情、阶级感情,不谈个人情感、回避两性问题的片面做法。以《渴望》为代表的情感剧因为表现了贴近百姓生活的内容和情感,受到了观众的热烈欢迎。这个时候商业化气息还不是很浓厚,所以题材多从生活出发,有很浓厚的生活气息。而到了新世纪以后,影视产业化领域全面放开,资本运作进入影视市场。题材由以前的单一性开始向多样性演变。比如,爱情题材的情感电视剧,除了传统的男女恋爱题材之外,还有多角恋题材、离婚题材、婚外情题材、小三恋题材等都风起云涌,扑面而来,很多过去不敢想象的"婚外情",甚至不能想象"小三恋"的题材

---

① 董俊峰:《英美小说理论的首次崛起》,《贵州大学学报》(社会科学版),2000 - 08 - 25;EM·福斯特:《小说面面观:小说美学经典三种》,上海文艺出版社 1988 年版,第 255 - 259 页。

② 倪学礼:《电视剧作人论》,中国广播电视出版社 2005 年版,第 101 页。

都被我国情感电视剧创作者和生产者所吸纳。这些题材一方面使得情感电视剧成为情感表达、情感宣泄的重要场所,成为展示生活、反映社会的生动教材;另一方面,也扩大了我国情感电视剧的情感空间,揭示了社会生活的前所未有的复杂性。

总之,产业化语境下我国情感电视剧创作的题材范围逐渐扩大,从最初的现实生活中真实存在的情感世界向想象的、科幻的、现实生活中并不存在的等情感范围、情感空间扩展。

当然这些题材背后隐藏的不仅仅是影片内容从最初单纯的天灾人祸逐步上升到外星人、地球毁灭这样严重的灾难程度的变化,更为重要的是昭示了影视生产者从单纯反映灾难问题到通过灾难片传达重视对人类生存环境保护,并对人类目前生产活动与价值追求等关乎人类社会长远发展的基础性重大问题重新加以考量。

二是故事场景从传统场景向魅力场景转变。所谓的传统的场景主要指农村场景,家庭场景;而魅力场景表现为两个,一是时尚场景,二为想象场景。传统的情感剧主要局限在家庭场景或者工作场景。并且农村场景居多,比如《篱笆、女与狗》。而当代情感剧主要集中为都市爱情剧,其表现场景主要是时尚场景。都市情感剧的重要特征就是在爱情叙事情节发展过程中深度嫁接时尚潮流,将都市景观和时尚潮流作为情感的叙事元素,以突出时尚美学和身体美学。"在这类影片中,吸引眼球的是灯火辉煌的都市景观和摩登时尚的生活方式,以及由名牌时装包裹的千娇百媚的女性胴体。爱情故事作为叙事线索已然退居为可有可无的'附赠品'。"[1]这种故事场景的变化也对应着中国现实的大发展、大变革。从最初的改革开放,农村场景在剧目还占据了一定的内容,比如《情满珠江》就有打工妹的活动场景,乡镇企业的崛起等场景内容,而到新世纪以后,都市生活场景逐渐成为情感剧的主要场景。比如即使是表现农村题材的情感剧《乡村爱情》里面也充斥着现代都市的景象。这其中主要是中国城市在九十年代末以来得到了大发展,城市人口所占比例由原来的不足20%迅速提升到50%左右,而且城市人口是电视消费和情感剧消费的主要群体。想象场景主要是体现为宫廷剧,将我国古代宫廷内的生活场景加以想象性的展示,满足了人们的好奇心和窥视欲。从某种意义上讲,宫廷场景也是时尚场景。

三是人物形象从简单化向复杂化发展。最初的情感电视剧,人物性格相对

---

① 李莉:《机械复制时代我们如何讲述爱情——从类型研究的角度审视当下爱情片的生产》,《文艺评论》,2013年第1期,第61-66页。

固定,没有发展,没有变化,是典型的扁平化人物。比如,依据琼瑶爱情小说拍摄的情感电视剧,其人物永远都是处于同一个阶段,同一个水准。不论世事如何变化,男女主人公爱得一往情深、死去活来。《渴望》中的刘慧芳、宋大成也是没有什么大的变化。刘慧芳,这个身上既有中华民族劳动妇女淳朴善良、勤劳贤惠、任劳任怨的美德,又因袭着沉重的历史负荷的女性,这个性格特点自始至终没有变化;宋大成为人坦荡,乐于助人,有胸怀有责任心,是优秀的工人阶级代表,但是文化不高,长相一般,讷于表达自己的内心。这个性格特点自始至终没有改变。这种人物模式在后来的情感电视剧中有重复,比如《还珠格格》就是其中的代表,剧中的人物都是儿童化性格特点,一成不变的让人感到不可思议。但是多数情感电视剧开始遵循生活的本质,人物的性格特点有变化,有发展,展现了人物性格的多重性、发展性,以及环境对人物性格的可塑性。比如《贫嘴张大民的幸福生活》中的主人公张大民,其性格就具有复杂和多维的特点,《金婚》《结婚十年》中的人物性格成长也是随着剧情的发展由最初的青涩、莽撞到最后的成熟、忍耐、宽容。

四是审美表现上呈现为单一化向杂糅化发展。我国情感电视剧主要运用现实主义和浪费主义的手法。比如《渴望》就是典型的现实主义手法,将社会生活和家庭矛盾等生动地加以呈现,就如同现实生活一样,让观众体会到"生活之真"。这种生活就似乎发生在自己的身边,故事中的主人公就似乎是自己的亲人、同学、友人,或者隔壁的邻居。《打工妹》也是运用现实主义手法,将打工妹的生活活生生地加以呈现,再现了打工妹的情感世界。这种人物的经历在千千万万打工者身上都有过相似的体验,甚至有过相同的经历。但是在后期,很多电视剧杂糅了很多其他的表现范式,比如景观范式。《回家的诱惑》展现了都市繁华街景、迷人人文风景,灯红酒绿酒店,高档社区的豪华,等等。而《我们家的微幸福生活》通过再现母亲方太在四个子女家轮流吃住生活的故事,方太积极化解了子女们的一系列生活矛盾,并最终寻找到自己的晚年伴侣,过上了幸福的生活。电视剧创作者在以现实主义手法表现方家幸福生活的同时,辅之以生活中种种搞笑与幽默,使得电视剧在情节上更有起伏跌宕,更具有观赏性,更具有当下的审美快感。

五是由单一情感电视剧类型向交叉性情感电视剧类型演变。

除了家庭伦理题材之外,宫廷情感题材,想象情感剧,另外其他类型的电视剧中也杂糅着情感剧的内容,情感剧也包容着其他电视剧的内容。比如,根据金庸的武侠小说改编的电视剧《神雕侠侣》,将情感剧与武侠剧结合。这种剧既展示了武侠奇观,又交织了情感之网,显示了电视剧类型的新的发展动向。还比如,中国的历史剧,很多都是将情感剧和历史剧融合在一起,塑造众多感人形象,反映了历史变迁规律。在当代社会发展的今天,情感电视剧的复合性更加突出。再比如,《我们家的微幸福生活》就是将情感剧与幽默搞笑剧结合起来,使得电视剧更具有表现力,将以方太为中心的方家喜怒哀乐的生活展现得淋漓尽致,使得观众得到审美的享受。

三、我国情感影视剧的形成动因

童庆炳先生指出:"文化消费是一种意识形态消费,它不是以概念形式的意识形态观念直接灌输给消费者,而是寓思想观念于艺术形式的结构和艺术娱乐的效果之中,往往是以潜移默化的形式影响或更新消费者的艺术感受力,进而影响其对整个世界的感受力。"①情感电视剧作为我国电视剧创作和生产的主要类型之一,其形成发展有着多重原因。

首先是产业化语境下中国电视剧创作适应时代需求的结果。

计划经济时代,情感是不可触摸的雷区,那个时代的电视剧人的情感,尤其生命主体的个人情感是不能表现的。因为电视剧也是意识形态的宣传者,所以即使要表现情感,也要表现主流意识形态所倡导的阶级情感、英雄情感、国家情感。在这个方面,"文革"期间的八个样板戏是典型代表。随着我国改革开放政策深入,人的生命主体的情感需求得以觉醒,也呼唤我国电视剧创作情感剧的到来。当《渴望》以表现个人情感需求为主导而横空出现时,就出现了万人空巷的景观。这也表明我国电视剧创作者紧紧地把握了时代潮流,清醒地认识到时代需求。当然,更深层次的是随着电视剧创作和生产市场化、商业化、产业化时代的到来,电视剧创作者和生产者只有着眼电视剧消费者的审美需求,才能得到消费者的认可,才能获得较好的收视率,才能在激烈的市场竞争中存活。随着电视剧创作和生产全球化时代的到来,电视剧作为商品竞争的程度也更为激烈,电视剧创作和生产的商业逻辑更为明显,资本逻辑更为直接而迫切。在这一语境下,我国电视剧创作和生产选择情感剧作为自己的产业发展战略应该说明智的选择。

二是中国观众的审美心理。

中国历来是一个强调情感的国家,中国人的情感源于骨肉亲情,并以此为核心推延开去——"老吾老,以及人之老,幼吾幼,以及人之幼"。中国是家国同构的国家,对家庭的皈依,对亲情的依恋表现得更为明显。中国的家,是社会的

---

① 童庆炳:《文学理论教程》,高等教育出版社 2004 年版,第 316—317 页。

基础,是国的缩小。向往爱情幸福,皈依家庭和谐隐含着中国传统文化的价值取向和精神选择。通过类似于现实生活中的家庭成员的矛盾恩怨冲突,世俗人生的喜怒哀乐情感变化,爱恨情愁的传奇故事来传递我国传统社会所强调的仁、义、礼、智、信等伦理精神。这种故事性的选择契合了中国传统文化所积淀的审美心理结构,所以情感剧成为文化积淀中的民众偏爱的叙事母题。"观众在观看的过程中,现实中的缺憾得到了弥补,心中的郁闷得到了宣泄、情感的伤害得到了抚慰"。① 正是因为创作者以敏锐的洞察力,博大的同情心和真诚的现实精神,"对当下中国普通人身心状态和生存境遇的深切关怀和同情,并与普通大众共享自我对这生存世界的深刻理解","从而与观众达成心灵的融合。"②这也使得我国的情感电视剧得到广大观众的喜爱。

三是社会环境的变化导致情感剧走红。

随着改革开放的深入,中国社会处于激烈的变化发展之中。中国人固有的思想观念、价值判断、情感选择、生活方式、生存方式等都在市场经济裹挟下,在商品大潮的冲击中,发生了巨大的变化。尤其是消费社会到来,一切的一切都似乎转化为纯粹的消费。许多以前倍加珍视的传统文化、传统美德都被逐渐消解,人们的家庭观念、责任意识、情感态度也逐渐淡薄。就连与人们最近的真挚爱情、珍贵的亲情、宝贵的友情等等支撑人类社会健康发展的基本东西似乎也未能幸免,也都成为消费的对象。而这种取向是与人类社会的健康发展相违背的,也是与人类本身的心灵相违背的。在这种物欲横流、金钱至上的社会环境中,人们在物欲和人情的碰撞中,格外怀念真善美,痛恨假丑恶,格外呼唤人伦道德和人间真情。情感电视剧则契合了观众的这一需求。人们在情感电视剧中能感知到爱的光辉,体味到亲情的无处不在,感受到友情的纯粹,人们在情感剧中得到心灵的慰藉,同时也减轻了日常生活的压力,爱恨情仇得以找寻。

四是电视本身的特点决定情感剧是其必然选择。

电视媒体是当今社会最主要的媒体之一,更是家庭媒介的最主要的形式之一。"看电视的地点是家庭,这个空间是熟悉的(被家具和家庭设置)组织起来的,随意的……如果说看电影的气氛能够产生催眠术的魅力,那么看电视的气氛则导致相反的结果——因为电灯通常是亮着的,人们进进出出,同时做几件

---

① 孙宜君,马晶晶:《近十年中国家庭伦理剧的审美取向》,《中国电视》,2011年第1期,第23页。

② 尹鸿:《冲突与共谋——论中国电视剧的文化策略》,《文艺研究》,2001年第6期,第23页。

事情,漫不经心地看电视,与其他人说说话。"①这种媒介形式在一定程度上决定了情感电视剧的盛行。因为情感剧的主要类型——家庭伦理剧就是通过表现家庭内部平淡而悠长的小细节、小事情,从婆媳关系到夫妻感情,由手足之爱到父子亲情,等等,通过这种类似的小细节、小事情来表现情侣之间的爱恨体验,夫妻之间的情感纠葛,家庭内部的伦理冲突,朋友亲人的感情共鸣,"家庭伦理剧的创作、传播和接受过程,存在着表现对象、传播方式、接受对象三位一体的关系,这也决定了家庭伦理剧是最符合电视本身特点的艺术形式之一"所以情感剧这种类型也就顺理成章地成为了我国电视剧创作用来呈现生活、表现理想、宣泄情感的最佳选择。

　　总之,我国情感电视剧的创作和生产是多方面原因综合影响的结果。多层面的分析,多角度地思考有益于更加全面地把握我国情感电视剧形成动因,并能够更好地触摸到它们未来的发展方向。

---

① 罗兰·巴特:《离开电影院时》,《世界电影》1996 年第 1 期,《心理分析:电影和电视》,第20 页。

第五章

产业化语境下动漫创制的美学规制

　　动漫是动画和漫画的合称,并且两者之间经常交集,所以统称为动漫。自从 20 世纪 90 年代以来,中国动漫产业逐渐发展,至新世纪,迈入快速发展的轨道。我国动漫产值从"十五"期末的不足 100 亿元,发展到 2010 年的 470.84 亿元,按照计算,年均增长率超过 30% ;①而这一数据到 2011 年,竟然达到了 621.72 亿元,较上一年度增长 32% ;2012 年总产值达 759.94 亿元,较 2011 年增长了 22.23%。这一惊人的发展速度昭示着我国动漫创作和生产已经进入产业化发展的快车道。

　　同时也要清醒地看到我国动画创作和生产的不足之处,虽然我国动画生产总数量远超美国、日本,但是除了《喜羊羊与灰太狼》等少数动漫品牌之外,目前还没有形成拿得起、叫得响、打得赢的动画品牌产品,动漫产业总体上处于叫响不叫好的状况。在这一章中,我们将选取动画、漫画和新媒体动漫三个主要的类型加以分析,以探讨产业化语境下我国动漫创制的美学规制问题。

第一节　产业化语境下我国动画生产的整体景观

　　在动画领域,自 20 世纪 90 年代以来,我国动画企业开始实行企业转制,开始了进入市场化、商业化、产业化生产和运作,2000 年以来,动画产业呈现出快速发展态势。总结产业化生产以来我国的动画创作和生产总体状况,主要有以下几个特点。

　　一是动画生创作和生产数量呈几何级增长,其产值呈快速增长态势。

　　在电视动画领域,动画生产呈现出急速发展的状态,2000 年时,我国的动画

---

① 郑自立:《论我国文化创意产业集群发展的态势、困境与对策》,《学术探索》,2012 年。

生产共 5 万分钟,占当年放映总时量的百分之三十,动画创作从数量上来说严重不足。而到了 2013 年,我国原创动画生产增长迅速,总时量达到 30 万分钟,占据着我国动画总播放时量的百分之九十以上。在百度键入"动漫"关键词,搜索到约 100,000,000 个网页数量键入"动漫网"关键词,搜索到约 8,430,000 个总数量;键入"动画"关键词可以搜索到约 35,700,000 个网页数量;键入"动画网"关键词,搜索到约 18,400,000 个网页总数。从这个数量可见我国动画数量非常可观,已经到了一个海量的程度。截至 2010 年,全国制作完成的国产电视动画片共 385 部,220530 分钟,比 2009 年增长 28%。① 2011 年动画片年产量突破 26 万分钟,达到了 261224 分钟,比 2010 年增长 18.45%;2012 年,全国制作完成的国产电视动画片共 395 部,达到了 222938 分钟,比 2011 年略有减少;2013 年,全年备案公示的国产电视动画片剧目数量为 465 部,327955 分钟,比上一年度备案电视动画片增加幅度很大。同年,全国制作完成的国产电视动画片共 358 部,204732 分钟,在备案数量增长率走向最低的同时,投资生产完成率创下最高纪录,占整个备案电视动画片总量的 62.4%。从这些数据中,我们可以得出这样的结论,即整体上我国动漫创作和生产处于快速发展阶段。②

同时,动画电影票房收入也在随着整体电影市场的快速崛起而持续攀升。2013 年,我国动画电影票房市场持续走高,全年共有 33 部国产动画电影在国内上映,合计票房收入为 15.9 亿元,同比增长 11.1%。③ 动画电影在投资制作方面开始采取系列化和品牌化的发展路线,一批根植于电视动画品牌的动画片开始被推上银幕。

二是动画产业园纷纷设立,产业优惠政策纷纷出台。

动漫产业园是我国动漫产业发展的重要举措,是将动漫创作、制作、生产一条龙和一个生产链条上的企业集中在一个园区来生产,并给予政策上的优惠,资金投入上的倾斜。2004 年以来,全国各地诸多的动漫产业园或动漫产业基地纷纷挂牌成立。这背后源于国家将动漫产业作为战略性新兴支柱性产业加以打造的战略开始实施。与之相呼应的是,政府部门出台了很多扶持动漫产业发

---

① 孙海悦:《今年动漫产业产值将达 1000 亿元》,《中国新闻出版报》,2014 - 07 - 28;又见《2014 - 2018 年中国动漫产业园投资分析及前景预测报告》,[EB/OL] http://www.ocn.com.cn/reports/2009984dongmanchanyejidi.shtml

② 朱蓝玉,于海艳,黄卫东:《大学生对互联网依赖的应对策略探讨》,《吉林教育学院学报》(中旬),2014 - 12 - 25。

③ 卢斌,郑玉明,牛兴侦:《跨界融合:中国动漫产业提升之路》,《中国文化报》,2014 - 07 - 30。

展的政策措施,与之相呼应,地方政府和部门也响应中央的号召,出台了一系列扶持与优惠政策,来支持国内原创动漫产业的发展。长三角地区、珠三角地区和环渤海地区目前已经形成了较为成熟的动画产业集群,而中部地区、华北地区、东北地区的动画产业也逐渐崛起。

"十一五"期间文化部先后命名了两批共4家国家级产业示范园区,与四批共204家国家级文化产业示范基地、园区。目前已经形成了首都、长三角、珠三角、滇海、川陕和中部六大创意产业集群。并且,借助这些产业集群形成了为数众多、发展模式不尽相同的文化创意产业园区。这些举措有力地推动了我国文化产业发展,文化产值从2000年的不足1000亿元,上升到了2009年的8400亿元,年均涨幅达到百分之二十九。我国政府部门还采取积极措施,支持动漫企业建设技术研发、企业孵化、国际合作、教育培训等多功能于一体的动漫产业集团。

《"十二五"时期国家动漫产业发展规划》提出,在"十二五"期间,国家将重点优化建设动漫基地和园区的布局,着重建设3-5家国家级动漫产业示范基地园区,从而引领我国动漫产业的发展。同时,国家财政部等政府部门还专门成立了动漫发展专项基金,以此来推动我国动漫产业的转型升级。从2006年开始,北京、上海、广东、湖南、浙江、湖北、江苏等地也出台了支持动漫产业作为本地战略性新兴产业发展的政策措施,将动漫产业作为重要的经济增长点来打造。这些动漫创作和生产大省为支持文化企业进行动漫原创的开发与建设,特别成立了动漫产业发展专项基金,从政策和资金等层面上扶持动漫创作和生产企业的发展。

三是动画艺术类型多样繁荣,动画创作借力科技发展迅速。

随着产业的发展,动漫艺术类型实现了新的繁荣与发展。从造型的基本单元来看,二维动画、三维动画、定格动画、其他动画都蓬勃发展;从媒体角度来看,影院动画、电视动画、网络动画、新媒体动画等都你追我赶。从内容和形式的结合上看,由最初的教育动画发展到多种动画交相辉映:教育动画、艺术动画、科普动画、商业动画、实验动画等。

截至2014年,我国网民规模达6.32亿,其中手机网民达5.27亿,较2013年底增加2699万人,网民中使用手机上网的人群占比提升至83.4%,相比2013年底上升了2.4个百分点。[1] 移动通信技术和互联网技术的发展,催生了网络动漫的增长。动漫产业借力移动互联网创造高速增长,三网融合催生的多屏互

---

[1] 朱蓝玉,于海艳,黄卫东:《大学生对互联网依赖的应对策略探讨》,《吉林教育学院学报》(中旬),2014-12-25。

动模式扩充动画视频需求,推动着我国动画创作和生产的发展。腾讯、新浪、盛大等大型互联网企业也开始大举进军动画创作和生产业务,主要经营在线动画和漫画阅读业务。可见,随着三网联合与掌媒时代的到来,手机多媒体的发展,将更大程度地提升动画的商业职能和商业开发价值。

在这样的背景下,我国动漫企业充分利用了现代科技对动漫创作的红利,主要做了以下推动动漫产业发展的工作:"一是把动漫内容充分进行互联网化和移动互联网化;二是基于数字网络,开发更具针对性的微动漫、微视频等新型产品;三是利用微博、微信公众账号和社交媒体开展动漫营销服务;四是利用官方网站(Web + Wap)、App 应用等构建动漫一体化业务与技术平台。"①

四是动画技术服务平台在动漫产业发展中起到关键作用。

动画技术服务平台指动漫生产、数字化采集、数字转换、新媒体制作和作品发布等为一体的与动漫产业的技术服务紧密结合在一起的跨部门、跨企业、多技术联合服务组织类型。动画技术服务平台的建设有助于整合资源、聚集人才、聚集创意,节约动漫创作和生产的成本,利于动漫作品的传播和营销,也有利于优势特色动漫企业脱颖而出。北京、黑龙江、长沙、广州、长春等地已经建立了多家新媒体动漫公共技术服务平台,为企业提供税收优惠、专项扶持金、政策及人才支持等全方位的服务。截至 2010 年 6 月,北京大兴的新媒体动漫公共技术服务平台与 55 家动漫企业、原创工作室及动漫创作个人建立了合作关系,总计支持了新媒体漫画作品 500 余部,新媒体动画作品 40 余部,数字化转换纸质动漫作品 500 余部,原创动漫作品 100 余部的创作和生产。同时,发布作品 3000 余部,这里面包括洋洋兔动漫机构《小布丁》、火狐动漫公司《孔子》、汇佳卡通《木瓜木瓜》等知名作品。②

在之后的发展过程中,我国动漫产业将进入深度调整期,大型动漫企业大规模采取并购手段来实施战略布局,以便延伸产业链、整合优质品牌资源和提升企业核心竞争力,提升市场集中度。动画技术服务平台的战略性将会逐步显现,利用平台的优势,来集中原创资源将成为近期起到关键作用的一环。

五是动画衍生产品开发逐渐起步,遍布社会生活各个领域。

动画衍生产品是动画产业链的自然延伸和重要组成部分。理论上,在产业化语境下,动画衍生品在整个动漫产业链条中所占份额为最大。其市场规模一

---

① 卢斌,郑玉明,牛兴侦:《跨界融合:中国动漫产业提升之路》,《中国文化报》,2014 - 07 - 30。

② 《2014 - 2019 年中国动漫衍生品行业监测与发展前景预测报告》。

般达到内容播出市场的十倍以上。在美国、日本等动画发达国家动漫企业的生产中,衍生产品占据着重要的地位。比如,迪士尼动画的利润中衍生产品占了百分之四十左右。由于历史原因,我国动漫衍生产品开发相对比较落后,直到20世纪90年代以后,我国知名动画品牌《蓝猫淘气三千问》才逐步开启衍生产品的开发市场,此后国内动画衍生产品迈入开发正轨,并发展迅速。《蓝猫淘气三千问》高峰时期衍生产品种类达到了6000多种。据国内动漫研究权威机构统计,从20世纪初到2012年以前,我国动漫衍生品开发发展迅速,动漫衍生产品市场规模年均增长约30%以上,2012年中国动画衍生品市场规模达到了220亿元。三辰动画有限责任公司凭借《蓝猫》这一动画品牌进行衍生产品开发,高潮的时候达到了六千余种。我国广东原创动力文化传播公司凭借喜羊羊这一知名动画品牌,授权衍生产品开发商进行产品开发,授权商达到了150多家,2010年授权收入超过2000万元。[①]

总之,在国民经济持续稳步发展的背景下,人们精神文化需求也持续发展,这为我国动漫产业的衍生产品提供了坚实的基础。从统计数据分析得知,我国动漫衍生产品生产值只占整个动漫产业总生产产值的30%,而动漫发达国家动漫衍生产品的生产值却占到了动漫产业总生产值的70% –80%。所以,我国动漫衍生产品开发与世界动漫发达国家相比还处于起步阶段,其发展的空间非常广阔,市场前景非常远大。因此,如何加强动漫衍生产品的开发利用,如何加强我国动漫产业链的增值空间,如何探索产业化语境下我国动漫产业的有效盈利模式,将是每一个有责任的动漫企业和个人都要仔细考量的问题。[②]

第二节 产业化语境下我国动画创制的逻辑发展

产业化以来,不管是影响动画创作的内部因素,还是影响动画产业的外部因素,从内容到形式,从技术到载体,从融资手段到国家政策,都发生了很大的变化。这些因素最终都对我国动画创作产生了很大的影响,也使得我国动画创作自然而然地发生了改变。总结它们演变的规律,主要有以下几个特点。

一是在形式上,二维动画向三维动画的演进。

20世纪90年代以来,我国的动画创作在创作形式上发生一个较大的变化,

---

① 《2012中国动漫衍生品市场规模将达220亿》,百度文库,2012年。
② 《2014 –2019年中国动漫衍生品行业监测与发展前景预测报告》。

一个根本性的标志就是从以前以二维动画向三维动画的演进。随着与国外动画片生产厂家的不断深入交流,数字化技术在动画中的应用得到普及。尤其是高校动画人才的培养为动画技术的转化和普及提供了有力的保证。比如:用新的数字动画检测仪检测动画的速度比传统手工检查动画的速度提高了很多倍。运用数字动画捕捉仪来辅助动画创作也极大地提高了动画创作效率。扫描仪和数码相机代替了传统的胶片拍摄等,这些都促使了动画技术的换代和转型升级,也从根本上促使动画生产成本不断降低。

1995年,美国迪士尼动画公司和皮克斯动画工作室联合创作与生产的动画片《玩具总动员》标志着全球三维动画的开端。后来随着计算机技术的不断提高,数字化技术与动画创作越来越紧密地集合,运用数字技术与动画电影结合的新方式,成为全球动画创作和生产的新方式、新潮流。

90年代中末期,我国动画创作与生产也从以前的艺术动画短片为主要模式转变为以电视动画片系列化的国际潮流模式。在制作方面,国内CG电脑动画技术开始发展,特别是电脑绘制背景技术已开始普及。二维长片系列成为主力,三维电脑动画短片制作开始兴起,CG特效在电影制作中也开始崭露头角,逐步形成了从策划、原创、制作、传播到系列产品开发的"市场动画体系"新格局,从而推动了动画业的全面市场化发展。

《魔比斯环》作为第一部中国的三维动画影片,是中国动画史上里程碑式的作品,实现了角色和场景技术上的突破,场景不再是简单的层处理,在MAYA和MAX为主流的三维制作中,作品场景和角色造型,道具与场景,单独进行黏土制作了模型,然后在电脑上对比做出虚拟的三维模型。在《魔比斯环》场景的制作中,场景已经可以细到控制每一片花瓣的摆动,甚至可以用MAYA的动力学系统,控制计算出雨滴在场景道具上溅起的水珠数目。

在表现风格上开始多样化,《魔比斯环》的表现风格就不再是纯东方式的角色面孔,1999香港梁定邦先生购买了漫画家让·纪劳(JeanGiraud)的创意,并请国内外3D制作人员进行了长期的制作,片中的反派角色摆脱了传统的脸谱化,开始有了世界性的角色表现。在情感的表达上更人性化,开始了从本土化走向全球化。产业化进程中动画创作的表达风格整体上经历了从个人性向民族性和世界性的美学规制复杂转变。

后来的《魁拔》《昆塔》《洛克王国2》《赛尔号3》《圣龙奇兵大冒险》《青蛙王国》等动画作品都在三维数字技术方面取得了较大的突破和发展,其中的视觉效果、构图等通过三维技术的烘染而显得大气磅礴,绚丽辉煌,堪称精品力作。以《昆塔》为例,影片首次采用了微缩景观立体拍摄和CG制作技术相结合的拍摄方式。同时,创作和生产企业还自主研发了一种提高成像效率的全自动逐帧拍摄设备 KMOKE9,以提高动画拍摄的水平和效率。在后期制作上,利用6700 台阿里云计算进行视觉渲染,极力打造饕餮震撼的 3D 视效。这也是世界上首次应用云计算来介入动画片创作的作品。整个作品无论从技术实力上还是从镜头运用上,都直逼好莱坞大制作。可以说,这部动画标志着我国电脑制作技术上的全面提升,也标志着我国动画创作与生产由以前的二维的简单、平面化的角色形象向三维的、立体的角色形象与多维场景全面发展。

三维动画最大的优势在于角色可以反复修改、立体性强,虚拟摄像机可以任意旋转、设置材质灯光,质感表现性强,后续由计算机自动生成渲染等。这样就减少了二维动画里面的人工数量。而二维动画,主要靠手绘,或者人工绘图等,耗费人力,所以经费比人工费用支出高一些。随着计算机模拟技术和三维数字特效等新技术的发展,动画市场的三维动画将更多得到普及和发展,在未来动画创作与生产上,三维动画逐渐成为电影动画的主流。当然,在我国当下的电视动画播放需求,二维动画依然也红火,从艺术性层面来说二维动画也有其合理之处,未来的动画创作与生产,二者会并存发展。

二是在内容上,我国的动画创作与生产由教育动画向艺术动画的演进。

2004 年 2 月全国发布的《关于进一步加强和改进未成年人思想道德建设的若干意见》指出:"加强少年儿童影视片的创作生产,要加大扶持国产动画片的创作拍摄制作和播出,并逐步形成民族特色、适合未成年人观看、展示中华民族传统美德的动画游戏片系列。① 2007 年开始,国家广电总局、文化部陆续出台了一系列法律法规,政策措施,支持国产动画片的创作、生产、播映和流通。随着这些改革措施的落实,扶持我国动画生产企业的系列政策的出台与落地,我国动画片的创作与生产也发生了革命性的转变,动漫创作和生产开始遵循市场规律,按照儿童的审美趣味和接受心理进行创作和生产这种转变,表现在动画创作与生产内容上就是由以前的教育动画向艺术动画的演进。

这一变化可以从我国近年来动画片的创作类型数量的变化见出。"2007 年以前,教育类题材是构成国产动画片生产内容的主要来源,有时甚至可以占到该年度动画片生产公示总量的一半以上,2007 年开始,教育类题材动画片在创作总量上所占的比例开始大幅下降,并从整体上呈现出持续低位运行的态

---

① 倪瑞凤:《动画片对儿童情感品质影响的研究》,南京师范大学硕士论文,2013 – 03 – 15。

势。"①以 2010—2011 年产业报告为例:历史题材 47 部,时间为 36752 分钟;童话题材 240 部,时间为 201150 分钟;教育题材 111 部,时间为 122490 分钟;科幻题材 45 部,时间为 39793 分钟;现实题材 48 部,时间为 33226 分钟;神话题材 33 部,时间为 32666 分钟;其他题材 41 部,时间为 24957 分钟;特殊题材 1 部,时间为 780 分钟。根据产业报告国产电视动画片备案公示数量比较,2010 年部数为 601 部,2011 年下降为 566 部,由 595299 分钟下降为 491814 分钟,从两年的数量比上来说,童话题材由 35.0 上升为 41.0,教育题材为 24.0 上升到 25.0。②

与之相反的是,童话题材的艺术类动画异军突起,艺术动画用人性化的形式来表现主题,摆脱了传统教育类动画说教式模式,受到了广大消费者的欢迎和喜爱。比如:《喜羊羊与灰太狼》的创作,以"童趣但不幼稚,启智却不教条"的鲜明特色,以其幽默诙谐的剧情对白、活泼可爱的卡通形象迅速走红,赢得广大动画消费者的喜爱。自 2005 年 6 月播出以来,先后在全国 50 多家省级和地方电视台热播,根据北京市、广东省、浙江省、江苏省、福建省等省市的收视率调查统计,《喜羊羊与灰太狼》收视率高达 17.3%,远超这些省市地方电视台同时段播出的境外动画片。这从某种意义上表明我国艺术类故事动画片的创作和生产已经相对成熟。③

与艺术动画崛起相伴随的是动画创作中暴力、血腥、打斗相关的内容也开始出现,并引发了动画片创作与生产关于动画伦理的大讨论。比如:"2006 年 9 月三辰公司创作和生产的动画片《虹猫蓝兔七侠传》播出以后,反响热烈,收视率超过了同时段播放的国外动画片。同时,其配套的同名漫画图书也畅销海内,短短数月其销售量就超过了 1500 万册。"④但因为有专家和家长认为该片存在"内容低级,充满了暴力、情色、粗口和恐吓,向孩子们传递了所有问题都依靠暴力解决的价值取向"等问题,一度停播。后来,我国数十家动画制作机构和动画播出机构,在国家政府部门的倡导下发出联合倡议,号召全动画行业的企业和个人承诺不制作、不播出内容低俗、语言粗俗、充满暴力血腥的动画片。这些

① 杨状振:《2009~2010:国产动画片的发展现状与问题》,《电视研究》,2010 年第 12 期,第 25-28 页。

② 卢斌,郑玉明,牛兴侦:《中国动漫产业发展报告》(2012),社会科学文献出版社,第 41 页。

③ 三湘都市报,《动画片〈虹猫蓝兔七侠传〉疑太血腥遭央视停播》,2007 年 03 月 02 日,[EB/OL]http://news.qq.com/a/20070302/000379.htm

④ 刘建理:《改革开放三十年插画艺术审美情趣的变迁研究》,《云南艺术学院学报》,2010 年第 4 期,第 12-18 页。

事件,引发了中国动画创作与生产如何分级的全国性大争论。从这些讨论中,我们也深刻地感受到越来越多的国人开始关注,并介入到动画片的创作与生产中。

三是在媒介上,由影视动画向多媒体动画的演进。

新媒体和多媒体是伴随着现代科技发展起来的新型媒体形态,它们主要是借助现代通讯技术、计算机技术、网络技术、数字化技术、特效模拟技术等现代科技来支撑其发展。主要的新媒体有数字杂志、微博微信、移动网络、数字电视等。相对于传统的四大传媒更具有传播快捷迅速、传播对象到位、表现形式丰富、消费对象易于接受,并且互动性强、沉浸感高等优点。从我国动画创作与生产来看,在媒介上存在着由影视动画向多媒体动画的演进趋势。

在移动通讯技术及数字互联网技术、计算机特效技术和数字化模拟技术等现代新技术、新媒介发展以前,我国的动画创作和生产主要集中在影视动画上,人们消费动画作品也仅限于影视动画,尤其是动画电视剧。这个时期的动画往往集数较长,以持续不断地吸引儿童和青少年。从某种意义上说,这个时期动画创作也与其他的电影、电视剧有相似的一面,有着鲜明的特色,比如注重情节设置和情节发展,注重人物形象塑造,注重环境刻画等。但是,随着多媒体技术、数字技术和互联网技术的发展,多媒体动画与网络游戏动画开始出现,并逐渐成为网络视频播放的主要内容,多媒体动画的兼容性、互动性、娱乐性、沉浸感等特点和优势使得其迅速崛起,很快成为青少年动漫消费的主流动画类型。80后90后的出生和成长与多媒体技术、数字技术和互联网技术紧密相连,并越来越受到网络的影响。据相关研究统计,2000年时,我国的动画游戏产业总产值只有3亿元左右,仅仅两年过后,这个数值就达到了10亿元人民币,而到了2012年,这个数值已经超过700亿,其发展之迅速达到了惊人的程度。[1] 目前中国网民规模总数达5.91亿,手机网民4.74亿,占网民总数的78.5%。手机游戏网民人数达到1.61亿,较2012年增长15.7%,手机动画游戏已经成为网民重要的娱乐方式,并呈现逐年爆发增长的良好态势。[2] 这种以大量网络游戏玩家为基础,以网络游戏内容为蓝本的动画片创作和生产已经成为我国动画创作的主要内容和形式,这也将对我国的动画创作和生产产生巨大的影响。

四是在资金投入上,我国的动画创作与生产存在由以政府投资为主到由资

---

① 倪瑞凤:《动画片对儿童情感品质影响的研究》,南京师范大学硕士论文,2013-03-15。

② 方忠:《我国动漫产业盈利模式研究》,《内蒙古农业大学学报》(社会科学版),2009年第2期,第86-88页。

本运作、风险基金、股权激励等方式的演进。

在 20 世纪 90 年代以前,我国的动画创作与生产主要是靠政府财政投资来进行。正因为在资金投入上不用考虑,创作和生产也就相对充裕,艺术上所受到局限较小,所以出现了《孙悟空大闹天宫》《哪吒传奇》等经典动画片,享誉全球。当然,也正是有政府财政收入的充分保证,在动画片的创作与生产上也自然会受到政府的牵制,尤其是要受到主流意识形态的左右和影响。20 世纪 90 年代末期,我国动画创作与生产开始走向市场,资本力量开始介入动画创作与生产,对动画的创作与生产产生深远的影响。新世纪以后,我国动画企业按照国家要求进行转型改制,建立了适应市场经济环境,适应产业发展的现代企业制度。这些有利于消除各种障碍,有利于社会资本进入动画产业,促进动画产业的健康发展。同时,政府还鼓励风险投资基金加大对动漫创作和生产的投资,鼓励和引导我国大型企业通过参股、控股,或兼并动漫企业的方式进入动漫产业,引导外国风险资本投资于我国的动漫创作和生产之中。除此之外,我国政府还特意制定了优先支持动漫企业上市融资的产业政策,以实现动画企业生产方式的转变。①

2009 年,动画片《美猴王》的版权交易,开辟了国内动画片版权交易的新样态,打破了我国传统动画片创作和生产的老套路,创造了"未播先售、拍卖交易"的崭新交易模式。《美猴王》形象版权也高价成交,实现了动画片的风险投资,品牌的后继开发与开发商的共同承担,后继开发商也因此提前介入《美猴王》的创作和生产之中,对动画片创作和生产质量进行前置性监督。使得整个动画产业链的资金投入和利益分配更为合理,从市场的长远来看,这种交易形式不仅有助于改变国产动画制作企业长期品牌培养,也有助于形成动画形象开发价值的合理评估。可以说,是一个新的版权交易市场运作化的代表作品。随着我国市场经济的完善与发展,中国动漫产业中的融资和风投的力度将会越来越大。

总之,从以上几点可以看出,产业语境下我国的动画创作与生产取得了很大的发展,动画创作与生产的核心就是围绕着市场,围绕着消费者做文章。一方面,动画作为一种艺术形态从边缘进入主流,从少数人的爱好变为大众的娱乐形式,其形态、功能、作用经历了种种变迁;正朝着产业化规范发展大跨步迈进。另一方面,近二十年来,动画产业的地位和作用迅速提升,甚至成为能够提升一个国家综合国力的经济增长点。随着我国人民生活水平的不断提高,人民

---

① 《国务院办公厅转发财政部等部门关于推动我国动漫产业发展若干意见的通知》,《青海政报》,2006 - 05 - 15。

群众对于精神文化的需求不断加大,动画创作与生产将越来越得到广大人民的喜爱和欢迎。

第三节 产业化语境下我国动画创制的美学规制

动画是一种具有独特美学价值和审美情趣的艺术形式。动画的审美价值一方面通过技术手段,将审美对象以时间延展的运动方式形象地呈现出来,以传递情感,表达思想和追求价值。"动画作品的诸种文化价值都是通过审美价值实现的,如果在审美意象中不能蕴含认知、思想和道德的潜在价值,其作品将是贫乏肤浅的。"①另一方面动画又是一门视觉艺术,这种时间延展的形象展示与呈现是通过虚拟性(拟人化的方式)和仿真性(通过技术所达到的模仿性)等手段来加以表现,而且这种形象使得观众产生审美愉悦,达到审美理解,促成审美认同。

在视觉表现方面,动画艺术是通过技术性——二维或者三维动画软件来表现对象,描绘现实,传递情感,深化主题。相比较而言,二维动画相对轻灵、快捷;三维动画更具逼真性、精确性,但二者殊途同归,都是为了表现创作者的情感、意图和理念,使动画欣赏者获得审美感受,达成审美认同,引发动画欣赏者的关注与思考。总结产业化语境下我国动画创作与生产,除了具有虚拟性、夸张性等世界动画创作一般共通性的美学特点外,还具有明显区别于其他国家动画创作与生产的美学取向,概况如下。

1. 低龄化创作导向。

低龄化创作导向指我国动画片创作存在明显定位于低龄小朋友的创作观赏的自觉或不自觉规定。因为我国动画片的消费群体年龄范围主要为6至14岁。其他年龄段的人群多是陪伴孩子观看的消费者,并非真心实意观看动画片的观众。低龄化创作导致动画片内容简略,情节简单,相对符合低龄观众的审美心理,但对成人消费者吸引力相对较弱。②

也正因为我国动画的消费群体主要为国内6—14岁的幼儿和少年,动画创作者和企业生产者在创作和生产之初,也自然没有想到要将动画片面向成人消费者普及和推广,并推向全世界。所以在审美趣味上就倾向于表现我国儿童的

---

① 佟婷:《动画艺术论》,中国传媒大学出版社2007年版,第169页。
② 《成人化是中国动画的唯一出路》,http://www.crystaled,2010

审美趣味,满足他们的审美要求。低龄化的创作倾向对于审美趣味来讲,一个最明显的特征就是"幼稚化"。具体表现为三个方面:一是内容简单,空洞说教;二是情节简单,题材老套;三是造型夸张,质量粗略。比如,著名动画《大头儿子小头爸爸》,其故事内容主要是叙述儿子与爸爸相关的生活故事,由故事内容导进做人做事道理;故事情节更是简单,主要是儿子做错了,导致笑话,然后老爸纠正。

随着国家动漫产业扶持政策实施,国家、企业、风险投资等动漫的投入资金渠道增加和扩大,我国动画资金总投入量已经相对可观,但这种境况下,我国动画产业发展之路依然非常艰难,动漫知名品牌相对较少。一般人常将我国动画产业发展缓慢归咎于缺少技术、缺少人才、缺少资金,其实最根本的是我国动画产业理念出现了失误。中国动画片的高投入状况和动画片产出的低效益回收形成了明显的差异,研究者认为这一高投入和低产出不协调的根本原因在于我国动画片制作题材和理念上的"低龄化"理念导致题材局限、想象力狭隘,以及由此导致的国人关于动画片只是给低幼儿童观赏的狭隘认识。① 动画片是拍给小孩子看的这种观念,使得我国的动画片创作虽然有夸张、虚拟、有搞笑,但是信息量太少,内容简单、情节简单、题材老套,使得成人难以接受,即使是小朋友,稍微年长一些,就不再愿意回顾,觉得幼稚可笑,客观上没有留住消费者,更没有延续消费者。"动画只能是给小孩看的"这种创作理念和生产思想束缚了中国动画创作和生产的手脚,使得我国动画片创作和生产发展缓慢。从世界动画片创作和生产发达国家的成长路径来看,动画创作和生产面从"低龄化"向"成人化"和"全龄化"是动画创作和生产发展的必然之路。西方国家其实也有过相似的历史教训,20世纪五六十年代,由于将自己的动画片限定在"儿童观赏节目"的狭隘范围内,好莱坞动画片的创作和生产也经历过产量锐减、水平降低的艰难时期。但是,美国动画创作者在转型成人动画片(以《怪物史莱克》为标志)创作以后,终于迎来动画片创作的春天,也探索出动画创作和生产新路径和新空间。②

2. 成人化叙事思维。

虽然我国的动画片创作与生产有着明显的低龄化创作导向,但是在叙事思维上却是成人化的叙事思维方式。成人化的叙事思维即用成年人的功利性思

---

① 《动画片题材不必过于"低龄化"》,百度文库,2012。
② 欧阳爱辉:《<喜羊羊与灰太狼>系列动漫的美学表征》,《戏剧》(中央戏剧学院学报),2009年第4期,第124－130页。

维来代替儿童的审美思维,造成我国动画片从事构思情节、创造故事、制造笑点等方面都是功利性的,其结果就是我国创作的动画片中缺少想象力,严谨有余,浪漫性不足,逻辑性有余,跳跃性不足。因为我国的动画片基本上是以中国传统文学故事为底本改编而来,故其审美趣味有一个显著的特点,即儿童审美趣味成人化叙事倾向明显。我国文学、中国艺术一个非常明显的特点就是"文以载道"、"艺以载道"。传统的文学故事都是站在成人的角度来叙述,故其成人化叙事倾向非常明显。我国著名的动画片《蓝猫淘气三千问》,通过蓝猫淘气的故事来进行知识普及教育和娱乐休闲。这个出发点就显现了成人的思维方式。还比如,我国著名的动画片《葫芦兄弟》,讲述7只神奇的葫芦,7个本领超群的兄弟,为救亲人前赴后继,展开了与妖精们的周旋,最后团结起来,终于打败妖精们的故事。整个故事用剪纸的方式加以表现,非常经典,令人难忘。但是整个动画片也存在成人化叙事的倾向。其人物形象虽然运用了拟人化的方式,故事情节也具有一定的想象性,但是人物的语言、人物的行为相对写实,复现的是成人做事方式,流露的是成人的思维方式。

新世纪以来,我国的动画创作与生产开始有意识地扭转成人化叙事思维,以儿童的审美眼光来审视动画创作,把动画创作与生产按照儿童的思维习惯来构思情节、选择题材、制造笑点,并注意区分动画片消费的年龄层次、心理特点、审美趣味等内在的东西。由于我国动画片主要消费者为儿童和青少年,所以,我国动画片的创作与生产主要是针对儿童和少年的作品,着重于表现儿童的世界,并且都是运用儿童化的方式,儿童化的语言,儿童化行为方式,来表现儿童的世界。也正因为《喜羊羊与灰太狼》系列动画片摆脱了以前的思维模式,以一种新的美学规定来从事动画片的创作,最后意外地赢得了消费者的喜爱,创下我国动画片创作与生产的奇迹。这在某种意义上说,标志着我国动画创作的成熟。

3. 功用性色彩浓厚。

我国动画产品历来就强调功能性色彩,教育色彩的要求和传统——"寓教于乐"的道德说教意味浓厚。这一要求和传统就在自觉和不自觉中规定着艺术家和动画生产者们在进行动画创作与生产的过程中,往往都有意识地、旗帜鲜明地弘扬真善美,鞭挞假丑恶,在伦理道德上限制叙事的整体导向。比如,这种规定性反映在动画形象的创作和设计层面,往往由道德层面区分出好人、坏人二个对立阶级,好人基本上什么都好,坏人基本上什么都坏。"仰仗最朴素的赏善惩恶伦理信条、真情至上的道德情操甚至宗教化之神圣品质,为动漫作品虚幻又大多富有喜剧特色的表象奠定庄重肃穆的精神基调。"①著名的动画片如《葫芦兄弟》《金猴降妖》《邋遢大王历险记》等,都是带着浓厚的道德说教意味来从事动画创作。这样导致动画的严肃性有余,而娱乐性不足。而著名的动画片《蓝猫淘气三千问》本身的切入点就是带有功利性的教育意义。动画创作者和生产者在这个作品的创作意图上,就是希望通过蓝猫、淘气等卡通形象的表演,把科普知识用幽默诙谐的故事情节展现给观众。希望孩子在动画片的观看和娱乐当中,得到思维上的训练、行为上的模仿,知识上的建构。

新世纪以来,我国的动画片开始有较大转变,功利色彩开始退居二线,娱乐色彩开始居于中心,这个时候动画片的创作和生产,首先不是考虑其功利色彩,不是定位于教育意义,而是追求动画片娱乐性,好看性。所以著名的动画片《喜羊羊与灰太狼》,虽然总体上也有明显的道德倾向,但是已经完全脱离了伦理叙事本体的规定性。并没有在创作中贯彻一个善良终究战胜邪恶等伦理法则,而是着眼于消费社会语境下动画片本身的娱乐性、休闲性、搞笑性等,这个法则导致了《喜羊羊与灰太狼》并没有严格意义上的好人与坏人二维对立,而是羊群和狼群两个群体的纷争。这个规定性反映在人物形象的创作与设计上,就是羊群和狼群都有优点和缺点,自私、嫉妒、懒惰等人性的缺点在羊群和狼群身上都有体现。这样,故事的幽默和诙谐点将大大加强,消费者也可以在动画片的欣赏中反观现实,看到与现实生活中相似的种种故事,亲切自然。当然,因为中国动画片强大的传统道德意义约束与规定,《喜羊羊与灰太狼》还是没有能够跳出羊群代表着善的总体形象和狼群代表着恶的总体形象,故而也限制了故事的想象与夸张。

4. 民族化美学表现。

民族化美学表现即多借用中国传统民族艺术形式来传情达意,借用传统文化符号来抒情写志,最终创作符合中国传统美学特色的动画作品。这种民族化的美学表现方式具体表现在题材上,即多在传统文学与艺术中去寻找题材,搜求素材,甚至直接用传统文学故事或艺术来创作动画片。动画片《宝莲灯》的故事选取著名民间故事宝莲灯,动画片《哪吒传奇》选取民间故事哪吒闹海的故事,动画片《西游记》则直接由著名文学作品《西游记》改编创作而成。

这种民族化的表现方式在具体艺术形式上,则表现为多用民族特色的艺术形式去表现审美对象,比如人物形象的塑造、服饰的设计、场景的再造、意境的营造等。"中国动画的发展与它不断吸收中国文化的营养和借鉴中国美学传

---

① 赖守亮:《中国动画的跨文化美学研究》,《长城》,2009 – 04 – 15。

统,表现中国民族的审美精神是分不开的。如形神、虚实关系的把握,注重营造意境和写意风格等。"①比如,著名动画片《宝莲灯》,故事情节借助于传统的民间故事,但是在具体人物形象、角色造型、动作场景、服饰装束、动画意境、色彩运用、音乐烘托等各个方面都借助了传统艺术的表现形式,年画、庙堂艺术、传统戏剧、传统服饰、传统音乐等,最终将中国传统的艺术风格较好地加以表现,成为中国传统文化和中国传统艺术在动漫创作上完美融合的经典之作。

中国动画民族化具体分析,主要表现在动画人物、色彩造型、动画场景、动画意境、服饰设计、环境设置等方面如何结合了中国艺术独有的表现技法。比如著名动画《葫芦兄弟》在人物形象表现上,运用中国传统的剪纸艺术特色,注重线条勾勒、写意传神,强调刻画人物的精神状态。在色彩运用上采用了中国传统年画的设色方法,在场景设计上借助中国传统绘画,在背景音乐上运用民族特色音乐,从而烘托出具有民族特色的氛围。整个作品给人以中国风的意境,给人深刻的感染力和影响力。整个动画作品给广大动画消费者带来独特的艺术享受,也使画意更富韵味,含义更凝练深刻,传递着中国文化的民族精神和价值选择。动画片《喜羊羊与灰太狼》系列动画也因为在动画文化上内涵着中国文化的影子,在动画形象上内蕴中国人的影子,比如,反面典型人物灰太狼因为爱妻子,总想抓一只羊来讨好妻子,在家里没事则苦心专研抓羊工具,老被妻子惩罚,是一个典型的"妻管严",这些都让中国小朋友和中国观众一看就觉得有一种亲切感,所以才会产生如此巨大的反响。

当然,中国动画片创作和生产过分执拗于传统艺术的表面形式,进而在内容与思想上囿于"泥古做派"的失败案例也比比皆是。比如,在产业化语境下、在全球化动画创作与生产激烈竞争的语境下,我国某些动画企业痴迷于动画造型和画面美学表面形式的继承,把过多的精力放在中国特有的传统艺术表面形式的借鉴上,比如某些动画在场景设计上只是借助于中国传统水墨画、山水画表面形式,在人物造型上只是借鉴民间艺术圆脸式的中国娃娃那种一成不变的意象,尤其忽略了中国艺术精神生生不息的内在传统,进而忽略了迅速发展的当代动画创作技术的美学特点和动画受众审美心理的嬗变;在叙事上刻意遵循民间神话传说那种善恶二元对立的叙事模式,导致故事情节过于简单,人物性格没有变化发展;在台词设计上,也教条地遵循传统文化的"文以载道"、"寓教于乐"的不变法则,往往通过缺乏情感的过于直白的说教将价值选择和思想观念灌输给观众,而不是通过鲜活的艺术形象、喜闻乐见的故事情节去打动观众、

---

① 赖守亮:《中国动画的跨文化美学研究》,《长城》,2009 - 04 - 15。

吸引观众。这些创作上的偏见规制对产业化语境下中国动画艺术创作与生产也带来很大的局限性。

第四节　产业化语境下我国动画创制的应对策略

进入 21 世纪,中国的动画产业得到了快速发展,动画影视和衍生商品市场日趋活跃。中国动画因为着眼于消费者的审美趣味,并以幽默性、夸张性、搞笑性等众多看点吸引着广大消费者。随着动画产业的发展,我国动漫品牌开始出现,涌现了以《喜羊羊与灰太狼》为代表的民族动漫品牌。但是放眼世界,与动漫发达国家相比,我们动画产业还有较大的距离。比较发达国家动画艺术的创作与生产,我国的动漫生产应该从以下几点着重加以考虑,以更好地促进我国动漫艺术的发展与壮大,应对动漫强国产品的挑战。

1. 动画创作与生产应着眼市场消费趋势。

从市场消费上来分析,英国学者迈克·费瑟斯通(Mike Featherstone)认为:"消费文化,顾名思义,即指消费社会的文化,它基于这样一个假设,即认为大众消费运动伴随着符号生产、日常体验和实践活动的重新组织,遵循享乐主义、追逐眼前的快感、培养自我表现的生活方式、发展自恋和自私的人格类型,这一切都是消费文化所强调的内容。① 不同年龄,不同层次,不同文化环境下的消费群体,对动漫及其衍生产品的消费心理、消费习惯各不相同;不同的年代的人群,受到不同时期的动漫背景的影响,而最终审美兴趣、经济条件、消费习惯、文化特色等因素决定了动漫市场的消费人群的分布。这要求动画的创作与生产必须着眼于消费趋势。表现在动漫市场消费中,有两点值得我们注意。

一是动画品牌消费引导市场。

动画作为一个主要市场消费体,消费的产品就是品牌,品牌动画要具备三个要素:"第一,必须要有广泛的认知度和美誉度;第二,要有较强的市场竞争力;第三,要在同类产品中和本行业具有较强的竞争力,而且在社会上,还有较高的辐射力。"好莱坞的系列品牌,往往是由成功的动画电影延续出来,即第一部往往是以单独电影的方式创作,取得成功后,再靠编剧导演发挥想象力,从前作的某个线索发展出续集,如《冰河世纪》系列、《怪物史莱克》系列、《功夫熊

---

① [英]迈克·费瑟斯通:《消费文化与后现代主义》,刘精明译,译林出版社 2001 年版,第 165 页。

猫》系列、《玩具总动员》系列都是口碑颇佳的续作。

近几年,国产动画电影逐渐走出了市场的低谷,《熊出没》《喜羊羊与灰太狼》《赛尔号》《洛克王国》《魁拔》等"中国系列"品牌动画已成规模。与好莱坞动画影片成功后往往再考虑做系列续集的做法不同,"中国系列"品牌的通行做法往往事先规划一个发展蓝图,再接着分成几部曲分段地进行制作并上映,一旦观众开始看了开头篇,就会吸引人们对未来角色的命运好奇而产生强烈的观影期待,不但能维持固定数目的老观众,而且还会吸引新观众。相对来说,是一个长篇的分解化上映。

比如《喜羊羊与灰太狼》系列,第一部喜羊羊和灰太狼共同对付黄细菌,第二部联手对付虎威太岁,第三部智斗苦瓜大王,第四部大战机械龙,第五部联手应对天气变化,每一部故事内容各自独立,彼此间的关联只是喜羊羊和灰太狼等原班人马和加入的牛、虎、兔、龙、蛇等新角色。《喜羊羊与灰太狼》500多集的电视动画培养了庞大的观众群体,其电影的续集模式使观众产生依恋感,从而达到了五部《喜羊羊与灰太狼》系列动画片高票房的回报。但长期的固定模式也会产生审美疲劳,《喜羊羊5》首周票房逆增长,可见"喜羊羊"品牌实际上已经处于"阶段性透支"的境地。在这种情况下,采取有效措施维护这个品牌势在必行。

近年来,随着我国动画产业的发展,创作水平的提高,国产动画片风格多元化,数量多且创意、制作和技术有明显提高;大制作及系列品牌动画持续发力;市场营销日趋成熟理性。这些优点都使得我国动画片越来越受到观众的喜爱。

随着中国社会经济的发展,动画生产的中国人口优势必将得以发挥,可以肯定,不远的将来,我国会成为世界动漫消费主要市场。目前,在全球化动漫创作和生产的语境下,我国动漫产业市场上也集聚了越来越多来自海内外的动漫产品及衍生品,如动画、漫画、游戏、服装、玩具等。但是,我国自己的动漫品牌还为数甚少,在影响中国的十大动漫品牌调查中,中国动漫品牌只占三个。这也表明中国动漫及其产业发展还有很长的路要走。整体来看,我国动画创作和生产原创题材狭隘、人物个性相对单薄、文化内涵不高、故事性不强,缺乏幽默、过分依赖技术感等,从而导致了我国动漫品牌竞争力相对较弱,未来如何面对激烈竞争的国外发达国家动画挤压,如何应对我国动漫产品的知识产权盗版侵害,如何寻找行之有效动漫衍生产品市场开发,如何解决高校动画人才培养与社会需求脱节等一系列困难,将是我国动画产业着重要思考的问题。

二是动画市场成熟刺激消费。

动画市场,不单单是动画片,其实更重要的是与动画片相连的衍生产品市场。我们创作动画片,需要意识到动画产品衍生产品开发的必要性。从某种程度上来说,原创动画的目的是创立品牌。只有这一品牌得以建立,动漫的衍生产品得以完善,才能够算是真正意义上的动漫创作与生产。以迪士尼的美国动画创意版权价值链——"动·漫·玩"为例,动画公司通过推出卡通形象,漫画商、玩具商(文具商)等在授权后,进行早衍生产品的开发,形成完善的"自上而下"的动画产业消费模式。后来,玩具商们将自己设计的形象通过动画片和漫画故事进行传播,打造品牌效应,带动动画玩具的热销,形成"玩·漫·动"的"由下自上"的新消费模式。不论哪种模式,都是强调动漫产品和动漫衍生产品的相互刺激,互动发展,共同繁荣。

另外,动画的消费不应该是单纯地限定为低幼消费,而应该蔓延到成人化和全民化性质的消费。基于这一点,我国的动画创作与生产需要培养固定的消费人群,不断影响与开创新的消费点。我国动画创作与生产需要不断完善市场产业链,并带动经济与文化的消费。反过来,我国动画市场的发展和成熟,也能更好地刺激经济的发展和消费。因为,在消费时代,审美也成为消费对象。"人们在消费审美的过程中来消费社会意义,在消费中来满足自己的消费欲望,达到自我的身份认同。而动画及其审美乃是'大众'所凭借的影像和符号的一个主要来源。与此同时,审美也成为社会意义上的生产,并通过一切意识形态产品来表现。因此,审美具有社会生产和社会消费的内涵,并且建构起了文化的生产、消费一体化。"①

2. 动漫企业的发展需要断奶与规范市场平台,需要市场的残酷竞争打造品牌。

当前,我国动画片最大的问题,不是中国的动画市场的数量多少,而是如何摆脱政府扶植下作品质量的提高。随着我国动画市场的商业化推广,尤其是我国政府对动漫产品出台较大力度的扶持政策,不少文化投资商,不是想着如何去做好动画产品,提高产品艺术质量,做强动画品牌,以过硬的质量和品牌吸引消费者,而是急功近利地利用政府扶持资金,把动画制作当成了套取政府扶助金的摇钱树。目前我国国内处于亏损状况的动漫企业达到了动漫企业总量的85%,但这些处于亏损状态的动漫企业在国家和政府补贴的境况下还能够维持继续地创作与生产。导致这种怪象的根本原因是我国动画作品质量低下,难以吸引消费者眼球,消费者不买单的情况下,亏损企业却可以依靠国家和政府专项扶助金继续生存下去。我国动画生产要获得较大的发展,必须实施断奶政

---

① 唐英:《消费时代电视广告审美特性研究》,四川大学博士论文,2007 - 03 - 28。

策,规范政府扶持资金的评审与鉴定。对政府扶持金实施严格的审计制度,杜绝套取政府扶持资金等恶劣现象的发生。①

另外,我国动画作品的播放与传播目前还主要走电视台播放的老渠道,动画片播放基本上是电视台一家独大,动画片播放发行处于垄断地位。这种发行和传播方式对我国动画片的创作与生产非常不利。北师大创意文化传媒中心贾燕曾经做过一部3D动漫,成本在国外至少是6万元,自己节约只花了3万元,但是这部作品卖给中央电视台的价格却不超过2000元,若是卖给省级电视台播放应该只有100-150元,而若是卖给市级电视台则只有可怜的十几元,按照贾燕有些苦涩的原话说,这真是一个典型的"倒挂"。从中可以看出我国动画创作和生产还存在体制、机制不顺的一面。如果企业单纯地按照播出形式赢利是十分困难的。国家应该出台不同制作难度的动画片鉴别文件,相应地对于高端制作企业进行重点扶植,而不是靠数量上来进行电视的简单播放扶助,应该从量到质开始一个文化提升,建立合理的鉴别级别,否则,我国动画产业的发展就无从谈起。②

在这个方面,日本的动漫产业模式提供了有益的参考。

日本的动漫企业在从事一部动画片创作之前,首先会对角色形象、文字剧本等进行渠道展示,并通过专业的调查公司咨询公司对动画片的形象、情节等进行价值的风险评估。动漫公司创作的样片必定在市场反馈优异的情况下进行。并且,日本的动漫作品是通过广告置换获取版权,而非用现金购买播放版权。一般是广告公司先购买电视台的播放时段,然后再去寻找质量优良的动漫作品交由电视台播放。广告公司依靠获取动漫作品的卡通形象商品授权,在动画节目播放过程中插播商业广告来获取经济效益。从日本动画播放时间来看,他们是按照每周一集的方式进行播放,26集的时间刚好是半年,52集的时间则是整整一年。从播放时间来看,有利于获取市场对动漫创作的反应,及时顺应或调整创作方向,也有利于衍生产品的系列开发。同时,衍生产品获取收益的资金也能减少动漫后期创作和制作资金压力,减少盲目投入的风险。③

国内,借鉴这种方法的企业,已经开始获利。随着网络视频的发展,越来越多的网络视频网站加入,动漫企业在产业链的各个环节都得到了较好的融合。在生产格局上,经过激烈的市场竞争,一些创作和制作能力较强的动漫企业,慢

---

① 《中国动画公司多靠补贴生存》,《羊城晚报》,2014年07月22日。

② 《动漫企业生存不易业内呼唤"保护价"》,北京商报。

③ 李岩,刘妮丽:《北京动漫企业的辛酸往事》,《北京商报》,2009-03-30。

慢地形成集群效应,而生产规模较小、创作能力较差、制作条件不佳的动漫创作和制作机构,正在被市场排挤淘汰,市场份额正在开始逐步重新增长和分配。不可否认的是,我国动画产业由成长期向成熟期转变是当前主流。

3. 积极应对全球化动画市场激烈竞争的必然要求。

随着全球化时代的到来,全球化的动画创作与生产的时代也已经到来。在全球化动画市场面前,动画创作与生产应该如何面对,是我国动画创作与生产是当前和以后的主要问题。

第一,科学地整合动画策划与创作。

动画策划与创作是同等重要的两个方面,动画原创作品从诞生到市场化,广义上可分为:策划与创作、内容制作、播映与推广、衍生授权及其产业拓展。作为动画行业,没有自己的自主知识产权,在此基础上形成的商业品牌和民族文化性,是不可能在市场上引导消费的。光靠代工与产品制作只能是"无源之水,无本之木"。作为前期里面的主要环节,需要我们更多的投入,需要我们更多的在原创上,去科学地市场分析与尝试,再进行合理的升级创作。①

第二,大胆包装民族品牌,实施动漫走出去战略。

"只有民族的,才是世界的。"不可否认,中国动画产业是在政府政策推动的情况下走上产业化发展道路。我国有 13 亿多人口中,其中青少年占到 4 亿多,其消费群体数量可谓巨大。但是我国的动漫企业不能躺在国内消费者怀中止步不前,而应该主动出击,未雨绸缪,努力提高动漫产品质量,放眼世界,推动中国动漫品牌国际化发展。

动画产业化下的发展,国际化的竞争会越来越明显,随着题材相互借鉴、技术的不断升级、网络多媒体的不断发展、消费国际化的趋势也在形成。我们要抓住机遇,不断探索前进才能冲出国门,走向世界。

总之,我国的动画创作,不能只是针对国内受众,应该要有大局眼光,要开始利用我们不断增长的数量转化为更加迎合市场消费的质量优势。多从网络媒体传播中吸收时代原创题材,加强对于国际视野的创作,立足于传统文化,不断转型、创新变革,在原创的各类环节上,要加强对于原创人员的培养和投资、真正做到重视原创人员的待遇与扶助,三维技术的升级与开发、音乐创作与知识产权保护、市场开发和品牌保护资源运作能力等方面,只有不断减少与国外的差距,才能应对国际化竞争带来的影响和冲击!目前我国当前动画创作发展,需要特别注重四个方面:一是加强对动画本身产业本质的认识度,建立有代

① 盘剑:《2010—2011 中国动漫产业发展报告》,中国社会科学出版社,第 4 页。

表性的时代品牌形象。二是磨合多种动画企业的商业模式,提升企业原创水平加强市场竞争力,从而吸引各种融资方式。三是依托当代各种多媒体手段,推动产业为社会服务的能力。四是加强原创精品战略,在动漫创意上加强市场竞争力。

总之,要有信心用各种方式,变困难为机遇,变挑战为动力,将优秀的民族文化更加创意地表达与弘扬,重塑中国动画的再度辉煌!

第五节　产业化语境下我国漫画创作的整体景观

漫画作为一种独特的艺术门类,具有独特的美学价值和审美情趣,历来为广大观众所喜爱。漫画产业是动漫产业发展的基础,是动漫产业的重要组成部分,是文艺产业化发展的重要组成部分。从日本的经验来看,漫画产业发展得好坏将决定动漫产业发展的未来。产业化以来,我国的漫画产业总体上表现为快速发展的态势。总结产业化以来我国漫画创作发展的总体情况,表现为以下几个主要特点。

一个是漫画杂志、漫画期刊呈现快速增长态势。

漫画杂志和期刊是漫画创作得以发表的园地,也是漫画生产得以实现的基石。漫画杂志和期刊作为漫画产业的基础环节,在整个漫画产业链中发挥着枢纽性的重要作用。它们既是漫画作品的试金石和风向标,又是漫画产业的试验地和先行者。从某种意义上讲,漫画杂志和漫画期刊发展得好,漫画产业也必然发展顺利,反之亦然。产业化以来,我国的漫画杂志和漫画期刊总体上呈现为需求量旺盛,发行量非常可观的良好态势。据统计,国内出版发行的漫画杂志和漫画期刊由 90 年代初期的 13 种,产业化以后发展到新世纪高峰期的近100 种。而且,产业化之前,漫画杂志和期刊发行量甚少,读者寥寥无几。漫画杂志和漫画期刊完全依靠政府的财政投入勉强运行。产业化之后,我国的漫画杂志和漫画期刊适应时代要求,进行针对性的创作和生产,漫画杂志和漫画期刊迅猛增长,并且依靠市场的力量,漫画杂志和漫画期刊的发行量巨大,受众广泛。也正是因为需求量大,需求量旺盛,很多漫画杂志开始改版,由最初的月刊改版为半月刊,后来又改版为旬刊、周刊。如著名的漫画杂志《漫友》由以前的月刊变成半月刊,后来变成旬刊。根据权威机构 2009 年调查数据显示,《漫友》《漫迷》《漫画世界》《知音漫客》等知名漫画期刊的月均发行量都超过了 150 多万册。漫画杂志和漫画期刊的迅猛增加还可以从漫画杂志的销售指数增长见出。据研究统计,著名漫画杂志《漫画世界》,在2008年6月成功升级为旬刊的效应下,2009年第二期的销售指数相比2009年第一期增势强劲,增幅高达63.64%,显示出超常规的高增长性;而在2010年已改版成为周刊的《漫画世界》发展后劲十足,在四大城市中的合计销售指数飙升至6.0,对比2009年第二期,增幅高达66.67%。①

　　随着漫画产业的发展壮大,漫画期刊和漫画杂志整体市场的不断壮大,漫画杂志和漫画期刊开始走向细分,呈现出精细化创作和制作的特点。按照漫画杂志和漫画期刊的形态、题材、内容来源和定位群体等不同标准来划分,漫画期刊和漫画杂志呈现出日益丰富多彩的特点。比如,按照读者年龄段来分类,大体上可以将漫画期刊和杂志划分为幼儿(3-7岁)漫画杂志、儿童(5-9岁)漫画杂志、少年(9-12岁)期刊、青少年(12-18岁)期刊和成年人(18-24岁)期刊等面向不同消费群的版块。《花园宝宝》是幼儿漫画杂志的代表,《儿童漫画》是儿童漫画杂志的标杆,《漫画世界》是少年阶段漫画期刊的代表,知名的《漫友》是青少年漫画期刊的代表,《漫画世界》则是成年人阅读漫画的主要刊物。每个年龄段基本上对应相当的漫画代表刊物,每个年龄段对应的漫画杂志和漫画期刊其创作内容、创作风格、审美特点有着较大区分度。

　　二是漫画图书市场繁荣,消费数量增长迅猛。

　　从某个角度说,漫画杂志和期刊的发展繁荣带动了中国漫画市场的形成、发展和繁荣,并也促进了中国原创漫画图书出版产业的发展与繁荣。目前中国漫画图书市场形成了"漫画图书绘本称霸,漫画单行本成亮点"②的局面。临摹漫画图书市场自然不容小觑,原创漫画图书的市场也表现不俗,精品力作大量涌现。据有关资料统计,夏达的单行本漫画《子不语3》连续数周排在漫画单行本销售首位;荣登中国漫画富豪榜榜首的周洪滨,代表作《偷星九月天》销量突破5000万册;敖幼祥的《乌龙院》总销量超2000万册,连续5年成为中国最畅销漫画图书;猫小乐的《阿衰online》总销量也超过了300万册,等等。一大批贴近现实生活、针对成人群体的白领漫画和心灵鸡汤绘本图书被市场广泛认可,成为当前漫画图书的主要支柱。另外,中国原创漫画作品还打进了海外市场,在欧美和日本等漫画发达国家取得了不俗的成绩。我国漫画图书成功登陆欧洲美洲漫画图书市场,赢得当地读者的喜爱。据不完全统计,近两年内我国原

---

① 《幽默漫画造就漫画杂志市场大成长》,[EB/DL]http://www.comicfans.net/reswrch/indwstry/2011/01/04/14321522315.

② 同上。

创漫画作品在法国发行销售量达到50余部,近200万册。

三是漫画类型多样发展,创作内容丰富多彩。

随着我国漫画产业的发展,我国漫画类型相应地获得了多样性的发展。从内容上看,已经由产业化以前的讽刺漫画、幽默漫画等少数漫画类型,发展到产业化之后的实用漫画、实验漫画、教育漫画、宣传漫画、治愈漫画、娱乐漫画、青春励志漫画、讽刺漫画、幽默漫画等各种各样的类型。从形式看,由产业化前的以单幅漫画为主的单一形式,转变为多幅漫画(包括四格漫画)、连环漫画、插图小说和漫画条,以及漫画单行本等多种形式;从色彩看,从产业化前的黑白漫画、单色漫画发展到产业化后的彩色漫画为主体;从接受群体来看,从产业化之前的不分群体,发展到产业化后的目标消费群体分类的多样态漫画类型:儿童漫画、青年漫画、少年漫画、成人漫画、军事漫画、耽美漫画、地下漫画和少女漫画等,不一而足;从题材上来看,产业化之前基本上题材单一,产业化后,漫画涉及众多的题材,类型上可以分为科幻类、神话类、竞技类、格斗类、冒险类、爱情类、侦探类、幽默类、恐怖类、励志类等。

与此相呼应,漫画创作内容上也丰富多彩。产业化之前,我国的漫画创作基本上是讽刺漫画和幽默漫画类型,基本上起着政治传媒的作用,所以题材单一,内容薄弱是其创作的通病。产业化以后,我国漫画创作呈现出山花烂漫的景象,这时候创作的内容按照漫画阅读群体的消费习惯、审美趣味等进行,非常广泛。比如,对应漫画读者性别的差异,年龄差异,漫画的内容从分类上区分为基本的三类:像《米老鼠》《小熊维尼》《小公主》等漫画期刊对应儿童阅读的漫画,读者群集中在7~14岁的儿童,漫画内容都是以充满可爱的童真、无邪的童趣的故事性题材为主,漫画内容的性别差异性不大;第二类,针对青春少年的漫画。这一类型的漫画主要是抒写自我心灵,放飞梦想、追逐情感交流的内容。包括《漫友》《新蕾》《漫客》《漫迷》等知名漫画期刊。当然,这些漫画刊物的内容差异很大,风格各异。但是主要针对目标消费群体的审美习惯、审美趣味进行内容的创作、题材的选择、风格的设定。比如《漫友》旬刊,有一部分内容风格偏日式,追求唯美华丽,专门针对青春少女和年轻女性消费群体。第三类型,消费者相对年龄界限模糊。在漫画期刊领域主要为幽默漫画类型的期刊和杂志,包括《幽默大师》《漫画派对》《漫画世界》等知名漫画期刊。因为针对的群体比较宽泛,所以创作的内容也通俗易懂,老少皆宜,主要突出幽默搞笑的特点,当然,这些漫画期刊还是有自己的目标消费群体,比如,《幽默大师》在读者的年龄和性别定位上相对偏向少年读者消费群体,以及这一部分消费群体的延伸。第四种类型的漫画,主要是实用类型的漫画。主要是将漫画创作延伸到产品设计和生产生活之中。这种类型的漫画针对特定消费群体，突出实用功能，起到一个说明解释的作用。

四是漫画传播渠道增加，漫画传播媒介多样。

随着我国漫画产业的发展，尤其是现代科技的发展，媒介无处不在的渗透，漫画的营销渠道也随之迅速地扩展，漫画的传播媒介更是随着网络和多媒体发展而呈几何级增加。在产业化之前，我国漫画传播渠道主要是传统媒体报纸、杂志、书籍的单一传播；产业化以后，我国漫画营销渠道迅猛增加，漫画传播媒介多样发展。伴随着数字移动通信技术和互联网技术发展，数字化社会到来之后，我国漫画营销进入了多渠道的通道，漫画传播进入了多媒体综合性传播快车道。除了传统的媒介传播以外，多媒体传播成为主流。伴随着微博、微信等现代传播媒介的发展，"人人都是媒介、个个都可传播"梦想成为现实，每个人都可以将自己感兴趣的漫画作品推介出去。从这种意义上讲，我国漫画的传播媒介和营销渠道几乎无所不在。这从某种意义上反映了我国漫画的社会需求量巨大和漫画传播媒介之广。并且，在这种语境下，我国漫画创作的风格发生了翻天覆地的变化，漫画内容几乎无所不涉。从最初的漫画只是社会不良现象的讽刺，到人生百态的呈现，从生命群体生活经历的展示，到生命个体精神风貌和内心世界的呈现与开掘，等等。漫画创作者甚至可以将自己创作的漫画发到网络上试水，等点击量剧增的时候自然有商家找上门来商业包装运作。这也体现了我国漫画创作随着时代的发展而发展。

五是漫画衍生开发途径众多，衍生产品品种繁多，适应面广，几乎无所不涉。

漫画衍生产品因为漫画本身易于复制，从而使其衍生产品产业拓展甚远，也因为漫画本身易于接受，而被衍生产品开发商热衷开发。当然漫画产品的衍生开发有着其自身的独特性和运作规律性。一般是表现优秀漫画期刊推出优秀漫画创作者，形成漫画品牌带动相关漫画图书运作发行；接下来优秀的漫画品牌进行价值延伸，寻找版权授权商进行衍生产品开发。产业化以来，我国漫画领域的产业化运作主要是以漫画期刊先行运作，打造知名的漫画家，以漫画家带出漫画连载，创出品牌以后再以此为基础带动漫画图书单行本的发行，并在这些基础上，将漫画品牌延伸到其他的日常生活和劳动生产的产品中。当然，这期间有很多的工作需要漫画产业营销者去完成，首先是有针对性地进行第一手市场调研，弄清楚漫画消费群体状况，审美趣味、消费习惯等。其次，利用宣传、营销手段将漫画期刊上的知名漫画品牌的消费群体迁移到漫画单行本图书的消费领域。第三，培养漫画品牌的忠诚度，继续利用漫画期刊连载漫画家的漫画,扩大其知名度和影响力,并利用其他的媒体整合营销其漫画和图书,做好品牌的后续维护。第四,利用媒介整合营销知名漫画家的漫画单行本图书,扩大其影响力,提高漫画单行本的发行数量,以最大限度地降低市场风险,提升漫画品牌的忠诚度。第五,在漫画品牌形成了较高的知名度之后,将漫画品牌延伸到劳动生产和日常生活用品的产品之中,最大限度地延伸品牌使用范围,扩大品牌的影响力。知名的漫画品牌,《乌龙院》《爆笑校园》《泡面超人》《兔子帮》《无赖熊猫》《偷星九月天》《暗夜协奏曲》《神精榜》《嘻哈小天才》《嘻哈奇侠传》《呛辣校园俏女生》《撞上天敌二次方》《阿衰 online》《戏游记》《豌豆笑传》《莫林的眼镜》等漫画作品已经被广大的消费者所接受,并广泛地使用。《乌龙院》《兔子帮》《阿衰》等作品自然而然地延伸到动画、网络游戏等领域。

除了本身漫画作品的延伸之外,漫画因为老百姓喜闻乐见,漫画的衍生产品几乎遍布了生产生活的各个领域:食品、文具、卫生、服装、日常生活用品等。比如,著名的漫画品牌《蓝猫淘气三千问》高峰时其衍生产品达到了 6000 多种,涉及日常生活的各种类型。《喜羊羊与灰太狼》系列动画其衍生产品也是非常可观,版权授权商 2010 年就达到了 150 家,产品达到了上千种,创造了非常好的经济效益和社会效益。①

第六节　产业化语境下我国漫画创作的美学规制

漫画作为一种独特的艺术门类,因其喜闻乐见的艺术形式,积淀深厚的文化养分,深受广大观众的喜爱。"人们把漫画称之为没有国界的世界语,并被西方艺术评论家们誉为'第九艺术'"。② 在产业化语境下,漫画艺术更是得到了前所未有的发展,发挥出越来越强大的艺术生命力。特定的文化渊源、历史背景和艺术传统,也使得中国漫画创作形成了别具一格的艺术风貌。这些因素也规制着产业化语境下中国漫画创作的走向,影响着中国漫画产业的发展,所以,总结产业化语境下我国漫画创作的美学规制,有其重要的意义。我们认为产业化语境下中国漫画创作的美学规制,主要有以下几个特点。

一是题材选择规制:丰富性。

市场化、商品化、产业化之前,我国漫画创作的题材选择相对狭隘,内容主

---

① 《漫画图书市场调查分析报告》。

② 毕克观:《中国漫画史》,文化艺术出版社 2008 年版。

要围绕政治生活展开,局限在讽刺、批判对象领域。新中国成立之前,由于当时漫画创作的观念影响,漫画创作者主要选择号召人民起来抗争的题材,或者表现人民痛苦的题材加以创作。当时,严峻的民族危机迫使我国漫画家拿起手中的画笔,以漫画作为战斗的武器,表达自己反对帝国侵略,反对民族分裂的迫切期望,所以,那个时期的中国漫画创作内容蕴涵着争取民主,渴望自由、追求和平等思想。比如,《虽不中亦不远》(沈泊尘)、《在反革命的后台》(华君武)、《苦从何来》(蔡若虹)、《蒋小二过年》(米谷)、《城头变幻大王旗》(张仃),等等。当然,也有一些漫画家选择表现劳动人民处于水深火热生活的题材进行漫画创作。比如,张乐平先生的《三毛流浪记》就是选择处于苦难生活中的"三毛"这样一个小人物作为创作题材加以表现,产生了很大的社会影响,成为漫画创作的一个经典。新中国成立以后,漫画创作题材选择有较大的变化。这个时候的漫画创作作为思想武器,或讴歌先进典型,或鞭挞落后对象,或揭露丑恶灵魂,或嘲笑观念愚昧,在我国社会主义建设中发挥着重要的作用。著名漫画家王九成说,"新中国漫画的发展史也就是新中国的社会发展史。因为几乎新中国发生的大事件都被漫画加以表现。新中国漫画一直以社会主旋律为中心进行创作,中国大众也对此津津乐道。"①这个时候的题材主要以揭露不良现象、讴歌进步事业等现象加以创作。比如,我国漫画泰斗华君武先生20世纪60年代创作的《新三岔口》《公牛挤奶》《等着乘凉》《无计划性》《杜甫检讨》《失足落井》等一大批讽刺漫画,就是讽刺社会不良现象、揭露丑恶灵魂问题,取得很好的社会效益。1981年,孙以增先生创作的《铿锵有声》响应国家倡议"五讲四美"文明礼貌活动;1986年徐进创作的《远水救不了近火》讽刺行政机关机构庞大,办事难,效率低的典型漫画。这种漫画创作题材选择的规制性一直延续到产业化时代非营利性漫画创作。② 总之,产业化以前的漫画,由于定位于讽刺漫画,幽默漫画,所以其题材的选择、表现的内容相对狭隘,主要是为主流意识形态服务的题材和内容,起到一个政治宣传媒介的作用。

市场化、商业化、产业化以来,中国漫画创作发生了巨大的变化。市场化之初,我国漫画还是继承传统,在早期漫画批评、讽刺、歌颂的基础上开拓探索和创新实践。随着我国漫画产业化时代向纵深迈进,漫画创作的题材选择呈现丰富性的新局面,其表现的内容也呈现出百花齐放的新景象。大到社会发展,小

---

① 王九成:《当代中国漫画审美趣味的变迁》,《人民政协报》,2012 – 11 – 05。
② 老九:《新中国漫画60年——漫画审美的变迁》,《美育学刊》,2011年第3期,第73 – 79页。

到人物心灵等各种各样关乎人们生产生活的题材都进入到漫画创作的题材选择领域。刘志伟先生认为,"将漫画融入生活,是中国漫画产业的一大进步。"当然,撇开纷繁芜杂的题材现象,从本质上言说,其题材上主要是从产业化之前的公共性话语题材转化为个人性的私密题材。产业化之后,题材围绕着消费者的审美情趣,以消费者的日常生活、情感需求、成长经历、心灵祈望、梦想追求等生命个体私人性质的题材展开。内容上表现的主要是这些题材之中人的情感和心灵诉求,喜怒哀乐无所不包,日益呈现多元化的景象。表现的内容也日益贴近生活,成为大众业余生活休闲娱乐的一部分。如魔幻类有夏达的《子不语》;职场类有张小盒的《上班族漫画》;武侠类有敖幼详的《乌龙院》;冒险类有周洪滨的《偷星九月天》;爱情类有姚非拉的《80 度》;幽默类有朱德庸的《醋溜族》;搞笑类有猫小乐的《阿衰 online》,内涵也更加丰富,诙谐幽默、睿智哲思。既有对平常生活的细腻描绘,也有人生顿悟的哲学思考以及对人类生存状态的深刻反思。中国漫画题材选择的多元化,内容反映的丰富性,本质上表现了产业化语境下精英文化的衰落,大众文化的崛起,商业文化大行其道,大众的审美趣味得到了充分的肯定和认同。

二是主题定位规制:娱乐性。

产业化之前,我国的漫画创作在主题定位上非常单一,主要是漫画创作作为政治的宣传媒介,主要为主流意识形态需要服务。新中国成立之前,我国处于帝国主义和国民党腐败统治的双重压迫。所以,此时漫画创作的主题定位主要作为政治号角,旗帜鲜明地号召人们起来反抗帝国主义敌人,号召人们拿起武器投身到反对国民党腐败统治的斗争中去。

1949 年以后,"新中国漫画一直以社会主旋律为中心进行创作,中国大众也对此津津乐道。"①所以漫画创作的主题定位也非常明显,主要是为主流意识形态服务,"歌颂真善美,鞭挞假丑恶"。这个时候,讴歌新生事物,赞扬先进典型,讽刺落后思想,揭露丑恶灵魂,鞭挞不良行为,呼唤文明新风等成为漫画创作的时代主题。20 世纪 80 年代,我国改革开放的思想活跃,方成先生创作的《武大郎开店》漫画讽刺了官僚制度弊病;徐进先生创作的《远水救不了近火》针对现行制度的落后状况,积极呼唤改革;于化鲤先生创作的《大鬼小鬼进不来》来讴歌当时掀起的物质文明和精神文明的建设;徐鹏飞创作的《对策》讽刺了一种人们见怪不怪的现象:"上有政策、下有对策"的奇怪行径;《铿锵有声》(孙以增)、《变》(阿达)等一批当时非常知名的漫画作品无情地抨击了社会流行的拜金主

---

① 王九成:《当代中国漫画审美趣味的变迁》,《人民政协报》,2012 – 11 – 05。

义思想,《看齐》(陈惠龄)、《空缺》(王大光)等一系列漫画作品则形象地展示了自私自利状态下的社会窘态。①

产业化之后,中国漫画创作的主题发生了革命性的变革。与产业化之前的主要以讽刺、批判和幽默为主线有别,我国漫画创作的主题转变到表现娱乐性为根本的轨道上来。在产业化语境下,漫画的创作其出发点就是要寻找消费者的审美期待,审美趣味。所以,漫画如何发掘消费者的兴趣成为漫画创作的主题。随着科技的进步,社会的发展,我国的都市也迈入到图像时代,消费时代的社会。"读图"时代,消费社会,大都市生存竞争压力和快节奏的生活要求有替代性的精神产品来缓解现代人精神压力和紧张情绪,满足人们的心灵需求,放飞人们的心灵梦想。"漫画"作为轻松、幽默的艺术门类,以其人物造型的夸张滑稽、故事情节的幽默风趣,审美态度的轻松娱乐、幽默搞笑的娱乐方式适应了时代要求,尤其是娱乐性的创作主题解放了大多数年轻受众的审美需求。其非教化的审美主题和大众文化时代休闲娱乐的审美需求相适应,造就了漫画时代的到来。② 比如畅销5000多万册的漫画单行本《偷心九月天》讲述了一个非常充满想象力的有爱有情有惊有险的神奇故事;同样走红的《嘻哈小天才》讲述了一个小男生因为害怕班上一个小女生而出现的种种搞笑的误会;被小女生们手不释卷的《呛辣校园俏女生》讲述了一个带有想象性的故事,一个脾气不太好的富家小姐朱珠如何报复林小多的校园爆笑故事;《阿衰 online》从《漫画 Part》创刊就开始连载,前后长达 12 年的时间,讲述一个 14 岁的初中男生阿衰屡屡被欺、屡屡搞笑,好吃懒做,喜欢胡思乱想的滑稽爆笑故事;朱斌创作的《爆笑校园》讲述了一个屌丝逆袭的故事,一个呆头呆脑的农村娃,似乎来自火星,为人做事完全不合时宜,总是颠覆传统的师生关系,成为"狗刨中学"的搞笑明星。种种意想不到的"恶搞"使得作品爆红;《莫林的眼镜》讲述了一幅神奇的眼镜隐藏的游戏秘密的故事。这些知名漫画单行本正是因为青少年课业压力过大,需要漫画放飞心灵,轻松紧张情绪等审美需求而受到他们的喜爱。

"画漫画就是画思想,漫画作者无论进行哪方面的创作,总是对他所反映的生活抱有自己的态度,做出相应的评价,并通过艺术形象体现自己的政治道德和美学的理想。"③产业化语境下中国漫画创作的主题规制就是以娱乐性为核心。从本质上看,追求感性愉悦、追求生命自由是人类存在的基础,而感性愉

① 王九成:《当代中国漫画审美趣味的变迁》,《人民政协报》,2012 – 11 – 05。
② 同上。
③ 孙以增:《漫画的社会功能与漫画家的时代责任》,《漫画信息报》,2005 年第 6 期。

悦、生命自由则往往与娱乐息息相关。当然,幽默、轻松、搞笑的审美背后,漫画不乏带给受众深刻的人生思考。正如挪威汉学家何莫邪所指出的:"蕴含的'笑意',是'把轻松愉快、自由自在的艺术形式与哲学的、近乎宗教语义的深刻和严肃,完美地结合在一起'"。①

三是叙事方式规制:故事性。

产业化之前,我国漫画创作因其主要服务于主流意识形态的要求,局限在政治生活的宣传媒介,故在叙事方式上往往不需要太多的故事性。讴歌先进的典型,嘲讽落后的现象,挖苦愚昧的行为,批判错误的思想,鞭挞肮脏的灵魂;也因其时间性的要求,惊醒式的表达,只需要寥寥数笔,勾勒人生百态,漫画因其独特性的表达,在这些方面都比文字显得更加有力,更加形象生动,尖锐泼辣,寓评于"图",有着文字不可替代的作用。比如,1949年以前,张仃创作的《纸老虎》生动形象地揭露了美帝侵略者外强中干的本质。1949年后,米谷先生的《从泥土中站起来》生动地表现了农民群众渴望翻身解放的愿望;丰子恺先生的《锣鼓响》这一众所周知的作品,则是用简略轻灵的笔墨表达广大民众翻身解放后欢天喜地的愉悦心情。改革开放以后,我国漫画创作有了新的气象,但依然以讴歌、讽刺性的讽刺漫画为主,1980年华君武先生创作了漫画《死猪不怕开水烫》,揭露张春桥丑恶的形象。90年代漫画家牛力创作了漫画《肮脏的聊天室》,呼吁人们关注网络文明。这种情形一直延续到产业化语境下的今天,部分讽刺漫画,尤其是非营利性的漫画创作仍然以颂扬美德善事、鞭笞社会弊病为主题,采取短小精悍的形式,不需要叙述的故事性。

产业化之后,我国漫画创作发生了革命性的巨变。这种变化体现在叙事方式上就是故事性,即产业化语境下我国漫画创作有较为完整的故事情节,有栩栩如生的人物形象塑造,有多方的矛盾冲突,属于完全有别于产业化之前的新漫画。比如,张小盒创作的《上班族漫画》讲述上班族的情感心灵故事;敖幼详创作的《乌龙院》讲一个武侠奇遇的故事;周洪滨创作的知名漫画《偷星九月天》,讲冒险的故事;姚非拉创作的《80度》讲一个美丽的爱情故事。可见故事性已经成为新时代我国漫画创作的主流。漫画理论家白晓煌指出:"新漫画有完整的情节,有栩栩如生的人物,相当于一部画出来的小说。新漫画作为一门新兴的绘画的艺术,强调个人思想的表达,具有非常强大的参与性,受到世界各

---

① 何莫邪:《丰子恺——一个有菩萨心肠的现实主义者》,张斌译,山东画报出版社2005年版,第8页。

地青少年学生甚至相当一部分白领青年的热情追捧。"①漫画理论家王庸声从哲学的高度上扩大了漫画的定义:"凡是具有一定故事性的连续的图画都叫漫画。"②

西方著名漫画理论家斯克特·麦克劳德也指出漫画就是一种按照特定顺序将图画或其他图像并置排列,以达到传递信息,制造审美愉悦功能的艺术类型。东西方学者都不约而同地重新审视了新时代漫画的本质,对漫画的定义进行了新的界定,以适应时代的要求。③

产业化语境下中国漫画以青少年的现实生活为素材来源进行创作,更加贴近青少年消费群的生活,新奇的情节设置,曼妙的故事叙写,构成产业化语境下我国漫画创作的鲜明特色,也受到了广大青少年消费群体的热捧。

四是表现方法规制:多元化。

产业化之前,我国漫画创作的表现形式也千差万别,但是剔除其芜杂的表面,可以看到在表现形式上有其基本的相似性,即民族化。即借用中国传统的绘画形式来从事漫画创作。尤其是借用中国传统水墨技法,注重线条勾勒、写意传神,强调刻画人物的精神状态;或者借用中国民间年画绘画语言,使画意更富韵味,含义更凝练深刻。华君武先生的漫画极具民族化特征,以毛笔为基本工具进行漫画创作,整个作品"线条厚重有力,造型简约生动",是我国漫画创作"中国气派"的典型代表。而被华君武先生称赞为当代中国漫画家中画工最好的著名漫画家丁聪先生则走的是"工笔漫画"路线,用笔勾勒,丝毫毕现。著名漫画家廖冰兄则将传统的金石印创作手法结合到漫画创作之中,使得自己的漫画蕴藏着独特的"金石之气"。国外专家评价廖冰兄的漫画时认为,其创作的漫画经得起历史和时间的检验,有着历史的恒定性是非标准,不会因为时局政治气候的变化而随意更换,政治的投机性在他的漫画中难以找到影子。④ 方成先生将"诗""书""画""印"结合在一起,创造出一种具有传统文化厚重意味的漫画形式。作品幽默,富于哲理,颇具回味。可以说,产业化之前我国的漫画创作在表现形式上有着鲜明的特色,也赢得了广大群众的喜爱。

产业化之后,我国漫画创作的表现形式进入五彩缤纷的世界,具有"百花齐放、百家争鸣"协同发展的局面。这个时期的漫画作品,既有体现民族特色的传

---

① 黄远林:《歌谣文理,与世推移——二十世纪中国漫画艺术的回顾与展望》,《人民日报》,2001 - 10 - 21。
② 王庸声:《故事漫画纵横谈》,中国连环画出版社 2003 年版。
③ 老九:《新中国漫画 60 年——漫画审美的变迁》,《美育学刊》,2011 年第 3 期,第 73 - 79 页。
④ 同上。

统形式,又有吸纳西方画法的漫画新象,还有将中西方绘画技法融为一体的形式探索,运用新媒体艺术的表现形式对漫画进行新的发掘,等等。刘志伟先生指出:"漫画最大的魅力就是轻松,相比较枯燥的文字,漫画的易理解度更高,表达的形式更丰富。"①胡考是中西画法结合的一个典型,作品造型采用中国传统戏曲年画的方法和粗重的西方装饰线条勾画身体轮廓相结合,极富形式感。丁聪的漫画创作,将西方的绘画形式和中国传统的绘画表现技法结合在一起,使其漫画作品极具装饰意味,中西合璧,别具一格。而新生代漫画家韩露,注重将中国浓彩重墨的传统风格融入西方的金属风格中,她的代表作《长安幻夜》讲述开元年间盛世大唐长安城里幻夜的传奇,其画风诡异唯美、精致华丽,有着厚重的金属味。

　　当然,从艺术哲学的层面看,产业化语境下我国漫画创作虽然在表现形式方面千差万别,但本质上可以概括为两大类:一是,构思巧妙、画面简洁、概括性强的简笔画;二是艺术性高,刻画细致入微,叙事性强的繁画。② 前者更突出思想的深度和哲学的高度,强调简洁的画面背后的深层意蕴:思想内涵、价值取向、人格规训;后者则更强调故事趣味和视觉景观,通过创作者细致入微的描绘,营造一种非现实的虚拟场景,引起人们的欣赏趣味。这两种类型的漫画都为我国漫画产业发展做出了积极的贡献。

　　总之,随着我国漫画产业的日趋成熟,漫画产品日益丰富,我国漫画产业已经形成了以漫画期刊和漫画图书为主要消费热点的文化产品价值链,并向着多元化、多媒介化的发展方式蜕变,漫画产业已经成为我国文化产业的重要增长点。

　　当然,产业化语境下的中国漫画创作其美学规制具有复杂性和多元性,尤其是大众文化兴盛的图像时代、消费社会,中国漫画创作如何避免外来文化的侵略,如何继承本土民族优秀的文化传统和艺术精神,如何避免漫画创作的低级庸俗化,并将社会主义核心价值观递给大众,弘扬民族精神,为大众提供丰富健康的文化生活,建立积极健康的审美情趣是每一个漫画创作者必须面临的课题。

---

① 老九:《新中国漫画60年——漫画审美的变迁》,《美育学刊》,2011年第3期,第73-79页。
② 同上。

第七节 产业化语境下我国漫画创作的逻辑演变

中国漫画自 20 世纪初期以独立的画种出现以来,以其幽默、诙谐、怪诞、风趣的艺术效果,深受大众喜爱。中国漫画创作自身也有从诞生到发展到成熟的演进过程,总结其逻辑演变,有助于全面理解中国漫画创作,有利于探索与发展漫画产业。我们认为有以下几个显著的特点。

一是在内容上表现为由强调评议战斗性内容向现实性叙述生活演进。

华君武先生在其漫画著作《华君武漫画选》中指出:"漫画是一种批评的艺术,它批评旧的思想、意识、作风和习俗,它用讽刺的手法来揭露它们的丑恶和可笑,引起人们的警惕和注意,缩小它们在社会的市场。"①在中国革命的各个历史时期漫画都起到了特殊的作用,通过漫画的艺术形象,对人物、事件进行评论,歌颂真、善、美,鞭挞假、丑、恶。在特定的历史时期,传统漫画发挥其篇幅短小、入木三分的快捷反映现实的作用,体现了其强大的战斗性。漫画一度成为讽刺敌人的投枪,打击敌人的武器,揭露敌人的匕首。漫画最初被定义为简笔画,大多形式较为简单,在刻画漫画形象时,强调领悟中国传统艺术"以形写神"的艺术精神,运用简练的笔墨艺术表现手段,不计较摹写的绝对真实,讲求以寥寥数笔,勾勒人生百态,去除繁复华丽的艺术风格。形式上也以单格漫画创作为主。沈泊尘的《工学商打倒曹、陆、章》、华君武的《磨好刀再杀》、张仃的《城头变换大王旗》、廖冰兄的《猫国春秋》、丁聪的《现实图》等,都是这一时期的经典佳作。

随着时代的变迁,社会的发展,漫画创作与生产的市场化、商品化、产业化以来,我国的漫画创作和生产呈现出更强调艺术独立性的特点。西方著名漫画理论家斯克特·麦克劳德在《理解漫画》一书中将漫画定义为:"漫画,名词,复数形式,与单数动词搭配。释义 1:按照特定顺序并置排列的图画或其他图像,目的在于传达信息以及制造观看者美学上的反映。"②它的理论表达了漫画的转型,漫画不再局限于讽刺、批评等传统的窠臼,而是有着突破性的进展。我国著

---

① 章建生,朱家席:《中国漫画的评论性特征》,《安徽理工大学学报》(社会科学版),2007 年第 3 期,第 90－93 页。又见老九:《新中国漫画 60 年——漫画审美的变迁》,《美育学刊》,2011 年第 3 期,第 73－79 页。

② [英]蒂姆·皮尔切:《世界漫画指南》,新知三联出版社 2009 年版。

名漫画理论家王庸声鉴于漫画的发展,更是将漫画的定义扩大到一个新的高度:"凡是具有一定故事性的连续的图画都叫漫画。"①这些理论都高度概括了漫画的变化,揭示了产业化语境下漫画创作的根本性变革。所以,我们认为我国漫画的内容演变上发生了由产业化之前的以评议性战斗内容为主演进到产业化以后以现实性叙述生活为主的变化。这个时候的漫画内容更多的是以现实生活中的种种现象,人们生活中的情感世界,青少年的梦想追求,心灵世界的鸡汤妙药、生产生活中知识运用等为主要内容和主要题材。产业化以来,我国漫画的内容首先走红的是抒写人们情感世界,心灵归宿的内容漫画。与之相应的是漫画期刊的迅猛增加,漫画单行本的发行海量。后来,随着时代的发展,漫画应用的范围扩张,以生产生活的知识传递为主要内容的实用漫画被广泛应用。比如产品介绍书很多都是以漫画的形式加以表现,日常生活中的标志设计很多都以漫画表现。正是因为漫画内容的扩展,产业化以来我国漫画表现形式上更加丰富多变,在材料的使用上不受约束。新型漫画的构图、色彩、表现手法更加讲究与细腻,漫画的表现手法繁多,所受限制甚少。一切绘画手段均可为它所运用,比如绘画品种中的水彩、油画、版画、水墨画等,他们的表现手法都可拿过来加以运用。产业化以来,我国漫画创作更强调审美的独特性,更强调漫画的情感叙事,更强调漫画的世界效果。在当今图像时代,漫画艺术得到了很大的发展,其视觉效果更加具有冲击力,追求更高的一种审美情趣。

二是在类型上表现为单一的政治讽刺漫画向幽默复合性的多元漫画演进。

最初的漫画是充满着直观的讽刺及对社会政权的辛辣批判内容,凭借其作为特殊的政治"武器"成为独立的画种,艺术史教授劳塞说,漫画是一种历史悠久的"政治话语"。我国著名漫画理论家黄远林也认为:"讽刺与幽默是漫画最突出的艺术特点。"②政治漫画有多种表达思想与情感的维度,但"它的主要情感是愤怒,主要工作是揭露"。漫画主要是讽刺挖苦对象的丑陋、可耻,揭露对象在政治上的没落、道德伦理的低下、思想观念上的落后,行为习惯上的愚昧,等等。因此,20 世纪三四十年代以来,我国出现了一大批如张谔、蔡若虹、叶浅予、丁聪、张光宇、廖冰兄、华君武、米谷、沈同衡、张乐平、丰子恺等政治讽刺漫画家。"文革"后,政治环境开始发生变化,尤其是改革开放以来,经济建设逐渐

① 刘鸿英:《中国传统漫画的大众传播功能与文化传承》,《南京邮电大学学报》(社会科学版),2007 年第 2 期,第 42－45 页。

② 黄远林:《20 世纪中国漫画发展的基本特征》,《美术》2000 年第 5 期,第 79－81 页。

成为生活的重心,漫画逐步实现由政治斗争讽刺型向娱乐休闲的审美型转变。

20世纪90年代以来,我国漫画逐渐迈入市场化、商业化、产业化的发展轨道。漫画的类型也陡然增多,如新闻漫画、讽刺漫画、消闲漫画、家庭漫画、肖像漫画、抒情漫画、科学漫画、幽默漫画、儿童漫画、实用漫画,与此同时,漫画的取材上更加广泛与多元化,几乎无所不包,无所不容。大到威威宇宙、宏观世界,小到尺尺寸心、微观世界;表现对象也是多元化,有表现社会现实的具体现象,也有表现情感世界的抽象心灵。在漫画的具体内容上,则表现为更加贴近生活,更加贴近作为生命个体的情感心灵。另外,由于复合性多元漫画的产生,漫画艺术的表现形式更加丰富多样。从更深的层面探讨,多元漫画在精神内核上有别于产业化之前的讽刺漫画和幽默漫画的创作规律。多元漫画所表现的乃是多元的题材、多元的内容、多元的情感、多元的思想、多元的价值等需要多元的艺术表现力的时代呼唤。比如,近年来在国内出现的先锋漫画,在漫画内容上更注重生命主体的精神世界表达,更注重生命个体的情感世界抒写,更追求生命本我精神内核的呈现;在漫画表现形式上,更注重个性化的审美情趣的实现,更注重独特的表现语言的运用,更注意文化艺术传统的机场与发展。作为产业化语境下的先锋漫画丰富了漫画艺术的表现形式,增加了漫画艺术的审美层次,提高了漫画艺术的审美境界。

三是功能上表现为单一的社会功能向多元的其他功能演进。

产业化之前,漫画的功能主要是社会功能,即讽刺批判、教育启示、赞扬歌颂的文化教育功能。20世纪初的漫画创作注重强调其社会功能——文化教育功能,在精神领域发挥了鞭挞假丑恶、歌颂真善美,抑恶扬善、弘扬社会正气的作用,如丁悚的《民国九年六月里底上海人民》描绘了在饥饿中挣扎的市民生活;沈泊尘创作的《工学商打倒曹、陆、章》,中让人民巨大有力的拳头出现在画面上,完全压倒了猥琐的卖国贼,表现了劳动者蕴藏的强大力量;杜宇创作的漫画作品《呜呼鲁民,呜呼圣地》,非常形象地刻画了汉奸卖国的无耻行为,也深刻揭露了日本侵略者的丑恶嘴脸。

20世纪90年代以来,我国漫画艺术创作迈入商业化、市场化、产业化发展进程。尤其是漫画的产业化加速了漫画功能的转换,促进了漫画家创作思想观念上的转换。在产业化语境下,我国漫画创作和生产既注重漫画的可阅读性审美功能的实现,也强调漫画的可传播性等信息功能传递,还注重漫画的品牌延伸,经济效益的成本回收等价值功能再造。因为在产业化语境下,漫画的创作受到产业化的制约。漫画创作不再仅仅是漫画家一个人兴趣爱好的体现,也不再是打击敌人、教化人们的功能,而是如何实现整个漫画产业链条的通畅运转,扩大再生产的问题。审美功能能够确保漫画作品得到注意,得到广大读者的青睐;信息传递功能能够确保企业商品的流通更加通畅,企业的产品销售能够推进;漫画的经济功能则能够确保漫画企业的经济利润得到保证。在产业化语境下,我国漫画杂志和漫画图书绘本消费市场成长快速,以幽默漫画为代表的《幽默大师》《漫画世界》,以青少年情感世界和审美情趣为表现力的《知音漫客》《漫迷》《漫友》等在漫画领域影响力日益增强。而在漫画绘本方面,漫画的经济功能也日益显现,出版商、出版社往往是靠漫画家赢得了较好的口碑,漫画家的漫画在漫画期刊上长期连载,受到漫迷们的热烈追捧之后,经过精心策划、精心包装、精心运作漫画单行本的出版发行。近年来的漫画作家富豪排行榜显示,我国漫画作家版税收入非常可观。朱德庸、几米、周洪滨三位知名漫画家分别以6190万元、2500万元、1830万元的版税收入,跻身"漫画作家富豪榜"前三甲。其余的像夏达的《子不语》《游园惊梦》、穆逢春的《斗罗大陆》、颜开的《星海镖师》、王鹏的《御狐》、猪乐桃的《玛塔》系列漫画集等,也非常可观,周洪滨的《偷星九月天》单行本发行突破5000万册,其版税收入荣登漫画家富豪榜状元。当然,漫画家所获得的经济收入在整个漫画产业链中所占的比例还不是大头。此外,中国漫画也逐渐走出国门,2005年,《贾儿》《丢丢》和《记得》三部中国漫画书在法国出版,而现在已有90多部中国漫画在欧洲出版。在产业化语境下,漫画的经济功能日益凸显,正成为国家文化产业的重要突破口。

四是传播媒介上表现为传统媒介向现代多媒体媒介演进。

产业化之前,我国漫画是以传单和报刊为传播载体的,1918年9月,中国最早的漫画刊物《上海泼克》在上海诞生,《俄事警闻》《时事画报》等漫画报刊作为当时漫画创作的根据地,一度受人关注。从1934年到1937年,当时我国漫画相对发达,仅上海就拥有19种漫画刊物,《时代漫画》《漫画生活》《上海漫画》《漫画界》等流传甚广。新中国成立以后,《人民日报》及各个地方报纸开办漫画专栏,一些漫画期刊、漫画杂志等也相继问世。但是,在相当长的一段时间内,主要是依靠报纸、图书、期刊等纸质媒介来传播、推介漫画作品,其中报纸媒体是最主要的传播媒介。

产业化以后,我国漫画创作风起云涌,发展迅猛。这个时期以来,报纸作为漫画传播媒介开始由以前的中心位置退居到边缘地位。漫画期刊、漫画杂志、漫画图书开始显现其旺盛的生命力,发挥其主导的传播流通作用。尤其是知名的漫画期刊发行量可谓惊人,根据权威机构2009年调查数据显示,《漫友》《漫画世界》《知音漫客》等知名漫画期刊的月均发行量都超过了150多万册。在广大消费者精神需求和出版商经济利益的双重推动下,漫画单行本的出版发行也屡创新高。伴随着数字通信技术、互联网技术、激光照片技术等现代科技的发展进步,产业化语境下我国漫画的传播,开始由以前的报纸、杂志、图书、电视、电影等传统媒体,与时俱进地延伸到信息符号传递的互联网、无线通讯媒体手机、装置多媒体、随身便捷式媒体、微博、微信、大型户外广告,乃至于生活用品、生产产品等新媒体和多媒体、多媒介。又因为漫画跟人们的天生接近,使得其易于接受。许多商家开始将漫画和产品推介结合起来,所以,从某种意义上说,有多少商品,就有多少传播媒介。

随着移动通信、手机及 4G 网络、微博、微信等的发展和普及,漫画的传播更容易、更普遍。比如,手机动漫杂志开创了中国原创漫画出版的新模式。新一代的移动多媒体 iPad 的出现,成为拯救传统漫画出版的跨时代阅读平台。尤其是微信的使用和几何级的增长,使得"人人成为媒介,各个都能传播"的遥远神话成为现实。在微信时代,每一个对中国漫画感兴趣的人都可以将所喜爱的漫画传递出去。中国漫画的数字化之旅由此展开。

五是内涵意蕴上表现为单一教化规训向多重的审美规训演进。

漫画作为一种独特的艺术形式,有着物质与精神双重意义,换句话说,它不仅是一种物质形式,同时也是一种浸透着情感表现精神意义的形式。"画漫画就是画思想,漫画作者无论进行哪方面的创作,总是对他所反映的生活抱有自己的态度,做出相应的评价,并通过艺术形象体现自己的政治道德和美学的理想。"[①]漫画创作的美学特征并由此产生的审美快感必然具有深刻的文化内涵与深层意蕴。

产业化之前,我国漫画的意蕴上,主要是通过漫画达到对生命主体的教化规训。即通过漫画的教育功能,实现生命主体的自然之人成为主流意识形态所要求的社会之人的转变。所以漫画是战斗的武器,也是批评的投枪。中国漫画比起其他绘画艺术形式更具反映现实斗争、有效调动与组织群众的作用。因为漫画比文字显得更加形象生动,尖锐泼辣,寓评于"图",有着文字不可替代的作用。尤其是当时我国广大群众所受教育程度和文化程度较低的情况下,漫画在发动群众、组织群众等方面起到了特殊的效果。在炮火纷飞的战争时期,漫画创作以批判形式有力地推动人们投身到对帝国主义抗战前线英勇战斗,投身和国民党反动派的残酷斗争。新中国成立之后的漫画主要以内部讽刺漫画的类型出现,主要讽刺社会生活中的不良现象,错误做法。虽然有层出不穷的表现手法,但是抛开漫画表现的形式,其形式所要传递的体现了中国漫画创作的教

---

① 孙以增:《漫画的社会功能与漫画家的时代责任》,《漫画信息报》,2005 年第 6 期。

育意义,其背后蕴含的是我们应该成为社会主义大家庭的新人的教化规训。

产业化以后,我国漫画创作开始朝多个方向高歌猛进。首先,是漫画期刊和漫画杂志的遍地开花。漫画期刊和漫画杂志涉及内容非常广泛,但是最为主要的是人的生活,人的情感。五花八门的内容其实质乃放飞漫画阅读者的情感寄托,心灵梦想。这个时候的我国漫画创作所要传递的是漫画审美功能,本质上传递的乃新时代的漫画接受者其生命个体的主体意识得到尊重,其生命意识、情感追求的审美意蕴得到呼应,其背后所蕴含的是作为新时代的生命个体要成为自由的人的审美规训。

产业化语境下,漫画单行本往往是在漫画期刊连载之后反应不错的前提下得以出版。与漫画单行本相呼应的是,漫画的审美功能与娱乐功能,以其独特性、创新性和艺术性带来新奇的精神享受和全新的审美体验。这里体现的是大众文化的崛起,大众多样化的行为方式和生活方式得到尊重和理解,这里更为深刻的是娱乐功能、审美功能对某部分漫画接受群体的强化规训,是对这一审美趣味爱好者和欣赏者的趣味巩固和积极建构。

产业化语境下,随着漫画介入到人们的生产和日常生活领域,漫画创作所体现的知识传递和知识的接受占据着重要的内容,在这一领域的漫画创作更多体现为人对产品的适应,社会对人的要求,其背后所蕴含的乃是社会与知识对人的双重要求,现代社会、现代科技对人的多重压迫和多方规训。

当然,随着社会的进步,科技的发展,我国漫画创作进入到多媒体时代,漫画传播也进入到多媒介融合的时代。这个时候的漫画创作更具多元性和多种性,本质上体现为当今时代生命主体的自我建构,社会文化的生动活泼和开放包容。所以,这个时代动漫创作的深层意蕴表现为多方规训的融合与叠加。既有产业化之前的教化规训,也有产业化后的情感漫画的审美规训,应用漫画的知识规训。当然,这种多重的规训,本质上体现的是漫画创作背后多种力量的交叉融合。

总之,漫画的文化意义是以漫画创作及其产品为载体,传达出的审美思想、社会认知和生活方式,是中国各个时代各种力量交流对话的结果。漫画是时代的产物,不同的历史阶段和社会环境必然影响漫画内容和形式的演变,也必然影响到漫画创作和生产的美学规制的变化,这种变化反映了大众的审美需求与美学价值不断发展与变化。

第八节　新媒体动漫艺术创作与生产的美学规制

20世纪是一个哲学、思维、科学和技术急剧变革的时代,也是媒体和艺术相互结合经历急剧变革和推陈出新的时代。科技的进步,使得媒体与时俱进,日新月异,诸如超文本、电子媒体、人工智能、赛伯空间、人机交互、互联网等这些新媒体概念的不断出现,改变着这个世界、改变着人的生活,也改变着看似固守传统的艺术。艺术与新媒体的结合正以一种全新的形式内涵一种新的品格,来诠释自己的思想和观念,对当代艺术的未来走向产生了深远的影响。传统的动漫与新媒体的耦合所生成的新媒体动漫艺术,在产业化语境下更呈现出一种新的状况,相应的也以一种新的形式传达着艺术特质,构成一种新的美学范式,它既有对传统动漫的更新和利用,更有对传统动漫的扩展与超越。

一、新媒体与动漫的转型

"新媒体"指相对于"旧媒体"而言在内容和形式上具有历史性变革的一种媒介形式。它指的是出现于现代媒体——广播、电影、电视等之后的数字技术媒体,它包括电脑和一切运用微处理器、数码、激光、互联网的技术设备、电子娱乐产品,用于生产和消费的多媒体系统,高科技视频系统,遥感技术,远程通信系统,通过数字手段生产的艺术作品,"仿生学"意义上的信息产品,以及各种含有电子内容的输入、输出和存储设备等。广义的"新媒体"几乎涵盖了影响当代社会个人和集体生存质量和价值的所有新技术、新媒介。从哲学的高度来讲,它还与特定的社会意识形态相关联,预示着人们对物质与意识关系的重新审视,"它所蕴涵的时间与空间观念从本体上解构了以往对存在的理解和解释,打破了关于主体客体的原有认识,重新组合了存在、真实、虚拟。"①因此在本体内涵上,"新媒体"也是某种新观念的指代物。新媒体艺术的先驱者罗伊·阿斯科特(RoyAscott)说,新媒体艺术最鲜明的特质为连接性与互动性,其表现形式很多,但它们的共同点只有一个,那就是用户经由和作品之间的互动、参与改变了作品的影像、造型,甚至意义。新媒体艺术与国际互联网的结合,使它具有了超大容量、超越时空、双向传播、高度共享、平等对话等特征。② 它具有旧有的媒体

---

①　刘自力:《新媒体带来的美学思考》,《文史哲》,2004年第5期,第14页。
②　吴廷俊,韦路:《多媒体技术与全球文化整合》,《当代传播》,1999年第5期,第36-39页。

所不具备的属性与价值。而"旧媒体"通常意义上是指人们所服务的社会公共机构,用以通讯交流媒介载体——诸如新闻机构、出版社、电影制片公司、广播电台等,以及这些机构所生产的物质或精神性产品——诸如新闻资讯、肥皂剧、书籍、电影、录像带和音乐磁带等。一般意义上指传统的四大传媒——传统报刊、广播、电视、电影。从这个意义上讲,"媒体"一词又被理解成为一种社会公共机构的整体,而"新媒体"则暗示那些在现有体制中尚未确定的、具有试验性和不为多数人所熟知的媒介,它涉及文化艺术、科学技术、意识形态、社会制度和精神生活等多个层面。[①]

"新媒体"作为一种开放性和综合性的媒介,至少包含如下含义:新型的文本体验(由超文本、电子游戏和电影特效产生的"惊诧的体验")、对现实与世界新的呈现方式(虚拟现实中的"沉浸感"和交互性)、主体(在线用户、"新媒体"的受众)与新技术之间的新型关系、传统媒体与新媒体之间新的传承与互动以及人类对自身和世界的新的感受所获得的新的启示等。这些新的媒体体验方式为我们概括了这种新媒体的新特点,即它的数字化、交互性、超链接(Hyperlink,多层次的文本链接)、分布式结构(dispersal)、虚拟现实(Virtual Reality,简称 VR)与赛伯空间(Cyberspace)化的生存模式,[②]这些特征也鲜明地体现在新媒体动漫艺术之中,成为一种新媒体动漫艺术化的美学表征。

跟传统媒体一样,优质节目、信息内容是支撑新媒体运营的基础。一方面,满足目标观众群精神需求的信息内容,可以巩固和发展更多优质用户群,并提高忠诚度;另一方面,新媒体运营商在整合众多分散的 SP 市场之前,迫切需要包括文字、图片、视频、音频在内的大量优质的信息内容。

新媒体的来临给动漫带来了巨大的影响,在新媒体没有出现之前,动漫只能通过电视、电影、期刊等传统媒体传播,传统动漫受传统媒介的制约而创作周期长、制作技术复杂、成本高、画面细腻流畅,富有动感,类似真人大片,细节丰满全面,播放平台少,且只能单向传播,观众处在一个接受的位置。动漫与新媒体耦合以后,出现了一种新的动漫艺术形式——新媒体动漫艺术。新技术的发展使新媒体动画的精度和准度有所突破,产生了不同于传统影视动画的全新的审美效果,而且制作周期缩短,成本降低。动画的播出平台也从传统的电影、电视平台拓展到了手机、网络等新媒体平台。观众可以适时、互动地点播新媒体

---

① Martin Lister,Jon Dovey,Seth Giddings,Iain Grant,Kieran Kelly. New Media:A Critical Introduction. [M]. London:Routledge,Taylor&Francis Group. 2003.

② 同上。

动画。

新媒体动漫艺术是指结合于新媒体如移动通讯、互联网、网络电视、P2P（point to point，点对点下载）、IPTV 等区别于传统报纸、杂志、广播、电视、电影传统媒体而诞生的一种新的动漫形式：如网络卡通（flash）、移动通信（手机彩信）、新漫画（四格、绘本）和 QQ 卡通等动漫。它既有传统动漫艺术的某些特点，又有巨大的差别。新媒体动漫艺术的美学风格与传统动漫有很大不同，它从某种意义上颠覆了传统动漫艺术的美学范式。

二、新媒体动漫艺术的美学特征

随着科技的发展，新媒体的不断出现和应用，动画制作技术也在飞速发展，通过网络和手机等新媒体的渠道传播，打开了一片新媒体动漫的新时空。新媒体平台的变化，使得动漫艺术的内容供应也同样做出了相应调整，从内容的选择上出现了形式精简、创意新颖、展示个性、娱乐化的特点。"新媒体动画的按需分配，使受众充分感受到了其中的互动。""新媒体动画不再受限于传统影视动画单一的观众群，而是针对新媒体不同的观众群等目标受众群体需求，有的放矢地选择不同的内容。"①

总之，新技术的发展使新媒体动画的精度和准度有所突破，产生了不同于传统影视动画的全新的审美效果。总结起来，具有以下几个显著的美学特征：审美趣味的多元化、审美取向的世俗化、审美接受的娱乐化，审美表现的技术化、审美意象的图像化、审美叙事的非线性性、审美感兴的互动性、审美表征的虚拟性、审美价值的多维取向性等几个方面。

审美创作和接受的娱乐化就是娱乐成为动漫最主要的追求目的，娱乐是一种仪式：全神贯注的投入一种人们希望将会是令人满足的意味深长的情感体验。这表现在新媒体动画的创作上，很多新媒体动漫的创作者就是因为好玩而走上创作道路的。比如，世界著名的 Flash 动画独立制作人乔希尔兹的第一部作品《搅拌机里的青蛙》只是游戏之作，他当初创作只是为了好玩，没料到上传到网络上会受到如此热烈的欢迎——每天都有上百万的点击率。那只倒霉的青蛙也成为 Flash 动画发展史上著名的角色。这也说明了人们欣赏动画的目的也是娱乐，满足人们全身心的贯注，追寻当下的快感的情感体验。我国的著名 Flash 动画制作人边城浪子最初创办个人网站"回声资讯"的初衷是为了让更多

---

① 《新媒体与动画：自由恋爱的好姻缘》，［EB/OL］http://news. rednet. cn/c/2007/02/04/1125291. htm

的人玩到Flash;小小就曾说,"给自己做着玩的,没想到还要给别人看"。制作者们因为"好玩"而操起了Flash,观看者因为Flash"好玩"而成了忠实的拥戴者。可见,娱乐是Flash动画的目的,也是它的魅力所在。制作者们在制作Flash动画时也有意识地运用多种能产生强烈娱乐效果的元素,突出它的娱乐性。比如千龙动漫的《打电话记》是用口头流传的小段子改编的,通过语言的不断重复,最终产生爆笑的结果;《大学自习室》里采用令人捧腹的东北方言等,都是追求这样娱乐化的效果。

以往,人们在动漫作品审美接受中要"虚静"态度,本质上表现为一种潜在的审美期待视野。新媒体动漫的出现使人们对这一经典的审美接受模式进行了改写:新媒体动漫的接受者大多希望在有限的时间里,宣泄情绪,放松身心,获得一种令自己愉悦的审美快感。生动的图画、逼真的声音、色彩变化的文字……给身心带来一种全方位的愉悦和审美享受。新媒体动漫艺术因其特殊的方式,给予读者一种感官上的刺激。但当欣赏者的心灵走进作品的艺术世界,全身心地投入到平民化的情感之中,沉醉于新媒体动漫带来的精神愉悦时,这就有一种美感产生了,这种美感带着读者的心灵穿越了生理层面的快感,达到了一种艺术欣赏的忘我之境,达到了直指人心的自由。新媒体动漫从人们的感官需求出发,利用网络通讯等新媒体技术优势,把视觉、听觉和文字书写等融为一体。感官接受成为新媒体动漫审美的基本视阈。人们的接受心态从游离物外、达到心灵的净化,一变而为现在的感官享受,审美体验即由超越心态转向消遣心态,并在消遣的娱乐中达到了心灵的放飞。

审美趣味的多元化就是审美不再有所谓的主流观念,而是各种观念并行不悖,各种趣味都大行其道,呈现出多元共融的局面。比如,很多新媒体动画作品的视角多从生活小事出发,把观众的日常经验加以描绘,不仅通过娱乐元素进行夸张,更对其进行重新书写和颠覆。故事重组、内容解构、时空错位常常产生让人意想不到的喜剧效果。也有的新媒体动画宣传主流价值观念。比如,2004年我国入选法国昂西国际动画节的Flash动画短片奖的《冬至》、卜桦《猫》。[①]卜桦的《猫》讲述了一对流浪的猫母子的故事:小猫涉世未深,非常胆怯,处处需要猫妈妈的保护。一天夜里猫妈妈不幸被猎人的利箭射中,灵魂被阴曹地府的阎王派出的小鬼牵扯着飘过奈河桥。小猫竭力要留住妈妈的灵魂,"爱"使它克服了内心的懦弱,勇敢地与恶鬼厮打。小猫竭尽全力的反抗感动了上苍,猫妈

---

① ［美］库萨若(Corsaro,S.)，［美］帕若特(Parrott,C.J.)，《Flash 好莱坞 2D 动画革命》，清华大学出版社 2006 年版，第 5 页。

妈的灵魂回归肉身,母子终于重新团圆。

不过,在审美趣味多元化的同时,借助于新媒体的便捷,有审美取向的世俗化倾向。比如,现在流行的 QQ 动画,都是将一些严肃、神圣的东西加以解构,《大话三国》让三国人物拿起麦克风大唱特唱;《大话李白》套用人们熟悉的人物,情节与历史上的李白风马牛不相及;流氓兔一脸的玩世不恭,行事幽默出格,可恨、可气却不失可爱。最突出的例子是雪村的《东北人都是活雷锋》,2001年雪村还不是一名当红的歌手,他的音乐评书《东北人都是活雷锋》也不受人关注。幸运的是有人把这首歌做成了 Flash MTV,几乎是一夜之间,这首歌和雪村都扬名立万,变成流行文化的新宠。后来,网络上又陆续出现了多个 MTV 的版本,《东北人都是活雷锋》就好像 Flash 爱好者和制作者的狂欢盛宴,每个人都可以借机宣泄一番。一时间"翠花,上酸菜"传遍大江南北,即使是陌生人,听到也会相对点头、会意一笑,几乎类似于网民的接头暗语。

审美感兴的互动性是新媒体动漫有别于其他传统媒体的最重要的特征,也是它的最大优势。传统媒体电视、广播是一种强势的大众媒体,但它所传播的信息只是单向流动的,受众只能被动地接受、没有反馈的路径和条件。互联网的交互性改变了信息流动的方向,不但可以是双向的,还可以延展为多向的。

网络的互动性本质,决定了网络动漫艺术包括 Flash 艺术的本质。比如现在网络上比较流行的电子杂志,它以 Flash 的一个组件 FflipPage 为核心,把众多的 Flash 动画集合起来,做成书籍的形式:有封面、目录、封底,通过鼠标拖拽逼真地模拟书本翻页时的效果,或通过按钮来向前、向后的翻动书页;每一个页面其实是一个精心制作的 Flash 动画,集成了图片、文字、视频和声音,同时还交织有多种手段性交互,视听效果非常丰富。

典型的一本电子杂志是 NWP(newwebpick. tom),一个定位为国际艺术设计联盟及国际数码艺术设计师社区、以数码艺术设计为中心的国际设计资讯网站制作的。每期的杂志都厚达两三百页,版式精美、交互手段多样,读者可以在论坛上自由的免费下载。阅读这一本杂志,会给观者带来非常美妙的体验和愉快的心理感受。

再比如新媒体动漫作品《我的转捩点》,这个作品是一个庞大的数据库,由许多的小故事组成,浏览者既可以阅读别人的故事,也可以将自己的故事写下来与别人分享,具有充分参与的自由。创作者设置了两个搜索系统,根据不同的信息提供方式,对网站采取不同的访问方式。进入主画面后,观众可以选择看别人的故事,或者将自己生命中的转捩点与大家分享。故事依照内容分为:教育、亲密关系、健康、意外事件、成长与家庭等 12 大类。观者不仅能以这 12

大类来寻找自己关心的故事,在阅读他人故事之后,也可以进一步做回应与探讨。大卫·克劳弗(David Crawford)的《数位诊所》(Digi – Clinic),与道格·顾德温(Dong Goodwin)的《俳句诗之树》(Haiku Tree),也是这种类型。①

审美意象的图像化集中体现在新媒体动漫追求卡通画的形象追求上。这一点体现了新媒体动漫艺术对传统动漫的继承和延续。"卡通是一种通过简化以使效果得到强化的艺术形式。"创作者通过卡通手法把形象抽象化,把焦点放在某些特定的细节上,通过对形象的简化,得到一个形象的核心意义,达到现实主义无法达到的效果。一般来说,卡通化的人物形象形态简练概括、结构明了;表情夸张、人物性格化、神态生动活泼,惹人喜爱。美国著名的 Joe Cartoon 公司、JibJab Media 公司、韩国的流氓兔系列、流浪狗系列、国内拾荒的小破孩系列、中国台湾地区春水堂的阿贵系列、香港地区 Showgood 公司的《大话三国》系列就是采用这种风格。但是新媒体动漫的图像化追求有新的表征,最主要的就是追求图像本身当下的审美冲击力,有着一种直指人心的本质张力。正是这种直指人心的本质的张力,使得新媒体动漫的审美意象——与当下纯粹感性的图像审美有着本质的不同,它非简单的纯粹的娱乐与搞笑,并非纯粹卖弄与夸张,而是在审美主客体交流互动的过程中,给人一种彼此心领神会的理解和关照。比如,用于网络交流的 QQ 动画,并非只在于图像本身的夸张、搞笑、有趣,不关注其他的方面,而是交流的语境中衍生出来的心灵的共鸣。比如韩国的流氓兔系列,流浪狗系列并不只是以画风细腻、细节动作非常到位见长,离开了动画图像本身所具有的直指人心的契合与幽默,画面效果再怎么漂亮,也不会深受人们喜爱的。

三、新媒体动漫艺术的深层意蕴

21 世纪是信息时代,更是图像时代或读图时代。所谓图像(图形),是指包括由真实人文场景合成的影视、摄像和虚拟的或人为绘制的各种图标、动画、电子游戏等图画作品。随着传播史的演进,这些视觉符号文本成为大众文化的强势形态,图像开始取代文字而处于中心地位。相比之下,传统的单纯从文字中获取信息的形式受到从图形中获取信息形式的挑战而逐渐边缘化。"图像"正以最快的生产速度,最大的信息量,最直接的方式渗透生活,影响和改变着我们的学习、工作、生活乃至思维方式和价值观念。对此,美国学者米歇尔在《图像

---

① 《浅谈数位时代的新美学观》,[EB/OL] http://static. chinavisual. com/storage/contents/ 2002/01/08/1210T20020108001251_1. shtml

转向》一文中断言："文化脱离了以语言为中心的理性主义形态,日益转向以形象为中心,特别是以影像为中心的感性主义形态。视觉文化,不但标志着一种文化形态的转变和形成,而且意味着人类思维范式的一种转换。"图本的崛起改造着文字塑造的经典世界,冲击着文化的旧有阵地,造就了沉迷于新媒体动漫的"读图一代"。它是现代审美的必然要求,也体现了后现代文化对于知识的一种解构、对主流价值观念的一种颠覆、对主体自我的一种肯定。

新媒体动漫艺术追求快感,反对解释正是图像时代审美的主要特征。苏珊·桑塔格主张用感官而非释义去感受文本,获得快感。弗里德罩克·杰姆逊有关"快感"的理论称,快感更具有某种当下的宣泄解放作用,使人们的审美经验得以从地位、政治、经济等因素中挣脱出来,而以感官为唯一标准,用来体验、调剂生活。新媒体动漫类型,如 QQ 动画、FLASH 动画、网络漫画等,受众不需理解,不需要进行深层次的思考、解读与阐释,只需"high"与"爽"就可以。新媒体动漫艺术的崛起是现代商业社会发展的必然,它从某种意义上说,广泛地缓解了社会人与人关系冷漠、隔阂的深层焦虑,消解了处于中心地位的主流价值观念,在某种程度上摆脱了释义与解释的重负,从轻松的感性层面冲淡了沉重的理性思维,较文字更能愉悦受众的感官,获得快感。

新媒体动漫还含有大量的表情语言、体态语言、装饰语言等,传递着文字符号无法言说的信息,以其真实感、具象性、现场感、视觉冲击力影响着现代的新新人类。正是视觉影像文化的成熟催生了动漫,以其肆意的想象和大众化的形式而成为视觉文化的核心文本,引起不同文化差异的人们对艺术共同的认识,由原先的边缘文化逐渐变成产业社会中的主流文化的重要组成部分。动漫成为视觉文化的描述话语,一个逐渐生成的巨大代码。作为视觉文化构成的内部元素,动漫则当仁不让地成为其重要表征和现时潮流的文化表征。同时,它还在自身发展之余,对整个视觉文化进行改造和催生,制造出强烈的视觉快感和视觉冲击,不断增加着视觉文化的丰富性和生动感。

当然,新媒体动漫在审美追求的当下性体验之余,其本质乃是存在一个由"感性"到"诗性"的无意识追求。席勒在《美育书简》中提出,只有游戏才是完整的人,只有完整的人才有游戏的观点,旨在人的本质全面提升,人的心灵的解放。伽达默尔也认为"游戏"表现了一种秩序,正是在这种秩序里,游戏活动的往返重复出自自身一样展现出来。属于游戏的活动不仅没有目的和意图,而且也没有紧张性。它好像是从自身出发而进行的。游戏的轻松性在主观上是作为解脱而被感受的。① 新媒体的开放性和共享性使其成为一个没有空间界限的场域,在这个无形气场之中,所有的审美接受者也可以是审美创造者,所有的审美创造者当然也可以是审美接受者,而传统动漫的话语权实际上是非常有限的。当新媒体成为动漫的媒介之后,情况发生了明显的变化,话语权力重新分配,作者和读者、评论者同时享有平等的机会,新媒体动漫在创作、传播、接受等方面已经产生了很大的变化。在开放性的新媒体中,动漫艺术并不只是着意承担对社会生活和人生价值的思考,也不仅仅着眼于图像的感性冲动,而是在感性中追求一种本质的审美自由、一种平等、自在与轻松,一种无处不在的游戏感。新媒体动漫不过是动漫艺术创作者日常生活的一部分,这便使新媒体动漫从追求崇高的精神意蕴中解放,而转化为一场民间形式的狂欢,并在狂欢之中达到了一种前所未有的诗性自由。

---

① 伽达默尔:《真理与方法(上卷)》,洪汉鼎译,上海译文出版社 1999 年版,译者序第 4 - 6 页。

第六章

产业化语境下艺术创作的美学规制

艺术本身是一个不断发展的概念,也是一个涵盖面非常广的词汇。按照传统的关于艺术是美的分类标准,艺术主要有绘画、雕塑、建筑、舞蹈、音乐、戏剧、电影等八大类型。而设计艺术是实用性的艺术,是在艺术的发展中从绘画(美术)中分离出来的艺术形式。我们这里主要选取最具有产业特性的设计艺术和相对距离产业较远的美术为范例,进行梳理和分析,以期得到有益的启示。

第一节　产业化语境下设计艺术创作的状况

设计艺术是产业化进程中规模最大,发展最快,变化也相对较快的艺术产业类型之一。因为从现象上来看,设计艺术是与社会生产联系最为紧密的艺术类型,也是与千家万户的日常生活联系最为紧密的艺术类型。设计艺术遍布社会生产的每个领域,也遍布人类生活的各个领域,蔚为壮观:只要人类有沟通的需要,就会有信息传播,就会有视觉传达设计;只要人类想要更好的沟通,就自然而然诞生了数字媒体艺术;只要人类要劳动生产,就要有工业设计;只要有商品的买卖竞争,消费者有商品需求,就会有广告设计;只要人们想安居乐业,就会有房屋空间的设计,就会有环境设计的要求;对人类生活有更高的要求,则自然就会诞生景观设计;只要人类想改善工作环境、提高生活质量,就会有装饰设计的期盼;只要有产品消费,就会有产品设计的需求;只要有人的爱美之心的存在,就会有服装设计等要求的出现……从本质上讲,设计艺术与人类的生产一起出现,与人类的生活紧密相连,从人类第一件生产工具开始,就有了设计艺术的出现,设计关乎人们的生存质量和生活品质!正是因为设计艺术紧密关联到人类的生产生活,所以本质上设计艺术就会有产业化的内在要求,又因为关乎生产,也关乎消费,设计艺术就必然有产业化的动力。在消费社会,设计成为日常生活审美化和审美日常生活化的关键环节。日常生活审美化的实践途径之一就是通过精心的设计而得以实现,而审美日常生活化也是强调设计于细微处实现审美的提升与超越。

产业化语境下设计艺术创作总体状况上具有如下特点。

一是涵盖面广,涉及人们的社会生产与日常生活,方方面面,无所不包。

随着社会生产力的大发展,大解放,设计艺术在人们的生产与生活中占有重要的地位。从衣食住行,到个人包装;从个人生活,到社会生产;从家庭住所,到大型会展,几乎无所不包,样样涉及。首先人要吃饭穿衣满足基本的需求,所以就要有工业设计;吃饭不仅要吃饱,还要吃好,所以要有美食,吃什么,用什么餐具,在什么环境吃,菜品的搭配,既要有营养,还要有美感,这就涉及产品设计、环境设计,视觉传达设计等内容。作为生命个体的人,本身的形体要型塑,要包装,所穿的服装不仅仅用来保暖,而且主要用于美观,要穿出气质、穿出风度,所以有服装设计。人生活在世界上,要使用各种各样的东西,要考虑到产品本身的好用不好用,美观不美观,所以就会有产品设计的出现;人除了使用产品以外,还有交往的需求。人与人之间需要交往,交往要有所凭依,所以要有礼品,礼品而且还要体现身份、衬托地位,交流情感,所以礼品需要包装,所以有包装设计;产品要好用,适用,所以有产品设计;居住的房子要舒适,美观,所以要有环境设计;个人和集体信息传达要通畅,要对路,要引起人们的注意,所以有视觉传达设计……当现代化社会到来之际,人们对生产效率的高效追求,对生活品质的高度追求,自然而然地就会有设计的需求。设计艺术对人类生产生活的影响,本质上概况两个方面:一方面通过推进人类生产工具的改善来提高生产效率;另一方面,通过推动生活工具的改变来改善人类的生活品质。也正是因为人们的生产生活的各种需求,尤其是在产业化的进程中,设计艺术迎来了发展的春天。

二是从事设计艺术的生产企业众多,从事设计的人员众多,设计艺术创作与生产的总体数量可谓海量,难以计算。

正是因为在当代社会中,人们的生活离不开设计艺术,社会的生产离不开设计艺术,所以设计艺术的创作和生产的数量不计其数,难以统计。这里我们引用装饰行业从业人员和广告行业从业人员的数据就能够充分证明。根据《中国建筑装饰行业"十二五"发展目标》数据,"预计到2015年,行业从业总数力争达到1800万人,比2010年增加300万人,增幅为20%;设计师队伍人员总数争取达到120万人,比2010年增加40万人;中高级设计师总数争取达到12万人,比 2010 年增加 7 万人;高级设计师争取达到 1 万人。"①并且随着我国建筑行业的更新换代,对装饰设计专门人才的需求会更大。另外,根据 2012 年国家《广告产业发展"十二五"规划》的权威数据:"预计到 2015 年全国要形成年广告营业额超过 50 亿元的大型广告骨干企业 10 户以上,年广告营业额超过 10 亿元的广告企业 50 户以上,年广告营业额超过亿元的广告企业 100 户以上,建成 15 个以上国家广告产业园区。目前全国广告公司数量达 24.3 万户,从业人员 148 万人,2010 年全国广告经营额为 2340.5 亿元。"②随着产业化的深入,商品经济的发展,信息爆炸时代的到来,广告在人们生产生活中的作用越来越重要。这两个行业供需人员数据,只占整个设计艺术行业的一小部分,但是他们的从业人员已经非常可观。以 2010 年广告经营总收入为范例,可以推论广告设计整个行业所创作和生产的广告作品数量及其产生的价值也算一个不小的数字了,更遑论整个设计艺术行业的从业人员数量,以及整个行业所创作和生产的设计艺术作品的数量及其产生的价值。

三是设计艺术创作和生产的作品产生的经济效益和社会效益巨大,在国民经济中占有重要的地位。

设计艺术创作和生产涉及人们生活与生产的方方面面,对整个社会的每一个生命个体都会产生较大的影响。设计艺术创作和生产的整体产值在国民经济中占有重要的地位。以环境设计找到装饰设计艺术为例,其生产总值只占整个房地产行业的百分之五,但是其创造的经济效益和社会效益非常巨大。据权威数据统计,按照建筑装饰工程量来统计计算,这个领域每年可为国家创造至少一万四千亿元的巨额财富。整个行业可以为全社会提供 13000 万个就业岗位。目前这个行业的专业化设计队伍中,仅从事室内设计的专业设计师就超过了 60 万人。来自 2010 年的统计数据显示,2010 年我国建筑工程生产总值达到了两万一千亿元,其中公共建筑装饰生产值达到了八千亿元,私人住宅室内装饰生产总值达到了一万三千亿元。随着社会的发展,我国城市化建设的纵深推进,人们对整个环境的质量要求也不断地提高,城市绿化和景观设计需求量大大增加。截至 2012 年,仅我国地产环境景观设计的市场规模总值就达到了 2000 多亿元,成为带动国民经济生产的一个重要引擎。产业化以来,我国公共建筑室内装饰和私人住宅室内装饰已经成为我国经济发展的一个重要增长点,也成为我国居民消费的一个新的热点。装饰设计艺术的大发展是我国人民生

---

① 《中国建筑装饰行业"十二五"发展规划纲要(讨论稿)》,《石材》,2011 - 01 - 05。
② 《广告产业发展"十二五"规划》,2012 年。

活水平提高,生活质量改善的一个重要标志。① 这些数据从一个侧面充分地证明了设计艺术产值巨大,已经创造了巨大的经济效益和社会效益,在国民经济中占有重要的地位,对人们的日常生产和生活影响深远。

四是设计艺术是一门多样性、复杂性、综合性等特性兼具的艺术。

由于设计艺术包含了众多的艺术门类,以国家教育部本科教学目录为例,设计学乃艺术门类下的一级学科,而这个一级学科下面有环境设计、视觉传达设计、数字媒体艺术、产品设计、服装设计艺术等数量众多的二级学科门类。而每个二级学科又涵盖着多种的设计艺术小门类。比如,环境设计就包括室内设计和室外景观设计。室内设计又可以分为家装和公装两个大的门类。产品设计下面更是举不胜举了。清华大学美术学院(原中央工艺美术学院)的设计学科门类也非常齐全,下有二级学科十多个。而以设计艺术特色闻名的山东工艺美术学院的学科分类设置下有 20 多个门类。由此也可见设计艺术的多样性特点。

设计艺术的复杂性体现在几个方面:一是其创作与生产的内容本身涉及面广,大到国民经济的生产,小到市井小民的生活,牵扯到方方面面的问题;二是其创作和生产的人员相对复杂。既有受过专业训练的高级设计人员,也有毫无艺术修养的农民工;三是设计艺术创作和生产的产品其最后认定的标准也相对复杂,难以有一个统一的标准答案,难以划定一个统一的尺度;四是,设计艺术创作和生产在具体的创作过程中会面临很多突发性、技术性等问题;五是创作与生产的过程非一次完成,常常要经历数次的修改,最后综合而成。

设计艺术的综合性,主要体现在设计艺术表现手段非常丰富,一切艺术手法都可以为其所用。设计艺术的综合性还体现在其本身就蕴含着其他艺术门类的东西,设计艺术的创作涉及艺术中的很多门类。比如,广告设计中,广告文案要写好,必须有很强的文学功底,广告策划要做好,必须有非常好的视觉传达设计能力。在数字化语境中的当今时代,还必须能够灵活运用各种数字媒体设计技术。并且,这些门类在产业化发展的今天,有相互融合,相互越界的趋势。比如,广告设计中就必须用到数字媒体艺术;而数字媒体艺术的一个主要服务对象就是广告虚拟展示。环境设计艺术中也经常用到数字媒体艺术,比如环境设计的推广、景观设计的虚拟展示,等等。

五是设计艺术的创作制约性很强,限制性较大。

①　中国室内装饰协会:《室内装饰业"十二五"打造新型服务体系》,《中国工业报》,2011 - 10 - 12。

　　传统的纯艺术,主要是按照创作者(如画家、音乐家)的主观意志进行,所受到的制约性较小。创作者可以根据自我的兴趣爱好,审美习惯去自由自在地表现。传统的艺术创作不是说没有限制,它们的限制不在创作者本身,主要是创作工具上的差异。而这些对整个作品的质量没有大的影响。传统艺术的作品质量关键在于创作者本身的艺术水准、艺术修养、艺术境界、艺术灵感。设计艺术的创作其制约性体现在其不是一门纯粹的艺术,而是一门实用艺术。从设计艺术的创作和生产的服务对象看,是直接面对消费者,这样的创作肯定要受到消费者的影响。消费者的兴趣、爱好、情绪、审美趣味、生活习惯、教育程度、经济基础等都会对创作和生产形成制约。从设计艺术的目的看,设计艺术创作和生产最终是为了企业获得经济效益,产生生产利润。所以设计艺术的创作与生产肯定要受到公司利益的牵制;从设计艺术的创作与生产的过程看,面临很多技术性、社会性问题,包括材料的选择,价格的配置,生态环保的保障等技术性、社会性问题,所受到的各种外部环境掣肘和上下游各种不确定因素的制约也相对较多。比如,同样一个小区,同样的居室户型居室面积,同样的设计师,在面对室内设计方案时,因为不同的消费者,因其创作的要求就千差万别,创作结果也就会有很大的差异。

　　总之,设计艺术是一门与人类密切相连的艺术形式,也是与人类的生产生活环境紧密相连的一门艺术,所以在具体设计艺术创作过程中,必须要考虑到产品的消费对象,产品的使用材料,产品的服务功能,最终综合考虑,权衡其所采用的艺术形式。从服务对象上看,设计艺术是面向消费者的一门艺术,牵涉到千家万户;从服务领域来看,设计艺术几乎无所不包,服务面极其广泛;从设计艺术创作过程来看,设计艺术又是一种集材料、技术、艺术于一体的综合艺术,还因为其涉及具体的施工,所以它又是一门与劳务和工程服务联系紧密,限制性特别强的综合艺术。[①] 与传统的纯粹的观赏性艺术和单项专业性表演艺术等传统艺术相比较,它更具有多样性、复杂性、综合性、制约性、限制性兼具的特点。

　　在设计艺术产业化大踏步发展的今天,设计艺术创作将走一条"专业化"创作与"集成化"发展的道路。设计艺术的"专业化"分工是其本身就具有的特点,从一开始就显现了它与传统的纯艺术创作的不同;在产业化发展的今天,设计艺术的"专业化"又和"规模化"生产结合在一起,走在了"集成化"的发展路

---

　　① 中国室内装饰协会:《室内装饰业"十二五"打造新型服务体系》,《中国工业报》,2011 - 10 - 12。

上,并将发挥越来越重要的作用。这也是设计艺术创作和生产在产业化语境下的一个发展趋势。因为"专业化"的设计分工是"集成化"设计综合的基础,没有专业化的创作为前提,集成化生产就是空中楼阁。同时,也只有高水平的"专业化"分工设计创作,才能保证有高质量的设计原创作品,才能有高效率设计综合方案,才会有高信誉的"集成化"的设计艺术生产,也才能真正实现整个行业由创作从单纯地追求"量"的积累进步到追求设计创作"质"的提升;设计艺术创作和生产由追求"粗放式"到追求"精细化"的转变,我国的设计艺术产业才能真正做到由设计产业之"大"到设计产业之"强"的产业转型。①

第二节 产业化语境下设计艺术创作的审美特征

设计艺术本就是伴随着市场经济发展起来的一门艺术,尤其是在商品化、产业化语境下壮大起来的一门艺术。它的审美具有区别于传统艺术的本质特征,我们删繁化简,具体概况为以下几点。

(一)功能的主导性

设计艺术与传统的绘画、舞蹈、音乐、诗歌、戏剧等纯艺术相比,最为明显的区别就是它的功能性是占主导地位的。设计艺术首先要强调的是功能主义,而非形式主义。

首先,从设计的起源来看,最早的设计艺术作品都是在生活当中产生的,其目的就是为了满足人们生活当中的实用功能。比如石器这样人类最早的产品设计,就是原始人类为了满足自己的饥饱问题,才发明了石镰来割谷穗,发明了用燧石做成的短剑等工具以捕到猎物。再比如,广告设计的出现,是企业为了让更多的人了解自己的企业及其产品,以获得更多的经济利益。而建筑的产生,也是人类希望自己能有个庇身之所。因此,与注重精神享受的传统的纯艺术不一样,设计艺术从一产生就打上了实用的烙印。

回顾一下人类的设计艺术史,我们也可以清晰地感受到功能性在设计艺术发展的历程中所起的推动作用。人们之所以用青铜器代替石器,是因为青铜成型更简单、使用更方便,劳动效率更高,而制作一件石器则要花费相当大的力气;人类之所以从青铜器时代进入到铁器时代,则是因为铁器比青铜器更为结

---

① 中国室内装饰协会:《室内装饰业"十二五"打造新型服务体系》,《中国工业报》,2011 - 10 - 12。

实好用,生产效率大大提高。人类希望自己能够生产出更多更好的消费产品,由此发明了机器,使得人类从手工艺时代进入到了工业化时代、信息化时代。人类希望自己不要一到晚上就陷入黑暗,由此发明了油灯,接着又发明了电灯……凡此种种,人类的实用需求是设计不断推陈出新的内在动力。

实用功能在生产力水平不发达的时代尤其显得重要。在《墨子》中有这样一个故事,公输子削竹为鸟,"成而飞之,三日不下",他自以为是"至巧"。墨子批评公输子说,削竹为鸟不如削竹为车,做一部小车可以负重五十石,这才是巧。因此墨子的观点就是:有用的为巧,无用的为拙。这其实代表着当时很多人的看法。

到了工业社会,随着生产规模的扩大,人们对商品有了更多的选择权,也更加注重设计品附加值的部分。但这决不说明功能性就不重要了。人们会不会购买某个商品最终还是取决于该商品能不能满足消费者某方面的需要。其余的任何形式,美的层面都奠定在这一基础上。尤其是产业化语境下,企业更要考虑到生产的扩大化,关注企业生产的经济效益,所以更注重在功能性层面帮助消费者解决问题。

因此,设计艺术作品的创作者在创作的过程中,一方面要遵从自己的创意,但另一方面更要考虑到消费者的需求。创作者必须要知道所创作的作品面对的受众是谁,这类消费者对该商品有什么特别的要求,将达到什么效果。企业生产的设计艺术作品越能满足消费者各个方面的需求,从某种意义上讲,其功能性越强,就越能受到消费者的青睐。

(二)实用性、技术性、艺术性与经济性的有机融合

在产业化语境下的设计艺术,实用性、技术性、艺术性与经济性这些特征是有机融合在一起的。首先,设计是以实用功能为主导的,这是设计艺术的中心点。没有这个基础,设计艺术的其他属性就无从谈起。比如,一个设计最美丽的水壶,若是没有装水的基本功能,那么其他的属性就无法最终实现。

技术性是指设计艺术往往在实践过程中需要依靠一定的技术手段来实现。这是设计艺术创作和生产的必经环节。有的设计艺术作品创意很好,具有很高超的艺术特性,但是没有考虑到基本的技术要求,导致当下社会的技术水平、技术条件下无法实现,或者实现成本很高,没有实现的价值。还要考虑当下设计有没有新的材料、工具和技术手法出现,对设计有何影响等。科学技术的发展水平对设计具有非常重要的推动作用。当今时代,计算机技术、互联网、移动通信技术、激光照片技术、高保真复制技术、计算机模拟技术、数字化特效技术等现代科技对设计艺术创作和生产已经产生了深远的影响。比如,设计艺术门类

中的数字媒体艺术本身就是现代科技出现之后工艺美术随着时代变革的产物。尤其是在产业化语境下，科技的力量往往会在设计艺术的创作和生产中起到惊人的作用。

设计艺术的艺术性即指设计作品要具有艺术感，必须要考虑使用什么样的艺术形式，运用什么样的艺术表现手法。在设计过程中，我们要让作品拥有好的形式感，会使用到其他艺术门类的借用、结构、装饰、参照、创造等不同的艺术手法。设计艺术的经济性是指设计艺术创作和生产要牵涉的消费对象、成本核算，创造的经济价值、回收的投资利润等很多利于设计艺术的再创作和扩大再生产的问题。这样，设计就不单纯是一个艺术问题，只是从设计创作者本身的角度思考，还需要面对消费者的问题。设计还要考虑用什么样的材料、运用什么方式实现，设计成本才会比较低，且能创造出更高的附加价值，受到消费者的欢迎，进而为企业创造更多的利润，相对也促进国家经济水平的发展。而且，有的设计，如企业形象设计，本身既是设计创作的结果，又是今后作为企业经济综合体的管理手段。这就是设计艺术的经济性。并且，在当代社会，还出现了"优良设计""绿色设计"等设计流派，与其说这是设计师进行创作的责任性的表达，不如说这是设计师们为了企业更好的发展而必须进行思考的内在追求，因为只有这样，企业生产的产品才会让更多的消费者青睐，才会有消费者买单，才能收回设计成本，产生效益，赢得利润。

（三）"以人为本"的宜人性

设计的根本目的是人，正如英国的设计理论家罗斯金说，工业品装饰设计艺术，"它的任务是要使美在人民生产生活中产生真正的效益，使自己的人民变得美好，使自己的国家变得光明"。设计的目的就是为了提高人的生活质量，提高生产效率，让人们的生活越来越美好，越来越舒适宜人。所设计创作的作品必须为人们易于接受，而且乐于接受，最终打动消费者，产生消费认同。所以设计艺术创作与生产必须考虑消费群体的生理、心理特性，设计与生产的产品必须与消费者相适宜，使消费者感到舒适、愉悦，这样的设计才能被称为"宜人性设计"。宜人性的设计思想是与"人性化"设计思想一脉相承的。人性化的根本就是强调设计要把人的因素放在首位，要尊重人的自然需要和社会需要，强调人文关怀，并且注重人类、自然、社会的可持续发展。

宜人性设计对设计的技术美学、人机工程学、生理学、心理学等方面提出了较高的要求。在设计时，不仅要考虑到设计作品的美学问题，还要考虑到人和机器之间的和谐共存问题。比如，人在操作机器时是否在合理操作范围之内，是否在操作过程中会觉得容易劳累，机器上的仪表图示是否清晰易读。此外，人们在某个环境生活或工作时,是否感到心情愉悦,等等。

产业化语境下,宜人性正越来越受到设计师们的重视,创作的设计作品更注重宜人性的选择。比如消费者市场的细分。设计师们比以前更加重视研究不同性别、不同年龄段、不同收入、不同教育程度、不同个性的消费者、不同审美趣味的消费者对产品的不同要求,并进而设计出满足不同消费者群的产品。

(四)设计艺术门类技术标准的日趋统一性

工业化大生产以来,人类社会生产和生活领域发生了翻天覆地的变化。社会生产由以前分散的、个体性的单独全面完成工作方式走向集中的、流水线式的分工合作大生产方式。大生产的分工合作必然要求每个工序的技术标准。所以,技术标准的出现就是设计和生产主动适应时代要求的结果。技术标准是指工业化大生产语境下社会生产需要协调统一的技术性标准。因为只有标准化的统一才能实现全球化资源的配置,实现全球化的社会生产分工合作最后能够统一,才能实现全球化大生产的最终实现。技术标准包括基础技术标准、产品标准、工艺标准、检测试验方法标准及安全、卫生、环保标准等众多因素。① 在当今我国设计艺术产业化创作与生产的语境下,设计艺术门类技术标准化的日趋统一是其发展趋势。因为设计艺术门类的技术标准化是设计艺术在更高层面上对设计创作提出的要求,技术标准化可以使得工艺水平更加稳定,可以使产品的质量有更好的保证,可以提高产品的安全性,可以让产品更加具有通用性,也使得产品更具有可靠性,最终达到提高创作和生产的效率,并能够节省资源与能源、更好地保护生态环境,从而为设计艺术生产企业获得巨大的社会效益和经济效益。

技术标准化是在人类工业革命以后才提出来的,也是追求生产效率,提高生产水平,保障产品质量的时代要求。20 世纪 30 年代,在美国制造体系的影响下,在贝伦斯等一批设计师的带动下,产品的标准化制造逐渐发展并最终确立下来。到现在,技术标准化已经成为工业产品设计创作和制造的通行准则。而且,随着全球化时代的到来,经济贸易国际化推进,全球化的技术标准也日趋统一。迄今为止,全球已经有包括我国在内的 151 个 WTO 成员方,WTO 为了更好地推进经济全球化,贸易全球化,对各成员方生产提出的基本要求就是按照国际技术标准的严格要求来制定每个成员方自己的技术标准,即各个成员方的技术标准不得与国际技术标准相悖。

---

① 刘东元:《以项目管理国际化带动管理提升》,《施工企业管理》,2013 年第 7 期,第 113 - 115 页。

同时,随着世界经济全球化、一体化的推进,世界各个区域经济体的也开始形成经济共同体。这样发展的结果就是区域化性的技术标准化也提上日程。目前,有些区域已成立标准化组织,如欧洲标准化委员会(CEN,标准代号 EN)、太平洋地区标准大会(PASC)、泛美技术标准委员会(COPANT,其地区标准代号为 PAS)、非洲地区标准化组织(ARSO,其地区标准代号为 ARS)等,这些地域标准化组织对区域性生产标准的制定和推广起到了十分重要的作用。当然这些区域性的技术标准构成了全球性技术标准的重要组成部分,并且与全球技术标准不能相矛盾相冲突。技术标准对产业化语境下设计艺术创作的美学规制起着非常重要的作用。①

门类技术标准的日趋统一性是工业发展和经济贸易国际化的必然结果,它对设计产生了重大影响。在标准化和消费者需求的多样化之间寻找到一个绝佳的平衡点,是设计师们一直在努力的方向。

(五)引领时代潮流的创新性

创新,就是突破、变革、创造,就是打破旧的思维模式,开拓新的思维空间,不断推陈出新,创造出新的设计成果。恩格斯曾说:"人类的思维,是'人类最美的花朵'。创新,正是这美丽花朵结下最丰硕、最珍贵的果实。"由此可见创新性思维的重要性。作为要创造出新作品的设计艺术,创新性无疑是它必须要遵守的重要原则之一。

我们可以通过不同的方式达到创新的目的。其中技术性创新就是一种重要的方式。所谓技术性创新就是在设计作品中使用超越以前技术水平的新技术。在这方面最具代表的是电子产品,比如电脑。在摩尔定律的指导下,intel 处理器的频率从 66MHz 到 166MHz 花了 4 年时间,从 233MHz 到 500MHz 花了 2 年时间,从 500MHz 到 1GHz 只花了 1 年的时间,再到 2GHz 也只花了一年的时间,从 2GHz 到 3GHz 也是一年,苹果手机更是推陈出新……在这样一个过程中,消费者不得不在 2 - 3 年之后就重新去购买一台电脑、手机,或者一个新的必需品,原因在于觉得自己所使用的产品的功能已经跟不上时代了。

另外,生活方式和随之不断改变的审美品位也在推动着设计的创新。在 18世纪的法国,贵族们无所事事,从王宫开始,贵族女性的审美趣味开始占据主导,并开始在上层社会中流行。作品的造型纤巧,装饰烦琐,色彩娇艳。21 世纪,人类早已进入工业社会,紧张充实的现代生活使得人们更崇尚设计的功能主义和理性主义风格。造型简洁大方、现代感强的物品更加受到大众的青睐。

---

① 北京中小企业网,[EB/OL]http://www.bjsme.gov

除此之外,流行的周期性也刺激着设计师不断从事创新性的设计。这在服饰设计方面表现得尤为明显。服饰的款式、颜色在设计师的手下不断变化、翻新,设计师们在创造着新的流行方向,也引导着时代潮流。

因为设计艺术涉及众多艺术门类,涉及面非常广,我们在下面将化繁为简,选择包装设计艺术和景观设计艺术为代表,对其美学规制加以分析与阐释。

第三节　图像时代我国包装设计的美学规制

海德格尔在 20 世纪 30 年代即宣称:"我们正在进入一个世界图像的时代……世界图像并非意指一幅关于世界的图像,而是指世界被把握为图像了。"①美国学者丹尼尔·贝尔认为:"目前居'统治'地位的是视觉观念。声音和景象,尤其是后者组织了美学,统率了观众。在一个大众社会里,这几乎是不可避免的。……我相信,当代文化正在变成一种视觉文化,而不是一种印刷文化,这是千真万确的事实。"②这意味着世界已经进入了图像时代! 尤其是在全球化时代,设计与生产专业化,创作和生产的作品销售的全球化,更促进了图像的发展和繁荣,因为相对来讲,"图像"比"文字"更能够有利于信息的传播,也更容易为消费者接受。在图像时代,与商业生产紧密相连,与商品形象形影相随的包装设计发生了巨大的变化,呈现出区别于以往时代的美学新质。所以,从某种意义上讲,图像时代的包装设计也是产业化语境下对包装设计提出的新的美学要求,也是产业化语境下包装设计要适应时代发展所提出的新的美学规制。

一

在前图像时代,商品的功能要素——即使用价值居于包装设计的中心地位,商品对象的使用价值是着重要突出和彰显的主体,其他的美学价值则成为功能因素的附件。而在图像时代,商品对象的使用价值被边缘化,商品对象的功能要素隐退至二线,而以前处于设计边缘地位的形象价值(图像价值或者说符号价值)脱颖而出成为包装设计关注的焦点,突出商品的图像符号价值成为设计的中心话题,商品的视觉性图像符号成为包装设计首先要考虑的重要问题。不论图像时代具体商品的包装设计差异有多大,但在突出其视觉性的图像

---

① 海德格尔:《林中路》,孙周兴译,上海译文出版社 2004 年版,第 91 页。
② 丹尼尔·贝尔:《资本主义文化矛盾》,赵一凡等译,三联书店 1989 年版,第 156 页。

符号价值这一美学特点上都有着共同点。

在产品设计和销售过程中,很多产品就是通过其格外诱人的外观包装的形象符号(图像符号)而取得了"一鸣惊人"的知名效果,其销售业绩也自然就"一飞冲天"。比如,美国一家公司生产的"红樱桃"丝绸包装袋上就绣着东方女子的图案,并且用文字标明,"红樱桃粉颊留香,樱桃小口,东方美人的风采"。它既是包装又是一只时髦的艺术手提袋,因而该公司销售的"红樱桃"很快在市场上被抢购一空。沪产的"上海老酒"一改面孔,采用富含上海人文特色的石库门图案作为外包装设计,一炮打响;沪产某品牌盒装巧克力,每一块上印制了不同的上海名胜,成为走俏的旅游商品。①

前图像时代,文字成为主要的表达工具,图像只是辅助工具。所以,在文字印刷时代的广告宣传中,我们往往会看到对一个对象的长篇累牍的文字说明,图像只是文字的附件。而在图像时代的广告设计中,图像成为主题,文字则成为图像的附件。也只有"图像"才能让对象在众多竞争者中脱颖而出,成为众人瞩目的焦点。

中国的旅游风景名胜向来以独特著称于世。著名的风景旅游胜地张家界,位于湖南省西北边陲。因岩溶地貌发达,形成了奇峰林立、磊时崾崎、溪谷纵横与石灰岩洞的奇景。但1978年以前,张家界还是一个名不见经传的林场,要在众多名扬四海的旅游风景名胜前辈面前脱颖而出其困难可以想见。为此,张家界特意请来了新华社记者杨飞、著名画家吴冠中、著名文学家沈从文、著名画家黄永玉、著名摄影家陈复礼等名人,他们拍摄的许多精美的图片,写作的推荐文章让张家界闻名四海。张家界申遗成功以后,包装策划大师叶文智策划的"穿越天门,奔向21世纪"的张家界世界特技飞行大奖赛"驾机穿越天门"、张同生策划的世界著名"蜘蛛人"法国的阿兰·罗伯特成功攀沿"天门洞"等一系列包装"影像"让张家界始终成为世界媒体影像镜头的焦点,一举成为世界顶尖旅游热点:第一个国家森林公园、世界自然遗产、世界地质公园、国家重点风景名胜区、国家5A级旅游区、年接待国内外游客1000多万人次的世界顶尖级旅游风景区。②

即使是传统的文字书籍设计,在图像时代也要运用图像符号的形式加以表现。在图像时代的书籍出版中,影像类图书成为出版的热点之一,一些原来发

---

① 楮飞虹:《从食品包装看中外视觉文化的不同》,南京师范大学视觉文化网,[EB/OL]http://www.fromeyes.cn/Article_Show.asp? ArticleID=572

② 陈美林:《改革开放30年与张家界走向世界新闻发布辞》,《张家界日报》,2008-09-08。

行较好的文字图书重新设计为影像图书从而受到了读者的青睐,图像符号的视觉性效果成为一本书籍、一个刊物发行量的基础。比如,在出版界引起强烈反响的《一个人的战争》"新视像读本":"现在是第八个版本⋯⋯这一次是诗人叶匡政的设计。他在电话里告诉我每一页都做了设计,封面是上层烫银的,画是李津的⋯⋯叶匡政说,李津的画似乎是专门为《一个人的战争》画的;《一个人的战争》也好像是为李津而写作,这话我并不相信。但是看到最后,发现此言实在有几分道理。"这本"新视像读本"全文 238 页,配有图画 212 幅(有少许重复)。用策划者叶匡政的话来说:"几乎每一页都做了设计"。①

《一个人的战争》在发行了 7 版之后,为何又隆重推出第 8 版"新视像读本",这一版与以前各版差异何在? 显然,第 8 版与前 7 版的区别就在于画家李津画的那 200 多幅图画。新版吸引读者的正是这些"图像"。"图像时代"图文书的真正"卖点"不再是原有的书面文字,而在于那些精心设计的新奇、精美、富有视觉冲击力的"图像"。吉林出版社推出规模宏大的"图说天下"系列图书,获得了市场的追捧,也证明了这个道理。在诸如此类的"新版"图文书中,"图像"逐渐占据了主导地位,"文字"反倒沦为配角。这种状况标示着传统的文字占据主导地位的文化已发生了深刻变化。任何读物,倘使缺少图像,便会失去了对读者的诱惑力和视觉冲击力。这正是"图像时代"的书籍设计包装的新法则,图像对眼球的吸引力形成了书籍设计中的一种独特的法门。

总之,我们可以看到从规模宏大的城市规划到小家碧玉的家居装饰,从繁华热闹的商业步行街到琳琅满目应接不暇的百货商场,从车水马龙的城市大街到人来人往的社区小道,从魅力四射的咖啡厅到灯红酒绿的酒吧,从热闹非凡的餐饮店到优雅宁静的书屋,从林林总总的印刷出版到大放异彩的电子媒体,从光彩夺目的户外广告到普通常用的生活用品,"景象"已经成为一种普遍的文化景观。当然,我们这里所讨论的对象使用价值不是说不用考虑,而是退居于次要的位置。即使是对象的使用价值要强调,也要以"图像"的形式得以表达,否则就可能为人们所忽略。

二

进一步分析和思考,我们发现图像时代的产业化语境中的包装设计其"图像"具有以下几个显著特点。

一是更强调图像表现的观赏性。这种观赏性主要以其平面化、直观性、即

---

① 林白:《一个人的战争》,北京十月文艺出版社 2004 年版,第 1 页。

时性为表征,其目的在于彰显自身,吸引大众眼球。平面化——即各种三维的立体之物在通过艺术处理后,往往以二维的、平面的状态呈现于公众面前,吸引大众眼球的同时,却失去了物本身原来的饱满度和纵深感;直观性——强调视觉符号的逼真、光艳,甚至夸张的姿态,各种媒介加以传播的这种图像符号剥夺了人们的想象空间,使各种讯息以赤裸裸的方式呈现在公众面前,接受者无需进行深入思索,只需睁大眼睛去看,支起耳朵去听;即时性——由于电讯、互联网的发展,遥远的距离被拉近,节奏因而加快了,各类资讯的更新呼啸而至,商品图像更新的步伐也因此接踵而至。总之,这种图像观赏性其目的只有一个,即突出商品图像符号的视觉冲击力,以吸引人们的眼球。

例如,著名品牌"可口可乐",在商品竞争的图像时代,公司也与时俱进地更改了原先的广告设计,由一般平面设计的文字形式改换为我们现在所看到的图像形式:曲线型的瓶身多少有着一种性感的诱惑,瓶贴上红色底色配上白色字体,字体以图像的形式得以夸张,色彩上给人一种热烈而又不失为稳重的感受,深褐色的饮料与瓶贴的色彩构成一种张力,以图显示饮料的一种深厚感。这一颇具视觉冲击力的图像性更新为后来的"可口可乐"风靡世界奠定了基础。在这里,图像的描绘突出了装饰的效果,吸引着人们的眼球,可口可乐依靠这一图像达成了商品促销的奇异效果。

二是图像能指的虚拟性。由于前图像时代的图像与现实一一对应,图像主要是文字的附属,图像就是现实世界的表征,注重图像与物象的相似性。图像的生产手法主要是表现,逼真的程度较低。而随着图像逐渐借助、依靠机械眼等现代技术加以生成,图像符号经历了这样一个渐变的过程:符号反映现实,符号掩盖现实,符号掩盖了现实的缺失,符号与任何现实无关。随着现代科学技术的发展,图像借助于机械眼等现代技术,扩大了人类视野范围,突破了视觉的时空局限,让我们不仅能看到"客观"的空间,还能看到"凝固"的时间。图像时代的图像最终走向了符号性、虚拟性,借用波德里亚的话语——成为"拟像"!图像的这种特征在现代包装设计得到了前所未有的强化。借助于技巧性策略取悦于观众,强调视觉图像的魅力和冲击力,都以脱离语境的内容变成转瞬即逝的信息流,"物"的表达被精心设计为"人"的陈述,创造一个虚拟的符号世界:充满着象征性,建构了一种新的意义。

比如,钻石作为一个实物,在广告包装的形象设计中,其图像不再仅仅是一颗石头,而被设计为一个虚拟的符号,充满着象征性,是爱情永恒的象征,建构了一种新的意义:买了钻石戒指就是对爱情永恒的表达与见证。

著名的品牌"万宝路",其包装和广告设计就是一个典型的"拟像":红色暗喻万宝路香味的浓烈；采用细长而优美的排列书写，中间的两个字母"L"和"b"的高度突然夸张起来，被设计成一支烟的图案，这样使得万宝路显得时髦而随意；一个类似英国皇家铠甲的装饰被用在烟名上面的空隙上，在铠甲上甚至还有两句荒唐自负的红袍恺撒的名言："我来了，我看见了，我赢了！"从而弥补了平淡无奇的温斯顿香烟设计所缺乏的优雅；以浑身散发粗犷、豪迈、浓厚的英雄气概的美国西部牛仔为品牌形象，突出和强调万宝路香烟的男子汉气概，这样李奥·贝纳通过对万宝路进行了全新的"变性手术"，创造的是一种生活方式，一种价值取向。吸引着这种价值观念、生活方式的烟民，所有喜爱、欣赏和追求这种气概的消费者。这一"拟像"奠定了万宝路香烟在全球消费者心目当中的地位，万宝路(Malboro)成为知名度最高和最具魅力的国际品牌之一。其销售也达到了一个奇迹：全球平均每分钟消费的万宝路香烟就达 100 万支之多！①

三是图像审美的随意性和前快乐。随意性乃是与前图像时代审美活动的正式性相区别。以前审美活动都有一个专门的固定场所，一道独特的"门"。美术馆、音乐厅、演奏厅、电影院……这些场所往往提示人们改变心理：从非审美转换为审美。但是图像时代包装设计的审美却呈现出审美的随意性，即没有一个专门的场所，也没有一道独特的"门"提示人们。今天人们在商业步行街看广告，在购物中心看商品包装，在家里看电视广告……图像时代把人们的注意力引离结构完善的、正式的观看场所，引向日常生活中的视觉经验中心。人们在日常生活之中就感受到这种设计景观，比如，在广告里可能经常会看到各种各样的经典图像，这个经典图像是广告用来达到宣传的目的，所以这些经典图像也常常被放置于各种各样的语境中，其审美的意义大为改观，审美主体的审美心理也具随意性：从日常心理转换到审美心理，或再从审美心理转换到日常心理，随时加以互换。

这种设计出来的图像引起的审美快感从某种意义上来说是一种前快乐，更多的是一种直接、单纯的快感，而非完全意义上的美感，这些图像要激发的就是"好看"的效果，创造人们"震惊"和"惊艳"的感受，使得观众陶醉于那些由众多画面叠连闪现的图像所造成的紧张和感官刺激，引发的是人对世界的占有欲和操纵欲，简言之，满足的是人的恋物癖和虐恋癖。审美活动是一种以追求独特的快乐为旨归的精神性活动。"审美的快乐是天国的快乐而非人间的快乐，"②

---

① ［EB/OL］http://hi. baidu. com/dangdangdi/blog/item/89e02454fd7972c2b645ae5e. html

② 滕守尧：《审美心理描述》，四川人民出版社 1998 年版，第 287 页。

其特殊性在于其乃一种摆脱了现实占有欲的非功利性的快乐,是"官能自己内部的愉悦",因而"在普遍性、持久性、强烈性方面,都比其他快乐高出一等。"①"审美快乐不仅来自视听等高级感官的感受,而且还要将这种感受一直贯穿到心理结构的各个不同层次(如情感、想象、理解),这种贯通性,会使整个意识活跃起来,多种心理因素发生自由的相互作用,产生出一种既轻松自由、又深沉博大的快乐体验";"审美的愉悦产生于生命的自我发现,任何事物,只要呈现出生命的表现,只要我们从中看见的动态平衡和奋斗过程,就能造成审美愉悦。"②

而图像时代包装设计的这种图像特性,一方面因为机器性视觉媒介的介入,另一方面,更多的是因为设计出来的产品最终以商品的形式呈现,故人类的视觉审美在此快乐生成机制上表现出无法将审美对象的影响结构和它的原型分隔开来,现实的占有欲和功利性无法摆脱,审美的超越性和自由也就大打折扣。此时的视觉审美更多的是一种没有充分实现的,处于预演状态下的前快乐,更多的是一种直接的单纯的快感,而非完全意义上的美感。激发的乃是人对外物、对世界的占有欲和操纵欲,简言之,满足的是人的恋物癖。

四是图像生产的间接性。即图像时代的包装设计、图像的生产方式与前图像时代的图像生产方式有明显的区别,复制、拼贴、虚拟等成为包装设计审美图像生成的一个主要手段;以前的图像其生产主要采取个人方式,强调个性,主观色彩较为浓厚,以绘画作为主要的表现手法。图像时代包装设计的图像生产更强调集体的智慧,往往借助现代科技力量,强调图像生产的目的,强调设计审美的效果,所以,复制、拼贴等技巧性策略成为设计的图像生成的常用方法。由于图像时代的社会是一个模拟的符号世界——即仿象的世界。设计师不再仅仅是面向商品本身,或自然或周遭的现实世界获取创作资源,而是开始转向大众传播形式中的各种影像和图像,从被改造后的"第二现实"中寻求创作的灵感。这就意味着:包装设计图像既可以来自我们身旁真实的世界,同样也可以是对"第二现实"的再现和摹写。这个变化导致了在包装设计艺术领域新的艺术风格的产生。相当一部分的包装设计作品的内容就是对这种由图片、漫画和各种标识、符号构成的"第二现实"进行不折不扣的转述。在以商业信息、流行时装、影视传播、广告插图、摄影记录等构成的图像传播中,对图像特征进行复制、拼贴成为包装设计最主要的创作方法之一,如三维方式的移植(形象的片断化、透视效果)、卡通化的处理手法、色彩的自觉运用也就成为当代包装设计艺术的几

---

① 滕守尧:《审美心理描述》,四川人民出版社 1998 年版,第 288 页。

② 同上,第 305 页。

个重要特征。国际著名设计大师冈特兰堡土豆系列设计作品就是利用土豆的摄影图片,加以复制、拼贴,并用现代计算机软件加以分解,合成。香港著名设计大师靳埭强为第三届亚洲艺术节设计的招贴海报,巧妙地运用复制、拼贴的手法把印度舞蹈演员的前额、中国京剧脸谱中的旦角眉眼、印尼脸谱中的鼻饰、日本歌舞伎的嘴部等四个国家艺人的面部化装组合成新的面谱,将具有不同文化背景的传统图形通过拼合嫁接,从而把亚洲艺术荟萃一堂的主题淋漓尽致地表现出来,整体简洁流畅,极富图像时代设计的时代感。

三

这种"图像"并非与己无关,而是与审美主体紧密相连,它在提供阅读者"读图"的审美过程中就已经不知不觉地重构了审美主体的心理,建构了审美主体的新感性,建构了新的感受世界的方式,图像时代的包装设计使得审美主体的感性得到无限的张扬与发掘。"图像既是被生产的对象,同时又是生产出更多对特定生产的需求和欲望的对象。图像不但使得商品成为现实的商品,同时也创造了对商品的现实需求和更多的欲望。"①

图像时代的包装设计一方面满足、丰富着人的感性,确证着人作为人的本质力量:如大量的包装设计使得人的各种需要得到极大满足,人的精神需求得到极大提高;另一方面,图像时代的包装设计在满足人的物质和精神需要的同时,又对审美主体的感性进行了悄无声息地建构:如"美食""美衣""美物""美宅"等的包装满足的是人的各种生理需要和物质欲望,张扬乃审美主体的新感性,其实质是一种对对象化了的人的创造物的感性占有,具有明显的物质性特征。

图像时代的包装设计将人们对物质的追求转换成为一种对图像(景象)的追求,此时的设计符号成为一种更具诱惑性与撩拨性的消费对象,它以一种无意识的方式将人们的消费欲望内化为一种时尚信仰与自觉的情感选择,从而取得与消费者的一种自觉认同与想象同谋。即建构了一种关于消费主义的价值神话与话语霸权,建立了一种无处不在的商品叙事逻辑体系,这种商品完成了物(商品)对人(主体)的控制,深刻地表征了人的复杂的社会关系,权力形式。在资本的参与、渗透之下,商品通过设计完成了工具理性对人更为彻底的操控。德波指出,景象对人的征服就是经济对人的征服,它已走过了两个阶段:第一个阶段是马克思曾经说的"从存在转向占有"的堕落,人们从创造性实践活动退缩

---

① 周宪:《视觉文化与消费社会》,《文学评论》,2005 年第 6 期。

为单纯地对物品的占有关系;第二个阶段则导向了"从占有向炫示"的堕落,特定的物质对象让位于其符号学的表征。首先,世界转化为形象,就是把人的主动的创造性活动转化为被动的行为,即是说,景象呈现为漂亮的外观,"它所要求的态度原则上是被动的接受,实际上是通过没有回应的显示方式获得的,是通过其外观的垄断所获得的。"①其次,视觉获得了优先性和至上性,它压倒了其他观感。"景象是由于简单易学事实所导致的,即现代人完全成了观者。"②第三,景象避开了人的活动而转向景象的观看,从根本上说,景象就是独裁和暴力,它不允许对话,因为"景观因而是一种对所有其他人言说的特殊活动。它是分层的社会策略性的表征,在这个社会中,其他所有的表现将被禁止。"③最后,景象的表征是自律的自足的,它不断扩大自身,复制自身。④

图像时代的包装设计遵循的这种刺激消费欲望的商品形象美学和符号叙事逻辑:即通过一种图像符号设计、运作的系统行为来激发的社会心理行为,从而达到消费品转化为审美景象——奇观的目的。因此,图像本身成为包装设计最为看重和追求的对象之一,若是包装设计效果没有达到图像给予我们的期待,则我们会认为设计不成功。这种图像已经成为我们生活、消费的引导者,成为一种追求的理想。图像符号所营构的消费世界充满着仿像(或者拟像),一种歇斯底里的消费欲望的无限膨胀,它早已超越了消费者的真实需求。生活在符号的世界里,虚拟性便成为一种超现实,恰如鲍曼所理解的那样:"消费者的依赖性,毫无疑问,不会局限于购买行为。比如说,请注意大众传媒对大众——集体或者个体——想象力施加的可怕的影响力。屏幕上无所不在的、强有力的、'比现实更加真实'的图像,除了为使活生生的现实更加如意而制定激励标准外,它还定下了现实的标准和现实评价标准。人们渴求的生活往往就是'和在电视上看到的生活'一样的生活。屏幕上的生活,剥夺了现实生活的魅力,并使得现实生活相形见绌:是现实生活看起来不真实,而且只要它没有变成和屏幕上的生活一样,它就还将继续看起来都不是真实的。"⑤

图像时代的商品包装在建构审美主体新感性的同时,反过来更加强化了商品的图像化趋势,并使得图像牢牢地控制着这个世界。法国学者米歇尔·德赛图指出:"从电视到报纸、从广告到各类商业形象,我们的社会充斥着像癌症一

---

① Guy Debord. Society of the Spectacle[m]. New York:Zone,1994. #1. From www. nothingness. org.

② 同上。

③ 同上。

④ 同上。

⑤ 周宪:《视觉文化的消费社会学解析》,《社会学研究》,2004年第5期。

样疯长的视觉形象,所有东西的价值都取决于显示或被显示的能力,谈话也被转化为视觉过程。这是一种眼睛的史诗,阅读冲动的史诗。经济本身变成了'符号统治',鼓励阅读的过热增长"。① 图像崇拜成为新一代的包装设计信仰,图像狂欢成为包装设计的追求目标。

包装设计的图像强化了这种逻辑和意义:"财富和产品的生理功能和生理经济系统(这是需求和生存的生理层次)被符号社会学系统(消费的本来层次)取代","一种分类及价值的社会秩序取代了自然生理秩序。"②因此,此时设计包装的已经不仅仅是被消费对象的物质性,而更重要的是它的符号性,即其表征的社会意义。被设计包装的东西,与其说是物品,不如说是社会关系本身,它成为一个人在图像时代和消费时代社会地位和身份的标志。恰如费瑟斯通指出的:"消费文化中人们对商品的满足程度,同样取决于他们获取商品的社会性结构途径。其中的核心便是,人们为了建立社会联系或社会区别,会以不同方式去消费商品"③被设计的商品通过消费的途径俨然成为财富、声望和权力显示的重要甄别指数!

第四节　我国当代城市景观设计的美学规制

在当今我国快速发展的城市化进程中,景观设计越来越得到人们的重视,从某种程度上可以说全国各地正在掀起景观设计和建设的大发展。从规模宏大的城市广场到小家碧玉的社区花园,从光彩夺目的户外广告到大放异彩的城市核心地标建筑,从城市的标志性雕塑到大街小巷的微观街景,从繁华热闹的商业步行街人文景观到优雅宁静的公园绿色景观,从高速公路的节点景观到城市滨水区的风光景观。各种各样的"景观"遍布于我们身体之外,无时无刻地充实着我们的视野之中,总之,"景观"在当今中国社会已经成为一种无所不在的对象,使我们去"看"或者被迫"看见"。这些景观从某种意义上讲,提升着我们的情操,滋润着我们的感官,丰富着我们的生活,也改变着我们的世界。虽然,中国当代设计的城市景观千差万别,形态各异,但是剔除表面的纷繁芜杂,却可

---

① 米歇尔·德赛图:《日常生活实践》,陆扬,王毅:《大众文化研究》,三联书店2001年版,第91页。

② 波德里亚:《消费社会》,南京大学出版社2000年版,第71页。

③ 迈尔费瑟斯通:《消费文化与后现代主义》,译林出版社2000年版,第18页。

以发现其背后隐藏着两种根本的美学范式,即如画美学范式和生态美学范式。正是这两种美学范式影响着我国当代的景观设计,从而使得我国城市景观设计呈现出这种类型性的重复生产。尤其是当今景观设计进入产业化轨道之后,我国景观设计被资本经济利益所裹挟,进入到一个设计复制的失范状态。

一

如画美学范式中的城市景观设计强调景观的视觉化审美倾向,要求景观的视觉化审美效果突出如下两种特色:一是景观最后呈现于审美之中都是以可视的"平面化"风格出现,即各种三维的立体形象也要强调通过艺术手法的处理后,以二维的、平面的状态呈现在公众面前,以吸引观众的眼球。我们经常观赏到的"景观",往往是被景观设计师刻意地将其塑造成有利于观赏的风格化式样,通过采用诸如平衡、比例、对称、秩序、生动、统一等一系列形式设计审美原理细心地构成"美的"植物风景,就如同早期的风景画家那样,景观设计师必须以线条、形式、颜色的变化以及肌理等形式描绘和处理画卷的方式来描绘和处理景观的变化;二是强调景观的直观性,强调景观视觉的逼真、光艳,甚至夸张的姿态,剥夺了人们的想象和感受空间,审美接收者无需参与,无须进行深入思索,只须睁大眼睛去看,支起耳朵去听就可以,却不在意于景观本身原来的饱满度、纵深感、丰富感。

比如,在景观时代作为景观的城市雕塑设计中,雕塑的表皮即雕塑的外形、色彩、肌理等吸引人们眼球的元素成为雕塑设计师首先要考虑的因素。雕塑设计师们试图将人们的注意力引向雕塑的表皮,这就是材料的肌理成为表现主力的原因之一。雕塑设计师们在充分表现普通肌理效果的同时,对于其特殊的、不为人们熟悉层面的研究和发掘,亦是不遗余力。又例如,作为景观的城市建筑的外墙都被设计为各种各样的瓷砖或者玻璃墙面加以装饰,从而突出其光艳亮丽的外表。即使是一般的混凝土材料,也要注意色彩的设计和运用,从而突出其视觉冲击力。有的建筑设计师和景观设计师在对混凝土等材料的设计使用时,更是别出心裁地在混凝土中加入各种彩色添加剂,使其具有普通混凝土不可比拟的外观效果。

这种景观设计审美观念直接导致了我国当代景观设计表现形式上两种倾向:一是古典化倾向。即不管在何处,何时进行景观设计与建设,都强调要运用中国古代景观的形式来体现。在各地的景观设计与建设中,中国古代景观中的小桥流水,亭台楼阁等也被看作是最好的表现形式,被当作民族文化传承的普遍形式而加以复制。比如,在古都北京,曾经有一段时间,城市建设中出现了现代建筑上加盖一个大屋顶的帽子普遍景观。这种景观设计审美的根本误区在于简单的将大屋顶、将小桥流水、亭台楼阁等当作中国民族文化永恒不变的身份认同。所以,在世界自然遗产张家界风景名胜区,因为不考虑自然遗产本身的特色,而在景区内大建外观形式具有中国古建筑文化特色的楼台馆所以受到了世界自然遗产委员会的批评。

二是西方化倾向。即西方国家的城市广场、巴洛克建筑、古希腊柱、威尼斯空中花园等成为当代建筑、当代景观建设的首选形式。在北京出现了象征着现代化进程的"大蛋"建筑形式——国家大剧院,出现了"敞开大门"的建筑形式——CCTV 大楼景观。在这一浪潮中,全国各地的"景观大道"、"世纪大道"层出不穷;奇花异卉,整齐划一的景观树木也被普遍的加以复制,塑料椰树和热带棕榈树成为很多北方街头的首选。彩色的棕榈树整齐有规律性地"装饰"于大道两边,营造了极其炫丽的视觉效果。在各地的园林景观中,西方式的大面积的草坪、形态整齐的树木配置在一起成为常见的设计模式。这种城市景观设计观念盲目认同现代西方的帝国景观,误认为只要是西方现代的形式,便有现代的意义,误认为奇花奇景就可以产生美,高雅的巴洛克景观可以标榜自己出众的身份,简单地将奇花异卉、古希腊柱、城市广场等当作西方文化,当作西方现代化的身份确认,尤其是当作西方现代精神的确认。

总之,当前这种"如画"美学语境中的城市景观设计虽然表现形式不同,却透露出本质上相当的统一性,即都存在机械性、片面性。这种景观设计美学范式集中于景观优美一面,强调其视觉、静态、单调、固定的形式因素,重视景观的图画性和引人注目的特征,持一种自然主义的(naturalistic)观念,注重景观的表面价值,认为景观是有界限的、框架性的特殊场所,重视整洁而纯洁的景观,这种景观设计理念往往将审美主体的人排除在景观之外,追寻对于优美风景的直接愉悦,重视"视觉质量"(visual quality),不考虑景观的生态整体性(ecological integrity),忽略了"生态价值",忽略了景观设计的根本目的是构建人性化的、家园式的、供人分享的环境这一理念。这种景观设计和建设在我国当代被推崇备至,存在盲目化的倾向,具有很大的局限,乃至于"我们得到了房子,却失去了土地;我们得到了装点着奇花异卉、亭台楼阁的虚假的'造景',却失去了我们本当以之为归属的、籍之以定位的一片天地,因而使我们的栖居失去了诗意。"①

---

① 俞孔坚:《寻常景观的诗意》,《中国园林》,2004 年第 12 期,第 25－28 页。

二

生态美学范式中的城市景观设计强调:要改变单维度的视觉审美景观设计观念,开启一个全知觉审美的多维度身心体验的景观设计理念。一方面要求我们改变、超越以往"如画"美学范式视域内将景观设计集中于优美景观的视觉、静态、单调、固定的形式因素,超越"如画"美学重视景观的图画性特征,持一种自然主义的(naturalistic)观念,注重景观的表面价值,认为景观是有界限的、框架性的特殊场所,重视整洁而纯洁的景观等传统景观设计观念。而采取与此相对的生态美学范式下的城市景观设计方案——即一种综合的、动态的、活动的、变化的、细微的、无风景的审美模式,它注重景观的象征意义,认为审美对象是无界限的,甚至包括那些凌乱、肮脏部分。在生态美学范式中的城市景观设计审美,审美愉悦来自于了解景观的诸多部分是如何与整体相连的,例如,稀有或珍贵的动植物是如何在未触及的生态系统中维持的。而这些动植物被西方学者称为"审美指示物种"(aesthetic indicator species)。

这种生态美学范式视域内的城市景观设计,其中的"人——景观"处于互动之中。它不是消极的、以对象为取向的、被动地接受现成物,遵循"刺激——反应"的审美模式;而是活跃的、参与的、体验性的,包含着人与景观之间的对话,它要求我们积极地参与、融入景观中而不是消极被动地观看景观。景观不再仅仅单纯是一幅绘画或其他艺术对象,而是随着时令和季节变化而变化的活的景观。这使审美体验观念超越了康德和其他理论家的"无利害性"概念而走向伯林特的"融合"(engagement)观念。通过这些互动关系,我们与自己、与景观进行着"对话",而对话有助于我们了解自身以及我们在世界中的位置。①

另一方面,生态美学范式中的景观设计要求我们将日常审美惯性所遮蔽的丰富之美重新发掘、展示出来;必须对我们的敏感性进行培养,必须获得"对于自然对象的一种提纯了的纯净趣味",从而捕捉大地上超越"如画"风景的审美潜力。它通过知识的培育等方法来改变我们的审美判断力,提升我们的审美感受力,将帮助我们穿过事物表面,使我们的感官体验超越一般的优美风景而欣赏平凡,甚至丑陋的事物。如,美国的利奥波德即以如何欣赏沼泽之美为例:沼泽之美在于它对于周边生物共同体的功能。尽管无法直接感知这种功能,但是,一旦通过生态学知识认识到这种功能,我们就会改变对于沼泽的看法而对之进行审美欣赏。这表明:在生态美学范式中的景观审美体验,概念性行为

---

① ［英］埃米莉·布雷迪:《走向真正的环境审美:化解景观审美经验中的边界和对立》,《江苏大学学报》(哲社版),2008 年第 4 期,第 11 - 15 页。

（conceptual act）改变并完成了感官体验，使感官体验成为强化的审美体验。对于利奥波德来说，乡野的审美诉求与其外在的缤纷色彩和千姿百态关系很小，与其风景品质、如画品质毫无关系，而只与其生态过程的完整性相关。这表明：与西方传统"如画"美学相比，大地美学的审美范围大大扩大了，从景色优美的自然环境扩大到所有自然环境。随着环保运动的展开，西方改变了传统的风景审美模式，将自然审美扩大到湿地、沼泽这些与西方传统景观美学迥异的对象上：从北极冻原到热带雨林，从沙漠到沼泽、湿地。①

这是因为生态学研究研究使我们认识到，人类是自然世界的组成部分之一；与其他物种一样，人类也完全地被包容在同一个生态系统之中。人类是一种自然存在，与自然中的其他部分处于连续性之中。人类并非站立于自然之外而静观、使用和探索自然。美国学者阿诺德·伯林特认为生态学意味着一种无所不包的环境背景（environmental context），一种流动的介质（medium），一种四维的全球性流动体。它具有不同的密度和形式，人类与其他万物一起共存于它之中。无论是有机的、无机的、社会的、文化的，每个因素都相互依赖，并且与其他因素密切相关。这种相互依赖、密切相关性使各个参与者互利互惠，确保着一种持续的平衡。这种平衡促进着所有有机体的共同福利。② 在这样的基础和前提下，生态美学注重审美主体与审美客体的对话、沟通、交流，强调审美的终极意义在于人类自身的建设和可持续发展。生态美学主张注重感知的能力，关注感官的意义，通过感知来连续性的体验着环境，并体验着环境的连续性，思索我们从事活动的意义。在生态美学范式中的景观审美，强调一种生态系统模式：在这一模式中，审美考虑不仅引起重视，而且被视为最为重要的因素。在人、对象以及生态系统的正常运动等所组成的相互关系中，生态体验成为中心特征。③ 因此，审美意指一个具有明确知觉特征、结为一体的区域：不仅关注到形状、颜色、肌理、音响、韵律等形式美因素；与活动着的身体相关的体积宏大的块体；还要关注到与人身心和谐发展密切相关的光线，阴影和黑暗、温度、气味、运动等。所有这一切融汇在一起。在这里，更为主要的是审美欣赏是交互的。审美欣赏并不仅仅是被动接受的，它同样是主动的。审美欣赏需要欣赏者的亲身体验和积极参与。欣赏者要辨识环境的性质，为环境赋予秩序和结构，从而

---

① 程相占：《美国生态美学的思想基础与理论进展》，《文学评论》，2009 年第 1 期，第 69－74 页。

② ［美］阿诺德·伯林特：《审美生态学与城市环境》，《学术月刊》，2008 年第 3 期，第 21－26 页。

③ 同上。

为环境体验增加意义,同时也在审美欣赏中为体验带来了更加丰富的内容。通过审美活动我们与环境紧密地融合为一体。①

对于生态美学范式中的城市景观设计来说,其意义正在于引导我们从事景观设计的时候更多地考虑我们如何去控制、去改善什么样的负面知觉条件。许多状况是非常明显的,诸如大气污染与水污染,噪音污染,有害而令人生厌的气味,还有酷热和严寒,强风和过度的光照,等等;在巨大、单调、拥挤的购物广场和停车场,以及混凝土建筑丛中、闹市中心的通道上,经常遇到类似的通病。将城市景观中特有的危害情形罗列出来,我们的认识就更加清楚:交通噪音和汽车尾气,建筑工地的噪音和烟尘,公共场所邻近以及私人场所的唱片"音乐",忽然从身边窜出的车辆,等等。其实还远远不止这些。② 生态美学范式中的景观设计就是要减缓这些对人类生活有着很大负面的环境。

同时,在这种美学范式的城市景观设计中也可以加强我们对环境体验的因素。比如,在商业或工业区那样的"混凝土建成的野兽世界"里,可以布置些绿色,设计些相对安静的空间,使人能够得到安全感而放松;从喷泉中传出的轻松乐曲,流水潺潺的水道景观,海滨的浪涛,都能够使人放松;躺卧在长椅上安逸、野餐和游泳胜地的悠闲,都能使环境体验更加丰富;在商业街区上设计步行街道和人行道,修建防晒防雨的拱廊;在酷热或交通特别拥挤的区域修建封顶的或封闭的人行道、人造天桥等,都是改善环境体验的途径。在最低限度上我们可以说,减少噪音和污染,有助于缓解感觉压力而使环境体验变得轻松。③

所有这些环境知觉方面的考虑并不仅仅是为了舒适和愉悦,而是为了健康和安全。如果我们将城市景观理解为生态系统,并认定城市景观不应该压抑居住者,而是应该有利于居住者审美地融合于城市景观中,从而提高其生命质量,这些考虑就具有非常重大的意义。一种充满和善的审美生态学,也就是一种有利于审美融合的审美生态学。它能够指导我们修建更富人性的城市环境,使之能够丰富人类生活而成为宜居之地,从而完善人性。

总之,一种富有正面审美价值的生态系统将考虑商业区、工业区、居住区和娱乐休闲区如何各具特色并互相影响,将考虑在形成知觉体验中什么因素更加重要。在一个人性化的、功能正常的审美生态系统中,城市景观并非外在环境,

---

① [英]埃米莉·布雷迪:《走向真正的环境审美:化解景观审美经验中的边界和对立》,《江苏大学学报》(哲社版),2008 年第 4 期,第 11 - 15 页。

② [美]阿诺德·伯林特:《审美生态学与城市环境》,《学术月刊》,2008 年第 3 期,第 21 - 26 页。

③ 同上。

而是一个包容一切的环境：它与它的居住者结为一体。这一环境的居住者积极参与并维护着整个系统的正常运行。要使城市景观更加人性化，严肃认真地考虑审美融合将是重要的一步。

三

"景观"（landscape）一词最早见于《圣经》，被用来描述耶路撒冷所罗门王子的神殿，以及具有神秘色彩的皇宫和庙宇；在德语中这个词是"landschaft"，在法语中是"paysage"，都含有风景、景色的意义，它可以代表一幅风景画，也可以表达某一城区的地形或者从某一角度所能看到的地面景色，它的初始意义是指一种瞬间产生的庄严、典雅的场景，有戏剧化的含意，这种场景或许只是特定时间与特定角度的产物，因而传统的景观概念，无论在西方还是东方均极重视画面效果，即客观物像的完美与和谐，通常情况下，三维的风景在一定程度上被"压缩"成了二维画面，因为从特定的角度去透视一个既定的环境，尽管有科学的光学原理会使观者主观产生三维的感觉，但客观事物的成像过程乃至结果终究拥有极强的二维特征，那么既然景观具有画面特征，传统的造景过程就极讲求画面的美学法则，比如构图方面无论对称的、不对称的都一定要有均衡感，景物轮廓线的起伏要有节奏和层次，色彩的构成要丰富而不失统一，植物、建筑与自然土壤及水体之间的色彩要相互呼应，产生和谐的美，从我们所知的初始的景观概念出发，可以看出景观的构成要素不仅仅包括自然风景，还包括建筑、广场、雕塑等人造景观，但在传统人的视野里，该类人工景观因素所占的比重较小，同时古典的建筑或是雕塑造型中均包含着很强的人性内容，如人的尺度、比例以及人的形象特征的变形，人工硬质景观在材质使用方面也均以天然的材料组成，因而传统的景观中各组成要素是充满自然气质的，是和谐的，硬质和软质景观之间无论形态变化或色彩构成、质感对比方面均没有过强的冲突，因而也不会产生挣脱画面的张力，这时依据平面造景的法则去描绘景观之方式非常适宜，那时人虽穿梭于景观之中，但其路径却是线状的，方向很单一，这样就为其最终获取画面的完整性提供了必要的保证。

"如画"美学语境中的城市景观设计强调借助由艺术确立的标准来估价景观；景观被当作绘画来欣赏，景观只有得到精确展示才有价值。景观只有按照绘画范畴才能得以恰当地欣赏。这种景观设计其实质是受到传统景观设计审美理想的影响。这种景观设计片面强调视觉审美，强调视觉审美的霸权，而偏离对景观的全面理解，本质上是对自然、对生态一种粗暴的践踏，是对人与自然、人与世界关系的片面化的理解，是人类中心主义的极端显现。这种景观设计观念与审美观念,最终也会伤害人类本身,强化视觉,弱化其他感觉,使得人们失去了作为此时此地人的自我,也失去了自然、大地、景观的本真。俞孔坚教授将这种"盲目"的景观设计理念上升到生命的意义和民族身份的危机。面对这样一个危机,现代景观的设计必须重新回到生态、自然,归还人与土地的本真,找回栖居的诗意。

生态美学范式语境中的景观设计则认为,景观首要地并非被体验为"景色",而是被体验为"环境";身处环境"之内"的审美主体将景观欣赏为动态的、变化的和不断展开的。这种审美立场重视事物的多重感性特征,综合运用生态学知识、想象、激情,将景观理解为讲述着自身故事的新型景观。① 当然,这种审美模式依然是人类中心的,也就是说,它依然是人类做出的审美判断。但是人已经是整个自然的一部分,其中的每个因素都相互依赖,密切相关,其本质是非人类中心主义的立场。在这样的基础和前提下,生态美学语境中的景观设计注重审美主体与审美客体的对话、沟通、交流,强调审美的终极意义在于人类自身的建设和可持续发展。一种真正的景观审美将祛除人类主体的中心位置,将促成一种更加深入的、也可能是更加丰富而敏感的景观——环境审美体验。

当前我国城市景观设计随着城市化的大踏步前进而实现了大跨越式的发展,这也是产业化语境下景观设计遇到的最好的机遇。当然,在目前我国城市化进程中,景观设计大多数选择是"如画"美学范式下的造景模式。因为这种景观模式受到了观众的喜爱,既能够为设计师带来设计的方便,便于拷贝和复制;又能够给公司企业带来巨大的利益。然而我们前面也说到这种造景模式放在资源相对紧张的中国,更会引起许多问题,会加大环境和人的紧张程度,增加冲突和矛盾。所以,我们的景观面临着巨大的挑战,即这种景观设计模式给自然、给环境、给人类社会带来的负面效益。所以,如何做到城市化进程中景观设计的可持续发展是一个拷问良心、素质乃至于人生境界高低的一个问题。

---

① ［英］埃米莉·布雷迪:《走向真正的环境审美:化解景观审美经验中的边界和对立》,《江苏大学学报》(哲社版),2008 年第 4 期,第 11 – 15 页。

第五节　消费社会语境设计美学的商品叙事

西方发达国家自 20 世纪 60 年代以后,中国部分发达地区自 90 年代之后,进入了一个在物质上极大丰盛,社会重心由生产过渡到消费,文化趣味由精英转向大众的"丰裕社会",西方学者波德里亚称之为"消费社会"。消费社会改变了马克思所论述的古典资本主义时代人们认识和理解社会的内容和方式。那种以先验哲学为基础,以认识论为主要内容,以静观为审美方式,以批判为价值取向,强调审美与现实功利无关的"美的形而上学"与社会生活已渐行渐远,既不能解释也不能融入当代审美文化之中,美学迫切需要回应现实生活和获得新的发展。作为消费社会的主导美学话语之一,设计美学不仅意味着美学经验与美学符号的技术性转变,而且更意味着美学精神与实践方式的本体论转向。与前现代性、现代性美学言说关于生命的伦理意识或理性意识的理路不同,消费社会语境中的设计美学直接以形象话语的方式演绎着后现代社会的消费寓言与商品逻辑,实现了商品生产与形象表征的完美结合。从某种意义上讲,消费社会语境即产业化大发展带来的设计创作与生产的语境。

一

"在大匮乏消除之后,人类社会的经济结构中心已逐步从生产转向消费,开始走向以消费为中心的时代。"[1]鲍德里亚说:"今天,在我们周围,存在着一种由不断增长的物、服务和物质财富所构成的惊人的消费和丰富现象,它构成了人类自然环境中的一种根本变化。恰当地说,富裕的人们不再像过去那样受到人的包围,而是受到物的包围……"[2]

周宪认为:消费社会的"物"对人的包围体现为"形象对人的包围"。消费社会就是一个景象社会,商品即景象。[3] 我们可以看到从规模宏大的城市规划到小家碧玉的家居装饰,从繁华热闹的商业步行街到琳琅满目应接不暇的百货商场,从车水马龙的城市大街到人来人往的社区小道,从魅力四射的咖啡厅到

---

① 杨魁等:《消费文化——从现代到后现代》,中国社会科学出版社 2003 年版,第 1 页。
② [法]鲍德里亚:《消费社会》,刘成富、全志钢译,南京大学出版社 2001 年版,第 1 页。
③ 转引自周宪:《视觉文化的消费社会学解析》,顾江:《文化产业研究》(第 1 辑),南京大学出版社 2006 年版,第 104 页。

灯红酒绿的酒吧,从热闹非凡的餐饮店到优雅宁静的书屋,从林林总总的印刷出版到大放异彩的电子媒体,从光彩夺目的户外广告到普通常用的生活用品,"景象"已经成为一种普遍的文化景观。法国社会学家德波把这样的社会描绘为"景观社会"。他指出:"在那些现代生产条件无所不在的社会中,生活的一切均呈现为景象的无穷积累。一切有生命的事物都转向了表征。"(Debord,1994,#1)得波注意到资本主义的商品生产、流通和消费,已经呈现为对景象的生产、流通和消费,他指出"景象即商品",景象出现在商品已整个地占据了社会生活之时,"景象使得一个同时既在又不在的世界变得醒目了,这个世界就是商品控制着生活一切方面的世界。"(Debord,1994,#37)①

这里着重要指出的乃是所谓的控制着生活一切方面的呈现为"景象"的"商品"是经由有意识地精心设计之后加以生产、流通的"景象"的"商品"。在当代消费社会中,商品的"形象"从一开始就通过有意识地精心设计而被建构起来,没有经过有意识地精心设计的产品不可能进入到生产环节、更无法进入到整个商品的流通领域当中。

因为在当代消费社会中,社会已经从"短缺经济"进入了"过剩经济",人们的消费选择范围和种类大大增加。与之相对应,生产经营者的竞争压力大大加剧,也就是说,商品竞争进入了日益饱和的状态。在激烈的市场竞争中,那种仅仅依靠产品质量和商品价格来进行竞争的手法显然落伍了。在消费品供给过剩的情况下,如何捕获消费者的"注意力",成为问题的一个关键。因此,通过精心的设计和巧妙的包装来增强商品视觉效果,使其更加新颖、独特和美观,成为吸引消费者眼球的重要手段。非常明显,突出商品的视觉化设计已经被纳入了生产过程当中。也就是说,商品的生产过程不但包括技术化过程(如商品的技术设计),而且包括美感化过程——商品的美学设计。设计美学与商品经济在消费社会中紧密相连,不可分割。在设计美学规律的作用下,商品不但成为功能性消费的对象,而且成为视觉性审美的对象。人们在消费过程中首先享受到的乃是通过精心设计进入到流通领域的商品景象所带来的审美愉悦。

对流通领域的消费者而言,进入到消费社会,消费者的观念和需求也发生了重大变化。消费观念越来越从"功能性"转向"审美性"。"功能性"强调体现商品的功能性作用的使用价值,看重价格与价值的对比关系,力求以最低的价格来获得某种既定的产品。"审美性"则强调体现商品的审美性景观价值,不再

---

① 转引自周宪:《视觉文化的消费社会学解析》,顾江:《文化产业研究》(第 1 辑),南京大学出版社 2006 年版,第 105 页。

以价格与价值的是否"合算"作为购物的唯一考量,而是以美学上的是否"合意"作为购物的主要依据。所谓"合意",指的是一件商品要能使自己"喜欢",具有审美效果,其中最为主要的是商品的视觉审美效果。因为在消费社会中,商品的视觉性审美先于功能性消费而存在,并成为功能性消费的注意力诱导。在购物过程中,消费者首先进行的是视觉审美,商品因其外观形象性首先引起消费者的注意,从而使得消费者产生进一步了解其性能和价格的愿望。不仅如此,面对性能和价位基本相同的不同商品,商品的外表形象是否美观,是否具有审美的吸引力常常成为购买决策的最为重要的依据。再进一步,消费者对商品的"视觉疲劳"常常成为消费者提早淘汰某个消费品的一个重要原因。例如,消费中的各种商品,大到汽车、电视机,小到日常使用的衣服及其装饰品、皮鞋、皮包、皮带等,尽管还能用,即其功能性没有任何丧失,但由于它不再能满足消费者的"视觉需要"和"审美理想",便会被束之高阁;商店中各种过时款式的服装、皮鞋、提包等往往打折以后仍然销售不旺就是这个原因。

二

商品之所以要有意识地加以精心设计,突出其外在形象,强调其迷人图像,彰显其景象世界,其根本目的是为了突出商品本身的"独特性",建立起其区分于其他同类商品的"差异性"。当代消费社会是一个高技术的社会。商品的高技术含量使商品的物性——功能性——实质愈来愈隐蔽,商品好坏的识别在功能性层面越来越难以判别,从而不得不更多地求助于在文化精神上可理解的形象价值。同时,当代消费社会作为信息社会,技术的封锁和垄断越来越困难,任何新东西一上市,因为利益驱使,就被迅速仿制(其极端就是盗版),因此,从某种意义上讲,商品物性——功能性——的同质化成了信息技术时代的趋势,于是,区别商品价值高低的标准就不可能依据不相上下的物性——功能性——质量,而要借助于附加其上的形象价值。正因为如此,"商品即景象",商品的形象价值才被放置于一个非常重要的位置,产品必须要经过有意识的精心设计才能进入到生产领域,最后成为流通环节的商品。商品的形象价值这一独特性符号从本质上讲是为了建构商品区分的"差异性"。物的编码体现了人的差异。生产主体通过有意识的精心设计对商品进行定位编码,消费主体通过有"差异性"的独特之"物"建构自己的阶层归类、身份认同和价值归属。

因为消费社会中的"物"——作为"即景象的"商品与生产社会之"物"——作为使用的商品具有明显的差异。在传统的生产社会中,"物"(object - symbol),即现实生活中实用之物,比如实用工具、家具、住房等,作为与生活有真实联系的中介物,它以质态和形式清楚地显示了这种联系的痕迹:它的质感、重量及其含义直接进入并实现在它与人类生活的内在联系之中。因为这个缘故,它与生活的联系,它的含义,不是外在、武断和强制性的,而是内在于人的生活的。在这种情况下,波德里亚说,"物品并不被消费"。"物"所体现的是实实在在的物与人的关系。①

但是,在消费社会中,"物"不仅仅是生产之"物",它更是消费之"物"。更为关键的是,此时的"物"变成了"符号":"要成为消费品,物品必须变成符号。即它必须以某种方式外在于这种与生活的联系,以便它仅仅用于指意:一种强制性的指意和与具体生活联系的断裂;它的连续性和意义反而要从与所有其他物类符号的抽象而系统的联系中来取得。正是以这种方式,它变成了'个性化的'(personalized),并进入了一个系列:它被消费,但不是消费它的物质性,而是它的差异性。"②所谓的"个性化"是指在生产中瞄准个性化主体的要求而进行的有意识的定位安排和系列设计,而所谓的"差异性"则是指商品作为"符号"对社会地位、身份认同、阶层归属等群体诉求而进行的有意识区分设计。因此,"个性化"和"差异化"是指商品符号的具体含义和凝聚这种含义所必需的设计规约和生产要求。波德里亚说,物品向系统化符号身份的转变需要一个物品与人类关系的相应的转变:物与人的关系"变成消费关系"。"这就是说,人人关系(human relations)本身在物品中并通过这些物品倾向于自我消费"。由于物品在这种关系的自我消费中"变成了必不可少的中介","立刻,物品就变成了这种关系的替代性符号"——一种关系消费之"不在犯罪现场的证明"。③ 所以波德里亚说:"我们看到,那被消费的并不是物,而是关系本身——它既被指涉又是缺席,既被包括又被排除——在用于显示它的物品系列中,那被消费的正是关系的理念自身。"④由于这种关系是通过符号来替代的,"它不再是一种活生生的关系:它从那些消费的物品符号中抽象出来又消散在其中。"⑤

在这里,"物"深刻地表征了消费社会中"人"和"物"的关系的转变:它从需要——满足的关系转变成纯粹符号性的消费关系。"物"变成了人与人之间身份、地位、阶层等属性的象征性符号。首先是"物"的编码,它通过生产体制所有层次的组织——通过广告、商标、价格、购买场景、功能化个性化设计等,将"物"

---

① [法]鲍德里亚:《消费社会》,刘成富、全志钢译,南京大学出版社 2001 年版,第 25 页。
② 同上。
③ 同上。
④ 同上。
⑤ 同上。

建构进一个标示权力、显示地位、彰显等级等社会关系内涵的符号系统之中，又通过广告及无所不在的消费意识形态动员"把我们全部转换到这种编码之中去"。这种编码组织的力量是如此之强大，以至"没有人能逃开它"，"我们个人的逃跑无法取消这样一个事实——每一天我们都参与了它的集体庆典……甚至支持这个编码的行动贯彻到了它与那个要求它与之相适应的社会联系的自身之中。"①因此，这是一种社会总体性的编码，它不仅编码了消费社会所有的物，而且编码了与物相联系的所有的人。其次是人的编码，人被编码不是说人必得和商品发生关系，而是说人的内在性和主体性，包括人和自身的关系，都已被这种编码的力量所分解并转换到符号系统之中去。"就好像需要、感情、文化、知识、人自身所有的力量都在生产体制中被整合为商品，物化为生产力，以便被出售，同样，今天所有的欲望、计划、要求，所有的激情和所有的关系都抽象化或物化为符号和物品，以便被购买和消费。"②在这里并没有所谓个体的需求，需求经过整个生产体制的系统分解和编码已"显现为抽象的社会需求力"。"主体的一切，他的身体和欲望，在需求中被分离和催化，并被物品或多或少地加以先在地限定。在需求中，所有的本能都被合理化、终极化和客观化了——因此，被象征性地取消了。"③通过这样的分解和转化，人自身也成了消费品：他和他自身的关系——他的本能、欲望、需要和激情——成了一种购买和消费的关系。因此，"在商品和交换价值中，人不是他自己，而是交换价值和商品。"④

所以，波德里亚说，在消费中人们并不是真的要使用物本身，人们总是把物当作能够突出自己的符号，"或让你加入一个视为理想的团体，或参考一个更高的团体来摆脱本团体"⑤。在《物的体系》中，波德里亚更直截了当地说，物编码的原则是"社会地位"（social standing）。"物在一个普遍的社会身份的承认系统中形式化：一种社会身份的符码。"⑥地位的符码成为我们这个社会排除其他编码的一枝独秀的符码。"物"的流通不是使用价值的交换，而是身份、地位、阶层等的符号性占取。于是，作为编码根据的"物"的差异性不是使用价值、功能、自然特征等的差异性，而是身份、地位、阶层等等级属性的差异性。故鲍德里亚说："与其说一种需要是对某一特定的客体的需要，倒不如说这是对表明差异

---

① ［法］鲍德里亚：《消费社会》，刘成富、全志钢译，南京大学出版社2001年版，第22页。
② 罗钢、王中忱：《文化读本》，中国社会科学出版社2003年版，第26页。
③ 同上，第32页。
④ 同上，第35页。
⑤ ［法］鲍德里亚：《消费社会》，刘成富、全志钢译，南京大学出版社2001年版，第29页。
⑥ 罗钢、王中忱：《文化读本》，中国社会科学出版社2003年版，第29页。

（寻求社会意义的需要的欲望）的'需要'。"①

三

著名社会学家德波指出：景象对人的征服其实质就是经济对人的征服，它已走过了两个阶段：第一个阶段是马克思曾经说到"从存在转向占有"的堕落，人们从创造性的实践活动退缩为单纯地对物品的占有关系；第二个阶段则导向了"从占有向炫示"的堕落，特定的物质对象让位于其符号学的表征。首先，世界转化为形象，就是把人的主动的创造性活动转化为被动的行为，即是说，景象呈现为漂亮的外观，"它所要求的态度原则上是被动的接受，实际上是通过没有回应的显示方式获得的，是通过其外观的垄断所获得的。"②其次，视觉获得了优先性和至上性，它压倒了其他观感。"景象是由于简单易学事实所导致的，即现代人完全成了观者。"③第三，景象避开了人的活动而转向景象的观看，从根本上说，景象就是独裁和暴力，它不允许对话，因为"景观因而是一种对所有其他人言说的特殊活动。它是分层的社会策略性的表征，在这个社会中，其他所有的表现将被禁止。"④最后，景象的表征是自律的自足的，它不断少扩大自身，复制自身。⑤

设计美学通过景象所代表的商品生产意义就在于，一个方面是各种事物从表象层面日益趋向一种非功利性的景象符号存在，另一个方面则是包括"景象符号在内的整个精神生产却又迂回而潜在地归依于一种最完备的商品生产立场，这两者的视阈叠合生成了一种更加精致与更加复杂的设计美学体系与符号资本形态"⑥。对此，法国学者米歇尔·德塞图指出，"从电视到报纸、从广告到各类商业形象，我们的社会充斥着像癌症一样疯长的视觉形象，所有东西的价值都取决于显示或被显示的能力，谈话也被转化为视觉过程。这是一种眼睛的史诗，阅读冲动的史诗。经济本身变成了'符号统治'，鼓励阅读的过热增长。"⑦按照法国社会学家布尔迪厄的说法，此时的美学符号所负载的这种双重

①　Jean Baudrillard：Selected Writings，California：Stanford University Press，1988，第45页。

②　转引自周宪：《视觉文化的消费社会学解析》，见顾江：《文化产业研究》，（第1辑），南京大学出版社2006年版，第107页。

③　同上。

④　同上。

⑤　同上。

⑥　李胜清：《消费文化的"形象异化"问题批判》，《湖南科技大学学报》（社科版），2008年第6期，第21页。

⑦　[德]马丁·海德格尔：《林中路》，孙周兴译，上海译文出版社1997年版，第91页。

身份互换实际上提示着后工业社会语境中商品形态的多面性与互文性,基于一种总体性的商品化权力关系场域的策动,经济资本、文化资本与社会资本常常可以将彼此的意义痕迹铭刻到对方之中,从而发生一种形态转换,"经济理论将交换的其他形式隐喻性地界定为非经济的(non - ecnomic)交换,因而也就是超功利性的(disinterested)的交换。这种经济理论之所以要改变某些资本的性质,并把它们定义为超功利性的,是因为通过改变性质,绝大多数的物质类型的资本(从严格意义上说是经济的类型资本),都可以表现出文化资本或社会资本的非物质形式;同样,非物质形式的资本(如文化资本)也可以表现出物质的形式。"①设计美学在此承担的不仅仅是意味着"商品"转向一种"景象"存在状态的任务,而且更意味一种显性的"经济资本"转向一种隐形的"文化资本"、"社会资本"的身份意识与历史性存在,"它本质上是资本经济学的形象展示,一种景象社会学的美学表达,它是以某种超功利性的形式言说最功利性的商品寓言"②。二者的关系是如此彼此相连,密切统一,就如同海德格尔言说的光影关系:"日常流行的意见只在阴影中看到光的缺失——如果不说是光的完全否定的话,但实际上,阴影乃是光的隐蔽闪现的证明,这种证明虽然不是透明的,却是可敞开的。按照这个阴影概念,我们把不可计算的物理经验为那种东西,它游离于表象,但在存在者中是敞开的,并且显示着隐蔽的存在。"③

设计美学所表征的是一种高度形象化与景观化的社会形态,其中各种事物都在一种商品文化逻辑的座架下转化为一种表象文本的存在,就像法国哲学家居伊·德波所说的,"在现代生产条件无所不在的社会中,生活本身展示为许多景象(spectacles)的高度聚积。直接存在的一切全都转化为一个表象。"④作为褫夺了其他文化向度的一种存在物,这种高度平面化的表象经验已经丧失了其原初的多种义项的性质,而是转化为一种纯粹的商品符号的能指性存在。道格拉斯·凯尔纳在分析波德里亚的"拟像"问题时曾一语中的:"波德里亚试图要描绘的当前社会形式最好被理解为资本主义的一种普遍扩展——商品生产的一种更为抽象更为意象的模式,基础组织原则的一种更高的实现,'晚期资本主

---

① [法]米歇尔·德塞图:《日常生活实践》,见陆扬,王毅:《大众文化研究》,三联书店 2001 年版,第 190 - 191 页。

② 李胜清:《消费文化的"形象异化"问题批判》,《湖南科技大学学报》(社科版),2008 年第 6 期,第 24 页。

③ [法]布尔迪厄:《文化资本与社会炼金术》,包亚明译,上海人民出版社 1997 年版,第 10 页。

④ [法]居伊·德波:《景象的社会》,肖伟胜译,见陶东风、金元浦、高丙中主编:《文化研究》(第 3 辑),天津社会科学院出版社 2002 年版,第 59 页。

义的文化逻辑',或者是'技术资本主义'的新阶段的一部分。因此,社会和现实的分解就植根于被物化的经济,在这种经济中,抽象化找到了它最早的支持和养分。我认为,最好将'后现代性'看成是逆转和抽象化过程中的一个特定阶段。这个过程通过商品形式和资本主义社会关系得以进行,首先同化吸收了有形的物质客体,然后同化吸收了文化和日常生活的整个领域,并扩展到了'后现代'大众媒介社会中的形象、符号和事件的商品化交换。"①在一种日益商品化的赋形过程中,设计美学通过图像等符号渐次成为商品形象与文化资本的另外一种价值表情,景象与经济(资本)以统一的形式,即产品通过精心设计进入流通领域而循环的商品符号获得了社会生活的制导权,一如詹姆逊所言,"今天的美学生产已经与商品生产普遍结合起来:以最快的周转速度生产永远更新颖的新潮产品,这种经济上狂热的迫切需要,现在赋予美学创新和实验以一种日益必要的结构作用和地位。"②"在一种产品普遍商品化但又日益美学化的消费社会语境中,对于一个事物而言,其景象性的存在与商品化的存在不再具有本体论意义的区别,作为互为因果关系的交互对象性存在,它们两个实际上只是同一个问题的不同方面而已"。③这深刻地表明:在消费社会中,这种通过有意识的精心设计中介进入生产、流通领域成为"景象的商品",其实质遵循的乃是资本统帅一切的经济逻辑,演绎的是景象与商品密谋同构的寓言神话。

第六节 产业化语境下美术创作的美学规制

21世纪的文化产业被认为是"朝阳产业"或"黄金产业",是当代全球化背景下发展起来的一门新兴产业。文化产业所创造出来的财富是惊人的,特别是伴随着现代传媒技术的高速发展,文化艺术产品通过网络传媒技术,无限地突破了空间与时间的局限,大大地拓展了流通领域,从而提升了盈利空间,带来了巨大的财富。

随着当代艺术产业的蓬勃发展,作为人类精神生产史上的一场革命,它已

---

① [美]道格拉斯·凯尔纳:波德里亚:《一个批判性读本》,陈维振、陈明达、王峰译,江苏人民出版社2008年版,第70-71页。

② [美]弗雷德里克·詹姆逊:《快感:政治与文化》,王逢振译,中国社会科学出版社1998年版,第156页。

③ 杨向荣:《传媒时代的文化转型与知识分子的角色转变》,《湖南科技大学学报》(社科版)2009年第4期,第29页。

逐步成为各国政府、经济界人士、文化界学者都密切关注的对象之一。由于当代艺术内涵的文化导向,艺术产业被看作是"文化产业"所构建的诸多元素中的一员,通常被包含于文化产业发展当中。"艺术产业"作为文化产业域中一个重要的组成部分,它在很大程度上反映出文化产业的总体趋势。而绘画艺术正是艺术产业中一个特殊而又具有主导性的组成部分,反映出这一领域特有的生产、传播和消费的机制,还在相当程度上代表了艺术产业总体性的基本面貌。

一、产业化语境下美术创作的整体景观

随着我国现代化进程的发展,社会的进步,人民物质财富的增加,人们对物质乃至精神生活的审美需求日益博兴,美术生产产业也日益博兴。当今的美术生产产业呈现出以下几个特点。

一是美术产品交易数量呈现几何数增长,交易金额日益增长,尤其是名家作品拍卖屡屡拍出天价。2009 年中国大陆地区艺术品拍卖成交额为 228.1 亿元,2010 年则达到了 314.35 亿元,增幅达 37.81%,市场份额保持着在全国拍卖行业成交总额的 5% 左右。此外,艺术品拍卖市场出现了一批新的成交纪录:如《宋徽宗御制清乾隆铭琴》以 1.37 亿元刷新了大陆文物艺术品拍卖市场器物类的亿元记录;北宋黄庭坚的《砥柱铭》手卷以 4.37 亿、王羲之《草书平安帖》手卷以 3.08 亿元,突破并创造了新的中国书画拍卖成交价最高纪录;徐悲鸿《巴人汲水图》以 1.71 亿元、八大山人《竹石芙蓉鸳鸯图》以 1.19 亿元成交,都成为 2010 年艺术品拍卖领域的亮点。2011 年,全国文物艺术品拍卖市场在调整中保持稳步增长。全年较 2010 年的 397 亿元增长 45.2%,成交额 576.2 亿,上升到 9.2%,创出了文物艺术品拍卖在业内的历史新高。2012 年全国文物艺术品总成交额为 279.28 亿元,相比 2011 年,拍卖场基本稳定,但成交额下滑 51.53%。2013 年,文物艺术品成交额 313.83 亿元,较 2012 年增长 11.67%,全国共举办拍卖会 2450 场。在 2011 至 2013 年的市场调整中,古代及当代书画、油画及当代艺术、佛教造像、文房清供等门类,成交额及市场份额都不断攀升,市场热点出现了多元化趋势。2014 年欧洲艺术基金《TEFAF2014 全球艺术品市场报告》数据显示,我国连续两年蝉联全球艺术品交易的第二位,交易总额占全球市场份额的 24%。

二是各种美术作品展览日益繁多,艺术品拍卖企业众多,专业画廊日益兴盛。20 世纪 90 年代以来,我国美术创作也逐渐进入到商业化、市场化、产业化的发展轨道。与此相适应,全国各地的美展、艺术博览会等都日益繁多,参展艺术品日益丰富。中国艺术博览会、中国艺术品产业博览会、北京国际文化创意

产业博览会等成为业界知名品牌。其中,中国艺术博览会是由文化部、国家新闻出版广电总局和地方政府一起联合举办的大型艺术会展。自1993年以来每年举办一次,规模逐年扩大,影响深远。与此同时,其他的艺术博览会也很兴盛,如北京国际文化创意博览会从2006年创办到今年已经成功举办了10届,据不完全统计,"共吸引了来自100多个国家和地区的300多个政府和产业界代表团组及国际组织前来进行文化交流、洽谈合作,上万家国内外文化创意企业机构展示和推出了当地最具特色的优秀文化产品;仅上海展馆就接待的观众120多万人次,期间共签署文化创意产业产品交易的协议总金额达到了1500余亿元人民币。""通过几年的发展,中国艺术品拍卖市场的总成交额已基本稳定在700亿元,中国艺术品市场的总成交额突破4000亿元,工艺品的交易额突破了一万亿元,参与艺术品产业或是爱好艺术品收藏投资的人群超过了1亿人。可以说,艺术品产业正在成为文化产业及我国经济与结构转型的重要组成部分和生力军"。[①] 随着我国现代化进程的发展,人民的精神生活需求会越来越旺盛,艺术品的交易与流通也越来越频繁。2012年里,《文物艺术品拍卖规程》以及《拍卖企业资质等级评估与等级划分》两项标准先后得到有效的宣传并对拍卖企业开展评定工作,产生了第一批"中国文物艺术品拍卖标准化达标企业"(44家)以及新一届国家层面上的"拍卖行业资质等级企业"(A级企业947家、AA级企业575家、AAA级企业103家)。这两个标准的评定,标志着行业规范化、标准化运作水平明显提升,拍卖行业从数量增长向质量提升转变。画廊作为艺术家创作和艺术品销售的重要中介,也随着市场化、商业化的发展而兴起,据相关统计,国内目前现有专业画廊有2000余家,主要集中在北京、山东、上海、江苏、广东、安徽等地;画廊在未来我国美术创作的产业化过程中将起到重要的作用。

　　三是美术生产基地逐渐增多,从事美术生产的人群扩大。从专业画家到农民画家,都有从事美术生产。民间绘画、农民绘画旁逸斜出,学院画家大放异彩。身居城市的画家们得天独厚,在文化与经济发达的中心城市,集中进行产业化绘画创作,如北京798艺术区、深圳大芬村等;与此同时,地处偏僻的中国民间绘画艺术也焕发出勃勃生机。目前,全国各地除了城市画家在进行产业化绘画创作以外,富有特色的农民画也逐步产业化。艺术产业民族化为社会主义新农村建设找到了新的结合点和切入点。近年来颇受关注的"王公庄文化现

---

① [英]E・H・贡布里希:《理想与偶像》,范景中、曹意强、周书田译,上海人民美术出版社1989年版。

象"，一个被誉为"中国画虎第一村"的小村庄迅速在全国声名鹊起，引起了社会各界的广泛关注，这就是河南省民权县王公庄村，先后荣获了全国文化产业示范基地、中国民间文化艺术之乡等荣誉称号，"华夏虎"、"民权虎"等品牌风靡国内外，这个本只有1300多人的小村子"画虎画成艺术，产业形成规模"。现在王公庄村一年可卖出六七万张画，年创产值6000多万元。他们的作品以投放市场获取利润为目的，以适应市场满足消费者为手段，以销量定产量，使"虎"的画作走上了产业化生产的轨道。他们建立了自己独有的销售网络，拥有一批绘画经纪人队伍、"市场直通车"、网上销售、外地画商画家入村求购、在全国大中城市设立专卖店。这些渠道相互依存，各自独立，逐步形成以村内市场为主、其他销售渠道为辅的王公庄绘画销售市场体系。全国各地成立的农民画创作基地还很多，民间绘画艺术产业化，艺术产业民族化，"新"出特色，"新"出亮点。民间绘画艺术与城市绘画艺术产业化结合迸发出强大的生命力，走出村落，走出城市，走向国内外，确保中国民间绘画等传统绘画艺术的传承与发展。

二、产业化语境下美术创作的基本特点

随着文化产业和市场经济体制的发展，美术生产一方面是进行艺术创作的生产活动，一方面又作为商品生产而存在。笔者认为，产业化语境下的美术生产主要有以下几方面的特点。

1. 美术创作与生产的复制性。

当代的美术生产已无法避免地呈现出产业化趋势，当代艺术格局混杂多元，呈现出观念多样、文化多元、媒介多变的特征。在产业化与信息时代的推动下，美术生产需要大量复制名家名画，不强调独创性，而强调复制性，随着数字技术和各类学科技术的融入，给美术生产带来了全新的影响，一种传统绘画与科学技术相结合的创作方式应运而生了。创作者也为此不断尝试，调整思维，为美术生产拓展了新的表现空间。

有了数字技术的支持，创作者用相机记录下来的若干图片，通过电脑的后期处理，如Photoshop、CorelDRAW等平面图片处理软件，将画面重新编辑、处理、组合，将图片制作成自己想要的各种效果，完成作品的初稿。创作者也可以用电脑手绘板等，直接制作初稿。接下来，创作者还可将制作出来的初稿进行喷绘，或使用投影仪投射在画面上，这样不仅可以增加造型的准确性，还省下了传统构图打格子的时间。

早在1857年，马克思在《政治经济学批判导言》中就提出"艺术生产"的概念，指出艺术也是生产的一种方式，受生产的普遍规律支配。既然受生产普遍

规律的制约,那么,美术生产从生产到消费的全过程,都会受到市场和价值规律的影响。对于当代美术生产而言,数字化技术能把原作临摹到一个无法超越的境界,与此同时,也使艺术的原创性与经典性遭到技术的解构。对于创作者而言,从前创作一幅好的作品,要经过很长一段时间的构思,写生,起稿,制作,直到完成。而现在的艺术家却很少出去体验生活,只通过相机、网络、电脑软件等就能够完成。这种现象,就是把美术创作基本当成一种艺术生产,当然,其借用的现代数字技术制造出了一些新的有意味的艺术形式,也给人们带来了全新的视觉感知方式。

譬如深圳大芬村的油画生产一部分就是客户送来图案样板,画工们照着复制,临摹,这种方式就是被称之为文化产业中的"来样加工"。当然,发展到后来,他们并没有停留在加工复制这一工艺制作的初级水平上,而是把艺术创造作为今后发展的原动力,不断提高层次。他们以行画产业为产业下游,把原创油画作为产业上游,扶持和鼓励艺术创新,创作更多更好的原创油画投放市场。

2. 美术创作与生产的集体性。

当代社会和谐升平的稳定社会秩序,给美术生产提供了良好的发展空间。画家既可以躲进画室和书斋里潜心研究绘画创作理论和技法,可以在特定的环境里完成艺术创作活动,精益求精,还可以借助现代化的科技手段来创作,拷贝台、投影仪、放大冲印、各种仿真本绘画作品的出版等科技手段让绘画创作具有前所未有、得天独厚的研究环境和氛围。

但产业化语境下的美术生产不仅仅是创作者独立的商品生产活动,为了适应大市场的需要,还需要通过多人合作集体完成,就像"生产流水线"一样,需要集体创作,创作出的美术作品不是一个人的成绩,而是多人合作完成的集体成果,实现大量复制名家名作的生产过程。从这个层面上讲,产业化语境下的美术生产又是一种特殊的商品生产形式。

譬如深圳大芬油画村一些个体画廊身后,大多有自己的工作室,正因为有一批为数众多的"村民",有的画廊雇用画工、画师,或招收学生。客户订购的数量较多,画商便组织数十或数百名画工在同一个作坊里同时作画,这就是被称为"油画生产流水线"的方式,正因为如此,大芬村日益发展壮大,才逐步成为享誉中外的油画之村。

3. 美术创作与生产的定制性。

产业化语境下的美术生产作为一种商品生产是社会生产力发展的必然结果。社会的发展推动人们对绘画作品的需求,物质生活水平的提高带来了精神领域的新需求,这种需求也给画家们带来了一定的报酬,美术生产根据订单制作,定制创作。

当画家接到一个个订单后,在一定的时间内会流水线作业、批量生产,在绘制时要按照顾客们的意愿,尽心尽力工作,并按照尺寸、内容、特殊的要求等条件来索取一定的酬劳。画家在满足了自身经济收入的条件下,也通过自己创造的绘画作品使他人获得了某种精神上的需求和满足。但客观意义上的绘画商品化也是把双刃剑,一方面它在客观上促进画家进行形式多样的绘画作品创作,丰富了人们的精神生活和艺术市场,对推动当前绘画生产的繁荣起到一定的积极作用,这对于物质文明和精神文明的建设和发展都是有益的。

而另一方面,美术生产作为商品生产和一般意义上的物质生产还有着明显的差别,具有特殊性。美术生产的生产方式不同于机械式的工业操作和实践,它不但凝结着体力劳动,而且凝结着更为丰富的精神劳动,而这种精神劳动又以反应创作对象的形象性、直观性、艺术性为基准,且是唯一的,不可重复的。市场越需求,画家越批量生产,画家越如此,机械式的绘画作品会越来越多,这种画廊、画商和收藏者的大量需求和成批量的"订货",会使得有些画家为金钱而作画,违背艺术生产的基本规律。但反过来讲,美术生产的增多在促进文化产业发展的同时,也要求文化产业运营者按照艺术市场的固有规律来操作,合理、公正、公开的推动艺术市场朝着良性的方向前行。

三、产业化语境下美术创作的变化发展

在当代产业化语境下,美术生产已逐步产业化,创作者从追求个性理想、艺术自身语言转向为追求利润,面对大众消费市场,不断寻求艺术表现的新出路,从而,艺术创作大众化,审美理想大众化成为一种新的趋势。笔者认为,产业化语境下的美术创作和生产主要有以下几方面的变化。

1. 创作人员有所改变。

产业化语境下的美术生产为适应市场需要,适应消费者,必须扩大生产,扩大绘画产业需求,艺术家必须从独立创作变为集中式、流水线作业,因此创作人员也从纯粹的艺术家或艺术工作者扩展到工人、手工艺者,乃至农民、学徒。还以"中国油画第一村"深圳大芬村为例,大芬村以前是深圳龙岗布吉一个普通客家人聚居的村落,后来,一位香港画商带来了十几位画工,还招募学生,租用了一间民房,开始与外商签订订单进行油画加工、收购、出口的产业。近年来,大芬村的油画产业化发展越来越好,产业化道路逐步形成规模,大芬村的画廊或者画商的周围,都有一批长期为其供货的画工或者画师,其中有些画工就是美术系的学生,或是基本没有美术基础的打工者,经过一段时间的练习,就可进行

流水线作业,现在,大芬油画村的规模一年一年的扩大,油画远销海外各地。由此可见,产业化语境下的绘画艺术创作为了适应众多的消费者、适应消费市场,纯粹的艺术家远远不能满足大规模生产、满足艺术品市场,创作人员与创作队伍必然有所扩展,有所改变,只要具备了绘画技艺的学徒、手工艺者、工人、农民都可能成为创作者。

2. 创作方式与流程乃至销售模式有所转变。

以往传统的艺术家进行创作时一般都是独立思考、独立创作,有时需要集体创作也是共同画一幅画,而产业化语境下的绘画艺术创作要适应大规模生产、适应消费市场,独立创作远远不能满足市场大规模需求,创作方式与流程就变为家庭式、作坊式、集中式、流水线作业。因为同样一幅画要复制多幅,所以有时就像工厂做工时的流水线作业,每个人画一个局部,重复制作,分工合作,节省时间,提高效益。绘画创作具有了艺术创作和商品生产的“双重”性质,画家按照艺术创作的基本规律来进行创作,生产出优秀的艺术品;同时,画家又在绘画商品化的背景推动下进行着流水线似的批量生产,为大众、画廊、画商以及收藏家等作画,为金钱而“劳动”。

销售方式也采取集中、专营、上网、订购等多种渠道结合进行。譬如深圳大芬村聚集了一万名画家和画师这样一个庞大的创作群体,他们采取集中式、流水线作业,及时创作出大量作品投入市场,适应消费者,为世界各地的油画批发商提供需要的绘画作品,最大限度地获取利润。同时,集中的销售方式也给大芬村创造了更多的机会,现在采取店铺销售、开设网站、根据消费者需要定制等方式销售绘画作品,这种传统模式与现代网络销售相结合的专业销售模式的转变让大芬村迈出新的一步,给大芬村带来了更多的生意。

3. 创作目的与艺术家的创作价值观有所改变。

产业化语境下的美术生产主要追求利润,而非艺术创新,当然也有两者兼备交集的方面,既有艺术价值又适应大众消费市场。但是,为了适应市场需求,时效性、数量、满足对象成为创作的主要目的,复制性成为创作的特色与要求。譬如最新数据统计,深圳大芬村每年生产和销售的绘画作品就达到了 100 多万张,年出口创汇 3000 多万元,要完成这么多的畅销作品,就必须大规模地复制市场最流行的名画作品,画师主要是临摹、复制国外的油画大作。对于大多数创作者来说,大芬村油画创作只是一个谋生的工作,创作者从事绘画工作仅仅只是为了满足消费者的需要,为了挣钱,当然,后来有很多艺术家逐渐聚集在这里,慢慢有了原创的气氛,大芬村也开始有了一些原创作品,但主要目的还是为了迎合市场、利于销售、创造利润,主要形式还是复制。

　　同时,在产业化语境的影响下,艺术创作者的价值观也发生了改变。创作者改变了以往追求个性、追求理想的精神,而转为关注艺术品市场,关注消费者需求,力求通过市场效应来证实自己的价值。艺术创作者具有较为明显的市场价值观,在创作时表现内容为浅、简、软,以迎合艺术品市场,迎合社会大众,获得更多的经济利润。画家的身份也有了新的变化:一方面作为艺术家的身份存在,进行艺术生产活动,一方面又以商人的身份存在,投资艺术市场。从艺术家的身份出发,画家在当代社会进行属于自己专业领域的绘画作品生产,参加相关的艺术活动和各种美展等。后来一些画家从组织、策划相关的艺术活动到把一部分资金投入到书画市场,进行绘画作品的商品买卖,客观上也变成了商人。

　　4. 表现内容有很大变化。

　　在当下消费社会中,休闲的、轻松的、娱乐的通俗文化成为时尚,绘画艺术创作追求大众化的审美表达,美术生产表现内容改变以往艺术家体验生活、追求精神升华的创作,主要面对普通大众,按照大众阶层的审美要求、价值取向以及所需目的,表现一些祈福的内容,表现对美好生活的向往和追求,体现欢快、喜庆的格调,把闲适、安详、温馨、幸福等人们喜闻乐见的主题,通过合适的形式和题材表现出来,满足他们的审美需求。在这里,瞬间即逝的艺术形象再也没有传统艺术的永恒,艺术创作者的审美理想与受众的审美需求都得到实现。艺术创作者在关注大众审美理想时,不仅满足了人生社会价值的理想实现,也在快速的艺术品消费中获得丰厚的经济利润。

　　譬如大芬油画村就既是一个交易市场,又是一个艺术创作基地。艺术家与市场的这种直接联系,让艺术家直接生活在市场之中,直接感受市场的变化,了解市场的供需关系,参与市场交换,从而确定自己的创作题材。因此大芬村的油画有很多作品不一定是艺术大作,但是顾客并不在乎某一幅作品绘画水平的高低、艺术价值的高低,而是在乎这幅画是不是自己喜欢的题材,自己中意的色彩,能否买得起的问题,所以虽然大部分作品都比较廉价,甚至业内称之为“行画”,但正是那些吉祥喜庆的题材、赏心悦目的色彩吸引了顾客的眼球。一些油画不仅仅只是一种艺术品,更多的已经变成了一种装饰品,其实这就是他最大的特色。

　　因此,产业化语境下的美术生产在表现内容与题材方面有所侧重,与以往艺术家主要表达自己个性与精神追求有较大改变。

四、产业化语境下美术生产的美学思考

　　艺术知识一般来讲是艺术创作的一个先在性的语境条件。完全脱离艺术

史语境的艺术创作是不存在的。任何艺术家都有一个与其艺术创作相关的历史背景，从一般性艺术知识与观念之角度看，主要的背景是艺术史。另一个背景是艺术经验。不同的时代具有其特殊的社会形态，当然也就会有不同的艺术价值观念，考察研究每一件艺术作品，必然要将它放置在产生的时代以及特定的社会背景中来进行，而只有如此方能够确定这件艺术品本身的价值。

　　产业化语境下美术生产的形成和发展有着多重原因，究其历史原因，主要是由于全球化时代的到来，消费社会的到来，产业化语境下绘画艺术创作自身发展的需要。中国部分发达地区自 20 世纪 90 年代以后，社会重心已由生产过渡到消费，进入了一个在物质上极大丰盛的时代，文化趣味由精英转向大众，西方学者波德里亚称之为消费社会。在当代消费社会中，人们生活在商品世界、消费品世界，同时，商品的"形象"被有意识地精心设计而建构起来，进入到生产环节和整个商品的流通领域当中。

　　消费社会的消费者观念和需求都发生大的转变，大众的消费观念已然不再以价格是否"合算"作为唯一的依据，而是以审美是否"合意"作为主要标准。"合意"指的是一件商品要具有审美效果，要符合自己的审美需求，能使自己"喜欢"，最重要的就是商品本身要具有视觉审美效果，符合自己的心理需求。消费者在购物的过程当中，首先引起注意的是商品的外观形象性，感受到的是视觉审美体验、心理审美需求，进一步产生了解商品性能和价格的愿望。

　　随着消费社会商品流通的审美趋向的变化，消费社会中人的思想与追求发生了变化，审美接受者的需求日益娱乐化，这意味着消费社会审美态度正日趋转变：审美接受者在此时逐渐放弃了长期以来倡导的理性追求，崇高追求，只追求当下的审美愉悦、感性消遣，自动放弃了深度模式，摒弃了彼岸世界的崇高和理性世界的思考。

　　随着全球消费社会的到来，社会生产过渡到以消费为中心，商品过剩使商品竞争变得异常激烈。作为商品消费的美术创作，要着眼于全世界的消费者，而不再是面向某一地域的观众，要吸引观众，促进消费，创造利润，同样要寻求突破和发展。绘画艺术创作是最适合于现代人品味的消费心理和审美需求的类型之一。绘画主要通过吉祥的题材、明快的色彩、对美的追求来吸引观众。人们观看绘画作品只是为了娱乐和消遣，调节自己的生活节奏，得到美的享受等审美心理需求。因此，绘画作品要吸引观众，制造消费，实现盈利目的，实现资本增值，较好的选择就是绘画产业化。

　　当前产业化语境下的艺术创作语境的历史意识正在逐步退隐，艺术创作随资讯爆炸和高科技互联网的蔓延呈现出"群岛"特征。而艺术资本的介入则使得过去恒定的语境模式处于摇摆状态以及瞬间更替,改写先前的单一存在的语境结构。因此没有一个语境处于绝对的主导地位,诚然资本一时笼罩了艺术创作的独立性,成为目前当代艺术创作语境的主导力量,但这只是暂时性的。资本的进入总是好的,只是说如何将资本导引上正确的艺术道路,支持真正的艺术创造,而艺术创造最为重要的价值就是不断的逃离现成模式。

从文化形态角度看,产业化语境下美术生产可以被认为是一种之于存在的新哲学思维与思考方式,其生产取决于它特定的语境,即一个特定的语境状况决定了艺术的基本维度。这里的语境既有哲学上的以及特定地理时空的差异,又有其地域政治文化与历史意识形态的差异,既是内部条件所决定的,而同时又受外部条件的制约与影响。

产业化语境下美术生产在根本上来说,与社会整体背景紧密相关,或者说她是社会意识形态在文化的层面上的终端反应,是社会意识形态的神经末梢。当然,艺术自可以被作为一个阐释对象时,已经被纳入到意识符码能指链的本身结构当中。艺术与哲学相联系的历史就是人类通过特定的话语模式与自身以及自身之外的事物形象进行"谈判"的历史,这样的联系在古希腊哲学肇始之时就已经存在——艺术居于哲学的边界并围绕这个边界来确立自身的属性以及位置。这种关系显然决定了艺术创作的意图来自于对哲学就某种不可言说的隐秘衍生的意识焦虑进行另一种置换之欲求,而作品意义则受制于创作中一系列语境条件相互的能动与释义符码的不断更替,即话语模式在抽象维度上的嬗变。当我们在追问一件艺术作品的意义时,也就是说,考究作品的真理意义时,必须从与之相关的语境出发来进行追问。无疑,作品创作的过程以及作品的生产方式也是创作语境的一部分。西方当代艺术的产生发展本质上就是对艺术与哲学之关系的追问,因此当代产业化语境下的中国绘画艺术总是以观念作为首要的表述基础,对艺术存在的语境状况进行不懈的拆解。

艺术创作除艺术家所处在的特定的历史文化语境外,还受制于个体的认知能力以及对存在观念的理解差异,也就是说,关联于创作者的意图。另外,还有我们通常所说的对艺术的悟性也是一个在艺术创作中被普遍承认的重要条件——甚至在某个历史阶段被当成一种艺术的必要条件。当然,从一个艺术家总的艺术实践行为看,它的实践认知模式逻辑来自存在的一般性规律以及对这一规律所持的观念。如现实情景中的艺术"名利场"观念本质上而言——它是生存意识焦虑所造成的矛盾的暂时缓解。在艺术方面来看,就是艺术的"效果史"逻辑在现实中基于某种抽象层面的平等主义观念的延伸。在这个逻辑中,艺术要获得现时人们的关注,获得社会的认可,在艺术实践中选择什么样的艺术观念、立场、态度,以及艺术的表达方式就成为重要的策略。就其认可观念来说,艺术被认可程度与认可的方式在今天来说与过去已有所不同。因此非艺术市场时代的出名的艺术家被今人称为"有名的穷人",其揶揄同样适合今天中国当代艺术生态语境中的某一类艺术家,即那些没有艺术市场或艺术市场欠佳的艺术家。而在当今产业化语境下,还有相当一部分绘画艺术创作者主要面对市场,迎合市场,追求利润,从市场需求、从消费者需求出发进行创作,从事绘画艺术工作,这也就牵涉到艺术的秩序和制度的问题,而根本上就是艺术历史的问题,而这其中又裹挟着一个价值论问题,这些问题的存在其实就是艺术创作基本的语境问题,这也就不得不牵涉到艺术的秩序和制度的问题。如果艺术的"效果史"逻辑遵循于特定的整体性的文化政治意识形态系统原则,那么,可以肯定地说对艺术价值的判断必然是权力化的操作主义之结果。

　　总之,产业化语境下美术生产作为一种文化形态,一种独特的精神产物,它不可能脱离开当代社会背景以及历史意识。文化精神的历史延续以及艺术创作的时代性与特定的社会背景构成了艺术的语境,并对艺术的生产造成了直接性的后果,形成了当代产业化语境下美术生产的现状。

第七章

发达资本主义国家文艺创制的美学规制

在世界文艺创作和生产的格局中,发达资本主义国家的文艺创作和生产占据着重要的地位。所以,了解和掌握产业化语境下发达资本主义国家文艺创作和生产的基本情况,总结产业化语境下其文艺创作和生产的基本特点、美学规制,借鉴发达资本主义国家的文艺创作和生产经验,对于文艺产业化后发国家的我国来说,有着非常重要的力量意义和现实意义。在这一章中,我们选取产业化语境下美国的电影、日本的动漫、韩国的电视剧、英国的文学作为范例,来探讨发达资本主义国家文艺创作的美学问题。并且,我们以当今社会文艺消费的主要类型,也是产业化语境下当今电影创作和生产的主要类型——灾难片为例,来分析其美学取向、逻辑演变。

第一节 产业化语境下美国影视创制的美学规制

一、美国影视的发展及其成就

美国是现今世界上影视艺术生产的"超级大国",美国的影视生产历来被世人所瞩目。所谓超级大国,一是从数量和规模层面来谈论,美国的影视艺术数量在全世界范围内应该是最多的之一,其生产规模也是最大的之一;二是从影视艺术的质量和影响层面来谈论,美国的影视艺术成就非凡,其影视在全世界的影响堪称第一。

从电视层面来看,据研究统计,"美国传媒媒介控制了当今世界上约75%的电视播放节目,每年美国传媒媒介向其他国家输出的节目总时段长达30多万个小时。美国娱乐节目(含影视节目)的出口额已经成为美国的第二大出口产品。在所有的外销娱乐性节目中,电视剧所占的比例最高,金额也最大,美国的电视剧吸引了超过70%的行业广告,所以美国电视产业在文化产业中的地位可想而知。"①这个研究数据可以明显看出美国电视生产的威力,也可以推测出美国电视剧在全世界电视剧消费中所占的比例,以及它们在世界电视剧生产大格局中占据头把交椅的影响。

而美国的电影创作和生产,也是世界电影生产的领导者。近年来,美国电影产业各项指标均领先全球其他国家,电影消费是美国居民消费的重要内容,美国的电影票房收入近年来稳居全球第一。而且,美国的电影票房收入当中,海外的票房收入占较大的份额。这一点从近年来的电影票房统计也可以得到明证。"2010年美国电影票房收入全球排名第一,约为105.65亿美元,其票房总收入占全球市场份额的37.07%,其收入规模是中国电影票房的7倍多。同时,2010年,美国电影娱乐市场生产总值为344.31亿美元,这一数据占世界电影娱乐市场的40.4%,全球排名也是第一。"②并且,美国的电影产业链存在不断交叉融合和深度发展的特点。所谓的交叉融合,就是电影与电视、游戏,乃至于其他产业不断融合,交叉发展。优秀的电视剧又被改编为电影、电游,优秀的电影改编成电视剧、电子游戏产品,或者好的电子游戏产品又被改编成电视剧、电影,这种现象常常并存;在美国,很多影视生产企业是集传媒、影视、娱乐等庞大经营于一体的大公司属下的一个分公司,这种公司本身的性质也容易促成影视艺术的交叉融合,还能较好地促进影视艺术与其他生产生活的交叉融合。"2012年哥伦比亚、华纳兄弟、迪士尼、环球、20世纪福克斯、派拉蒙、狮门影业、顶峰娱乐等八家电影集团公司的票房收入与全美总票房收入比例为88.4%。而前六家公司又先后被索尼、时代华纳、迪士尼、康卡斯特、新闻集团和维亚康姆等6大综合性传媒集团所收购,成为这些传媒巨头构建各自传媒帝国的核心拼图。"③所谓的深度发展,即影视艺术生产并不局限于影视本身的生产,而是以电影电视剧品牌为契机,使其进一步延伸到其他的生产和生活当中,使得影视作品的衍生产品价值链得到充分开发,发掘。尤其是走红的电影电视剧,美国方面都会极力将其进一步做产业延伸,在其他的产业链上做好产业化的大文章。美国在影视产业价值链的延伸开发方面目前是世界上做得很好的国家之一。已有的研究统计得到的结果显示:"美国电影的票房收入占整个电影产业收入百分比不超过30%,美国电影产业超过70%的收入来自衍生产品的开发,

①　白小易:《新语境中的中国电视剧创作》,中国电影出版社2007年版。
②　中国电影家协会产业研究中心:《2011中国电影产业研究报告》。
③　[美]约翰·贝尔顿:《美国电影美国文化》,上海人民出版社2010年版。

即在优秀电影产品的品牌基础上,通过开发电影衍生产品的方式来获得票房以外的收入。这些衍生产品范围非常广泛,一般包括两种:一是基于电影产品本身的开发收入来源包括电视授权的费用、电影转化为电视剧的收费,制作电影DVD 碟片的收入,以及通过网络播放电影产品获得经费;另一种是基于电影产品衍生到人们生产生活中的产品的开发收入,包括电影的广告授权费用,玩具公司生产的授权玩具、服装、文具等,根据同名电影改编的网络游戏,基于电影或者电视剧品牌打造的主题公园,游乐设施等一系列的生产生活产品。"①

总之,自 20 世纪 90 年代以来,随着全球化的发展,大众文化席卷全球,美国的影视艺术也所向披靡,覆盖了全世界大部分范围。作为世界影视产业的核心力量,美国影视产业的发展不仅影响到美国的文化产业发展,而且对全球影视产业和文化产业发展和走向都产生重大影响。

二、产业化语境下美国影视创作的美学规制

美国的影视艺术是在市场化语境下产生并逐步发展,并快速步入产业化这一过程中逐步完善和发展,将商业规律与艺术规律完美结合的视听艺术。美国影视创作的美学规制有着适应产业化运作的独特之处,总结起来主要有以下几点。

1. 价值选择规制——娱乐性。指美国影视剧创作和生产主要是为了影视消费者的娱乐而进行的,娱乐性是其最直接的目的和宗旨之一。没有娱乐性,就意味着影视艺术不能吸引观众、不能吸引消费者。因为在美国影视艺术创作和生产者看来,这一美学的追求标准天经地义,消费者观看影视剧就是为了寻找快乐,就是为了宣泄自己的情感,就是为了寻找自己感情的寄托。美国的影视剧创作和生产者们充分认识到影视艺术的"娱乐性"特点,并采取各种方式、各种手段强化影视艺术的"娱乐性"这一特点。

美国影视艺术创作和生产者们认识到,影视艺术自诞生之日起既是一门面向大众的视听艺术形式,同时还是一项企业性的生产活动。作为一项特殊的生产活动和艺术形式,它有着区别于传统艺术审美的特点。最主要的特点之一是影视艺术首先应满足最广大民众审美娱乐的需要,只有满足了大众的审美娱乐需求,只有吸引住了最广大消费者的眼球,影视艺术才能获得更多的利润,从而拿出更多的资金继续扩大再生产。这一点与其他一些纯艺术有着本质的区别。

---

① 《美国电影产业发展研究分析》,[EB/OL] http://www.askci.com/news/201304/22/2217173730838.shtml

比如,绘画艺术单靠个人的兴趣爱好可以进行,绘画如果没有人欣赏,也可以继续下去。其他的一些传统艺术形式,比如音乐、舞蹈等也是如此。而影视艺术则完全不同,没有了消费者,继续生产就没有可能。"美国人将电影定义为'玩意'和娱乐就表明他们已经很清楚地把握到这一点。"①只有抓住这一特点并调动所有的力量来表现它,才能够赢得更多的观众,从而保证电影的商业利润。很多著名影视导演,比如格里菲斯的经历也证明这个道理。格里菲斯因为导演《一个国家的诞生》而引起了世人的关注,也引起了制片人的关注。《一个国家的诞生》最为根本的是以广大电影消费者的审美需求作为创作导向,故而取得非常好的反响,也取得好的票房收入,后来他导演的很多电影都是因为抓住消费者的欲望需求,注重审美的娱乐性而受到广大电影消费者的青睐,也为制片人赢得了不菲的回报。但是,当他想借《党同伐异》旁逸斜出地想要抛弃消费者的娱乐性这一根本标准时,也就意味着他同时也将被消费者所抛弃。《党同伐异》最后惨败而归,除了给制片人的投资造成了重大损失之外,也导致了格里菲斯声名狼藉,以后难以再接到制片人的邀请。②

因为人有追求娱乐的天性,而主动地有意识地追求娱乐是人区别于其他动物的标志之一。席勒指出人与动物的区别的根本标志就是:"人对外观美的会流露出自然的喜悦,对装饰和游戏有自觉的爱好,而野蛮人则处于动物状态的奴役之中,对外观、装饰和游戏等没有自觉的爱好。"这种"对游戏和装饰的爱好",就是作为生命主体的人所特有的区别于动物的审美活动。追求游戏、追求娱乐是人的精力过剩后必然的行为选择和精神需求,尤其是追求自由形式的尝试中飞跃到审美的游戏,才摆脱了盲目的动物性的本能快乐而进入到必然性的自由的审美快乐。③

从艺术起源说的角度来理解,人类的游戏经过自然演变,最后发展为艺术。这种艺术起源的理论非常好地解释了为什么人类对审美的娱乐性有天然的主动追求本能。因为二者在本质上具有合一性。因此,影视艺术作为一种大众的审美的艺术形式,它也必然追随人类内在的娱乐生理机制,使人得到一种精神上的放松和愉悦。④ 所不同的就是传统艺术追求的是生命个体的娱乐性,而影视艺术追逐的是大众的娱乐性。美国电影界的经典名言"电影是拍给12岁以

---

① 卢燕,李亦中:《聚焦好莱坞:类型电影的衍变与创新》,上海交通大学出版社2014年版。

② 同上。

③ 席勒:《美育书简》,中国文联出版公司1984年版,第133-138页。

④ 朱印海:《对作为大众文化范本的美国电影的分析》,《聊城大学学报》(社会科学版),2004年第6期,第25-32页。

下孩童看的"表明了美国影视生产者已经自觉地认识到电影是追求娱乐性这一特点的艺术形式,即使要传递深层的意识形态,也要通过娱乐性这一不需要通过过多的思考的形式来达到其目的。电影艺术不是要观众通过接受电影的说教,大众不是要通过,尤其是不是直截了当地说教来认知世界、阐释人生和表达理想等。①

2. 叙事技巧规制——新颖性。指影视叙事在具体的故事情节方面可以千差万别,但是有一点必须遵守,即叙事技巧必须新颖独到。故事情节发展,故事逻辑发展的新颖独到,具有足够的新奇独特,这是吸引广大观众的基础,因为人是情感的动物,非常在意故事性。"一个好的故事是影视成功的基础"。美国的电影一般采取封闭式叙事结构和线性结构方式。封闭性叙事结构指戏剧化电影的情节与情节之间互为因果,一般包括爱情、生存、性、暴力、悬念、追逐等情节元素,绝大多数影片以大团圆结局。比如,《拯救大兵瑞恩》《指环王》《阿凡达》《阿甘正传》《后天》《2012》等都是因为首先有好的故事而打动了消费者。

线性结构方式:这一结构方式的影视剧情节相对完整,往往具有明显的时间性,其开端、发展、高潮和结局显而易见,强调情节之间的起承转合,前后之间的因果联系,情节的来龙去脉相对清晰,逻辑性相对清晰,人物的生死命运等层层递进,与现实生活的逻辑顺序相符合,相一致。美国影视剧创作非常热衷于使用这一结构类型:"时间的统一(连续性时延或间断但保持内在一致的时延),空间的统一(明确的空间地点),以及动作的统一(清晰的因果和逻辑关系)来划分场景。"因为这种结构方式的相对简单,不用过多思考,所以很受广大观众的热烈欢迎。这种类型的结构方式也诞生了一批优秀的作品,比如,《肖申克的救赎》《珍珠港》《泰坦尼克号》《楚门的世界》《勇敢的心》等。随着社会的发展,单线型的结构逐渐被多线型的结构所代替。比如《沉默的羔羊》《七宗罪》《记忆碎片》等,它们展现了复杂性的叙事在影视艺术中的魅力,并越来越为人们,尤其是年轻观众所喜爱。

美国影视剧创作者和生产者们在影视艺术实践过程中深刻地领悟到这一点,并在实践中强化了这一特点。所以,在美国影视剧制作的整个过程中,编剧是核心的核心。美国的影视剧编剧不是单打独斗,而是往往有很多人,属于团队作战。先由一个主创人员提供一个创意,其他的编剧成员对这个创意加以讨论,确定好最终的创意后,所有的编剧根据自己的专业,进行各自不同的分工,

① 陈晓云:《美国电影:话语霸权与意识形态神话》,《聊城大学学报》(社会科学版),2004 年第 6 期,第 39 - 44 页。

再各自负责不同的情节编排,创作分头进行。完成之后,大家再一起汇合,将各自创作的情节编排和故事内容在一起加以讨论,得到认可之后,想办法将这些不同的情节和内容糅合成一个统一的剧本。在这个基础上,再进行细节创作和内容的丰富与发散,最后完成之后,再加以打磨润色,磨合成最终统一的剧本。往往一个编剧团队责任编剧都有好几位,每个责任编剧下面又有编剧团队,多者达到10至20人不等。"每个方向都有专门的负责人负责开发,比如情节的发展有团队去构思,人物之间的关系有专人负责去编织,特别重要的剧情高潮等也有团队专门负责,甚至为增加剧情对话的趣味性也有人专门给人物的语言进行修饰润色。"①最后总编剧再负责将各个责任编剧分工合作完成的多条线索和多个情节整合,加工,编织成为一部情节上跌宕起伏、逻辑上发展严密,心理上扣人心弦的电视剧。在这种众多编剧集体创作出来的电视剧面前,观众已经毫无招架之力,只有被感动、被吸引。这种对剧本的质量要求和近乎苛刻的创作体制也保证了美国影视剧的出奇制胜,这也是他们影视剧屡创奇迹的关键所在。

3. 人物形象规制——生动性。指美国影视剧的人物形象塑造在美学规制上,强调要塑造个性独特,鲜明生动,韵味十足的人物形象。既强调主要人物形象的魅力,也强调其他人物形象的魅力。对人物形象的处理,首先是突出主要人物的性格特征,故事情节和人物形象相互依赖,相互衬托。故事情节的展开往往围绕主要人物性格特征的展示来开展,同时非常注意以人情味和人性味灌注到主人公身上。这跟美国的价值观念,强调个人英雄主义有关,与此相关联,在人物的刻画上,主人公往往着墨最多。比如,《阿凡达》中的主人公杰克萨利(JakeSully)、妮特丽(Neytiri)。

在强调主要人物形象的同时,也非常强调其他人物形象的魅力。这一特点在美国的电视剧创作中尤其如此。这一方面是由美国电视剧创作本身的特点所决定,另外,也是由电视剧本身特点所决定。因为电视剧本身比较长,要制造持久的张力,才能吸引住观众。所以,其他的人物也必须有足够的魅力才能保证人物之间有对立、有矛盾、有冲突,才能有看点。这就好比是一部交响乐,每个人物都能够发出自己特殊的音符,这样最后才能构成一部完美的戏剧。这个特点也类似于生活本身,生活中大多数时候我们也很难对别人进行单一的道德判断和是非判断,这样我们更能够感知到戏剧魅力,感知到人物性格各自不同的魅力,正因为这样,人性和生活的复杂性得以表现。比如美国电视剧《绝望的

---

① 王茵:《近年来美国电视剧创作类型与特点》,《当代电视》,2009 年第 9 期,第 88 - 90 页。

主妇》,人物形象塑造得非常有魅力,每个人物都是活生生的,似乎就生活在观众的身边,似乎就像我们的邻居。编剧非常清醒地将4位主角代表着现实生活中4种截然不同主妇形象:离婚形象苏珊、完美形象布里、强人形象勒奈特、漂亮形象嘉比。编剧们将这4个类似于现实生活中真实境遇的女性形象塑造得惟妙惟肖,她们力图用自己的智慧和努力去打破童话故事中"王子与公主"的不变逻辑,却在对幸福生活的寻找中遭遇到人生的种种不幸和忧伤,每一种类型的女性代表的喜怒哀乐更像现代人生活中自己的真实境遇。这种人物自然被观众喜爱。

4. 技术制作规制——奇观化。影视艺术是一门视听艺术,这也就意味着电影电视剧跟以前传统的绘画、舞蹈、音乐等艺术门类不同的地方。所以,在技术制作方面,特别强调技术支持,从某种意义上说,没有科技支撑,没有技术制作,就没有影视艺术。美国影视艺术创作者和生产者非常好地理解了这一点,也在具体的电影创作与生产中执行了这一点。尤其是在图像时代,消费社会和景观社会到来之后,奇观化成为美国影视艺术创作的重要美学规制手法之一。"奇观化"是消费社会、景观社会到来之后美国影视艺术完美呈现其"娱乐性"特点的方式之一。美国影视艺术的奇观性更多地体现在它的文本构成和视听景观的创造上。美国影视艺术通过运用各种方式和各种技术手段将一系列奇观跟情节相结合,演绎成震撼观众世界的视听景观。"奇观化"指影视艺术所构筑的一幕幕景观给观众一种前所未有的冲击力、震撼力和触动性的奇景。它包括影视的结构、情节、人物、场景、画面、语言等诸多方面,其最本质的特征是独创性的视听效果。

影视艺术的"奇观化"有多种类型,周宪先生拨云见日,从纷繁复杂的现象当中抽绎出四种主要的类型:动作奇观、身体奇观、速度奇观、场景奇观。

"动作奇观,即种种惊险刺激的人体动作所展示的场面和过程。从西部片中的牛仔动作,到警匪片的枪战和特技,再到科幻片中种种奇特的动作设计,不一而足。"①动作奇观的核心是动作本身的视听美感和视听效果。因为要具备美感和视听效果,所以动作奇观中的"动作"往往与实际生产生活中不同,是创作者为了满足影视消费者的视觉审美需求而创造出来的动作,这种动作不符合力学原理,但是符合审美原理,所以很多动作夸张、变形、刺激,同时对情节结构和人物性格塑造毫无益处,但是却具有观赏性,趣味性,戏剧性等,能够吸引观众的眼球,故而影视生产者们往往不惜血本。美国商业电影动作大片比如《第一

---

① 周宪:《论奇观电影与视觉文化》,《文艺研究》,2005年第3期,第18－26页。

滴血》《钢铁侠》《虎胆龙威》等都是这方面的典型代表。

身体奇观,就是调动各种电影手段来展示和再现身体,以及作为身体延伸的种种机械和道具。在美国影视艺术的"身体奇观"中,女性的身体,尤其是女性的性感身体成为重点展示和再现的对象。穆尔维说:"女人作为影像,是为了男人——观看的主动控制者的视线和享受而展示的","电影为女人的被看开辟了通往奇观本身的途径。"因为身体的展示,尤其是身体的性感特征的展示满足了广大观众的窥视欲。"电影的编码利用作为控制时间维度的电影(剪辑、叙事)和作为控制空间维度的电影(距离的变化、剪辑)之间的张力,创造了一种目光、一个世界和一个对象,因而制造了一个按欲望剪裁的幻觉"。① 比如,美国的商业片《本能》《埃及艳后》《阿凡达》等是这个方面的典型代表。

速度奇观,就是表现"速度"本身,强调对"时间性"的观赏,张扬在极度的时间之内人的创造性。"速度在这里含有两层意思,一是镜头组接的速度或节奏,二是画面内物体或人体移动或运动的速度。速度奇观就是这两种速度的叠加和组合。"② 速度奇观突出"速度"本身的同时,其本质是突出人的创造力和能动性,这种速度完全超出了审美主体的正常经验,超出人们的审美想象。在当代数字化、全球化快节奏的语境下,美国影视艺术,尤其是美国电影创作顺应时代的发展,满足大众的要求,改变以往影视艺术创作所传承的娓娓道来的叙事模式,而是用速度来征服影视消费者,用"快看"与"看快"式的速度奇观满足当代消费者的审美需求。《生死时速》等可谓这方面的典范之作。

"场面奇观"指的是电影电视剧中呈现出来的各种独特的场景和环境景象。这些景象总体上奇特、奇怪、奇异、奇幻,具有不可替代的独特性,它们稀有、罕见、出人意料,善于变幻,迥异于寻常。场面奇观的本质是具有极大的观赏性和独特性,审美对象超出了审美主体平常的、一般的经验范围,具备了另外一种或几种特质,并且这种特质出人意料,不按照审美主体原来的经验惯性,不依循审美主体的情感逻辑延伸,即超出审美主体的审美期待,从而产生审美的愉悦。场面奇观又可分为自然奇观、虚拟奇观、人文奇观三种主要的类型。"场面奇观"是影视剧奇观化的重要组成部分,也是影视消费者获得视快感的重要来源。这方面最具代表性的美国电影美国的灾难片如《2012》,另外如《泰坦尼克号》《阿凡达》等电影中的灾难场景、战争场景、恐怖场景等都属于此类典型代表。

---

① 穆尔维:《视觉快感与叙事电影》,张红军编:《电影与新方法》,中国广播电视出版社1992年版,第206－208页。

② 周宪:《论奇观电影与视觉文化》,《文艺研究》,2005年第3期,第18－26页。

此外,我们认为还有一个重要的奇观,就是语言奇观。即创造非常符合观众心理需求,又具有特殊影响力的语言。这其中演员的台词,尤其是经典化的台词往往使得观众津津乐道,难以忘怀!比如,美国的情景喜剧之所以非常受欢迎,最为吸引观众的是他们的语言。搞笑化的语言往往在瞬间将日常生活的平庸、无趣化解,让人们感知到生活的乐趣,生命的美好。比如,《疯狂主妇》《成长烦恼》《六人行》《老友记》《实习医生风云》等;当然,幽默喜剧电影很大程度上也是这个方面的代表。

美国影视艺术奇观化美学规制使得美国的影视艺术在数字化和全球化的时代中能够紧跟时代步伐,引领时代潮流,很快就征服了全世界,成为世界影视艺术创作的新范式。从理论上对美国影视奇观化的美学规制加以讨论和分析,我们认为电影的蒙太奇理论为此奠定了丰厚的基础,后来科学技术发展为影视奇观化奠定了坚实的基础。数字技术与计算机模拟技术等现代科技尤其给影视艺术在打造奇观美学方面发挥了巨大的作用。现代科技与影视艺术的合谋极大地满足了人类好奇心,也极大地扩张了人类的想象力,从此人类可以上天入地,"精骛八极,心游万仞",看到自己从来没有看到的,看清楚自己从来没有看清楚的,人类在视听方面的极限被无限度地超越,影视艺术的表现力也被极大地超越。美国影视艺术创作者和生产者们正是凭借此"万里长空嫦娥舒广袖","上天揽月,九洋捉鳖",创造了一场又一场的视觉盛宴,让观众欲罢不能。①

三、美国电影创作与生产给我们的启示

美国影视创作和生产不是随意而为,而是有目的有计划的战略实施。首先,为了能够抓住大众的审美趣味,保证美国影视艺术作品得到消费者的审美认同,最后达到期许的票房回报,美国的影视企业在投资某部作品之前,都要综合地考虑世界影视市场的变化,主要是目标消费者的情感诉求、审美风尚的流变,以及最广大社会民众的时尚追求、公共情绪、价值导向等情况。只有在充分地、综合地考虑了某个影视作品的商业回报的前提下,才能够确定对某个影视艺术作品的投资。制片商们认为,电影"应该学会在银幕上反映现时的、即刻的大众激情,要抓住并滤清他们的离奇想法;重要的是,搞清楚此时此地令数以百万计的人们激动的是什么,而不是彼时彼地或者任何时候、任何地方他们将为

---

① 胡小易:《美国大片的成就及对中国电影产业发展的启示》,中南大学硕士论文,2008年。

什么而激动。"①只有这样,才能够牢牢地抓住消费者的眼球,得到消费者买单。

也正因为有这样一种理念,美国影视企业往往在启动影视作品生产之前,会按照严格的程序来挑选影视剧本。剧本能否被选中的最好标准是运用一些技术收单测试剧本对消费者的吸引程度:包括对影视消费者的预先"估量";突出体现在消费者的审美期待能否在剧本中体现;消费特点能否在以后的影视生产中被贯彻和执行等。"这些消费特点是制片人—制片厂的代表—在对导演和摄制组实行极其严格的财务监督的过程中所始终要求的。"②

这种挑选体制和机制决定了影视创作者和生产者主观的个人的兴趣爱好乃至偏见可以完全被排除在外,取而代之的是市场的需求、消费者的审美期待和价值追求,以及整个社会的情绪诉求。并且在以后的影视艺术作品创作和生产中能够贯彻实施,使得生产出来的影视作品能够面对不同民族不同阶层不同国籍等消费者的一致认同。

这种影视艺术生产体系决定了美国的影视企业非常强调对消费市场的研究。在产业化语境下,激烈的市场竞争,巨大的资本投入,要求对消费者的消费需求和审美趣味有比较准确地把握。所以,专业的学者必须吸纳到调研队伍当中来。

专业的社会学及其相关学科专家能够较好地运用专业的社会学、统计学、心理学、美学等学科的知识精准地统计看电影的人数、年龄阶段,他们的价值需求、情感要求和审美趣味等。在美国影视创作和生产体系当中,已经有专门的广告代理公司和咨询公司来从事这方面的工作,提供科学翔实的数据。这些专业公司往往以非常专业的科学方法对影视艺术消费者的认知和感知趣味进行预测,在创造具有吸引力的电影形象方面有着深厚的专业化运作经验,同时通过专业化知识体系来分析来更好地把握观众差异,对千千万万的影视剧观众的潜在需求做出精准的预测,得到社会大众在价值观念和文化模式方面的兴趣所在。③ 这些预测与估算结果使得影视企业能够为影视剧的创作和生产提供有效的方法,也为以后影视产品的发行提供非常有效的方法选择和智力支持。④

其次,一旦投资,美国影视企业便非常重视对影视消费市场进行加温,培

---

① E. 柯卡廖夫,胡榕:《面向市场的美国电影——当代美国电影制作模式的基本元素(二)》,《世界电影》,1993 年第 3 期。

② 同上。

③ 罗伯特·艾伦:《技术、社会变革和美国电影的转型》,《世界电影》,2005 年第 6 期,第 14 - 24 页。

④ 杨可:《类型化:好莱坞电影的经典密码》,《中华新闻报》,2004 - 08 - 25。

育,巩固,扩展工作。首先,展开规模庞大的广告宣传,为以后的影视作品发行做最好的准备。这项工作也就意味着对该影视作品潜在观众进行审美期待的烘染、引导和建构,使得潜在的消费者审美趣味调整到对该影片所倡导的审美趣味的频道上来。因此,对影视剧的创作和生产的美学规制的控制早早地提前到了对剧本选择,对影视剧的创意和影视剧的主题确定等影视剧的初始阶段就已经启动了。

在把握广大影视消费者情绪和审美趣味这条主要的道路上,美国影视企业在这一方面做得非常到位。他们认为影视创作必须自觉追寻社会风尚的变化,同时努力把握观众情绪变化,从而捕捉到广大观众的审美趣味变化,只有将这一变化的节律融汇到影视剧创作中去,将这种变化巧妙地实施到影视艺术作品的创作和生产当中,并使之成为影视艺术创作和生产的制度设定。这种做法为美国影视艺术产品畅销海内外提供了制度保证。只要回忆一下美国电影类型片中被海内外影视消费者万人空巷追捧的作品,如爱情片《泰坦尼克号》《阿凡达》,灾难片《2012》《大白鲨》,战争片《拯救大兵瑞恩》《珍珠港》,喜剧片《楚门的世界》《律政俏佳人》,西部片《小大人》《老无所依》,音乐片《海上钢琴师》《爆裂鼓手》,惊险片《第一滴血》《虎胆龙威》等,这些被广大观众津津乐道,久久回味,同时被批评家们公认为艺术品的影片就足以证明这一美学规制设定的重要性。

第三,类型化是美国影视艺术创作和生产当中一个重要的法宝。要将这充满趣味性,有着奇观化,新颖性的影视剧打造成一个个令人着迷的"梦世界",紧紧地抓住消费者的眼球,美国影视创作者和生产者运用了"类型化"这一战无不胜、攻无不克的方法。

"类型化是好莱坞电影取得辉煌战绩的法宝之一。类型电影是一种影片创作方法,是对第一部成功电影的模仿性创作,观众在同一类型影片的欣赏中也会收获"似曾相识燕归来的欣慰感。好莱坞的类型片大致可以分西部片、战争片、灾难片、爱情片、动作片等 12 种类型。"[①]每一种类型都有相对固定的表现范式——其审美取向、题材选择、情节结构,主题表达、语言对白、人物形象等有着相对固定的模式,最后也生产了适合于这种审美模式的影视观众。类型化的影视生产,"各个类型影视的价值观念、审美取向、人物形象、叙事结构、影像构图

① 黄柏青:《产业化语境下我国影视生产的美学变化及其深层意蕴》,《湖南大学学报》(社会科学版),2014 年第 3 期,第 79 - 83 页。

等要素都构成一个相对封闭的规则系统。"①在这个封闭的规则系统当中,其美学规制基本上也大致相同:大致相同的电影类型对应相同的审美趣味,面对同样类似的审美期待,创造类似的审美景观,歌颂共同的审美理想。虽然,同一类型的影视艺术作品在具体的人物、具体的场景、具体的情节、具体的叙事、具体的语言等方面会有不同,但是在更高的层面来审视,删繁就简,就会发现它们在主题设定、情节设置、题材选择、人物形象、叙事策略、语言风格等方面都采取大致相同模式,沿袭固定的套路,其基本走向大致相同,最后达到大致相同的情感认同和心理认同。

"这种类型化的产业生产模式在生产所谓的鲜明个性化的同时,其本质又表现出鲜明的标准化和伪个性化特点。"所谓的"个性化"就是每部影视剧都具有独特的风格特征,与其他的影视剧有较大的差异;所谓的"标准化"就是按照统一的创作标准进行创作和生产,所以这种标准化创作使得影视剧在主题方面、题材方面、情节构思、场景取舍、人物塑造、叙事设计等方面表现出相同或者相似的特征,都有早已经设计好的模式,早就决定好的套路;所谓的"伪个性化"是指这种看似不同的特色鲜明的影视剧都似乎有如马克思所言说的"典型环境中的典型人物",是"独特这一个";但是本质上分析,这种"独特的这一个"又是相同或者相似的,表现出典型的非个性化特征,因为这种看似独特的个性是伪装起来的个性,因为按照这种类型化的创作和生产套路,影视巨大题材早被决定,影视剧的主题早已确定,故事情节的发展结局有固定的模式,人物之间的关系也已经设定好了,背景和场景的设计也早就决定好了,乃至于广大观众审美心理反应也已经预定好了。稍有差异的只是表演同一个主角的演员他们的面孔有着差异,人物的衣着打扮有着差异,人物出现的场景有着差异,人物的语言有着差异,但是"影视剧在没有出乎观众预期图景的曲折进程中,印证了观众原来就有或期望拥有的审美意趣和心理认同。"②

需要指出的是,美国的影视作品本质上起着传播美国价值观的作用。美国影视剧都有意识或无意识地渗透强烈的个人主义信念,强调个人奋斗、追求个人幸福等剧情表面背后传递着"自由、平等、博爱"的美国价值观。这种人生观、价值观、世界观体现在美国人的日常生活则表现为崇拜科技、喜欢探索、关注未来等价值选择,体现在影视作品创作上,则在情节设置、人物塑造、题材选择、叙

---

① 黄柏青:《产业化语境下我国影视生产的美学变化及其深层意蕴》,《湖南大学学报》(社会科学版),2014 年第 3 期,第 79 - 83 页。
② 同上。

事风格等千差万别的背后弘扬"自由、平等、博爱"的价值取向,并将这一理念演绎成永恒的主题传递到世界各地。

总之,美国的影视艺术创作是美国特定社会机制和特定文化因子等因素综合作用的结果。在美国的影视艺术创作和生产中往往有意识或无意识渗透着美国国家和美国民众的价值取向、审美趣味、文化选择等深层次的内容。为美国的影视艺术作品常常非常巧妙地将现实社会真实的"矛盾冲突"转化影视剧中虚拟的"戏剧冲突",通过影视剧的经典叙事将影视剧的"文本神话"向现实生活中"社会神话"巧妙地加以演变,使得美国的文化标准在广大观众自愿的审美欣赏中完成了全球化推广和主体性建构,而这也正是好莱坞意义上的《白日梦幻》的意旨所在。

第二节　产业化语境下日本动漫创制的美学规制

日本动漫是世界动漫创作和生产的奇迹,也是产业化语境下艺术创作最为成功的范例之一。对产业化语境下日本动漫创作美学规制进行分析总结,能够为动漫后发国家的我们提供诸多的策略参考和智力支持。

一、日本动漫创作发展及其成就

1961 年 1 月手冢治虫的代表作《铁臂阿童木》登陆日本富士电视台是日本动漫业提速起飞的标志。1963 年 9 月同名作品由美国 NBC 全国广播公司购买,播出反响热烈,并由此开启了动漫作为日本文化输出的先河。此时,我国尚处在计划经济阶段,由国家统一调配生产着被称为美术片的动画。尽管我们也推出了诸如《大闹天宫》等在国际上享誉的作品。但在日益落后的生产机制和狭隘的创作理念的影响下,国产动漫和日本动漫的差距从彼时起已经悄然拉开。

漫画在日本国民生活和国民经济中占有重要的地位。2000 年,日本文部省在其出版的《教育白皮书》中,就对日本的漫画唱了一曲很好的赞歌,称其为"日本的文化",并将漫画看作与日本的茶道、歌舞伎、相扑等相提并论的"国宝",认为漫画是现代最重要的表达方式之一。目前,漫画出版产业约占整个日本出版销售总数的40%,销售总额的20%,并且漫画还作为日本的一张名片,远销到世界各地,在海外受到广泛的关注。据统计,目前"日本已经成为世界上最大的动漫制作和输出国。目前世界播放的动漫作品中,有60%以上来自日本,而欧美的动漫作品也只占20%左右。从2003年开始,日本动漫产业的年营业额超过200万亿日元,成为日本第三大产业。日本销往美国的动画片以及相关产品的总收入是日本出口到美国的钢铁总收入的四倍。"①

目前,日本仅职业漫画家就有3000多人,其他插画家、自由漫画家则数以万计。各种动漫杂志刊物达350多种,日本一年的出版物大约60亿册,其中漫画期刊和单行本超过30%。90年代的鼎盛时期,漫画出版物几乎占图书出版总量的一半,迄今仍维持在占总出版物三分之一的比例水平上。据日本出版科学研究所的统计,2009年漫画单行本全年销售额达到4187亿日元,漫画杂志销售额达到1913亿日元。② 在日本,各种动漫杂志多达350种,内容庞杂、分类细腻。按受众年龄可分为幼儿类、少年类、少女类、成人类等;按作品题材又可以分为校园类、励志类、神话魔法类、悬疑推理类、搞笑类等。拥有400多家动漫制作公司的日本,夜以继日地生产动漫,电视台每周播放动漫节目80多集,一年播放的动漫节目接近4000集。

作为日本的经济支柱,日本动漫年营业额逾230万亿日元。产业链完善成熟,动漫作品及其衍生产品占日本GDP的10%,已成为日本第三大产业。据日本贸易振兴会调查的数据表明,2003年销往美国的日本动漫及其周边产品的总收入为43.59亿美元,是日本出口到美国的钢铁总收入的4倍。现在,日本的动漫几乎占据了世界各地电视台半数以上的动漫播放时间。日本动漫开始主导世界动漫市场,出口到70多个国家播放。目前全球的动漫约有60%是日本制作,在欧洲甚至已达到80%以上。③

日本动漫在国际电影节上也屡屡获奖。2001年由宫崎骏执导制作的《千与千寻》获得第52届柏林国际电影节金熊大奖和第75届奥斯卡最佳动画长片奖。2014年宫崎骏获颁奥斯卡终身成就奖。2015年再次获第87届奥斯卡金像奖终身成就奖。这些奖励都是国际影视界对日本动漫成就的充分肯定。

---

① 李然:《日本动漫产业化经营对中国动漫产业的启示》,《北方经贸》,2010年第1期,第17页。

② 张文秀:《日本动漫对现代社会的影响》,《青年文学家》,2011-09-10。

③ 王小环:《日本动漫衍生产品的开发对我的启示》,《编辑之友》,2008年第7期,第90-92页。

二、产业化语境下日本动漫创作的基本特点

日本动漫在长期的发展过程中形成了自己鲜明的特色,我们粗略的加以概括和总结,主要有以下几点。

1. 以漫画创作为本的生产机制。

日本动漫已经形成了一套完整成熟的创作和生产机制。早在 20 世纪六七十年代就已经形成了成熟的动漫创作和生产的产业模式:以漫画为原作,进而衍生出巨大长远的产业链:一般是将出版优秀、成熟畅销的漫画动画化,进而在漫画和动画的基础上进行游戏开发,进一步深度开发的则是将漫画动画产品进行衍生产品的开发和利用,从而形成可靠有利的产业链,产生长远的经济效益和社会效益。

日本的动画大多改编自畅销漫画。扎实强大的漫画创作是日本动漫产业发展的基石。在所有出版物中,漫画杂志占整个国家杂志发行量的约 31% ,漫画单行本约占整个图书市场的 69% ,平均每天有近 25 部漫画单行本发行。日本漫画起步较早,19 世纪中后期就已出现诸如《Japan punch》《团团珍闻》等模仿欧洲风格的讽刺漫画刊物。而真正现代产业意义上的日本漫画则诞生于二战后,由"动漫之父"手冢治虫赋予它全新的概念,并创造了由漫画改编动画的动漫生产方式。

日本的漫画主要是通过杂志连载来吸引读者,每期刊载一个章节,保留悬念,引发持续关注。日本的漫画杂志数量达 350 多种,年营业额相当可观。有代表性的是五六十年代相继出现的《周刊少年 Sunday》《周刊少年 Magazine》和《周刊少年 JUMP》等。其发行量至今维持在相当高的水平上。

从创作到出版,日本漫画遵循着"调查至上"的原则。对于业已完成的中长篇漫画作品,作者可以向杂志社投稿,杂志社会根据以往的经验对其内容作出初步评审,然后与作者签署意向性的合同推出连载。大部分漫画创作是和杂志刊载周期保持同步。杂志社向作者约稿,而作者也要及时在与杂志社协调的前提下跟进创作。不论是哪种方式,在连载过程中,杂志社还会通过投票的方式来收集读者评价,并将调查结果量化成受欢迎程度进行排名公布,直接刺激和影响创作者的创作。另外,杂志社还会以问卷调查的方式来征求读者对人物设置或剧情走向的意见,并将结果反馈给创作者,间接地影响故事结局。通过一系列市场干预的机制,引导艺术创作,满足读者需求、践行着优胜劣汰的市场竞争法则。

如果漫画连载受到欢迎,出版商会游说创作者根据市场需求推出续篇,敦

促其延长创作周期,追逐更多的经济效益。一般来说,创作者也会继续跟进。另一方面,系列漫画通常会以单行本的形式再出版。单行本的出版既方便集中阅读或收藏,同时又是一次巨大的商机,最大限度地将原创漫画的价值转化为利润。如由鸟山明创作于1984年并在《周刊少年JUMP》连载十年的漫画作品《龙珠》就曾不断续写扩容,其全球单行本发行量达到了2.3亿册。另一部由岸本齐史创作的人气漫画《火影忍者》于1999年开始在《周刊少年JUMP》上连载,其间屡次想封笔的作者在良好的市场驱使下,直到2014年11月周刊第50号的发售才宣告创作完结。《火影忍者》的单行本也取得了全球累计发行超过2亿册的成绩。

因此,通过漫画的连载和单行本的发行,我们可以看到市场自主充当动画生产项目可行性论证的角色。对漫画进行筛选的过程,由漫画改编成动画,一方面漫画内容可以直接作为动画创作的蓝本,另一方面,商业风险已被整个漫画生产机制降到最低,从而在资金募集阶段更容易得到各方的青睐与投资,推动后续的动画生产。

2. 与动漫生产同步的衍生品开发。

60年代,电视逐渐普及,手冢治虫开始致力于把他创作的漫画《铁臂阿童木》改编成为动画。在电视动画起步阶段,通过授权电视台播放所获取的版权费相对低廉。因此为了维持创作,一方面缩减制作费用,另一方面还动用包括漫画稿酬在内的个人资产来投入到动画的生产当中。在经费最为拮据时,手冢甚至通过出售阿童木的形象开发权来弥补资金的不足。不料,当时的权宜之举,却意外地奠定了日本动漫产业的基础,塑造了最初的运营模式。

从动漫产业链的关系上来看,以电视节目的广告收入作为动画创作的初始资金,以玩具销售利润支持动画的后续制作,动漫形象的开发授权并非是在动漫创作完成之后才开始,而是伴随整个动漫生产的过程。并作为盈利环节来推动动漫的持续生产。以此形成一个循环的产业链,取得商业价值的最大化。

比如,20世纪70年代末上映的《机动战士高达》。作品以其严肃的人文背景和对于未来的探索精神,使得SF类动画成为动漫创作领域的一大流派。同时,充满未来感兼具机械类美学特征的动画形象又极富玩具开发价值。高达模型几乎在动画片播映的同时就以衍生品的方式面市。由最初固定的几款合金玩具到BANDAI公司开始研发不同系列的模型。期间更新换代,不断推出新款,激发了动画迷的购买欲和收藏欲,成功开创了长达三十多年的高达玩具市场。即使是在动画片早已终止播放的今天,其玩具开发市场仍然方兴未艾,如火如荼。

动漫作品的火爆必然是和玩具等衍生品的热销密切相关的。二者相辅相成,彼此促进。在衍生品的开发模式和制造新的衍生品概念等营销意识方面,日本动漫也走在整个世界动漫产业的前列。如20世纪70年代出现的万代玩具公司就曾创造性地介入动漫创作和生产领域。万代公司不是按常规推出动漫作品,而是以精巧的玩具生产作为先导并赢得市场关注,然后再委托动画公司根据已经面市的玩具来创作动画,以此激活产业链条的连锁反应。此外,由任天堂公司发行的《口袋妖怪》系列游戏也曾如法炮制这一营销模式,以游戏研发为先导,在积累了市场人气之后,先后将游戏主角皮卡丘植入到了名为《神奇宝贝》的电视动画和电影动画当中。在这一过程中,前者是后者的基础,后者对前者又有一定的促进作用,各个环节相互带动。搁置"鸡生蛋"还是"蛋生鸡"的生产逻辑关系,注重策略在动漫产业发展当中带来的实效。

动漫衍生产品从最早的仿制动漫形象的玩具到日常用来装点生活的饰品、文具、日用品、食物包装、衣服等,商业触须可谓无孔不入。比如,利用服装道具以及化妆来扮演动漫角色的cosplay就拓宽了衍生品的范畴。Cosplay本身具备衍生品的所有特征和商业属性,动漫明星的服装、饰品,以及使用的道具都可作为物质生产对象进入消费品市场。同时它也可以作为一种促销手段。比如动漫公司为宣传产品,在商业活动中雇人装扮成动漫中的角色,通过现场表演吸引人群,激发受众对于动漫形象的再次确认,从而产生拉动效应。源于衍生品概念的cosplay进入到了比物质消费更加形而上的层面,成为仅次于动漫文化的一种衍生品亚文化。然而文化最终又会反过来引导消费观念。

3. 灵活配置的人力资源与运营。

在动画创作和生产的人力资源和管理运营方面,创立于1985年,由宫崎骏主导的吉卜力工作室有着相当强烈的个性色彩。与手冢治虫不同,吉卜力工作室主要致力于电影动画的创作和生产。在长期运营当中总结出了一套适应自身发展的动漫生产模式。模式本身从一个侧面反映了日本动漫生产的一些总体特征,完善和推进了日本动漫产业的进程。在工作室成立的那一刻起,对于每一位员工来说制作一部动画电影,成败尤为关键,失败则意味着工作室将无以为继。而动画制作的成本80%左右来自人力,因此为了降低人力雇佣成本,平时工作室的全职员工极少。只有在开始投入制作的时候,才会招募七八十个左右的人员进行集体创作和流水线式生产,当制作完成之后,临时工作组也随即解散。

在作品获得成功,取得较好的票房成绩的时候,公司的运营模式也会有所调整。如1989年由宫崎骏执导的《魔女宅急便》成为日本全年度最卖座的电影。这部电影所带来的经济收益,超过了吉卜力工作室之前所做的每一部动画。在这样的情况下,组织运营者为了增强公司凝聚力和工作效率,决定建立一个固定的工作总部,实现全体员工的长期聘用制度,同时进行员工培训和增聘等。管理运营方式的转变,促使整个公司能够适应不同阶段的要求。

当业务量扩大,工作量剧增的时候,公司作为总承包商,也会考虑以更加低廉的价格将一部分业务转包给其他的动画制作方,甚至"外包"到国外。日本目前的动画制作 80% 由外包完成。据调查显示,像日本动漫业巨头东映动画公司在菲律宾就拥有百人规模的动漫制作团队。日本约有三分之二的动画制作公司将业务外包给韩国。转包实际上属于资本生产层层盘剥的方式,但是也有着注重分工合作,务实高效的特点。为了兼顾组织核心竞争力的保持,又要解决人力不足,缩短工时周期的问题,将非核心业务委托给外部的专业公司或个人。原公司只负责核心创意和设计环节,把技术含量较低,劳动强度较高的环节分配到拥有廉价劳动力的地区或国家,充分利用国际分工,把包括人力雇佣在内的制作成本降到最低。像《千与千寻》的大部分前期工作就是在韩国完成的。正是这种精打细算、团结互助、缔结家庭作坊式的亲情纽带等日式企业精神,成为中小型动画公司得以在市场竞争机制中灵活转身,立于不败的原因。

4. 风险共担的动画制作委员会制度。

出现于 20 世纪 90 年代日本泡沫经济破灭时期的《新世纪福音战士》是成熟期日本动漫发展的重要节点。这部由庵野秀明执导,内容充满离奇构想,极具宗教感和科学意识的作品在日本社会掀起了巨大反响。《新世纪福音战士》作为原创动画,没有经历漫画创作连载阶段,直接以动画形式面世的作品,打破了日本动漫创作和市场运营规律,被喻为日本动漫史上的一座里程碑。

然而,追求"零风险、低投入、高产出",始终是包括动漫生产在内的资本追逐的目标。没有经过市场检验的对象又该怎样进行生产呢?"动画制作委员会"正是在这样的状况下诞生的。动画制作委员会制度是指由多个赞助商共同出资投入某部动画的生产。其最重要的功能就是实现了动画生产的"风险均摊,利益均沾"。

从制作委员会的构成来讲,主要来自于包括动画制作公司在内的电视台、出版社、广告代理商、玩具公司等。委员会的成员实际上就是整个动漫产业链的利益攸关方,每一方的投资额直接关系到将来的相应股份收益。

制作委员会的投入既可以很好地帮助解决制作费用的问题。而且作为制作委员会里面的成员,还可以利用各方资源和相应的渠道帮助动画生产推广周边产品,提高动画周边产品的市场占有量,有效地收回成本并实现盈利。

制作委员会的出现不仅解决了融资的问题。还带来了新的生产模式的形成。如前所述,大部分日本动漫都是先有漫画,后有动画的生产模式。但是新的制度却实现了先有原创动画,然后再创作漫画的生产秩序的变更。动画的先行造势,成为漫画出版的试金石。这一举措不但拓宽了营销思路,同时原创动画由于接近电影的生产方式,在运营过程中还捧红了演唱主题歌的歌手,音乐和明星偶像就此进入动漫生产和商业推广环节中,使动漫在与娱乐业的合作中得到了更大的影响力和空间,创造性地实现了产业链的调整与革新。

日本动漫的创作与生产包含着日本民族的集体观念和团结协作意识,加上精益求精的企业精神和成熟的市场运营经验,制作委员会已经成为日本动漫生产的主流机制。

5. 始终如一的二维手绘。

熟悉日本动漫的人不难发现,从动漫的初创阶段到八九十年代的鼎盛时期,再到新近的如《秒速五厘米》《起风了》等,不论是电视动画抑或电影动画无一不是恪守着二维手绘的方式。

正如前文所述,日本动漫是以漫画创作为根基的。从商业的角度来看,考虑市场回报,确保既有果实的守成思维都会左右随之而来的艺术生产。漫画的绘画风格也必然影响到动画创作在语言方式上对它的沿袭。与此同时,日本是一个注重弘扬本土文化的国家,与漫画语言和图式息息相关的,代表着日本民族的美学思想和传统绘画观念的浮世绘在动漫生产领域始终有着强烈的存在感,并成为日本动漫不愿放弃二维手绘的商业考量之外的另一个原因。

浮世绘又名风俗画,分为木刻和肉笔两种类型。不论是从艺术特征还是内涵旨趣上来讲都和早期的漫画非常接近。在漫画出现之前,以线条勾勒为主,平涂填色为辅,稍带明暗,兼具装饰性的肉笔风俗画就已成为大众最乐于接受的艺术形式。这种建立在模拟木版画风格基础上的绘画类型也直接决定了后来漫画的绘画风格取向。

现代的漫画在萌芽初期就曾一度被称为鸟羽絵。而运用拟人化的手法,以滑稽有趣的事物为表现对象,具有讽刺性和娱乐性的鸟羽絵正是当时浮世绘的重要分野。后来的漫画致力于拓宽表现范围,在不断的发展过程中兼容了包括以历史故事为题材的见立绘、以武士传奇为题材的武士绘、以小孩玩耍为题材的子供绘等在内的表现内容,之后慢慢演变成为今天的日本漫画。

在电脑动画蓬勃发展的今天,手绘作为一种最基本也是最传统的动漫制作方式,通过人手来控制线条的感觉,在笔触的传导、精微的刻画以及细腻的情感表达方面仍然有着包括鼠标和手绘板在内的电脑设备所无可取代的部分。更不是那种以电影生产理念为绝对标准,抛弃手绘能力、倚重电脑硬件设备、强调软件运用的技术观念,通过建模赋予材质、仿效场景灯光、调动镜头、最后通过渲染来生成虚拟影像,将情感和艺术表现力进一步统摄在工业化的生产模式下的三维动画所能够比拟的。

从工作流程的角度来讲,现在的日本动漫通常是在手绘的基础上适当结合电脑 CG 技术的运用,通过扫描纸本动画稿之后利用电脑来上色,并完成后期的合成编辑等。电脑技术仅仅只是作为提高工作效率的手段,整个制作模式仍然体现着以手绘为主导的特征。我们可以想见在未来相当长的一段时期之内,二维手绘动漫仍将作为作为日本流行文化的代表,以及世界动漫艺术格局当中的一种重要的风格类型继续存在。

三、日本动漫创作的美学规制

日本动漫之所以能产生如此之大的影响,除了日本政府的扶持,日本国民的参与、日本文化的影响、日本动漫企业的努力、日本动漫创作人才本身的拼搏等因素外,日本动漫创作的美学导向也是日本动漫能够在日本流行,并且畅销国外的主要因素之一。尤其是在产业化语境下,日本动漫创作有着多重的美学规制,对日本动漫创作和发展起到较大的影响。总结产业化语境下日本动漫创作的美学规制,对动漫产业后发的我国来说,应该具有积极的借鉴意义。我们删繁就简,认为产业化语境下日本动漫创作的美学规制主要表现为以下几点。

1. 动漫创作的目标性相对明晰明确。

产业化语境下日本动漫艺术创作的出发点主要针对目标消费群体的审美趣味和价值追求而创作,审美主体的审美趣味成为动漫艺术创作最重要的出发点,发现并较好地表达动漫消费群体的审美趣味、情感诉求和审美理想是动漫艺术生产者最主要的关切点,这也就决定了动漫艺术创作审美创造的目标性——即针对目标消费群体的审美趣味和价值诉求而有意识地、有组织地进行创作与生产。在产业化竞争格局中,日本动漫企业和动漫创作者们有意识地将自己的创作圈定在某些动漫接受群体身上,在审美趣味和价值诉求方面表现为尽可能地接近和呈现这一群体的审美要求和价值诉求。关于这一点从日本动漫分类上也能够体现出来。

也正是因为不同的动漫企业其着眼点不一样,创作的动漫在审美趣味和价值追求方面就不同,从而造成了日本动漫在审美趣味和价值诉求方面体现为多元性的趣味和价值诉求共融共存的特点。多元性即不局限于单一的趣味体现,不追求唯一的价值追求,而是各种趣味和价值诉求都能在动漫艺术创作中并行不悖。动漫艺术创作在审美趣味和价值方面"不再有所谓的主流观念,而是各种观念并行不悖,各种趣味都大行其道,呈现出多元共融的局面。"

比如,针对日本青少年的动漫是为了体现理想追求,要将美好的理想,公平正义等价值追求在动漫里不着痕迹地体现出来。如宫崎骏的动画所强调的正是这一点,在他的动漫作品里,寄托着创作者美好的人生理想,表达了对自然和社会及人类的强烈的人文关怀。在宫崎骏的动漫作品中,男女主人公都是勇敢坚强,善良可爱,宽厚仁慈,充满了理想主义情怀! 比如《幽灵公主》(1997)、《千与千寻》(2002)中的幽灵公主和千寻小姑娘,都是其中的代表。①

有的动漫艺术纯粹是着眼于娱乐性,强调审美接受群体的感性享受、情感寄托和欲望宣泄(个人感性欲望情感的呈现和宣泄)。娱乐性成为动漫最主要的追求目的,其余的处于次要的地位。比如日本的成人情色动漫,就是提供给成年人用于情色消费的对象。这种动漫作品,往往对人体的性感部位进行夸张描绘,情色镜头和暴露镜头俯首皆是,充满着颓废主义色彩。

着眼于教育功能性的动漫,主要是针对低幼儿的漫画和动画,其目的是为寓教于乐,服务幼儿教育成长和娱乐而创作。比如,针对0—6岁年龄阶段的低幼漫画读者群这一目标消费群体的漫画创作,就是主要强调其教育功能。其目的性特别强,一是用来指导年轻的家长,帮助他们建立起教育子女的系统知识,以便更好地教育孩子成长;二是用娱乐的方式来培养小孩良好习惯,使得小孩在无意识中树立正确的人生观、价值观,培养孩子的良好生活习惯,行为习惯,思维习惯等,以期成长为对社会有用之人。如知名的育儿系列漫画丛书《小熊宝宝绘本》(著名女漫画家佐佐木洋子创作),长期在日本畅销不衰,深得日本宝宝们和年轻父母的喜爱。这套系列漫画丛书,内容丰富翔实,涵盖了幼儿生活衣、食、住、行、玩等各个方面。行文幽默风趣,人物形象可爱,画风简约细腻,小孩喜闻乐见。之所以如此精耕细作,其目的就是要让婴幼儿在自己的成长过程中,增长知识的同时能开发宝宝的智力潜能,树立正确的人生价值观念,养成良好的行为习惯,生活习惯,具备正确的做事态度。例如,《午饭》这一作品就是要通过午餐进食这一简单而每天必须要面对的事情,告诉孩子们分享很快乐的道理;《好朋友》则是通过小狸猫克服胆怯、害羞、敏感、紧张等心理与伙伴们一起玩耍的故事鼓励胆小的孩子要克服困难,勇于表达,因为只有表达了自己的想法和愿望,才能和老师和小朋友们沟通,得到他们的理解和支持;《拉巴巴》更是通过教会小孩怎样大便,告诉小孩子不要小看身边的小事,就是大便这样的事

---

① 秦刚:《感受宫崎骏》,文化艺术出版社2004年版,第113页。

情,也是很重要的一课,要培养好的大便习惯。"婴幼儿逻辑单一,对事物的理解也相对简单,几乎每时每刻都需要大人的呵护与引导,因此,此类漫画书恰当地充当了他们成长中的'父母角色'。加之这类漫画色彩明快、鲜艳,造型很'卡哇伊',文字简洁,道理易懂,因而深得小小朋友的青睐,而且适合他们喜欢反复'阅读'的'读书习惯'。"①

当然,审美趣味和价值诉求虽然不一样,当时受到时代和文化的影响,日本动漫艺术也有趣味相同和价值诉求相似的一面。比如,日本在 20 世纪 70 年代至 90 年代,每个时代都产生了影响巨大的动画,并且都建构了固定的审美趣味和价值诉求的审美消费者。70 年代的《宇宙战舰大和号》,建构起了与经济升腾期相应的感伤情绪审美趣味;80 年代的《机动战士高达》,流露出的"虽败犹荣"和"士兵不死"等美学趣味的追求;90 年代的《新世纪福音战士》,在经济泡沫期的背景下,从心理层面进行切入,以极强的自我代入感和特立独行的镜头语言赢得了一大批粉丝。

2. 以类型化方式进行审美创造。

审美创造的类型化最集中地体现为类型化的创作手法和套路,即叙事、题材、主题、人物形象、动漫语言等方面都有固定的方式方法和套路。既能够形成建构动漫的审美趣味,又培养这一审美趣味的动漫消费群体,同时对动漫消费起着坚定的保障。我们以日本的少男动画和少女动漫为例子,来分析其类型化的创作模式。

类型化的动漫在叙事模式上以某种相对确定的方式而展开,一方面创作起来得心应手,另一方面也满足动漫消费群体的审美期待。如日本青春励志类动画动漫,其相对固定的情节模式都是以主人公克服困难,不断成长的道路作为安排情节发展的主线,依照主人公现实发生的故事及其内心情感纠葛为基本内容,以战胜困难,实现自我超越为根本价值。叙事模式多是主人公在成长中遇到困难(现实的困厄、精神困苦)——得到别人的帮助(精神的安慰)——自我的成长(优秀精神品质)——战胜困难,实现自我的成长与超越。以《灌篮高手》《足球小子》《网球王子》为代表的青少年动漫都是以这样的叙事方式建构故事,对于青少年动漫消费群体而言,剧中主人公能力这种由弱到强的成长经历一方面因为自己所接触到的诸如此类的动漫多是这样的安排,符合自己的审美起到视野,另一方面自己的成长过程也与之具有家族的相似性,与动漫作品

---

① 洪汛:《心理需求对日本漫画创作与传播的影响》,《现代传播》,2013 年第 3 期,第 162 –163 页。

的距离大大地缩短了,具有了一种亲切感,并且能够从动漫作品中找到心灵的安慰,找到前行的榜样,寻找到前行的动力。

在日本成长主题的动漫中,人物情感的设置方面占据着较大的比例。在这一类型的动漫中,日本动漫往往大打亲情、爱情、友情等情感牌。正是这些可贵的、无私的、纯洁的情感环绕着动漫的主人公,影响着主人公的成长,给予他们无穷的力量源泉,使得他们能够攻坚克难,战胜自己成长过程中遇到的艰难险阻。同时,"合理的人物社会关系的处理也有助于人物形象进一步真实化,提升人物的可信度和立体感。"在成长主题的动画《灌篮高手》中的樱木花道和教练安西,《足球小子》中的大空翼和教练罗伯特等,他们之间的感情互动推动着情节的发展,丰富着主人公樱木花道和大空翼的性格特征。此外,亲情、爱情这些人世间至真至纯的因素也是日本动漫的常见的构成要素,也推动着故事情节的发展,左右着主人公的成长,深化了成长的主题。这些情感的因素与主人公们的成长纠结在一起,已经成为日本动漫不可或缺的组织结构和特定逻辑,形成了动漫消费群体固有的审美期待视野。日本动漫作品这些创作上的美学规制也为其奠定了稳定的利润收益。"正是这种有着具有普遍吸引力的标准情节,一方面简化了现实生活的复杂性,使复杂问题变得比较简单和易于理解,另一方面,它又丰富和发展了单一事件的复杂性,使单一事件变得比现实生活更为复杂、更有趣味。这就保证每个观众都能理解故事的情况下,又不至于叙事结构枯燥无味。"①

3. 用奇观化方式来打造审美景观。

如果说动漫作品当中,审美价值的设定,情节结构的设计属于宏观方面的考量,那么审美景观的设计则是属于微观方面的细描。用奇观化的途径来打造审美景观就是通过景观形象的奇观化处理,环境形象的优化处理等手法来加以表现审美对象,总的要求就是将审美对象处理得很强的美感、具有很强的观赏性,具备很好的视觉冲击力,能够紧紧地吸引住消费者的眼球,让动漫消费者爱不释手。

审美景观的奇观处理,表现在动漫作品中就是要让审美对象及其景观具有视觉冲击力,本质上就是要让动漫消费者看清动漫创作者想要让他们看清楚的对象,从而产生精神上的快感。细节的突出描绘,特写镜头的超常运用又是日本动漫作品的常用手法。比如,在日本的体育动漫作品中,常常运用静止画帧

---

① 李彦:《类型化:解读日本动画生成逻辑》,《北京电影学院学报》,2011 年第 4 期,第 28 - 33 页。

来强化细节描绘,达到突出对象的作用;运用空中停格镜头来强化主人公的运动能力,运用停格镜头来强化运动交手的激烈状况;且常常运用平行的分割的画面来描绘不同角色处在同一时空中的表情,从而突出比赛的即时性;或者用一连串的特写镜头,如通过运动员的面部表情、滚落的汗珠、紧张的眼神等特写镜头来描绘竞赛的状况。更有甚者还将彼此的对决转化为腾空而起的旋转的火柱,与排山倒海的惊涛骇浪之间的决斗,那瞬间的碰撞产生的能量居然产生像原子弹大爆炸一样的火焰。这些景观其视觉奇观可想而知。这种运用景观奇观化的表现手法即是鲍德里亚所说的"拟像",这种"拟像"往往比真实的景象更"真实",使得消费者能有更多的时间停留在对抗和冲突当中,也能更清楚"看见"动漫作品中的对抗和冲突,从而使得动漫作品中的体育比赛比现实中的体育比赛更刺激,更真实,即产生鲍德里亚所说的信息"内爆"!动漫消费者通过观看动漫奇观,看清楚了自己平时没有看到的激动人心的劲爆景象,心理上得到极大的释放,精神上获得极大的满足感和稳定感。还比如,日本魔法类动漫作品是一个同行的做法就是塑造精灵古怪的神仙鬼怪妖魔形象,以及它们本身的神秘看家本领创造刺激的视觉奇观来吸引动漫消费者的眼球。如《百变狸猫》中"百鬼夜行"片段,就是通过道行高深的长老带领奇形怪状的妖魔鬼怪,轮番粉墨登场,各展绝技、变化万千,配之竹板民乐,上演了一场日本民俗的绝佳奇观。而《千与千寻》里的各种"神"的造型和滑稽神态,造就了一幅奇妙的风景画,把观众带入一个奇妙多姿的奇观世界。

4. 人物形象的唯美化描绘。

人物形象的唯美化描绘就是要将人物以美的方式加以设计和构造,造就感人至深的人物形象。这里面包括人物的外在形象和内在心灵的美化处理。这种塑造人物形象的方式在日本少女动漫中体现得尤其典型。日本少女动漫中,其创作也是走类型化的套路,即通过叙事的浪漫化、题材的日常化、主题的理想化、人物形象的唯美化、语言的幽默化等手法,达到锁定目标消费群体的作用。下面我们通过日本动漫塑造的少女形象来对日本动漫艺术的人物形象唯美化加以分析。

日本动漫作品对人物形象唯美化出来根本上体现就是对女性表现出充分的肯定、尊重和赞扬。在这一审美价值的前提下来谈唯美化就很容易理解,动漫作品对女性美的肯定,主要是从两个方面来呈现,一是少女外在形象的美的塑造,一是内在心灵的塑造。外在形象主要从人物形象的容貌、气质、形体、服饰等方面加以塑造,内在心灵主要从人物形象的品德、修养、情感、智慧等方面加以塑造。并且,这两个方面往往综合在一起,具有很强的范式意义,对日本动漫人物形象往往具有规训的作用。

人物形象的唯美化首先表现为清纯可爱的容貌美。日本动漫中的少女形象一般都是五官美丽、娇俏可爱。比如,《花仙子》中的小蓓,脸模子精致迷人,金黄色的充满生命力的卷发,水灵灵亮晶晶的眼睛,坚俏挺拔的玉鼻。就连《吸血姬美夕》中的女主人美夕,动漫创作者也将她塑造得面容美丽,皮肤娇嫩,大眼睛,水汪汪的,高鼻梁,尖挺挺,虽然因为是吸血鬼,严肃冷傲,却也清丽动人。

人物形象的唯美化表现在形体方面则表现为女性形象的苗条身材,亭亭玉立,婀娜多姿。日本动漫作品中的女性形象在形体塑造上,一般将头身比例设计成1∶8,明显比现实中的人物身材更修长,体态轻盈更具美感。日本动漫中的少女形象在多年的创作与生产中逐渐形成了"丰胸"——"翘臀"——"蜂腰"的"美少女"类型形象,并且被广大的动漫创作者和接受者所认同、所接受。这方面的少女代表形象有美少女(《美少女战士》)、暮戈薇(《犬夜叉》)、草稚素子(《攻壳机动队》)、春野樱(《火影忍者》)、椎名由夜(《鬼眼狂刀》)等。这一典型的"丰胸"——"翘臀"——"蜂腰"的"S"形曲线美感符号已形成日本动漫少女类型形象塑造的一种典型范式,对日本动漫创作产生了深远的影响。苏珊·朗格指出"艺术即人类感情符号的创造。所谓感情符号也就是象征符号。符号或符号性同象征主义是分不开的"。① 就少女形体本身塑造而言,"S"形曲线更能够凸显了女性特有的身材美感,动漫创作者利用这一符号模式化地进行动漫创作,既能够有利于创作者本身得心应手的创作,也有利于规训着动漫消费者的审美取向。②

日本动漫作品中少女的服饰往往会随着环境变迁,人物身份的变化而变化,与人物身份、地位、个性极其相符,旨在突出人物的性格特征。比如,《千年女优》中女主角藤原千代子的服饰设计就非常符合其个性特点,虽然千代子的穿衣打扮随着时代和环境的际遇而不断更迭和变化,但无论其服饰如何变化,其样式都体现出得体,与自己的身份极其相符,突出了千代子的执着、自信、青春、坚强。《美少女战士》中少女的战斗服饰采用超短裙样式的水手服,在白、黄、蓝、红等高纯度色彩的间隔与对比中,少女们的性感时尚自信青春格外醒目。

日本动漫中人物形象的唯美化不仅体现在外在形象的美好当中,更重要的是将少女们姣好的容貌与内在的品质完美结合在一起。少女们没有被世俗的

---

① 杨身源,张弘昕:《西方画论辑要》,江苏美术出版社1990年版,第429页。
② 程雯慧:《浅析日本动画中少女形象的审美特征》,《艺术教育》,2010年第8期。

价值观念所侵染,而是保持少有的自信独立,她们感情真挚、心地善良、纯洁美好、智慧豁达,令人感动。比如,《魔女宅急便》主人公琪琪,善良,自信,独立,13岁的她独自离家到一个陌生的欧式城镇修行,虽然开始有些艰难,但最终凭借自己的坚强努力终于成长为一名成熟合格的魔女。《千与千寻》中10岁的千寻拥有无私、宽阔的胸襟。琪琪和千寻等日本少女主人公,她们都能够在逆境中始终保持着一种积极向上的人生态度和迎难而上、攻坚克难的价值追求,往往从最初的不谙世事,到后来凭借自己优秀品质战胜困难,超越自我,成为坚强、勇敢、自信、智慧的女子代表。

日本动漫作品中的少女形象之所以动人心扉,感人至深,不仅仅在于动漫少女们拥有姣好的面容、曼妙的身材,还拥有纯真的情感,多彩的智慧。在日本动漫的少女形象,往往拥有着至真至纯的情感,她们心地善良,清纯简单,在与人的交往中没有世故的心计,更没有骗人的动机,自始至终表现出"真、善、美"的宝贵品格。她们对亲人怀着真挚的亲情,对朋友饱含亲密的友情,对爱着的人怀有可贵的执着的感情。正是因为无私的亲情、亲密的友情、可贵的爱情,所以才美好感人。《龙猫》中的五月和小米,姐姐的无私无怨、妹妹的天真烂漫、母亲的温柔慈祥,因为亲情的温暖,朴素、至真,所以才感人至深。《魔女宅急便》中乌尔斯拉纯洁无瑕地帮助琪琪,不计任何报答,真诚单纯,因其无私单纯而动人。《美少女战士》中五位普通少女因为共同理想战胜邪恶,互帮互助,结下了深厚的情义,因其善良,所以感人。《千年女优》中千代子更是千金一诺,一生坚守,一生追寻,这种执着认真纯洁的情感,谁人能够不动心,谁人能够不动情?

以上日本少女动漫将少女形象唯美化的种种方法,形成了具有鲜明特色的"美少女"唯美化范式,奠定了"美少女"动漫独有的风格。这些动漫"美少女"所散发的独特魅力,代表着日本动漫创作者们对日本青春少女所寄予的殷切期望,以这种励志题材形象,激励少女要有独立自主和积极进取的精神。这种动漫创作的美学规制也深深影响着日本动漫创作的走向。

产业化语境下日本动漫创作的美学规制还有许多,我们这里列举其最根本的几点,足以说明日本动漫创作所遵循的历史规律,这些规制激发了审美创作者的灵感,提供了动漫创作者和生产者的便利,从另一个层面上又建构了审美消费者的审美趣味,为自己的动漫作品生产可靠的消费者。

四、产业化语境下日本动漫创作的启示

以上我们所谈到的日本动漫艺术的创作的美学规制,是日本动漫工作室和动漫企业在产业化语境下的自觉追求。产业化语境下动漫艺术创作其最为根

本的就是有意识地明确自己的动漫创作和生产不是单纯的自娱自乐,而是要满足产业的再循环,要产生应有的经济效益和社会效益用来促进企业的再生产。产业化的语境意味着激烈的竞争,意味着动漫消费者的审美需求是动漫创作的首要出发点。因为没有动漫消费者的追捧,就没有动漫作品应该赢得的利润,就没有动漫创作者后续的生产。所以,动漫创作费尽心机地表达动漫消费群体的思想感情、价值追求和审美理想,其本质乃是为了达到消费语境下动漫逐利性目的。在追求利润的同时传播日本民族文化及其价值观念。

我们认为产业化语境下日本动漫创作给我国动漫产业发展的启示有以下几点。

1. 倡导漫画创作完善产业链。

如前所述,原创漫画是日本动漫创作与生产的基石。由于改编自漫画的动画能依靠原作本身积累的人气来赚取收视,运营风险相对原创动画要低很多,所以更受到投资方的青睐。漫画位于产业链的顶端,市场反响良好与否,直接影响到动漫产业链条的铺陈和展开。

20世纪八九十年代开始,电视、网络等新媒体开始逐步占据我们的文化生活。除了报纸之外,原本寄居于"某某画报"的漫画,以及包括连环画和小人书在内的传统纸媒体被日渐剥夺了生存空间,漫画创作开始日趋沉寂,原创漫画的能力也日益萎缩,受众群体本来就薄弱的漫画行业经营亏损,举步维艰。漫画的缺席成为中国动漫产业链条不完整的表现。

在我国,"漫画"主要是指用简单而夸张的手法来描绘生活,并带有针砭时弊和讽刺意味的绘画。早在20世纪20年代,丰子恺以线条勾勒填色,辅以文字说明的《子恺漫画》便已结集出版,近现代"漫画"的概念得已形成。但值得注意的是,漫画在我国始终没有登上大雅之堂。有意无意地被艺术从业人员所轻视。究其原因,一方面漫画具有率意的简笔画特征,和传统艺术在语言方面的博大精深有悖。另一方面漫画强调批判,诙谐的内涵又和严肃的人文精神相违。因此,除了在革命时期作为宣传斗争的工具之外,漫画几无用武之地。目前,这种情形虽然有很大的改善,但是如何将漫画与动画衔接起来仍然是一个艰巨的课题。

而在日本,"漫画"不仅是大众最喜闻乐见的一种艺术形式,也是艺术创作者最善于利用的一种媒介。不论是信笺、便条、路牌、宣传栏和展示板等,只要涉及信息传播和情感表达都有可能看到漫画的身影。其内容广泛、手法多样,涵盖了我们称之为"简笔画"、"连环画"、"插画"等风格样式在内的所有类型。这种先天定义方面的差异和界定漫画功能时的不同取向,是对待漫画时持不同态度的原因,也是造成我国漫画创作实践滞后,动漫产业链条不完整的原因。

因此,在国产动漫产量庞大,质量堪忧的当下,重新树立对漫画的认识,唤醒与漫画相关的连环画等艺术创作工作者的经验和热情,扶持漫画行业的发展,积极提倡漫画创作是现阶段的当务之急。漫画创作起步可谓低门槛,容易吸引各方加入。就技术方面而言,漫画在造型手段和绘画语言方面不存在任何局限,各种绘画的形式、技法都可以拿来为己所用。

当然,漫画创作还包含态度、立场的表达以及故事脚本的编创。而故事脚本的原创则是国内动漫创作与生产的短板。纵观我国五六十年代黄金时期的动画创作,除了沉浸于对诸如剪纸片、水墨片等动画艺术语言和表现形式的实验和改良之外,剩下的就是反复掘取古典名著和民间传说作为故事脚本。熟腻的剧情、简单的说教成为表现那些剪纸和水墨的空洞理由。我们曾经长期在艺术动画的旗帜下探索动画的制作。但是在商品经济的时代,动漫作为产业,重视市场的创作与生产的思维方式就不可回避。

动漫产业作为文化创意产业,本来就是以"创意"为核心。在涉及文学即故事编创方面,首先要进一步解放思想,打破"古为今用"的单向思维,特别是认为传统文化是一个取之不尽用之不竭的素材宝库的思维窠臼。摒弃那些司空见惯的故事题材。更多地着眼于当下全球文化碰撞和融合的现实。在更高层面上实践"古为今用、洋为中用"的创作方法。

其次是要突破现实主义文艺创作理论的局限。把诸如古典小说《西游记》《镜花缘》当中的那种想象力和唐诗宋词当中的浪漫主义运用起来。培养超越现实、超越时空的创作思维方式。

第三,要防止"动画是给小孩看的"的观念对创作者在选材和构思方面潜移默化的影响。努力使动漫走向全年龄段。认识到动漫作为影视艺术的分支,在注重其教育意义的同时,也要重视其娱乐功能。

此外,教育和培训也是动漫行业可持续发展的动力。国家应该重视漫画人才的培养。艺术类院校可以恢复以前的连环画专业,而设计艺术类院校则可以在动漫专业下增设专职漫画设计的方向。学习日本的成功模式,从根本上培养动漫人才,提高国内动漫产业的创造力和竞争力。

2. 打造动漫明星拓宽盈利渠道。

盘点日本的动漫创作,从阿童木到高达,从机器猫到皮卡丘,从蜡笔小新到海贼王,衍生品的热销和一个个经典的形象是分不开的。

利用动漫中的原创形象,经过专业的设计开发,制造出一系列可供售卖的衍生品是动漫盈利的主要环节,衍生品的销售往往超过了书刊发行、电视台播放或影院票房所能获取的利润。考察那些成功的动漫营销案例,以动漫明星为活水源头的衍生品收益占整个收益的 70% 左右。因此在动漫作品推出的过程中达成动漫品牌授权、动漫衍生品开发等营销战略布局,应该成为动漫企业吸收资金和盈利的主要模式。如果再加上通过动漫形象授权拓展到如主题餐饮、主题公园、婚庆典礼等旅游服务行业的话,其市场潜力更加难以估量。2013 年宫崎骏笔下的龙猫形象就以授权金额七千多万的报价创下虚拟动漫形象在中国大陆授权的新纪录。可见一个充满魅力的动漫形象在整个动漫艺术生产过程中的重要性。设计并经营一个深入人心的动漫形象,打造一个能够拉动市场消费的动漫明星是事倍功半的明智之举,也是动漫产业走向成熟的必经之路。

我国动画产业规模发展迅猛,动漫产量也相当可观。然而历数这些年我国的动漫生产,除了《蓝猫淘气三千问》《喜羊羊和灰太狼》以及《熊出没》等几部作品之外,留在公众记忆中的动漫形象非常有限,市场上充斥着大量的似曾相识的动漫形象,却没有一个能够独树一帜,打动人心。在面对"你最熟悉的动漫形象"的问卷调查时,答案几乎都是国外的形象。衍生品市场也无一例外地让位给了有着国外动漫形象授权的产品。市场上的动漫形象 80% 来自日美,而本国只占不足 10% 的比例。在故事脚本仍然没有摆脱幼稚低龄化的流弊的同时,动漫形象设计同样苍白而缺乏艺术感染力,某种程度上来讲,甚至还不如五六十年代国产动画当中如骄傲的将军、渔童、美猴王、哪吒、阿凡提以及后来的葫芦娃、黑猫警长等形象。

究其原因,一方面是市场意识的矫枉过正。从九十年代开始,当我们的商品经济观念和竞争意识被激活之后,急功近利的生产很快就取代了国产动画在计划经济时代的"慢工出细活"的精品意识。追求产量和各种数据指标,直接把商品生产和艺术创作对立起来,把商业动画和艺术动画对立起来。以牺牲艺术水准为代价来换取生产的成本降低、工期缩短和经济效益提高。

动漫形象创造的过程需要不断凝练,运用绘画技巧,设定风格类型,创造易于辨识的符号。如民族动画开山之作《骄傲的将军》创作组就曾为了塑造一个符合其性格特征的将军形象,不惜远赴河北、山东等地的民间,搜集古代绘画雕塑等资料,在导演带领下深入研究京剧脸谱艺术,经过反复加工与修改才完成了人物形象的设计。

另一方面,由于我国动漫产业起步晚,商业动漫的创作还处在不成熟的阶段。一会儿想原创,一会儿又想学习他者的成功经验。在一种摇摆不定的状态下导致创作理念失去了基本依据而选择"山寨"。山寨的思维方式是通过模仿、复制、抄袭甚至不惜侵权来迅速产生效益,其所有的核心元素以及技术,都不属于原创范畴,从而导致山寨动漫产品不具备真正的竞争力,充其量只是窃取了它所模仿的那些对象的剩余价值。而这种投机取巧的行为最终在根本上抑制了自主创新,失去了以创意作为核心的文化产业的立身之本。

此外,企业在谋求自身发展的时候要避免战略眼光的短视。打造动漫明星不可能像做形象企划、标识设计或吉祥物设计那样成为产生短期经济效益的业务,技术水平的提升,市场运营的生效也不会一蹴而就,它的发展是一个中长期的过程。动漫形象的品牌依附于内容而存在,不管是采取何种营销策略,动漫作品本身依然是重中之重。避免动漫作品低龄化对消费群体的制约。培养具备市场推广和营销能力的人才,产业链条上的相关行业要积极合作,共同孕育。把艺术创作和商业营销的各种元素叠加积累起来,才能共同催生出一个充满魅力的动漫品牌。

据《2015 年日本动漫从业人员调查报告》显示,日本动漫公司的从业人员每日平均工作时间为 11.3 小时,每月平均休息时间 4.63 天。可以看到处在领先地位的日本动漫依旧以严苛的方式在继续生产。

在研究日本动漫成功模式的时候,也要看到我国和日本在社会体制、经济体制、意识形态、价值观念等方面的差异,以及由这些差异所带来的艺术生产问题。也要认识到动漫产业的发展不可能一蹴而就,要让我们的民族动漫走出国门,被世界广泛接受和认同,除了动漫作品的比拼之外,其实质还蕴含着包括经济实力、国家软实力竞争在内的文化战略博弈。前方依然任重道远。我们正走在只可借鉴,但不可复制的民族动漫振兴之路上。

第三节　产业语境下韩国电视剧创制的美学规制

一、韩国电视剧的成就

20 世纪 90 年代末以来的 10 余年时间里,韩国电视剧从名不见经传到在东亚甚至世界范围内热播,完成了一次文化意义上的华丽的飞跃。在这次飞跃中,韩国电视剧在经济、文化两方面都取得了令人瞩目的成就。

(一)韩国电视剧的经济成就

近 10 余年来,韩国电视剧在本国与国际市场上的营销表现极为抢眼,韩国电视剧在亚洲、中东与中南美等区域的收视率非常高,韩国电视剧在经济方面的收益非常高。但实际上,在本国市场,由于韩国电视节目播出相关法规的保护即对电视剧利润上限的规定；在国际市场上，由于韩国政府的采购、赠送行为与财政补贴等政府行为的普遍存在①；因而，电视剧本身的营销数据并不能说明韩国电视剧的经济成就。在韩国文化立国政策背景下，韩国电视剧产业作为韩国文化产业链条甚至经济链条上的一个有机环节，在经济的竞争循环中发挥作用。

韩剧在韩国经济循环中的作用很难做出准确的统计，但我们可以以个案的形式形象地感受到其巨大影响。2014 年 3 月，文汇报刊登文章《一部韩剧，凭什么触发 10 亿次点播》，文中说："从去年 12 月开播到上周播出最后一集，韩剧《来自星星的你》在视频网站上的累计点播近 13 亿次。"②该剧在经济方面的成就可以从以下事例中窥得一斑。"韩国驻华大使馆领事部 4 月 8 日公布的签证签发统计结果显示，这一期间共签发了 56 万 3403 个签证，比去年增加了45.1%……从各地区来看，韩流风潮越是热的地方签证签发率就越高……韩流风潮与中国游客数的相关关系在韩国旅游发展局的统计中也得到了印证。韩国旅游发展局的统计数据显示，1~3 月间访韩的中国游客高达 103 万，比去年增加了43%。其中，女性游客多于男性游客，比例为 6:4。韩国旅游发展局方面对此分析称，韩流风潮促进了韩国旅游业的发展。"③依照韩国旅游发展局的统计，仅仅《来自星星的你》一部韩剧，就为韩国 2014 年第一季度的旅游贡献中国游客约 30 万人。综合考虑到韩剧与旅游业的长期与全面的合作关系，韩剧对旅游业的经济贡献是巨大的。韩剧的经济成就还体现在对其他产业的带动作用，如韩国啤酒在 2014 年 3 月出口至中国的啤酒数量是去年同期的 3 倍，而其背后的因素则是《来自星星的你》中女主角的一句台词"下雪了，怎么能没有炸鸡和啤酒。"④总体来看，韩国电视剧"改善了韩国的国家形象和企业的品牌形象，全面提高了进口国对'韩国产品'的认知度，促进了韩国产品消费市场的扩大，对韩国制造业来说也是一种重要的牵引力量，提高了制造业、旅游业等关联产业的商品竞争力，间接增加了家电制品、移动电话、汽车等产品的海外输

①《韩剧走红社会学分析：政府策划下的文化》，[EB/OL]. http://ent. qq. com/a/20140227/022417. htm

② 黄启哲，邵岭：《一部韩剧，凭什么触发 10 亿次点播》，《文汇报》，2014 - 03 - 08(005)。

③ 芮荣俊：《"〈星你〉效应"申请韩国签证的中国人猛增》，http://chinese. joins. com/gb/article. do? method = detail&art_id = 117986&category =002003

④ 张志宇，苏锋，常凤霞：《韩国政府对韩国电视剧产业国际化经营的支持》，《中国海洋大学学报》(社会科学版)，2014 年第 5 期，第 45 - 55 页。

出"。①

综合上述事例,韩国电视剧的经济作用体现为其对文化产业其他环节的带动与相关实体经济行业的带动方面,其经济成就不仅体现在电视剧自身的国际营销收入方面,更主要地是作为先导性文化接受形式在受众心中建立韩国文化的优良、亲近形象,进而全方位地促进各地区受众的定向于韩国产品的商业消费欲望,形成经济效应。

(二)韩国电视剧在韩国文化传播中的成就

韩国政界把文化视为 21 世纪国际竞争的主要领域,并以此为依据把文化产业作为韩国国际竞争力的立身之本,制定了一系列卓有成效的措施,使韩国文化在国际文化传播中成为引人瞩目的文化传播现象,被称为韩流。目前,韩国已经成为世界上最大的文化出口国之一。韩国和中国对韩流的发展均采用了 1.0、2.0、3.0 三阶段的分法,韩国文化观光体育部把 1997 - 2000 年视为韩流 1.0 时代,2000 - 2010 年视为韩流 2.0 时代,2010 年后视为韩流 3.0 时代;②中国媒体则把 1993 - 2004 年视为韩流 1.0 时代,2004 - 2008 年视为韩流 2.0 时代,2008 年后视为韩流 3.0 时代③。具体年限虽有不同,但 1.0 时代以韩剧为核心,2.0 时代以偶像明星为核心,3.0 时代以娱乐为核心的时代特征则近乎相同。表面上看,似乎自 2.0 时代开始,韩剧不再是韩流的文化核心,但 2012 年的数据却告诉我们,韩剧始终是韩流的主体和基础。"韩国文化产业出口额从 2005 年到 2012 年一直保持稳定的增长势头,年平均增长率为 21%。2012 年,电视剧占韩国文化产业总销售额的 60%,占韩国文化产业总出口额的 50% 以上。"④

韩国的电视剧仍占据韩国文化产业生产与销售的半壁江山,这也使其成为韩国文化国际传播的最大载体。韩国饮食文化、服饰文化、礼仪文化等是随着韩剧在世界各地的落地与扩散而为人所接受、所模仿。不仅如此,发源于中国的儒家文化居然成为韩剧在中国传播的主要的文化思想之一,韩剧中对家庭亲情与家庭伦理的生活化的审美表现,这不得不说是韩国电视剧在文化传播中的

① 张志宇,苏锋,常凤霞:《韩国政府对韩国电视剧产业国际化经营的支持》,《中国海洋大学学报》(社会科学版),2014 年第 5 期,第 45 - 55 页。
② 吴宝秀,苏锋:《从韩剧看"韩流"成功的要因》,《当代电视》,2014 年第 12 期,第 29 - 30 页。
③ 《韩流入侵中国进入 3.0 时代》,[EB/OL] http://ent.qq.com/zt2013/guiquan/67.htm
④ 吴宝秀,苏锋:《从韩剧看"韩流"成功的要因》,《当代电视》,2014 年第 12 期,第 29 - 30 页。

巨大成功。

二、韩国电视剧生产方式的要素配置

经济与文化上的成功,固然是韩国文化产业政策的目的与现阶段的结果,但从目的到结果之间有着诸多的环节,目的能否实现不仅取决于文化产业政策合理与否,更取决于文化生产方式合适与否。从 10 余年来韩国电视剧的市场表现看,其生产方式是合理而有效的。电视剧的生产方式从宏观角度看,以下三个方面是核心要素,即创作、接受与利润规则。前两个要素是电视剧研究长期关注的对象,我国在探索韩国电视剧成功的奥秘时也多从这两个方面着手,后一个要素是由韩国政府确立的电视剧在文化产业中的游戏规则,其重要意义与价值常常被忽略。

(一)编剧核心

国内研究者看到韩剧在中国乃至世界范围内的传播,往往从韩剧呈现在观众面前的效果出发,寻找韩剧成功的原因。如:从故事情节、演员演技、画面、题材、类型等角度入手的研究。然而,从电视剧的生产流程看,这些都是生产的结果而非原因,从电视剧构造角度看,编剧、导演、演员等在电视剧生产中发挥的作用决定着其呈现效果。对一般观众而言,演员是活跃于荧屏的主要因素,因而,以演员为核心的看法往往也颇具市场。事实上,中国电视剧乃至电影在拍摄之初都在着力寻找明星演员以保障票房的做法表明,中国影视制作中演员,尤其是明星演员,是影视的核心要素之一。中国影视界长期以来难以承受的高片酬压力也源于这种生产核心要素配置。但这种要素配置方式再给中国影视中个别作品带来了不菲收益的同时,也让大量作品没有机会与观众见面。2014年,文汇报刊文《75% 国产剧收视率"不及格"》报道,2013 年我国电视剧总产量为 1.5 万集,以 0.5% 的收视率为及格线,有 75% 的电视剧不及格。[①] 高产低质不仅是中国电视剧的典型表象,更是中国电视剧生产方式中要素配置偏离正确轨道的症候。

那么,韩国电视剧生产成功的奥秘何在?

韩国学者申惠善认为:"韩国电视剧越来越受到广大电视观众的喜爱,其原因是多方面的,但编剧在电视剧取得成功中起到了核心的作用。"[②]韩国电视剧生产中编剧的核心地位通过高层人士对编剧作用的认识,编剧自身的培养体

---

① 王磊,钱好:《75% 国产剧收视率"不及格"》,《文汇报》,2014 - 02 - 21(008)。

② 申惠善:《简述韩国电视剧编剧体制》,《北京电影学院学报》,2006 年第 2 期。

制,编剧的职业精神,编剧的合法收益等方面获得保障。编剧自身的培养竞争机制非常漫长与严酷,韩国放送作家教育院开设的四级(基础班、进修班、创作班、专业班)培养机制是韩国编剧最主要的生产途径(90%的韩国编剧出自该机制)。在改培养机制中,竞争非常激烈,"基础班的学生一般都超过几百人,但是最后进入进修班的学生只有20名",从基础班到进修班的淘汰率超过90%,然而,从韩国编剧成长所需要的漫长时间而言,竞争才刚刚开始,"通过韩国放送作家教育院培训的进修生达到1万人左右,其中的600人左右在相关行业中活跃地崭露头角"。① 在如此严酷的竞争机制中成功的编剧,其能力足以保证韩国电视剧的故事质量。韩国编剧的核心地位还可以从编剧与导演的关系中见到,在韩剧发展过程中,出现了编剧挑导演、编剧直接出任导演的现象,这也表明在专业性的权利话语中,编剧拥有足够的发言权。韩国电视剧领域中的稿酬计算办法在经济上保障了编剧的核心地位,2006年时,一流编剧的年收入已经达到10亿韩元。这些外在的机制把最优秀的编剧人才挑选出来成为编剧,通过专业话语权利的对话与挑战使编剧在电视剧生产中获得核心话语权,并以高稿酬的方式使编剧的工作获得社会价值层面的肯定。从生产方式角度来看,这些努力从制度上确立了编剧在韩国电视剧生产中的核心地位。

对韩国编剧而言,高稿酬固然是写出好的作品的动机之一,但还有比稿酬更加重要的,即"巨人精神"。这意味着编剧要把自己的时间、精力、精神、道德全部投入到电视剧的编写工作中去。以为既拥有正常的日常生活,又可以是出色编剧的想法,并不符合韩国编剧的生存与工作状态。在巨人精神的主导下,韩国编剧的职业素养与职业水准达到了相当高的程度。如广为中国观众所知的《大长今》,其准备时间长达两年,其初始灵感不过是朝鲜古籍中的两行不起眼的文字,进入拍摄阶段后,废寝忘食更是正常的工作状态。

韩国电视剧生产中编剧的核心地位及编剧的职业素养与职业水准使得韩剧在主题设置、文化传播、情节构造、人物形象塑造诸方面都具备了极高的吸引力,成就了韩剧在国际上,尤其在中国区域的收视神话。

(二)受众主体

受众的主体地位在中国的电视剧生产中更像是一个口号。受众的需求研究与浅尝辄止的市场调查不能不说没有关注受众,但是,在大部分情况下,受众总是在被动地接受而不是主动地创造。从目前的情况看,中国的电视剧受众对一部电视剧的参与基本上是从收视开始的,而此时电视剧的生产已经宣告结

---

① 申惠善:《简述韩国电视剧编剧体制》,《北京电影学院学报》,2006年第2期。

束。因而,从生产角度看,在中国的电视剧市场上,受众没有能够融入电视剧生产之中,成为生产者。除了用投票为收视率统计贡献数值—调校下一轮的电视剧生产外,中国电视剧生产链条上几乎没有受众的存在空间。

韩国电视剧生产中,编剧、拍摄、播出同步是一个引人瞩目的生产模式。许多学者研究韩国电视剧成就、优势、特征时都会提到这一点,如申惠善的《简述韩国电视剧编剧体制》①,顾广欣的《韩国电视剧成功进入我国的传播学分析》②,郭凌鹤、刘薇的《韩剧的国内生产起点、主力类型与产销方式》③等。在这个模式中,电视剧开始拍摄时,剧本并没有写完,剧中人物的性格、命运等也未定型,随着电视剧的播出,根据观众的意见,确定后续的故事,编制剧本,绘制情节,确定命运。如同任何一种生产方式都有其优劣得失一样,这种编剧、拍摄、播出同步的生产模式在有效地提高了电视剧拍摄效率的同时,也产生了一些缺点。从生产方式变革的角度而言,相对于中国电视剧,这套模式把受众从抽象的、模糊的生产中必须考虑的要素,从后置的欣赏者,转变成了电视剧的生产者之一,让受众成为电视剧生产与消费的主体之一,而不再仅仅停留于对象的位置。

受众从对象或欣赏主体变为生产主体,不仅使韩国电视剧规避了多数中国电视剧无法规避的市场风险,而且使韩国电视剧获得了一种镶嵌于电视剧内部的受众视角。而后者大概是韩国电视剧进军全球市场时高收视率的内在原因。

(三)利润规则

作为文化产业的一部分,电视剧生产与营销离不开对利润的追求。对利润的分配方式是一个行业能否做大做强、能否持续发展的关键因素。韩国电视剧10余年来迅猛的、持续的发展背后,其由政府以法律形式确定的利润分配规则起到了重要作用。"韩国的有关法律规定,影视制作公司不能获得15%以上的利润。政府对利润的限制,是鼓励影视制作公司开发下游产品,公司把靠产品本身(电视剧)赚来的钱用于广告、市场推广、时尚产品、影视衍生产品等综合开发……韩国公司不只是制作影视,也承担演艺人才培养、包装、广告、演唱会、影视衍生品的开发等业务。"④这个利润规则以强制的方式把电视剧产业链条整合

---

① 申惠善:《简述韩国电视剧编剧体制》,《北京电影学院学报》,2006 年第 2 期。
② 顾广欣:《韩国电视剧成功进入我国的传播学分析》,《兰州大学》,2006 年。
③ 郭凌鹤,刘薇:《韩剧的国内生产起点、主力类型与产销方式》,《当代电影》,2008 年第 5 期,第 109 - 112 页。
④ 《带火"韩流经济"韩剧,不仅仅是韩国电视剧》,[EB/OL] http://news.xinhuanet.com/world/2005 - 08/23/content_3525614_1.htm

成一个以电视剧为核心、以影视制作公司为责任主体的有机产业链条。这个产业链条不仅把与电视剧直接相关的环节整合了进来,而且也把影视与文化产业的其他部分有机关联了起来。在这个规则的主导下,电视剧成为韩国文化产业国际传播战略中的核心要素。

现代国际文化竞争以文化的市场竞争为主要表现方式。在文化市场竞争中,文化产品的信息化、网络化程度决定着其在以电子媒介为主载体的现代传播环境中的传播效率。实物化的、实体化的文化产业产品要受制于物流与交通状况在传播速度方面无法与电视剧相媲美,诸如旅游以实地体验为主要消费方式的文化产业更是不可能把自己推送到游客面前。电视剧无论是在电视传播网络还是在互联网、新媒体的传播网络中都引起充分的信息化而具备极大的传播优势。在韩国电视剧利润规则的主导下,文化产业各个产业形态的产品,甚至其他产业的产品,都以生活要素的方式,在电视剧中获得充分的表现,随着电视剧的传播而传播到世界各地。在这个意义上,作为最便捷的现代化的、信息化的传播媒介,韩国电视剧利润规则主导下的韩剧,成为韩国文化市场推广的先导与主体。

三、产业化语境下韩国电视机创作的美学规制

作为韩国文化产业的先导与主体,韩国电视剧在经济、文化创造与传播乃至国家发展竞争中的成就已为人所目睹。这些成就的取得,从宏观上讲,是其文化生产方式中各生产要素合理配置的结果。文化传播中,文化产品的接受从现象层面讲,是审美活动。因此,从微观角度而言,这些成就也是美学规制的结果。所谓美学规制,"指人们在审美创造和审美欣赏过程中有意识或无意识形成的审美标准及其美学规约,是审美观念和审美趣味的外化形式,是生命个体审美情趣与社会整体审美理想相互影响、相互生发的美学选择和运行机制"①。在韩国电视剧的审美创造中,由编剧核心和受众主体所构成的创造者在利润规则的主导下所形成的美学规制由一系列系统的、有意识的美学符号所构成,它既是创造者的生活经验与审美趣味的表达,也是新的审美风尚的创造。我们可以从形式美、内容叙事与审美形态复合三个方面来描述发生于韩国电视剧生产中的美学规制符号。

---

① 黄柏青:《审美的规定性——美学规制》,《河北学刊》,2012 年第 3 期,第 37－42 页。

（一）日常生活伦理的影像叙事

韩国电视剧叙事的日常性是其最为显著的特点。无论是韩国电视剧观赏者，还是研究者，均已体会并感受到了这一点。电视叙事的日常性源于其观众观看场合的日常化。与电影、戏剧不同，电视剧观众无须从日常生活中脱离出来，无须进入设置特别的观赏空间，在家庭中可以随时进行观赏活动。按照电视剧观赏空间即日常生活空间的特点，电视剧叙事的日常性似乎应当是电视剧生产中最应当遵循的叙事底色。但在实际的生产过程中，由于生产目的、机制、方式等的不同，各国电视剧对叙事中日常性的重视程度并不相同。如，中国电视剧，无论是主旋律作品（抗战剧、谍战剧、警匪剧等），还是娱乐性作品（历史剧、古装剧、偶像剧等），其叙事都带有强烈的传奇色彩。相对于中国电视剧，韩国电视剧叙事的日常性是其重要特点。

韩国电视剧有三大类型，家庭剧、偶像剧、历史剧。家庭剧占据全部剧作的一半左右，其叙事对象为日常生活中的平凡人物与琐碎事件，并不讲究把这些事件典型化或升华为代表性的或象征性的叙事单元；其叙事时间与叙事节奏则往往采用与现实时间接近或同步的方式，如《澡堂老板家的男人们》中，"大女儿尹京和男朋友姜浩俊准备两周后结婚，观众也就的确是在大约两周后的剧情里看到两人结婚"①。叙事对象、叙事时间与节奏的日常化使得韩国家庭剧叙事呈现出鲜明的日常性。在偶像剧与历史剧中，叙事对象不再是日常生活中的平凡人物，但韩国电视剧会通过平凡化的方式把偶像人物和历史人物日常生活化；叙事时间与节奏的主要部分保持日常性，我们从《大长今》和《来自星星的你》中均可以看到讲述传奇事件时叙事意向与手法的日常化。通观三大类型剧作，叙事的日常生活化是韩国电视剧叙事的主要手法和显著特点，在这个手法的影响下，细腻便成为其重要的审美趣味与叙事审美取向。

韩国电视剧叙事的另一美学规制是伦理化叙事。所谓伦理化叙事，并非是指把伦理教化作为直接叙述语言放置于电视剧之中。尽管这种手法在我国的电视剧中屡见不鲜，但是从叙事艺术角度来说，这种既影响人物形象的刻画，又不易被观众接受。韩国电视剧的伦理化叙事是通过人物在家庭、社会中的伦理角色扮演和合乎伦理的行为以及影像的伦理化选择实现的。表现在电视剧的审美接受效果上就是，家庭温情与干净的影像画面。

家庭温情，指韩剧把儒家文化伦理对家庭成员的要求内化为角色的性格核心，随着实践的展开，把儒家文化中的礼仪、仁爱、恭敬的谦谦君子之态活生生

---

① 金华子：《中韩电视剧叙事文化比较研究》，吉林大学硕士论文，2009 年第 107 页。

地呈现于荧屏。从机械反映的视角看,以儒家文化为底蕴的温情叙事绝非韩国人日常生活的真实反映,只是一种夹杂着文化产业中的教化需求与受众梦幻的乌托邦式的梦想,然而,这总比让暴力和色情充斥画面要好得多。事实上,儒家伦理,或任何一种伦理学说本身,从应然角度建构人类的道德本体时,就不可能是已经实现了的现实,而总是带有强烈的理想和审美的性质。人类观赏电视剧时的愉悦感受在深度上也总来自于道德感动。家庭温情,在当代中国的电视剧观赏语境中已经成为韩剧的"必杀技"。

干净的影像画面是韩剧伦理化叙事的另一个结果。韩剧的伦理化叙事在视觉影像生产中的制度化体现是韩国电视剧的分级制度。2002 年 5 月,韩国实行电视剧分级制度,要求"每一集画面上都要标明全体、7 岁以上、12 岁以上、19 岁以上等可以收看的年龄"①。高收视率的热播电视剧大都处于 12 岁或 15 岁的级别上,因此,即便是"以男女爱情关系为主题的情感电视剧,几十集中难以看见男女热吻的镜头,更不用说那些暴露的镜头,电视剧导演在这种类型的情感剧没有采用比较单纯、直接的情感表达方式来展示男女之间的热烈情感,而是巧妙地跳接到一些空镜头、人物对白镜头,在一种轻描淡写的镜头中书写男女之间的爱情"②。干净的影像叙事画面是上升到了法律层面的美学规制的结果。

(二)时尚雅致的形式美

韩国电视剧对形式美的追求是一以贯之的,反映在我国电视工作者的眼睛中就是韩剧制作精良。韩剧时尚雅致的形式美影响了中国的流行文化,韩装、韩国音乐、韩国饮食成了中国大众文化的组成部分。韩剧中时尚雅致的形式美规制具体表现在唯美画面、时尚音乐、诗意对白三个方面。

在电视剧中,演员无疑是画面中最重要的元素,因此,在挑选演员时,韩剧演员的身材与相貌在秀美方面达到了极高的程度,俊男美女是人们对韩剧的最为通常的印象。韩剧对画面的经营不仅仅停留于演员身体条件的角度,柔和、小巧、纤细等表征着优美的要素遍布于画面中出现的器具、景观之上。不仅在元素方面如此,在构图与布光方面也是如此。韩剧中以秀美、优美为核心的画面经营,与韩剧的编剧和观众群体以女性为主有着密切的关联。在康德的观察中,细腻、纤巧、柔滑等风格是女性审美的主要特点,而男性审美则倾向于崇高

---

① 《韩国 5 月起电视剧分级》,[EB/OL]http://ent.163.com/edit/020412/020412_118292.html

② 黄国华,孙淑娟:《长度·净度——关于韩国电视剧之思考》,《电影文学》,2008 年第 24 期,第 133 – 134 页。

感。对比中韩两国电视剧编剧的性别差异,我们可以对韩剧中对画面的唯美追求有更加深入的了解。

　　韩剧并不是一开始就重视剧中音乐,2000 年以前,在流行音乐领域,韩剧中的音乐没有什么影响力。"2000 年是韩剧配乐发展史上的分水岭,相比起 90 年代的剧集,这年的《爱上女主播》《火花》等剧中的配乐水准和质量都有了大幅度的提高。而当年热播的《蓝色生死恋》的原声音乐更是成为韩国电视音乐史上的一朵奇葩,其中的《理由》《祈祷》《秋天的童话》等曲子,至今仍是韩剧音乐经典中的经典。"①发展到现在,音乐在韩剧中已经成为重要的电视剧要素,并深嵌于电视剧的叙事、抒情节奏之中——"剧中各个主要角色都有专属的主题旋律,特定的情节与境遇都由不同的配乐连接"②。从审美风格看,制作韩剧音乐的音乐人擅长把国际流行音乐与韩国的传统音乐融合起来,形成新的音乐时尚。韩剧中音乐打动人,并让人耳目保持新鲜感的奥秘就在于此。

　　对白是电视剧塑造人物形象的最主要的手段之一,韩剧中擅长在对白中把日常生活浪漫化、诗意化。在《来自星星的你》中,炸鸡与啤酒,这两种日常生活中常见的被视为易导致肥胖的"垃圾"食品,通过与下雪意象的耦合,变身为浪漫、诗意生活的符号。2014 年初春因为北京的一场雪,炸鸡与啤酒这组词语被娱乐界人士热捧,形成了一场依托于互联网的群体娱乐活动。日常生活叙事的冗长叙事时间与缓慢的叙事节奏在形成细腻、精致审美风格的同时,也极易导致冗长与沉闷之感。如何让人忘记叙事的冗长与缓慢,沉浸到当下的情境之中,把对白诗意化,用诗意的语言来战胜时间的绵延,不仅是人们在漫长的诗歌史上学会的事情,而且也是韩剧的法宝。

　　(三)多审美形态的复合

　　在韩国的文化产业中,韩剧主要承担着文化产业整体营销、产品国际传播先导的任务,而不仅仅承担着讲好故事(讲一个好故事和讲好一个故事)的任务。当然,在两种任务中,讲一个好故事是先决条件,是实现文化产业营销、传播目标的前提。因此,韩国电视剧在审美建构中便必须做到,在叙事艺术之中复合入其他审美形态。这一点,在韩剧中不但日益重要,也日益为各种统计数据所现实,为研究者所重视。概要言之,韩剧在叙事中复合到自身但在电视剧传播中又呈现出相对独立性的审美形态存在于人体美、城市景观美、自然美等

---

① 龙超:《音乐与画面一样美——解构韩国电视剧音乐的价值支点》,《音乐传播》,2013 年第 2 期,第 118 - 121 页。

② 同上。

方面。

人体美在韩剧中主要通过对演员的精挑细选来实现,与中国演员形体风格的多样化不同,韩国演员的形体风格主要集中在秀美范畴中。同时,在时尚意识的规制下,韩国演员的秀美又不用于传统以两性审美差异为前提建构出的审美习惯,而是着力于混淆审美中的性别差异,趋向中性。传统的人体美主要取决于先天的身体条件与后天的体育锻炼,并辅以服饰与化妆;现代的人体美在现代医疗技术的支持下增加了整容这个变量。与西方国家侧重于胸部整容不同,韩国整容主要侧重于面部的审美雕琢。韩剧明星的容貌大多是在这个变量的支持下形成的。在韩剧的带动下,韩国整容业从业人数比例、国民整容比例在全球都排行第一;自2009年开始,韩国整容业对外国人开放。韩国服饰与化妆品的热销也与韩剧中不遗余力地展示有关。"韩国品牌服装以绝大的优势成功进军中国市场,韩派服饰已经像血液在人体内流荡一样,成为中国不可或缺的时尚元素。承不承认都无关紧要,因为韩装已经被中国消费者奉为经典时尚,普遍喜爱和接受。"①用韩剧教人穿衣搭配和化妆已经成为中国流行文化的潮流之一。

城市是现代人最重要的生活、休闲场所,以城市建筑为主体形成的景观是现代人日常感知与审美感知生发、涵泳、体验的重要对象。城市景观美是现代美学与现代生活的重要组成部分,更是现代城市文明发展程度的标志。以城市生活为蓝本的韩剧借助描画人物生活场景与环境的机会,在塑造生动感人的韩国现代人形象的同时,利用唯美的画面构图与布光设计,把韩国城市景观的审美风格、意蕴和特点推送到全球各国韩剧观众眼前。无疑,这是一种非常高明的视觉文化传播途径。在审美欣赏中,当观众的显意识沉浸于情节、对白、形象时,城市景观之美已经悄然落入潜意识之中,有效地激发出观众对韩国文化的整体好感。

自然是现代人城市最重要的休闲场所。对自然美的欣赏与追求饱含着现代人的浪漫想象。日常生活的重复、枯燥、沉重、乏味与自然美的新鲜、灵动、轻松、闲适形成了鲜明的对照。与现代城市人而言,自然不是仅仅因其自身而美,更多地是作为生活的另一面而美。韩剧把握住了人们的这个心理,把浪漫、快乐、爱情、亲情中最美好的情愫都放置在自然美之中表现,让人情物理之美在剧作的氛围之中融合、升华。

由于韩剧中一以贯之地把浪漫爱情与自然美、景观美复合在一起,在韩剧

---

① 王东:《韩剧中的服饰特点研究》,《电影文学》,2008年第20期。

观众的审美联想、想象与韩国的城市景观、自然风光之间建立了牢固的关系,韩国的城市景观、自然风光成为韩剧观众熟悉的陌生之地。"跟着韩剧去旅行"①是近年来旅行社的口号与策略,也是中国旅游者海外旅游的重要诱因。韩剧复合审美形态的文化经济目的至此落地并发芽。

四、韩国对我国电视剧创作的启示

近年来,韩剧对韩国文化产业与实体经济的引领作用日益彰显,并在中国市场上收获颇丰。相比较于韩剧在国际文化传播、接受、竞争中的强势,我国电视剧颇为弱小。韩剧的成功为我们带来了丰富的启示。目前,在吸纳韩国经验时,我国学者往往局限在电视剧自身的视角,或者是电视剧产业链条的视角,以韩剧成功之处为支点,提出"缺啥补啥"的建议,对我国电视剧发展小有裨益,但未能改善我国电视剧在本土市场也难以与韩剧匹敌的态势。我们认为应当以更加宏观与综合的视角,从电视剧在国家文化发展战略中的定位,从电视剧的生产方式与美学规制的角度来反思韩国电视剧对中国电视剧行业的启示意义。

（一）电视剧在文化发展与文化产业中的定位

依托自身在视觉传播、电子传播时代的技术优势,韩剧用10余年的时间确立其作为韩国文化发展与文化产业生产先导与主体。韩国电视剧在韩国文化产业生产与再生产、国际营销与传播、国家文化形象建构与推广中起着重要作用;在文化与经济的发展中,韩国电视剧对文化产业中的娱乐、旅游、美容,对实体经济中的服饰、化妆品、饮食等产业都发挥着直接的引领作用,对韩国的工业产品与电子产品起着间接的推广作用。从这个角度观察,韩国文化的方方面面都在电视剧中以更为时尚、更为雅致的方式表现了出来,韩国电视剧是利用审美的方式全方位地推介韩国文化的名片。

在我国,作为意识形态的重要阵地之一,作为满足人民精神文化需要的最为便捷的手段之一,电视剧行业在整个文化领域受到高度重视。但由于我国文化各领域之间长期缺乏制度、法律层面的有效整合,各行业之间的协同程度较低,行业在文化发展与文化产业生产与再生产中的定位也处于自发状态,缺乏明晰认识。在电视剧行业也同样如此。一般来说,对我国电视剧的文化教化与经济的二重性的认识在当前的研究中较为明确,但对电视剧在中国当代文化发展和文化产业生产中的地位的认识与研究却十分匮乏。在国际文化传播与竞

---

① 《跟着韩剧去旅行》,[EB/OL] http://travel. southcn. com/v/2012 - 05/31/Content_46882081. htm

争中,中国文化要建构的文化形象是什么? 电视剧在这个过程中如何进行富有成效的生产与再生产? 电视剧与其文化的其他部分之间的具体关系是什么? 文化的其他部分如何富有诗意地有效融入电视剧? 电视剧在传播中对文化的其他部分之间的影响是什么? 如何量化这种影响? 如何实现这种影响? ⋯⋯这些问题都需要中国的电视剧从业者与研究者以开阔的视野、翔实的数据、科学的方法,积极的态度去研究、探索,以切实发挥视听传播的优势,建构中国文化的新面貌。

(二)电视剧的生产方式与美学规制

韩国电视剧生产方式,以编剧为话语权力核心、以受众为生产主体的要素配置方式有诸多优点。首先,这种要素配置方式在生产效率与质量管控上有其优势,提前终止一部质量较差的电视剧,延长一部高质量的电视剧,把传统的播出淘汰提前到生产环节,既可以避免资金与精力的浪费,又可以在整体上提高电视剧的质量。其次,对电视剧传播来说,只有被观众接受的故事才是真正的好故事。这种要素配置方式从根本讲解决了作品如何讲出一个好故事、如何讲好一个故事这个电视剧生产的核心问题,反映在市场上就是其在相当多时候远超、甚至秒杀同时期其他电视剧的收视率。虽然,有了收视率并不等于有了一切,但没有了收视率一定没有了一切。因此,如何改革电视剧生产中明星核心制的弊端、提高编剧的艺术话语权、改变观众纯粹的受众角色,探索新的要素配置方式便是未来的中国电视剧生产中需要注意的问题。

韩国在法律层面限制影视公司利润、迫使利润流动的资金配置方式,使韩国电视剧产业链有足够的长度和坚韧度,并使韩国电视剧行业建立了一个有利于电视剧再生产的生态系统。在这一点上,虽然我国研究者长期呼吁拉长电视剧的产业链,但由于文化各个环节的隐形壁垒并未完全被打破,而难以成为现实。从文化发展中文化各部分以相辅相成的规律发展的角度看,中国文化需要在更高的层面规划电视剧的利润配置规则。

从美学规制角度看,韩国电视剧是在较为明晰的文化竞争与经济诉求驱动下的审美创造;韩国电视剧不是编剧或导演个人的情怀书写,而是民族文化与世界文化交融中的新的文化生产与再生产,是世界文化竞争的载体。因而,其美学规制中既有基于民族文化基因的潜在理念制约,又有显形于法规层面的规则,如,电视剧分级制。从美学规制的潜在层面看,电视剧可以看作国民文化气质的表征,而国民文化旗帜是社会政治、经济、文化运行中长期积淀的产物。对于当代中国而言,理清中华美学精神的内涵,把中华美学精神落实到社会生活和文化发展与生产中,是革新国民文化气质的基础问题,也是从根本上解决中国电视剧"一窝蜂"式的浮躁的生产传播方式的机遇。从美学规制的显在层面看,我国已有的美学规制存在抽象程度高,在监管层面不宜操作的缺点。2015年1月出现的《武媚娘传奇》在暂停播出后画面剪辑事件就充分反映了由于法规层面美学规制缺乏操作性带来的监管难题。更重要的是,无论就一部电视剧的传播而言,还是就电视剧的审美风格生产而言,这种事中规制都无法给电视剧带来什么好处,也不利于建立电视剧审美生产的秩序、激发电视剧审美想象的活力。

在审美规制方面,在潜在层面,中国电视剧需要沉浸到民众生活之中,沉浸到中华美学的精神脉络之中,生发出新的审美气质与审美精神;在显在层面,中国电视剧需要构建出可操作的美学规则,满足各个层面的人民的精神需求。

第四节　产业化语境中《哈利·波特》的美学规制

作为近20年来世界范围内在经济方面最成功的童话(或小说)作品,《哈利·波特》系列堪称文学与文学产业界、文化产业界的传奇。在《哈利·波特》系列尚未终结的岁月里,中国文学出版界及评论界在年度回顾与展望时,例行的话语就是《哈利·波特》对中国文学创作与文学出版的启示。但从已有的文献看,中国文学产业界、文学评论界及文化产业界对《哈利·波特》的认知与期望之间存在着巨大的差距。简言之,我们期望《哈利·波特》能够为我们的文学写作与文学、文化产业指出一个成熟的、可供效仿的模式与方向,但我们对《哈利·波特》系列文学作品的认知却仅仅停留在它究竟赚了多少钱[1]、翻译成了多少种语言[2]的产业现象的粗略描述,停留在主题来源与使用现代文学批评语言(诸如精神分析、狂欢诗学、比较诗学等)进行的分析评价等较为纯粹的文学性分析。期望与认知之间的差距使得我们既难以全面地理解《哈利·波特》系列的现代美学价值及其背后的文学生产的美学规制,又难以从文学产业发展与文学现代生产的角度理解当代文学发展与文化产业的其他环节之间的内在关系。这显然无助于当前中国文学写作的发展。为解除期望与认知之间的距离,我们

---

[1] 谢梁山:《波音飞机和哈利·波特,谁飞得快?——美国创意产业掠影》,《连锁与特许》,2007年第4期,第42-43页。

[2] 《"哈利·波特"的作者罗琳采访记》,张红译,《外国文学动态》,2000年第6期,第35-38页。

拟从艺术创造意图、艺术主题、艺术世界设定、艺术技法、艺术语言等方面,以文化生产为语境对《哈利·波特》系列的生产与传播背后的美学规制进行分析。

一、宏大而现代的创作意图

艺术创造意图是艺术创造与生产的第一步,在古典艺术理论中,艺术创造意图是艺术创造的第一步,也是受众接受、欣赏艺术时考虑、推测、探索、赏玩的主要内容之一。在当代中国的文学理论中,广征博引、贯通中西的以意逆志理论就是对文学赏析中作者创造意图重要性的现代确认。其中,作者的意图主要集中于作品的形象、意蕴等层面,即"志"的因素。"1990 年,在前往伦敦的火车途中,她忽然感觉到一个瘦弱、戴着眼镜的黑发小巫师一直在车窗外对着她微笑。在随后的 5 年中,她一直构思着这 7 本书的情节,哈利在中学的每一年都有一本。"①这段故事将传统文学创作理论中神秘的灵感与创作意图关联了起来,与托尔斯泰创造安娜·卡列尼娜的形象有些相似,为作家的创作增添了几分韵味与灵光,在文学传播与研究领域广为流传。但罗琳的意图并不止步于这个有着古典气息的灵机一闪,而是有着一个更为宏大、更具现代色彩的意图。

(一)以构造幻想世界为中心的宏大的创作意图

在托尔斯泰的创作中,或者说,在灵感驱动意图的古典式创作中,作品中人物的生死、命运与他们自身的信仰、选择、行为、语言相关,并不完全受作者的控制;艺术家的意图在多数情况下也不直接处于明亮的、可描述的状态,而是处于幽暗与明亮的交界处。这虽为欣赏带来了丰富的意义与趣味空间,但也为较为确切地解读作品带来了困难,以至于较为激进的现代理论家们试图取消作者意图在文学解读中的意义与价值,以便把作品的意义限定在文本之内。从单纯欣赏的角度,这样做不失为解决问题的一种方式。但对于艺术创造而言,它实质上否定了艺术家创造性活动的价值,而创造性正是艺术家安身立命于艺术世界和艺术史的关键所在,因而,对艺术家来说这是不能接受的。在颠覆性的消解之后,当艺术家面临更加复杂、更加迅捷的传播环境时,当艺术更加重视当前的艺术大众传播效果及其附加的收益时,艺术的创作意图便倾向于更加明亮、更加富有规划性与可控制的特点,幽暗的、不可说的神秘之域则倾向于在小众的和高端的层面显露自己的身影。故事,从诞生起就具备着大众传播的基因。无论是小说还是童话,究其实质而言就是讲述一个大家喜欢的故事。在讲故事这

---

① 《"哈利·波特"的作者罗琳采访记》,张红译,《外国文学动态》,2000 年第 6 期,第 35 - 38 页。

个行当,千百年来涌现出了无数的佳作,如何在这些佳作构建的传统中找到自己的路,讲出精彩的新故事无疑是一件难度极大的事情。

与古典时代的作家不同,罗琳在创作之初就把视野的焦点从作品中的人物转移到了作品世界上,即是说,西方讲故事传统中的人物—事件核心,让位给了世界构造。当记者问罗琳"您花了多长时间来设计哈利的魔法世界"时,罗琳回答说:"就是我创作第一部《哈利·波特和智者的石头》所用的五年时间。那时我确定了我的幻想世界的界线和法则,确定了每个人物的生平。玩'哈利'游戏的规则,那真是一桩没完没了的工作,可它是必不可少的。"听到罗琳回答中对"世界界线和法则"的重视,记者惊奇地问"魔法世界里干吗还要逻辑"?这个问题抓住了罗琳创作意图的核心,于是,罗琳详细地解释说:"只有通过逾越界线才能产生紧张和戏剧性。幻想世界也得按照明确定义的和可以遵守的规则来运转。您知道我为什么不能忍受幻想文学吗? 因为99.9%的幻想文学作品没有逻辑性。我想象不出有什么比一个有着无限神力的英雄更无聊的了。你遇到了麻烦,你搓搓你的戒指,呼啦一下,一切全解决了。这无聊得令人难以忍受。"罗琳对当时幻想文学的不满集中于其中的世界没有逻辑性。事实上,当文学把故事的传奇性夸大,并把这种夸张集中到人物身上时,人物或道具对逻辑的破坏几乎是不可避免的事情。这种现象在神话和童话中可以反反复复地观察到,比如安徒生童话中的很多故事都在重复英雄的非逻辑性、问题解决的瞬时性和结局的圆满性。罗琳对幻想文学的不满使她敏锐地注意到问题在于幻想世界也需要规则和逻辑,这是一个极富洞见的方向。最重要的是,罗琳为了设计她的幻想世界所付出的努力——"五年时间",这是一段足够长的时间,一段让罗琳自己都觉得"没完没了",以至于她所设定的规则并不如常人设想的那样全在她的大脑里,而是需要边写边查看写着规则的硬纸片。① 从这段采访中我们看到,罗琳把创作意图从传统的讲述人物与事件转移到了构造合逻辑的幻想世界,而且这个世界是明晰的、确切的、合乎逻辑的构造。相对于过去的创作意图而言这个意图是如此的巨大:"创造出无可比拟的世界和经历"②。从《哈利·波特》系列的全球传播效果来看,这个意图无疑得到了完美的实现。

---

① 《"哈利·波特"的作者罗琳采访记》,张红译,《外国文学动态》,2000年第6期,第35-38页。
② 同上。

（二）跨艺术门类传播的现代的创作意图

从文学发展的角度看,罗琳的创作与她的前辈们相比面临着更为复杂的传播语境。传统的写作者大多数只需要关注作品自身的表述与文学传播,甚至连传播也无须在意,更不需要考虑作品的视觉艺术或更加复杂的综合的艺术传播方式,而现代艺术创造者则必须考虑艺术各个门类之间的交错与融合,考虑同一个叙事在不同艺术门类中改编、传播的情况。

现代艺术的交叉、借用使得文学创作者在创作时必须考虑自己的作品如何在视觉和视听综合艺术中被传播。有些作家对此种情况很拒斥,他们更愿意在语言—言语层面上讨论作品、编制故事;有些作家在此种语境中表现出欲拒还应的暧昧态度,他们一方面拥抱电影、电视编剧的行当,乐意作品被作为影视的底本被改编,另一方面又对作品的影视化传播心存疑虑与怨怼;还有一些作家对变化表现出豁达和因势求变、求新的态度,积极改变写作方式与技法,使得作品在影视、游戏等艺术领域中的改编与传播更为融洽,从而使作品获得更好的传播效果与社会效益。在写作伊始,罗琳是否有明确的跨艺术门类传播的意图在里面,限于材料尚无法具体考证,但从在采访中说过的话来看,罗琳无疑是后者。"我好长时间都一概拒绝(把作品拍成电影),不是因为常有人以为的贪钱,而是在等一个能令我满足地拥有发言权的协议。不可能产生'哈利·波特前往拉斯维加斯'这种东西。"①之所以在 2000 年左右,《哈利·波特》系列第四部已经推出的时候,作品编成电影才成为定局,乃是因为之前的合作方案不能令她满意。这表明,面对作品的跨艺术门类传播,罗琳心中早有定见。换言之,在文学(尤其是叙事类文学)被改编成视听综合艺术传播成为潮流的时代,在多种艺术门类以叙事为中心连接为一个丰富的艺术链条(艺术形象的发展与异变、艺术价值的增殖与艺术收益的增加)的时代,对于《哈利·波特》系列的跨艺术门类传播,罗琳即便在创作初期没有明晰的计划,也会在创作过程中浮现出来并成为创作意图的一部分。在《哈利·波特》系列创作过半的时候,这一意图已经成为一种现实。当然,在《哈利·波特》系列小说已经收官,连电影也已经成为历史的当下,我们能够更加清晰地看到,跨艺术门类传播内在地镶嵌于罗琳的创作意图之中,并内在地制约着作品的质地与内容。

跨艺术门类传播也许是罗琳的创作意图如此宏大的原因之一,但其更重要的效果是,当这种复杂的状况被纳入到作家的预期中去时,在创作意图的影响

---

① 《"哈利·波特"的作者罗琳采访记》,张红译,《外国文学动态》,2000 年第 6 期,第 35—38页。

下,作品的美学规制会发生巨大的变化。

二、主题规制：善与恶，成长与死亡

宏大而现代的创作意图,在艺术创造的起点以抽象的方式划定了作品的主题。

构造幻想世界无疑是一件长期而复杂的工作,罗琳在采访中说的五年时间以及自己都记不清楚细节的话应当并无夸张。尤为麻烦的是,在现代文化产业中,艺术家的创造绝不是为了满足自己的倾诉欲望的隐秘造物,而是为了在世界艺术生产与消费中获取足以让艺术家过上不错生活的利润,因此,她所构造出来的幻想世界还必须具备跨文化与跨艺术门类传播、旅行的能力,即,她的幻想世界在任何地方、任何艺术门类中都能够被人所接受、引发人们的共鸣与欣赏。主题是人们接受、欣赏艺术时的前置性的制约要素,是让读者从琳琅满目的书架上挑出来,或者在短暂的试读后确认这就是自己需要的作品的要素。

现代传媒艺术(影视及电子游戏等视听综合艺术)自产生之日起,就以现代科技为基质,裹挟着现代哲学所建立的绝对抽象的"人"的预设,在世界各地落地生根,并把共同的人类文化需求的意象铺设到了世界各地。如此一来,无论何种文化中都必然出现且现实存在的文化事象便成为文化生产主题选择的优先考虑对象。同时,主题选择还受制于预设读者的年龄段,受众的性别等。

生命与道德,是人类世界的基础元素,生命赋予人存在的生物基础与心理成长的空间,道德赋予人存在的形而上的基石与社会发展的方向。同时,这两大元素又是青少年期的读者最感兴趣、最爱思索、最易追问的哲学问题。

抽象的哲学问题可以作为主题的元问题而存在,但哲学元问题在文学作品必须分解、融合到形象中,作为形象的特点与灵魂出现。成长与死亡是生命的两极,善与恶是道德的两极。《哈利·波特》系列中,以哈利、赫敏、罗恩等人从少年走向青年,演绎青少年在校园(魔法学院的校园)中的学习、历险与爱情,是生命元素成长一极的形象化在作品中,伏地魔是死亡概念的形象表达,他是死亡的象征,凡他的形象、符号、名字所到之处,死亡便在恐怖、恐惧与邪恶中降临。在成长(生之延伸)遭遇死亡,与死亡搏斗,战胜死亡的过程中,作品生命主题得到了充分的发展与延伸,人物的矛盾、性格、智慧在紧张、跌宕起伏的情节中获得了萌发与生长的空间。死亡是生命的终结,是人生大恐怖处。它不仅是生命哲思的终极问题,而且是道德中善与恶的萌发与趋行之处。在《哈利·波特》系列中,正面的、善的无疑是以哈利·波特为中心的朋友和师生们,反面的、恶的则是以伏地魔为中心的食死徒们。伏地魔的恶源于对死亡的恐惧和永生的向往,但对死亡的恐惧和对永生的向往并不必然导向恶。伏地魔的出发点是离开死亡,但却依靠暴力制造他人的死亡来实现目的,对他人生命之褫夺乃是大恶。与大恶相反,大善乃是对他人生命之佑护,哈利·波特母亲之死、邓布利多之死的光辉为哈利·波特确立了基于生命间最高尊重与爱的善意。在罗琳的世界构造中,道德的善恶服从于生命的判断与行动,脱离了单纯的规训与教条,脱离了在日常生活中因文化的差异而形成的善恶观念的微小差异,成为生命的最沉痛、最淋漓的诉说,获得了一种抽象的、纯净的、崇高的美学效果。这样的善与恶构成的道德观念是人类生命与道德之思在文化生产与传播中的新编码,击中了各文化共同享有的生命之流的底层,自然具备在不同文化中传播的潜能。

抽象的元素并置并不能产生故事,善恶之间的简单斗法也不能吸引观众的眼球,在拥有最为基础的元素后,如何使之形成吸引大众且引人上进的主题仍是一个至关重要的问题。以善(爱)与成长为主流,把青春的单纯与世界的复杂相对峙,理念、想象与现实相交错,渺小、平凡与伟大、激情相转换,明亮与阴暗相交织,杂多的事件在生命与道德的网格中统一为以明亮为主阴暗为辅的画面。既不僵化,也不单调。吸引力与精神升华之间获得了统一,借此主题设置策略,《哈利·波特》系列获得了在全球文化传播的通行证。

三、世界构造规制:妙在似与不似之间

"妙在似与不似之间"是我国现代著名国画家齐白石谈论中国写意画时提炼出的观点,意指所画物象与现实物象之间的关系,完美地阐释了写意画中现实与理想两极之间的张力,从而在绘画界广为人知,成为中国写意画的美学原则之一,并为许多画家所信奉。我们以为,对于幻想文学而言,其与现实之关系的建构,可用这一条得于中国写意画创作的美学原则来规制。

罗琳在创作《哈利·波特》系列,构建哈利·波特的世界时,心中未必有明确如齐白石的美学观点,但其对当时流行的无限神力英雄叙事模式之厌烦恰可证实"不似为欺世"在艺术领域的阐释力。"99.9%的幻想文学作品没有逻辑性。我想象不出有什么比一个有着无限神力的英雄更无聊的了。你遇到了麻烦,你搓搓你的戒指,呼啦一下,一切全解决了。这无聊得令人难以忍受。"[1]事实上,这种简单的、可复制的套路化的叙事,在中外通俗文学史上常常可以见

---

① 《"哈利·波特"的作者罗琳采访记》,张红译,《外国文学动态》,2000 年第 6 期,第 35－38 页。

到,而且,对有欺世之嫌的"不似"之叙事模式的反感、反思与反动正是通俗文学界经典之作产生的动力之一。曹雪芹若不是对"才子佳人"模式嫌恶之极到忍不住在《红楼梦》中直接道出,《红楼梦》是什么模样也是极难猜测的。从构造世界的心理动因上看,罗琳与曹雪芹非常像,都是对当下简单、粗暴、严重背离真实世界逻辑极度不满而萌生了创造一个有逻辑的幻想(想象、理想)世界的想法。罗琳的世界规则与实际创作同步而略前置,人物活动遵循世界规则。曹雪芹的创作状况因几无文字可依凭而难以断言,但从"批阅十载,增删五次"、脂砚斋参与《红楼梦》修改等情况看,从现存本中事件与人物之间的破绽看,从红楼世界仍整体感十分强来看,曹雪芹红楼世界的构造的美学追求怕是也早于红楼人物与故事。由此也可以看出世界逻辑在长篇叙事艺术中的作用。

以世界构造的似与不似之间为视角,大观园的敷陈可谓得其神髓。大观园是红楼诸人的生活空间,红楼所有的故事几乎全都发生在这个大院子里,与红楼诸人而言,这是一处极为日常化的院子,因此,里面不仅有农家风光的景致,而且还可以真实地开展"承包责任制";但于刘姥姥而言,此地说为仙境也不为过,"花落了结个大倭瓜"一语的效果十分传神地把红楼诸人田园风情之似划开露出内里的不似,大观园之似与不似在刘姥姥与贾母其乐融融的酒筵行令之间若隐若现的展示,以及由此而来的整个红楼世界的似与不似、若实若虚,无论从审美规制还是审美技法来看都十分经典。

《哈利·波特》系列以九又四分之三站台为连接点构造出一个麻瓜世界和魔法世界平行且局部插接的复合世界结构,与红楼梦之两个世界有异曲同工之妙。魔法世界中相对封闭的学院与现实生活中寄宿制学校的相对封闭近似,学院中分年级、分专业的教学方式与现代教育的基本方式一致,但所学内容、具体教学方法又比现实教育系统中的有趣得多。学院世界是一个建构在不似(魔法为现实世界所无)基础上的相似(学院体制与现实教育体制的类似)世界,麻瓜世界是一个建构在相似(现实世界中我们都没有魔法)基础上的不似(居然有一个魔法世界隐藏其中)。罗琳的整个复合式的幻想世界也许可以用中国的太极阴阳鱼作为其图像化的表达。这种结构使得其幻想世界既有现实世界的地气与人气,又有幻想世界的超越与空灵;既富有张力与弹性(即如果作者愿意且其想象能力支持,就可以在这个幻想世界中编织出近乎无穷的故事),又蕴含着对现实社会的象征式、寓言式的抽象表达(即人类文化的符号化本身使得人类社会在事实上已经呈现出两个世界的图式)。因而,从总体上看,罗琳的幻想世界构造与人类社会的两个世界的图式,形式上相似但内容上不同、理念上相似(善恶相对,善为主流),形象不同(主要人物具有魔法且魔法技术与善恶之间形成直接对应),正可谓是妙在似与不似之间。介于似与不似之间的世界去除了英雄拥有近乎无限神力的模式,不再以降神方式解决主人公的问题与困境,超越了童话叙事与通俗叙事中解决终极问题的神秘性,把主人公的能力放在幻想世界规则的逻辑系统中,从世界构造的层次上将主人公还原成了普通人,为读者的代入式欣赏准备了超越文化界限的入口,也为其跨文化传播、跨艺术门类传播奠立了美学基础。

赘言一句,当前中国通俗文学,尤其是网络通俗文学中,能领悟似与不似之妙境的作者少之又少,大多数作品的世界设置都直奔“不似”而去,距离现实世界越来越远,世界构造越来越空,人气自然也越来越少。对文学产业生产而言,固然造成了一番数量的繁荣景象,但如若不把“妙在似与不似之间”作为构造世界的美学规制原则,怕是在时间上和空间上都不会都太多的生存机会,更不可能碰触到跨文化、跨艺术门类传播的层次。

四、技法规制:模仿中的创新

技法是实现艺术创作意图,充实艺术世界,构造艺术形象的直接手段,也是艺术创作成败的决定要素之一。就我国当代文学叙事而言,叙事技法的创新几乎是纯文学尤其是现代派文学和先锋派文学的标志。在相当长一段时间内,如果某作品在叙事技法上没有创新,艺术评论家们就似乎难以开口说这是一部追求文学性的作品。从文学生产与传播的角度看,这种追求既增加了创作的难度,甚至使作家陷入创新的焦虑,以至于丧失了讲好一个故事的能力,文学蜕变成了一种炫技式的杂耍;也增加了读者欣赏的难度,使读者阅读变成了一种智力挑战,阅读的惬意与欣赏的快意荡然无存。技法的过度创新反而使纯文学作品在市场上屡遭冷意。张颐武在接受记者采访时指出:“新世纪以来,中国当代文学发生了最剧烈和最微妙的变化,传统的纯文学创作空前繁荣,但读者群却日渐萎缩,有影响力的作家和作品寥寥无几。相反的,新出现的青春文学、科幻文学、穿越文学等却逐渐渗入到新时代人们的生活之中。”[①]

这种现象向我们提出一个问题,广为传播的俗文学在技法选择上有没有成功之处,其美学规制是什么? 作为近 20 年来,全世界范围内最成功的通俗文学作品,《哈利·波特》系列的创作技法或许能回答这个问题。

有研究者指出《哈利·波特》是“西方传统文化土壤上的一朵魔幻之花”,

---

① 周怀宗:《跨文化传播要减少文化折扣》,http://theory. people. com. cn/n/2012/1030/c40531 – 19438636. html.

并从巫术文化、基督教文化和寄宿学校文化三个方面论述了《哈利·波特》的文化渊源。① 有研究者从更为具体的文学传统入手,认为《哈利·波特》中人物、动物的名字、品性与古希腊、古罗马神话中的神灵之间有着相似性,认为在主人公身世背景、追寻母题、其他人物与场景等方面都与《亚瑟王传奇》十分相似,认为从成长与自我认知角度看《哈利·波特》可以称得上是《灰姑娘》的现代版。② 上述从内容方面证明《哈利·波特》成功背后的"民族性"文章,使我们可以很清晰地看到罗琳从题材、人物形象、情节构造、经典桥段诸方面都借鉴或模仿了西方文学传统中的经典之作,换言之,她的文学写作技法的主要部分是模仿。

在当代文艺创造理论中,模仿处于极低的位置,是初学者习作的必经阶段,也是文艺创造必须扬弃的阶段。但在古典时期的理论中,无论是中国还是西方,模仿都是非常重要、非常成熟的创作技法之一。模仿古人或已经存在的作品,并不是把过去的作品中的形象、情节、品格、行为取出来放到自己的作品中,而是把自己的创作放在文艺的历史长河中去雕琢、去打磨,把自己作品中的人物、故事与文艺史上的形象相映照,使作品在厚重的历史之流中获得存在的根基,使文艺的传统在当下的生活中获得传承。因此,模仿中必然有创新的要求,但这种创新不是要求文艺创作给出一种全新的、人所未见的技法或形象,而是要求文艺创作在模仿前人的基础上推出有着传统风韵新的形象与故事,即在模仿中进行创新。放在中国古代诗歌历史中,宋人所云"点铁成金""脱胎换骨"早就把模仿中创新之神髓表述得妥帖而富有诗意。当然,回溯中国诗歌史,我们可以发现,这是诗歌史上最为成功的技法规制之一,宋诗之繁荣得此规则力气甚大。在西方文艺史上,文艺复兴及以后的文学艺术的发展与模仿古人关系密切,布鲁姆的"影响的焦虑"理论从另一种维度证明了模仿之不可避免与创新之难。

在罗琳的技法规制中,新在何处是要点。依我们看,其一是从篇制上而言,《哈利·波特》系列比她模仿、借鉴的所有的作品都长。也许看惯了当代动辄数百万字鸿篇巨制的作者会觉得这一点并非创新,但回溯文学史就必须承认,文学代际进化的最直观的现象就是单个作品的篇制变长了。篇制变长意味着过去的形象在新的文艺作品中遇到了新的世界观的变化,而且新的世界观比前代

---

① 郭金秀:《西方传统文化土壤上的一朵魔幻之花——小说〈哈利·波特〉的文化背景解读》,《和田师范高等专科学校学报》(汉文综合版),2009 年第 1 期,第 118 – 119 页。

② 郝珊立:《哈利·波特系列小说文学题材溯源》,《牡丹江教育学院学报》,2009 年第 1 期,第 28 – 29 页。

的世界观更宏阔、更细腻、更富有张力与弹性。《哈利·波特》的篇制之长(新)便得力于我们已经论述过的罗琳的世界架构。形象一点说,就是罗琳用新瓶装了旧酒。其二是从形象刻画而言,罗琳的人物是完完全全的现代人。把古代文化中的形象、把神话中的角色、把经典中的人物搬过来,做一下简单的改头换面或者性别反转是无法完成这个任务的。只有把构成人类文化基因的性格、行为、意象作为人物最初的灵魂,把他们置入现代文化的制度、氛围中,让他们生活在现代的世界架构中,他们才可能成为现代人。即新瓶把旧酒重新发酵变为新酒。

　　模仿为接受提供有意义的前见,提供熟悉感,创新为接受提供有价值的趣味,提供陌生感,二者的有机结合可以为文学的生产与传播提供富有阐释力与良好效果的技法规制规则,是罗琳的《哈利·波特》在世界范围内畅行无阻的美学前提之一。模仿中的创新,从文艺发展史角度看,是经过了文学史检验的有效审美创造方法;在当下的文艺生产中,也是极富亲和力的审美创造的规则。

五、话语规制:图像化叙事

　　由于文学以语言为媒介进行叙事、抒情、谈理,故而人们从媒介角度对艺术进行分类时,往往把文学称为语言的艺术。由于文学并不使用语言学意义上的语言进行创作,而是使用话语来塑造人物、勾勒环境、讲述故事、抒发情意,因此,更为具体地说,文学是话语的艺术。在文学创作中,话语之美是创作者务必关注且处理好的方面。从文学发展史看,任何一种文学体裁的成长与成熟都与对话语之美的制度化发掘密不可分。中国诗歌至唐而盛,欧洲十四行诗的兴盛与发展,若无诗人对音韵、格律的规范化的研究与创造性表达,怕是不可想象的。文学话语在创作中的规训与规制,大体而言主要体现于声韵与图像两大要素中。在文学步入散体叙事之前,韵文占据绝对优势时,对声韵的研究与规制是文学之为文学的标志性要素。以中国古代诗歌而言,合辙押韵是判断作品是否合格的门槛,在声韵限制内话语选择之准确与节奏、律动方式则是判断作品是否高明、有韵味的依据。达·芬奇在与诗人论战时说"诗人说他的科学包含发明和度量,即题材的发明和诗韵的斟酌,这是诗学的基础",并以此讥讽"诗是盲人画"①。正可以用来说明,在韵文时代话语规制偏向于声韵的史实。在散文体裁,尤其是小说的创作中福楼拜指点莫泊桑认真观察并使用形象化的话语准确表达的故事广为流传,这个故事中的师徒两人在文学史上的巨大成功恰切地

---

① 列奥纳多·达·芬奇:《芬奇论绘画》,戴勉编译,朱龙华校,人民美术出版社 1979 年版。

说明了对话语的图像要素规制在小说创造中的重要作用。当然,在中国文学中情况又有区别,中国异常发达的诗歌传统在话语的图像规制方面也有相当的探索。但从文学生产与欣赏的整体状况看,韵文文学偏向于声韵规制,而散文文学更偏向于图像规制。因而,从文学发展的角度说,在文学话语规制中,图像规制的程度加深,图像化叙事的价值增加,是一种趋势。

到了现代,以现代科技为基础的新艺术对图像的追求日新月异,文学与新的艺术门类(影视等)的协作日益深入,人类的审美欣赏也进入了读图时代。这进一步限定了文学话语的审美规制的方向。简言之,在文学话语规制中,在大众的文学接受中,对声韵的要求仍在,但处于核心位置的已经是图像规制了。"今天的大众文化工业呈现着一种巨大的互动关系,当一部畅销书畅销到一定程度的时候,它的归宿就势必是好莱坞。而绝大多数的畅销书作者在写作的时候已经把好莱坞放在写作中了——罗琳很坦率地承认这一点。她说她的小说的最后归宿一定是大银幕。"①罗琳对她的小说归宿的认知不可避免地要投射到她的写作当中,即"在写作的时候已经把好莱坞放到写作中了",表现在美学规制上就是话语的图像化叙事。

所谓话语的图像化叙事在宏观的意义上指致力于利用话语描摹、表述、创造视觉图像,并以视觉表现程度为话语优异标准的文学叙事;在微观意义上指作者把视觉文化中创造视觉图像的各种技巧,如蒙太奇、特写、剪辑等用话语进行重新编码,在作品中创造出极易过渡到视觉文化、艺术中去的形象、场景、故事等。《哈利·波特》系列中主人公哈利的设计及形象变迁史便非常清晰地展示出罗琳娴熟的图像化叙事能力。额头细长的闪电形伤疤是罗琳为哈利设计的最醒目、最易沉入人的记忆深处的形象标识。故事中的精彩激烈的魁地奇游戏在展示魔法学校学员旺盛的青春能量和激扬的青春斗志的同时,也为我们呈现了比足球更加复杂的视觉图景,非常适合在大荧幕上复现。同时,图像化叙事中对每一个人物、每一件魔法道具的精雕细刻也非常适用于开发成衍生品。《哈利·波特》风行后,其衍生品市场带来的巨大利润已经说明了这一点。古典诗歌中为人乐道"巧笑倩兮、美目盼兮"式景致也因需要过多的读者想象补充而难以呈现为视觉图像。2010版《红楼梦》电视剧中红楼诸人形象遭人吐槽固然有制作方理解与造型素养方面的因素,更深层的原因却是曹雪芹时代的"如在目前"与当代的图像化叙事在视觉传达方面的差异。中国作家莫言获得诺贝尔奖自然可以从多个维度解释,我们认为从话语规制角度看,他的作品与电影之

---

① 三替:《〈哈利·波特〉电影衍生品的启示》,《大众电影》,2012年第1期,第43页。

间的亲和度,即良好的视觉传达力,契合了当代文学的审美风尚无疑是极为关键的要素。

从文学发展、当代文学与其他艺术门类(尤其是电影、电视、游戏、工艺品)之间的日趋密切的关系等方面可知,图像化叙事是当代文学,尤其是通俗文学话语的审美规制规则。罗琳自觉地在作品创作中考虑其故事的归宿——电影,表明其对图像化叙事的认同,而其作品跨艺术门类的成功传播也从效果方面证明了图像化叙事的生产效能。

六、结　语

当代文化传播对现代媒介的倚重表明当代艺术的生存环境已经大不同于过去的艺术。于文学而言,单靠文学来传播自身的孤立主义的倾向,在视觉文化越来越繁盛的当下,不仅难以为继,而且也很抵挡其他艺术门类主动的融合(古典作品一再被翻拍已经表明其他艺术主动消费古典作品的趋势)。在这种情况下,文学生产也表现出与过去的创作不同的特征,如果说在过去,美学规制是以潜在的、曲折的方式投射在作品之中的话;那么在现代,美学规制就是以一种清晰的、直接的、经过理智规划的方式制约着作品。在罗琳的创作中,我们看到,主题设置、世界构造、技法选择、话语使用等构造文学作品的主要因素均有明确的美学规制准则。通过罗琳的成功,我们也看到了在现代文学生产与传播的链条中,美学规制的作用与价值。与当代中国文学而言,这也许就是需要努力探寻清楚的问题。

第五节　产业化语境下灾难电影创制的美学规制

作为一种电影类型,灾难片已经成为当今社会大众文艺消费的主要类型,也是产业化语境下世界电影创作和生产选择的一种主要类型。随着灾难片的在世界电影产业竞争中的走红,学术界对灾难片的探讨也有着多重演进,既有关于灾难片的中西方叙事比较,又有灾难片背后的生态追问和人文思考,更有基于全球化时代灾难的新质和灾难美学建构的探索。下面拟从灾难片的美学选择及其逻辑演进这一角度做一思考,希望对这一话题有所推进。

一、灾难电影的类型

灾难片是以对人类造成巨大灾难的事件为题材的影片。关于灾难片的形成和发展,学术界有比较一致的看法。代表性的意见认为灾难片首先是作为叙事电影故事情节的一些基本内容而出现的。如《战舰梅因号的爆炸》(1898)、《探险者的遭遇》(1900)、《和平号气球遇难记》(1902)、《火灾》(1902)、《一个美国消防员的生活》(1903)等。①

20世纪30年代以来,作为类型电影的灾难片开始显山露水,崭露头角。20世纪70年代,作为西方对后工业社会和后现代思想,尤其是对工业社会中科技理性和工具理性的迷信的反思媒介之一,灾难片作为类型电影中重要一员放射光芒,朝着题材范围扩大,表现手段多样的方向推进。20世纪90年代以后在全球化的浪潮中,在消费社会的环境下,灾难片以排山倒海的局势迅速占领世界电影的高地,在推进西方文化及其意识形态方面扮演着非同寻常的角色,起到了非常重要的作用。

灾难片的分类可以有多种方式,比如,从表现灾难存在与否的角度将之分为"表现现实中的灾难现象的灾难片"和"表现想象中的灾难状况的灾难片"。我们从题材的角度加以总结,概括起来主要有以下几种。

一是自然灾难电影,即表现自然本身对人类形成的灾难电影,主要包括地震、火山喷发、飓风、海啸。这种题材电影主要源于自然界本身已有的或者人类想象将有的灾难。因为自然灾难就发生在我们的身边,每天的新闻报道里面基本上都有这种类型的灾难发生。我们称之为是人类能直接体验、直接感受,并且最为直观的灾难之一。这方面代表性主要作品有《天劫余生》(1993)、《龙卷风》(1996)、《山崩地裂》(1996)、《活火熔城》(1997)、《纽约大地震》(1999)、《完美风暴》(2000)、《极地营救》(2002)、《惊涛骇浪》(2003)、《10.5级大地震》(2006)、《日本沉没》(2006)、《大海啸》(2006)、《水啸雾都》(2007)、《暴风危城》(2008)、《超强台风》(2008)、《月殒天劫》(2009),等等。

二是生态灾难电影,即表现人类的生产、生活对世界自然环境、自然生态造成巨大破坏和巨大灾难的电影。到目前为止,科学家梳理了人类已经面临或将要面临的生态灾难:臭氧层破坏、温室效应、土地退化和沙漠化、废物质污染及转移、森林面积减少、生物多样性减少等。这些灾难已经对人类社会造成或将要造成巨大的伤害和损失,并且随着现代科技的发展和进步,这种灾难似乎还有进一步扩大的趋势。反映这方面灾难的代表性电影作品有《生化危机》《海云台》《北极传说》《人类消失后的世界》《难以忽视的真相》《后天》等。

---

① 张法:《全球化时代的灾难与美学新类型的寻求》,《社会科学研究》,2011年第2期,第1 – 8页。

三是社会灾难电影。即表现由于人为的因素所造成的伤害人类,破坏人类社会的灾难的电影。社会性的灾难发生的原因有很多,比如文化的差异、社会的歧视、社会的不公、专制体制的压迫等。迄今为止,较大影响的社会灾难数不胜数,比如让全世界震惊的"9·11事件"等。这方面代表性的电影有《火烧摩天楼》(1974)、《卡桑德拉大桥》(1976)、《K-19:寡妇制造者》(2002)、《世贸中心》(2006)、《感染列岛》(2009)《惊心动魄》、《幸存日》、《恐怖地带》等。

四是动物灾难电影。即以表现动物对社会,对人类的侵害所造成的灾难的电影。动物一方面因其与人类的亲近性获得人们的认可,有些动物成为人们最可靠的朋友,比如狗、羊等。但是有些动物因为本身具有的攻击性和危害性,为人们所恐惧,比如鲨鱼、毒蛇等。动物灾难电影就基于此,当然有些动物灾难是跟科技灾难交织在一起的。这方面代表性作品主要有《哥斯拉》(1954)系列、《大白鲨》(1975)系列、《人蛇大战》(1978)、《杀人蜂》(1978)、《海啸大白鲨》(1978)、《侏罗纪公园》(1993)系列、《巨蚊之灾》(1995)、《狂蟒之灾》(1997)系列、《蚂蚁危机》(1998)、《深海巨鲨》(2004)系列、《空中蛇灾》(2006)、《汉江怪物》(2007)、《人蚁大战》(2008)等。

五是科技灾难电影。即表现现代科技或者未来科技对人类社会造成的巨大伤害和灾难的电影。科技一方面给人类的生产和生活提供了巨大的便利,另一方面也蕴藏着巨大的风险。科技灾难往往因其对人类社会造成的巨大伤害和巨大损失为人们所警惕。现实的科技灾难数不胜数,苏联切诺力核电站核泄漏和日本福岛核电站核泄漏事故可为代表,它们都造成了社会的巨大破坏和巨大恐慌。这方面代表性作品有《哥斯拉》、《生化危机》(I)、《汉江怪物》、《感染列岛》(2009)等,设想人类在进行科学实验中由于疏忽或者主观原因导致生物实验室病毒泄漏,致使生物变异威胁人类社会的灾难情形。

六是宇宙灾难电影,即表现宇宙间的星体对地球和人类造成的灾难的电影。这种灾难一方面源于现实,因为常有陨石不时坠落,造成人畜伤亡的报道,还常有天体剧变造成的灾难,如太阳分、太阳黑子活动异常对地球造成巨大影响;另一方面源于科技幻想,因为人类对地球本身和太空充满着好奇和渴望。这方面代表性的作品主要有《独立日》(1996)、《火星人玩转地球》(1996)、《绝世天劫》(1998)、《世界末日》(1998)、《彗星撞地球》(1998)、《地心毁灭》(2003)、《天咒》(2003)、《后天》(2004)、《世界大战》(2005)、《太阳浩劫》(2007)、《我是传奇》(2009)、《人类终结》(2009)、《月殒天劫》(2009)、《神秘代码》(2009)等。

灾难因其对人类巨大的破坏性为人类所警惕,人类也因灾难的存在和迫近而对其加以认识和思考,并且在艺术上以最为普及的大众艺术形式——电影加以反映。这种艺术的表现有其现实的针对性,也有其选择的必然性。一方面,电影是所有艺术当中最能为广大的观众所接受,最具有通约性和普遍性的艺术形式;另一方面,电影又是最为生动、最具表现力的艺术形式,这一形式最能呈现灾难的现实、表现灾难的特点,也能呈现灾难极限中人世的百态、人间的情感。从某种意义上说,灾难电影的类型就是人们试图进一步认识和把握灾难乃至于摆脱灾难的努力。

二、灾难电影的审美特点

灾难电影因其独特的美学追求受到了广大观众的热捧,成为电影界长盛不衰的经典类型。张法先生认为"电影灾难的表现,在高科技、高幻想、高感受的互动中,不但走到了其他艺术门类的前面,而且也已经走到了现实的前面,并且与现实进行着一场思想和娱乐的互动,基本上完成了一种西方式的艺术定型。"①这种艺术定型呼唤着美学理论的总结,并对灾难电影的未来走向将发挥着重要的影响。那么,灾难电影的美学追求有哪些特征? 初步总结,我们认为有几个明显的特点。

一是审美内容上的仿真化。

灾难之所以为灾难,就在于它对人类社会造成了巨大的破坏,对人类自身造成巨大伤害,对社会发展及其走向产生了广泛的影响。这种破坏、这种伤害有其广泛的现实性基础。这种现实性的真切感受一方面来自人们的亲身经历,体验到灾难的巨大破坏性和巨大伤害性。比如,2004 年 12 月印尼海啸,这场灾难造成了 158792 人的死亡,142122 人失踪,还有无数的伤病者。更多人对灾难的破坏性和恐怖性来源于间接经验,其中主要是通过新闻媒体的报道,得到的新闻"灾难"体验。数字化时代的到来,使得人们能够真切的、同步的感知灾难对人造成的破坏和伤害。比如,汶川大地震,我国新闻媒体第一时间就赶赴现场,用镜头详细地报道了地震造成的巨大破坏和巨大伤害。新闻的真实性也能使人们真真切切地目睹灾难的现实性,感知到灾难的破坏性和伤害性。

灾难电影之所以称为灾难电影,就是要重点表现外在力量对人类、人类社会造成极大破坏和巨大伤害,呈现灾难本身的悲剧和惨象事实。"严格意义的灾难片,应该是指在银幕上正面表现自然力造成的灾难,以及片中人物直接与

---

① 张法:《全球化时代的灾难与美学新类型的寻求》,《社会科学研究》,2011 年第 2 期,第 1 -
8 页。

这种灾难相对抗的影片。在这类影片中,自然灾难往往是以主要角色的身份出现的,是作为主要剧作动因被安排在情节中的,灾难在片中占据着主要冲突一方的重要位置,具体实施过程中,灾难甚至可以拟人化,也就是说,灾难在片中甚至好似是在有意与人物作对。"①故其第一要义就是表现灾难,表现灾难的真实性,表现真实的悲剧性。正是因为要表现灾难的真实性,呈现真实的悲剧性,所以灾难片在内容上以呈现悲剧的事实为主,故悲剧事件成为电影表现的中心和核心,所有的内容要围绕着这个中心展开,所有的表现方式也是要展示这个核心,使得灾难"真真切切的就如同在眼前,唤醒着人们心灵的怜悯、同情。"

当然这种真实,一方面基于现实灾难中的真实,另一方面更为主要的是,电影中的灾难并非真正的就是现实当中的真实,这种真实是影像呈现的真实,即"拟像"的真实,符号的真实。这种真实是经过影视生产者着意加工,改造,制作出来的真实,它比真实世界、真实灾难还要更加真实的"超真实"——影像世界。这种"超真实"是建立在计算机数字模拟技术和特效技术基础上的真实,是经过导演的主观意识特意选择了、加工了、编辑后呈现的"真实"。当代计算机数字模拟技术和特效技术是可以制造出几乎任何具备刺激性、冲击力的惊险的灾难场景,这种"仿真"的灾难场景催生震惊、恐惧、惊怵、悲伤等审美心理的产生。法国理论家鲍德里亚将这一制造"超真实"的时代称为"仿真"时代。在仿真时代,人们已遇到的灾难,如常见的火山喷发、发生地震、飓风横行、洪水肆虐等,可以由计算机数字模拟和特效技术逼真地加以呈现;人们还没有遇到,还没有经历的灾难场景,如蟒蛇之灾、巨蚁之灾,甚至人们未来也不一定会遇到的,只是凭借人们主观想象出来的那些复杂、巨大的灾难,如天体灾难、外星灾难等造成的灾难场景,也可以逼真地呈现在人们的眼前。总之,从某种意义上说,随着科技的进步,计算机数字特效技术的发展,灾难场景的呈现"只有想不到,没有做不到"!

二是审美表现上的奇观化。

即对灾难内容采取"奇观"的表现方式来加以呈现。从某种意义上讲,即对上文所讲的仿真内容采取"奇观"的表现方式加以表现。奇观,直白地讲就是"奇异的景观"。这里有两层含义,一是"奇",奇怪、奇异、奇特、奇绝,是性质上与别的景观不一样,可见的概率性较低,空间上存在的机会较少,时间上不具备恒常性等特征。一般不能见到,难得有机会见到,很少见到的对象;二是"观",

---

① 余纪:《数字化电影的宠儿——灾难片的美学及相关问题》,《北京电影学院学报》,2001 年第 2 期,第 32 页。

即"景观"——被人观赏的对象性景致,涉及构成的内容,构成的方式,构成的目的等内容,但景观从本质上说就是为了被人看,让人看清楚想要看的对象——"图像性"范式。"奇观化的本质意味着影视生产从文学性的话语中心范式变革到影视化的图像中心范式——即从逻辑化的时间深度模式变革到扁平化的空间模式,也意味着从众口一词的理性文化变革到各执一词的快感文化。"在奇观化的影视中,时间性的叙事在这里凝固为空间性表达。人们已经不能满足于正常的、一般的、经常可见的、可预测的审美经验,而追求一种出乎意料的、超出原来的审美惯性,溢出审美主体应有的情感逻辑的审美愉悦。灾难电影奇观化就是要通过奇观的形式(对灾难电影来说尤其是场面奇观的形式)来呈现灾难悲剧的恐怖、惨烈与巨大伤痛,带给人们一种前所未有的审美快感。

周宪认为,奇观影视中,视听奇观的快乐原则代替了蒙太奇剪辑的理性原则,奇观场景的凸显变革了叙事电影的线性结构。奇观电影当然也和叙事电影一样有蒙太奇,但奇观电影的蒙太奇是用来制造视觉吸引力和视听快感的奇观景象,主要服务于表层的视听快感,而非揭示以前叙事电影的深度意义。"奇观蒙太奇全然不同于叙事蒙太奇,它不再拘泥于叙事的意义关系,而是直接服务于视觉快感生产。""为了突出奇观效果,画面的剪辑可以不理会叙事本身的逻辑要求,甚至打断叙事逻辑本身的连续性和统一性。在奇观电影中,传统电影的叙事支配规则变革为奇观电影的画面统治原则,奇观统治叙事、改变叙事"。①

奇观化是影视艺术发展到一定阶段的产物,尤其是影视特技、计算机特效技术和模拟技术空前发达的基础上影视美学的最佳选择。奇观化崛起的背后既有影视语言本身张力原因,也有现代社会科技高度发达、生活节奏加快、人们审美心理变化等社会的因素。

当然,这种奇观更为主要的是主体化的奇观——导演想象力表现的"奇观"。我们可以看到灾难电影有火山爆发的奇观,有地震海啸的奇观,有龙卷风横扫大地的奇观,有大鲨鱼疯狂撕咬的奇观,有高大建筑物和城市被毁灭的奇观……《后天》里,疯狂的暴雨、遍地狼藉的街道,肆虐的飓风、满目疮痍的城市、急剧广泛的降温、冰雪肆虐的世界;《终结者2》中极具杀伤力的龙卷风,惊涛拍岸的海啸……瞬间冻裂的大厦,断壁残垣的高楼;《彗星撞地球》中,狂野的小彗星撞击地球、雪片横飞彗星碎片、凶猛无比的海啸,被毁坏的自由女神,等等。这种带给人们巨大惊叹号的奇观场面,是通过计算机数字技术创造出的奇观景象:绝对刺激、异常宏伟、炫目动人、令人震惊。其目的就是制造出让人们身临

---

① 周宪:《论奇观电影与视觉文化》,《文艺研究》,2005年第1期,第25页。

其境的灾难场景,呈现奇观化的视听盛宴,达到惊怵感审美接收心理,以实现"现实主义"的真实性目的。丹尼尔·贝尔指出:"电影影像的逼真性'缩小了观察者与视觉经验之间的心理和审美距离,强化了感情的直接性,把观众拉入行动,而不是让他们观照经验','它刻意地选择形象,变更视角角度,并控制镜头长度和构图的'共鸣性',从而按照新奇、轰动、同步、冲击来组织社会和审美反应,致使后现代观众不断有刺激,有迷向,然而也有幻觉时刻过后的空虚,一个人被包围起来,扔来扔去,获得心理上的一种高潮。"①

三是审美感知的惊怵感。

灾难电影奇观化的表现方式,其目的是为了展现奇异的景观——灾难场景。这些有着奇特性、有着巨大视觉冲击力、有着超真实画面感的奇观,带给人们一种巨大的审美愉悦。这种审美愉悦从审美心理层面来说主要呈现为惊怵感。"惊"就是"惊奇"、"惊诧"、"惊叹"、"震惊"。"惊怵感"体现为面对一种新的审美对象,这一审美对象非常刺激、非常震撼、非常特别,完全超出正常的心理预期,超出正常的审美想象,超出正常的情感逻辑,所以随着巨大视觉冲击力的空间画面,人们的思维也暂时中断,神经凝滞,停留在画面的冲击力中,"深度、灵韵"等这些时间性、现代性的审美体验让位于"平面、表层"等这些空间性、后现代性的审美体验。因为"这些景象奇异、奇特、奇怪、奇幻,具有不可替代的独特性,他们稀有、罕见、出人意料,善于变幻,迥异于寻常,具有非同寻常的视觉性。"这些"审美对象超出了审美主体平常的、一般的经验范围,具备了另外一种或几种特质,并且这种特质出人意料,不按照审美主体原来的经验惯性,不依循审美主体的情感逻辑延伸,即超出审美主体的审美期待,从而产生审美的愉悦。"

震惊感意味着数字化时代人们的审美体验、审美趣味、审美期待发生了巨大的变化。人们已经不能满足于一般的、经常可见的、可预测的审美经验,而追求一种出乎意料的、超出原来的审美惯性,溢出审美主体情感逻辑的审美愉悦。这种审美期待意味着数字化时代人们的触觉延伸、视觉延展,现代社会时间性的压缩、空间性的扩张所导致的人们审美趣味的改变。现代交通快速发展,现代通讯技术的快速提高,以及快节奏的生活方式要求人们休闲的时间渴望处于放松状态,要求人们的审美时间处于完全隔断日常生活的状态。惊怵感意味着灾难电影与时俱进,依仗着视觉奇观、视觉欣赏而抛弃逻辑性思考的负担。

---

① 孟宪励:《全新的奇观———后现代主义与当代电影》,中国社会出版社 1994 年版,第 157 页。

当然，在惊怵感背后，还有其他的审美心理起着作用。比如，因为灾难毁灭的生命而产生的悲悯心，因为巨大的破坏而产生的震撼心，因为巨大伤害而产生同情心，因为违背大自然的运行规律遭到大自然的报复而产生的敬畏感，因为灾难中生命的脆弱而产生的恐惧感，因为灾难中人们的坚强不屈而产生的人之精神的崇高感，因为战胜灾难而产生的尊严感和升腾感……所有的这些审美心理共同铸就灾难片辉煌。

四是审美态度的娱乐化。

电影本身的性质就决定了其娱乐的功能。"娱乐"体现的是快乐性和自由性，在"娱乐"字典中没有功利性目的，没有规定的程序性，不用承担责任，也没有必定要完成的义务。娱乐使得人从紧张、严肃、呆板等追求等级性、规矩性，遵从秩序性的要求中解放出来，卸下生活责任、回归生命的本性。从本质上看，追求感性愉悦、追求生命自由是人作为个体性存在的基础，而感性愉悦、生命自由则往往与游戏和娱乐相关联。本质上讲，"游戏"是一种非功利性的审美活动。在游戏过程中，人们剥离了日常生活中的等级、身份、阶层等规定性的符号，卸下了外在的盔甲，没有了生命的重负，所有的游戏者都是平等的人，都沉浸在参与游戏的过程之中，忘记了日常生活中的种种烦恼、没有了日常生活的种种功利，从这种意义上讲，游戏中的人才是快乐的人、自由的人。而"娱乐"本质上与游戏是两位一体的对象性存在。"在最基本的层面上，任何能刺激、鼓励或者激发一种快乐消遣的东西都能被称为娱乐……虽然生命中充满了束缚、纪律、责任、琐事和大量不愉快的事情，但是娱乐与它们相反，它总是人们喜欢和想做的事情。这就是要求消费产品与服务的基础……娱乐——作为动因——正是通过它的结果体现出来的：一种满足和快乐的心理状态"。①

审美态度的娱乐化，意味着图像时代审美接受者的态度发生了巨大变化：人们在此语境下只追求审美当下的感性愉悦、只追求当下的审美消遣，放弃西方文化长期以来所倡导的理性追求，崇高追求，放弃深度模式，自动摒弃了理性世界的思考和彼岸世界的崇高，自动摒弃了深度的历史感、深邃感、崇高感。"从古希腊时期亚里士多德的理性的人，到后现代的娱乐的人，意味着世界文化由精英文化主导的深度模式过渡到大众文化认同的表层模式"。

---

① [澳]理查德·麦特白：《好莱坞电影——1891 年以来的美国电影工业发展史》，吴菁等译，华夏出版社 2005 年版，第 29 页。

三、灾难电影的逻辑演进

灾难电影因其巨大的魅力受到了广大观众欢迎和追捧。当然,我们仔细考量,灾难片本身也有一个从诞生到发展到成熟的演进过程。总结其逻辑演进过程,有助于我们更全面的理解灾难片。我们认为有以下几个较为显著的特点。

一是灾难题材上的呈现为现实中存在的灾难向想象的灾难演进。

从 20 世纪初始至 20 世纪三四十年代,灾难片开始发展,这个时代灾难片的题材主要集中在自然灾难、历史灾难等与人类社会直接相关的领域,比如《庞贝城的末日》(1935)、《旧金山》(1936)、《飙风》(1937)等。20 世纪 50 年代到 70 年代,是灾难片发展的第一次浪潮,出现了诸如《海神号遇险记》、《大白鲨》、《地震》等经典灾难电影。这时候表现灾难题材也主要集中于自然力对人类社会的破坏。20 世纪 70 年代始,灾难片开始快速发展,并成为一种新的样式,它的题材范围也逐渐扩大,涉及天灾人祸的各个领域。比如,《航空港》(1970)、《海神号遇险记》(1972)、《火烧摩天楼》(1974)等。20 世纪 90 年代至新世纪,是灾难片发展的第二次浪潮,出现了《龙卷风》《完美风暴》《后天》《2012》等。这时的灾难题材有了很大的发展,呈现出由现实中灾难向想象中的灾难逐渐过渡。这时的星际灾难也成为灾难电影的一个主要题材,比如,《月殒天劫》。随着科技的发展,尤其是计算机模拟技术、特效技术等的快速发展,在 90 年代始,很多过去人们不敢想象,甚至不能想象到的题材都接踵而至地进入了影视生产者的视野。呼啸的龙卷风、喷发的火山、强烈的地震、滔天的海啸等现实中存在的灾难已经成为灾难电影的"常客",而现实中非常罕见的核泄漏、天气巨大突变等题材也来灾难电影中"客串",就连想象中的彗星撞击地球、外星人入侵等也成为灾难电影的题材。这些给人类社会带来巨大伤害、给人民生活带来巨大损失的灾难,在 20 世纪却能成为灾难电影故事情节的主要内容,主人公与之进行了殊死搏斗,最终奇迹般的赢得胜利。诸如此类的故事模式,加上独特的情节构成,使得灾难片成为吸人眼球、扣人心弦的影视大餐。这些不仅为电影事业的发展开辟了一片广阔的题材空间,也为广大观众增添了前所未有的奇妙体验。

总之,灾难片的题材范围市随着灾难片的发展而逐渐扩大,从最初的现实中真实存在的自然灾难向后来的不断发展的地震、海啸、飓风、火山爆发、天气异常、核泄漏等几乎所有的天灾人祸扩展,一直到想象中的各种高科技交融下的基因变异、外星人入侵、世界末日等景象拓展。这些灾难题材的扩展也使得灾难片在内容创造和视听表现上不断地丰富发展。

当然这些题材背后隐藏的不仅仅是影片内容从最初单纯的天灾人祸逐步上升到外星人、地球毁灭这样严重灾难的灾难程度的变化,更为重要的是昭示了影视生产者从单纯反映灾难问题到通过灾难片传达重视对人类生存环境保护,并对人类目前生产活动与价值追求等关乎人类社会长远发展的基础性重大问题重新加以考量。

二是灾难片主题表现上呈现为由发掘故事的深度思想向纯粹追求消遣娱乐的演进。最初的灾难片作为叙事电影主要也是追求思想深度,整个灾难在故事情节中是为整个主题思想而服务的,比如,《航空港》(1970)。到 20 世纪 90 年代以后,计算机数字特效技术进入电影以后,整个灾难片的主题追求也随着时代的发展和科技的发展而变化。这个时候的灾难片主要展示的是灾难奇观本身的景象,灾难作为满足我们审美愉悦的对象要作为重点内容加以表达,加以展示。比如,《后天》《2012》等影片。

当然,随着时代的发展,灾难片除了追求消遣娱乐的目的外,还呈现了利用灾难来塑造人物形象,刻画亲情、友情、爱情,甚至责任感等内涵。有学者认为《泰坦尼克号》"该片突出灾难中的人物,而将灾难的恐怖景象推向背景","观众从该题材影片中不仅只是看到灾难所造成的凄惨景象和惊悚效果,更重要的是看到在灾难片中真实可信,栩栩如生的人物形象,在群相中突出灾难中的主要人物。有当代意识的灾难片不仅突出人物,而且浓墨重彩地刻画亲情、友情、爱情,甚至责任感。"①还比如,中国的灾难片不重在表现灾难造成的现场灾难景观的视觉震撼,它转而描述受害者因灾难带来的心灵上的阴影和苦痛,力图思考并揭示造成灾难的复杂原因。

三是灾难片的审美表现上由"时间性叙事"向"空间性奇观"的演进。"灾难"最早是作为电影中的一个故事情节来出现的,只是其中的辅助情节主要服务于故事的主题需要和故事人物的性格塑造的需要。最早的题材可追溯到电影的早期,那时灾难只是作为其中的一个故事情节而出现,为故事的主题服务。如,《战舰梅因号的爆炸》(1898),《探险者的遭遇》(1900)、《夭折的蜜月》(1899);而在《普累火山的爆发》(1902)、《"和平号"气球遇难记》(1902),1902年法国电影《月球旅行记》、1907 年法国电影《海底两万里》等电影中就开始充斥着一些灾难的意象。

1990 年到 2000 年之间,灾难电影作为类型电影并获得其基本的美学范式,

---

① 李慧萍:《剖析现代意识重塑灾难影片——夏季艺术电影沙龙"灾难影片与现代意识"国际电影论坛综述》,《电影新作》,2011 – 09 – 25。

形成了独特的审美规定性。作为类型,灾难片为影视生产开辟了新的空间;作为新的美学范式,灾难片既为影视生产者提供了展示奇观景象的巨大空间,又为审美接受者提供令人震颤的审美心理满足。好莱坞正是看到了灾难电影的种种优势,所以也成为它们夺取世界票房,增加资本利润的重要利器之一。好莱坞的《龙卷风》《山崩地裂》《火山爆发》《完美风暴》等一系列具有典型性、代表性灾难影片相继问世,吸引着全世界各地的影视消费者如痴如狂地参与到灾难奇观的消费浪潮当中,构成了20世纪90年代以来世界银幕的一大景观。这时的灾难电影已经随着计算机特效技术的发展,可以比较自由地表现灾难场景,所以灾难电影也实现了由以前的时间性叙事过渡到以表现灾难本身的空间性奇观的重大转变。奇观化的视觉快感、惊心动魄的震惊美感带给观众无限的审美享受。

　　四是灾难片的类型上由"纯粹化灾难片"向"复合型灾难片"的演进。早期的灾难片可以说是故事影片中故事情节的一个部分。灾难内容是故事情节展开过程中涉及的内容,这个内容是为故事情节而服务的,起到一个辅助性的作用,灾难在整个影片中并不起到关键性的作用。并且,电影本身也不是为了表现灾难,而是为了表现其他的主题。在电影的发展过程中,灾难片作为一种特殊的电影类型开始独立开来,在这种类型当中,"灾难"成为电影创作生产者重要表现的内容,"灾难"场景成为电影创作和生产的中心,整个电影的情节设置、内容安排、人物塑造、主题表达等是围绕着"灾难"来进行,来展开。比如《大白鲨》,纯粹表现凶恶的大白鲨对人的灾难,其本质上表现的是人类科技对人类社会造成的伤害。但是,随着时代的发展,人们欣赏水平的提高,审美欣赏的要求也相应提高。这个时代要求迫使灾难片的创作和生产发生改变,灾难片不再仅仅局限于灾难本身,而是朝着灾难以外,结合灾难相关联的内容展开。这表明,灾难片的创作由以前纯粹的灾难片开始朝着复合型灾难片演进。最为常见的复合型灾难片有,爱情加灾难,将人类最为动容的爱情加上自然最为残酷的灾难,演绎人类面临巨大灾难的艰难时刻爱情的伟大与荣光,比如,《泰坦尼克号》,以露西和杰克的美好爱情为主题,但是加上泰坦尼克号的沉没这一巨大的灾难来演绎,将爱情的美好与命运的残酷演绎到了极致,爱情的初遇美好与人生的诀别叠加在一起,更突出了爱情的崇高,生命的意义,价值的珍贵。比如《火山迸发》《地球引力》等灾难片,都是把爱情放在一个生死诀别的关键节点来呈现,体现了爱情的伟大和情感的崇高。还有其他符合类型的,伦理剧加上灾难的影片,比如《天崩地裂》《2012》;战争片加上灾难的影片,比如《生化武器》、《月殒天劫》(2009)、《神秘代码》(2009);生活片加上灾难的影片,比如

《人类终结》(2009)、《世界大战》(2005)、《太阳浩劫》(2007)。相比纯粹的灾难片,复合型的灾难片因其更强的故事性,更多的情感诉求,更曲折动人的情节等更多的看点,越来越成为人们喜爱的对象。

四、灾难电影的形成动因

灾难电影的形成和发展有着多重原因。我们加以总结,认为有以下几种:首先是灾难作为一个事实确实存在于人类社会的周围,随时为人们深刻感知。灾难的存在,使得人们必须去面对灾难对人类社会造成的巨大伤害和影响,要求人们必须去了解、去认识、去把握、去思考。"艺术"和其他"理论的"、"宗教的"、"实践—精神"等都是马克思所总结的"掌握世界"的基本方式。这些方式采用不同的思维范式,反映了不同的处理问题的方法。按照马克思的说法,这些方式互相联系,相互补充,缺一不可。马克思认为艺术、宗教和哲学处于社会意识形态的顶层,虽然语言的方式不一样,但都是人类心灵的文化形式,都能侧面反映人类精神世界和心灵活动。宗教、艺术和哲学有其共同性的一面,即都是用来进行"心灵对话""灵魂问答""意义探索"的工具;当然,也有差异性的一面,即各有各的语言特点。艺术的特点是运用形象思维,而非抽象思维去反映现实,运用形象的语言,展开想象的翅膀,塑造丰富的意象,去揭示社会的本质,思考人生的真谛。

在这四种主要的掌握世界的基本方式中,艺术被认为是人类社会当中最容易为人所接受的把握世界的方式,也是最容易影响人的方式。所以,面对人类社会影响无处不在的灾难事件,人们必然会选择艺术的形式来对此加以认识和把握。而影视艺术是所有艺术形式中最具通约性、最为普及、最为大众所喜闻乐见的艺术形式,故用电影的形式来反映灾难、表现灾难成为人类社会不二的选择。

二是全球化时代的到来,消费社会的到来,商业电影商业逻辑自身发展的需要。随着全球化时代的到来,电影生产不再面向某一地域的观众,而是着眼于全世界的影视消费者。在这种语境下,灾难片成为全球化影视生产的最好类型之一。另外,消费社会的到来,社会生产由以前的以生产为中心过渡到以消费为中心,商品的过剩使得商品竞争变得非常激烈。作为商品消费的电影,要吸引观众,制造消费,创造利润,也要寻求发展和突破。灾难片是最适合于现代社会人类影片消费的心理和审美需求的类型片之一。灾难片主要通过展示灾难奇观场景,制造巨大视觉(听觉)震撼力,造成观众惊怵感来吸引观众。这些特点非常适合当代快节奏的社会生活语境下人们观影只是为了纯粹的娱乐和消遣,为了放松日常生活中绷紧的神经,调节自己的生活节奏,放飞自己心灵等审美心理需求。商业电影要吸引观众的眼球,实现较好的盈利目的,实现资本增值,灾难片是较好的选择。

三是现代科技发展,尤其是计算机数字模拟技术和数字特效技术等科技的发展。计算机数字模拟技术和特效技术等现代科技具有超强的仿真和实现力量,使得电影创作和生产者能将更为逼真的灾难奇观生产出来,让触目惊心的灾难奇观浮现眼前,为打造强大的视觉冲击力奠定坚实的基础。“数字化虚拟影像生成技术并非我们所说的灾难片所独有。这种技术对于电影艺术的意义在于,它使许多运用传统技术根本无法拍摄的奇观得以印现在胶片上,放映于银幕上,并且以假乱真。这样,电影艺术的表现手段就大大向前跨进了一步,甚至必将导致电影美学的革命性变革。然而不可否认的是,灾难片是这一技术的最大受益者。因为,没有这一技术的产生,灾难就不可能成为电影中的角色,从而也就没有灾难片这一片种了。”①

在计算机数码模拟技术和特效技术等现代高科技出现以前,电影表现灾难场景显得有些困难,也比较笨拙,一般的手法是使用“搭景”或建造“模型”等,然后再用摄影技巧来加以表现。这种表现方法虽然竭尽了导演的智慧,最大程度地发挥了摄影师的水平,但是效果依然不尽人意。尤其是宏大的场景,想象的奇观、触目惊心的画面等根本没有办法得以实现。故以前的灾难电影往往采取着重表现灾难对人的影响,对人物命运的变化等,而对灾难本身的表现相对弱化,以回避表现灾难的现实难题。

自从计算机数字模拟技术和特效技术等高科技引入灾难电影生产以来,以前的技术表现局限被逐渐打破,并随着计算机数字模拟技术和特效技术等现代科技的发展,电影导演发挥自己想象的空间将会越来越大。这个时候的电影创作者和生产者可以想前人之所未想,既可以呈现现实中存在的灾难场景,也可以制作子虚乌有的灾难场景,还可以创造“精骛八极,心游万仞”纵横驰骋不受限制的灾难场景,计算机模拟技术和特效技术使得灾难电影迎来了前所未有的发展空间,也给电影生产商带来无尽的发展机遇。

四是当代社会地球环境的破坏,人们生态意识的增强。19世纪人类进入工业社会的现代化建设以来,人们在征服自然、改造自然快速发展的过程中取得巨大的成绩的同时,也对环境造成了很大的破坏。一味地强调现代化开发的工

---

① 余纪:《数字化电影的宠儿——灾难片的美学及相关问题》,《北京电影学院学报》,2001年第2期,第32页。

具理性,在对环境造成巨大破坏的同时,也对人的生存空间造成了巨大倾轧,对人类本身造成了巨大的伤害。随着环境生态危机的日益严重,各种各样的灾难层出不穷:自然灾难频发、社会灾难不断、科技灾难超强,人类家园遭受了人类历史上前所未有的严峻挑战。这些挑战迫使人们去面对、去思考、去怀疑:人们目前所选择的发展道路是否就真的是一条健康发展的康庄大道?人类科技进步给人类带来巨大便利的同时也是否暗含着巨大的风险?天气的剧变到底是宇宙自然的规律还是人类的贪婪造成环境的破坏使然?人类社会到底应该向何处去?总之,伴随着后现代社会的到来,人们的主体意识、环境意识已经开始觉醒,人们开始思考问题的出发点由以前的人类中心过渡到自然中心,人们已经认识到若是没有自然的和谐发展,人类的发展也不会持续,没有了植物、动物、微生物等自然朋友,人类最后也将走向灭亡。人们与生俱来的忧患意识也实现了从人类自身的生存、发展超越到人类以外的万物自然的生产、发展层面,由此人们的人文意识和人文关怀也从注重生命群体的生存、发展过渡到到关注生命个体乃至自然万物的生存、发展和超越。这种种思考、想法必然通过各种途径得以传播,而电影是最能为大众所接受的艺术形式之一,所以灾难片成为近年来表现灾难、反思灾难、思索人类未来等问题的最佳选择。

五、灾难电影的深层意蕴

要挖掘灾难电影的深层意蕴,意味着我们要撇开现象直指事物的本质。当然,我们别无选择,还是要回到现象,首先我们要特意辨析的——灾难电影的"超真实",那种表现灾难奇观景象的"真实",不是现实世界的真实,而是仿真影像世界建构的真实,本质上来说是一个符号世界,并且这一符号按照影视生产者(主要是导演)的主观思想、价值追求及其审美趣味而构建的影像世界。这种被建构的"超真实"世界,一方面让我们看清楚想要看的东西,满足了我们的窥视欲望和好奇心理;另一方面,也有意识地遮蔽了一些东西,模糊了一些对象,即将影视创作者和生产者想要让我们看清楚的东西让我们看得更清楚,将不想让我们看到的东西有意识地遮蔽掉。这两个方面综合在一起,其结果就导致了"真实的悖论"——这种"真实"客观上使人们不断地接近真实和远离真实的现实。

这种建构导致的结果就是:一方面,观众享受着观看奇观场景带来的视听盛宴,并被培养成一种固定的欣赏模式:其构成的语言被一些看似客观的过程转变成了他们认同自己的语言,即一种可以承载他们惯例性希望的载体和工具,灾难电影对于观众的意义最后变成了"社会的黏合剂";另一方面,这种模式反过来又建构着影视生产者的生产惯性,为了迎合影视消费者的审美习惯,抓住消费者的"胃口",灾难电影生产者愿意沿着既有的成功生产模式继续前行,这既保证了必要的票房,又消除了潜在的风险。

当然,这种"超真实"的影像符号生产建立在当代消费文化语境的基础上。鲍德里亚说:"今天,在我们周围,存在着一种由不断增长的物、服务和物质财富所构成的惊人的消费和丰富现象,它构成了人类自然环境中的一种根本变化。恰当地说,富裕的人们不再像过去那样受到人的包围,而是受到物的包围……"①周宪认为,消费社会的"物"呈现为商品"景观","物"对人的包围体现为"形象对人的包围"。消费社会就是一个景象社会,商品即景象。② 德波认为这种"景观社会"表现为"生活的一切均呈现为景象的无穷积累。一切有生命的事物都转向了表征。""景观使得一个同时既在又不在的世界变得醒目了,这个世界就是商品控制着生活一切方面的世界。"③汪安民认为,景观社会就是影像社会:"马克思所说的商品社会正在迅速地转变成景观社会,在景观社会,所有的生活都把自己表现为景观的无限积累,人们的生活被五光十色的景观所包围。在商品社会,物或商品被分解为使用价值和交换价值,而在景观社会,物则被分解为现实与影像。'景观社会'就是一种影像的社会。影像决定并取代了现实,影像统治着一切。"④

从美学上看,消费时代的美学趣味已经不是"静观的美学",而是"惊怵美学"。"静观的美学"源自德国康德,他从主客二分的角度主张审美的静观,这里面暗含着"审美的无功利性",审美主体和审美对象处于一种恰当的距离等内容。审美对象一般处于被动状态,是被看的对象,而审美主体处于控制状态,是看的主体,审美主体从一个最佳的角度对审美对象进行符合透视逻辑、比例关系的审美。静观美学强调思想深度,强调对审美主体的净化和提升。"惊怵美学"则更多地强调通过画面本身对审美主体视听觉的刺激,造成一种紧张感,震惊感。一种面对当下的思维短路,只停留于当前的精神刺激、感性愉悦、审美快感。"惊怵美学"追求审美主体的感性需求、感性享受、感性愉悦的兑现,强调当下快感的满足和欲望的实现,拒斥理性思考的深度模式。这种"惊怵美学"的产

---

① 黄柏青:《消费社会语境中设计美学的商品叙事》,《湖南大学学报》(社会科学版),2010年第 5 期,第 105 页。

② 周宪:《视觉文化的消费社会学解析》,顾江:《文化产业研究》(第 1 辑),南京大学出版社2006 年版,第 104 页。

③ 同①。

④ 汪民安:《文化研究关键词》,江苏人民出版社 2007 年版,第 66 页。

生其根本原因是工业革命的到来,现代通讯和交通技术的发展导致社会整体的"速度"变迁:社会生产的加速度,循环周期的缩短、生活节奏的加快、立体媒介的同步传播、信息的几何级增长等。在这种背景下,社会的生产和消费,尤其是作为文化创意产业的影视艺术也要适应时代的要求,必然将"景观"当作自己的美学追求。

当然,更为深刻的是这种审美表现的策略其深层意识形态则是以之吸引观众,促进影视产品的消费,掩盖的乃是商业逻辑的精心计算和商业资本的增值砝码。"在仿真秩序中,不再有对自然秩序的怀念,自然成为控制的对象,再生产本身成为由市场规律控制的主导性社会原则。波德里亚视工业秩序受'商品的价值规律'即等价交换所控制,而不再受'自然价值规律'所控制"。① 因此,灾难电影为了吸引观众,满足时代的审美心理,也必然采取"惊怵美学"的表现方式。晚期资本主义非常清醒地认识到了"惊怵美学"具有的交换价值,因此将"惊怵美学"当成商品的利润实现的最佳手段之一。"资本变成一个形象,当积累达到如此程度时,奇观也就是资本。"②

从心理学理论来分析,好奇是人的天性。社会的稳定性源于社会的规定性,但是一成不变的规定性往往导致平凡、单调和沉闷,从而失去勃勃生机。而好奇则能让人们摆脱平凡、单调的生活,更为主要的是好奇能保证人类社会对新事物、新思想的接受,从而推动人类社会的创新和发展。弗洛伊德认为人类对"好奇"的渴求关联到人性中的破坏本能。"自上古以来,人们就渴望看到各种能让他们间接地对纵火焚烧、残暴无度、痛苦万分和难以言传的肉欲享受等有所体验的场景,看到各种能使毛骨悚然但又高兴万分的、可供观众暗中分享其滋味的场景。"③

这种奇观美学从高的哲学层面来讲,它的出发点之一是发掘人性中的"善"与"恶",让"善"与"恶"的交锋中呈现出普世性价值追求,人类社会应有选择。因为作为生命个体的自我,从本质上讲每一个人内在地具有一种向善的力量,这种力量必然支撑起对善的肯定、认同、赞许;从作为生命群体的社会来讲,这个社会要进步、要发展、要和谐共存,也必将善的力量作为基本的价值追求。

当然,作为当今世界灾难片生产大国和输出大国的美国,其运用好莱坞的

---

① 汪民安:《文化研究关键词》,江苏人民出版社 2007 年版,第 66 页。

② 周宪:《文化研究关键词》,北京师范大学出版社 2007 年版,第 360 页。

③ [德]齐格弗里德·克拉考尔:《电影的本性——物质现实的还原》,邵牧君译,中国电影出版社 1993 年版,第 71−72 页。

高科技来打造新型的灾难电影,其策略并不是一种简单的电影技术变革,而是希望通过巨额资金打造的电影品种,刻意抬高电影的制作门槛,进而改变电影观众的观赏口味,最终以电影的超级品种挤压其他国家的传统电影,达到其独霸世界电影市场的战略目的。所以,以《2012》为代表的灾难片实际上是在技术美学支撑下好莱坞实施的最新的全球市场霸业。①

电影作为文化产业的一个重要组成部分,具有很强的直观性和虚拟性,它不仅塑造着一代人的消费方式和审美趣味,而且还无意识地形塑一代人的文化取向与价值观念。灾难电影作为一种主要的电影类型,它的创作、生产、销售、推广的不仅仅是电影产品的使用价值,还有电影产品的文化价值和审美价值,所以,灾难电影不仅会引导人们的消费倾向,而且还会影响人们的价值取向,甚至还可能改变人们的思维方式——起码它会改变人们观察、理解世界的方式,人们不会再按照过去的方式来看世界,确切地说人们不会、也不可能再根据印刷时代的传播媒介所主导的方式来了解当今世界,更不会按照过去的评判标准是非曲直来裁量现实世界的正误短长。所以灾难电影这种美学选择的背后所隐藏的深层意蕴更可能是:要用美国所倡导的悲剧性及其崇高性的思想观念深刻地影响人们,用看得见、感知得到的审美形态隐藏着看不见、摸不着的深层意识形态,用审美表现学的"娱乐",替换了政治伦理学的"应当",最后达到审美欣赏学的"自愿"。通过这一同质化的影视产品以达到无意识中对生命个体进行内在思想与外在审美的双重导引与强制规训,从而最终建立起合乎美国主流意识形态所认同的审美秩序和审美政治。

---

① 贾磊磊:《〈阿凡达〉:技术美学支撑下的市场霸业》,《大众电影》,2010 年第 3 期,第 1 页。

结　语

当今时代,文化创意产业成为战略性新兴产业,而文艺产业乃文化创意产业的核心部分。文艺产业在当今世界经济产业发展中将起到越来越重要的作用。在当今文艺创作与生产领域,文艺创作上占据了较大部分领地和最大的经济份额,对社会生产和人们生活产生了广泛而深刻的影响。我们认为从"美学规制"这一视角能够较好地把握产业化语境下文艺创作与生产的实践,并获得文艺创作和生产现象背后的运作规律、运行规则。

"美学规制"指人们在审美创造和审美欣赏过程中形成的审美标准及美学规约,是时代审美观念和审美趣味的外化形式,是生命个体的审美情趣和社会整体审美理想相互影响、相互生发的美学选择和运行机制。美学规制是一种区别于外在政策法规规制和内在道德伦理规制的一种非正式的审美规制,其本质乃是审美的公共性标准通过审美的个体性趣味对作品进行的美学规训和影响。基于文艺基本门类美学规制的基本特征等方面的研究,产业化语境下文艺创作和生产美学规制的共通性特征为:以消费者的审美趣味为创作核心的价值追求,强调文艺产品的休闲娱乐功能的价值取向,突出审美愉悦当下性的身体美学,依靠技术化、标准化的审美创制,追求利润最大化的审美功利主义。当然,具体到不同的文学艺术门类,不同的国家和地区,文艺创作中美学规制的侧重点各有差异。但在本质上,美学规制的背后都渗透着商业利润的精心计算和效益最大化的经济意图,蕴含着国家、民族的文化诉求、价值取向、精神选择等政治意蕴。这些观点,有助于推动我国文艺产业的健康发展,并能为文化产业发展提供有益的智力参考和合理的路径选择。

产业化语境下接受群体的下沉使得文学写作在内容方面更为草根化、群众化、大众化,在写作语言方面更为通俗化、狂欢化,在叙事方式方面更为类型化,在写作速度方面更为快速化,在整体上更加重视读者的意见与审美诉求。速度是产业机制下文学写作区别于传统的、纯文学式的写作的最为显著的特点。因为只有保持一定的、必要的速度,才能得到观众的注意,才能不被市场遗忘。与快速写作相适应,文学产业机制中文学写作的叙事方式呈现出规则化、套路化、模式化的特征。"家族"(粉丝)化的作者群与"家族"式叙事是文学产业机制下的文学叙事套路化、模式化的外在表现,其背后隐藏着对读者选择习惯的心理学研判和搭便车的经济学考量,这既是读者和作者共同认可的游戏规则,也是文学产业经营者的营销规则。套路化、模式化叙事的核心是文学产业写作中的规则意识与规则制度,为人诟病的套路化、模式化叙事实质上是文学产业生存与发展所必须的规则化叙事。文学产业机制下的文学写作言语选择的通俗化,不仅是表层的读者整体文化素质所要求的,而且为写作的产业机制所规制。言语的通俗化并不意味着内容庸俗化,相反,把它置入由巴赫金所阐明的民间狂欢传统时,言语的狂欢意味着能指的自由游戏与创生能力,在能指的自由创生中,文学产业写作为人们提供了超越、消解"性"与"死"的紧张感、色情意味和恐惧感,创造出生存的另一重境域——欢乐与趣味,营造出瑰丽的梦境。

产业化语境下的文学创作的美学规制主要体现在四个方面:一是文学写作中经典意识中的通俗叙事;二是类型写作中的个性追求风貌;三是趋中心化的游戏性结构;四是新与奇的审美价值追求。文学产业化创作的激烈竞争强化了作者的典范意识,只有在通俗叙事中做到经典才能占据文学写作产业链的顶端。类型化写作是文学产业化的必然选择,但在类型的质的规定性中,有着个性探索的空间。产业化文学写作中游戏价值的趋中心化改变了文学审美中"乐"与"教"的传统结构形态,使"乐"成为文学创作的时代特征,也使游戏性自身收获了越来越丰富的价值形态。在产业化的语境中,文学的审美价值追求与类型发生了新的变革:审美需要、愉悦的源泉与审美价值载体的结构变化同步发生,二者的同步变化以一种强力的方式塑造着当代文学产业写作的价值诉求——新与奇。

产业化意味着电影创制不再是政治意识的宣传品,也不是自娱自乐的纯艺术作品,而是必须考虑生产成本、必须取得效益、必须满足市场需要的商品。产业化语境下我国电影创制的美学规制主要体现在四个方面:一是审美趣味的大众化创制核心;二是类型化的审美表现范式;三是时尚化的审美表现内容;四是娱乐化的审美价值追求。

审美趣味大众化创制核心意味着必须以广大观众的审美趣味为核心进行电影的创作与生产。而满足大众当下的审美快感体验,表现最普遍群体的生命经验的审美选择乃产业化进程中电影创制满足大众趣味的南山捷径。类型化生产则显示了每一种电影类型创制都有其质规定性。而相较西方电影创制,我国电影创制除了有其共性外，还有其独特的美学规制。电影要吸引观众的眼球，最好的方法就是表现当今社会普遍情绪的时尚性的内容，这也就决定了在价值导向上追求满足观众身体快乐、情感宣泄的娱乐功能。

产业化语境下我国电影创制的美学规制本身也具有内在的逻辑性，随着时代和社会的发展呈现出电影题材的多元化、电影叙事的综合化、人物塑造的复杂化、审美表现的杂糅化、主题旨意的普世化等演变特色。而范例性的商业大片和抗日影视剧的分析足以表明：一方面产业化语境下我国电影创制的美学规制是我国社会、文化、经济等多种因素的综合选择的结果；另一方面也显示了产业化进程中我国影视创制的美学精神取向从满足导演个人性情和心志开始向满足大众趣味的公共性话语发展的重心转移。

电视剧是观赏人数最多的艺术类型。产业化语境下我国电视剧创制的美学规制虽然在具体电视剧类型上有一定的差异，但在以下几个方面却呈现出高度的一致性：一是以大众的审美趣味为创作核心；二是以类型化的方式进行审美创制；三是以时尚性、观赏性为基本内容；四是以娱乐化为价值追求。这四个审美标准的深层本质都是围绕电视剧收视率做文章，以电视剧产品的生产利润收益、资本增值的最大化为终极目标。无论什么样的电视剧类型，我国电视剧创制倾向于围绕家庭的伦理关系做文章，在呈现家庭关系的起伏跌宕情节中展示亲情、爱情和友情的可贵与美好。而这种可贵与美好表现在与观众没有距离隔阂同样平凡普通的主人公——小人物身上就显得特别亲近，尤其是运用最能打动人心的伦理叙事，兼之搞笑和奇观，则使得电视剧更具有吸引力。

产业化语境下我国电视剧创制的美学规制在以下方面有明显的发展变化：一是题材选择从表现革命英雄的历史题材居多到呈现平凡生活的现实题材为主的演变；二是情节安排由遵循客观事实的自然因果为主向凭空想象的人为传奇为主的演进；三是人物塑造从伟人的平民化向市民的多元化演进；四是场景塑造从背景上的人物铺垫场景向独立式的多维场景演进；五是叙事方式从单一的叙事模式到多元的叙事交叉融合演进；六是价值追求从生活之真的本质反映到当下视听快感的功能满足演进。

最具中国特色的武侠电视剧和情感电视剧的美学选择、逻辑演进集中地反映了产业化语境下我国电视剧创制美学规制的特点和演变规律。这也是在全球化电视剧激烈竞争背景下我国电视剧创制的明智选择，除了全球化电视剧生产的激烈竞争外，中国观众本身审美心理、现代科技的发展，消费社会的到来，以及电视媒介本身的限制也是我国电视剧创制美学规制的根本原因。

动漫产业是我国政府确定的战略性新兴产业，更是文艺产业的重要组成部分。动漫是动画和漫画的总称。产业化语境下我国动画创作的美学规制存在低龄化审美欣赏的创作取向，成人化思维的叙事倾向，功利化色彩浓厚的价值追求，以及民族化审美表现的基本特点。这些特点非常鲜明地反映了我国动画产业一方面快速发展，另一方面又具有创作和生产不成熟，虽大而不强的尴尬现状。产业化语境下我国漫画创作的美学规制表现为：题材选择呈现丰富性的新局面，表现的内容方面呈现出百花齐放的新景象，创作的主题也发生了革命性的变革——从主要以讽刺、批判和幽默为主线转变到表现娱乐性为根本的轨道上来。这些变化体现在叙事方式上就是故事性，即有较为完整的故事情节，有栩栩如生的人物形象塑造，有多方的矛盾冲突，完全有别于产业化之前的漫画。产业化语境下的新漫画，表现形式和具体类型都进入了"五彩缤纷"的世界，呈现出"百花齐放、百家争鸣"协同发展、万象更新的繁荣景观。文艺产业化使得文艺消费取代文艺生产成为文艺产业发展的基本动力。一方面，图像叙事、欲望快感成为动漫创作和大众审美的主要标准；另一方面，消费群体主体意识的觉醒、审美趣味的多元化导致产业化进程中动漫创作的小众化、分众化、伪个性化等美学规制取向的形成。面对激烈的动漫产业全球化竞争，我国动漫创作和生产可以采取图像叙事与美感传播、分众化创制等应对策略。

　　产业化语境下我国艺术创作和生产的方式发生了根本性的变革，一方面，传统的个体性艺术创作的美学规制依然有效；另一方面，集体性、合作性、功能性成为产业化语境下艺术创作的主要方式和机制导向。从市场的意义上讲，产业化语境下发展最为迅猛的艺术门类是设计艺术。设计艺术的功能主导性的创作取向，实用性、技术性、艺术性和经济性有机融合，都是为了解决"宜人性"的根本问题。这些特征在产业化进程中促进了技术标准化。技术标准化可以使工艺水平更加稳定，可以更好地保证产品的质量，可以提高产品的安全性、可靠性，可以让产品更加具有通用性，提高创作和生产的效率，并能够节省资源与能源、更好地保护生态环境，从而使生产企业获得巨大的社会效益和经济效益。无论是图像时代的包装设计的审美取向，还是我国城市建设中景观设计的美学选择，或者是产业化语境下美术创作美学规制的新变，都从一个侧面反映了产业化进程中艺术创作美学规制随着时代的发展而变化的特点，以及选择机制背后的深层意识：商业利润的精心计算和经济效益追求。

　　发达资本主义国家的文艺很早就已经进入市场化运作，进行产业化创作和生产，并已取得丰硕的成果，在全球化文艺产业激烈的竞争中抢得发展的先机。比较与总结发达资本主义国家产业化进程中文艺创作美学规制的运行规则和基本规律，可以为我国文艺产业化发展提供有力的智力参考和经验借鉴。美国的电影创作和生产,日本的动漫创作和生产,韩国的电视剧创作与生产,英国的文学创作与生产等是产业化语境下具有广泛的影响力和典型代表性的范例。

美国的影视艺术成就非凡,堪称第一,至今未被超越。美国的影视艺术是在市场化语境下产生并逐步发展,并快速步入产业化轨道。美国电影创作和生产要综合地考虑世界影视市场的变化,主要包括目标消费者的情感诉求、社会审美风尚的流变及最广大社会民众的审美趣味、时尚追求、公共情绪、价值导向等情况。其挑选体制和机制决定了影视创作者和生产者主观的个人兴趣爱好乃至偏见可以完全被规避,取而代之的是市场的需求、消费者的审美趣味、审美期待和价值追求,以及整个社会的情绪诉求、审美风尚等。这也是美国电影畅销全球的制胜砝码。

产业化语境下的日本动漫艺术创制、韩国电视剧创制、英国的文学创作与美国电影创制有着本质的相似性。目标消费群体的审美趣味和价值追求是文艺创制美学规制的核心密码。其他方面的"美学规制"都是围绕着这一基本点而展开。发达国家的文艺创作和生产中令人警惕的是,大都有意识或无意识地渗透着国家和民族的价值取向、文化选择、意识形态等关涉国家、民族文化安全的深层诉求。

参考文献

1. 陆梅林. 马克思恩格斯论文学与艺术[M], 人民文学出版社, 1982。

2. 普列汉诺夫美学论文集(1~2卷)[M], 人民出版社, 1983。

3. 赛尔登. 文学批评理论－从柏拉图到现在[M], 北京大学出版社, 2000。

4. 韦勒克. 近代文学批评史(1~5卷)[M], 上海译文出版社, 1997。

5. 韦勒克、沃伦. 文学理论[M], 三联书店, 1984。

6. 艾布拉姆斯. 镜与灯[M], 北京大学出版社, 1989。

7. 戴维·洛奇编. 20世纪文学评论(上下册)[M], 上海译文出版社, 1987。

8. 拉尔夫·科恩主编. 文学理论的未来[M], 中国社会科学出版社, 1983。

9. 费塞斯通. 消费文化与后现代主义[M], 译林出版社, 2000。

10. 王国维. 人间词话[M], 人民文学出版社, 1982。

11. 严羽. 沧浪诗话[M], 人民文学出版社, 1983。

12. 布迪厄. 艺术的规则:文学场的生成和结构[M], 中央编译出版社, 2008。

13. 鲍山葵. 美学史[M], 商务印书馆, 1985。

14. 朱立元. 西方现代美学史[M], 上海文艺出版社, 1993。

15. 王运熙、顾易生主编. 中国文学批评史[M], 上海古籍出版社, 1979。

16. 郭绍虞、王文生主编. 中国历代文论选[M](4卷本), 上海古籍出版社, 1980。

17. 李恒基、杨远婴主编. 外国电影理论文选[M], 上海文艺出版社, 1995。

18. 罗艺军主编. 中国电影理论文选[M], 文化艺术出版社, 1992。

19. 伊格尔顿. 20世纪西方文学理论[M], 陕西师范大学出版社, 1987。

20. 丹纳. 艺术哲学[M], 人民文学出版社, 1963。

21. 李显杰. 电影叙事学:理论和实践[M], 中国电影出版社, 2000。

22. [法]热拉尔·热奈特. 叙事话语新叙事话语[M], 王文融译, 中国社会科学出版社, 1990。

23. [美]华莱士·马丁. 当代叙事学[M], 伍晓明译, 北京大学出版社, 1990。

24. [法]克里斯丁·麦茨. 电影与方法:符号学文选[M], 李幼蒸译, 三联书店, 2002。

25. 文心雕龙注释[M],人民文学出版社,1981。

26. [法]波德里亚:《消费社会》,刘成富等译,南京大学出版社2000年版。

27. [美]约翰·菲斯克.解读大众文化[M],杨全强译,南京大学出版社,2001。

28. [美]马克·波斯特.第二媒介时代[M],范静哗译,南京大学出版社,2000。

29. [美]罗伯特·考克尔.电影的形式与文化[M],郭青春译,北京大学出版社,2004。

30. [英]大卫·麦克奎恩.理解电视[M],苗棣等译,华夏出版社,2003。

31. 宗白华.美学散步[M],上海人民出版社,1981。

32. 李泽厚、刘纲纪.中国美学史(第一卷).中国社会科学出版社,1984。

33. 李泽厚.美的历程[M],文物出版社,1981。

34. 叶朗.中国美学史大纲[M],上海人民出版社,1985。

35. 陈炎主编.中国审美文化史[M],山东画报出版社,2000。

36. 陈竹等著.中国古代艺术范畴体系[M],华中师大出版社,2003。

37. 徐复观.中国艺术精神[M],春风文艺出版社,1987。

38. 朱光潜.西方美学史[M],人民出版社,1982。

39. 北京大学哲学系编.西方美学家论美和美感[M],商务印书馆,1982。

40. 陈平原.中国小说叙事模式的转变[M],北京大学出版社,2000。

41. 杨义.中国叙事学[M],人民出版社,1997。

42. 汤因比等著.历史的话语[M],广西师范大学出版社,2002。

43. 汤因比.历史研究(三卷本)[M],上海人民出版社,1959。

44. 豪塞尔.艺术史的哲学[M],陈超南、刘天华译,中国社会科学出版社,1992年版。

45. 托马斯·库恩.科学革命的结构[M],北京大学出版社,2003。

46. 詹姆逊.文化转向[M],胡亚敏译,中国社会科学出版社,2003。

47. 杰姆逊.后现代主义与文化理论[M],唐小兵译,陕西师范大学出版社,1987。

48. 詹姆逊.晚期资本主义的文化逻辑[M],三联书店,1997。

49. 弗莱.批评的剖析[M],百花文艺出版社.1998。

50. (德)汉斯·贝尔廷等.艺术史的终结?当代西方艺术史哲学文选[M],常宁生编译,中国人民大学出版社,2004。

51. [英]尼克·史蒂文森.认识媒介文化[M],商务印书馆,2001。

52. 祁述裕.市场经济下的中国文学艺术[M],北京大学出版社,1998。

53. [德]本雅明.机械复制时代的艺术作品[M],中国城市出版社,2001。

54. [美]戴安娜·克兰.文化生产:媒体与都市艺术[M],译林出版社,2001。

55. [英]伊格尔顿.审美意识形态[M],广西师范大学出版社,2001。

56. 高字民:从影像到拟像——图像时代视觉审美范式研究[M],人民出版社,2008。

57. 张冬梅.艺术产业化的历程反思与理论阐释[M],中国社会科学出版社,2008。

58. 俞吾金.意识形态论[M],上海人民出版社,1997。

59. B. 约瑟夫·派恩.体验经济[M],机械工业出版社,2002。

60. 李向民. 中国艺术经济史[M]，江苏教育出版社，1995。

61. 王杰. 艺术与审美的当代形态[M]，人民文学出版社，2002。

62. 包亚明. 文化资本与社会炼金术[M]，上海人民出版社，1997。

63. 花建. 产业界面上的文化之舞[M]，上海人民出版社，2002。

64. 吉登斯. 现代性与自我认同[M]，生活·读书·新知三联书店，1998。

65. 霍克海姆、阿多诺. 启蒙辩证法[M]，上海人民出版社，2003。

66. C. E. 林德布鲁姆. 市场体制的秘密[M]，江苏人民出版社，2002。

67. 陈放. 文化策划[M]，蓝天出版社，2005。

68. [德]沃尔夫冈·韦尔施. 重构美学[M]，上海译文出版社，2002。

69. 阿瑟·丹托. 艺术的终结[M]，江苏人民出版社，2001。

70. 吴琼，杜予编. 上帝的眼睛[M]，中国人民大学出版社，2005。

71. 吴琼，杜予编. 想象的修辞[M]，中国人民大学出版社，2005。

72. 吴琼编. 视觉文化的奇观[M]，中国人民大学出版社，2005。

73. 吴琼编. 凝视的快感[M]，中国人民大学出版社，2005。

74. [斯]阿莱斯·艾尔雅维茨. 图像时代[M]，吉林人民出版社，2003。

75. [英]戴维·莫利. 电视、受众与文化研究[M]，新华出版社，2005。

76. [法]居伊·德波. 景观社会[M]，南京大学出版社，2006。

77. [德]齐奥尔格·西美尔:时尚的哲学[M]，文化艺术出版社，2001。

78. [英]理查德·豪厄尔斯. 视觉文化[M]，广西师范大学出版社，2007。

79. 罗岗、顾峥编. 视觉文化读本[M]，广西师范大学出版社，2003。

80. 罗岗、王中忱编. 消费文化读本[M]，广西师范大学出版社，2003。

81. 周宪. 审美现代性批判[M]，商务印书馆，2005。

82. 周宪. 美学是什么？[M]，北京大学出版社，2002。

83. 张法. 美学导论. 中国人民大学出版社，1999。

84. 张法. 走向全球化时代的文艺理论. 安徽教育出版社，2005。

85. 库恩. 科学革命的结构[M]，北京大学出版社，2003。

86. 彭吉象. 影视美学[M]，北京大学出版社，2002。

87. 傅守祥. 欢乐诗学:消费时代大众文化的审美想象，浙江大学博士论文，2005。

88. 花建、于沛. 文艺经济学[M]，上海交通大学出版社，1989。

89. 约翰·苏特兰. 畅销书[M]，上海文化出版社，1988。

90. 珍妮特·沃尔芙. 艺术的社会生产[M]，华夏出版社，1990。

91. 丹尼尔·贝尔. 资本主义文化矛盾[M]，三联书店，1989。

92. [美]埃伦·迪萨纳亚克. 审美的人[M]，户晓辉译，商务印书馆，2004。

93. 韦森. 经济学与哲学:制度分析的哲学基础[M]，上海人民出版社，2005。

94. 辛鸣. 制度论——关于制度哲学的理论建构[M]，人民出版社，2005。

95. 罗岗、刘象愚. 文化研究读本[M]，中国社会科学出版社，2000。

96. Richa Eells, the corporation and the art, new york: the Mamillan Company, 1967.

97. George Dickie, Art and Aesthetic: An Institutional Analysis, Ithaca and London: Cornell University Press, 1974.

98. F. Davis. Fashion, Culture and Identity, Chicago: University of Chicago Press, 1992.

99. Pannosky, E. Meaning in Visual Arts, Harmondsworth: Penguin Books, 1995.

100. George Dickie, Art and Value, Mass: Blackwell Publishers, 2001.

101. 约翰·伯格:《观零之道》. 伦敦. BBCand Penguin Books, 1972.

后　记

从 2009 年中标教育部课题《新媒体动漫研究》，我开始关注产业化语境下文艺创作问题，并陆续地写作了相关文章发表在一些学术期刊上。2011年我以《产业化进程中文艺创作的美学规制研究》题目申报国家社科基金规划课题项目并得以成功，当时心情之喜悦溢于言表。但在后续研究过程中，我们发现此课题并非当初想象的那么容易，其间有相当大的难度。主要体现在三个方面，一是产业化语境下的文艺创作涉及的面非常广，有文学、有艺术，并且文学和艺术本身的概念也非常宽泛，涵盖面非常广；二是产业化语境下的文艺创作本身的复杂性，与美学规制本身的复杂性这两个难度系数都不小的问题融合在一起，要进行探讨分析就更为不易；三是已有的研究成果其理论基础相对薄弱，没有现成的研究体系和结构框架可以借鉴。所以，在研究的过程中，在确定研究体系和结构框架时遇到了前所未有的困难，进度曾一度非常缓慢。本人也深感知识的欠缺，常常体会到"书到用时方恨少"的尴尬。幸好有学术前辈及时指导、鼓励和时常教诲，才得以跳出"浮云遮望眼"的迷雾。可爱可敬的老师是：陆贵山教授、张法教授、金元浦教授、牛宏宝教授、季水河教授、欧阳友权教授、毛宣国教授、张文初教授、赵炎秋教授、朱和平教授，等等，他们经常以电话和面谈等不同的方式对我加以指导，使我得以"拨云见日"。我的师兄弟和学界好友：张永清、章辉、孙利军、余开亮、贺志朴、曹晖、刘三平、何兰芳、李修建、李胜清、张邦卫、黄显忠、兰甲云、陈国雄、何林军、李作霖、谷鹏飞、宋薇、宁海林等教授，都曾经给予我们很多的鼓励、指导和交流。以上各位一并表示衷心感谢！

我的妻子李碧玉女士，从最初的查找资料到最后的校对文稿，所付出的心血是无法用言语所能表达的！自从与我恋爱结婚以来，她对自己关心甚少,把整个身心倾注于家庭,付出甚多。我无以回报,此书的出版予算是我特意奉献给她!

著作部分文稿曾在《河北学刊》、《学海》、《河南社会科学》、《财经理论与实践》、《内蒙古社会科学》、《湖南大学学报》(哲社版)、《西北大学学报》(哲社版)、《东南大学学报》(哲社版)、《湖南师范大学学报》(哲社版)、《湖南科技大学学报》(哲社版)等 CSSCI 刊物发表,并得到学界好评,部分论文被《新华文摘》和人大复印资料《美学》、《影视艺术》全文转载。

本课题属集体智慧的结晶,前后历时四年。主要工作分工如下:

绪　论:黄柏青、李勇军、王美钥、李秀秀、蔡宇

第一章:黄柏青、李勇军(第一节)

第二章:黄柏青、王慧菊、周军伟

第三章:黄柏青、李碧玉

第四章:黄柏青、李碧玉

第五章:黄柏青、苏智、黎首希、林晓峰

第六章:黄柏青、刘瑛(第六节)

第七章:黄柏青、周军伟

另外,王美钥、蔡宇、李秀秀、郝诗宇、刘露、黄娟、周思芮、陈紫琪、刘旭英、郑亚明、王芬等研究生参与了资料的收集和整理工作。还有一些老师和研究生在具体研究过程中做了一些基础性的工作,恕不能一一罗列。

本课题在研究和写作过程中,借鉴了学术界众多的研究成果,没有他们奠定的基础,本课题的完成是不可想象的,在此也表示感谢。

在此课题研究过程中,我们不但感受到了科学研究的艰辛,也体会到科学研究的愉悦,更感知到了大家团结奋战、情同手足的友谊,尤其是周军伟博士的辛勤付出让我感动。

当然,因为时间和水平本身的关系,本课题的研究还存在很多不足,祈望得到学界同仁的指导和斧正。

黄柏青于湘江之滨蜗居